关仁山文集

落魂天

关仁山 著

河北出版传媒集团

花山文艺出版社

图书在版编目（CIP）数据

落魂天/关仁山著.—石家庄:花山文艺出版社,
2017.1（2019.3重印）
（关仁山文集）
ISBN 978-7-5511-3083-7

Ⅰ.①落… Ⅱ.①关… Ⅲ.①中篇小说－小说
集－中国－当代②短篇小说－小说集－中国－当代
Ⅳ.①I247.7

中国版本图书馆CIP数据核字（2016）第301920号

丛 书 名：关仁山文集
书　　名：落 魂 天
著　　者：关仁山

书名题签：关仁山
策　　划：张采鑫　赵锁学
责任编辑：刘燕军
特约编辑：秦国娟
责任校对：李　伟
装帧设计：鸿儒文轩·书心瞬意
美术编辑：胡彤亮
出版发行：花山文艺出版社（邮政编码：050061）
　　　　　（河北省石家庄市友谊北大街330号）
销售热线：0311-88643221　010-57572860
传　　真：0311-88643225　010-57572860
印　　刷：三河市华东印刷有限公司
经　　销：新华书店
开　　本：710×1000　1/16
印　　张：25.75
字　　数：380千字
版　　次：2017年2月第1版
　　　　　2019年3月第2次印刷
书　　号：ISBN 978-7-5511-3083-7
定　　价：65.00元

目录

飘雪

一个无法避免的悲剧，就这样发生了。

一场雷暴雨，来得猛，走得快。我开着汽车出来，雨就停了，太阳蹿上了头顶。水洗的天空，弥漫着草香。一道彩虹，悬在半空，那刺人的光芒，似乎穿透了我的心。我忙乱的时候会忽略什么，但今天，却不会忽略那个悄悄逼近的预感。明明是秋天，我眼前总像是下雪。雪都下疯了，满眼都是白色。思维乱了季节，不是好兆头。下午四点钟，我就杀了宋雪华，那时候雨就停了。这一瞬间世界都在发呆。我浑身恐惧，头脑一片空白。我消磨了三支烟，天黑了，风很硬，我抱着雪华绵软的尸体，顶着风走出去，脚步不由得有些急躁，慌里慌张地将她塞进汽车里。雪华往后备箱里一躺，我就哭了，那两滴长长的泪水，就像两根长长的绳子。刚才，雪华还在骂我。她的眼睛里全是浑浊不清的念头和欲望。雪华要我帮她贷款，一张嘴就是300万，我被砸蒙了。我回绝了她，她对我哭闹，这我能承受。当她指着我的脸，瞪着眼睛骂我："你就是一窝囊人，废物！"我与雪华激烈争吵起来了。她的话把我刺痛了，她犯了一个极大的错误，她不该犯这样的错误。我恍然一叹，好像蒙在眼睛上的一层东西突然被撕开了。我立刻变得怪模怪样，心中燃着一团火焰，没有人能截住这团火焰。我伸手掐住了她的脖子。喀嚓一声，她的身体就直了，我耳朵里有什么东西"当啷"一响，听到一声心脏破裂的声音从深处传来，紧接着，双眼就迷茫了。

我动手的一刹那，我都不敢相信我是那种敢动手杀人的人。我静静地望着雪华，她想啥呢？她是不是想着，到了另一世，自己能摇身变成富翁。墙壁上的照片注视着我，发出惊讶的呼喊。这时候，难以忍受的恐惧和孤寂接踵而来。我这是犯法了，犯了人命，抓到是要吃枪子的。我叫毕亮，小名叫二头，是杨贵庄的村长。掐死雪华的不是我，不是的，是另一个毕亮。我不想让她死，谁知道女人这般脆弱，身子一直，身体就冰凉了。人死了，像一阵青烟散去。房间很安静，飘着孤寡哀伤的气味。

时光擂响了催命的鼓声，一切都来不及了。我抱住头，放声痛哭。算了吧，死了哭不活，我就不再哭了。我突然感觉一种从没有过的惶惑，一种不知所措。我该怎么挽救？我踩动了汽车油门，汽车呼的一声开走了。一边开车，我一边听后面的动静，最害怕担心的是警察截住我。我最最企盼她突然醒来。可是，她并没有什么异常动静。

我的嘴巴活动着，但没有喊出来。人有病，天知否？我往哪去？我往哪躲呀？

我还是喜欢原先的那个毕亮。

我到现在还常常怀疑，那个时候的毕亮是我吗？那时候，我高中快毕业了，像高粱秆一样淳朴、厚实。一个挺括的鼻梁，还有两片厚厚的嘴唇。连在大脑袋下面的身子是典型的倒三角形，肩膀宽宽的，胸肌鼓鼓的，胳膊粗粗的，腰杆子直直的，说起话来瓮瓮的，女孩子见了都忍不住多看几眼。可就因为家里穷，父亲去世得早，母亲还是个盲人，唯一的一个姐姐嫁了人，我只得放弃了上大学的梦想，在家里伺候娘。

村里连个给我提亲的人都没有。姐姐坐小月子病了一场，直到暑期快要结束的时候才可以出家门。她从五里地外的东王庄来杨贵庄看娘，急着问我高考成绩，我摇摇头，转脸看娘。娘叹了口气，很深，比她那两个陷下去的眼窝要深得多。娘叹完了气，幽怨地拉着姐姐的软绵绵的手，说："是娘拖累了亮子。"说着，撩起衣襟擦眼泪。我埋怨说："娘，看你跟我姐说这些干啥嘛，不上就不上了嘛。"娘说："谁叫你生在咱这穷家，投错胎哩！"我记得当时姐一句话没说，攥着我的手，眼里转泪儿了。

几天后的晌午，起风了，风吹动着窗前的树。我和娘正在吃饭，姐进了家门，扯下头上天蓝色的围巾，放下胳膊上挎的荆条篮子，从里面拿出几张葱花油饼，先塞到娘手里一张，再递给我一张，说："亮子，秋后回学校复课去吧，这学得上啊，不上得穷一辈子啊！"娘听了姐的话就哭了。我漫不经心地说："我还不懂这个理儿？"姐把手伸进怀里，抽出一个碎花布包来，塞进娘的手心，说："娘，这是他姐夫给的上大学的钱。"我在一边听，脸上烧了一阵。姐笑了，我熟悉她那种特殊的笑容："桂生把牛卖了。"我和娘都感动了，娘说："瞅瞅，我还拖累了桂生你俩。"我问姐："卖了牛，那你家不就没了进项了？"姐说："你姐夫跟二夯子上城里头找他小舅子盖大楼去了，他小舅子是包工头儿。"我不放心地看娘，姐明了我的心思，说："你姐夫说了，等你上学走了，就把娘接我们家住着去。"娘抬起胳膊擦眼泪，喃喃说道："老天爷啊，真是积了德了。"那眼泪流了一晌午。那时的阳光明晃晃的，照得人睁不开眼，却永远被我珍藏进了心底。

我简直不敢相信这是真的，我回母校复课去了。第二年高考，我以优异的成绩考进了郑州一所二本理工大学。那时候，姐夫桂生已经在城里扎下了根，凭着他的厚道、实诚赢得了不少穷哥们儿的信任，自己攒起了一个建筑队四处揽活，钱挣得多了起来。我收到的汇款悄无声地见多了。就这样，我在姐和姐夫接济下读完了四年大学。大学毕业后，我急着找工作，想早一天挣钱报答娘和姐一家。我学的是金融，目的是将来进金融系统多挣几个钱，可毕了业才知道那只是我的一厢情愿，进金融行业对我这个一没钱二没权的穷小子来说，无异于登天摘星星。姐让我先跟姐夫打下手，我同意了，可姐夫不同意，他说我是个大学生，整天跟一帮破衣烂衫浑身水泥味的傻小子们混，没啥出息不说，也白瞎了四年大学。我一想姐夫说的有道理，就独自进城闯荡。

刚刚步入社会进了城的我，愿意坚守道德和理想，愿意奉献社会。我在努力给自己找到一种依据，一种理由。可是，我有些手足无措，就像一枚青涩的果子挂在枝头上，没着没落的。时间证明，我明白了时间后面的虚无，明白了现实背面的残酷。面对陌生的环境，牙床子肿得老高，肚子总是瘪的。姐夫挺惦记我，很快托熟人帮我进了一家电脑公司，负责推销电脑。我这人脑子活心眼活，到公司不出一个月就卖出了第一台电脑。老板姓左，大脑袋、鼓眼睛，跟个蛤蟆似的，智商相当高，只认钱不认人。他欺负我是个乡下人，当月一分钱工资也没给我开，却当着我的面抖搂一大沓嘎嘎作响的钞票，那是我平生第一次见到那么多的钱，就像春天里漫山遍野盛开的花朵，黄澄澄，蓝幽幽，五彩缤纷的，看得我脸红心跳，跟做了贼一样惶恐，手心里汗津津的。

从此，我对钞票的渴求欲望根深蒂固。

我发誓，一定要把钞票挣到我的手里，给娘花，给姐花。人一旦有了动力，潜力就像牙膏一样挤出来了。我的业务量跟长了一对翅膀没啥两样，直线上升。左老板见我是把业务好手，自然当宝贝一样拉巴着，钞票也就如了我愿，虽说比我想象的少，也算说得过去。后来我见老板越来越离不开我，就张嘴要他给我涨工资。这小子伸出厚墩墩的大胖手，拍着我的肩膀，狡黠地一笑，挤咕几下金鱼眼，神神秘秘地说道："晚上跟我出去一趟。"我问："干啥？"他答："去了就知道了。"我对他有了警惕。一个人要变也难，这叫江山易改本性难移，可是，诱惑太大了，再难也得移。警惕归警惕，我还是照常赴了约。

这是一个平常的夜晚，宽敞而干净的大街上，车辆人群川流不息，街道两旁青绿如许，金菊绽放含笑迎人。尽管秋天的脚步走了很远，却没有萧瑟的样子，反而在原先的基础上添上了别致的神韵。我心底里的警惕忽然就被这眼前的夜景稀释了许多，顺着车窗缝隙挤进来的风也就有了调皮的神韵。我惊异，城里的秋天咋就比家乡的秋天繁华富贵呢？一路上，左老板一直没和我说话，边开车边随着车里的音乐摇头晃脑，那样子好像跟这样雍容的夜晚很是协调。就我像局外人。

"喂，下车啦！"有人喊一声，我被吓了一跳，不好意思地朝左老板咧咧嘴，蹭下车，脑袋磕在了门顶。左老板捶了我一拳，径直朝一个霓虹灯闪烁的门口走去。我抬头看看门上方的牌匾：乐逍遥夜总会。我慌了手脚，两条腿便迈不动步了，我听说过，这里的女子最妖艳，这里的女子最喜欢钱，我一个穷小子哪进得起哩？左老板见我傻站着，走过来二话没说塞进我口袋里一大沓钞票，然后勾着我的肩把我拖拽进去了。我出汗了，浑身发紧，嘴里说："我不去了，不去了。"左老板生拉硬拽。我身不由己地跟着左老板深一脚浅一脚地往里蹚着走。

　　我就在这个时候，听见一个熟悉得不能再熟悉的声音的，那声音说："宝贝，叫我亲一亲，哥哥给钱，一大把呢。"是姐夫桂生的声音。就寻那个声音，寻到了姐夫，他正搂着一个娇小身材的女子往一个屋子里走，我忍不住喊出了声："姐夫。"桂生忍不住应了一声，也急急地寻我，寻到了我，也看见了左老板，捏了下他的胳膊，急急地拉我进一个小黑屋子，急急地问我："你咋来了这个地方？"我心虚，急着解释："是左老板硬拉我来的。"桂生骂了一句脏话，说："这小子，带你来这个糟钱的地方，太不够哥们儿了。"我说："他给我钱了。"掏出一把钞票亮给他看。忽然脱口问道："那你咋来这糟钱的地方来了？"桂生出气粗了起来，脸肯定是烧了起来，觉出他在烤着我。黑暗里一阵窸窸窣窣的声响，"给。"桂生往我手里塞进了啥东西，硬硬的，扎了我的手。"啥？"低头一看，呵，是一沓钞票。"姐夫你这是……"桂生叹了口气，搂过我的肩膀幽怨地说道："没办法，不带那帮狗×的来这玩玩儿，我就得断了财路啊。"哦，我明白了，姐夫是为了生意才搂那个妖艳女子的。姐夫站起身，推着我的身体说道："去吧，跟左老板玩会儿吧，不会玩儿就不会赚钱。"随后又补充一句，"放心，我不告诉你姐。"然后，期待地看着我。我不由自主地说："我也不告诉我姐你来了。"姐夫捶了我一拳，攥攥我的手，拍拍我的屁股，先出去了。我也跟出去了。刚一出去，就扑进怀里一个女子，浑身的香水味熏得我鼻子眼痒痒，喷嚏还没打出来，就听左老板说："阿珍，今晚陪好我兄弟，不然，哥可饶不了你哦，听见没有？"阿珍咯咯地笑着，头发尖尖骚扰着我的脸，心里开始发痒，就忍不住抱紧了她。

　　夜深了，屋内屋外一片寂静，我躺在床上，久久不能入眠。思绪由从前到现在，一股脑儿的全乱缠在了一起，我不敢回想今晚那个阿珍在我怀里蛇一样扭来扭去的情景，更不敢耸动鼻子回味说不清味道的香水气味，"喂！毕亮，你今晚和那个阿珍都干了些啥啊？"一个声音由心底响起，一直到了耳际。我出了一身虚汗，这是谁在质问我？咋是我自己的声音啊？难道是我身体里还有另一个毕亮吗？我问那个毕亮："我是不是不该进那种地方？"那个毕亮说："你的那个左老板高兴了吗？"我说："他很高兴，说了好几遍要给我加工资。"那个毕亮笑了："那你就该多去几次那种地方，既可以多赚钱，又快乐了，放着福不享，你就是天底下头号大傻瓜！"他的这番话像蜗牛的触角一样探到了我灵魂的深处。

我的眼前都是票子，它们漫天飞舞，跳着轻盈的舞蹈。我的内心充满诱惑，脑门发亮，目光如炬："谋事在人，成事在天。"我的心忽地松弛了，我看到了白云下面的绿色村庄，一片片低矮的房舍，全都在阳光投下的阴影里瑟瑟发抖，那是生我养我的杨贵庄啊，那里的乡亲们脸上都泛着菜绿，没有城里人脸上的油光水滑，我向他们挥挥手，大声喊着："等我赚足了钱就衣锦还乡，接我娘进城！"

这一晚，对我来说无疑是一场革命，具有非常的意义，不同寻常。就像蛇蜕皮，我蜕下了乡下人质朴的外壳，开始披上浮华的外衣。

第二天中午，我特意请左老板到一家星级饭店吃饭，我点了一桌子菜，几乎都叫不上名，全都是我拿着菜单指给服务员的。菜上来了，左老板按个夹了菜尖，象征性地往嘴里搁了一点点，然后就不再动筷了。我问："不好吃？"他看看我，眼睛里包含同情怜悯："你吃吧，放开肚皮吃。意大利肉卷，德式咸猪手，烟肉肠仔串，伊文斯猪肉，都是外国名菜，你甭说吃了，听都没听说过，是吧？"他边说边给我往碟子里夹着，那样子倒像今天是他在施舍于我。我默契地配合："谢谢，谢谢左老板。"

这顿饭，花掉了一千七百块，相当于我一个月的工资，心疼，可一想抱上了老板的大腿，真值。可谁想到，下了左老板的车，临分手时，他硬塞给了我一沓钱，我问："这是啥意思？"他说："结账的时候，你在那帮小丫头面前风光了一回就行了呗。"我心里涌起暖暖的感激之情，眼圈热着说了句："老板你真够朋友！"左老板拍拍我的肩膀说："你是个人才，就是油梭子还含着油，短练哪。往后，跟着我好好闯荡吧，保管你也熬上个老板当当。"我攥着左老板的手，暗自庆幸自己交上了好运。

我成了左老板鞍前马后的马仔。我和他学着和客户谈合作，学着抽高级烟，学着住高级宾馆，学着泡酒吧，学着与女孩子打情骂俏，学着斜眼看人，学着凶巴巴地说话。至于学着算计别人，包括自己的生意伙伴，左老板老说我学不会，说这是我赚不来大钱的致命伤、软肋。软肋就软肋吧，人都有软肋，叫我两眼一闭，心一横，整治别人，我下不了狠心。我太善，赚不来大钱，这叫善有恶报。

我在左老板手底下一干就是两年。这两年里，我一直干得还不错，左老板也还满意，可就是公司效益越来越不好，啥原因呢？后来，左老板开始迟发我们的工资，包括我这个最得力的助手。这可让我心里不快。又过了不到半年，我记得很清楚，五月份的第一个礼拜六，早晨，左老板忽然让我召集所有员工开会，说有重要事情要和大家说。我以为他有走出困境的新举措了呢，谁知道他竟然宣布公司倒闭了，发给大家一个半月工资就散伙了。大家都无所谓地领完工资另谋高就去了。我一时没找到合适的工作，重新回到村里。姐说："去你姐夫那吧。"我说："我不愿意干他们那活儿。"其实我找过桂生了，他没留我。想着想着，我就愤怒了，但我没跟姐和娘说。

我回到了家里，又成了一个地地道道的农民了。我野狼似的转悠了一年多，整天闲得发慌，晚上一点不困，整夜整晚地在黑暗中瞪着眼睛，我极痛心地叹息了一声，生活这是多么残酷啊，我大学毕业，还是一个无业游民啊！

我就是在落寞的时候认识李亚芬的。亚芬是师范大学毕业生，毕业后分配到镇中学当老师。她五官并不出众，却显得得神韵悠长，耐人寻味。我跟亚芬是经过媒人介绍认识的，没想到她一眼就看中了我。我和李亚芬在介绍人阿敏嫂家见的面，人长得一般，不过身上挺丰满的，该鼓的地方都鼓了，该撅的地方都撅了，该凹进去的地方都凹进去了。出于无所事事寻找刺激之心，我和亚芬去电影院看电影。那天的电影是啥名我忘了，只记得有一对青年男女搂着亲嘴，黑暗中，我也玩笑着亲了亚芬。就这一亲，亚芬不但没骂我流氓，反而更激起了对我的好感。慢慢地，我对亚芬也有了感情。相处了没半年，娘就催促我，让我去亚芬家向她爹娘提成亲的事去。

那天我记得清，下着雨，我拎着猪肉、挂面，撑着一把油布伞去的亚芬家。一进院我就觉出气氛不对了，她爹听了亚芬介绍后当即拉下脸来，她娘说了句我没听清的话借故走开了，直到我离开她家也没露面。我硬着头皮叫了亚芬爹一声叔，刚要往下说正文，她爹开口了："我们不同意这桩亲事，你这是癞蛤蟆想吃天鹅肉，你，走吧。"我是一个脸皮薄的人，当场恨不得找条地缝钻进去。

没找着地缝，找着门缝了，我就涨红着脸挤出去了。亚芬在我身后边叫我我也没回头。回到家我就仰面躺在炕上，蒙上大被谁也不搭理了。我听见娘坐在我身边抽噎，我没劝她，劝了也白劝。

两天后的黄昏，亚芬突然进了我家，她说要跟我偷偷结婚，我不安地看着她说："这不行吧？"亚芬白了我一眼，抢白我说："咋不行？送上门来你不要是吧？那我走好了。"当真要走，我伸手拽，刚拽住，亚芬爹一脚踹到门板闯了进来，我还没反应过来，脸上就挨了亚芬弟弟亚齐一拳，我感到嘴角一阵腥热，嘴角便流下了血。亚芬拉着我就跑了，一直跑到野外才停住脚。两人正坐在土坎上喘气，亚芬喊了声："我爹他们追上来了。"拉起我接着跑。可往哪里跑呢？亚芬爹他们已经从身后和两边的方向包抄了上来，只有前边结了冰的响马河这一条路了，我们别无选择，只能爹着胆子过冰河了。

刚走上去还是顺利的，没有听到瘆人的"嘎嘎"的断裂声。这时候，亚芬爹在我们身后的岸上使劲喊："别走了，站住，站住！"我们敢站住嘛，提着心小心挪动脚步，心里边一遍遍祷告着：老天爷，求求你，叫我们平安过去吧，千万别塌了啊！不知道我们走了多远，反正眼瞅着快上岸了，忽然响起"咔吧"一声，我和亚芬就手拉着手一齐掉进冰水里去了，浑身乍冷，亚芬爹手忙脚乱地把我们捞上来，我们已经被冻得失去了知觉。虽说捡了一条命，但从此我却成了废人，那个东西怎么也不听使唤了。这一闹，我就难受好几天。我母亲要求退婚，亚芬给我瞎娘跪下了，她说她要跟他爹断绝父女关系。我娘搂着亚芬肩头哭个一塌糊涂。

后来证明，我和亚芬成亲是一生中最大的错误。我的那个物件废了。洞房花烛夜，我搂着一个如花似玉的女人啥都干不了，难受得我要死。亚芬抱着我心疼得哭了，一边哭一边骂她的爹和弟。我到医院看病，吃了不少的药，还是一点起色也没有。屋漏偏逢连夜雨，亚芬身上也添了毛病，月经不正常，不来是不来，来了就跟绝了堤的河水一样汹涌澎湃的。七年过去了，有个孩子成了我俩最大的心愿。

我有一个表舅，叫孙二狗，跟我同村。他个子瘦高瘦高的，像春天里的向日葵。他脸膛黑黑的，比他那辆路虎汽车的颜色还黑。他是我娘那边的亲戚，他在镇上开了家钢厂，他让我在村里开了个小厂子，为他的钢厂生产石粉。开工厂是需要大笔钱的，我手里的那点积蓄哪够啊，姐姐毕春花再次帮了我。亚芬还找到一个亲戚，帮我贷了一些款。这个石粉厂总算鼓捣起来了。渐渐地，我的工厂效益好了起来，亚芬家里开始接受我们了。可我一想起他爹和弟弟夺去了我做男人的尊严，心里就恨，恨得牙根痛。表面上与他们缓和了，可我心里头对亚芬娘家人就是亲不起来。

这些都是过去的事了，说了心里难受。我知道一个男人在世上混，不脱几层皮就能混出个人样来吗？

可是，我走瞎了路。现在，我一边开车，一边提心吊胆地四下里观察，警察一直没有出现。我往哪去？我往哪里躲呢？先不管这个了，我决定先看看娘吧。天色渐渐黑了，我把汽车开到了家门口，我想最后看一看瞎娘。姐姐还没有过来，娘拉着我的手，咧了咧没了门牙的嘴巴。她当然不知道发生了天大的事，她还像往常一样唠叨个没完没了。

我端来一盆热水给娘洗脚，一边洗脚一边说话。娘问："儿啊，你跟雪华的事了了没有啊？"我含糊地应答："快了……了啦……"我的心都在死去的雪华身上，浑身发冷，一层层冒虚汗。娘叹了口气说："我也不指望抱孙子了，就是惦记你。亮啊，你还是跟亚芬过吧，雪华也不容易，咱别亏待人家就中啊。"我心中一沉，更加支支吾吾了。娘以为我累了，就说："你要是累了，就别撑着了，在娘身边躺会儿吧。"我听了眼泪就下来了，我是撑不住了，不想撑了，想撑也撑不住了，就躺在娘的身边，等着娘拉过一条被子盖在身上，然后，闭上眼睛啥也不想，闻着娘身上散发出来的那股熟悉的味道，光想快点睡着。眼看着意识有点模糊了，突然鼻子前边吹过来一阵血腥味，紧接着就看见雪华捂着胸口站在了我跟前，她胸口那个地方正冒着血……啊——我惊叫一声翻身蹿了起来，大口大口喘着粗气，心脏好像要蹦出来一样。娘吓坏了，忙摩挲着我的头发问道："做噩梦了吧？别怕别怕啊，有娘在，亮子啥也别怕！"

我抹平了眼角的泪，紧紧攥住娘瘦骨嶙峋的手，努力地稳定着情绪，稍稍稳定下来后，我决定赶快上路，去哪里还没想好，反正杨贵庄是不能再待了。我掏出身上的一张建行卡，赛到母亲手里，急切地说道："娘，你拿好啊，这是儿子给你的养老钱。"娘说："儿啊，你给我这个干啥？有你跟你姐，我要钱干啥呀？"我不敢告诉她我杀了雪华，那会要了娘的命的。可我一时又想不起来咋说才好。就抱抱娘的胳膊，含着眼泪说了声："我走了娘，往后再来看你！"快步离开了娘。临跨出院门的一刹那，忍住了心底袭来的一阵痛楚。我回头看了看，这是我生活了二十多年的院子，那堆在墙角下的劈柴，那矮墙围起来的猪圈，那摆在窗台上的坛坛罐罐。

我生生世世的母亲，生生世世的家啊，今天咋这么舍不得呢？

我狠了狠心，离了家回到汽车旁边，还能听见瞎娘在我身后头喊："亮啊，小心着点，啥时候看娘来呀？"我心头一热，声音就哽咽了："回吧娘，我出个远门儿，过几天……过几天我就看你来。"我不敢回头看娘，她一定是扶着门框站着哩，一定张着嘴巴朝我从眼窝子里挤咕泪水呢。可是，我还是忍不住回了头，果真看见娘扶着门框站着哩。我眼泪哗地流了下来。我毅然上了车，疯跑了一段乡路，扬起漫漫烟尘。

前面就要下乡路了，我停住车，想想躺在后备箱里的雪华，心尖颤着下了车，走到车后边，屏住呼吸听了听后备箱。尽管没有动静，我还是往常那样喊了声："雪华，今晚想吃点啥？"雪华还像以往那样，习惯性地"咻"了一声，然后说道："问个啥，你说我想吃啥。"我笑了笑，说："好，那就随了我。"雪华"咻"了一声："随就随嘛，有啥了不起。"我就伸手摸她的脸，可她一躲没摸着，身子像雪人一样一节节化了，我连忙伸出胳膊去揽她，可没揽住，她化成了一摊水，再也扶不起来了。我站在后备箱跟前，对雪华说："我送你回老家吧，中不？"我听见她在后备箱里回答："中啊，快上路吧，路上开车当心点儿。"我鼻子酸酸地答："知道咧。"开着车下了乡路，拐上了京沈高速，直奔沈阳方向而去。

一些意识在大脑里挣扎，有一些亮晶晶的东西，慢慢地，顽强地浮了上来，越来越清晰。三年前那个秋天，一千多个日日夜夜已成过眼烟云，但却历历在目，宛如眼前。把一个女人不确定的形象，在心中慢慢品味，也是一种幸福。我承认，我和雪华之间有过真爱，即使不长久，那也是真爱。

我是通过孙二狗认识雪华的。我对雪华一眼就有了感觉，人的感觉不能随便来，一旦来了就丢不开。那一天，应该是一个灿烂明媚的日子，雪华在这样一个好天气里推销办公软件，无疑是一种好兆头。她就在这一天认识孙二狗的。孙二狗给我一种心怀鬼胎的感觉，他是有钱人，他过手的女人多，但漂亮的不多。这一次，他还是一下子被雪华的美丽给镇住了，她不是那种脂粉气的美，她高雅清高。她身材苗条，富有曲线，眼睛明亮而有深度，双唇鲜艳而饱满。她很矜持，少言寡语，连笑都是轻微的。她走路看着像跳跃，步子充满弹性，身子晃动着斑驳的光影，有着亦真亦幻的神秘。后来我知道，雪华很爱读书的，一个喜爱读书的女人，是有味道的女人，最能打动男人的心。这样说来，对于大字不识的孙二狗来说，有着天然的吸引力。

那天上午，孙二狗带着雪华来我的厂子，说是视察工厂，其实是来向我显摆雪华的。老实说，我只看了雪华一眼就惊呆住了，她太好看了，孙二狗经常带漂亮女人来我这，雪华是他带来的最漂亮的女人，让我这样的"废人"不由得眼睛一亮，那个长期无所作为的东西居然有些发胀，似乎要蠢蠢欲动。她的头发是杂色的，有灰，有黄，还有黑。我喜欢看女人的手，正好雪华的手很好看，十指纤纤，骨肉匀称，灯影里反射着晶莹的光泽。她那黑幽幽的眼睛，像熟透了的葡萄。她是富有想象力的姑娘，容易激起男人探索的欲望。她激活了我心中的某种情绪，某种需要，连我都没有意识到的需要。那天我们到凤凰大酒店吃的饭，那晚上喝酒时的每一个细节，我都终生难忘。让我回到家后，不由自主地把雪华和我老婆亚芬偷偷对比，这一比比出了一身汗，人家雪华是沉鱼落雁、琵琶遮面的女人，我的亚芬却是烟火气十足、心里心外一览无余的人，怪不得我不知啥时候开始厌倦她了。无疑，雪华的出现把我原本不得不平静的内心世界给搅翻了。

孙二狗本来是想埋汰我一番，说我傻，傻得村里边谁家有事找来了我都会管；说我傻，傻得村东五爷家的几只羊病了，我开着汽车给拉到动物医院，还替五爷交了治疗费。说我傻，傻得厂里一个工人自己违反操作规程受了伤，我却全额给他报销了医药费。雪华听着孙二狗嘲笑我傻，两只俊美的眼睛停留在我身上的时间明显长了，我知道她是看中了我的诚实。有些男人太过重于仪表，油头粉面，给人一种不踏实的感觉。而有些男人则是外表不起眼，不注重修边幅，但他举手投足间却会给人一种信赖的感觉。我就属于后一种人。我喜欢她双手放在膝盖上，专注地听人说话的样子，温文尔雅，一副大家闺秀的状态。因此我愿意凑近她的耳边说话，自己都感到自己的呼吸好像在喷火，这样说话有说的欲望，越来越强烈。我想她一定是感觉到了我说出来的话有温度，还挺高，不然，她不会像烫着了一样，把头向后仰，躲避着我的嘴。

　　这天我们喝得很尽兴，孙二狗对她有想法，猛灌雪华酒，她喝下大概有二两酒就说啥也不喝了。可孙二狗一个劲不依不饶地逼她喝，我猜想到孙二狗不怀好意，便阻止道："拉倒吧表舅，一个女人家。来，我陪你喝。"孙二狗狗脸一黑，不高兴了。人的眉眼不管生得多好，要是脾气坏，面目就是狰狞的，怎么看都不顺眼。他把狗眼一瞪："你陪我喝，多啥呀？不就裤裆里头多二两肉吗，还是块废肉，哈哈哈……"这家伙，说脏话了，我忍不住看雪华，正赶上雪华也在看我，我的脸腾地红透了，好像"那块肉"整个展现在雪华的眼前。雪华的脸好像也红透了，叫我想起秋天田野上等待收割的红高粱。"瞧你孙总，不要难为人家嘛，我喝就是了。"端起大半杯白酒，一饮而尽。我去抢雪华手里的酒杯，被孙二狗掐了把裤裆，痛了一下，我没辙了。眼睁睁看着他再次给雪华倒酒。雪华喝高了，身子晃晃的，一会儿往我这边晃，一会儿往孙二狗那边晃，我连忙伸手扶住了她，以免她倒在地上。雪华一定感觉到我的手按在她的胸上了，看我的眼神有些异样，并不介意我摸她。孙二狗咳嗽了一声，我触电似的缩了回来。我赶紧给孙二狗敬酒，目的是灌醉他，免得他对雪华图谋不轨。

　　孙二狗识破了我的阴谋，嚷嚷着给雪华倒酒。我意识到自己计划不周，趁孙二狗不留神，偷偷准备了一杯白开水，这样，雪华喝的就是像酒一样的水了。可还是晚了，雪华还是喝多了，接近尾声的时候，她吐了，是起身出了包间，踉跄到卫生间吐的。我不放心跟在了后面，见她吐了，一边小心地拍着她的后背，一边向门外的服务员要来矿泉水给她漱口。雪华仰起脸对我说："不好意思，谢谢，谢谢你毕哥。"她仰脸的时候，热气就扑到了我的脸上，让我感受到她温热的呼吸。她抓着我的手，说道："走的时候，你……送我回……回家吧……"我知道她是怕孙二狗酒后乱性，就答应了她。

　　孙二狗喝高了，没吐是没吐，可脚底下也踩上了棉花团，深一脚浅一脚的。我喊来给我开车的三祥子，把孙二狗搀上了车，他还喊着："雪……雪华，上……车，咱回……回家……"我也喊："上车了雪华，回家喽。"就这样把孙二狗给糊弄走了。然后，我拦了辆出租车，先把雪华扶到后座上，问她："你家住哪啊？"雪华对司机说："去根据地酒吧。"我劝她："你不能再喝了。"她笑了，说："上酒吧不一定喝酒啊。"我预感到，她有话要跟我倾诉。

从我和雪华坐到酒吧一个包间里的那一刻起，我就知道，我俩之间注定有了一份割舍不掉的情缘了。"其实，我在这里没有家，爹娘都在东北沈阳。"这是雪华对我说的第一句话，说这话的时候，我正躬着身给她倒茶水，茶叶是我随身带的，留着公共场所使用。我喜欢喝茶，而且就喜欢喝碧螺春，说不清啥原因。听到雪华说她不是本地人，我的胳膊抖了一下，专注地看了她一眼，坐定，等着她的下文。她喝了口茶水，手里把玩着精美的茶壶把，语气幽幽地说道："我是跑生意来的你们这，在镇上租了间房子。"我深看了她一眼说："自己一个人，人生地不熟的，不容易啊！"她低着头不说话。我也一言不发地看着她。

我们俩相对沉默一会儿，雪华开口说话了："哥，我是一个特别不幸的人……"我发现她泪流满面了，这才明白今晚她为啥要和我来酒吧，原来她是想跟我倾诉。我无声地递给她一包面巾纸，等待她给我讲她自己的故事。她稳了稳情绪，说了下去："上学的时候，我学习一直挺好的，可就是因为家里穷没钱上大学，放弃了高考。那年的秋天，我娘和我爹上镇上卖手工艺品，半路上出了车祸，娘还没送到医院就死了，爹被撞成了残废，上不了班，干不了重活，生活的重担一下子压在了我的肩膀上。除了照料爹，还要照看一个正上小学五年级的弟弟，那一年我十九岁。"

"啊，十九岁，你还是个孩子。"我感叹道。她苦笑笑，接着说道："可老天爷丝毫不可怜我们这一家人。一年后的夏天，我弟弟被查出得了骨髓方面的病，浑身软得跟面条似的，走路都走不了，他哭着喊着还要上学。看着弟弟搂着书包朝着学校方向哭得昏天黑地的样子，我心里头跟刀子割一样难受，我答应他每天背着他上下学。再后来，一个高中时候的好姐妹找到我，要我和她一起做服装生意，这样我就可以养活这个家了。三年后，我攒了一笔钱，给弟弟做了手术。手术很成功，两个月后弟弟终于站起来了，高兴得我们姐弟俩抱头大哭。我开始更加全力以赴地供养弟弟上学了，我拼命地挣钱，早上顶着月亮出家门，晚上披着星星归家来，从没睡过一个安稳觉。二十大几的人了，到了谈婚论嫁的时候了。也有热心人帮我介绍男朋友，可对方一听我家里的情况连面都不肯见，还是没缘分哪……"

我想了想问："你到现在还没谈过恋爱？"雪华笑了，那样子很像一个小姑娘。她说："谈过，那是在我二十六岁那年。那时候，我弟弟已经以高考总分全县排名第二的成绩，考进了上海复旦大学。接到录取通知书那天，我和弟弟到娘的坟前痛痛快快地哭了一场。弟弟上学走了的几天后，我认识了一个比我大五岁的男人，人长得一般，但人品特别好，实诚、有责任心，是一个可以依靠的人。见了第一面我就喜欢上了他，他对我也挺上心，我们很快就进入了热恋阶段。那时候我眼里的世界一片姹紫嫣红，一片鸟语花香，就觉得生活终于开始垂青我了。可是……半年后我俩还是分了手……"我问："出啥事了？他变心了？"雪华摇摇头："是家里的压力让他承受不住了，他娘好几次寻死，你说他总不能不要娘了吧，所以他打了退堂鼓我也是理解的，一点也不恨他，真的。他娘我也理解，哪个做娘的不设身处地为自己的孩子着想呢？"

雪华点燃了一支烟，熟练地喷了几个烟圈。我对雪华的印象一下子加深了。我问："后来呢？你爹他……"雪华的眼睛里有泪花在闪烁，她说："我俩分手一年后的一天，这一天是 3 月 4 号，我记得很清楚，这辈子我都忘不了，我爹在家里干活，不幸从炕上摔了下去，抢救了两天两宿没抢救过来，吃了一辈子苦的爹……才五十岁就走了……"雪华低下头擦眼泪，两个肩膀一耸一耸的。我由衷地说道："你挺苦的啊。"她笑笑，说："人来世上走一遭，都不容易啊，谁不得吃点苦啊！"

我心里一揪，想起了亚芬，想起了自己裤裆里的东西，就觉得自己其实跟雪华一样苦。我的心事像开了闸的洪水喷泻而出，感觉自己飘在了云端上，满心晴朗起来。我暗自吃惊地听着自己对雪华说着："你说的真是这么回事，人活着就是有苦有甜，为啥人一降生就哇哇哭啊，那就是为了吃苦来这世上的。就说我吧，我五岁的时候没了爹，娘整宿整宿哭我爹，一年以后眼睛就瞎了。"雪华惊讶地看着我，显然，她没有想到我原来也有一个凄苦的身世。接下来，我想跟她说真话，可是，一想到她的美丽，就鬼使神差地说起了谎话："我也有过一段痛苦的感情经历，先后又好几个和我谈得来的女孩，因为我家境的贫寒离我而去，我特别伤心。庆幸的是，前年的冬天我结识了一个大我两岁的女人，她刚刚离婚，还没有孩子，她说她见到我以后，认定自己离婚离对了，她要跟我组成一个新的家庭。她不嫌弃我是个乡下人，也不嫌弃我的瞎娘，我当然愿意和她在一起了。相处半年后我们结婚了。"

雪华轻轻笑了："这是个挺好的结局嘛！"我苦笑笑说："你听我往下说嘛。我俩共同生活了不到一年就办理了离婚手续……"雪华瞪大了眼睛看着我。我无奈地笑笑："她又回到前夫那里去了，她说她发现原来的丈夫其实挺好的，她甚至开始原谅了丈夫身上曾经让她容忍不了的缺点。我对她说，既然这样，那你就和你丈夫复婚好啦。"雪华静静地注视着我，显然，她被我编造的这个故事吸引住了，她的眼神里有了温暖。她继续说："你这么通情达理，真够男人的！"我摇摇头，摆摆手，说道："我哪有你说得这么好啊，我只是为她高兴，她终于明白了，所谓完美的婚姻，其实就是男女双方相互接受对方的不完美。她的那个家本来是完整的，只不过是因为她太过于追求完美才变得不完整了，我只不过是帮着她又恢复了家庭完整。"雪华非常聪慧，非常有悟性，她对我的这番话很是欣赏，不知不觉将身体向我倾来。她身上却如一张薄纱，而她高耸的双乳，宛如两团熊熊燃烧的火焰，罩衫的纽扣快要被挣断了，活活往外钻出来。我们离得很近，彼此都听得到抑制着的喘息声。渐渐地，我们抱在了一起。

我被雪华搞得很晕，好几天头昏脑涨。我跟亚芬从来没有这种感觉。我是不是爱上雪华了？

幸福来得太夸张，太突然了，我爱得如醉如痴，义无反顾。无风不起浪，眼下无风也起三尺浪。姐姐最早发现了我恋爱了。她闻到了我身上的女人的味道。姐姐对我的变化很敏感。"亮子，兄弟，你是有家庭的人，你可不能胡搞女人哦。"姐姐这样央求道。说这话的时候，她正坐在她家院子里的大枣树下，剁白菜馅，准备给我和娘包饺子吃。这个时节，春天已经深了，枣花开始谢了，风一吹，雪粉一样飘洒着，姐姐的肩头落了一层枣花，小朵小朵的，金黄金黄的，像碎金子。我自然不敢对姐承认，辩解道："和你弟媳亲热，咋是胡搞吗？"姐姐严肃地说："亚芬从来就不涂抹那些个化妆品，你身上咋会有那味道的吗？"我慌了，说："好姐哎，你可不敢这样冤枉你弟，你鼻子的炎症犯了吧？"姐不说话了，看了我一会儿，低下头用力剁起白菜来。

　　天黑得很乱，许多惊人的想法都出自黑夜。第二天夜里，我在工厂里值班，在办公室里用电脑和雪华聊天，亚芬推门进来了。我以为自己露了馅，吓了一跳，眼神有些怪异。亚芬是一个心粗的女人，她没有发觉我的异常，见我还开着电脑，居然歉意地说道："我打搅你了吧？我……我……是娘让我来喊你回家的……"我悄悄松了口气，问："娘喊我有事吗？"亚芬说："娘说今晚上吃饺子。"我哑然失笑："吃饺子喊我干啥，你们娘俩吃嘛。"亚芬说："你要是忙没空回家吃，那就我和娘吃吧。我走了啊，你也注意休息，别累着。"亚芬走了，回味着刚才和雪华的亲密聊天，我赶忙又坐回了电脑前。雪华问：刚才干什么去了？我答：娘来了，叫我家吃饺子。她说：那你就帮你娘包饺子去吧，改天聊。我说：饺子不吃了，又不是啥稀罕物。她说：饺子不是稀罕物，可娘的心意永远弥足珍贵，快回家吧。我望着显示屏上的这行字，出了会神，给雪华敲打了这样一行字：谢谢，你真是一个懂得爱的好女人。我回家了。

　　我出了工厂大门，步行着回家。夜阑人静，如水的月光静静地洒在每一个角落，也洒在我此刻不平静的心上。又高又蓝的天空中稀疏地缀着宝石一样的星辰，空气里弥漫着泥土、雾露和麦子的清新气息。所有的一切都隐没在了无边无际的夜色中了，神秘而安详。不知咋的了，这样的夜色让我忽然有了一种冲动，一种急于见到雪华，然后和她一起漫步在这迷人的夜色里。"亮子，啊，是亮子，娘，亮子回来了。"惊喜的喊叫声打断了我的思绪，抬头看，呵，是雪华，是她，是她，我惊异，接下来是惊喜，上前一把抓住她的胳膊，不由得脱口而出："你咋来了啊，雪华？"雪华却呆愣愣地看着我，问我："雪华？你喊雪华？她是谁呀？"我笑了："别跟我闹了。"雪华说："我没跟你闹，我是亚芬。"亚芬？啊，是亚芬，雪华咋一眨眼变成亚芬了呢？我像做了一场梦醒过来了，看着眼前实实在在的亚芬，我惊出了一身冷汗，一时手足无措了。亚芬却像刚才啥事也没发生一样，平静地对我说："快进屋歇会吧，饺子一会儿就熟了。"说完，转身跨进院门。我忐忑不安地跟了进去。娘坐在灶台前，摸索着包饺子。尽管她眼瞎，可擀皮，包馅，跟正常人一样，身上更没有丁点面粉。我掩饰着自己的窘状，蹲在洗脸盆前低下头洗手，洗得慢，缓解内心情绪充分点。亚芬说："娘，别叫亮子包了，叫他歇一歇吧。"娘说："叫他包，馅儿不包散了，饺子不煮软了，熟了不捞就破了哟。"这话明显很有内容。娘没文化，可经常说出一句两句让人回味的话来。我猜想，姐姐已经告诉娘，我和雪华之间的事情了，只是娘还不愿捅破这层窗户纸。她想要我自己捅破，或者知错及时抽身。

这顿饺子是我平生第一次吃得意味深长，吃得忐忑不安。直到吃完放下碗筷，我才回味今天这饺子除了白菜，还有啥别的菜呢？回味不起来，也就不回味了，还是回味进家门时候在亚芬跟前的失态吧。不由得心虚看亚芬，可亚芬表面上啥内容也看不出来。我预备着，回我们的家以后，亚芬该向我发难了。可是，直到我坐在了炕沿上，亚芬端来洗脚水，为我脱掉袜子，撩起温热的水为我洗着脚，她也只字没提雪华的事。这不是她的风格，她可是个敢说敢做敢爱敢恨的女人哪。洗漱完毕，我脱衣躺进被窝里，偷偷瞄亚芬，瞄着她也脱了衣裳，竟然脱得只剩贴身胸罩和短裤，然后掀开我的被子钻了进来。她的光滑的身子贴在了我的身上，我下意识地搂住了她，翻身将她压在了我的身底下，突然听见雪华羞涩地说："别这样亮子，咱俩还没成亲哪。"我喘着粗气说道："我不管，我就是想要你，要你……"我粗暴地扒扯掉她身上最后一件衣物，也感觉到了中间那个东西的蠢蠢欲动，立刻就要进入，可是……可是……我像一只泄了气的皮球，瘫软在了雪华的身上，野兽一样哀号一声，揪扯着自己的头发，无奈地一口一口地出着长气。

"毕亮，你就别跟那个雪华好了吧？"亚芬翘起脑袋，突然扳住我的脸。

我的心里"咯噔"一下，紧张地瞪视着亚芬，等待着她的"急风暴雨"。可是啥都没有等来。我看着亚芬有些潮湿的眼圈，自己的眼睛也潮湿了："亚芬，你……"亚芬摇着头哭着，搂住我的胳膊，抽噎着说："我心……心疼你……亮子，可你……可你，那方面……还是不行，人家雪华能答应吗？"我沉默不语了，感觉自己整个身体正可怕地一节节缩短。"砰！"我的拳头猛地捶在炕沿上，翻身跳下炕，光着脚冲出屋子，直奔厨房。黑暗中，菜板上的那把菜刀亮着淡淡的寒光。我走过去抄起菜刀，脱下裤衩，揪住那个没用的东西挥刀就要削，被跟进来的亚芬一把紧紧地抱住了那只胳膊，死活不撒开了。"你放开我，我要剁了这个废物东西喂狗！"我吼叫道。亚芬的头发凌乱地垂下，拥在脸颊，哭喊道："不，不，亮子，别这样，有它在咋说你还是个男人啊，你剁了它，今后还咋做男人啊？"我感到无趣和狼狈，扔掉菜刀，抱住亚芬嗷嗷嗷地大哭起来。

我愧对娘和亚芬，把我折磨得有些胆寒，决定和雪华断了来往。

我去找她，约她在城里的酒吧见面。雪华说就在她租的房子见面吧。我去了，一进屋就看见桌子上摆着不少好吃的，知道她是为我准备的，心里头的那个决定有点松动，肚里的花花肠子，鳝鱼一样钻了出来。我跟雪华钻进了她铺好的被窝里。雪华搂抱着我，动情地说，"我要跟你一辈子，给你生孩子，给你洗衣，给你做饭。你要了我吧！"我紧紧抱住了她，想着进入她的身体里，可那东西一点作为也没有。我只好虚伪地对雪华说："雪华，我爱你，但我更尊重你，还是等到新婚那一天吧。"雪华感动了，点点头，亲吻着我的脖子，喃喃地说着："亮子你真好，你真好……"

我像被子弹击中一样，一头栽倒进入梦境。

从此，我们谁也离不开谁了，我常常跟娘和亚芬撒谎，住在雪华那里。这样，我早晨睁眼醒来，就能看到雪华灿烂的笑脸了。我毫不犹豫地跨出了这一步，真不知道是福？还是祸？那不是梦，是真实的，既然跨出去了，我就不再是一个好丈夫，就无法再说原则，原则变得如此脆弱。重要的是一切在发生改变，只是自己对这些改变有准备吗？

表舅孙二狗知道了我和雪华的事，特意来厂里找我，他对我说："你瞧我胆子大吧？但我不敢碰雪华，为啥呢？你自己好好琢磨琢磨。亮子啊，你知道吗，有些女人只能看，是不能碰的，雪华就属于不能碰的那种女人。"我真不明白他是啥意思？吃我的醋了，还是担心其他啥事？在他看来，男人的世界女人掺和进来，岂不是公鸡母鸡乱掐一通？我却不这样看，雪华是在帮我的。她甚至已成为我心中一个美丽的谜团，他的坚韧和激情使我无比着迷。那种快感和自豪简直难以遏制。这种欢乐像水，流到哪里，哪里就会长出一片麦子。

　　有时候，我也这么想：如果我和雪华结合了，一辈子的生活应该是愉快的。但是，这种念头很快就被另一种情感压下去了，那就是我的结发妻子亚芬。亚芬虽然不随我心意，但是，她也不容易，对我娘很好，对我也好。尽管我因为和她逃避她爹的追赶而落入冰窟窿成了废人，但那不是她的错啊。一边是雪华，一边是亚芬，两个女人，我该做咋样的选择呢？

　　这天，亚芬到我办公室来了。说她们学校要到外地旅游，校方允许带上家属，因此她想让我跟她一起去旅游。看着她期待的目光，想想她知道我和雪华的事情后不吵也不闹，反而对我是那样理解，我的心软得不行了，硬着头皮答应了下来。

　　汽车疾速行驶。我脑子乱极了。

　　在既定的生活轨道上，时间是没有痕迹的。其实，不是真的没有痕迹。怎么记不起来了？许多记忆重叠起来，跳动，闪耀，在脑子深处由模糊变得清晰起来。那时，雪华想让我当村长。她说我的方式更接近她的理想生活。"当村长？我……干得了吗？"我很惊疑，神经绷得紧紧的。雪华这是想起啥来了，干吗要我当村长呢？"你干得了厂长，咋就干不了村长呢？"雪华表情固执，目光闪亮。我怯怯地说："厂长管的只是生产，村长管的是啥，全村人的吃喝拉撒，东家长西家短，我管得了吗？"雪华笑了，说："所以你得当这个村长嘛。你想想，眼下的村长虽说不像从前那么风光了，可人活着总得有思想吧？人与人之间总会有矛盾吧？有了矛盾就得解决吧？还有宅基地啊，计划生育啊，七事八事的多了，不得找村长协调解决啊？你手里有个厂子，不管有没有钱，外人眼里你就是有钱，这年月，有钱人就是尊严，就是叫别人仰着脸看你的资本。别人都仰着脸看你了，你说你这村长好当不好当？你当上了村长，全村人都成了你的村民了，对你的工厂发展有好处，而且你能光宗耀祖啊！"雪华声音很大，我耳膜有震裂的感觉。她年龄不大，思想却这样开阔，让我刮目相看了。

　　我决定当杨贵庄的村长。可又觉得不是那么简单的事情。别的不说，我大学毕业后就进城混了两年，也没混出个啥模样来就回了村。之后就是前两年，在表舅孙二狗的帮衬下，开了这家石粉厂，招了几十个村民进厂给我打工，就凭这能当上村长吗？我听人说了，人家马家河子村的马大炮是凭着给村里小学买了十台电脑，在村委会对面建了个文化广场，被推选当上村长的。我呢？搜肠刮肚想了老半天，零零碎碎地想起了，给三梆子家捎过五斤花生油，按批发价要的钱。还帮二翠嫂子找过她孩子的学校校长，免除了对她儿子打架伤人的处分。类似这样的小事好像真有一些，可见证人太少，影响力自然也就很小。雪华看出了我的心思，对我说："我说让你当村长就一定能叫你当上，你就准备坐村里的第一把交椅吧。"我惊讶地张着嘴巴，在阳光下看着雪华，她的周身笼罩着一层金灿灿的光晕。

正当我做着当村长的准备时，孙二狗来找我喝酒，喝着喝着就骂开了："狗娘养的，就大赖那小子敢跟老子争村长，耗子搂着猫睡觉，找死！"我心里"咯噔"一下子，孙二狗要当村长，大赖也想当，我也想当，这可是三个人相争啊！我悄悄掂量了一下自己，孙二狗比我有实力啊。大赖也开了一家钢厂，虽说人缘不咋样，可他是一个耍浑的人，村民们都怕他，我跟这两个人争，岂不是刀子尖上走钢丝吗？雪华听我说了心里的忧虑，反倒笑了，她眨着眼睛分析说："咱先别行动了，静观孙二狗跟大赖相争，等他们两败俱伤了，你这个不起眼的人好从中得利。"

我有些不安，担心他俩有一个胜出当了村长。雪华给我分析说："孙二狗是个啥样人难道你还不了解吗？除了手里有几个钱儿，他还有啥？有狗脾气，玩女人有一套，偷税漏税，这样的人你相信村民会选他？再说那个大赖，老百姓咋给他起的大赖这个外号啊？瞎起外号啊？还不就是他长得像赖子，干的事也像赖子吗？村民会选一个赖子给他们当当家人吗？所以，这两块料争来斗去的只能是谁也占不到啥便宜，不信你就走着看。"然后，雪华贴近我的耳朵，向我面授机宜。

几天后的下午，我听到一个消息：孙二狗和大赖同时给每一户村民分发香油和大米，两人比着赛花钱，大赖给村民一个承诺，二狗给村民两个承诺。两个人的争斗，让村民们得了实惠，全都乐呵呵的。可乐完了之后，不少人又都高兴不起来了，村长只能一个人，可选谁当呢？选孙二狗？大赖肯定不干。选大赖？孙二狗非急眼咬人不可。其实，大伙心里都明了，选谁也不合适，谁也不是当村长的料儿。我有个直觉，杨贵庄交到这种人手里，算是倒八辈子霉了。

　　这个时候，我按照雪华传授的计策开始出场了。我一没有送礼品给乡亲们，二没向乡亲们做啥承诺，我只是看准了家家户户种植的葡萄，市场形势分析，今年的葡萄供大于求，杨贵庄的葡萄将会滞销。为此，我到省城一个大学同学那里联系，他叫江城，开着家果品加工厂，生意做得越来越大，分公司都开到国外去了。江城听了我的来意后，当即表示：只要质量合乎他的公司的要求，会全部收购的。我赶回杨贵庄没有急于告诉村民这个好消息，而是先静静地站在局外观看各家各户为葡萄卖不出去急得像热锅上的蚂蚁。雪华说得好，办事情掌握不好火候，只能是事倍功半，甚至是落个费力不讨好的下场。又过了十几天，有的人家葡萄开始出现烂掉的迹象，开始忍痛超低价甩卖。雪华说："亮子，是时候了。"我说："嗯，是时候了。"当天下午，我派人到村委会门口张贴出了一份告示：毕亮为大家联系来省城一家果品加工厂，以高出目前市场价三倍的价格收购各户葡萄，请乡亲们做好准备。这一告示像一股春风吹开了村民们冰封的心田，全村立刻陷入了空前的喜悦之中。雪华搂住我的脖子亲吻了一下，轻声说道："祝贺你，我的毕大村长。"我说："就因为帮着卖葡萄，我就稳操胜券了？"雪华说："你咋这么没有自信啊？"我说："不是没有自信，而是村民们一定会选我吗？那可是民主选举啊。"雪华安慰我说："你在村里活了这么些年，难道白活了？你怎么还不了解农民？你还以为民主选举多公正吗？你想让农民讲民主，他们有那个素质吗？有那个自由吗？"我担忧地说："农民能听我的吗？"雪华说："到什么山上唱什么歌，唱来唱去还是自己的歌好听。那就看你玩得咋样了？"

　　一个月后，我竟然真的当上了村长，这真的出乎我的预料。过去想都不敢想的事，竟然在雪华的操作下成功了。我知道，是雪华的智慧让我当上了村长。

　　我坐到了村长交椅上，摸摸电话机，摆弄摆弄墙上的小黑板，再看看立柜里的卷宗，然后，坐在交椅上，端着肩膀，两只胳膊交叉在胸前，让自己的下巴堆出两个下巴来，真有一种君临天下的感觉。可是这种感觉很快就叫踹门进来的大赖给打断了。"喂，毕大村长，最近我那厂子原料不够用了，帮我整一批来吧。"大赖是村里的地头蛇，难对付，最好不要惹他，只能智取不能强攻，就一边给他倒水一边说："我帮你联系联系，尽最大力吧。"很快托大学同学的关系给他弄来了一批，可这小子说这批钢料质量不合格，要低价买进，对方一听不干了，要收回那批原料。我只好从我工厂财务抽出一笔资金给了供货方，对大赖这家伙耿耿于怀，恨得牙根痛。

我跟雪华说了这事，她给我出了个主意，大赖的钢厂有偷电行为，这是犯法的，可以借这个机会制服这小子，免得日后捣乱。第二天，我就向电力局举报了大赖偷电的事。两天后，电力局来了个处长，带着两个职工。先找到我，由我陪着到大赖厂子查验电表，由于是突然袭击，大赖没来得及恢复正常用电，被抓了个正着。我抓住他的这个小辫子狠狠地训斥了他一顿。大赖害怕了，深夜到我家来检讨，我又鼻子不是鼻子脸不是脸地训斥了他一顿，他两只手放在膝盖上，一个劲给我赔着笑脸，嘴里边不停地说着："村长，我错了，我错了……"然后，掏出一张银行卡说道："上回那个钢料，你掏了多少差价？我都还给你，你你你，大人不计小人过，别生我的气，别生我的气啊。"我说："算了，那事过去了，不提了。"然后，我换了张和气的脸，和颜悦色地宽慰了他，答应帮他把偷电这事摆平了。大赖感动得硬是挤出两滴眼泪来，撅着屁股走了。

第二天上午，雪华带我拜访了电力局一个副局长，那个副局长给一个处长打了个电话，让我去找这个处长，留下了雪华。我不放心地看着雪华，雪华朝我笑笑，捏了一下我的胳膊，示意我尽管放心走，她有分寸的。我真是服了雪华了，她竟然博取了局长大人的欢心。当天中午，我请了电力局那个处长和他叫来的几个干部，在市里最好的一家大酒店吃了顿饭，饭后给了每位领导一份纪念品，此事就算摆平了。大赖被我制服了，他对我感激涕零，五体投地地佩服，对我那是言听计从，就像一条忠实的走狗，丢给他一块肉，他的尾巴就朝着你摇得欢。

摆平了大赖，我对雪华更加信服了。她会钻营，这点比我强。我感谢她让我有了自信，每天都充满一种自豪的感觉，自尊心得到了极大的满足。那天下午，我给雪华买了两套高级时装，晚上一下班就开上我的轿车去了雪华家。到了雪华家，雪华见两套时装十分高兴，她说："我高兴的不是这两件衣裳，而是你的心哪！"说完，她开始脱身上的衣服，要换给我看。我下意识地转过身去，听见身后响起窸窸窣窣的动静。过了会儿，雪华说了声："好了，转过身来吧。"我转过身，天哪，雪华上身竟然只穿了一个胸罩，下身只穿了件三角内裤，白皙的皮肤，匀称的身材，高挺的乳峰，瞬间便点燃了我心中的欲火，撩拨得我浑身好像钻进了火炉里炙烤得口干舌燥。我真的想扑上去，把她一口吞进肚子里，可我不敢，我怕她要我进入，我无法满足她。我只有看着雪华的身子，极力压抑着自己的冲动。雪华两只眼睛喷着火苗走向我，我躲闪着，她一把抱住我，在我耳朵边呼着热气，抚摸着我的胸，顺着胸向下滑去，滑去……

我现在还难以置信，那天晚上，雪华调动起了我的欲望，我的那个物件居然能用了，骄傲地挺立着，让我重振了一个男人的雄风。我俩在床上缠绵悱恻了足有一个小时，我一边在雪华身上动作着，一边暗自惊异我这个物件咋就能用了呢？我激动得流泪了，憋屈多年的自卑感一扫而光了，我又是一个男人了，又是一个男人了。我亲吻着雪华的脖子，说道："谢谢你雪华，谢谢你！"雪华奇怪地看着我："这事是双方情愿的事，还有谢的？"我喊了一声，拔腿飞奔而去。我跑到了大街上，一蹦一蹦的，仿佛向世人证明着什么。

纸包不住火。孙二狗知道了我没听他的，我与雪华一直保持着秘密来往。孙二狗与我渐渐疏远了，很少来我厂子了。也很少给我打电话了，我给他打也不接了。他有些忌妒，甚至是愤怒，在他看来，雪华是我通过他认识的，我夺了他的女人。还有一点，我有了雪华就会如虎添翼，那就不是一个小小的村长的意义了。我把孙二狗态度的变化对雪华说了，雪华说："他对我也这样了。我正要提醒你，你的石粉厂得赶快另找靠山，提防着孙二狗甩了你。"她的话呛得我说不出话来。经她这么一提醒，我对孙二狗有了防范之心。我这样想，孙二狗爱不理我就不理我吧，要是他以前这样待我，我会有利剑高悬的恐惧。现在有雪华在我身边辅佐了，我啥也不怕了，甚至觉得孙二狗有些好笑。这个村长是他自己丢的，不是我从他手中抢走的，他怨恨我是没有道理的。

我那物件恢复了雄风，让我自信心越来越强，就像秋天的河水涨得满满的。不过，我守住了一个原则，就是不在亚芬身上作为，不能叫她的身体觉醒，否则就会对我起疑心了。亚芬她要怀疑我和雪华就让她怀疑去吧，反正她没有证据。我发现，亚芬似乎并没有怀疑我，还像从前那样待我好，这多少让我在她面前心存愧疚。尤其是她不止一次地提醒我，说雪华这个人太厉害了，恐怕她把我卖了，我还得给人家点钱呢。我惊异万分，亚芬这话从何说起呢？她为啥说雪华太厉害了呢？难道她知道一些我们之间的内幕吗？可她为啥一直像不知道我和雪华暗中来往的事一样不露声色呢？这样说来，亚芬这个女人不简单，挺厉害的。

　　不过，我不信亚芬的话，我认为这是她妒忌雪华，恶语中伤雪华。我相信雪华，她所做的一切都是为我好。我要报答雪华，土地孕育了庄稼，农户获得了大丰收，来年开春你不给土地施上足够的肥料，它还能丰收吗？可咋报答她呢？想来想去，我最终决定给雪华一笔钱，由她自己做打算，愿意干啥就干啥。当我把那笔钱拍到雪华手里的时候，雪华明显打了个愣，她看着我，说道："你是不是想报答我啊？"我笑言："你可真厉害。"雪华看着我："有这个必要吗？我咋感觉有点像做生意啊？你这可是在亵渎咱俩的感情啊。"我连忙解释说："你别误会好不好啊，我是真心想让你改变一下现状，我这么做也是为了我呀，你的不就是我的吗？我的不就是你的吗？"雪华嗔怪地打了我一巴掌，"扑哧"一声笑了。

　　一周以后，雪华在镇上最繁华的一条街上租了一个底商，开起了一家小超市。看着满货架的各类商品，我不住地夸赞雪华真是能干，说开超市不出十天还真就开起来了。雪华跟我说："这是我第一次开店，第一次当老板，还真的要谢谢你。"说这话的时候，雪华凑近了我的身体，眼神黏糊糊的，呼出来的热气直扑我的脸。一股激情像蛇一样缠绕住我的周身，让我呼吸急促起来，让我恨不得一口把雪华吞进肚里，我猛地一把抄抱起雪华走到柜台前，将她平放到柜台上，动手解她的衣扣。雪华捶我一拳："店门还开着哪。"我喘着粗气，刚要动作，进来一个顾客，我立刻就蔫了。

　　眨眼就是一个月，时间真是个霸道的家伙，它和谁也不商量只顾由着自己的性子朝前走，管它春夏与秋冬，管它花落又花开，管它云卷又云舒。雪华对我说，季节在她的意识里是一个一转身便有激情的男子，他的一颦一笑都影响着她的心情。她给我讲了一个深藏于心间的感情故事：那是五月，多雨的季节。五一假期临近，别人都盼望着大好晴天，唯独她雪华期盼着下雨，因为她喜欢下雨天，在雨雾里穿行那是多么快乐的事情啊。她就是在这样的雨雾里邂逅那个他的。"五一快乐。"他这样笑呵呵地主动向她打着招呼。她一抬头只看见了他上衣的第三颗纽扣，这样她就不得不仰视他了，啊，他的个头真高，肩膀真宽，她真想靠到那副肩膀上，任凭风吹雨打。"来，认识一下吧。"他伸出右手来，"我叫金哲，新时代电脑公司业务主管。"雪华羞涩地碰了下他的手，没有报出自己的姓名，只是朝他莞尔一笑。"你干吗不趁五一长假去旅游？"他问。雪华说："你不也没去吗？"金哲耸耸肩膀："我刚刚回来，去的泰山。"雪华说："独自一个人在雨中漫步，对于我来说就是一次旅行。"金哲笑了，露出两排洁白的牙齿，他撑着雨伞的姿势很是优雅，身后是一棵高高的白杨树，叶子上正往下飘落着点点雨滴，他说："你这种旅行，不失为一种放松紧张心情的形式，对吗？"雪华笑着点点头。金哲的眼睛里闪过一丝睿智的光，他说："生活就是这样，整天忙忙碌碌的，不知道在做些什么。可悲的是，整天忙忙碌碌，围着钱转悠，有一天蓦然回首，物是人非，我们突然就老了。是时间在飞逝吗？其实不是，时间是永恒的，是我们在飞逝。我们总说时间的脚步是急匆匆的，其实时间并没有走，是我们走得急走得快。"

雪华听金哲说话，感觉他在朗诵一篇优美散文的片段，深看了他一眼，接着他的主题说道："走过了二十几年风雨路程，我们觉得我们是多么的富有，肩上背着满满一包裹的幸福快乐，因此我们不顾一切地年少轻狂，不顾一切地向前飞奔，直到有一天觉得好累好累了，停下脚步才发现，不知道从什么时候起，我们把真正的快乐和万花筒一样的梦想都丢在了路上，像蝴蝶的翅膀，风吹起纷纷扬扬，而当我们再跑回去捡它们的时候，已经变成了大片大片的忧伤……"金哲的一双温和的眼睛出神地注视着雪华，这让她寒冷的心开始有了暖意，两个人并肩向森林的深处走去……

我被雪华讲述的这个浪漫故事深深地吸引住了，慢慢回味着。雪华推了我一下，说道："你知道吗，就是这个故事让我对金钱有了一个新的认识，刻骨铭心的认识，那就是金钱不是万能的，没有它是万万不能的。"我说："我知道了，这是你当年的初恋，就是因为家里穷才成了你永远的痛苦回忆，是这样吗？"雪华点点头，目光哀怨。经历不平凡的人，往往能做出不平凡的事情来。我预感到雪华的生活轨迹绝不会像现在这样甘于平庸。果然，两个月后发生的一件事情，应验了我的这个预感。

一天中午，风很硬，我顶着风走出去。我到村委会调解了一番村民纠纷，就去店里找雪华。雪华把饭做好了，我正在店里准备吃午饭，来了一个中年男子，他显然是刚刚下班路过，他直奔日常生活用品区而去，雪华迎上前去，对他打了个招呼："下班了啊，马科长？"马科长有些吃惊地抚了抚近视眼镜，说："我好像只进来过一次，你怎么知道我姓马，还喊我马科长啊？"雪华说："上次您帮夫人买酱油，我听另一位顾客叫您马科长来着。"马科长笑笑，拿起一瓶酱油，看了看说明及价格，犹豫了一下放了回去。转了一圈，再拿起那瓶酱油看了又看。然后，掏出手机拨号码，却没人接。雪华走过去对他说："马科长，您夫人平常买的就是这个牌子的酱油，它含有比较丰富的豆类成分，味道更香。另外您夫人是我们的老客户，可以用记账消费月结，而且都打 9.5 折。您夫人上次买酱油大概也有一个月了，应该差不多用完了，您只要签个名，就可以顺道带回去了，您夫人一定会非常高兴。"马科长问："你认识我老婆？"雪华点点头："您夫人姓常，人家都亲热地喊她常大姐，烧菜有一手，最拿手的菜是竹网鸡、大锅焖黄鱼、乡巴佬蒸蛋，谁吃了都赞不绝口，我说得对不？"马科长立刻信服地笑了，在收银台签了个名，拿着酱油喜滋滋地走了。

我由衷钦佩地说道："行啊，雪华，怪不得生意这么好呢，我算是服你了。"雪华吐了下舌头，孩子般调皮地一笑，说道："其实亲密的客户关系并不难建立，只要记住每一个相熟顾客的详细信息，拉近和顾客之间的距离，再采用相应的服务策略，就会达到事半功倍的成效。"我连连点着头说："说得好，说得好啊。"

几天后，孙科长爱人常大姐来超市找雪华。我当时没在超市，是后来听雪华说的。常大姐听马科长说，雪华对她的东北特色家常菜感兴趣，又知道雪华很能干，就想和雪华合伙开一家小饭馆。雪华没有答应合伙开饭馆，而是提出了开连锁店的合作方式，也就是你开你的饭馆，我开我的超市，饭馆所用的油盐酱醋、烟酒茶糖啥的都由超市负责供应。在我超市消费超过规定金额的顾客，可以凭消费小票到饭馆吃饭享受多少折的优惠；同样，在饭馆消费超过规定金额的可以凭票到超市购买特价商品。常大姐一拍巴掌连说了三个好，当下两人签了合作协议。雪华还帮着常大姐设计了几样招牌菜，工薪情侣套菜啊，结婚纪念餐啊，夫妻讲和餐啊，甚至还有分手餐，再配上布置得像家里一样温馨的房间，很快吸引来不少顾客，每天那几个单间都客满，需要提前预订。社会上掀起一股怀旧风后，雪华在报纸上打出广告：专收二十世纪六七十年代寻常百姓家用过的日常用品。然后，在超市设了怀旧用品专柜，帮常大姐在小饭馆增添了怀旧家常菜，一时间，顾客盈门，生意红火，引来新闻媒体记者过来现场采访，雪华和常大姐一夜间成了名人。

　　我因此更爱雪华这个有头脑又能干的女人了。我要把她包养起来，我是村长、石粉厂老板，我手里有权力，还有钱，有能力包养雪华。当这样的男人好，有情调，没责任。不同的是，大部分男人包养女人，只需要在女人身体上得到充分的满足，保持男人的最佳激情状态。而我不是，我不仅需要雪华的肉体，更需要她的智慧。

　　那是个雾天，我正在村部开两委会，商讨村里大田地修滴灌的事情。我的秘书打来电话，说厂里的几位中层干部都在我的办公室等我哪，有要事相商。我先停了两委会，赶回厂里。原来，那几个中层干部向我提出，最近企业经济效益滑坡的主要原因是，他们的管理水平有限，如果想将工厂经营好，必须再请一位大师级的管理人员才行。我说，容我好好琢磨琢磨再定。雪华问我："你是请还是不请呢？"我说："大师级管理人员自然好啊，可我这小庙盛得下大和尚吗？再说了，有这个必要吗？"雪华一拉我的胳膊，趴在我的耳边，出了个好主意。

　　几天后，我领着一位学者一样的中年人进了工厂，向几位中层管理干部介绍道："这位是顾教授，大家就叫他顾老师吧。往后，他咋干你们就咋干，他咋说你们就咋说，啊。"顾老师一进工厂，他的一言一行便受到了全厂员工的密切关注。顾老师穿着极其普通，并且待人也极其和善，跟每一个见面的人都点头微笑，只是话语极少，他总是用自己的行动来代替讲话。每天早晨，顾老师来得比任何人都要早，他不是坐在办公室里喝茶，而是抢起扫帚把工厂的操场打扫干净，然后，走进车间擦拭每台机器，擦得一尘不染。再然后，他会将每一个员工的椅子和生产工具都擦拭干净。顾老师的行动在员工中产生了巨大的影响，不仅是普通的员工，就是那些中层干部也感到实在是挂不住脸了，咋能让顾老师这样的管理大师亲自来为大家打扫卫生呢？既然管理大师都这么毫无架子，亲自去干这些粗活，那么其他人有什么理由不好好工作呢？很快，工厂的生产环境大改观，也带动了其他方面的工作，管理明显也好多了，工厂的效益也上去了。效益一天天好转，那几位中层干部都很高兴，纷纷说我慧眼识英雄，请来了一位高水平的管理大师。我哈哈大笑起来："管理大师？哪里来的管理大师啊？我可从来没请过。"几位中层干部惊讶了："难道那位被您请来的顾老师不是管理大师吗？"我向大家公开了保守大半年的秘密："他呀，实话告诉你们吧，他是我一个朋友的远房表亲，他是一家国有企业的车间主任，半年前下岗了，正巧没找着合适的工作，我就给请咱们厂里来了。"大家听了，呆愣了好一会儿，突然都拍起巴掌，连声夸我这一招高明，纷纷投来钦佩的目光。我在心里夸赞雪华：多亏了有你这个贤内助啊，雪华，我爱死你了！

俗话说得好啊，聪明反被聪明误。不久，雪华看中了孙二狗的一家小钢厂，这老小子要卖厂子的理由是，手里有三个企业，太操心了，不想经营厂子了。雪华得知这个消息后，想买一个过来，把这个厂子发展壮大起来，将来当大老板，我们就更有钱了，有了钱就可以跟孙二狗对抗了。她征求我的意见时，我阻拦说："我的意见是别买他那个小厂子，听说了吗，现在讲低碳经济，全市范围的节能减排就要开始了。你想想，他这个厂子挺挣钱的，好端端地为啥要卖掉啊？还不就是闻风要关掉高耗能的污染环境的企业。这不是人家偷驴，咱拔橛子吗？"雪华愣了一下，气氛有点肃穆，甚至有点紧张。她的脸红彤彤的，微笑着看着我。我的话她这是没听进去。这样一来，悲剧的线索就从这埋下了。

过了几天，我继续说服雪华："近些年来，全球极端天气频频发作，危害是越来越严重，强台风啊，沙尘暴啊，高温干旱啊，咳，多了。啥原因啊？就是碳基燃料消耗过大造成的全球气候变暖，极端天气只是能源消耗问题的一个折射而已。那天我在报纸上看见中科院一项调查显示，咱们国家是全世界自然资源浪费最严重的国家之一，在 59 个接受调查的国家中排名第 56 位，第 56 位呀！还有一组数据，中国的能源使用效率仅为美国的百分之二十六点九，日本的百分之十一点五啊。所以说，推进节能减排，可以说是迫在眉睫啊。我可提醒你，这次的活动是全国性的，中央非常重视，你千万别以为我当村长，凭我关系找找人就能蒙混过关啊，我的话你听进去了吗？"雪华低下了头，一动不动地坐着，看样子在思考。我松了口气，她到底还是明事理的人。

可是，雪华最终还是没有听我的，她胆子太大了，偷偷卖了小超市，又贷了一笔款，背着我悄悄地把孙二狗的小钢厂买下来了。等我知道的时候，人家已经办好了所有相关手续，坐在了昔日孙二狗聘来的厂长的位置上。"雪华，你到底还是买下了这个厂子啊？"我气喘吁吁地看着雪华，胸腔里有一股无名火在燃烧。雪华逼视着我说："亮哥，别火啊，这是在工厂里，你该喊我老板。"我拍着桌子说："雪华，你会后悔的，会后悔的呀！"雪华不苟言笑地看着我："毕亮先生，请你不要干扰我的工作。如果没什么事情，就请你先出去吧。"我惊讶地看着她，她刚刚坐在经理座椅上，就对我的态度来了个一百八十度大转弯，这也太快了吧。雪华大概也意识到了啥，语气缓和了下来："你放心吧亮子，我心里有数。"话说到这份上，我还能说啥呢？说啥也晚了。那就啥也别说了吧。

我在心里说：这一幕我盼望很久了，咱骑驴看唱本，走着瞧吧。

让我理解不了的是，全县的节能减排一直没开始，我寻思，开展一项声势浩大的专项整治工作，不是件简单的事情，一发而牵动全局，需要很好地谋划谋划才行啊。雪华得意地斜眼看着我，说："咱这是城乡接合部，很容易被上级忽视的。再说咱又是个小厂子，庙小招不来方丈，就是消耗能源又能消耗多少呢？排放污染又能排放多少呢？"我无语了，心说这雪华说的也不是一点道理也没有，中国这么大，明摆着的大面都管不过来，别说这犄角旯旮儿的了。也就把节能减排的事忘脑后头去了。

雪华真是厉害，接过这家小钢厂之后，进行了一系列改革，比如，承诺给一线工人增加效益奖金，把工人的收入和厂子的经济效益挂钩，规定生产利润每提高多少百分点，工人的奖金就增长百分之多少，一下子提高了工人们的生产热情，一个月后，工厂开始盈利了。给工人发工资那天，我坐在停放在财务室对面的轿车里，看着工人们喜笑颜开地点着工资袋里的钞票，打心眼里佩服雪华。

孙二狗来了，穿得挺光鲜的，梳着背头，人模狗样的。我听见有一个工人朝他喊："孙总,这月我开了两千块,头一回开这么多呀!"我听见孙二狗也喊:"狗×的,别他妈的没良心,给你块骨头就摇尾巴。"不知道他干啥来了,是不是后悔卖厂子了啊?我想跟着他,看他究竟想干啥,后来又一想,我操这份心干啥,雪华一个人对付这老小子绰绰有余。事后,我听雪华说,那天孙二狗来是向她通风报信的,说上头要开始搞节能减排了,要雪华小心点,或者转手把厂子卖出去。我问雪华是咋想的,雪华说:"这个孙二狗,真是个滑头啊!"我说:"滑头?你说他滑头?他不是好心提醒你来了吗?"雪华说:"他是提醒我来了,这一点我不否认。可咱们用得着他提醒吗?谁不知道上头要开展节能减排啊,早就不是啥新闻了。"我说:"他不是还建议你把这个厂子转卖出去吗?"雪华咯咯咯地仰脸笑了:"卖出去?别傻了,他这是在给自己开脱,万一上头真的把咱的这个小厂子关停的话,他不至于落埋怨,他会说,当初我不是提醒你们了吗?还建议你们转手了哪,不能再怪我了吧。"我担忧地说:"咱别顶风上了,不如把厂子转卖了吧。"雪华白了我一眼:"胆小如鼠,眼下赚钱要紧,关了再说关的事。"

三个月后,全县的节能减排战役打响了,涉及村级十六家企业上了环保局的黑名单,雪华的钢厂名列其中。我是听孙二狗说雪华钢厂上黑名单的,"咚"地一下放下酒杯就走,孙二狗一把拽住我的胳膊,问:"你干啥去?找雪华去是吧?"我挣脱着他的手说:"知道你还问。"孙二狗叹了口气说:"这个雪华呀,不听我的话,如今……咳,我看你现在还是不露面为好……"他的声音阴森森的。

我甩掉他的手,毅然出了酒店,找雪华去了。

雪华正仰靠在真皮椅子上闭目养神,见我进来,指了指边上的沙发,不说话。我沉默着看了她一会儿,忍不住问道:"你想咋办哪这事?不管怕是不可能的了吧?"雪华睁开眼,平静地笑笑,说:"是你出山的时候了,就看你的了。"我问:"啥意思啊?哦,你想让我去求环保局的领导,把厂子保下来,是不?"雪华抱着胳膊看着我。我冷笑一声,说:"你把我的权力估算得也太高了点吧?我一个小小的村长,一个小小的民营厂长,能顶得住这么大的事?"雪华说:"不要把话说得太绝了。人生在世,哪个能保住没有求人的事?动用你的权力,求求人吧!"无奈,我只能答应她试一试了。凭我和雪华的那层关系,我不能眼睁睁看着她受损失啊，她经济上的窟窿不就是我的窟窿吗？

第二天我去找了马镇长。我和马镇长比较熟，彼此之间用不着拐弯抹角，扛着扁担说话——直来直去。我一进屋，见只有马镇长一个人在，从皮包里掏出一个银行卡就往他抽屉里塞，马镇长拿出卡看着我，等着我说话。我就直接说了。马镇长听完了，把卡塞回我手里，说："节能减排，关停并转，这是一道死命令，谁都挡不住！省长、市长都不能打折扣，更甭说我这个小小的芝麻官了。转告雪华赶紧转型，搞低碳产业，船小好调头。"我说："转型？说得轻巧，那么简单的事？"马镇长说："我给你们指个道，让雪华的钢厂开发沼气新能源，这可是一个新兴的朝阳产业呀，得抓住这个千载难逢的好机会哟。"我沉着脸，说："不好转，你当吹糖人哪！"马镇长火了，"啪"地一拍桌子吼了起来："杀出一条血路，也得给我转型。你干不好，那你就来当这个镇长，我去当村长。你这不是逼我跟上级顶牛吗？我顶得住吗？"我被镇长骂出了镇政府。

我把马镇长的态度跟雪华说了，雪华对我非常失望。我想转移她关注的焦点，便说："当初我不让你买，你不听偏要买，哼，本来那就是孙二狗的一个阴谋，急于在查封之前转手，你可倒好，眼睁睁上了他的当。"雪华眼圈红了，大声说："你少在这转移目标。孙二狗的一家大钢厂也要关闭拆除了，他那么能掐会算咋不把这个大厂子也转手卖掉啊？不是损失更小吗？"我看清楚了，相同的利益驱使雪华跟孙二狗站在了一起。雪华斜眼看着我，说："我扶你当村长为了啥，不就是希望你给我撑个腰办点事吗？现在需要你了，你可倒好，屁事也办不了，你说连这点事都办不了，要你这个村长干啥呀？给人擦屁股？"我一抬头从雪华的眼里看到了一种危险的光。雪华又数落我一通，我坐在那儿，望着女人冷冷的后脊，难过得流出了眼泪。

这天晚上，我没有去雪华那边过夜，先去了娘那里。乡村的夜晚静悄悄的，没有城市的霓虹灯和喧嚣的大排档，没有城市里呼啸着来来往往的大小车辆。经过一天的劳作，人们早早地就上床睡觉了。走在窄窄的街道上，偶尔听到老头老婆们的几声咳嗽，过后就沉静了下来。偶尔有狗的叫声响起，打破夜的宁静。偶尔有不知名的夜鸟叫几声，又马上停歇，似乎意识到自己成了乡村夜晚的入侵者，不敢再喋喋不休。乡村的夜是单纯而美好的，我的心境却和这种美好一点不协调，因为我总是心事重重。

我的脚刚刚踏进门槛，娘便说话了："兔崽子，你还知道回来啊？"娘的眼睛瞎，可心不瞎。我知道她骂我兔崽子背后的内容，却装作听不懂的样子傻乐着说道："咳，厂里村里的两大摊子，我倒想躺娘身边躲清闲哪，咳……"亚芬端来洗脸水，放到我跟前，对娘说："是啊娘，你就别埋怨他了，你儿子是领导，忙着哩。"娘仰着深眼窝的老脸，默不作声了。

我知道娘的心思，可我的心思谁能了解呢？

做大老板，这是我的一个梦想，却成了雪华的一个圈套。她口口声声说爱我，开始我是深信不疑的，后来，我逐渐发觉，她对我是寄予想法的，也就是有附加条件的，这样的爱还纯洁吗？我没有办法，就是不叫我当村长了，我也没办法。我知道，资本都是贪婪的，都是血淋淋的。她那充满膨胀私欲的喊叫声，在我的耳边肆意鼓噪着。回想那天，我真没少给雪华讲道理啊。什么是新一轮的资本改造啊，什么是经济大转型阶段的必然之路啊，为什么低碳经济是国家战略啊。雪华无动于衷，我急了："你想想，如果国家不行了，你这些资本还能保得住吗？我还给她打了个比方，你就像蛆，它赖以存活在肉体中，如果肉没了，蛆也就死了。"雪华给了我一拳："这叫啥比喻？恶心不恶心？"我反复给她讲，胳膊扭不过大腿，巴掌再大也大不过天。可就是讲不通她，真不知道这个通情达理的女人，这一次拧的是哪一根筋？

十天后的上午，来了一伙人，领头的那个粗壮黑脸男子宣布：接上级指示，雪华的钢厂依法强拆。雪华啥话也没说，只是挥了挥胳膊，意思是那就拆吧。看着她那有些湿润的眼圈，我的眼睛也湿润了。我安慰她说："你是个浪漫的人，浪漫的人是不会悲观的。"雪华扫了我一眼，然后看着别处，轻声说道："谁说浪漫的人不会悲观，只不过浪漫的人，悲观的时候流出的眼泪不是眼泪！"

我没听懂这话的意思。这个女人真是厉害。跟她在一起，我感觉日子飞起来，她会从我的身边飞走的。

我开着汽车在高速公路上一路狂奔，有点像飙车。

路两边的大大小小的景物风一样闪去，连成了一条直线，星星点点，五彩缤纷的。我感觉后面有一辆汽车在追逐，汽车灯光贼亮，白光闪闪。一阵古怪的号叫从光焰里喷出来。我吓得加快了车速。我的汽车眨眼工夫就出了山海关，出了省界，进入辽宁地界了，雪华的家乡越来越近了。我把车速减了下来，趁机缓解紧张了一路的神经。汽车里拉着死人，我心情能缓解吗？我一脸的恐惧久未散去。这是怎样惊心动魄的旅程啊？

那时候，我放弃了自己的理想，放弃之初虽然很痛苦，但过了一些日子就感到如释重负的轻松了。我满以为，放弃了那种理想，开始一种真正的属于我这个阶层上的人的生活，以后的日子会过得顺心起来。可是我想错了，接下来的生活依旧不顺利，我心口一闷，悲愤交加涌了上来。想到自己的辛辛苦苦，换来的却不是甜，而是找不到自己了，我想不明白，我是算城里人，还是算乡下人，明白的就是自己是一个挨累的命。有人说，你想一天挨累，就在家请客，你想一个月挨累，就盖房子，你想一辈子挨累，就在外找情人。

我驾着车奔跑，绷紧的神经稍稍松弛一些，我又情不自禁地回想起往事了。工厂的强拆，使我和雪华的关系陷入低谷。爱情，会使一泓平静的水沸腾。如果没有沸腾，那就不是爱情了。我知道，因为钢厂强拆让雪华把手里的钱赔了个精光，她的当大老板、跟孙二狗抗衡的梦想瞬间化成了泡影。我还知道，她把一肚子的委屈怨恨集中到了我的头上，嫌我没能帮她免除掉遭强拆的厄运。我让她失望了，不，不是失望，简直就是绝望。因为她指着我的鼻子恶狠狠地说了一通："你还有良心吗毕亮？我给你买了孙二狗的石粉厂，我让你当上了村长，我还……还叫你裤裆里的那个玩意儿撅起来了，叫你活活地有了尊严，男人的尊严，没有我能有你的今天吗？可你是咋对我的呢？"我大吃一惊，心说：我阳痿的事她是咋知道的呢？除了亚芬别人是不知道这事的啊！必是亚芬告诉她？可她知道了为啥还跟着我呢？假如我一直没有恢复性功能，那她岂不要一辈子守活寡了吗？啊，这个女人真是太厉害了！她竟然把我当成了她手里的一个玩偶。

我终于想到与雪华分手了，这是被逼无奈的选择。

那天黄昏，我把雪华从她家约了出来，开着车出了小镇，在镇郊边上停下来，朝后山坡走去。田野里，升腾着柔和的晚霞，红红的霞光像彩缎一样，抹在云天，铺到水面上，一片碎金闪闪。乡间的小路上，孩子们正沐浴着夕阳的余晖，驱赶着一群群牛羊走在归家的路上。一只只可爱的小羊羔和一头头活泼的小牛犊，蹦蹦跳跳地跟在它们的母亲后面，在尽情地撒着欢。几个淘气的孩子坐在牛背上哼着乡村的小调；也有的孩子用鞭子驱赶着那些调皮的牛羊。歌声、哞哞、咩咩的叫声组成了一首动听的牧歌，与夕阳、晚霞一起撒在这弥漫着乡土味的小路上。此情此景让我这些日子灰灰的心情有了色彩，好久没有安安静静地欣赏乡村风光了，今天看起来它们还是那么亲切，还是那么恬静，还是那么安谧。心情一好，忍不住吟诵起张籍的《野老歌》来："老农家贫在山住，耕种山田三四亩。苗疏税多不得食，输入官仓化为土。岁暮锄犁傍空室，呼儿登山收橡实。西江贾客珠百斛，船中养犬长食肉。"啊，一派北国好风光哦。

雪华蹲在小道旁扯下一棵毛毛草，衔在嘴里，默默地看着草茎上趴着的一只蚂蚱，好一会儿一动不动。我走到她身后，脚步声惊飞了那只蚂蚱，落入另一处草丛，去向不明。我对她说："我们别吵了，分开吧，你往前再走一步吧，还年轻哩！"她站起身紧紧盯着我，目光里有一种奇怪的东西。雪华哭了："我原以为你是个好男人，负责任的好男人，哪承想……我真是瞎了眼。"说完，将手里的毛毛草往我脸上一甩，掉头就朝山下走去。

我紧跑几步追赶上她，拉扯住她的胳膊，大声说："我咋不负责任了？你不能这么说我呀，我……"她猛地站住脚，甩开我的手，斥责道："你既然和我在一起，就要和我同舟共济，就要履行一个男人的职责，可你呢？真正需要你冲锋陷阵的时候，你是咋做的啊？"我说："你不就是抱怨我没能帮你摆平那个钢厂强拆的事吗？我跟你说过多少回了，节能减排那是……"雪华猛地一把推开我，气呼呼地下了山，朝汽车走去。我边追边喊："雪华，你去哪啊？"她不回头，上了汽车"呼"地开走了。我知道，她跟我争吵的时候，就喜欢只身一人开车乱跑。这个时候，我总是担心她的驾驶技术，不敢闭上眼睛，一闭上就看见她的车撞到了一棵大树上，车头变了形，她的脸上鲜血淋漓……可每一次她都安然无恙地回到我的身边，这个女人，光听说二战恶魔希特勒有深夜飙车的习惯，为的是缓解紧张至极的心理压力，想不到雪华也是，她的心理压力也到了非飙车不足以缓解的地步了吗？一直得不到答案。这次，她又驾车减压去了，可她还没回答接受不接受我提出的分手要求啊。

我拦了辆出租车回了我的石粉厂，等候雪华来找我。我了解她，发泄完后就会回到我身边，温柔得像一只小猫偎在我怀里任由我揉搓的。但这次她破例了，直到第二天黄昏还没出现。我有点坐不住了，主动拨她的电话，可关机了。是没电了，还是故意不开机躲着我呢？正疑惑间，亚芬来了，她的脸上挂着泪痕，像是刚哭过，进屋她就指着我的鼻子，咬着下嘴唇，一句话也说不出来，胸脯子剧烈地起伏着。我预感到亚芬是冲着我来的，而且是动了大气，不然她不会气成这样的。我强装镇静地朝她笑着，说道："出啥事了亚芬？坐下慢慢说，慢慢说。"

女人失去爱就是一头吼狮。亚芬开口说话了，怒气冲冲："姓毕的，你……你好狠毒啊，你你你……你竟然跟那个叫雪华的狐狸精鬼混，你当老娘是好欺负的是吧？"我的脑子猛地响了一个炸雷：她知道我和雪华的隐情了？但我不能轻而易举地就承认了，万一她是道听途说的呢？于是，我装作无辜地哄骗她道："消消气，来，喝杯饮料，喘口气，有话慢慢说。"说着，假惺惺地搀扶她的胳膊，被亚芬推开了，她攥住我的手腕子，恨恨地说道："毕亮啊毕亮，这么多年了，你说我哪点对不起你？除了没给你生个一男半女，可这是我一个人的责任吗？你那方面不行了，这些年我嫌弃你了吗？没有啊，可你知道我的感受吗？我是个正常的女人哪，我也想那事啊，可是，我能忍……想不到你竟然背着我，和那个女人鬼混……你不爱我了可以提出离婚啊，这不是祸害我吗？你的良心叫狗吃了是吧？"她越说越气愤，浑身颤抖不止，最后，干脆捂着胸口瘫在了地上。我连忙将她扶起，抱到沙发上坐着。

亚芬紧闭双眼，脸色惨白，大口大口地喘着粗气。我一边摩挲着她的胸脯，一边思忖着，她是咋知道我和雪华的私情呢？嗯，是孙二狗这老小子，对，一定是他，只有他知道我和雪华的关系。这个孙二狗，还亲戚哪，这种损人不利己的坏事他也做得出来。后来我从亚芬的嘴里得知，我冤枉孙二狗了，是雪华找我娘闹了。

亚芬说，当时她听雪华亲口说她和我有私情后惊呆了，好像遭到了灭顶的打击。我娘当场骂了雪华，骂她不该干出这种不要脸的缺德事。雪华辩解说她不知道我是一个有妇之夫，我娘不相信，越骂越难听，越骂声越大，气得雪华的胸膛差点涨破。她对我娘跳了脚，大声叫喊道："这就是你的好儿子，你不骂他，倒来骂我！"我娘说："你要是真喜欢亮子，就替他好好琢磨琢磨，你这样逼他，有啥好处？你是啥用心？我的儿子我心疼！"雪华眼睛眨了眨，好像暗暗有泪。我刚要张嘴说话，她摔门而去。

　　事情走到了这一步，我决定倒打一耙，把责任都推到雪华身上。于是，我把亚芬送回了家，对娘骂了几句雪华。娘软了，亚芬并不领情，她愤愤地瞪着我："谁信啊！鬼话！"娘劝慰亚芬："芬哪，咱娘俩就信他这一回吧。再有一回，娘替你打折他的腿，行不啊？"亚芬哇哇哭了："娘你……你就向着他吧，偏心眼儿你……"正说着，雪华再次闯进门来，我连忙冲过去，拽住她的胳膊就往外拖。雪华一把甩开我的手，叫喊："你拉我干啥，今儿个正好都在，咱就把话说清楚，我跟定你了，玩够了想甩，没门儿！"我气蒙了，一拳捶在了她的肩膀上，我的拳头很重，打得她满嘴哇哇乱叫，乱哭，招来不少看热闹的人。娘听出围了不少乡亲丢了脸面，身子晃了几下，"咕咚"一声倒在地上。我急忙给县医院打了急救电话，把娘送进了医院，抢救了过来。直到娘的病情稳定下来了，我才想起雪华。有心去看看她现在咋样了，毕竟我打了她，可亚芬在旁边，我不好离开。自从娘住进医院以来，亚芬就没和我说过一句话，此刻她依旧是不理我。可我实在是惦记着雪华，想哄着她别再上我家闹事了。正琢磨着，孙二狗拎着一大包营养品来了，穿得还是那么光鲜，西装革履的，看着不得劲。亚芬喊了声："表舅。"拎着暖壶打开水去了。我对孙二狗勉强笑了一下说："坐呀。"他拍拍我的肩膀，看看熟睡的娘，小声说道："雪华走了，回沈阳老家了。"我脱口问道："咋回事？"孙二狗说："她爹得重病，急三火四地就走了。"我问："还回来吧？"孙二狗狠狠白了我一眼，说："这我哪知道啊，咋的，想她了？"我叹了口气说："我娘都病成这样了，哪有那心思啊？"停了一会儿，孙二狗问："雪华那个小钢厂打算咋办啊？"我说："咋办啊，转型呗。"然后我反问他："你那个钢厂咋办？"孙二狗撇撇嘴说："你那个厂子小，好转型。我就不好转了，搬山里去，和一个大老板联手建一个现代化的钢城。"我一愣，说："行啊你，建钢城？"孙二狗笑笑，露出一口被烟熏黄了的大牙板："折腾呗，闲着干啥？"

他那样的表情，我简直受不了。

一连几天，我都跟李支书在搞种粮补偿款座谈会。我们成立了村民议事中心，村里啥大事小情都要议论一番。村长的权力受到一些制约。可是，我的心思不在这里，孙二狗要建钢城的行动刺激了我，刺激得还很深。我决定加快雪华那家小钢厂转型的步子，可转型干啥好呢？我心里一点谱也没有。真是天无绝人之路。就在这节骨眼上，我姐夫桂生给我帮上了大忙。那天，我去镇上找姐夫，想让他给我出出主意。我没提前给他打电话，敲开他的房间门时，发觉他的神情有些紧张，看我一眼眼神就躲开。紧接着，我就闻到了一股脂粉气味，我怀疑他这屋子里有女人，就假装脱掉外衣要挂衣橱里，桂生慌忙拽我的胳膊，可已经晚了，我拉开了衣柜的门子，随着一声惊叫，一个赤身裸体的年轻女子捂着上身蹲在了我的面前。我连忙转过身看着桂生，替我姐怒视着他。

桂生红着脸关上门子，拉着我的手进了另一间屋子，沉默了一会儿，对我说道："姐夫一时糊涂，办了对不起你姐的事，今后保证不干了。"我不说话，依旧怒视着他。桂生的脑门出汗了，他抹了一把，攥住我的手，央求地说道："亮子，好兄弟，我知道我错了，都怪我没把住根没经住这小骚货的引诱。只要你不告诉你姐和娘，我我我……你啥条件我都答应你。你说吧，你要多少钱？"我还真没想到这一层，只想着咋为我姐出口气，既然他主动提出给钱私了，那我何不乘机敲他一杠子呢？反正事也出了，即便告诉我姐也顶多是打一架，要不就是离婚，打架桂生是不敢还手的，可一个女人家的拳头能有多硬呢？离婚我姐可就吃亏了啊，财产分得一半，可往后的财产就跟我姐没关系了啊，以后我姐还能找一个像桂生这么有钱的男人吗？恐怕够呛了，哪个有钱人会放着黄花大闺女不娶，偏要娶一个像我姐这样的不再年轻的过来人呢？索性不告诉我姐了吧，这笔钱不敲白不敲。想到这，我对桂生说："我手里一个小钢厂被上头查封了要转型，你帮我转了能够正常运行，今儿个这事就算我没看见。"桂生嘿嘿笑了，拍着我的肩膀说道："够哥们儿，姐夫没看错你。刚才你说转型？你想转啥型啊？"我说："我哪有主意啊，这不是来找你帮忙来了吗？"桂生说："你等等，叫我好好想想啊……嗯，前些日子我跟几个哥们儿吃饭，说到外县一个哥们儿转型干啥来着呢……哎，对了，秸秆发酵，没错，秸秆发酵。"我问：

"秸秆发酵是咋回事啊？"桂生说："等着，我帮你查查电脑资料啊。"他搜到这个网页，叫我坐在电脑前看了起来：秸秆微贮是农作物秸秆微生物发酵贮存技术，是农作物秸秆提高其营养价值的秸秆处理方法。

看完了资料，我沉默思考着。桂生看着我，等待着我做出决定。我说："这个项目不错是不错，可不知道销售前景咋样，咱得搞搞市场调研吧？"桂生说："那是当然了。这样，我帮你操持这事，你就放心吧。"我就稀泥抹光墙，说一些模棱两可的话。临出门时，我对桂生说："姐夫，别再玩女人了，早晚叫我姐知道。"桂生拍拍我肩膀说："我知道，你也跟那个宋雪华彻底断了吧。"我呆愣住了，想不到桂生知道我和雪华的事。看起来，这个世界上很难存住秘密。很多秘密自己不说，其实，别人都知道了。

我为了给村里引进环保项目，我整整跑了两个月。

秸秆发酵技术被我成功引进。市场预测，利用秸秆发酵乙醇，这是很挣钱的项目。我自然十分高兴，情不自禁想到了雪华，我给她打了电话。她接到我的电话就哭了。我愣了愣说："你别哭啊，小钢厂转型成功了，你应该高兴啊。"她还是泣不成声。我就等着她稳住情绪。大约五分钟以后，她开始抽噎了："其……其实我……我还是……还是爱……爱你的，这些日子我一直想……想你……"我这人心眼可软了，见不得女人哭，眼睛立刻湿了。我说："好了，别哭了啊，我也想你啊。"这一说，她抽噎得反而更厉害了，我不知道该咋劝她了，只好把手机放到桌子上，先忙别的，等着她啥时候不哭了再说。雪华一直在哭，听那哭声是伤心欲绝的样子，我就更心软了，急忙拿起手机对她喊："好了好了，雪华，我不和你分手了，啊，不和你分手了……"雪华立刻止住哭："真……真的吗？你说……说不和我分手，你没骗我吧？"我说的是真的。一句话直捅她心窝，雪华哇的一声哭了。我哆哆嗦嗦地问："你咋还哭啊，我不是保证不和你分手了吗？"雪华抽噎着说道："那你来……来我老家接……接我来吧，我爹他……他……去世了……"我吃了一惊，随后马上安慰她："明天我就出发，帮你料理你爹的后世。"

第二天早上，我把村里工作交代给副主任，开上车去了沈阳。我心急如焚，简直是一路飙车。雪华见到我一头扑进我怀里就抽泣起来。我好不容易哄好了她，先向她爹的遗像鞠了三个躬，然后掏出一万块钱交给料理丧事的大哥，这让雪华很感动。办完了丧事，家里就剩雪华一个人了。弟弟已经参加工作了，不用她惦记了。拉着雪华的手，我心里舒服多了，一舒服，脑子忽然就糊涂了。两天后，我就带着雪华回来了。刚进厂子大门，警卫室里走出来了亚芬，二话没说，把一张纸往我手里一塞，扭头就走了。我低头一看，是一份离婚协议书。雪华问我："你想好跟亚芬离婚了吗？"我说："想好了，离！"因为我是过错方，财产多分给了亚芬一些就是了。雪华提出跟我结婚，我痛快地答应了，终于可以跟自己爱的人光明正大地生活了。但娘却说啥也不接受这个新儿媳妇，坚决反对我再和她来往。我姐也表示坚决反对，我不满地说："姐，我的事你就别管了，人家亚芬提的离婚，又不是我踹的她。"我姐说："亚芬为啥跟你提离婚啊？还不是你逼的，没有你干出那种缺德事，她能不跟你过了吗？做人得有良心亮子！"我一扔筷子道："谁没良心了？我不过是和雪华来往多了一点，还不都是为了把工厂搞好一点，为了这个家日子过得好一点吗？"我姐瞪着我："得了吧，说得好听，哼！"她气得头晕眼花，摔摔打打的。我俩在饭桌上吵起来了，越吵越凶。空气凝固了，让我胸闷气短，呼吸困难。我巴望着娘，我怕娘，从小就怕。娘"啪"地一拍桌子，说："明儿个叫雪华来咱家一趟，我要考察考察。"我一听就乐了，看来我和雪华的事有门儿。

雪华第一次以准儿媳的身份进我家家门，表情紧张，忐忑不安的。我娘眼瞎心不瞎，嘴也不瞎。她瞎之前嘴笨，而且容易把一件事说成另一件事，或把两件事说成一件事，瞎了之后头脑倒清楚了，嘴也顺溜了，心里更豁亮了。我娘瞎着问她："雪华呀，你当真要跟我儿子成家？"雪华回答："当真。"娘说："俗话说养儿防老，既然你要跟了亮子，那就得帮着他养我，你做得到吗？"雪华干脆地回答："做得到。"娘说："那好，我最爱吃馅货了，今儿个你就给我包顿饺子吃吧。"雪华犹豫了一下，答应一声，看了我一眼，转身进了厨房。

事后我才知道，雪华进了厨房和面，和了半天面不是软了就是硬了。我姐见状，接了一盆凉水，"哗"地一下全都倒进面盆里了，结果饺子没包成。雪华只得承认自己不会包饺子，娘的脸上有点不悦，说道："那就给我炒两样你拿手的菜吧。"雪华开始炒菜，因为激动和紧张，把满锅的菜扣在了地上。娘的脸阴得像要下雨，显然她对雪华很不满意了，不客气地说道："你这是墙上的纸人，中看不中用啊。就你这个废物样儿，几天还不得把我伺候死啊？我想啊，你该找谁家男人找谁家的去，反正我儿子不敢娶你！"雪华给我娘跪下了。我娘死活没答应。

　　雪华含泪离开了我家。我跟娘理论，说我铁了心要娶她，气得娘浑身直哆嗦。姐也骂我不孝。她们都不知道我的心思，我是把自己的爱情和我的前程联系起来了，为了找到属于我自己的生活，我必须对亲人残酷一些，做出一些必要的牺牲。娘说："你要非娶她，那我就不参加婚礼，也不许她进这个家门！"我彻底地沮丧了，摇着娘的胳膊："娘，你就答应我吧，我们能幸福。"娘压低了嗓子说："你小子没骨头！"我被说愣了，眼睛一翻一翻的，悄悄溜了。

　　事情往下走吧，无奈地走吧，走向未知。一个星期后，我和亚芬办理了协议离婚手续。几天后，雪华逼我结婚，我想起娘的样子，就干脆挑明了说："别急，等我娘想通了再说，我不能伤她的心。"雪华沉默不语，一副郁郁寡欢的样子。雪华心中不快，还是低眉顺眼地一叹说，我能等，那就先将企业干起来。

　　我不喜欢猜测和推断，有些预言家总是遭到时间的嘲弄。新的问题又出现了。雪华对秸秆工厂不感兴趣，她盯上了村东小树林边上的那块土地，她要开发搞房地产。巨大的诱惑，如此逼近我们，好像就在手边，唾手可得了。我也激动了一阵子。可是，细细一想，这事可是非同小可，土地的事不完全在我的权力范围，要村民议事小组通过。议事小组好办，有我坐镇哪，顺利地通过了。上报待批又卡在了市里，需要主管副市长和规划局来审批，可一个多月过去了，批文连个影子都没有。我不由得有些急躁："那就快点托关系吧。"雪华说："别急嘛，我早就托人了。"我问："你托谁了？"雪华说："城建局的萧副局长，他答应帮忙找主管城建的陈副市长。"

　　三天后，雪华接到萧副局长电话，晚上给我们引见陈副市长。陈副市长神态坦然，目光清虚。听说他出身于书香门第，五十多岁的样子，一头短短的寸发，白皙的皮肤，笑得温文尔雅，一副近视眼镜片后边是一双温和细长的眼睛。无疑，今晚的宴会将是愉快的。果然就是愉快的，陈副市长的脸上自始至终都是挂着笑容的，那笑容让人情不自禁地想到春风拂面。他不喝酒，只喝茶，我们就以茶代酒敬他。他反过来敬我们，说今晚没有市长，只有朋友。我就暗自庆幸遇上了一个没有官架子的好领导，就预感到要办的事一定能顺利办成。

六天之后，陈副市长终于在批文上签了字。我高兴得不知说啥好，抱紧了雪华。雪华伏在我的肩上笑着笑着哭了起来，咋劝也劝不住，越劝越哭得厉害。我知道她是高兴的，就由着她哭，笑着看她哭。

陈副市长批下来了，这只是向成功迈出了第一步。接下来，将要办理一系列比较复杂的相关手续。雪华说："得盖一百多个公章。"我惊呼道："天哪，一百多个？"雪华说："没几个月甭想盖全，这还是快的呢。"我无语了，心说：雪华呀雪华，你说你放着秸秆发酵项目不干，偏要干这个……咳，看不懂的女人！可雪华却每天笑呵呵地忙，笑呵呵地累，笑呵呵地一遍遍跑空，笑呵呵地听着我对她的数落唠叨。我真拿她没办法，只好给她在家当贤内助。

这天黄昏，雪华一脸倦意地拖着疲惫的身子走进家门。我知道，准又是到某个部门扑了空，章没盖来，就体贴地给她端来沏好的茶水，张罗着给她做她最爱吃的干烧娃娃菜。雪华拽住我的胳膊，说："亮子你等等，给你看一样东西。"从口袋里掏出一个小纸片递给我，我接过来看了一下，是医院里的化验单。"我怀孕了。"雪华说得很平淡，却让我打了个愣，紧接着一把抓住她的手，欣喜若狂地摇晃着，嘴里叫喊着："真的有了你？雪华，我要当爹了是吧？啊，是吗？"雪华扎进我怀里，搂着我的后腰，好一会儿不肯松开。

我把雪华怀孕的事告诉了娘，娘撩起衣襟擦眼泪，却不说话。我问："娘，你要当奶奶了，高兴不啊？"娘说："高兴，要是亚芬有了我就更高兴了……"我知道她想亚芬，好几年的媳妇，有感情哩。我也不计较这个了，只顾兴奋不已地憧憬，孩子降生了，我这个做爹的抱着他，亲吻着他的小脸蛋，该有多么幸福……

有一天晚上，雪华伏在我的胸脯上告诉我，她已经到医院把孩子做掉了。我以为她在说笑话，就说："做掉了我再给你种，反正我这有好多种子。"她说："我说的是真的。"我惊讶了，托起她的脸，不解地追问："真的吗？为啥呀？你疯了，肯定是疯啦！"我越是追问，她越是哭得厉害，到后来，都快哭成了泪人。女人心里装了多少东西，男人是无法知道的。我软了："雪华，别哭了，我不问了。"

雪华缓缓地站起来，站到一旁抽烟去了。

隔了几天，我们谁都不说话。终于冷战结束，雪华痛苦地闭上了眼睛说："亮子，因为我不知道，这个孩子是不是你的！"我脑袋"嗡"地一下子，呆傻了。过了一会儿，我呆呆地问："你说啥？"她重新说了一遍。我狠狠掐住了她的脖子："臭婊子，你……你给我说……这个孩子到底是谁的？"我的手离开了她的脖子，慢慢举起，用力一挥，响亮地打在她的左腮上。她眼直着，不做一点挣扎。

我的眼神碰到了她哀怜的目光，手一抖，软了。我的双手离开她，胡乱折腾一阵，颓然地翻倒在她身边，几乎喘不上气来了。

雪华哭了，哭得鼻涕都流了下来。她埋着头，用左手背揩着涕泪。她断断续续地说出了残酷的事实。陈贺副市长多次暗示她，要想获得那片土地，获得房地产项目批准，就要答应做他的情人。为了未来的事业，雪华只得同意和陈贺在他郊外的一处秘密别墅里幽会，在饮下了几杯红酒之后和陈贺上了床。痛苦万分的雪华，只能往肚子里咽苦水，不敢跟我说。后来，还有两回，雪华不想跟他继续下去了。今天，她是实在承受不住痛苦的煎熬，才和盘向我倾诉了出来，以求得我的谅解。

听了雪华泣血诉说，我几乎被击垮了，嘴巴哆嗦着，说不出一句话来。突然的变故犹如晴天霹雳，我的美丽天空瞬间暗淡无光了，我木然地呆坐着，雪华跪在我跟前，抓住我的胳膊使劲地摇着，一遍遍哭喊着："你打我吧，打我吧，我对不起你，我对不起你呀……"我呆呆地坐着，眼珠子快要窜出来了。她狠劲抽起自己的嘴巴，一边抽一边发出尖厉的哀号："你这个婊子！"我怒吼一声，一巴掌狠狠地扇在了她的脸上，嘴角立刻淌出血来。她并不躲闪，叫喊着："打吧，你打吧，打死我吧……"我再次扬起了拳头，可最终我的拳头还是无力地垂落了下来，我趴在床上，几乎昏厥过去。

我的生活遇到了巨大的挫折，提出跟雪华分手。

雪华不答应，我两人经过一场死掐。女人的面部，是需要点阴凉的。雪华脸上有这样的阴凉，撩人魂魄。后来她去找我姐，她们怎么说的我就不知道了。

但是，我无法松懈，神经绷得紧紧的。当天下午，姐姐过来找我，叹了一会儿气说："亮子，姐知道你现在心里很不好受，可这也不全怪雪华啊，她……她也是一个受害者啊！雪华跟我说，她还是爱你的，不然她不会做掉这个孩子的。她这样做，就是想跟你生一个你的孩子，以后好好跟你过日子。她要是不在乎你，就会跟你分手，跟陈副市长姘居了。是你这村干部大，还是市长大？原谅她吧……她也不容易啊，她也是为了你们这个家，为了过上风光体面的好日子啊……"我傻傻地听着，我的身体像一块沉入水中的石头，变得越来越沉重。慢慢地，我终于从痛苦中醒悟过来了。想起跟雪华的好处，就原谅她这一次吧，留下来照顾好这个家。雪华见我原谅了她，紧紧搂抱住我，流着热泪亲吻我，喃喃地说道："谢谢你亮子，我们重新开始吧，这辈子我跟定你了，下辈子还跟你……"

可是，事情总是不如愿，正当我们紧锣密鼓地跑办相关手续的时候，规划局突然来了紧急通知：我们要开发的那块土地收回了交还给承包村民。咋回事呢？我和雪华都蒙住了，急忙去找萧副局长。萧副局长拿出文件给我们看，只见上面写道：农村土地流转，不得改变土地集体所有性质，不得改变土地用途，不得损害农民土地承包权益。我俩沮丧地回了家，无奈地相对而坐，一宿没心思躺下睡觉。

按说，应该到此结束了，我们认倒霉了。我做村干部做得这样窝囊，一口气憋得心口都是痛的。过了几天，我心情好了一些，我要忘掉那些烦恼。可事情偏偏拐了个大弯儿。那片地最终还是被孙二狗抢走了。

我和雪华听到这个消息的时候都呆住了，好半天回不过神来。至此，我们终于弄明白了，原来是孙二狗从中作梗使我们失去了那块土地，使我们酝酿已久的计划，一下子化为泡影。我们不服，去规划局找萧副局长，萧副局长平静地笑笑，说道："这事希望你们二位能够理解，我想说两句话，一句是，孙二狗要在那块土地上搞现代农业产业园区，没有改变土地使用性质；第二句是，我的脑袋顶上有顾局长，顾局长上头有陈副市长。你们都是聪明人，应该明白我这些话的意思。"我气愤地说："孙二狗打着现代农业的幌子圈地，我最知道他吃啥饭，拉啥屎！"萧副局长劝说："毕亮，你是村长，孙二狗敢耍邪，回头在村里你再收拾他！"我们无奈地苦笑一下，孙二狗资产丰厚，他的势力比我们大，他的关系大过了陈副市长。我明白了，这里有个灰色地带，是权力者和民营资本的利益空间。这个空间经过长期安排，已经形成了默契，形成铜墙铁壁。

从规划局出来，我非常沮丧。

雪华突然尖声喊叫起来："孙二狗，这个狗 × 的，他坏了咱们的好事，狗屁，啥表舅啊，他不得好死！"她的话像一阵恶风，刮起了我心中的恶气。我厉声道："够了，别骂啦！"我吓了一跳，茫然地看着她。她叼着支香烟，撇着嘴，带着一种无法形容的古怪笑容逼视着我。"你咋了雪华？"我问，觉得心里空空的。雪华的眼神有了鄙夷，她说："你除了咒骂还能干点啥？典型的无能表现，别忘了你还是一村之长，一厂之长，这个家的一家之长，你是个爷们儿，摸一摸裤裆里还有那玩意儿吗，是不是缩没了啊？"她这番话点燃了我心中的怒火，眼睛唰地就红了，红得看啥都是血红色的了。我抄起藏在柜子底下的火枪就往外面冲，雪华紧紧抱住了我，说道："这才是爷们儿哪！不过我不主张你去硬拼。"我说："咱得出这口恶气啊，你放心，我对付得了孙二狗。"雪华抢过我手里的火枪说："干掉了孙二狗还有李二狗，还有王二狗，你都对付得了吗？"我眨眨眼看着她。雪华敲了下我的脑门："动动脑子好不好啊？一遇到事就冲动，真不知道你这些年的学是咋上的，高分低能的产物。"我不爱听了，可肚子里真没有主意，就没好气地问："那你说咋办？"雪华看着窗外不说话，那样子怪模怪样的，一副冰冷的脸。我催促道："你倒是快点拿个主意啊。"雪华恶狠狠地瞪着我，喝道："给我滚蛋，老娘我眼不见心不烦！"

我知道雪华在说气话，她叫我滚蛋，是要独自一个人清静下来，好好谋划一下整治孙二狗的良策。我相信，这个厉害的女人一定会有好办法整治孙二狗的。

可是一连一个礼拜雪华一点动静也没有，我想问她，又怕干扰了她，就强忍着。这天早晨，是个大雾天，浓雾沉睡在青山秀水之间，汲取了山间草木的灵气，浓得深，浓得清纯，丝毫不像城市里的雾那般含有油烟味。走在田野小路上，尽管看不清对面来的人，只能闻其声，但吸入一丝雾气，清凉清凉的。

浓雾变幻着，一会儿化作了凉风，一会儿变成了小露珠，沾在我的发梢上，沾到我的睫毛上。我的心情一下子变得舒服起来，一扫多日的烦忧。太阳渐渐升起来了，雾渐渐地、渐渐地变淡了。一轮红红的圆日高悬在半空中，高山、峰峦、树木渐渐露出了轮廓，经雾水洗涤的山川大地，充满着勃勃的生机，绿得更艳，红得更亮。我就在这样美好的时刻，看到我们要开发的那块地上发生了惊人一幕：两拨人正手持铁锹镐头相互对峙着，中间躺着一个人。

我的第一个反应就是出事了！第二个反应就是很可能是雪华出手了。

我正要奔跑过去，有人发现了我，大喊："村长来了，村长来了——"有好几个人呼喊着朝我这边跑了过来。我急忙迎上前去，问道："出啥事了啊这是？"一个叫大栓子的小伙子说："村长啊，不得了啦，我们家的承包地叫人给祸害啦，你快瞅瞅去吧。"还有一个叫二柱子的喊："他们还把我爹给打啦，村长给我们做主啊！"我一边跑一边说："别急，有话慢慢说。"

我跑到两拨对立人的中间，看清了我身子的左边都是村民，而对面那拨人我一个也不认识，就问他们："我是这个村的村长，请问哥几个，你们是哪来的呀？"其中一个长着络腮胡子的黑大个回答说："废话少说，这地是我们孙老板的了，我们想干啥干啥。"大栓子喊："价钱还没谈好哪，我们不一定卖给你们，这地谁也不能动。"黑大个骂了句脏话，手一挥，喊道："弟兄们，听我的，继续刨地啊。"那拨人呼喊着举起镐头接着刨地。大栓子这边也不甘示弱，把手一挥，喊道："乡亲们，刨这帮狗×的脑袋啊！"双方高举手里的铁器就往一块凑，我厉声大喊道："住手，都住手，千万不要冲动！"

双方被我镇住了，停住了脚步，横眉冷对。我急速思索着，不清楚这场纠纷是不是雪华挑起来的。如果是，她的目的是啥呢？我该咋处理这事呢？这个雪华咋不提前告诉我一声，和我商量一下我作为村长该咋做呢？我还没思忖个结果来哪，就听一个人大喊一声："拼啦！"情绪激动的两拨人便在短短几秒钟的时间里遭遇到了一起，铁锹对镐头，镐头对铁锹，拳头对大腿地展开了一场大混战。我声嘶力竭地叫喊："别打了，别打了，要出人命啊！"没人听我的，一个个打红了眼，骂歪了嘴，一片铁器撞击声和谩骂声。不时有人受伤倒在了地上，或是打着滚痛苦地喊叫。我无奈地看着眼前混战的场面，忽然琢磨过味来了，这样的伤人事件，上边肯定要介入调查解决，那孙二狗要开发这块地的计划岂不也要落空吗？雪华啊雪华，你这个小娘儿们，真够阴的啊！

这场械斗，造成十八人受伤，其中九个人是我们杨贵庄村民。对方打完人拉扯着伤员全都坐面包车跑了。我一边向镇派出所报案，一边组织人把伤员送往医院救治。派出所很快传唤了孙二狗，可他死活不承认。市领导知道此事件后非常重视，下令停止开发这块土地。孙二狗急眼了，拉着我找到规划局顾局长疏通此事。顾局长情绪激烈，大声对孙二狗说："孙总啊，这简直无法无天！土地是农民的命根子，关系到他们子孙后代的生存根基，这个道理不用我讲吧？而那些扬言是你的手下的人，在甲方乙方尚未达成协议的情况下，擅自强占农民基本农田，而对手无寸铁的农民大打出手，怎么说也是一起性质恶劣的暴力事件。我劝你，还是等这件事情调查清楚再琢磨开发吧！"孙二狗傻在那里。

我的脑袋打了个闪，想到了雪华。危险的事情对雪华有吸引力，是一种诱惑。这个女人在进退两难的时候，是不管不顾的。我躲在自家小屋子里跟雪华吃饭，干脆跟雪华挑明了："这事是你操纵的吧？"雪华却恶狠狠地瞪着我，呵斥道："住口，放屁，你说谁策划啊？"我奇怪地看着她："不是你，那会是谁呢？"雪华双唇紧闭，神色严肃地说："会不会是你啊？"我低眉顺眼地一叹，说："笑话，你说我是在贼喊捉贼啊？我哪有这么高的智商啊？"正说着话，有人敲门。我忙小声说道："别出声。"雪华白了我一眼："心虚，不打自招。"我问："谁呀？"外面粗声答："我，表舅。"我心里一惊，是孙二狗，有点心慌。雪华掐了我胳膊一下，踢了我一脚。我捂着胸口，努力镇定下来。

孙二狗进屋，手里拎着一把菜刀，亮闪闪的，吓得我魂飞魄散。我结巴着问："表……表舅，你这是干……干啥？"孙二狗没拿正眼瞅我，显然是冲雪华来的。雪华却异常平静，指指椅子，说了声："你坐。"就转身倒水。孙二狗两眼血红血红的，抡起菜刀照桌子砍去，"咔"的一声，刀刃扎进桌面，寒光闪耀。我下意识地抓起一个板凳，瞪视着孙二狗："表舅，你拿村长不当干部。我……"雪华拦住我，不动声色地放下茶杯，平静地说道："有啥话说，背地捅刀子，没意思。"孙二狗仗着有钱，有恃无恐，高声嚷着，他的声音变了形。雪华微笑着迎着他的目光。孙二狗颤抖着说："我，孙二狗，今儿个认栽了。

佩服，佩服！"说着，两手抱拳朝雪华拱了两下，掏出一张白纸，往桌面上用力一拍，接着说道，"这是合作意向书，我想和你们两口子联手开发村东那块地，同意你们就在这上面签个字，从今往后我们就是铁杆朋友，有钱大家一起赚；不同意，我就拿这把刀剁了我自个的左手，你俩瞧着办吧！"

孙二狗眯起眼睛，脸上的皱纹挤在了一起。他是来讲和的，只是讲和的方式有点特殊，他向我俩低头了。我们到底拼过了孙二狗，我们总算扳回了一局！我暗自松了一口气，看看那把菜刀，再看着雪华，恨不得上前使劲亲一口这个风骚的小娘子。雪华端起茶杯走到孙二狗跟前，依旧平静地说道："来，表舅，喝茶，上等龙井。"孙二狗手一横，语气柔和，完全是一副商量的口气："慢，你先说和我合作吗？"雪华抓过他的右手握在手心，会意地笑了："那还用说吗？我们一举成功！"

孙二狗笑着走了，我瞅着他的背影，他的背影像一个黑窟窿。我沉了脸，搂住雪华就往床上抱，雪华呵斥道："放开我，你要干啥？"我喘着粗气说："你制服了我表舅，我要和你庆贺庆贺。"雪华一把抓住我裤裆里的家伙，恶狠狠地说："你要再这么无耻，休怪老娘给你揪下来喂狗吃！"她揪疼我了，连忙放开她求饶。雪华冷笑着自言自语道："哼，我要在这块地上大干它一场，要让这块地生出一片片金子来，好好叫我身边的人看一看，我才是这块土地的主人！"我恍惚起来，脸也脱了色，发觉她的眼睛里全是浑浊不清的念头和欲望，心想：这个女人真厉害，心狠手毒，胆量过人，真不知道是福还是祸！

雪华憧憬了一阵未来，我的脑袋却转不过弯儿来。我有点吃不透雪华了，她跟孙二狗搅成一团到底想干啥？她真的爱我吗？我越问她她越说不清，我就越不相信。日子过得真不轻松。这几天，我先是头痛，胸闷，继而害冷，咳嗽，接着高烧说胡话，闭上眼睛眼前就飘雪。过了两天，我身体稍稍好一点，雪华就叫我过去。她揍了我一拳，说道："养兵千日，用兵一时，是你为老娘我冲锋陷阵的时候了。限你在一个星期之内帮我贷一笔款来，一定要快！听见没有？"我迟疑着说："你真要和孙二狗合作啊？他是啥人你不知道吗？"雪华说："目前是，以后嘛……哼哼！你的任务是帮我贷款！"我惊讶了，还没张嘴，她就冷笑了一声，她的冷笑让我心中一颤。我问："贷多少啊？"她伸出三根手指头："300万。"我被这个数目砸蒙了，脸上憋出了汗。她的决心已下，是不会回头的，她已经把我折磨得够苦了。我冷冷地说："这么多，我办不到！"雪华眼里透出寒气，让我不禁打了个激灵。雪华变得烦躁，脾气变得越来越坏，她朝我啐了一口吐沫，指着我的鼻子瞪着眼睛骂道："你就是一个窝囊废，废物！裤裆里的那个玩意儿还是姑奶奶给整起来的，啥也干不来，死了算了！"我受到了羞辱，心中酝酿着毁灭一切的愤怒，低声喝道："住嘴，别太过分了啊。我可是纯爷们儿！"雪华继续讥讽我："你也配说男人？小太监，滚吧你！"她这句话像一发子弹，击中了我的脑袋。这是一颗毒弹，我中毒了，人生在世，不中这种毒就中那种毒。她的话越说越过分，充满了对我的蔑视，她彻底激怒了我。我一个冷战，咬牙切齿地骂："我对你这么好，你竟然这样对我，我掐死你这狗娘养的！"没想到她会对我动手，她将我一把推倒在地，我脸上憋出了汗。我心中的恶气就腾地冒了出来，狠狠掐住她的喉咙。她喉咙断裂的声音很难听，脆脆的。她发出几声连续的尖叫，油嫩嫩的声音。我咋这么有力气？这不奇怪。就像疯子发疯的时候比常人更有力气一样。

　　我动手之后，我身体塌了，后悔了。如果我不认识雪华该多好？如果中间一刀两断该多好？唉，人生之所以残酷，就在于无法追悔。

　　我开着汽车，拉着雪华的尸体，一路狂奔，在黎明到来之前赶到了沈阳，到了她的老家。这时我才猛醒，她哪里还有家？房子已经卖了。我在楼下转悠了很久，然后慢慢上了车，向郊外开去。我跑了八百公里的路，到这干什么来了呢？是让雪华看看家乡？可雪华看不见了，再也看不见了……

　　我决定在郊外找一个地方安葬了她。

　　天黑黑的，伸手不见五指。我开着车从郊外那片平原穿行而过，借着车灯光看到一个水沟，水沟旁扔着一把破铁锹。我停下车，想用这把锹给雪华挖个深坑埋了。我是这样想的，埋了雪华，我就携款潜逃了。这是一次最好的机会，错过去就没有了。我下了车慌慌张张地挖了起来，那一团一团的黑土，是废墟，看上去像是被淫雨浸烂了的蘑菇。我挖坑的时候，起风了，嘴里眼里鼻子里吹满了土。我吐着嘴里的土，抹着脸上的土，还有眼里憋出的眼泪，和土搅和在一起了。这个坑很快挖成了，突然听见不远处传来脚步声，我赶紧蹲了下来。这两个人的脚步声挺重，很响，一步步就像踩在我心上。两个人没有发现我，他们走远了，我吓得差点摊成一团烂泥。我坐下喘息着，吸了一根烟，大脑一片空白。过了大约二十几分钟，我身上的汗水被风吹干了，我站起身缓缓走到汽车旁，打开后备箱，抱起了雪华，她太沉了，压得我喘不上气来。我的心扑通扑通地狂跳，两条腿哆嗦不止，手心里满是汗水，每走一步，脚底下就水汪汪一片。

我把雪华放进坑里，"噗"的一声，往她身上洒了第一锹土。她惨白的脸被泥土覆盖，斑斑点点。我扔了几锹土，又突然停住了。为啥停下，我说不清楚，我回忆着一个场景——我掐死她的时候，她拽着我的手，声音哽咽着说："毕亮，我就是死了，我也爱你，我要跟你到下辈子。"她这句话默默地压在我的心底，像一块大石头。我忍不住扑进泥坑里，紧紧地抱起了雪华，哽咽起来："雪华，对不起，对不起，我不想这样啊！我哪能不要你了呢？可是……可是我咋就……咋就……要了你的命啊？"我的脸几乎贴着她的脸了。我掏出打火机点燃，照了照雪华苍白的脸，她的脸快快的，往日那神气活现的气色都没有了，被黑暗刮去了一样。我给她擦去脸上的泥土，亲了亲她冰凉的脸蛋儿，我重新把雪华抱出泥坑，放回了后备箱。我曾经恨她不讲道理，现在才明白了，她不是不讲道理，而是道理有另一种讲法……

我摸了摸她冰凉的手，愣愣地站着，一阵尖锐的疼痛，泪水顺着两腮流下。我听到了不远处的水声，那微微的声息真像是女人在洗浴。我忍不住大声咳嗽起来。我对着后备箱里的雪华热热地说道："走吧，雪华，我们还是回去吧！"雪华没有动静，她的头发蓬松地垂下，拥在两颊，面孔漆黑，我分辨不出她的面容。

我凝神良久，多么无望啊！

我一无所有了，有一样东西，那就是罪恶。我确实感到深深的罪恶，我没有权力剥夺雪华年轻的生命。想到这里，我忽然觉得一阵晕眩，眼前发黑。我跟跄了几步，扶住了旁边的一棵树。

我眼前一片蓝光闪耀，就把汽车开到僻静的山道上，停在路旁，想睡一会儿。可是，连连做着噩梦。每个噩梦都充满了恐惧。雪华在夜风里晃来晃去，晃来晃去……夜晚的风越刮越大，有一声野兽的怪叫掺在里面，一闭眼就能听见。我知道，眼下真正严重的问题不是自己能不能埋了雪华的尸体，而是灵魂能不能解脱。命运不是运气，而是选择。如果我像一个老狐狸那样知分识寸，始终守住那条清晰的界限，就不会这样了。我一边想，一边打战，这果然是非同小可的界限，让人一辈子都记牢的界限。

深夜时下了雨，雨来得很突然，噼里啪啦，一股脑儿打下来。几根腐烂的树条，被雨点一砸，就噼里啪啦滚落下来。我的汽车顶上喧闹起来。我赶紧坐起来，揉一揉惺忪的眼睛。我被大雨扰得整宿睡不着觉。我大睁着眼睛，抵抗着失眠的痛苦。早晨到来了，两眼熬得跟兔眼一样红。我知道这种惩罚就要来了，我需要经历一个怎样恐怖的长夜？这一夜非常难熬，显得漫长，终于熬过去了，我有点不愿意承认，承认不承认也真的过去了。我脑袋响了一声，雪华本该是我的老婆呀，我想起了她的万般好处，哽咽起来。天一亮，我的想法突然变了，我要勇敢面对心跳不止的严峻现实。我不能丢下雪华，我要拉着雪华的尸体，到公安局自首。我对自己的决策有了信心。我的意识突然觉得，结局只能这样了，只能这样了。

天亮了，雨住了，雾渐渐开了，树林里有几声鸟叫。清凉的气息里，弥漫着花草的芬芳。我抬头一看，万朵朝霞，一股脑儿射到我的脸上，霞光像血渗入土地，大地也猩红刺目了。突然有一阵风，呛得人睁不开眼。这一刻我只是一只风筝，飘在空中，无论飘在哪儿，结果都是一样的。

我重新把车开上了高速。我开车的时候，竟然打了个盹，汽车惯性行驶。我对着车镜照了照，我吓了一跳，这是谁呢？一张脸黑暗而模糊，就像暴风雪来临前的天空。我幻觉里，我像轻轻的薄雾，糊里糊涂地飘散了，然后天空就飘雪了。那些无处可寻、永远消逝的岁月，被白雪覆盖，遥远而神秘。我被拉上了刑场，可是，我还没有做好死的准备。死没啥好怕的，只是难挨这死前的恐惧和寂寞。如果自己一下子就被汽车撞死就好了，瞬间的事情，就啥都结束了，一切都是谜了，可是，想回来了，我又不能。为了雪华我也不能。我要等待法律的惩罚，还她一个说法，还她死后的尊严。

我开着汽车回到镇派出所。一切都很平静，我跟警察自首的时候，他们还以为我在开玩笑。我把他们领到汽车旁，打开后备箱，都傻眼了。我感觉自己的屁股被人狠狠地踢了两脚，然后听见警察骂我："果然是你，你还当村干部呢，你好糊涂啊！"说着，就有冰凉的手铐，卡住我的双手。细一想，今天有哪个人不糊涂？没有杀人的人就不糊涂吗？我这时才懂了什么叫复杂情绪。情绪这东西挺怪的，说来就风风火火地来了，嚷过一阵，又飞得无影无踪。我的眼睛湿了，因为我从这些恐惧的时间中走出来了。我总算把自己交出去了，总算走出了虚幻的恐惧世界。

这个深秋的黄昏，树叶落了满地，斑斑驳驳。我忽然转过脸，朝远处什么地方远远地看着。秋风又一次掠过，发出一片唰唰的、细碎的声音。我的脑袋一直神经质地颤抖，觉得四周像冬天一样寒冷。心冷到了极处，倒生出幻觉，有了一点温暖，一点期盼。现在我啥都不在乎了，只在乎自己的心是否被拯救？我渴望冬天快快来临，让大雪快快飘起来，覆盖大地，让霜雪将这一切全部杀死。大地白茫茫一片，一层盖着一层，洁白而纯净。

毫无疑问，那场雪过去，我就会死了。我给村民的承诺还没兑现呢，就这样匆匆地走了。无论如何我都不明白，事情走到这一步，都是为了啥呀？一阵空白过后，有那样的一个时刻，一个不祥的意象不时在闪现。红色和白色的万千个组合，白的是脑浆，红的是血液。我将痛得发木的眼睛，涂抹在晚霞的天际。

马座陶灯

　　平地一声雷，炸得很响，地面儿却没有雨。那时，谁也没想到会出意外。

　　惊雷落地的时候，我的手机收到楚乔然发来的一条短信："永别了，张梅！"我愣了愣，以为她在开玩笑，没有料到，很快就传来一个惊人的消息：楚乔然自杀了。我惊呆了，眼一黑，脑袋嗡地一下子大了，张嘴惊叫了一声。楚乔然怀抱那盏马座陶灯从学校主楼 17 楼跳下，身体落在楼下的花坛里。嘭的一声，花坛腾起一群土蜜蜂。那一飘飞的一片金黄，一束幻光，意味着灵魂远去，还是寓意一个故事的乱象的开始？

　　楚乔然的尸体还算完整，额头、脸颊都青了，唇角流出血来，她卧在花丛里，四肢摊开伏在地上，脑下一摊乌血。她没有一点挣扎的痕迹，身体被白色长裙覆盖了。白裙碎了两片，在阳光下白得耀眼。她像是睡着了，睡相还是那样好看，两只黑眼睛墨线一样叠合起来，再也不会睁开了。可是，我发现她怀抱的马座陶灯被摔碎，一疙瘩一块的。

　　校方陷入恐慌，同学们呼啦啦围了过来。我疯了一样跑出去，扑在楚乔然的怀里，哭得死去活来。班主任孙老师拉住我，劝说道，算了吧，死了哭不活。万一把眼泪哭干了，等送葬那天就哭不出来了。于是，我就不再哭了。我哭声一停，乔然的母亲王阿姨就哭着扑来了，又响了一声雷，雨就真的下来了。我被同学拽走了，雨水混合着泪水，汹涌而至，好像朝另一个世界飘去。

　　楚乔然是我的同班同学，最好的朋友，她的死，给我带来了一个触及灵魂的一击。我过去安慰乔然的父母。楚大叔缓缓掏出手机，让我看到了乔然自拍的最后遗照。她抱着马座陶灯，微微笑着。她发给我短信的时候，几乎同时发给了楚大叔一条短信："爸爸，我走了，我对不起您和妈妈。我抱着陶灯，如同抱着您的养育，您的关爱，即便我走得再远，我也要在天国真挚地感激您和妈妈！您二老多保重！"多么有情有义的留言啊，听着让人落泪。许多人都问我，这到底为了什么？我张嘴解释时，真是欲言又止，欲哭无泪。尽管学校封锁消息，可是，关于楚乔然之死的讨论，还是闹开了。没有谁比我更清楚楚乔然的死因，尽管她学习成绩优秀，却没能得到毕业证，校方查证楚乔然在大二的时候，曾经在期末考试中作弊被抓，网络上的评论更是尖锐无比。有人说，学校太苛刻了，应该发给楚乔然毕业证，因为她已经通过了学科考试。也有人说楚乔然不该考试作弊。她应该勇敢地面对现实，轻生更是对不起父母和朋友……

世上有果必有因。她为何轻生？难道除非死亡才能抑制人性的恶疾吗？人啊，警惕你的青春吧！世间本无事，心中自生事。有人说，楚乔然是因为生存压力而死，我却反对这种看法。她心中有理想，当理想不能实现的时候，她要反抗或者死亡。有时，死亡也是一种反抗。有人猜测，乔然患了抑郁症，不堪忍受精神折磨而死。我都反驳了他们。可是，我不止一次地叹息：乔然，你真傻，你不该哩！

有一天，我在校园看见了马校长，他脸上充满了恐惧和羞愧。可是，这一切来得太迟了，太迟了。

我愣在那里犯嘀咕。我这个人平日里就爱犯嘀咕。从下水管道里钻出一只猫我会犯嘀咕，嘀咕这只猫在变成流浪猫之前是谁家的，它的主人为啥要将它抛弃？一盆仙人球长了三个小球球，一个小球球一种颜色，红黄蓝，我会嘀咕这是谁如此心灵手巧，将不起眼的仙人球打扮得缤纷可爱。现在，我要嘀咕到底是谁害了楚乔然，难道与那盏马座陶灯有关？应该有某种关联，不然她为何抱着它寻短见呢？真要有关的话，那究竟是个啥与众不同的陶灯呢？那个陶灯我早就见过的，马的身子，顶着一个喇叭形状的灯，没啥特别的啊。虽说被摔得一疙瘩一块的，但就是一毫不差，一点不走样地黏合到一块，也还是没啥特殊之处的陶灯啊，楚乔然为啥要对它情有独钟呢？我一直咋想也没想明白。有一天，我忽然这样想：如果我是这盏灯，吸引乔然的会是什么东西呢？这样一想，我的脑袋里便晃动起楚乔然的影子来了，而且越晃越清晰，赶是赶不走的。那些和楚乔然在一起的时光纷至沓来。

　　四年前的一个上午，是个绝对的好天气。阳光尽情地在大地上铺展开来，一扫聚集多日的阴霾，世间万物全都在瞬间被阳光点亮了。除了这天我要到大学校园里报到，其他一切都很平常。报到那天，我和妈妈拎着行李，跟着上楼的同样寻找宿舍的乱哄哄人群，走进陌生的房间。已经先进来了一个女生，正弯着腰铺被褥。从她的后面看，身材不错，直直溜溜的，胖瘦适度，应该是一个美女。我敲敲门板，她回过身来，呵，果然是一个美女，我在高中三年里是公认的校花，现在看，大学里的校花与我注定无缘了。她比我长得漂亮，身材高挑，匀称，眼睛很亮，装束与脸蛋儿一样艳丽，白皙的皮肤闪烁着晶莹的光泽。路过我们这个房间里的女生，不经意看见了她，都会情不自禁地多看她几眼。我呢，长得细眉细眼，娃娃脸儿，整天挂着一脸顽皮的笑容。"你好，我叫楚乔然。"她主动向我伸出右手。我大大咧咧地握住她的手，大大咧咧地说道："我叫张梅，弓长张，雪中梅花的梅。"说完，调皮地歪着脑袋朝她嘻嘻笑。乔然说显然很喜欢我这个样子，她摸着我的脸，说："你真像个彩色的小狐狸，顽皮又乖巧，我好喜欢。"我立刻有了一种早就认识她了的感觉，我也摸着她的脸，嘎嘎笑着说："妈呀，我也喜欢你啊，像画上的古代美女。"

　　乔然一声不吭，神情是那么含蓄。

　　我早早来报到，本来是为了选一个下铺的，上床下床的方便。可当我听乔然说，她最受不了上铺老是翻身、咬牙、放屁啥的之后，当下改变了主意，爬上了她的上铺，她讨厌的这些我一个也没有。快中午的时候，宿舍里的六个女生总算到齐了。另外四个女生都一般般吧，个子最高的叫小桃，河南郑州的；个子最矮的叫小琳，四川妹子；那个最胖的叫晶晶，跟我是同乡，冰城哈尔滨的；最瘦的叫荷花，河北农村山区的妹子。乔然是本市的，家在这座城市西北角的郊区，我们校园在东北角，所以她才选择了住宿。

　　先是为期十天的军训。早就有军训吃吃苦的思想准备，头回穿上花一百五十块钱买下的非正品迷彩服，觉得新鲜又滑稽，你看我我扒拉你，叽叽嘎嘎笑个不停。我们的教官是一个帅哥，浓眉大眼的，鼓鼻梁大嘴巴，唯一的

她冰冷的手,嗯了一声。搂着她躺倒在床上,刚要爬往上铺,被她拽住了胳膊,"睡我这,行吗?"她在央求我。我判断她开始把我当她的妈妈了,便轻轻叹口气,掀开她身上的毛巾被,躺在了她的身边。她身上有一股淡淡的香气,立刻想起春天里开满沟沟坎坎的迎春花。

第二天早晨,天依旧不好,阴沉沉的,不过还好没下雨。我看看天对乔然说:"不用带伞了,看样子一时半会下不起来。"可乔然说:"还是带上吧,万一下了哪。"我发现她好像缺少一种安全感。怎么会这样呢?看着她挺阳光的啊,早晚会弄清楚的。她爱带伞就带吧,反正也不沉。双休日,公交车上人很多,人都互相紧贴着身体,不少人汗淋淋的。过了一站地,又上来好几个人。开起来一会儿,乔然忽然拽我的手,我看她,只见一个男生正在她的身后一拱一拱的,还闭着两眼,张着嘴巴,那样子就是享受情爱的样子。我恼怒,一只胳膊伸向了乔然的臀部,正好拦截住了那个小子拱过来的硬物,我使劲瞪视着他,他慌了,假装要下车,拼命挤走了。乔然红着脸,骂了一句:"真不要脸。"我说:"别怕,有我哪。谁敢欺负你,看我咋收拾他!"

我护着乔然走进她家门的一刹那,听见钟表报时的声响。循着声音看去,是挂在墙上的一座老式钟表发出来的。古色古香的,表盘上头有一只猫头鹰模型,一双圆圆的眼睛随着秒针的嘀嗒声,有节奏地左右转动着。我很惊奇,说:"你家还有这种老古董哪?"乔然的眼睛暗了一下,幽幽地说:"都是我爹弄来的。"她领着我走进一个房间,里面除了一张床,还有一张宽大的写字台。我看到,写字台左侧有一个约二十厘米的东西,被报纸裹着。乔然上前掀开报纸,露出一件古董来。底座是一匹陶制的马,青铜色,昂头嘶鸣的样子。马背上驮着一只陶碗,碗上顶着一个灯泡。她问我:"你知道这是什么吗?"我好奇地盯着它说:"台灯呗。""是台灯,你知道它叫什么台灯吗?"乔然歪着脑袋问。我摇了摇头,没回答上来。乔然说:"告诉你吧,这是马座陶灯!"我并未觉得怎么稀奇,灯太古旧了,还脏了吧唧的。说实话,长这么大,我还没见过这么不靠谱儿的灯。

楚乔然告诉我了一个秘密。就是这个秘密,让我对这个陶灯刮目相看了。

乔然说,她跟这盏马座陶灯有着一种缘分。乔然她爹原来是个卖豆腐的。

他做的豆腐嫩香嫩香的，远近十里八乡的名气可大了，从乡下一直卖到了城里。男女老少都爱吃他的豆腐，都管他叫"豆腐老楚"，挺亲切的。乔然还跟我说，她爱吃豆腐。我说你这么漂亮，是不是吃豆腐吃的？她含含糊糊地哼了一下。她说自己是看着爹做豆腐长大的，自己都会做的。我说我不信，她就和我仔细说起了豆腐的制作加工方法："首先，准备一定量的黄豆，把它们洗干净，放进容器里面用水浸泡三到六个钟头。看黄豆完全胖起来了再捞出来。然后，把豆子和水按照一比三或是一比五的比例，用磨浆机磨成豆浆后，再用豆腐包或者纱布过滤，用夹板把浆全部夹出去，再去掉渣子。把磨好的过滤的生豆浆放入大锅里面，烧开，一边烧一边搅拌，除去上面浮沫以后，把熟豆浆放进缸里边。接下来，用稀释好的卤水一点点倒进缸里，慢慢搅拌豆浆，见其出脑为止。"我明白了："这就是人们常说的卤水点豆腐吧？"乔然笑了："聪明。"

我环视着屋子，看见床头挂着一个镜框，里面是乔然和一个阿姨的合影照。乔然穿着一件藕荷色的连衣裙，和那个阿姨亲热地依偎在草地上。我想，那个阿姨一定是乔然的娘，慈眉善目的，典型的贤妻良母。她们的身后是春天的田野，蒲公英刚刚盛开，麦苗正在吐穗，几根垂在镜头里的柳枝泛着油汪汪的芽苞，让人看着这幅照片就能闻到泥土与花草的清香。我的心房颤动了一下，好像一块柔软的地方被人捏了一把，隐隐约约有点麻酥酥的感觉，一阵彻骨的快感辐射全身。

"这是我的房间。"乔然介绍说。我问："你爹娘呢？"乔然说："我娘准是卖菜去了，我爹他……谁知道啊……"她说起她爹，神色有点黯淡。我问："你爹他除了卖豆腐，还忙别的生意吗？"她犹豫了一会儿，两眼盯着我，攥着我的手，轻声说："有，你想知道吗？"我不解地看着她。她的声音小得比蚊子发出的声音还小，我好奇地屏住呼吸才勉强听清："他还干淴木的事。"我不懂："淴木？这是个啥职业啊？没听说过啊。"乔然加重语气重复了一遍："不是淴木，我说的是盗墓。"我听清楚了，可没反应过来。盗墓这个词对于我来说实在是太陌生了。从我嘴里说没说过，我没有印象。咋就从乔然嘴巴里边说出来了呢？"你说谁盗墓啊？"我追问一句。她低下头说："我爹。"然后，抬起头来快速扫了我一眼，又快速低了下去，不再抬起来了。

我被"盗墓"这个词震蒙了，呼吸一紧，像有根鱼刺卡在了嗓子眼里，干咳嗽，说不出话来。乔然显然被"盗墓"这个词压迫了多少年，跟我说了反倒有一点轻松了。我惊异地看着她，说："盗墓可是犯法啊，你爹他不知道，你应该知道啊！"她说："我们一家人都知道，可我爹还是干了。都怪干爹吊客，是他害了我爹。"我问："吊客是谁？"她回答说："我爹跟吊客是好朋友。我爹清楚吊客是黑道上的人，一直躲着他。吊客常常欺负我爹，抢我家的豆腐，我爹不敢惹他，始终是忍气吞声。有一次，吊客又来抢我家豆腐，我爹实在忍不住了，抄起水舀子跟吊客干了起来。吊客是个心狠手辣的人，可他没想到我爹会反抗他，结果没有防备的他叫我爹一水舀子打在脑袋上，起了一个鸡蛋大的包。他的手下要废了我爹，砸了我家的豆腐作坊，叫吊客喝住了。他跟我爹说，咱们交个朋友吧。我爹哪敢跟这种人交朋友啊，迟疑着不表态。吊客说，你不答应我就砸了你这作坊。我爹怕他日后天天来找碴儿，就答应了他。谁想到，这个吊客不但吃喝赌，竟然还是个盗墓贼呢。"

我听明白了，乔然爹是被逼上梁山的。"知道吊客是盗墓贼，你爹赶紧跟他断了来往啊。"我说。"按说应该是这样的。"乔然话锋一转，"可惜啊，我爹没能抵挡住大把钞票的诱惑，慢慢地，就被拉下了水，再也不卖豆腐，跟着吊客盗墓去了。"我问："那豆腐生意就不做了？太可惜了吧？"乔然说："交给了我妈，由她维持着。"

"吊客这号人，在俺们东北早就叫人给捶扁了。"我对吊客这种人不屑一顾。乔然给我讲起了他的故事，听着听着，我心里就起鸡皮疙瘩。乔然爹出事，都是吊客给引到邪路上去的。吊客不是啥好人，吃喝赌拐骗，五毒俱全，不过有一毒他不占，就是不沾女人。不知啥缘故，他一直都没娶老婆。早年间有一个相好的，是一个有夫之妇。丈夫是个皮货商，常年在外奔波，一年到头回不了几趟家。后来干脆一年才回来一次，腊月二十九回来，大年初一就得走，咋留也留不住。女人就哭，哭自己命苦，哭自己这个家不像个家，哭自己有男人跟没男人一个样。后来，同样在外地做买卖的吊客，在一个偶然的时刻，看见女人的丈夫跟一个风骚的年轻女子打情骂俏，回村便偷偷告诉了女人。女人不信，吊客就领着她去了她丈夫的新家。女人看见自己丈夫和那个野女人躺在一个被窝里，气得说不出话来。回到家就要悬梁自尽，被吊客救下了。后来，女人就跟吊客好上了。吊客是要娶她的，真心的。可就在女人怀了吊客的娃，两人准备成亲的前一天，女人掉进水田井里淹死了。从此，吊客发誓再也不沾女人了。

吊客和乔然爹搭上朋友后，常来楚家喝酒。他很喜欢乔然，尽管乔然并不喜欢他，却执意要乔然做他的干女儿。乔然不乐意，娘劝她，为了你爹为了这个家的安宁，就委屈一下吧。乔然只得认下了这个干爹。她说起吊客的经历非常恐怖，让女孩家难以启齿。那一年的一个深夜，月暗星疏，狂风大作，树枝乱摇，飞沙走石。这样的天气是胆大人的乐园。吊客就是其中一个。乔然是被窗玻璃哗啦一声碎响惊醒的，光着脚丫跑进了妈妈的房间。妈妈搂抱着她，娘俩一动不敢动，直到天放亮。乔然这才发现爹没在屋子里，问娘，娘说叫吊客拖走了。后来的情形她是听爹说的。那个夜晚，爹跟吊客去盗墓了。他们在荒野里深一脚浅一脚地摸索而行，像两个孤魂野鬼。漆黑的夜将他俩包裹得严严实实，谁也不会发觉他们的行踪。他们摸到了墓穴，点着炸药炸开了两扇石门。吊客先进入墓道，老楚紧随其后，想想这里面不知潜伏着啥凶险，老楚不住地打哆嗦。两个人举着火把，弓着腰，小心翼翼地前行着。突然，"嗖"的一声怪响，吓了两个人一跳。紧接着，"扑啦啦"飞出一群黑蝙蝠。"他娘的，该死。"吊客低低地骂了一声，继续向前走。"噗"又是一个怪声，"啊！"吊客一声惨叫，扔掉手里的火把，紧紧捂着裤裆躺在了地上。原来是一枚暗器袭来，正中吊客的裤裆，右侧的睾丸击碎了。一阵剧烈疼痛，让吊客不住地打滚，他双手捂着血淋淋的裤裆，尖厉地叫唤："妈的，老祖宗的暗器真神啊！干这种盗墓缺德的行当，断子绝孙哪！"他的一只睾丸摘除了。吊客认为这都是盗墓的报应。

乔然身边人的传奇经历让我惊奇。我终于明白，乔然为何常常莫名其妙地有不安全之感了。我同情乔然，原来她有一个缺乏安全感的家庭啊。

我和乔然读的是师范学院，可是，乔然并不喜欢当老师。我问她为啥不喜欢老师这个职业，乔然说她说不清楚，感觉不太好。我又问她那为啥还来读师范，乔然回答说也说不清楚，稀里糊涂就报了。不过，楚乔学习是认真的，成绩总是名列前茅。她不但学习优秀，在音乐舞蹈方面还显现出令人艳羡的天资。

每次学校组织活动,她都是一个积极分子。她的歌唱得非常好,模仿田震、韩红、宋祖英,惟妙惟肖,闭上眼难辨真假。她的舞跳得也很好,傣族单人舞、新疆舞蹈、印度舞蹈、现代舞蹈,她都跳得可以和专业演员媲美,从而深得师生们的喜爱。可以说,乔然是我们整个六班的骄傲,宝贝中的宝贝。

不过,有一事我咋也没想明白。乔然一个女孩子,咋就喜欢那脏乎乎的古董呢?古董跟漂亮女孩根本不搭界。我就问乔然。开始她不肯说。后来,架招不住我锲而不舍的追问,只好和盘托出。说起来让人不可思议,乔然竟然能够在盯视马座陶灯几分钟之后,隐隐约约地听见古筝的弹奏声响。如果这个时候入睡的话,还可以梦见一些稀奇古怪的东西。她母亲王阿姨跟我说,那时候的楚乔然读小学三年级,黄黄瘦瘦,病恹恹的像黄瓜秧子,眼睛半睁半闭,没有一点活力,对学习也很厌倦。夫妻俩都怀疑这孩子得了啥怪病。到县医院、市医院,直至省城医院,都没确诊是啥毛病。夫妻俩准备放弃这个闺女了,他们甚至想好了再生一个的打算。

一个秋雨霏霏的夜晚,老楚盗了一座汉墓,带回来一大堆古董,满屋子立刻充斥起斑驳的味道。第二天中午,老楚正在擦拭那些古董。楚乔然放学回来了,围着古董看稀罕,她一眼就盯上了那盏马座陶灯,眼睛放射出异样的光彩,像闪烁的小灯笼。她的小嘴巴鼓着,鼻孔兴奋地一扩一扩,呼吸也变得急促起来。老楚惊奇地看着闺女,看不懂乔然这是咋的了,咋对这个马座陶灯这般地感兴趣?乔然伸出两只小手轻轻地抚摸着这盏灯,喉咙里不停地发出愉快的呼噜呼噜的声响。她被马座陶灯吸引了,不是故意,而是控制不住。陶马顶着个碗灯,一哈气,马座上就清晰显出龙的纹路,惟妙惟肖。她又一哈气,嘿嘿地笑了,笑得爹有些发慌。她仰着脸对爹说:"这件古董我要了!"爹问:"你要它做啥?"乔然紧紧搂着马座陶灯说:"我喜欢!"爹喝了酒,大声骂道:"小丫头片子,你疯了,这件宝物叫马座陶灯,一级文物,值钱哩!给你咋行?"说着就拼命去抢陶灯。小乔然死死抱着,满地打滚,号啕大哭。老楚慌了神,大声叫喊:"哎哟,姑奶奶,小心碰坏了陶灯!"一句话提醒了乔然,她不打滚了,喊:"要是不给我,我就把它给摔碎了。"说着,当真举起了陶灯。老楚急得尿了裤头,忙喊:"别摔别摔,你是我祖奶奶哎。"娘闻声过来解围,对丈夫说："孩子是觉着新鲜，没几天就玩腻了，等她玩够了，你再去卖吧！"老楚瞪了老婆一眼："你真糊涂,这是玩的东西吗？摔碎了,就一分不值了！再说，这是我跟吊客共同拥有的文物哩！我应了，你干爹咋想？"娘不说话了。

乔然见娘帮不了她，灵机一动，抱着灯倒在地上装起死来，她牙关紧咬，憋住了气，憋得她真的差点断了气。娘急忙过来掐她人中，摇着她的身子哭着喊："小祖宗，醒醒啊，你可别吓娘啊！"老楚吼："别理她，装死哩。"娘骂："看孩子有个三长两短，我也不活了。"老楚喊："那陶灯值二十万哪。"娘喊："是闺女命值钱，还是你那个破陶灯值钱啊？老糊涂了我看你！"乔然突然睁开眼，喊："给我灯我就不死了！"老楚无奈地一叹，只好去跟盗墓伙伴吊客商量。吊客喜欢乔然，也就依了楚乔然这个干闺女。

说来也真是奇怪，自从有了这盏灯，乔然一下子变了个人！人不再病恹恹的了，立马精神了。学习成绩直线上升，由全年级落后生渐渐跃升进了前二十名。老师们惊讶万分，爹娘喜在心里，却不敢道出其中的秘密。毕竟马座陶灯是一件珍贵文物啊。

半年后，爹娘惊奇地发现，楚乔然在记忆力方面的表现令人称奇。看过一遍的文章，过目不忘，且多日后记忆犹新。紧接着，又发现乔然还有奇特的听力，能听出马座陶灯里发出的声音，白天是马蹄子奔跑时"跨哒跨哒"的碎声，晚上则是海螺发出的呜呜呜的声响。而其他任何人都是听不到的。她还能贴近对方耸动几下鼻子，嗅出这个人心里想些什么，一猜一个准，经过不少人验证的。这事真是神了，大家都认为是特异功能，乔然爹娘也觉得是，可问题是她咋就忽然有了特异功能了呢？乔然娘怀疑闺女是中了邪了，并成功说服老楚也怀疑上了。两个人偷偷花钱请来个跳大神的，是个五十多岁的老女人。她来楚家折腾了足有一个钟头，又是跳又是唱的，那样子很是滑稽，像一头猩猩在抓狂，逗得乔然咯咯笑，被她爹制止住了。老巫婆给了老楚一张黄色的纸条，说是峨眉山上的一条蛇精附了乔然的身体，烧了这张黄纸，将烟灰扔进碗里，让乔然在凌晨三点十分喝下，然后把碗扔到家门西边五里地外，就能使乔然恢复正常了。乔然爹娘恭恭敬敬地照办了，可乔然还是说听得见陶灯发出的声响，还是能用鼻子嗅出别人的心事，吓得夫妻俩怀疑孩子得了精神病。后来，乔然发了一次高烧，好了以后突然就听不见也嗅不到了，夫妻俩这才放下心来。

乔然要求把马座陶灯变成台灯，爹不答应。这天黄昏，乔然又跟爹闹，吊客来了，一听原委当即跟老楚急了眼，喊："我不是跟你说过了吗？人不能当财迷，咱老哥俩就这一个宝贝闺女，别说要马座陶灯，就是要慈禧的夜明珠，咱也得给她弄去啊！孩子喜欢就给她嘛！我跟你说啊，我干闺女不能受一点委屈，否则看我咋不依你！"老楚无奈地说："我的姑奶奶，这一改装，文物就破坏了，可是二十万块钱啊！"吊客说："孩子学习成绩上去了，这是二十万块钱能买来的吗？"老楚只好答应了，乔然就嘻嘻笑了。娘过来望着乔然，无奈一笑。老楚抱着马座陶灯端详了半天，就是下不了手，吊客夺过来亲自上手，把马背上的陶碗钻了个洞，安装了电线，就变成了一盏台灯。从此，楚乔然就在这盏马座陶灯下读书。

后来，乔然的老爹盗墓被抓，判了九年徒刑。给这个家庭带来沉重的打击。审讯的时候，爹隐瞒了这盏马座陶灯。这样，这个马座陶灯便默默地趴在了乔然的闺房里，将一大段历史烟尘悄悄隐藏了起来，俨然以一个普通的台灯模样，蜗居于一个普通家庭的一个角落里了。

听了乔然的叙述，我的内心产生了一种巨大的好奇，她哪里来的特异功能呢？她抚摸着这个马座陶灯，像抚摸一份心爱的私藏品。像炫耀一件稀罕物那样，捧给我看。说实话，我对马座陶灯没啥感觉。但是，同学里只有我知道它的价值和秘密，天下只有我能与她分享。马座陶灯就是乔然的伴儿，她的精神寄托。没有谁像她那样，对着陶灯时不时地沉入思索了。我答应她，一定不把陶灯背后的故事讲给别人听。

一个偶然的机会，我们在图书馆查阅资料时，查到了埃及考古学家皮得里，他的书突然吸引了乔然。乔然惊喜地对我说："张梅，你看，皮得里，多酷啊！"我探头看了看，书的扉页上是一幅外国老头的照片，充满智慧光芒的额头，一双深邃的眼睛。我对此不以为然，继续看自己感兴趣的资料。她一口气查了许多相关材料，还查到了中国考古学家裴文中。她搜集的材料堆了一宿舍。小桃、小琳、晶晶和荷花见乔然抱回来这么一堆考古书籍，惊讶了一下，之后就各忙各的了，她们是懒得揣摩乔然心思的。只有我为她担忧，担心她浪费宝贵时光和青春。我把忧虑对她说了，她给我讲了她与陶灯之间的特殊情缘，试图要说服我支持她的理想。慢慢地，我也默许了乔然。从此，乔然开始了一种精神漫游，当一名考古学家的念头就在她心里生了根。乔然不止一次地用她的庄重神情大声对我说："我一定能成为一名考古学家！"这既让我心惊，又不出所料，因为，她身边有马座陶灯，一盏有滋有味的灯。无论如何她是有才华的，只是，一个美丽的姑娘迷恋考古，是不是太可惜了？她的才艺资源是不是浪费了呢？我想说服乔然放弃对考古的迷恋和幻想，知道自己的力量是有限的，想拉同宿舍的女生加盟。可小桃忙着和大二的一个学长谈恋爱。小琳和晶晶合伙在校园里租了一个店面，干起了奶茶生意。荷花一门心思读书学习，别的她是不闻不问的，再说她是一个直肠子人，缺心少肺的，也不具备加盟的条件。看起来，只有我一个人孤军奋战了。结果，我一直没能说服乔然。

乔然考试作弊的事情，还源于习品三的出现。

习品三是我们学院美术系的大一学生。他鼻子挺秀，像女人。披肩长发总是溜光光的，带着自然的卷曲，染成了葡萄酒的颜色，他是学校里公认的帅哥。习品三是我们班主任孙老师的亲戚，因此可以享受到别的学生所享受不到的特权。我承认习品三帅气，但不喜欢这种自以为是的家伙。真的没想到，就是这个我瞧不上眼的人，怎么会与楚乔然发生一段感情纠葛的故事呢？有一天，习品三到我们班上来找孙老师，正和楚乔然走了个对面，一下子被乔然的美丽慑住了，张着嘴巴直瞪着眼，傻傻的。孙老师看出了习品三的失态，快步走过去，把楚乔然介绍给了习品三。习品三像发现一块美玉一样，一把握住乔然的手，不肯松开了。乔然没有思想准备，杏眼通圆，面颊绯红，不安地抽回了手，脸红彤彤的，两脚像是钉在地上不会挪步子了。吃晚饭的时候，乔然对我说了遭遇习品三的事。我说："他是不是一下子就喜欢上你了？"乔然脸红了一下，摇摇头说："谁知道，大概……怎么会哪……"低下头吃盒饭。看她的神情，似乎并不反感习品三。

习品三对乔然开始了进攻。他的进攻方式与众不同，他找到乔然说，他要搞人物画创作，想请乔然做他的模特，希望不要拒绝他。乔然问他："为啥选我做你的模特呢？"他审视着乔然的身体，用欣赏的口吻说道："因为我发现，你的身体不用粉饰雕琢本身就是一件艺术品。在我们学院，没有谁比你更适合做模特了，答应我吧乔然，请你支持我的艺术创作吧。"乔然被他的艺术追求所感染，竟然答应了他。我是在黄昏时分和乔然散步的时候，得知她做了习品三的人体模特的，当即就吃惊地看着她，不满地问道："哎呀妈呀，这么大的事你咋就不跟我商量一下呢？耍大刀啊？"乔然咯咯笑了，说："这算啥大事啊？人体模特只是专供艺术工作者以人体为模特进行艺术创造的对象，包括：摄影、绘画、雕塑。人体模特是协助艺术工作者练习提高造型能力的必要手段啊。"我问："你知道当模特要干啥吗？"她说："干啥？坐着、站着或趴着，摆好造型让画家画呗。"我说："需要你不穿衣服咋办，你也脱吗？"她摇摇头说："我只答应做他的非裸体模特，你放心，我还没有开放到做裸体模特的程度。况且我只是利用业余时间帮帮他。"

我又问："报酬问题谈好了没有？"她说："大家都是学生，父母为了我们的学业已经负担不少了，他又是非商业创作，还要什么报酬啊？即便是要报酬又能要多少呢？听说目前像四川美术学院这样的艺术院校，给出的报酬不过是每课时八块钱，简直少得可怜。"我说："你知道吗，咱们国家传统审美观点对人体艺术是有争议的，一些人借人体摄影绘画之名而行淫秽之举，所以人们会误解模特的，这些你想过没有啊？你要慎重啊乔然。"乔然攥住我的手说："谢谢你这么关心我。我想好了，就帮他这一个阶段的创作，到时候我想请你到场，一来可以保护我，二来也可以避免一些微词。"我白了她一眼，叹了口气："你呀，心地善良得跟一张白纸一样，真拿你没办法。"

尽管我讨厌习品三，但为了乔然的名声安全，我还是坐在了习品三的身后，静静地看着乔然摆出各种习品三需要的姿势，一摆就是个把小时。我不愿意看习品三作画的样子，总觉得他故意拿捏出一副艺术家的范儿给乔然看。乔然呢？居然喜欢看他的范儿。两个人一眼一眼地对视，眼神飘飘忽忽地你来我往。我警告乔然："别老跟他对眼儿，当心看进眼睛里拔不出来了。"她咻咻地笑，说："梅姐你真逗，别把人家想得这么糟糕行不行嘛。"我说："反正我警告过你了，出点啥意外可别怪我不够姐们儿哦。"她摇摇头，岔开了这个话题。

我担心的事情到底还是发生了。先是有一天下午下了课，不见了乔然。给她打手机关机了，问小桃、小琳、晶晶和荷花，都说不知道。我担心她会不会被习品三哄骗着约了出去。晚上十点多，她回来了，脸上有掩饰却没掩饰好的幸福。我严肃地问："和习品三上哪去了啊？也不跟我打个招呼。"她脱口而出："他过生日，邀请我，不去不合适。"我不放心："真的是过生日？"她点点头："吃了生日蛋糕的。"我不苟言笑地盯视着她。她脱上衣比平时速度快多了，遮挡住了自己的脸和不安的眼睛。

　　终于有一天，我突然捕捉到了乔然眼神的微妙变化，她开始顾忌我的存在了，而且见了习品三，眼神也是躲躲闪闪。忘了在哪本书上看见过这么一段话：女人逃避男人注视的时候，表明她已经开始恋爱了。眼下的乔然不就是在为开始恋爱做准备了吗？哎呀妈呀，乔然爱上习品三了。人生如一场恋爱，人无法不爱，可是，令我不解的是，漂亮的楚乔然怎么喜欢这种类型的画家？我始终认为这是一个古怪而不幸的爱情。可人家就是相爱了，挡是挡不住的。再说了，作为她的女友，严格地说我有啥资格干涉人家的恋爱呢？

　　习品三来我们宿舍的频率不可遏制地增多了。小桃有空就和她的白马王子约会，对她影响的概率几乎为零。小琳和晶晶做生意，很晚才回宿舍的，影响不大。倒是荷花学习受了影响，可人家有办法把影响降到最低点，或是到别的宿舍找伙伴，或是到花园里，一点怨气也没有。我有怨气，拆散了我和乔然不说，害得我东躲西躲的，叫啥事啊。有时候我索性不躲，你俩爱干啥干啥，我给你俩一个大后背，眼不见心不烦行了吧？他俩明显有了顾忌，内容不色情，估计仅限于捏捏手脚，顶多快速触碰一下敏感部位而已。而且动静也很小，几乎比窸窸窣窣还窸窸窣窣的。他俩肯定对我拒不回避不满意，乔然不敢表示。习品三也知道我的脾气，委婉地暗示我回避。我就是不动。

　　有一天傍晚，我正和乔然议论新疆考古新发现，习品三来了。一进屋就说这屋有风，有点凉。秋天了，明明关着窗门，哪来的风呢？我多心他是在巴望我回避。乔然却认真地说："你是不是感冒了啊？"习品三摇摇头，走到马座陶灯跟前，指着陶灯说："是这起的风。"他的话把我给说愣了，这不是说胡话哪吗？陶灯没有扇叶，也不发电，哪来的风呢？乔然却盯着她的陶灯不眨眼。一会儿，听她喊："是有风，正绕着陶灯起旋儿哪。"习品三傻了，说："这是邪气啊。"急忙躲闪着，头发都竖起来了。我也感觉到了一股邪气吹上身来，让我差一点窒息。难道这陶灯真的不一般？习品三对马座陶灯发生了浓厚兴趣，他当即放下画夹，为马座陶灯写生。他走过去，乔然将他画的马座陶灯贴在宿舍墙壁上，有空就欣赏。她那专注的样子，好像不是在欣赏一幅写生，倒像是在向一个顶礼膜拜的信物行注目礼。我有点妒忌习品三，还有些为乔然今后的感情生活担忧。

走进大学校园的第一个秋天，我就这样在茫然失意的境况下度过的。学校社会活动部组织去北京香山看枫叶，我没参加，不就是红叶吗，有啥看头？乔然起初因为我不去，也不想去的。她似乎故意顺从了我。小桃和男友注定是要去浪漫一番的。小琳和晶晶没去，她们舍不得耽搁做得还不错的生意，这两个掉钱眼儿里的家伙。荷花也没去，她要猫在难得清静的宿舍里读书学习。我们都知道，其实她舍不得掏钱去玩。大队人马临出发的前十分钟，乔然忽然改变了主意，她对我解释说："听说香山脚下有一个古玩市场，我想去开开眼界。"我就知道她会这么做的，就用空洞的眼神瞥了她一眼，淡淡地说了一句："那就去呗。"我问过习品三去不去香山，他说想去，可乔然不去他也就不去了。热恋中的乔然是不会为了我而让自己心上人受委屈的。重色轻友的家伙。

冬天来了，寒风瑟瑟，校园内外的植物全都被扒了个精光，为我们的生活环境平添一抹苍凉。十一月中旬，学校开始全面供暖。我们宿舍的暖气管道出了点问题，一摸冰凉，冻得我们六个女孩瑟瑟发抖，手脚冰凉。我和乔然找到校总务处，要求赶紧修理。修理管工很快就来了，可修了两回，还是冰冷依旧，找不到原因。无奈，小桃家里经济条件好，到校园附近的小区租了一套房子。似乎她的男友也住进去了，尽管她男友的宿舍暖气挺足，可他就说温度低。小琳和晶晶干脆搬进她们的奶茶店里住去了。荷花被楼上三层的一个叫果然的女孩邀请到她的宿舍，和她挤在一张床上去了，她们宿舍暖气可热了，待时间久了只穿衬衣衬裤还冒汗。我去那间宿舍看望荷花，亲眼看见一个女孩竟然一条布丝都不挂，赤身裸体地在房间里走来走去的，真够给力的。我也想走的，可是，乔然说不搬，我也就不搬了，只有强挺着陪她继续坚守下去。白天好说，尽量不在宿舍逗留，可晚上的睡觉啊，我俩就挤在一个被窝里，互相搂抱着睡，那还时常从睡梦里冻醒。凉气从看不见的窗户缝里钻进来，呼呼地响。我们瑟缩成一团，后来慢慢睡着了。

习品三很快送来了一台电暖气。宿舍里有了一颗小太阳，立马暖和多了。乔然得意地问我："咋样，暖和了吧？"我摇摇头说："还是俺们老家的夜炕头好。"她就笑，说："东北话真逗乐。"然后，咬着我的耳朵说，"还是习品三好吧？我说过了，他真的是个好人。"我撇下嘴巴说："他是对你一人好，是有目的的，知道不？"乔然说："干事情没有目的，那岂不是没有头脑的家伙？"我再次撇撇嘴，不接她的话了。和她理论这个干啥，暖和了就行了呗。

可惜，好景不长，一个礼拜后，宿舍值班的秦大姐到她的领导那里告发了我们，理由很简单，学校是不允许私自使用电器的。结果，电暖气被没收了，我俩重新跌进寒冷之中。习品三说："要不，我帮你们到外面租房住去吧，何必受这份洋罪哪。"我扭脸看乔然。乔然坚定地摇头。我知道，她手里没有租房的富余钱，很显然又不愿意早早地就在经济上依赖习品三，欠他的情是要付出女孩特有代价的。习品三开玩笑地说："我可真羡慕张梅，可以和乔然搂着睡，要不，我夹在中间得了，一边一个美女冷点就冷点吧，只要能给你俩带来温暖，呵呵。"我使劲瞪了他一眼，骂道："臭流氓，滚！"

我看到楚乔然羞红了脸。知道女孩心中神秘的季节到了。自从认识习品三，她开始抹口红了，嘴唇红得妖里妖气的。我看出来，她想调理好自己的气息，好让自己与习品三同步。她爱得半疯半傻，让我十分担忧。担忧他俩早晚偷吃禁果。我给乔然打过预防针了，我郑重地对她说："听着乔然，作为你最好的姐们儿，我必须提醒你，咱们女孩子最珍贵的绝不能轻易就献出去，你给我记住了。"乔然捂住我的嘴，羞涩地说："哎呀你说啥呢张梅，我是那种人吗？"我说："冲动是魔鬼哦。但愿你有这个自制力。"

几天后，是个礼拜六，早上我正和乔然穿衣服，有人来敲门，开了一看是小琳，她急急地说："张梅姐，帮我们照看一下小店，行不？晶晶发烧了。"我看了看乔然，不好拒绝的，就跟她下了楼走了。忙了一个白天，晚上小琳和晶晶非要请我，我再三推托盛情难却，只好跟她俩到校园对面的一家海鲜馆吃海鲜去了。大约十点回的宿舍。灯还亮着，乔然蒙着脑袋睡着哩。我自语道："这丫头，想放屁独吞咋的。"走上前，轻轻地掀开被子，却看见乔然已是满脸泪珠，连忙问她："你咋哭了？出啥事了？"乔然光哭不说话。我明白了，一定是姓习的欺负乔然了。我一跺脚喊："你等着，我去找习品三算账去。"乔然喊："别去，是……是我……是我……"我盯着她："是你咋的了？啊？我的姑奶奶你快说呀，咋的了。"她的脑袋低到了不能再低的程度："是我……自愿给他的……"我惊呆了，乔然到底和习品三偷吃了禁果。我气愤了，颤抖着手臂指着她，低声吼："说，是不是她强迫你的？"乔然坚决否认："是我自愿的，真的。"我问："那他有没有勾引你？"感觉"勾引"这个词有点硬，改口说，"引诱，是不是引诱的？"乔然还是耷拉着脑袋说："他问我冷不冷，我说冷，他就坐我旁边搂抱了我。后来，他托起我的下巴亲我的嘴，我没有拒绝。再后来，他解我的衣扣，我不让，可他的手劲大，我拗不过他，就依了他。再后来……"我瞪大了眼睛："还有再后来？妈呀，你跟他……干那种事了？"乔然点点头，一头扑进我的怀里，呜呜呜地哭开了，一边哭一边说："张……张梅我……我后……后悔死了……"我心软了，抚摸着她的头发，深深地叹了口气，自责道："都怪我，不该和小琳她们吃海鲜去啊！"我就不明白了，你楚乔然咋就这么轻而易举地就叫那个姓习的得手了呢？

　　第二天临近中午的时候，我们下了课涌出教室，回宿舍拿饭盆准备打饭。半路上，在一株灌木丛后边闪出了习品三。我狠狠地瞪视着他，拉了下身边的乔然，说了句："别理他，我们走。"乔然没说话跟我走，脚步有些凌乱迟疑。我瞪了她一眼，恨她不争气。"张梅姐。"习品三忽然喊了我。我厌恶地斥责他："谁是你姐啊，你不配！"习品三问："我哪点不配？"我说："流氓。"他笑了，说："真有意思，我俩的事一厢情愿，何来的流氓之罪名呢？"我愤恨地说："别扯了，还一厢情愿哪，真无耻！"习品三被我噎得好一会儿没话说，默默跟随着我俩走了很长一段路。要进宿舍楼了，他还跟着。我朝他喊："女生宿舍异性免进，请你尊重女生。"习品三求援地看着乔然。乔然悄悄拽拽我的衣袖，说："算了，叫他进去吧，天这么冷。"我硬着说："不叫他进，别心软。"乔然说："让他进去吧。"我提高了嗓门："不叫他进，咋的，我说话不好使啊？"她也提高了嗓门："他是我男朋友。"我注意到，她的脸色不好看了，显然对我不满意了。我心里一震，没再说一句话，自顾自头也没回地进了宿舍，拿着饭盆看都没看他俩，径直去了食堂，打了饭菜，选了一个僻静的角落独自吃了起来。饭菜下肚，不知是个啥滋味，脑子里想的全都是楚乔然咋就为了维护姓习的，不惜伤害和我的感情呢？

有人坐到了我身边，不用看，是楚乔然。"张梅，还生我的气哪？好了嘛，别生气了。看我给你买啥好吃的了，你最爱吃的腰果虾仁。"我感觉到了腰果的黄灿灿，也闻到了虾仁的清香，但就是拒绝诱惑不搭理她。乔然搂住我的胳膊，轻轻地对我说："老天可怜我，让我这个缺少家庭温暖，缺少父爱的女孩遇到了习品三，他是真心爱我的，我也真心喜欢他。我要把我的一切都给了他，一生一世，永不变心。张梅，求你了，支持我吧，行吗？"她的口气近似于哀求，还有几分可怜兮兮。我终于压下了怒气，迎着她那双充满期待的目光，轻轻地点了点头。

处于恋爱中的女人，智商等于零。浪漫属于青春，青年人谁不想浪漫？可是，浪漫不是凭空产生的，需要前提，需要资本，这就是你的青春，你的美貌，别的都扯淡！我想把这个道理讲给乔然听，可她现在是听不进去的。她像傻瓜一样地爱着习品三，爱得昏头昏脑，爱得没有了方向。乔然什么话都不背我，告诉我他跟习品三的第二次"甜蜜"动作。她说那天习品三画好了画，他一把搂紧了她，把她摔到床上，疯狂了一阵，我们的战场又从床上转移到画台上。我可以想象到，习品三是在她的甜蜜的呻吟声中，咚一声，倒下了。几天后的晚上，我还是给乔然泼了一盆冷水："习品三只是个外表风流倜傥的家伙，实际上，他不是艺术人才，他像个投机客，蠢家伙，笨蛋！"乔然对着镜子在梳头，她瞥了我一眼说："你凭啥这样骂他啊？你了解他多少？我看你是嫉妒我们吧？"我傻掉了，没想到她会这样待我，绝对猝不及防，我只喊了一个字："你……"竟然就说不出话来了，大脑一片空白，耳朵嗡嗡作响，像无数只小蜜蜂在萦绕翩飞。乔然"啪"的一声扔掉手里的梳子，站起身就走。我经过短暂的"失聪期"恢复了常态，气愤地尖叫了一声："楚乔然，你给我站住——"乔然身子一震，站住了，冷眼看着我。我朝她吼："你必须给我道歉，听见没有？

否则，哼！"乔然也喊："否则咋样？哼！"我吼："否则就断绝关系，谁也别理谁了。"她也吼："断就断，有啥了不起的啊。"我气哭了，呜呜地哭。她也气哭了。就在我们哭得一塌糊涂的时候，习品三出现了。他总是猝不及防地从天而降，像个可恶的幽灵。"哎哟你们姐俩这是怎么了？怎么还比着赛地哭啊？"乔然一见他来了，哭得更委屈了，扑到他的肩膀上，差点没背过气去。我孤独地哭，没人理睬。忽然，我不想哭了，既然你楚乔然不讲姐们儿义气，那我张梅跟个傻子似的哭个啥劲啊？不值得不值得，太不值得了。我狠狠地抹了把眼泪，狠狠地瞪了楚乔然一眼，"咣当"一下带上门，头也不回地出了宿舍。走廊里塞满了冬日的阳光，照在身上暖洋洋的。我的心却一阵阵发冷，为失去的一个挚友。我听见习品三在宿舍门口喊："张梅，张梅——"没听见楚乔然的喊声，我失望地没回一次头。出了宿舍楼，我漫无目的地在操场上转圈。篮球场上，男生们在打篮球，两边站满了看热闹助威的男生女生，不时响起叫好声和跺脚声。阳光有些刺眼，光晕里的景象一片混沌，我也懒得看，除了褐色就是灰色，单调得让人厌倦起眼前这无聊的生活了，包括人。这一晚，我没有回宿舍睡，跟小琳和晶晶挤一块了。她俩不咋欢迎我，嫌我睡觉打呼噜，跟老爷们儿似的。我说："瞎白话啥呀，哪有不打呼噜的哪，那还叫睡觉啊？"逗得她俩嘎嘎乐，只好接受了我。

乔然开始疏远我了，不再和我一起去食堂打饭，不再和我一起搂着抱着睡觉了，不再和我一起到教室上课了，不再和我一起去给习品三当模特了。她也很少跟我说句话了，非说不可了才说，眼睛一般是不看着我的。这让我感到了孤独。我这人性情豪放，跟老爷们儿似的，啥也不怕，就怕孤单。可我又是个有尿性的人，不会轻易向谁服输低头的。宁肯孤单，我也不叫楚乔然觉出我离不了她，渴望和她重归于好。我也没留意观察过她，是否离得开我。这样，我俩便分手了。

后来我俩握手言和后，乔然跟我说，其实她很在意我，很后悔那天和我吵架，更后悔不搭理我了。她说习品三没少说我坏话，先是叫她不要跟我在一起，说我满嘴的苞米楂子味，档次太低。然后又说我不懂得感情，支楞八叉的，没点女人味。跟我吵翻了后，他又说早就该这样了。这个王八犊子，我早就看他不地道了，挑拨离间，这是老爷们儿干的事吗？我愤恨地说："谁说俺们东北姑娘不懂感情啊，可懂得了。东北小伙要是哪天稀罕哪个东北姑娘还不好意思说，东北姑娘就直截了当地冲他喊，瞅你一天天扭扭捏捏，叽叽歪歪，吭哧瘪肚的样，是不稀罕我？说完脸也红。然后东北姑娘就会冷不丁地亲小伙一口，东北小伙心里美滋滋的，嘴上却说，干哈啊，整我一脸吐沫！"我的一番话逗得楚乔然乐得岔了气。

说起来也多亏了乔然我俩闹别扭，就是那次长达一个多月的别扭，叫我结识了恋人齐志勇。那天，我正独自一个人坐在图书馆里愣神，有人轻轻敲打我跟前的桌子，我转过脸看，是一个皮肤有点黑，眼睛不太大，鼻子挺括，嘴唇厚实的男生。我瞪着他，意思是你敲桌子干啥？那个男生指指我身边的空椅子，小声问："我可以坐吗？"我白了他一眼，意思是乐意坐你坐呀，谁管。他坐下了，我闻到他身上有一股子烟草味，不由得皱了下眉，伸手扇了扇鼻子前的气味。男生没留意我的动作，只顾埋下头专注看书。由于我和乔然闹别扭不想回宿舍，尽管根本看不进书去，可还是赖在图书馆里不走。那个男生也一直没有走的意思，看得如醉如痴。直到管理员走过来对我们说："对不起，闭馆时间到了，明天再来吧。"我慢腾腾地收拾书包，慢腾腾地走出图书馆。眼前立刻被白了吧唧的东西刺了一下，竟然啥也看不清。我揉揉发涩的眼球，瞪大了看，原来是下雪了。雪不大，稀稀落落的，估计下的时间长了，地上、树上、建筑上已经铺了一层，白茫茫的。我的心情立刻豁亮了许多。在下台阶的时候，我脚底下一滑，哎呀了一声，身子朝前扑去，就在这个时刻，一双有力的手抱住了我的身子，回头看，是刚才那个男生。我脸红了一下，对他说了声"谢谢"。男生笑笑说："不客气。"我特意正儿八经看了他一眼，发现他浑身上下透着一股子机灵和狡猾，蛮可爱的。就又说了一遍："谢谢。"慢慢地走，有点女孩子的矜持，还有点礼貌地与他几乎同行。男生紧走几步，差不多和我并肩，他侧目看着我，自我介绍说："我叫齐志勇，河北承德人，明年大二，和你是一个系的，五班的。"普通的名字。普通的人。我礼貌地看了他一眼，做了自我介绍。他惊奇地眯起眼睛说："哦，你就是张梅啊，失敬，失敬。"我有点晕，问他："我很特别吗？"齐志勇认真地点头认真地说："是啊，你是东北来的，全系最豪爽的同学。还有，你是一个敢于仗义执言的人。难道不值得大家敬重吗？"我扑哧一声笑了，不好意思地摆着手说："妈呀，你可真能白话，我哪有你说的那么好啊，该成巾帼英雄了。"他抓着脑袋，憨厚地笑了。

　　小雪花密了起来，头顶上像飞来了一群群小蜜蜂。齐志勇忽然问我："听说你和楚乔然闹意见了，是吗？"我点点头："有这事，传你们班去了？"他点点头，说了句："误会早晚会解除的。"我问："你认识习品三这个人吗？"他说："认识，还很熟哪。这个习品三背景比较深，交往很杂的。他人还没毕业，就跟市美协的画家吃吃喝喝，混了个理事。他到处送自己的画，这座城市的政要、大款，一个不落地走访过来了，显然他在攀高附贵，上蹿下跳，到处钻营。有人说，看一个艺术家有多高品位，要看她身边的女人。楚乔然的美貌和气质正是他所需要的，可以成为他的陪衬和帮手。可是，看过太多的风景和人，有些人的眼睛难免会变得不那么清澈，看走了眼。"这话我听了很是入耳，我就是这么看习品三这个人的。我立马对齐志勇有了好感，开始和他攀谈起来。我们谈的内容很广泛，从二百六十万光年外的仙女座大星云，到罗伯特·穆齐尔笔下毫无个性的人物；再从利比亚卡扎菲的命运到我们国家的第一艘航空母舰的试航，越谈越投机，不知不觉头发上和肩膀上已经落满了雪花，也没觉出冷来，相反地，彼此都感到了阵阵暖意，连目光都有了温度。

　　我和齐志勇开始了频频约会。约会一频繁，有点让齐志勇招架不起，有时候找借口闪烁其词。我直接问他："你是厌倦我了，还是另有隐情？照直说。"他吭哧了一会儿，回答说："我是怕你老和我在一块，真的淡忘了楚乔然。"我轻轻一笑："我们姐妹的事情，你别管。我不是不想和乔然和好，实在是因为她被习品三这个家伙蒙住了双眼，不理解我对她一片真心。我唯有期待着习品三早一天原形毕露。"齐志勇说："乔然是个好姑娘，我们得想办法营救乔然！"

　　漫长的等待。直到放寒假了也没有等来习品三的原形毕露。我是带着失望回的哈尔滨。爹娘泪汪汪地说我瘦了，整天变着花样给我做好吃的。可再好的东西我吃着也没了过去的好滋味。大年初一我给亲朋好友发短信拜年，第一个想发给的就是楚乔然。短信内容都写好了，犹豫了好一会儿还是删除了。志勇给我打来了电话问候我，我心里想着他的名字，说出口的却是乔然两个字。志勇说："你是姐，主动给她打个电话吧。"我说："不打。"他说："别嘴硬了，打吧。"我喊："不打不打就是不打。要打你打。"志勇叹了口气，说："那你就在心里边给她打吧。"这话说对了，我真的在心里边给楚乔然打了无数次电话。也不知道她那边有没有心灵感应。

　　春天说来就来了。浩荡的风，展开春天的旗帜，一扫漫长的冬天所特有的凝滞、沉郁、冷寂的气氛。一群群小麻雀，在微暖的天空里叽叽喳喳地欢叫着，小小的脖子一挺，轻轻地从树枝上弹出来，便立即又展开小小的翅膀向旷远飞去。它们和春天一定有个约定，用它们的婉转啼鸣即将唤醒一树又一树繁花似锦的杏树、桃树、梨树。校园内外浮动着一层层暖晕，定睛看枝头，一个个芽苞就要醒来，装点春天姹紫嫣红。此情此景让我的惆怅心情得到舒缓，变得和这个万物复苏的季节一样清爽明朗了。

　　我有一种预感，这个春天将是习品三的克星。我的预言成真了。三月里的一天，习品三在楚乔然面前"栽"了一次。"栽"得很惨。习品三还真有女人缘。他和乔然之间，还有一个神秘的女人。那一天，习品三说出差几天，到太行山写生。乔然就祝愿他一路顺利。习品三走的第二天，下了大雨，乔然担心习品三的画室漏水，就带我过去看看。乔然有他画室的钥匙，我们合了雨伞，开门就进去了。我们一进去就感觉不对了，有女人剧烈的呻吟声。习品三叫了一声："谁？"我和乔然都吓了一跳。习品三急忙穿着衣裳，瞪直了眼睛。他身边还有一个赤裸的女人。这女人中等个头，微胖，声音很嫩，眼睛很黑，双唇鲜艳而饱满，像一个熟透了的少妇，眼角眉梢尽是风情。我扭头看见戳着的画布上，画的就是这个女人。乔然愤怒了，但她颤抖着说不出话来。让我吃惊的是，那个女人显然比乔然还恼怒，抬手指着习品三的鼻子："她们是谁？她怎么有你画室的钥匙？啊？"乔然火了，大声说："你还有理了，我是他女朋友！你是谁？"那女人说："我是他恋人，你给我滚！"我看不过眼了，说你怎么说话呢？乔然大声骂："骚货！"三说两说就骂了起来，厮打成一团。我一走神，乔然伸手就抓了那女人的脸，那女人的脸有三条道子，顿时淌出血来。

　　我和习品三把她们拉开了。那女人显然很凶，一边摸着自己的脸，一边指着乔然吼："狐狸精，老娘告诉你，你肯定会为今天的行为付出代价！"

"无耻，无赖！"我骂了她两句，拉着乔然走出画室。我们忘记带雨伞，我们两个人跑在雨中，很快．全身就湿漉漉的。

回到宿舍，我安慰哭泣的乔然。后来我们才弄清，习品三跟那个女人也是恋爱关系。那女人叫马小丫，绰号"马丫波霸"。她是传媒大学毕业的，现在是一家广告公司经理。她在为习品三的美展搞总体设计。

习品三过来跟乔然道歉，跪下请求原谅。乔然开始没理睬，我赞同她。可是，半个月以后，乔然竟然原谅了这畜生。把我给气个半死。这个傻姑娘哪里知道，这个时候，习品三想甩掉乔然了。这个邪念是从一张画开始的。去年秋天，他让美丽的楚乔然怀抱马座陶灯站着，妩媚地微笑，然后，他给她画了一张油画，起名叫《陶灯姑娘》。那一天，我家里出了点事，那一阵我心情不好，这种心情并不妨碍我赞赏他的《陶灯姑娘》。那一天，习品三在学校门口上岛咖啡单独约见了我。他喝着俄罗斯红茶，回忆了一阵，缓缓说："张梅，我们城市的大老板孙继说他看了我的画《陶灯姑娘》，震惊了。他说马上想到一张世界名画《土窑少女》。我也看过这张画，画的底色是黄酱色。背景是一道河岸，河岸有一座土窑，周围树林茂密，蓝天白云。一位少女赤裸着上身，脸色红润，目光失意，乳房饱满，她怀抱着一只破了边的陶罐，陶罐豁口有凛凛清水溢出。阳光把水珠映出星星点点的花雨，飘飘洒洒。"他停顿了一下，继续观察我的表情说，"老板说，他从朋友茶楼看见这张画的。少女的脸像陶罐一样阴凉，这样的阴凉，撩人魂魄。当时他就怦然心动，连声感叹。他说看了以后，有一种蠢蠢欲动的心情，当然还有深深的惋惜和遗憾。可是，老板看了我的画，感觉就大不一样了。好像闻到了处女的馨香。有一股清气缠绕，缓缓提升，宛若一次回味无穷的恋爱。老板还感叹说，这姑娘是谁？哪里是人，纯粹是女神！这画太让他提神了，马座考究，给人奔驰的力量。姑娘美丽而神秘，其实，女人就是人间的明灯，她们不仅能够照亮男人，还能照亮世界，那是光明和理想的象征。"我嘿嘿笑了，笑了半天都没停。习品三被我笑蒙了，他鼓着嘴巴说："你得笑瘸了？不怕把肠子笑断呀？"我止住笑，上气不接下气地说："你这老板朋友，说话也他妈太酸了，我都该倒牙啦！"习品三说："真的，那是原话，我一点儿没编。"我做出蔑视的神态，摇了摇脑袋："品三，你就是说自己的画比世界名画还牛呗! 你就吹牛吧! "他还要再跟我证明什么, 我连眼皮都没抬。

习品三咧着嘴说: "你别讽刺我, 我不说了, 你看了画就知道了。"

有一天傍晚, 我让乔然带我到美术班的画室。我第一次看到油画《陶灯姑娘》。说不清为什么, 我还真被吓了一跳, 但迅速恢复平静。这张画一下子震撼了我, 一阵悲喜交集的感动在心中涌动。我都不敢相信此画出自习品三之手。对习品三真的刮目相看了, 我认为这是他进校以来画得最好的一张画。看来是乔然的爱情给了他清朗的创作激情。画的底色是浅蓝, 笔触到位, 下笔达意, 画面显得深邃、旷远。乔然一身白色的长裙紧裹着身子, 美丽的瓜子脸, 白里透红, 红中见亮, 眼神纯净而好奇。她的美无可挑剔, 冰清玉洁。她怀着无限虔诚的心情, 将马座陶灯揽在臂弯里。习品三有自己的主见, 他把电灯泡改了, 画成了碗儿灯, 燃着一束淡黄的火苗。陶灯被他画活了, 也像睡醒了似的, 睁开了惺忪的睡眼, 仿佛灯也能喷出香气。我承认, 他的想象很丰富。乔然说跟陶灯原来的形状一模一样。她一激动, 差点说出马座陶灯的来历, 我瞪了她一眼, 她欲言又止。自从她跟我吐露实情, 我就替乔然担心了。我叮嘱她不能透露马座陶灯的真正价值, 她跟我说过干爹吊客的话: 跟谁都不能说灯的来历, 一露馅, 窟窿就捅大了, 会惹来杀身之祸! 可是, 乔然把这个秘密跟我说了, 可见, 我是她最信赖的朋友。乔然沉静下来, 呵呵笑着不搭腔。我的目光继续落在画上。我在辨别, 画中的乔然与生活中的乔然哪个更好?

习品三仰着喜气洋洋的娃娃脸, 说: "我改用油灯, 就是为了衬托乔然的古典美。"他说得干脆而率真。他说对了, 我喜欢古典美。当时, 我心中有一种特别温暖的感觉。

习品三说: "当时画完, 我当着乔然的面儿就流泪了。"

我愣了愣: "你为什么流泪? "

习品三说: "一个男人能在女人面前流泪, 是这个女人的福气, 说明乔然有福气, 对吧? "

乔然轻轻一笑, 跟画上的她一样迷人。

习品三可能向老板出卖乔然, 当我意识到这一点时有些不安起来。

凭我的感觉, 孙继老板并不是喜欢这张画, 而是喜欢画中的人。习品三还是跟我招了。他说有一天，孙继老板问习品三："品三老弟，这姑娘太有味道了，她是你想象出来的，还是真有其人啊？"习品三正想求孙继赞助他办个人画展哪，一看他对楚乔然有兴趣，哪敢说是自己的恋人啊，连忙嘻嘻一笑说："孙老板，此美女不是老弟杜撰，而是确有其人，她是我非常崇拜的一个同学，小师妹！"孙继嘿嘿笑了："那可太好了。如果你能把她介绍给我做小三，我不仅赞助你的画展，还送你一辆奥迪轿车。咋样？"习品三惊讶得浑身打哆嗦，怎能禁得住这般诱惑，当即毫不迟疑地满口应承了下来。

根据我的分析，当时习品三正处于焦头烂额阶段。他无力摆脱"马丫波霸"，只能在乔然身上忍痛割爱了。他开始行动了。他对乔然说，他有一个大款朋友，对考古比较感兴趣，哪天介绍给她认识认识。乔然不知是陷阱，欣然同意。一天晚上，习品三带着乔然到一家大酒店和大老板孙继吃饭。孙老板一眼就看中了楚乔然，夸她比画里的美人还要美。夸得乔然怪不好意思的，可也没多想。席间，孙继对习品三使了个眼色，两人假装上了洗手间。孙继当场就跟习品三摊了牌，不把这个楚乔然弄到手，别的一律免谈。

孙继接了个电话，推托说还有要事，告辞走了，临走，色眯眯地看了乔然好几眼，真恨不得立马把乔然抱走。习品三讨好地给乔然夹菜倒红酒，还一个劲嘻嘻笑。乔然感觉到他的异样，警惕地问道："孙老板和你说我啥了？"习品三说："你真聪明，怪不得孙老板喜欢上你了哪。"乔然说："别乱说，我可是你的。"习品三搂着乔然的脖子，说："你当然是我的。跟你商量个事。"乔然看着他："你说吧。"习品三观察着乔然的脸色："孙老板看上你了，他要跟你签三年合同。每年20万，另外送你一辆红色奥迪轿车。"楚乔然呆住了，傻傻地看着习品三。习品三以为她会禁不住这份诱惑，催促道："答应他了吧，你既损失不了什么，还帮助了我的事业，一举两得的大好事啊。"乔然盯视着习品三的嘴脸，胸脯剧烈地起伏着，她颤抖着声音问道："难道你真不知道他看上我意味着啥吗？"习品三笑了："笑话，这我能不知道吗。不就是陪他开开心吗，我不会介意的。"乔然尖声喊叫一声："可我介意！你真无耻！"乔然叫喊着，狠狠扇了他一巴掌，哭着逃出了雅间。

楚乔然事后对我说，当时她跌跌撞撞地跑到马路边，拦了辆出租车，想到的第一个倾诉对象就是我。她完全忘记了和我已经好几个月没有亲密来往了。我正在宿舍里上网聊天，乔然吡的一声撞开门冲了进来，朝我喊了一声："张梅。"一头扑到我的肩膀上，搂着我呜呜呜地哭了个天昏地暗。我也忘记了和她之间的别扭，不住地劝慰她不要哭了，有啥委屈尽管说。她跟我诉说一切，泪水不停地流淌，一部分流在脸颊上，一部分流进了她的心里，流向心里的马上变成了血。她心里酝酿着毁灭一切的愤怒。

我咬着牙，恨恨地吼："畜生，真是个畜生，依仗着自己有点本事，有点社会关系，美得不知天高地厚了。"乔然攥着我的手："我好后悔没听你的，我还仇视你……"我打断她的话，安慰她说："既然习品三在精神上堕落到了这种地步，你还跟着他干啥呀？跟他一刀两断。"楚乔然愤愤地说："我要是还不和他一刀两断，那我就是天底下头号大傻瓜了！"说完了这话，乔然继续哭。我没再劝她，我知道她心里跟刀剜一样痛。她该清醒了。

过了两天，习品三却又觍着脸过来纠缠乔然了。乔然不在宿舍，我接待了这个坏家伙。如今再看见他，感觉是那样丑陋、无耻和怪异。他浑身上下纵欲的痕迹非常重，两眼冒着欲望的火焰。人都怎么了？价值观全乱了套。听说他的画都三千元一平尺了，他这样低劣的人品，怎能画出好画来呢？习品三说他给楚乔然介绍孙继老板，是帮她的，是给她一个挣钱的机会，是对她的爱他的报答。这可是好多女大学生梦寐以求的好事啊！多少女生求我，我还不管呢！楚乔然家境贫寒，应该利用这个机会好好捞上一把，可她不解风情，这大学真是白上了。我的目光恶恶地扫过去。习品三颤了一下，说："你转告乔然，孙继大老板可是生气了。他这人有个毛病，有钱人报复心太强。他说他得不着的东西，谁也别想得。"我惊吓了一下问："他敢怎么样？"习品三说："从精神到肉体，摧残乔然呗！"我噘着嘴听完，额头满是冷汗。这是啥狗屁理论啊，我当场和他掰扯起来："还有王法没有？人家看不上他，他就毁人家？"习品三说他拦不住。我骂他太卑鄙，一派胡言。我骂他侮辱了乔然，耽误了她的事业。可是，习品三有他的主见。他嘿嘿一笑说："女人吧，啥叫成功？爱情成功了，即便当不成考古学家，你也算成功了。如果爱情失败了，其他方面再成功，那大概也是失败的，不会幸福的！""谬论，滚！臭流氓！"我把习品三骂愣了。

他的两只眼睛充了血，变得血红，恶狠狠地瞪着我，喝道："你他妈的说谁是臭流氓啊？嗯？"我不怕他，两手叉着腰叫喊："你你你，就是你。"我们争吵着，招来不少女生，有的劝解我们别吵了。有的在一旁看热闹。正吵着，齐志勇来了。志勇上去就捶了他一拳。习品三捂着脸撒腿就跑。我喊了一声："习品三！是个有尿性的爷们儿你就别跑！"他不理我，挤过乱哄哄人群，很快没了影。

乔然回来了，我把骂走习品三的事情说了，她搂着我的脖子，亲了又亲，跳了又跳。第二天是礼拜六，我俩痛痛快快地出了校园在外边疯了一天。晚上，我俩在学校门口的酒店点了几个好菜，还喝了点啤酒。乔然心情放松了，不一会儿就喝高了，一边拍着桌子一边大声喊："我再也不想见到姓习的这个流氓了！不想不想。他的画画得好，做人可是差多了。"我说："对，再也不要见到这个无赖了。"

从此，习品三从乔然的生活中消失了。男人是贼，来得容易，走得也快。我一直认为，是习品三这家伙毁了楚乔然。"马丫波霸"果真是个"有仇必报"的女人。他从习品三手机上下载了楚乔然给他当裸体模特时的视频。一下子给捅到网上去了。俗话说无风不起浪，而在校园里，无风也得起三尺浪。学校一片哗然，同学们对她指指点点，楚乔然背上了恶名，顿时傻眼了。我知道这事对她的打击太大了。她的学习直线下降了。

屋漏偏逢连夜雨。没有多久，楚乔然考试作弊发生了。

楚乔然的两件事情很快传开了，一时间闹得沸沸扬扬。她像霜打的茄子无精打采的，一副痛不欲生的样子。她一伤心，我也跟着无精打采。

我找习品三闹了一通。这个害人精竟然没一点愧疚。我就想，乔然自从和习品三好上以后，沉湎于卿卿我我，加上为他做模特，学习上分了心，拉下不少功课。考试的时候，乔然自知不会考出好成绩，可她有虚荣心。这种情况，不参加考试倒是好事。乔然想通过考试，证明自己依然是优秀的，可是，她已经伤了元气了。她怕别人笑话，就偷偷作了弊，没想到当场被监考老师抓了个正着。作弊被抓后，学校教务处让乔然做出深刻检查，说只要承认其严重性，有决心痛改前非，就可拨云见日。说的比唱的还好听，哪里会见天日。乔然按照教务处要求做了深刻的检讨，也表示坚决不再作弊了，可她的作弊劣迹连同检查，还是都被装进了她的学生档案里。这意味着这个污点，楚乔然这一生都甭想洗掉了。

我知道这种情况的严重后果，心里惴惴不安的，脊背上飕飕飕地冒冷风。我找到班主任孙老师替乔然说情，恳请学校放乔然一马。孙老师说："我知道乔然其实是个好学生，这次犯错误也是偶然，是有一些特殊原因的。可这是学校的规定，我有啥办法呢？"我不再说了，孙老师是习品三的亲戚，他怎能替楚乔然说话呢？

楚乔然悔恨交加，她双手使劲抓着自己肩膀，尖利的手指头抠进了肉里，鲜血直流。我骂她："你是个挺聪明的人啊，怎么干这种愚蠢的事呢？你虎啊？"她抬起头，眼光穿过泪水，紧紧地盯着我。我感到一种说不出的气恼，冷冷地对她说："这种让人瞧不起的恶劣行为今后再也不要犯了，否则我真的再也不认你这个姐妹了！"乔然开始对着马座陶灯忏悔了："我错了，饶恕我这个迷途的羔羊吧！"

事情远没有结束。因为网上视频，还有楚乔然作弊，损坏了我们班的荣誉，同学们指责她，羞辱她。我到处给乔然解释，她是被习品三这个爱情骗子害的！如果没有习品三干扰，乔然绝对还是个好学生。可大家依旧没完没了地声讨乔然，羞得乔然整天抬不起头来，吃不下睡不着的，人很快就瘦了一圈。我时刻陪伴在她身旁，劝慰她，开导她，鼓励她振作起来。她不说话，只是默默地流泪。我担心她出啥意外，寸步不离地跟着她。还好，她没有做傻事的举动。

那一天，楚乔然的母亲王阿姨来到学校。她母亲告诉她一个喜讯，她那个盗墓的父亲提前出狱了。她高兴地抱住了母亲。她没有把自己的不幸告诉母亲，母亲多病，承受不了打击。母亲说，你抽空回家看看你爸爸，他想你。楚乔然点头应着。母亲走后，我发现楚乔然情绪上有了变化。她开始化妆了。过去她每天起床，第一件事就是站在镜子前描眉画眼。自从出事，她好久没有化妆了。

这天是个礼拜六，我对乔然提议去市区的蝴蝶湖游玩。开始乔然摇头说不去，后来在我的劝说下点头同意了。那是个阴天，太阳逝去，天明显凉了一些。蝴蝶湖占地二百六十多公顷，水域面积一百一十公顷，素来以"轻烟拂渚，微风欲来"的迷人景色著称于世，每年吸引百万计来自国内外的游客。其中最有名的是桃花园，坐落在蝴蝶湖的南岸，呈半岛形，园内假山瀑布、楼台庭院、林荫步道、古桥流水，充分展现了江南园林的风格。另一个好去处是蝴蝶湖生态绿洲，占地五十公顷，区内拥有乔木、灌木、地被植物共计一百多种，分布着葡萄园、枇杷园、桑果园、竹林、银杏林、杉林等三十多个植物园林，游客们可以充分领略到"春看桃李夏赏荷，秋收百果冬看春"的旖旎风光，是一个不可多得的自然湿地公园。看惯了城市的繁华与喧嚣，到蝴蝶湖，到树林深处感受天籁之声，到花海中与花蝶齐舞，到小河边看鱼虾嬉戏，泛舟轻歌，尘世间一切烦恼杂念都应当随风飘散，剩下的除了逍遥还是逍遥。可乔然却还是不为眼前美景所动，依旧是愁眉不展。她伤感地说："我的爱情已经葬送，前途也已经葬送，我想退学了，这学我没法再上了。"我竭力反对："嘴是扁的，舌头是圆的，让他们随便说去吧！你不能干傻事，不能冲动，你会后悔的！"楚乔然沮丧地说："别人说啥，我不怕。可是，有这个污点，将来得不到毕业证的。到那时候，我怎么跟家里交代？我怎么能实现我当一名考古工作者的理想呢？"我想了想说："这是一个内部问题，规定是学校的土政策。我找马校长问一问，不会那么严重的！"楚乔然一头扑进我怀里，喃喃地说："梅姐，对不起，我跟习品三交往的时候，听你的就对了，我恨我自己哩！"我说："然然，你明白就好，一切还不晚。你得赶紧把学习追上来。"乔然没有自信："我把学习搞好了，学校就能发我毕业证吗？"我按按她的肩膀："能，一定能。"她咬了咬牙说："我听你的梅姐！我会振作起来的，我娘说过，人争一口气，佛争一炷香。"她说着，身体抖得厉害，喘息不停，两手交叉着护住胸部。

　　为了乔然，我豁出去了。第二天上午，我去了马校长办公室。听说马校长是北大毕业的高才生，心中已经有了几分敬意。见到他本人，感觉他不像一个学者，倒像一个拥有一定级别的官员。他中等身材，撅起的肚子和重叠的下巴颏表明他已微微发福，眼神里透着温和与执着。我推门进他的办公室的时候，他正驼着背站在窗户前，脸色阴沉。"校长，我是楚乔然的好朋友张梅。今天来打扰您，就是想恳请您，再给她一次机会吧，她是一个潜质非常不错的优等生啊！"我说话时，神态妩媚。我自己没觉着，马校长木然地对我说："别说了，在我们学校，作弊是最为可耻的事情，你知道吗？"我说："乔然已经知道错了，保证不再重犯，您就饶恕她吧，何必责备个没完呢？"

马校长脸上没有任何表情："这是制度。张梅同学，制度对每一个人来说都是公平的，是不针对某一个人的。"我黑着脸说："我们不反对制度，我只是要斗胆提醒您一声，您对我们完全不理解……""我不是不理解。我非常理解你和乔然！"马校长说。我有些激动地说："我们在建设和谐社会，建设仁爱国家。校方要讲仁爱，人人以仁爱待人，有了仁爱就有了信任。有了信任，我们在精神上就能解放，就能友好而认真地解决某些问题。请校长再考虑考虑吧！"马校长平静地看着我："好吧，你回去吧，我会考虑你的建议的。"

出了校长办公室，我又茫然了，这样的无功而返，我该咋跟乔然交代呢？照直说，说马校长只是打着官腔说再考虑考虑？那楚乔然会咋个反应呢？她会如五雷轰顶，大失所望，从此一蹶不振的啊！只有暂时撒一次善意的谎言了。善意的谎言不等同于恶意的欺骗。我这是为了乔然好。抱着这样的信念，我还算坦然地回了宿舍。"咋样啊梅姐？"乔然急切地问道，她不敢看我，恨不得逃离宿舍，我知道她是不敢面对我给她带来的不好的消息。我觉得更有必要撒谎了，我笑着攥住她的手，说道："校长说只要你把这科补考上，一切就没事了。他还说你的检讨很诚恳哪！"乔然立刻喜形于色，一连声地问道："真的吗？你说的是真的啊？"我点点头说："哎呀妈呀，我啥时候忽悠过你呢？"乔然的右手捂住胸口，仰起头靠在床架上，闭上两眼，大口大口地喘着气，一副如释重负的样子。

后来我才知道，我的善良害了乔然。我不该搞这个善意的撒谎。

我记得，如释重负的乔然对我说，她想回家待几天，避一避风头。我说也好，顺便看看你娘。她点点头，收拾行装。她走出宿舍了，走几步，回头望望，再走几步，又回头望望。开始，我以为她在望我，后来我才明白，她在望马座陶灯的那一点光亮。

她的不安的情绪，像一块大石头压迫着我，胸口闷得厉害，我的呼吸困难起来。

时光匆匆，青石苍苍。毕业实习的时刻到了，我到了一所中学教书实习。乔然执意到本市考古队实习去了。市文物局刚刚发现了一座新汉墓，汉墓里有女尸和铜钱，需要人手，乔然自己就混进去了。她像施展了啥魔法，得以顺利对口实习，我就不知道了。现在有些事说不清，也想不清，反正人家做得清。

暑假里的一天，我去野外考古队找她。风从古河道吹过来，顽强地从每一个汗毛孔钻进我的躯体，让我忍不住瑟瑟发抖。环顾四周，空旷的原野一片荒凉，仿佛时间都静止不动了。我很快就发现了考古警戒区域，向站岗执勤的武警士兵递交相关证件后，我走近忙碌着的考古工作人员，从人群中轻而易举就看见了乔然的身影。她穿着一件灰色的大褂，手拿一个铁铲子，正蹲着默默地铲土，那样子极为精心。我一动不动地看着她，看着她与眼前的考古挖掘现场是如此协调，融为一体，缺少了哪一方都将是一种缺憾。直到这个时刻，我才认识到楚乔然为啥那样执着地热爱考古事业，她简直就是为了考古而来到这个世界上的。我有些感动地大喊了一声："乔然！"乔然缓缓抬起头，我看见她的脸上、身上都是土，几乎辨认不出是她来了，俨然成一个兵马俑了。她看清是我，咧嘴一笑，激动得站起身朝我跑来。我也张开双臂迎了过去。她太激动了，跑着跑着忽然跌了一跤。我跑过去把她搀起来，低头一看，她的胸脯上、手臂上、胳膊上渗出一丝丝血痕来。我叫她赶紧找医生包扎一下，可她一边说着不痛，一边扑进我怀里，高兴地跳着。尽管她戴着手套，我还是发现她的两手很脏，抹过我的身体之后，连胳膊上都是脏兮兮的汗水了。

她对考古越来越迷恋了。在研究所，她告诉我，新出土的这座汉墓的主人是一具女尸，尸身上包裹着灯芯草，尸体完好。我听了非常恐惧，她却把尸体摆弄来摆弄去，还拿了一束灯芯草来研究。她向我介绍说，灯芯草是多年生草本水生植物，地下茎短，匍匐性，秆丛生直立，圆筒形，实心，茎基部具棕色，是一种药用植物，其茎髓或全草入药具有清热、利水渗湿之功效，可用于淋病、水肿、心烦不寐、喉痹、创伤等症。我也提起了兴趣，问她："这么说，这具干尸不腐，是灯芯草的功劳了？"她点点头："目前只是怀疑阶段，有待进一步研究。"通过几天的接触，我发现乔然对人从哪里来到哪里去的遗迹和隐踪，极具好奇心。她说她怀疑天地间或许存在着一种神秘的力量，说不定哪一天就能揭开这个谜团。这一思考像宿命一样，越来越紧地纠缠着她，让她欲罢不能。

一个星期后，乔然跟我回了学校。她太累了，需要好好休息两天。晚上我俩在宿舍吃的饭，叫的外卖。吃完了，她就倚靠在床架上，一副疲惫不堪的样子。我让她上床休息。她就爬上床，一声不吭地躺下睡了。我给她掖掖被角，坐在她身边，一动不动地看着她出神。我想了很多，想乔然的命运，想我和她成了好姐妹以来发生的桩桩事情，想我和志勇的今天明天，感慨世间多磨难，感叹命运的起伏，一点困意也没有。直到荷花从图书馆回来，我才上床睡觉。

第二天，天刚亮乔然就醒来了，蹑手蹑脚地去了洗漱室。我睡觉轻，加上心里有事，根本没睡沉，乔然一开门我就醒了。端着洗漱东西也去了洗漱室。乔然对我说："这觉睡的，浑身都痛。"我说："你是这些日子太累了，多休息休息就缓过来了。"洗漱完了，我俩悄悄下了楼，在校园里散步。快八点钟的时候，我俩出了校园门口去吃早点。刚要过马路，忽听有人喊"乔然"，循声一看，原来是乔然娘王阿姨来了。一副风尘仆仆的样子。她好像永远是这个样子，我第一次见到她就是这个样子。我知道，是生活的负荷压迫得她。楚乔然是一个十分懂事的女儿，见到娘不再喊一声痛。她显得非常高兴，对娘毕恭毕敬，笑容可掬。我们回到宿舍，我给王阿姨倒了一杯水，转身离开了。她们谈了什么，我无法听见。不过，后来乔然跟我说，那天，她跟她娘谈了内心的真实想法，就是毕业后到考古队工作。王阿姨并不赞同她的职业选择，理由是一个女孩日后当老师，是份多么稳定高雅的职业啊！而考古呢？风餐露宿环境恶劣不说，一个大姑娘整天跟几百年几千年前锈迹斑斑的东西，还有狰狞的死尸打交道，像啥话嘛，日后还咋嫁人啊？乔然的态度非常坚定，她对她娘说，非考古队，她哪也不去。王阿姨沉沉一叹，眼泪都下来了，她说都是你爹作的孽，是马座陶灯把孩子弄邪了。乔然跟娘说，娘你还不了解我吗？我喜欢内心的安静。王阿姨说，那好吧闺女，我和你爹就你这么一个闺女，既然你这么决心大，那我俩就是砸锅卖铁，也要支持你！乔然笑了，一下扑进母亲怀里，脸贴着娘的脸，两个人的泪珠一起滚动。

我知道，她的全部兴趣仅限于考古队，这就让王阿姨为难了。

有一天晚上，我们没吃饭，吃了两个苹果。我的胃不好，吃了苹果还直吐酸水。我吐了几下，就躺下了，可是我俩谁也睡不着。我问乔然为什么死死盯住考古这一行当不放呢？乔然说："我娘总是以为我的考古兴趣是马座陶灯的诱惑，其实不是。我天生就喜欢马座陶灯，是因为我骨子里跟古物有缘。如果我是贪图享乐，我就会跟着习品三混了，现在估计奥迪轿车都已经开上了。可我不是那样的人，当今社会充斥着太多的操作和投机，还有太多的阴谋和算计，我从心底里憎恶这一切。我想，考古这一行当，也许会纯净一些，单纯一些！"停顿了一下，她又说，"学习考古学意义重大啊。考古研究所得的历史知识，有时候还可以引申为记述这种知识的书籍，还可以借以获得这种知识的考古方法和技术，包括搜集和保存资料，审定和考证资料，编排和整理资料的方法和技术，更重要的是论证存在于古代社会历史发展过程中的规律。总而言之一句话，考古就是要沉默腐朽的历史重新鲜活生动起来。"她还给我讲解了相关知识，譬如：象形文字指的是使用图画代表思想或言语，如古代埃及所使用的文字。陪葬品是指与人的尸体一起埋葬的物品。对考古学家来说，陪葬品是一种相当有价值的习俗现象。尸体埋葬的姿势叫葬式。如仰身直肢葬、屈肢葬等。葬俗是指尸体埋葬的过程。如火葬，用火焚烧尸体。使用巨大的石头筑成的纪念碑形式的物件，如环状列石，叫巨石文化。

听她这样娓娓道来，我有些吃惊，吃惊她对考古有着如此深刻的理解。不过我还想问，因为我感觉她应该还有别的理由。于是，我问："还有呢？"楚乔然说："还有就是我得赶紧工作，养活自己，我爹闲着，娘病着，我要义不容辞地承担起这份照料家庭的责任，你知道吗？"我没说话，我悄悄地被感动了，差点要落下泪来。我想我之所以跟乔然能够成为好朋友，关键就是两个人的心是相通的，我敬佩她生活的勇气，做人的骨气。凭她的青春姿色和才华，随便傍个大款当个小三儿，就会财源滚滚，尽享荣华富贵的，但她没有这样趴着做人，像个顶天立地的老爷们儿。我最清楚，乔然离开习品三以后，社会上有好几个有钱有势的男人追求过她，让她随便提条件，都被她婉言谢绝了。她说她不能没有尊严地生活。我最瞧得起这样的女人了。一个人只要活在这个世界上，谁也逃不出谋生的。谋生就要求人，或多或少被人情所累。凡事总有难处，免费的午餐永远没有。

为了乔然的工作，王阿姨开始到处求人了。她要把乔然活动进市文物局工作。市文物局有两个专业考古队。明确了公务员身份，就等于真正端上了旱涝保收的饭碗。王阿姨深知如今这年月就是关系网起大作用的时代，她跟乔然回忆起了自己的大哥。乔然的这位大舅，退休前是个教书匠，当了四十年的数学老师，说话办事跟数学公式一样死板，很少有人与之来往。王阿姨也是多年不曾和这个哥哥走动。不过，亲戚毕竟还是亲戚，再走动见面少，亲情还在。老头子一听是外甥女工作需要他这个舅舅出面，二话不说，当即满口应承下来，决定第二天就去找市政府高秘书长。高秘书长是他的老同学，平日两人关系保持得还是不错的。求人办事，要送礼的，王阿姨又一次感到了囊中羞涩，硬着头皮花了三千块钱买了两瓶茅台酒。我和乔然一听大舅提着两瓶茅台酒去找秘书长，扑哧一声笑了。这年月找工作，没有二十万的银联卡，就别动这个心思。结果不出所料，那位高秘书长以老同学情意深为由退回了两瓶茅台酒，乔然的工作最终也没能落实。

工作太难找了，就像纸糊的房子一样虚幻。事实上，像我们这样的大学本科，想找到一份正式工作简直是无异于"蜀道难，难于上青天"。我本想留在实习学校的，也早就行动疏通关系了，可人家校长一句话就把我打发了，他说学校也很想留下我，可惜上级没给人事指标。我认识到了，你就是胸怀再大的志愿，干一番事业的热情比火焰还要炽烈，大多都要被无情的现实击得粉碎，不留一点踪迹。乔然因为工作迟迟没有落实，情绪一直不稳定。齐志勇跟她开了一句小小的玩笑，这在平时根本不算啥，可这天乔然发火了，将手里攥着的玻璃杯猛地往地上一摔，碎片渣渣蹦进了齐志勇的右眼睛里边，流了血，幸亏送进医院比较及时，否则，他这只眼睛就算报废了。这吓得乔然啼哭不止，搂着志勇的胳膊连声说对不起。志勇拍拍乔然的手背，没有半句埋怨，反倒安慰她不要为工作上的事烦恼不止。甭说乔然了，就我也被这种大度的胸怀感动得一塌糊涂。

这一天早上，乔然娘给她的手机打来了电话，说了些啥我是不可能听见的，就瞄着乔然脸上的表情猜测内容。只见听着听着乔然摔了电话，揉着眼睛抽抽搭搭地哭开了，她的哭让我明白了一切。她的工作问题又一次落空了。我想过去安慰她，可我说啥好呢？我也需要安慰啊。

一连多少天，乔然都是没有一点精神头，整天蔫蔫巴巴的，像一块阴着的天空里的云朵。她只有默默地承受着，几天都没吭声。我也蒙了，我不知道怎样去帮她。我的工作也没着落呢。我实在想象不出，等待我们的会是一个什么样的结果呢？不过，我始终相信，人只要活着，办法总会有的。一天中午，我正一个人躺在宿舍里看书。乔然突然气喘吁吁地跑了进来，进来就直奔我跟前，喜形于色地捶打我，这是她要发布好消息的前兆。我连忙坐起身，抓住她的手急切地问："啥好事啊，快点告诉我。"乔然嘻嘻笑着，一字一字地告诉我说："文物局局长的关系打通了。我的工作解决了！"我大叫一声："妈呀，真的假的啊？"乔然激动地喊："真的真的。"我高兴得要晕过去了。乔然真是太幸运了。原来，乔然的干爹吊客得知她的工作一再搁浅，埋怨王阿姨一番不该不告诉他之后出面了。他拿出了一件自己珍存多年的古董，一件清代青瓷花瓶，由乔然的舅舅送给了那位高秘书长。高秘书长是个收藏家，他非常识货，一下子就喜欢上了这只花瓶。人家一高兴，也很够意思，当即就给文物局马局长打了个电话。马局长跟高秘书长是党校同学，关系密切，秘书长同学的面子当然大了，当即就同意了。

　　乔然去文物局报到那天是我陪着去的。我记得那天是个大雾天，雾不是很大，罩得远远近近的景物有一种朦朦胧胧的美。我和乔然在雾里走，像是在云海里游。我对乔然说："我们齐志勇说，在雾里头看花，那花显得更美，哎呀他可真能忽悠，你说那花根本就看不清楚，还美个啥劲啊，哈哈。"乔然笑了，说："张梅你叫我说你啥好呢？一句话，不懂得浪漫。"我撇撇嘴："浪漫？哎呀妈呀，这有啥不懂呢？浪漫，romantic，又称为罗曼蒂克，基本解释一是romantic；二是富有诗意、充满幻想；三是行为放荡、不拘小节，通常指男女关系而言，咋样乔然研究员，我的回答你还满意吧？嗯？"乔然抿着嘴乐了，说："理论上回答得不错，可惜联系实际不够。"我明白她啥意思了，就说："这还不好办，明儿个我就跟咱家志勇钻高粱地浪漫去，不就搂着亲嘴吗，使劲亲，把嘴唇亲肿了。"乔然被我的话逗笑了。说着话到了文物局门口。我嘱咐乔然说："别紧张，沉着点，就当你是监考官去考局长。"乔然连忙捂我嘴。乔然先去的是局长办公室。一个细高挑阿姨笑容可掬地领着乔然去了会议室。我想，那里就是乔然的考场了。我坐在办公室里等着。大约半个小时吧，听到走廊里响起乔然熟悉的脚步声，走到门口探头看，果然是她。马局长正握着她的小手，说着啥话，从局长大人的脸色看，他是蛮喜欢楚乔然的。事后乔然告诉我，马局长跟乔然有个简短的谈话，内容都和考古有关，面试就算过关了。马局长说到乔然在汉墓现场救人的事，表示对乔然很是满意。这件事是这样的。乔然实习的一天，文物鉴定所老所长突发冠心病，晕倒在了考古现场。当时只有乔然和老所长两人，乔然没有大喊大叫，沉着地将老所长背到路边，拦截了一辆汽车去了医院，救了老所长一条命。这样的女孩，马局长当然愿意留下了。

乔然的工作定下来了。这几天，乔然情绪特别好，她时常独自站在镜子前，一遍遍冲着镜子里的自己笑。我撇着嘴巴逗她说："看你美的，美得尾巴翘上了天！"乔然神秘地说："我的事别嚷嚷，要保密呀！"我不解："哎呀妈呀，跟特务似的，整得我直起鸡皮疙瘩，干啥呀？"她说："你就别问了，保密就是了。"我点点头，答应了她。其实，有啥密可保呢？同学们很快就都知道了。当今社会没有多少秘密可言，很多秘密只不过自己不说，其实，外人啥都知道了。

临近毕业的时刻到了。我们每一个人的心情都心照不宣。对今后就要开始的真正的社会生活，各怀各的心思，紧张、茫然、憧憬、期待、遐想，啥样的心态都有。一天，课间休息的时候，班长提议搞一个诗歌朗诵会，赢得不少同学的响应。报名参加的人开始做着精心的准备，其中有我和乔然。我到现在还记得很清楚，乔然写的那首诗的名字叫《远航》，其中有几句是这样写的：我有过雪白雪白的帆，插上小岛一艘静止不动的船。要远行请拉住大海，拉住喧响的蔚蓝。我也写了一首诗，前几句是这样写的：仿佛天鹅发出了醉人的信息，穿过小巷我们相聚在一起。相同的渴望聚拢成一个意义，请不要辜负这玫瑰色的记忆。咋样，我俩的诗写得还不错吧？

傍晚来临，朗诵会确实欢乐、热闹。兴致高的原因很简单，只是因为该毕业了，大家最后在一起乐一乐，甚至发一次狂。音乐一起，满教室像刮来一股清风，人人心里爽快无比。我想，在乔然最明亮的心灵之窗面前，纵然是再朦胧的事物，也应当变得透明起来。两个同学朗诵过后，该楚乔然上场了。她这几天心情正好，除了《远航》，她还朗诵了另一首，名叫《海燕》："我是一只美丽的海燕，张开翅膀在海面上飞，飞，飞向遥远的蓝天。天黑的时候，我坐在船头，望着前方闪耀的渔火，望着前面，前面就是我的世界！我理想的世界！"她的语气里散发着一种癫狂的气息，在同学们中间引起热烈的反响，喝彩声、跺脚声、尖叫声汇成一股强大的气浪，几乎要震塌教学楼楼板。

乔然兴奋异常，她热烈地拥抱了我。好多人被她的情绪蛊惑了，相互拥抱，热烈地憧憬着未来。乔然的眼睛火一样地在我身上燃烧，我感觉到她身上的热血往头上涌着，两颊潮红，我知道，她的灵魂正在考古世界里神游，她的神情告诉我，她有了一种跃跃欲试的冲动。我衷心地为她找回了自我而高兴。只是，只是生活不只是一首诗，它异常残酷，一切都会在人不经意间发生改变，或大或小的改变，我们对这些改变有准备吗？我们要警惕啊！

一个月后的一个普通得不能再普通的日子里，不幸被我言中了，楚乔然的毕业文凭遇到巨大难题。

就因那一次考试作弊，校方不发给她毕业文凭。这个消息让乔然彻底傻掉了。我很气愤，当初不是答应乔然做了深刻检查，作弊之事就算了结了吗？咋能出尔反尔呢？

我陪同乔然去找马校长。事先我叮嘱乔然了，一定要和校领导心平气和地对话，否则惹恼了他们，将使事情变得更糟。乔然说她清楚态度决定未来。她一进屋就诚恳地对马校长说："马校长，请您原谅我吧！我找到考古的工作了，您知道我是多么热爱考古事业，如同热爱我自己的生命。等我有了成就，我一定会来报答您的！"马校长坐在转椅上，不错眼珠地看着乔然，不说话，总是摇头，很坚决地摇头。直到乔然说得口干舌燥，眼睛悄悄地瞄向盛满水的水杯，马校长也没说一句话，头依然摇得像拨浪鼓。乔然恳求道："校长您说句话吧。"马校长两只手一摊："你让我说什么呢？我还有什么可说的呢？没有，没有了。"

后来我才知道，马校长对乔然的误解有多深。

乔然到考古队实习是马校长误解的开始。我能猜得出来马校长的所思所想，在马校长看来，你楚乔然学的是师范，将来的人生目标是当一名教师的，到考古队实习这不是风马牛不相及吗？这不是所学非所用吗？这不是眼睁睁作践自己吗？你这是在向谁示威发泄不满？我马子越是一校之长，显然是冲我来的。我苦口婆心地劝说你不要学什么考古，搞学术是没有什么大作为的，尤其是女孩子整天和古董古尸打交道，将来都不好嫁人的。以你的音乐舞蹈天赋，好好努力一番，一定会成就美好未来的。可你就是不听。后来我直言告诉你，做一名考古研究人员，必须要成为文物局一名公务员，而要成为一名文物局的公务员难度是非常大的，绝不是你这等普通百姓家庭的孩子能企及的，连梦都不要做。可你却通过硬关系轻松地进了市文物局，这不是分明在向我叫板吗？那好吧，看你小丫头有多大本事跟我叫板，我不给你毕业文凭，看文物局怎么接收你。我对校方的偏执非常气愤，他们超限度了。凡事都有个限度，超了限度就可能出大事。

确信校方不给毕业文凭的那个晚上，乔然情绪低落到了极点。翻来覆去睡不着觉，瞪得大大的眼睛盯着天花板，一动也不动，像一具楚乔然躯壳。我不作声地看着她，不敢惊动她，只能陪着她仰望天花板，一会儿又将幽幽的目光投向窗外的浩瀚星空。无数星星在天河两边眨着眼睛，我们不说话，夜无声息。

不知这样沉默了多久，乔然突然将脸转向我，声音有些嘶哑地说道："我把马座陶灯送给马校长吧！"我吃了一惊："陶灯可是你生命的一部分啊！"她点点头："可考古也是我生命的一部分啊，考古比陶灯更重要，只能舍弃陶灯了！"她做出这样冷酷的决定，带着一种难以遏制的冲动，从床上跳了起来。

我倒吸了一口凉气："乔然你可不要冲动啊，你当真要把自己生命的一半送给别人？"

她重新眯上了眼，头朝后仰着："这个嘛，我不过说它是一件宝物罢了。宝物是身外之物，它已经刻在我心中，不管它在谁的手里，都永远是我的。"

我还是试图阻拦她："不行，这绝对不行，因为，你如果不敢说出它的真实价值，马校长是不会拿陶灯当回事儿的。如果你如实讲了，马校长会轻视你的家庭，甚至鄙视你的道德。"

乔然叹了一声："如此说来，这盏灯不管怎么弄，都是令人鄙视的，天哪，我该咋办啊？"

我跟乔然商量："给马校长送点别的礼吧，其实，这还不是他一句话的事！"

我的提醒，让乔然瞬间开了窍。这一天傍晚时分，她提着两瓶好酒和水果篮子进了马校长的家。她让我跟她一起进去，我说还是你自己进吧，我在场更不方便说话，也显得缺少诚意。乔然就自己走几步回过头看看我地进去了。

我在校长家门口走过来走过去。我想乔然在里面会和马校长谈得很顺利的，因为我断定马校长并不缺少金钱财物，而是楚乔然的态度，也就是向他马校长低下头颅的态度。可是，我的猜想被无情地碾碎了，也就是短短的五六分钟，住在一楼的马校长家的窗户忽然蹿出来一个东西，花花绿绿的，叽里咕噜地滚了一地。紧接着，乔然被马校长老婆推搡了出来，房门嘭的一声关紧了。

乔然"扑通"一声跌在地上哭了。她的哭声放大，泪水密集起来。

我急忙跑过去，把乔然搀扶了起来，拽着她回了宿舍。她坐在床头，望着马座陶灯，她脸色变得苍白如蜡，恐惧、屈辱的表情慢慢被痛苦和惊讶所取代。乔然嘴巴哆嗦着，说不出一句整话："气死我了，我在校长家看见'马丫波霸'了。她骂了我！"我愣住："她怎么会在校长家？"乔然呆呆地坐着，两眼血红血红："她是马校长的女儿！"我惊讶了："怎么会是这样啊？"这样的巧合，乔然真的遭殃了。我记得乔然说过，乔然当着习品三抓了"马丫波霸"的脸，"马丫波霸"就曾恶狠狠地说，你要为此付出代价！天哪，她怎么会是马校长的女儿？过去，我们怎么一点儿都不知道啊？看来哀求无济于事了。我只能跟乔然研究新的对策。我总觉得马校长没有那么强大，似乎可以被我们打败，只是我们没经验，不知道怎么下手罢了。

"好拳不赢头三手，自有高招在后头。"我给乔然宽心说。其实，我心里越来越没了底。这以后，我们又直接找马校长或是间接通过别人找过马校长，可索要毕业证的事屡屡受挫，她已经失去了信心。

对于这张文凭，我们谈论了好久。我认为，只要你充分展示出了自己的工作能力和聪明才智，自然就会得到领导的赏识，自然就能在一个单位站稳脚跟的，至于学历是次要的，是起不到至关重要作用的，也就是说学历是不能主宰一个人的命运的。可楚乔然对我的观点不赞成，她固执地坚持自己的观点，即学历是一个人能力和素质的体现，在别人不了解你之前，学历就相当于敲门砖，敲开你心仪的单位的大门，敲开你从此步入事业的大门。我俩的谈话常常刚一开始就走向结束。我发现跟乔然谈话简直是受罪。我听着，不吭声，左手按着右手的关节，咔嚓一响。

有一天，我拽着乔然到校园外的护城河边散心。已是黄昏时分，河水在余晖的照耀下闪动着粼粼波纹，岸边杨柳依依，绿草茵茵。这个地方我和乔然经常来，都喜欢沿着护城河边花草掩映的小径踯躅而行。今天乔然不想来，被我强拉硬拽来了，自然没了往日的兴致。一路走着，听不到她说上只言片语。我捅了她一下，说道："今天礼拜几啊？"她扫了我一眼，摇了摇头。我又问："你知道这条护城河是啥时候挖好的吗？"她又扫了我一眼，再次摇了摇头。我捶了她一下，说："有戒烟的有戒酒的，还没听说过有戒话的哪，咋着，你想当戒话第一人啊？"她皱起了眉头："你烦不烦啊？啰里啰唆的，有意思吗？"我反击道："你就为一张破文凭活着是吧？没了文凭你就完蛋了是吧？你说你虎不虎啊？"她怔住了，张口结舌回不上话来，呆呆地站着。绝望像一盏马座陶灯，每天都带着她在悲剧的氛围里闪耀。我知道，一种失魂落魄的感觉控制住了乔然，使她的人生之路进入了一个死胡同，她的眼前一团漆黑。

我安慰乔然说，车到山前必有路。乔然说但愿吧。看得出，她对未来没有信心。这天，王阿姨来了，她告诉乔然，乔然爹和她干爹吊客准备跟马校长拼命。乔然一听就急了，跟她娘说，这样的行径必须阻止。她娘说那两个老东西是不会听她的话的。乔然就和我商量，让我跟她一起去她家阻止她两个爹的拼命行动。我尽管心里头发慌，但还是答应了。

那天傍晚，楚乔然带着我去了她的家。她家住这片棚户区。这里道路狭窄，垃圾成堆，污水遍地。汽车、行人和自行车拥挤不堪，煤渣和纸屑搅拌在一起。她的家是一排破旧的平房，没有下水道，没有暖气，谁也不会想到，天性高傲的楚乔然居住在这里。一进屋，我就闻到一股说不出的怪味。

楚大叔正跟干爹吊客谋划呢。自从学校拒绝发给乔然毕业证，两个老人整天从早到晚喝酒，一边喝一边污言秽语骂个不停。吊客脸红着，光头比灯泡还亮，心性凶狠、刁钻。他气哼哼地吼道："×他娘，老子真的咽不下这口气。我看马校长活腻了，他要是耽误我女儿的前程，我就把几颗火药雷子塞到他床底下！让他龟儿飞上天！"楚大叔说："马校长住楼房，那样会伤及无辜。我们就冲他说话，让他小子缺胳膊短腿，他到底还有一点同情心没有哇？"我吓得直哆嗦。楚乔然急了，冲两个爹喊："讨厌，你们还嫌不乱啊？"

楚大叔咳嗽了一声，咬牙切齿地说："马校长太过分了，谁挡我女儿的路。我就跟谁拼命！你爹在坟地里钻过，监狱里待过，怕过谁？"楚乔然气得脸色紫胀，暴咳不止，嘶喊道："我的事不用你们管！不用！"吊客骂着："敬酒不吃吃罚酒，我找人卸了他的胳膊，挑了他的脚筋。干脆，做了他！"

"别说了，别说啦！"乔然尖叫了一声。

我不由得哆嗦了一下。吊客叹一声，又硬生生地坐回椅子上。楚乔然这一嚷叫，我的脸都吓得变了形。过了一会儿，娘用严厉的目光盯着乔然："丫头，你疯啦？怎么这样跟你两个爹说话？他们不是为了你好吗？"楚乔然尖厉地喊："他要是真为我好，就不会盗墓了。就不会进监狱了！"

楚大叔眼睛被劈蒙，眼神直直地看了会儿乔然，说不出话。我真担心爆发一场家庭大战，慌忙要拉乔然走，却被她甩掉我的手，挺直了胸脯跟她爹对峙。楚大叔瞪视着乔然，两只拳头攥得紧紧地，眼看就要出手了，乔然闭上了双眼。忽然，他一把抱着自己的脑袋，呜呜呜地哭开了。吊客皱了皱眉头，瞪了乔然一眼，叹息了一声，拍拍楚大叔的肩膀，喊道："哭个屁啊，我看你越活越窝囊了，过去的事过去就过去了，今后谁也别提了。咱们今儿个就合计咋把文凭跟马校长手里要过来。"乔然大声说道："要可以，就是不能去抢，更不能伤人，不听我的话，弄来我就撕碎了它。"楚大叔啪地一拍桌子，吼："你敢！"乔然喊："不信你就试试。"屋里混乱无比。王阿姨缓缓站起来，说："你们谁都别嚷了，我去学校，我老太婆就是下跪，也要把文凭跪来！"她的话很平静，却有一种威胁的力量。楚乔然反对说："娘，你也别去，我自己的事我自己处理。"说完，她不管不顾地拽着我的胳膊就走。我们逃出了她的家。我俩走得风快，那片棚户区离我们越来越远。也就离乔然两个爹越来越远，离他们那个阴谋越来越远。这个时候，我问乔然为什么阻止家人帮忙。她眼圈红了，讪讪地说："我知道他们是为我着想，但我对他们仍怨气冲冲。因为，我爸和干爹都已经坐过牢了，我还怎么能把自己的亲人再送进监狱？"她越说越快，声音越说越高。声音里包含着一种恐怖、一种温情，还有一些说不清的东西。

我突然鼻子一酸，安慰她一番，心里还是悬吊着。

作为乔然的知心好友，我当然企盼乔然身上早日有奇迹出现，可是，没有，我一天天在失望中度过了。我心中有一种荒唐而执着的恐慌越来越厉害了，觉得一团火烧在胸口，口干舌燥的，常常半夜起来喝水。

这天早上，我睁开眼睛，发现乔然又是一夜没睡，她一直坐在书桌前，望着马座陶灯发呆。我心疼地直摇头。从侧面看，她的两腮明显地塌了，肩膀也消瘦了。我动了下身子，床铺吱呀响了一声，她转过脸看了我一下，我看到她的眼窝陷了，成了一张死脸。她只是看了我一眼，没有心思说话。她的视线离开陶灯，朝窗外的啥地方呆呆地望着。我轻轻叫了一声："乔然，睡会儿吧。"楚乔然摇摇头，没说话。我无奈地看着她的背影，叹了口气，闭上眼睛想逃避眼前的现实。

房门忽然"晄"地响了一声，有人出去了，我睁开眼，是乔然出去了，宿舍里只剩下我一个人。我想她这是干啥去了呢？咋没跟我打个招呼啊？眼看着就要离开学校了，她可别出啥事啊。我慌忙爬起身，手忙脚乱地穿好衣服下了床，穿上鞋正要往门口跑，响起了敲门声，我问："谁呀？"外面答："我的声音还听不出来吗？"是我的齐志勇。我连忙拉开门，对他喊："快去追乔然,快。"志勇问："追她干啥？"我说："她自个儿出去了，当心她出啥事。"志勇说："不会的。刚才我碰见她了。我问她干啥去，她说一会儿她娘来，到门口接着去了。"我松了一口气，一屁股坐了下来。

乔然的母亲王阿姨真的来学校了。

事后我听乔然说，那天王阿姨一走进马校长的办公室。就给马校长跪下了，声泪俱下地恳求道："马校长，求求您了，高抬贵手，放过我女儿楚乔然吧！"马校长愣了愣，大声说道："哎，你这是干什么，快起来，起来。"教务主任闻声进来，上去搀扶起王阿姨，扶着她坐到沙发上，还给她倒了杯水。

马校长坐在宽大的办公桌后边，显得身子矮小了一些。他脸上的表情是空洞的，不带几分感情色彩。他一直看着王阿姨，一副十分沉稳的样子。直到王阿姨完全停止了哭泣，他才清了清嗓子，缓缓地说道："乔然妈妈，你的心情我非常理解，对楚乔然同学得不到毕业证的结局我也很难过，很遗憾，很同情，可是……"王阿姨打断他的话，急促地说道："您这么同情孩子，那就给她毕业证吧，不然的话，这几年她不就白上这个大学了吗，我们这么多钱不就白花了吗，您知道，我们家穷，供她上学的那些钱差不多都是朝亲戚朋友借的啊，您就发发慈悲，可怜可怜我们吧……"马校长也打断了王阿姨的话，他说："同情是代替不了法规纪律的啊，学校的规章制度是我主持制定的，你说我岂能带头破坏不遵守呢？"王阿姨说："您是校长，谁敢管您哪。"马校长笑着摇着手说："正因为我是一校之长才必须遵守嘛，我当校长的带头破坏规章制度，那还不人人效仿我，否则，这么大一个大学学府岂不是要乱了套了吗？所以要请你们做家长的理解支持嘛。"王阿姨还在做着最后的努力，她说："我们不说谁上哪知道去啊？"马校长严肃地说："你这话说得，我这不是丧失原则弄虚作假吗？好啦好啦，不要说了，此事已经校务会通过，不可能随意更改了。"他转身对教务主任说："赵主任，替我送送客人，我还有个会，失陪了啊。"说完，对王阿姨点了点头，径自出去了。王阿姨对着他的背影喊："别走啊马校长，你就把毕业证给我们吧。"赵主任制止道："别喊了，这是办公场所，禁止大声喧哗。还是给孩子想别的法子去吧。"

王阿姨哭着走出马校长办公室，一路神情恍惚地回到家。她一走进家门，一大早就开始等候着的我和乔然的心立刻"咯噔"一下塌了，阿姨脸上沮丧的表情告诉我们，最后的一点希望破灭了。"真要命，真要命啊，难道真的想要我的命吗？"乔然声嘶力竭地叫喊着，我的心立马抽搐起来。

我想劝阻乔然的发作，一只手攥住她的手，另一只手摩挲着她的胸口，劝慰道："别这样乔然，气大伤身哪。"乔然不停地摇着头："天底下就没有马校长这么冷酷的人，张梅你说他还是人吗？啊？这不是要赶尽杀绝，把我往死路上逼吗？"她的话说得又快又急，唯恐我插上一句。她的声音也很大，耳膜有震裂的感觉。

我找准她说话的间歇，继续劝慰："乔然，别难过，上帝是公平的。为你关了一扇门，还会为你打开一扇门！我给你弄个假证件，照样有工作。"乔然呜呜地哭了，哭着说："你要为我造假吗？不，这样做还不如让我去死！"我叹息说："楚乔然，你要睁大眼睛看清形势，天都塌了，难道你还要为这个时代坚守贞节吗？"

乔然吼道："我还没那么卑贱哪！"她攥着拳头咬牙切齿地跳脚怒骂，声音尖厉而嘶哑，几乎震破我的耳膜。我吃惊地看着她，感觉她比我见过的所有时刻都疯狂。她原本是一个多么柔顺内敛的姑娘啊，咋就变成现在这个举止乖戾歇斯底里的样子了呢？就是一张毕业文凭，证明她大学生身份的一张纸，分量真的重如泰山吗？这个问题我想过无数次，也和同学们热烈地讨论过无数次。大家都认为，学历当然没有能力重要，但是学历是用来筛选人才的一种低成本而且便捷的方式。能力是要在工作中慢慢体现出来的，那需要时间，就像熬鸡汤，要文火慢慢地熬。用人单位是等不及的，这就需要我们把自己的毕业证、学位证和成绩单摆在招聘者面前，让人家一下子就直观地认识你。中国的人才太多了，必须有个让大家都服气的标准来进行筛选，学历无疑是解决这个问题的最好标准。基于这样的认识，我当然理解乔然的心情，可是谁让你鬼迷心窍干出作弊的丑事呢？你是自作自受，作茧自缚，搬起石头砸自己的脚，自己酿的苦酒自己品尝。哎呀妈呀，我咋这么说乔然啊，她可是我的好姐妹啊，我这不是落井下石看她的热闹吗？她难道不知道作弊的严重后果？还不是那个可恶的习品三害的她。对呀，找习品三算账去，让他出面通过班主任孙老师再去疏通马校长去，兴许毕业证的事还就给办了。

两天后，我背着乔然在一家咖啡馆与习品三见了面。是齐志勇帮我约的他。习品三比过去发福了，肚子腆起来了，像怀了三四个月身孕的孕妇。他的气色很好，见面就炫耀自己。他越是这样我越是鄙视，因为我觉得像他这种德行的人是不配从事艺术的。咖啡冲好了，习品三说话了："乔然的事需要我帮什么忙，说吧，只要帮得上我一定义不容辞。"我淡淡地说："你猜得这么准，是不是有这方面的思想准备？"习品三笑笑，不置可否。我歪着脑袋斜视着他，说道："你有这方面的准备，说明你多少还有点人性，想找个机会赎自己的罪。好吧，那我就给你一个赎罪的机会。"习品三做了个"打住"的手势，冷眼看着我，说道："请张梅小姐不要忘记自己的身份，你是来求我的，不是对我指指点点来了，明白吗？"我"啪"地一拍桌子，站起身瞪了他一眼，指着他的鼻子，狠狠地说道："姓习的，我劝你不要太猖狂。你信不信，只要我们愿意，完全可以叫你身败名裂。'马丫波霸'可以伤害乔然，我们可以在网上发帖子，回击你的！就说某某师范大学美术系学生习品三，打着艺术创作的幌子，借招募模特之际，侮辱女生，大行流氓之丑恶行径……"习品三连忙两手作起揖来，口中忙不迭地说着："好啦，好啦，我服了，快说嘛。"

我见他服了软，语气也缓和了下来，毕竟眼下还不是和他闹僵的时候。我给他加了点咖啡，说道："乔然因为作弊的事，遭到学校秋后算账，拒发毕业证给她，经多方努力一直没能解决。你知道这件事吧？"习品三点点头："知道。"我问："她就是因为和你谈恋爱耽误了学业，又不想在考试中败下阵来，所以才作弊的，是你害了她你知道吗？"他耸耸肩膀，一脸无辜地道："这可不是我的主观目的。只能说是轰轰烈烈的爱情害了她，其实说起来我也是一个受害者。"我撇撇嘴："大忽悠！"他认真地说："真的。老实说到现在我还像从前一样爱着她，只要她愿意，我随时都会回到她的身边。"我说："你以为楚乔然还是个三五岁的小姑娘咋的？糊弄她一次不过瘾是吧？还想接着占她便宜是吧？"我的一连串的发问并没有镇住他，他反倒是一副从容应对的样子。等我说完了，他竟然问我："说完了没有啊张小姐？"我瞪了他一眼，正色道："少跟我贫嘴。"他又问："是不是楚乔然委托你找的我？"我说："不是。"他耸耸肩膀说："我要见乔然，你给我们安排一下吧。"我问他："她是个很有自尊的姑娘，你要逼她咋的？"他摆摆手，掏出一张百元钞票往桌子上一拍，起身头也不回地走出了雅间。

回到宿舍我把我见习品三的事对乔然说了，乔然苦笑一下说："找他干啥，叫他看笑话。"我想了想说："事情因他而起，没有他你会得罪'马丫波霸'吗？没有他，你会考试打小抄吗？就让他给你要毕业证！"乔然打了个愣，傻傻地看着我。我说："我已经跟他说了，他约你见面谈哪。"乔然问："他真的答应要毕业证了？他能要来吗？"我说："凭他和咱们班主任的亲戚关系，按说不应该是忽悠咱们。"乔然在征求我的意见："那我就见见他？"我想了想，说："可以见见，你再好好考虑考虑。"乔然低下头，真的在考虑。最终，乔然决定应约去见习品三。那是个下着淅淅沥沥小雨的下午。我不明白她为啥选这一天和习品三见面。反正她站在窗前发现外面下雨了，就对我说："就今天见习品三吧。"我看看外面的雨不大，说："那就见呗。"她拿起手机拨通了习品三的手机。我听见她说："绿叶公园，仙鹤亭见。"然后，拿起雨伞对我说："走吧。"我说："走。"当我俩从出租车上下来，走到约定地点的时候，已经先期到达的习品三对乔然坏坏地笑了，再对我笑笑，说："你好啊保镖小姐。"我说："就是要防备你这个爱情骗子。"他似乎并未介意，一直在笑。乔然心情显然很复杂，往日不堪回首嘛。她看着习品三直奔主题道："你真的能帮我要来毕业证吗？"习品三耸耸肩膀说："我一个电话，有人很快就会送来的。"我和乔然都不敢相信，我说："别忽悠我们啊。"乔然说："这么轻而易举就要出来了？"习品三冷笑一声："轻而易举？哪能哪，费老劲了。"乔然说："谢谢。"朝他一伸手，"给我吧。"习品三推开她的手说："没在身上，得跟我上我的创作室去拿。"我和乔然对视一眼，警惕地看着习品三。

习品三说了一句："不想拿就算了，退给马校长就是了。"转身就走，走得得意扬扬，走得干净利落。我想到了这家伙暗藏阴谋，便低声提醒乔然："别跟他拿去，当心有诈。"可乔然没有理会我的忠告，喊了一声："等等我。"我知道，这一声等等我，足以说明在楚乔然心目中，习品三还有位置的，还没有完全秒杀。我拽了下她的胳膊，示意她别跟他走。乔然拍拍我的手背，笑笑，拉上我的手，要和习品三一起走。习品三说："有外人在场，不方便吧。"乔然问："有啥不方便的啊？"习品三说："这种事情知道的人越少越好，我倒无所谓，只是对方会介意的。"转脸对着我，"还望张小姐理解噢。"我看看乔然，希望她表这么一个态：不让张梅跟着，我也就不去了。可她说的是："那……张梅你就先回去吧。"我当然不放心："你……"乔然推推我的身子说："先回去吧，青天白日的，我不会有事的。"事已到此，我还能说啥呢？

我独自向东走去。乔然跟在习品三身后向西走去。在和乔然分手的一刹那，我的心房紧缩了两下，一种不祥的感觉袭上心头。我慌慌地对着她的背影喊："楚乔然，别跟他走，和我回去吧。"乔然回头看看我，扬了扬胳膊，喊了声："回去吧。"转身跟着习品三继续走。我的心提到了嗓子眼，就这么一直提到了宿舍，一直提到了乔然回来。当时我正心神不宁地在屋子里来回走着，门一推，乔然像一股风无声无息地进来了，吓了我一跳。"乔然你可回来了！"我惊喜地抓住她的手,似乎生怕她像风一样在我眼前消失。"毕业证呢？"我急切地问。突然注意到，乔然的脸色不大好，心里"咯噔"一下。"没拿来？"我的嗓子痛了一下。她点点头，朝我努力地笑笑，呆呆地坐到床上。我那一颗心跳得像水泵："你这是……到底咋回事啊？"没听到乔然的回答，她只是淡淡地笑着，眼睛里似乎有几分哀怨："哪有毕业证？那鬼是骗我的！"

"这畜生！"我不禁打了个寒战，一摸她的手冰凉，"出啥事了姑奶奶？"我的声音都抖了。她笑着摇摇头，说："我有点不舒服，想睡会儿。"说完，连衣服都没脱就躺在了床上，背朝我不动了。我越发地不放心了，走过去摸她的额头，感觉有点烫，就说："乔然你发烧了吧？走，跟我上医院看看去。"她摇摇头，不动，也不说话。我知道她的脾气，只好悄悄请来了校医周大夫。周阿姨给乔然测了下体温，39 摄氏度，够高的了，立刻打上了点滴。我买来了乔然最爱吃的红果罐头，一勺一勺地喂她吃。她忽然对我说："别告诉我娘我病了啊。"我说："怕你娘心疼，是吧？"她点点头，别过脸去，身子一颤一颤的。我知道，她哭了。我不清楚她和习品三之间究竟发生了啥，我一直试图打开她的心结，但均未成功。我想我需要等待一个时机。

"我怕谁，我谁也不怕，我没有理由怕他！"乔然突然吼道。

我被吓了一跳。

我一追问，她又不骂了，不知他是骂马校长还是骂习品三。

后来的日子，乔然变了，变得沉默寡言。她不爱唱，不爱跳了，也不愿意和同学们交往了,我一跟她说去找某某人她就明显表现出一种恐惧。宿舍里来了生人,她常常表现出手足无措的样子。她还在我面前经常流露出悲观的情绪，老是说这样一句话："完了，我的前程算完了。"我趁机问："你咋又没拿回毕业证呢？习品三他不是说……"乔然忽然哇哇叫喊起来："哎呀，你烦不烦啊，少跟我提他……"这丫头，咋说发火就发火啊？过去她不这样啊。我理解她的心情,劝说道："你别急,学历的事咱再慢慢想办法……"她打断我的话喊："别急别急，除了这两个字你还会说啥？再不急我就快成老太婆了！"我惊讶地看着她，不敢再往下说了。我不怪她跟我发脾气，谁到了这个时候还坐得住啊？

　　我发现乔然老是没完没了地洗手，香皂抹了一遍又一遍，冲干净香皂沫再抹，抹了再冲，有时候一洗就是一刻钟甚至半个钟头的，我拽她别洗了，她跟我回了宿舍，一会儿还去洗。她还总怀疑门没关好，一次次去开门一次次去关门，幸亏这个时候宿舍里只剩我俩了，要不非吓住她们姐几个。小桃已经跟她男朋友一起到一家事业单位报到去了；小琳和晶晶回老家去了，听说一起进了一所重点中学当老师去了，小琳爸爸是当地县教育局的一个副局长。荷花考上了研究生，搬走了。我说："就剩咱俩更好，都走了吧，清静。"乔然斜了我一眼说："你也走吧，你三舅不是给你找好接收单位了吗？"我笑嘻嘻对她歪脑袋："不急，多陪陪你。"她一皱眉头说："你烦不烦啊，快走你的吧，剩我一个人才是真正的清静哪。"我嘛嘛嘴巴："你竟然讨厌我……"我是玩笑话，可她却认真地说："我现在谁都讨厌，包括我自己。"我想乔然是不是心理有啥毛病了啊？

　　我背着乔然去找了心理诊所的医生。接待我的是一名女医生，看墙上专家榜上介绍，这位女专家叫顾雪莲，今年四十五岁，北京大学心理学博士，从事这方面的研究已经十几年了，经她治愈的心理疾病患者不计其数。我挂了号，等了三天才得到顾专家的接见。顾专家的时间是极其宝贵的，废话一个字也不说，她开门见山地问我："谁需要我的帮助？"我说："我的一个好姐妹，大学同学。"她点点头说："请把症状对我讲一讲吧。"我把乔然近段时间的反常表现统统对她说了一遍。顾专家操着标准的普通话对我说："根据你的讲述和你的同学的几点表现，现在还不能简单地下结论为是否有心理疾病。每一个健康人都会或多或少地存在一些你的同学的表现，只有达到一定强度和持续一定时间的，才算得上是心理障碍。所谓一定强度，是指这些症状比较严重地影响了一个人的情绪和工作能力；所谓持续时间，是指这些症状要持续 3 至 6 个月以上。你同学持续多久了？"我想了想，回答说："快一个月了。"顾专家说："你再观察她一段时间，如果持续三四个月了，你再来找我好吗？"

　　从心理诊所出来，眼睛被刺目的阳光晃得睁不开了，我把右手搭在眼眶上遮挡阳光，眯着眼睛左右看，很快就看见了乔然，她站在马路对面正看着我这边。我以为她没看见我，连忙低下头要开溜，听见她喊了一声："站住张梅！"我只好站住了。她穿过马路走到我跟前，眼睛扫了一下我身后的"心理诊所"

这个牌匾，脸阴沉沉的，没说话，扭头就走。我问："你上哪？"她不看我："回宿舍！"我心想：糟了，她近来对啥事都很敏感，会不会对我大发雷霆啊？万一火发大了，我对付不了该咋办啊？就偷偷给齐志勇打了个电话，向他求援。志勇在电话里说我："你净给我找麻烦事，我这为工作上的事忙得都脚打后脑勺了。"又说，"我马上到，你先稳住她。"

我俩到宿舍了，齐志勇还没到。我有点心慌，担心乔然发作。还好，她没有发作，只是闭着眼睛坐在床头。我小心翼翼地看着她，猜测她此时此刻内心的波澜。忽然，乔然的身子一跃而起，几步奔到写字台前，劈手抓起马座陶灯，高高举了起来，眼看就要摔到地上，我惊叫一声，像鹰一样扑上前去，两手死死抓住陶灯，叫喊道："放手啊乔然，不能摔不能摔啊。"她举着马座陶灯狂喊："啊——"这叫喊声连天扯地，动静太大了。我死命抓着陶灯不撒手，任凭乔然疯了似的狂呼乱喊。终于，她累了，争不过我了，撒开了手瘫坐在了地上。我把陶灯放回原处，走过去拉乔然起来，她轻轻推开我的手，喃喃地自语道："我是神经病，我是神经病……"我连忙攥住她的手说："谁说的？你不是，你不是……"她瞪视着我："那你去心理诊所干啥？"我闪烁其词："你知道，我将来要当一个老师，做老师的能不研究学生心理吗？不这样做那是教不好学生的啊。"乔然点点头，对我笑了，但我看得出，她并没有完全相信我。

乔然皱起猫一样的鼻子，打了个喷嚏。过了一会儿，她平静下来了，重新点亮了马座陶灯，灯光淡淡的，整个宿舍房间都笼罩在橘黄橘黄的光晕里了。看着暖暖的灯光，我想起了一个又一个黄昏，飘着霏霏细雨，树叶子在细雨中沙沙沙地响着，我和楚乔然两个人撑着一把花伞，漫步于杂草掩盖的小路上……不知为啥，从此以后，马座陶灯一亮，我的脑袋就晕。这头晕与灯光有啥关系，谁也说不清。反正，一种生活在别处的陌生感，油然而生。在这神秘的人生时刻，我们都很迷惘。

我的热泪一下子盈满了眼窝。

我总是犯疑惑，她那么爱考古，到底是图什么呢？

苦恼像苦行一样没有终点，它大概要纠缠我们一生。乔然越来越衰弱，后来彻底病倒了，连连发烧。我要送她回家，她痛苦地摇头，我搀扶她到校外小诊所输液。病愈之后，楚乔然变得困惑莫解，甚至惊慌失措。她忽然对考古失去了兴趣，好像对什么东西都丧失了兴趣。我越发怀疑乔然就是患上了心理疾病。

我又找了顾专家。顾专家不在，我在外边等待。太阳下边，云彩一朵朵地飘着。我站在火热的阳光下，脸颊流汗，内心冰凉。顾专家终于回来了，他听了我这次的情况介绍，用一种肯定的口吻说道："你同学可能是患上了抑郁症，这是一种心理障碍，是最具有自杀倾向的疾病。据统计，抑郁症病人在整个病程中，超过半数的人产生过自杀意念。抑郁症患者最终有百分之十五的人死于自杀。"我问顾专家："我同学的病能治好吗？"顾专家笑了笑，说："我现在很难马上回答你这个问题，因为决定心理病治愈的因素有很多。其中，最重要的因素是病人的治疗动力。治疗动力越足，决心和恒心越大，治愈的可能性越大。再一个是病人与心理障碍症状的和谐性。病人越适应症状，对症状的排斥性越小，治愈的难度就越大。因为这类病人的治疗需要分两步进行，第一步，是增大病人与症状之间的不和谐，第二步才能进入对心理障碍的真正治疗。"

告别了顾专家，我的心里沉重得很。我深深地为楚乔然感到惋惜和忧虑。惋惜她这么小的年龄就得了这种病；忧虑的是她今后的人生道路该咋走下去。顾专家要我带着乔然接受她的治疗，这当然是黑暗里的一抹曙光。但是乔然能老老实实配合顾专家的治疗吗？万一不接受咋办？我该咋说服她呢？齐志勇劝我把她交给她的爹娘，我不放心，怀疑她爹娘与乔然的沟通能力。她恶劣的家庭环境，会进一步毁了楚乔然啊！我决定留下来，留在楚乔然的身边，陪伴着她，直到她恢复正常，开始正常生活为止。我把这个决定告诉了齐志勇，他默默地看了看我，眼圈红了："张梅，好人啊，我没看错你。"我对他说："谢谢你的理解和支持，等着我，我一定嫁给你。"齐志勇搂紧我的肩膀，笑了。我没有焦躁，没有心烦，满怀信心地说："楚乔然一定会好起来的。"齐志勇说："我信。"可谁想到，一声响雷，楚乔然就真的跳楼了。

我的眼前有一片蓝光闪耀，第一次看见星星在陨落。

楚乔然下葬不久，我见到了习品三。

习品三开着一辆奥迪轿车，满面风光的样子。那种感觉可以想象，他活得太幸福了。说话口气，像是有皇亲国戚的背景。其实，他就是巴结上了孙继老板。他和孙继从凤凰园酒店出来，我撞见了他们。习品三叫住我，孙继嘻嘻一笑："她不是楚乔然的同学吗？"习品三说："是啊，我们的张梅大小姐！"孙继幸灾乐祸地说："唉，看见张梅，我就想起楚乔然，多么美丽的陶灯姑娘。女人都是天生的尤物，太可惜了，这就是美丽的躯体不依附资本的下场！"我耳朵里有什么东西一响，心口就隐隐作痛。我想，跟这种人生气不值得。一阵风刮来，刮走了我心中的恶气。我恨他们，楚乔然的悲剧与他们有关。孙继摇着红红的脑袋，喷着酒气，登上汽车走了。习品三也要走，我叫嚷了一句："习品三，你给我站住！"习品三就站住了。乔然死后，我还从没见过他。可是，习品三却很冷漠，他说："张梅，乔然死了，我也很痛心。唉，其实，她要是听我的，她会活得很好。"我没好气地说："人都死了，你还说这风凉话！我们找马校长那会儿，你干啥去了？"习品三说："说实话，摆平马校长和'马丫波霸'，我还是有办法的，可是，你们不听我的指挥呀。"他得意地点燃一支香烟。"无耻！"我骂了他一句。习品三不恼也不怒，过了一会儿，他的眼睛红了，脸色蜡黄，轻轻说："张梅，请你告诉我，乔然埋在哪个公墓？我要给她献一束花！说实话，在我接触的女孩里，她是最让我留恋的。"我听了心中"咯噔"一下，比岔一口气还疼。这话要是让阴间的楚乔然听见了，还有他的好？我骂了习品三一句："你要是再敢骚扰她的亡灵，当心我让志勇敲烂你的脑袋！"习品三吓得一哆嗦，说话声音淌着委屈，他说真的不怪他。我对他还是不依不饶，习品三横了我一眼，开着车溜了。他是城市的名人，车顶上还装着那种可以叫唤的红灯，一路走一路叫。警察都给他打招呼。

可是，没过多久，习品三就遭到了报应。他卖了画，新买了一辆宝马越野车，一天开车去写生，山上遭遇车祸，双腿截肢，整天摇着轮椅画画了。听说，他很少外出，从此，他在城市政要、大款的视野里消失了，就像被乱糟糟的人群吃掉了。我深深叹了口气，为他的才华可惜。我想原谅他的过去，看望一下习品三，与他言归于好。

对过去的一些回忆，使我感到沉重，似乎总是害怕旧事重提。我甚至有点恐惧了，生活有点像梦。我连连做着噩梦，梦见乔然找我要马座陶灯。我一个激灵，醒了，咧了咧嘴巴，甚至无端地恐惧起来。夜色里不断闪过乔然那美丽而傲气的眼睛。她在哪儿，魂归九泉，还是隐匿在某个地方？一天又一天过去了，我呆滞的眼神，渐渐有了光彩。这个世界节奏真快，刚刚一个月，楚乔然就不再有人提起了，网上开始议论城市内涝的话题了。是啊，我们每天都会碰上不幸的人，可有几个被人放在心上的？连学校也没能为乔然的死感到负疚。以后，没有人还记着楚乔然的名字，她的死没有留下一点儿痕迹。

　　如果有痕迹，就是那个破碎的马座陶灯。赶紧把破碎的马座陶灯黏合起来，这是我最挂心的一件事了。我用万能胶亲手将陶灯复原，竟然有模有样了。我要把它还给楚大叔和王阿姨。楚大叔不在家，王阿姨接待了我，她瘦了，她的腰佝偻得更厉害了。她仔细端详一阵，沉沉一叹，抚摸了一阵马座陶灯，又把它送给了我。我有些愕然。王阿姨淡淡地说："张梅，阿姨不愿看见它，你是然然最好的朋友，你就替乔然收藏吧！"说完，她收紧脸，目光冷冷地投向窗外。

　　那天下午，天空飘着细雨。我抱着马座陶灯过来看望乔然的父母。我望着乔然的老爹楚大叔，他羞愧地垂下了头。我难以遏制地感觉到，我此刻抬头逼视他是不合适的。楚大叔磕巴着："我愿意替女儿去死啊，我有罪，如果我不盗墓，乔然就不会走了。我想起师傅的话，活人不能惊动死人的亡灵啊！这是报应啊！"他忏悔着，他出狱之后，多了一个磕巴的毛病。我一直习惯用责备学校的思路来思考，一直难以理解。楚大叔忽然气愤地说："我总也想不明白，为啥孩子的一个过失，就不发给文凭，为啥一张小小文凭，就夺了我女儿的命啊？"我的心揪紧了，身上大热。我不知道，知道现在也无法断定，此事到底谁来羞愧。要知道，今天用推论是解释不了这个问题的，因此，也就没有什么可推论的了。乔然死后，校方也怕了，他们被那个堂而皇之的"假象"吓住了。我忽儿又想，造成乔然死亡的并不只是学校，还有，我感到一种巨大的存在，复杂而冷漠。王阿姨却显得平静多了，她慢慢地说："唉，人是要轮回转世的。各人以各人的修行来决定托变的，这一世是人，前一世可能是猫啊狗的。我说啊，我家乔然前世就是一盏灯！下世会托生一头马，一头奔驰的骏马！"我含混地嗯了一声。这是迷信，我反对这样的说法。但是，我没有反驳，如果老人这样想，会减轻失去女儿的痛苦。我艰难地咽着唾沫，喉咙干干的。

楚大叔没有反应，吭了一声，浑身还在哆嗦。我没有别的话说了，抱着马座陶灯走出去了，记得当时楚大叔意味深长地盯了我好几眼，我感觉他出了幻觉，那一定是楚乔然抱着马座陶灯回家来了。

一连很多天，我的脑袋很沉，沉得脖子似乎扛不动了。我小心翼翼抱回了马座陶灯，就趴在床头，久久地端详着它，听它轻微而有节奏的声音。过了一会儿，我似乎听见了远古传来的声音，这么悠远的呼唤声音过于凄楚。我终于明白，楚乔然为啥喜爱马座陶灯了。我伸手一摸，马脸湿漉漉的，我没有料到，陶制的马眼，竟还能流泪。我鼻子就酸了，眼泪无声地淌下来。为了纪念楚乔然，我也要好好收藏这盏饱经磨难的马座陶灯。它将把我带到何方？实在无法回答。

陶灯一亮，我突然就懂了，附带着把自己的处境弄明白了。我眼睛的潮湿瞬间蒸发，留下一股微微的暖意。我勇敢地睁开了眼睛，生活中最核心的机密终于找到了。有时，我会冒出一句粗话，妈的，就它啦！冲它我也要好好活着，尽管我还没找到工作，但也要好好活着！我不怕活着，真的，我真的不怕活着！

流
浪
的
人

这个冬天的上午，风车爷爷夏明江死了。

我啥都看见了，他死前的目光一直盯着风车。他在我怀里越来越沉重，像一块沉入水中的石头。老人紧紧闭着眼睛，长长出了口气，呼吸静止。我张了张嘴巴，喊不出来，空气仿佛凝固了，令我胸闷气短。过了片刻，我听到自己喉咙里发出一声凄厉的长号："风车爷爷！"风车爷爷没有回话，只是嘴角挂着笑意。我把风车爷爷放下，爷爷躺在那里，安安静静地躺在那里，他手中还紧紧攥着一架风车。我坚信，他是在清白与仁慈中坦然而去的。窗户的一角射进一线阳光，带着最后的温热，停留在他的面颊上。阳光像风，吹得风车哗哗转动，我惊呆了，风车旋转着年轮，那一定预示着生命的轮回。如此循环，无穷无尽。

大雪纷飞，寒风刺骨。太阳隐没了。积雪泛着惨淡的光。裹着雪的寒风送来阳光的温暖。瞬间冻在了雪原上。在这样的风雪天，我们给风车爷爷送葬。送葬队伍由我和马春燕、二来、园园和小福子组成，简洁而繁华。骨灰盒是我们五个人共同挑选的。木质的，纯黑色，散发着风车爷爷身上的温度。雪花落不到上面，只在它四周起起伏伏地飞舞，像风车爷爷的风车。前行的道路已被大雪覆盖，看不清哪里是路，哪里是原野。眼睛只认准身子的右边，有一排高高的光秃秃的钻天杨。贴着这排大杨树的边朝前走，别拐弯，终会抵达风车爷爷最后的归宿。

我们给风车爷爷在西郊陵园买了一块墓地。那是块新开发的墓地。买的是最便宜的，五个人凑齐的钱。贵的买不起。正好称了风车爷爷的心。他活着的时候就对我们说过："我死了，随便找个地方埋了就拉倒，好地角咱可住不起，没那福分。"可我们还是为他找了个好点的地角，一片殷殷真情。老爷子活着的光景没福分，死了得享点福。我和春燕、二来、园园、小福子还给风车爷爷做了一万个纸风车，各种颜色的，做了七天七夜哩。手脚都木了，手腕子肿了。满屋子全是风车，风一吹，比着赛地转，掀起阵阵旋风，声似飞机临空。我们五个人就看见风车爷爷站在风车顶上，多像一架老风车。就听见他朗声大笑，说："好孩子们，这些风车我都带那边去啦。"我们雇来一辆大车，把风车全都装上车，整整一万只。风车和雪堆起了一层雾，一只狗汪汪地叫了两声。

　　我们把一万只风车堆在了墓地周围，起了一座高高的风车的坟，把人都埋没了。五彩的风车很快被雪花覆盖了。陵园里就有了一座圣洁的雪山。肃穆而洋气。雪花蜜蜂样灌满墓穴，融化在老爷子的身上，点点滴滴。盖上墓穴前的一刹那，我们五个将手里攥着的一只纸风车，轻轻放到老爷子身边。风车灵性地转动不停。封好了墓穴，还听见风车在里面嗡嗡作响。来了不少看望亡灵的人。他们被风车山吸引，围在四周看风车吹得雪花越发地漫天飞舞。人群中有一个电视台记者，唤来了扛着摄像机的同事。这场特殊的葬礼第二天就上了荧屏，轰动了春安市。

　　月亮下去了，天光昏暗。我是这场葬礼的策划者。我叫吴少群，是风车中药种植园的副总经理。

　　我们是五年前认识的风车爷爷。那个时候，我们谁也不知道风车爷爷心里的秘密。只知道人们都叫他风车爷爷。不知从哪天开始，在我们就读的中医学院门前，一位拖着半身不遂身体的老大爷，进入了我们的视野。他半躺在一辆破旧的三轮车上，脸上挂着微笑，说话不紧不慢，却有理有据。他的四周围挂满了大大小小的风车，用高粱秆、胶泥瓣儿和彩纸扎成，通身雪白雪白的。招引来不少孩童，指着旋转的风车蹦跳欢叫。一只只胖乎乎小手里的硬币，塞进老爷子的布袋子里。然后举着小小的风车，追逐嬉戏。大街小巷像飘起了雪花。老爷子的身体都映白了。起初，我们谁也没有留意老爷子。只被眼前满车的风车吸引住了。春燕和园园也像顽童，买下几只风车，举着，欢叫着，融进孩子们的队伍，逗得我也想跟着她俩，举着风车疯跑。

二来皮笑肉不笑地说："荷兰是风车之国，听说他们那最大的风车有好几层楼高，风翼长 20 多米哪。"我说："人家那是用来解决水利动力不足的。咱们国家的风车起源于周，八卦风轮，四季平安符。它的小轮旋转祈风调雨顺。它的小鼓声象征和谐吉祥。红黄绿的彩条代表着阳光大地和蓝天。明清时期的京城最流行了，是老北京的象征，百姓叫它吉祥轮。后来，人们习惯叫它风车了。"二来染了头发，黄不黄，黑不黑的。他捅了我一下，说："你快看那个卖风车的老爷子。"我扭身看去，只见老爷子正张着嘴巴，痴痴地看着广场上撒欢的孩子，笑得满脸灿烂。那笑容与他的处境极不协调。

"老爷子家里一定特别穷。"我分析着，脸皱成了一团。二来叹口气："嗯，我想也是。"我说："咱们也帮帮他吧。"二来问："咋帮啊？"我说："买几个风车呗。"二来说："那能帮多大忙啊。"我说："咱是穷学生，尽点心意呗。"二来从口袋里小心翼翼地攥出一把零钞来，数了数，说："我这还有三块五毛钱，都买了吧。"我说："我有四块钱，都买了。"我俩走到三轮车前，把手里的钱都递给了老爷子。老爷子的脸上还浮着笑意。他伸出干瘦的手数钱，数完，抬起布着惊喜的脸看我俩。"不卖这么多。"他摇着枯树枝一样的胳膊对我俩说。

我和二来面面相觑。"为啥呀？"我问。老爷子淡淡地说："你俩是学生。"二来说："学生咋的了？又不是不给你钱。"老爷子说："那钱是你们上学用的，是家里给的，别随便花吧。"这句话让我俩的心头震了一下。这不像一个穷困潦倒的老头子说的话。老爷子眯缝着浑浊的老眼，打量了我们一下，问："你俩是打乡下来的吧？"二来下意识地拽拽衣角，朝他点点头。我问他："你家也是乡下的吧？"老爷子摇摇头，说："我没有家。"说完，目光望向城市的天空。一朵白云孤独地飘荡。一只鸽子奋力追赶伙伴。鸽哨在城市上空划出一道柔软的痕迹。

我猜想，老爷子即使有家也是不能归的。单从车上塞满的饭盒、毛巾、衣物等生活用品，就可以判断老爷子的家就在这辆残疾人车上。座椅上方搭了一个用来遮风挡雨的竹棚。夏天好办，可冬天呢？那薄薄的席子不可能抵挡住寒风落雪啊。"那你的家人呢，大爷？"我问。老爷子摇摇手，笑笑，说："不说这个，不说这个。"伸胳膊摘下两个风车，递过来，说，"拿去吧，拿去吧。"我说："留着卖钱吧。"说着，我去搀扶他的胳膊，"下来走走吧，大爷。"他摇摇手，指指下身，意思是动不了。后来，我们知道，老爷子由于长年不活动，得了僵直性脊椎炎，肢肌肉逐渐萎缩，基本丧失了行走能力。我问他："你姓啥呀，大爷？"他说："叫我风车爷爷吧。他们都这么叫我。"

　　从那天起，我们开始留意这位风车爷爷。他的生活非常清贫，吃饭凑合，常常悠在三轮车上啃干馒头，连菜都没有。他做风车的材料都是他一个人摇着三轮车，来回三四个小时到批发市场买来的。然后就在三轮车上扎风车。我注意过他做活，腰腿不便，双手却很灵活。一张正方形的纸，把纸的四个角用剪刀往中间剪去，剪到离中间一半左右就可以了，这样这张纸就有 8 个角了。再每隔一个角往中心点折去，把四个角都折到中心点之后，再用笔芯、筷子之类的细物，连同刚才折进的四个角一起穿透中心点，粘在高粱秆上，一架小风车就算完成了。我掐了一下表，一架风车用时不到三分钟。真够快的。我还注意到，每个风车的两边，都被风车爷爷用一根橡皮筋固定住了。他说两边容易掉出来，固定住就可以多玩些日子了。

　　除了卖风车，风车爷爷没有任何其他经济来源。他做的风车虽说好，可对于拥有众多现代化玩具的城市孩子们来说，玩风车只是偶尔换换口味，因此，收入是微薄的。我问过风车爷爷，一天能卖多少钱。他说没准。多的时候二十几块钱。少的时候三五块钱。刨去成本，挣不几个钱。好在老爷子一天到晚没啥花销。早上一根油条、一碗豆浆，八毛钱。要不就是昨天吃剩下的。中午自个儿蒸一小锅米饭，炒一个菜，啥菜便宜他吃啥。晚上就吃中午剩下的。一个月下来，花不了一百块钱。老爷子没有电视机，一年四季买不了一件衣服，除了买点柴米油盐，没啥花销了。即使挣得不多，也够糊口的了。应该还有结余。可要是有场病啊灾的，可就治不起了。

　　可老爷子似乎并不去想这些。他的眼睛里很少有忧伤，有的大多是知足。他知足目前这种孤独清贫的生活？他对生活的奢求真的就如此水平吗？他为啥不愿提及他的身世呢？这个老爷子是一个谜。

这天早上，下起雨来。开始不大，要不是同学喊下雨了，我还不知道哩。趴在洗漱室窗口朝外看，雨点大了，在雨雾中泛着暖暖的光泽。一座座楼房全身很快湿了。没有风，树叶子全都规规矩矩地沐浴在雨水里。一只猫忽然出现在我的视野里。黑白色的毛，瘦瘦的，孤独地缩着身子，仓皇地钻进楼下花坛的灌木丛中。我就想起了风车爷爷。他现在不就像这只野猫一样，蜷缩在这座城市的一隅吗？如果不是一会儿就上课，真想跑出校园去看看他。

上课的时候，我走了神，心不在焉。真不知咋熬到的下课。一直到中午没有课了。我疾步离开教室向外走。只顾低头想心事了，迎面撞上一个人。一声惊叫，那人摔在了地上。两只手不顾别的，慌忙去拽裙子的下摆。是个女生。是一个叫冉萍的女生。班里的同学。人长得不错，因为自卑没咋靠近过她。不想，这次直接把她给撞倒了。我慌忙蹲在她跟前，看见她在揉腿，也去揉，被她的手打开了。她的腿真白。"对不起，我……不是故意的。"我说。眼睛盯着她的腿。"哎哟，不行我站不起来了。"她喊叫。对围上来的几个女生说："扶我去看医生，哎哟……"我从口袋里掏出一把钱，塞进冉萍手里说道："先……拿……拿这些吧，我再取卡上的。"说完，转身要走。

"站住！"冉萍尖声喊。

我站住了，愣愣地看着她。她命令道："扶我看医生去。"我说："这么多女生，干吗要我扶啊？"她说："因为是你撞的。"我说："我已经道歉了，还赔你医药费，你还……"她截断我的话，大声命令："扶我走。"我窘迫地看看她，再看看周围的同学。听见一个男生小声嘟囔："美女要扶还不赶紧扶，傻瓜。"一句话点醒梦中人。我赶忙走近冉萍，伸出手要搀扶，可又缩回了。再伸出，再要缩回。冉萍抓住我的手，按在了她的胳膊上。脸上的怒气好像浮上了一层暖色。

我的手悬在冉萍的胳膊上，毫无作为。僵硬得不像我的胳膊了。两只脚机械地迈着步子，像别人的安在了我的身下。浑身燥热，脑门上有液体渗出。她侧目看看我，低下眼皮，耳轮泛红，呼吸紧张："喂，有点雷人了吧？这么夸张？"她说。我问："啥意思啊？"她说："这么紧张？"我无语。她把我刚才塞给她的钱又塞回我手里，问："你刚才急三火四地想干啥去啊？有女生约会啊？"我说："才不是哪。我是去看风车爷爷。"她立刻瞪大眼睛，好奇地问："风车爷爷？你要讲童话故事吗？"我摇摇头："他是个穷苦老头，无依无靠，靠卖风车活着。"她问："他在哪？"我说："不知道。也许在大街上，也许在公园里，也许在广场上，哪都是他的家。"说这话的时候，我的声调放缓慢了，像是在倾诉。我想起了我的奶奶，在没了爷爷的日子里孤单地活着。就是在倾诉。

冉萍拽了下我的胳膊，说："走，带我看看风车爷爷去。"我说："你的腿……"她笑笑说："走走就好了。"我俩刚刚走出校园门口，看见几个孩子手里举着风车跑了过去。我拉住一个男孩问："风车爷爷呢？"男孩伸出胖乎乎的小手指了指，他指的那边有一个广场。我对冉萍说："老爷子在广场哪。走吧。"冉萍一瘸一拐地跟我走。我伸手拦住出租车。冉萍说："要坐你坐，我不坐。"我说："你的腿刚才……"她对司机摆摆手，继续往前走。我追上她，想说话，她先说了："省下这打车的钱送给风车爷爷多好。"我说："想不到你也是一个善良的人。"冉萍白了我一眼："啥意思，我在你眼里原来是一个恶人啊？"我连忙解释："不是这意思，我是说你……真好……"

风车爷爷显然不欢迎冉萍的到来。目光越过冉萍投到了风车上。风车正迎风转得正欢。他的裤腿被雨水浸湿了，紧贴在腿上。袖口也是湿的，三轮车也是湿的。冉萍悄悄对我说："他可真可怜。"掏出三百块钱塞进老爷子手里，说："您拿着，买件新衣裳。"风车爷爷连个过程都没有，直接下意识地推开了冉萍的手，说："我不想给人家添麻烦，只想靠自个儿的力量，卖点小手工品，养活自个就行了。"语气淡淡的，也不看冉萍和我。冉萍看我，我看老爷子。他问："你俩有事啊？"我说："啊，没啥事，就是想……看看你……"老爷子摇摇手："我一个老头子有啥可看的，快回学校学习去吧。"冉萍想说话，我拽了下她的胳膊。默默地掏出一把零钱，放进车厢里，取下十几只风车，朝老爷子晃晃手，拉着冉萍转身走了。走出一段了，听见风车爷爷喊："她是你对象啊？"我回身，看看冉萍，看着老爷子，还没回答不是，他又喊："挺好的。你俩都是好人。"就仰起脸来看风车，不搭理我们了。冉萍笑了。我尴尬地笑。她说："风车爷爷一定有故事。"我说："是啊，一定有不少故事。"冉萍又说："他真可怜。"我也又说:"是啊,真可怜。"之后,我俩就没再说一句话。

两天后的下午,课间休息,我正在和同学聊天,宣传部的副部长宋晓梅来了。直接走到我跟前,说:"你好,吴少群,听说你认识一个风车爷爷,还力所能及地帮助他?"我很纳闷,问:"你咋知道的?"宋晓梅:"冉萍告诉我们的。"我说:"不值得一说。"宋晓梅说:"那你没有什么想法吗?"我问:"想法?你指的哪方面啊?"她说:"比如,像冉萍提出的,她想组织一个'一只风车一片情'活动,这个创意就很好。"这个冉萍,蛮有思想的。在冉萍这个创意的影响下,众多同学加入到了"一只风车一片情"活动之中,纷纷去买风车爷爷做的风车。常常抢购一空。一时间,偌大的校园里到处转动着风车。有人把许多风车聚集在一棵棵芙蓉树上,像盛开了一树树缤纷花朵。夜晚,在路灯灯光映照下,犹如银河散落人间,煞是壮观。冉萍看着眼前的景象,动情地朗诵道:"风车在夕暮的深处很慢地转,在一片悲哀而忧郁的长天上,它转啊转,而酒渣色的翅膀,是无限的悲哀,沉重,又疲倦。从黎明,它的胳膊,像哀告的臂,伸直了又垂下去,现在你看看它们又放下了,那边,在暗空间和熄灭的自然底整片沉寂里……"我侧脸看着她的神情,她的脸上闪烁着风车转动的影子。我问:"这是谁写的诗?"她说:"爱弥尔·凡尔哈伦,比利时具有国际影响的著名象征主义诗人,素有'力的诗人'和'现代生活的诗人'的美称,也是一位有强烈爱国激情的人民诗人。"我舒了口气,说:"格调有点压抑了些吧?"她点点头:"这不正是风车爷爷目前生活的真实写照吗?"我点点头说:"其实,像风车爷爷这样孤独的老人有很多。我奶奶就是其中一个。"

"你奶奶也像风车爷爷这样吗?"冉萍问。我点点头:"当然,我奶奶对我太好了。"她轻轻说:"能带我认识一下你奶奶吗?"我说:"还是别去了吧。"她问:"为啥?"我说:"你会笑话的。"她问:"笑话谁?你,还是你奶奶?"我说:"我家里……穷……"她惊讶地盯着我看,问:"你自卑,是吗?"我想否认,但没有这个勇气。冉萍又命令上了:"这个礼拜天,带我去。"我心里说:还是别去了吧。嘴上说的却是:"好……好吧。"

转眼就是星期天。早上,我还在宿舍里睡觉。同宿舍的小封把我扒拉醒了。我没好气地吼:"知道哥们儿玩了大半宿游戏,还捣乱,成心是吧?"小封一脸委屈："哥们儿是那样人吗？外面有美女等你哪，哥们儿不是怕你惹人家不高兴嘛。"我已经忘了前几天和冉萍的约定。问："哪来的美女啊？忽悠哥们儿是吧？"小封说："我哪敢啊，你出去看看，是冉萍。"我这才猛然想起约定的事，懒洋洋地坐起身穿衣服。心里一遍遍设想着，待会儿冉萍走进奶奶和我的家，该会是啥样的表情。衣服就越穿越慢。楼道里响起女生的叫喊声："吴少群，你咋这么磨叽啊，限你五分钟下来，否则后果自负。"是冉萍。小封吐了下舌头，一缩脖子，说："我的妈呀，美女都这脾气。"我加快速度，一边系着裤带一边开门跑下了楼。冉萍叉着腰，瞪着我。我笑笑，解释说："昨晚睡得晚……"她一摆胳膊，头也不回地走了。我连忙跟上。

我俩乘的公交车。上了车看见了春燕和园园。她俩都有座，正并排坐着，说着啥话，聊得挺热闹的。她们没看见我俩。我悄悄躲在一个高个男子的身后。不料冉萍却喊了起来："哎！春燕，园园——"好像故意的。我只好闪出身来。她俩看清是我俩，有些吃惊。然后，那样地笑。我不知说啥好。春燕问："你俩这是上哪啊？"冉萍说："是这样，最近我想写一篇反映老年人生活状态的报告文学，需要一些素材。听吴少群说他家有一个善良有骨气的奶奶，我就来了兴趣，就想去看看老人家。"原来是这样，我暗暗松了口气。

下了车，我先进了趟公共厕所，偷偷给奶奶打了个电话，告诉她，一个女生要造访，抓紧时间收拾一下房间。估摸着奶奶准备差不多了，我领着冉萍进了我和奶奶的家。换了一身平日里不大穿的衣裳的奶奶，热情地在门口迎接我们。我对奶奶收拾的房间比较满意，悄悄地搂抱了一下老太太。冉萍两手交叉在一起，有礼节地打量着屋子里的环境，脸上显出惊讶的表情。"这套居室得有一百平方米吧奶奶？"奶奶说："一百一十二平方米。"冉萍转脸看看我，对奶奶说："可他却说家里条件不好，原来是低调做人啊。"奶奶说："少群说得对，我们家是条件不好。你看这摆设，哪像有钱人家啊。"冉萍狐疑地说："可这大平方米房子……"奶奶解释说："这是我儿子儿媳妇，少群他爸妈留给我们娘俩的。"冉萍一听有故事，连忙搀扶着奶奶坐到沙发上，拿出录音笔，说道："您给我说说吧奶奶。我在搞社会调查，写东西。"

奶奶不自觉地皱着眉头，嗑一下牙花子，打了一个长长的唉声，缓缓讲述起来：“我们一大家子本来不住这，住南桥区自行车厂职工楼。少群爷爷，还有他爸都是自行车厂的。少群爷爷是厂保卫处的，去世后，少群爸接了班，这爷俩在保卫处干得都挺好，可就是因为生性耿直得罪了一些人。我记得可清楚了，少群五岁那年，有一天晚上，少群爸去厂里值班。第二天早上，我正在街道办事处上班，少群妈急三火四跑来了，说少群爸出事了，作风上的事。我当时脑袋就蒙了，跟着少群妈上气不接下气地跑到自行车厂。厂领导告诉我们，一个女工状告少群爸欺负了她，人已经被公安局带走了。我一下子瘫倒在了地上，咋会这样呢？我儿子是我摸着脑瓜顶长大的，他咋会办出这种丢人现眼的事来呢？可那个女工一口咬定就是少群爸欺负了她。”奶奶想起过去的事，唏嘘不已。

冉萍问：“后来呢？”奶奶擦了下眼泪，继续说了下去：“后来，少群爸叫法院给判了七年刑。少群妈接受不了这个现实，也承受不住外人的说三道四，就……就喝农药死了……我可怜的儿媳妇啊……”奶奶仰起头来，凝视着挂在墙上的全家福大照片。站在奶奶身后的那个就是她的儿媳妇，我的母亲。她端庄、美丽，两只细长的眼睛透出善良。奶奶开始对着照片上的儿媳妇讲述起来：“少群妈死后的第三年，那个女工突然到公安机关翻案，说她是被人逼迫诬陷少群爸的。法院经过调查取证，最终宣告少群爸无罪释放。那个女工一家觉得太愧对我们一家了，坚持把她家的这套房产过户给了少群爸名下。他们一家搬到了郊区去住。我儿子心眼真好，他没嫉恨那个女工，经常主动上她家，帮着干这干那，她丈夫瘫痪在床，日子过得挺艰难的。我儿子为了年幼的少群没再结婚。有一个女的看上了我儿子，我儿子跟她说，等少群成年了再谈成亲的事。可谁想到，少群十岁那年的夏天，我儿子去菜市场买菜，遇见一匹拉菜马车的马惊了，眼瞅着就要撞上一个小女孩了，我儿子冲上去拼尽了力气拦住了马车，小女孩得救了，我儿子却被马踩……踩死了……”

我奶奶说不下去了，泣不成声。

冉萍拉着我悄悄出了我家。我一眼就看见了风车爷爷，我有一种异样的感觉。我和冉萍走过去，一个年轻的母亲正给她怀里的小男孩买风车。我们没去打扰他，只是站在不远处，静静地看着老人。广场上有鸽子飞舞，像一片流动的彩霞在青天上飞舞。一只鸽子扑棱棱落在了我们身前，它颈上长着一道紫色的亮毛，仿佛是一副发光的项圈。洁白如雪的羽毛，绿棕色的小尖嘴，机灵的眼睛，细长的双腿，一双脚像鸡爪，站在那里亭亭玉立，简直像一位高贵的夫人。我和冉萍看得入了神。

不知站了多久，我一回头，风车爷爷正静静地看着我们，那目光让我心里猛然一惊。我对冉萍说："你看风车爷爷的眼睛，很毒，他这辈子一定有故事！"我们决定采访老人，为他写一篇博文，再拍摄一张照片，然后贴到网上去。可是，风车爷爷拒绝了我们的采访。他说："我一个孤老头子有啥可写的啊，你俩该干啥干啥去，别耽误我卖风车。"我说："我们是想帮助你。"他倔倔地摆着手臂，大声说："用不着。"冉萍说："这是我们的作业，请您配合帮我们一下。"他还是摆动手臂，不理睬我们。

我俩正要离开他，跑来好几个小学生，戴着鲜艳的红领巾，纷纷给老人敬礼。冉萍忙将相机镜头对准他们。那几个孩子簇拥着三轮车，有的推车，有的叫卖风车。风车爷爷张着嘴巴笑着，看看这个孩子，摸摸那个孩子的脑袋。眼睛里满是慈祥，俨然祖孙亲情。冉萍不断地按着快门，定格这暖人的瞬间。我们悄悄采访了两个孩子。那个男生说："风车爷爷拿他的钱给我们买学习用具，我们可尊敬爷爷了。"那个女生说："我们班上的徐玲得白血病了，风车爷爷一下子捐了一千块钱，而他自个儿省吃俭用，真是一位好心肠的爷爷！"我们对风车爷爷肃然起敬。

我还想说点啥，忽然一股子风袭来，呼地封住了我的嘴。我缩了缩脖子，就不再说话了。回到学校后，冉萍经过两天两夜的写作，把风车爷爷的故事写出了一篇感人至深的散文，发表在校刊和省报上，引起强烈反响。一个星期后，冉萍被学校任命为学生会宣传部副部长，当年拿到了一笔奖学金。我对冉萍挺佩服的。后来，我和一个机械专业的学长一起动脑筋，给风车爷爷的三轮车进行了改装。装上一台发电机，一个方向盘。试验成功了。风车爷爷再也不用费劲地一手扶车把一手摇踏板了。冉萍把我们做的这件事写成报道，登在了报纸上。我和那位学长当年当选为学校的"爱心大使"。这以后，我和冉萍经常一起去看望风车爷爷。风车爷爷已经接受了冉萍。可背地里还是嘱咐我，要在思想上多帮助我这个对象。我对他说："她不是我女朋友。"他眼睛一瞪说："这个姑娘除了贪图虚荣，别的挺好的。你小子想要啥样的啊？帮她改了这毛病不就得了嘛。"他开导我说："我看她对你有那意思，你说的话指出她的毛病，她肯定听得进去。你不帮她谁帮她啊？"我心里嘀咕：风车爷爷说冉萍有虚荣心，我咋没看出来呢？

我把风车爷爷说的话转达给了冉萍。

冉萍听了好一会儿没说话，她的脸色有点难堪。我见她不高兴了，安慰她说："风车爷爷只是随便说说，你别往心里去。有则改之无则加勉呗。"冉萍笑笑，脸色好转起来。她说："要说虚荣，我是有点。比如，想在同学们面前出出风头啊，想受到校方领导关注啊。可这种虚荣是建立在实干上的，也就是我并没有乌托邦式的空想，是用自己的实际行动出了风头，得到了领导的关注，难道我做错了吗？"我摇摇头说："按说不应该说你做错了。"冉萍忽然问我一句："你喜欢我吗？"我傻掉了。老实话，我喜欢冉萍。可也就是喜欢，从来没想过和她建立那种关系。

冉萍两只胳膊交叉在胸前，斜视着我，说了一句："又自卑了是吧？"我怀疑冉萍在和我开玩笑。冉萍问："你能不能告诉我，为啥你从来就没有问过我，关注过我的家庭情况呢？"没等我回答，她自己做了回答："我知道了，因为你从没想过和我在一起，对吗？"我说："也许是吧，呵呵……"她问："现在想问吗？"我挠挠脑袋，咧着嘴巴看着她，不知该点头还是该摇头。冉萍说了句："原来是剃头挑子一头热啊，再见吧，吴少群同学！"转身就走。我下意识地拽住她的胳膊，紧张地憋出三个字："你说吧。"

"我这么贱，非跟你说不可！"冉萍噘噘小嘴说。我傻笑两声，身体像石头，一动不动。她在我胳膊上拧了一把，说："傻子，你听着吗？我随我妈的姓。我爸姓钱，叫钱好多。他天生是块做生意的好材料，不到三十岁就靠他自己的聪明和勤奋成为身价过千万的富豪。我妈妈就是那个时候嫁给的他。本以为可以尽享荣华富贵的，没想到钱好多迷上了赌博，一夜之间输掉几十万是常事。妈妈苦口婆心劝他离开赌场，可他就是置若罔闻。赢了钱他缠着妈妈不让她休息，输了钱喝酒耍酒疯打妈妈。那时候妈妈已经怀了我，为了我只得忍气吞声，指望着有一天他会回心转意。终于有一天，他把全部家产都输光了，从一个大高塔上边跳了下去，结束了还不到四十岁的年轻生命。如此不负责任的男人，他有啥资格做丈夫做父亲啊？我还没出生，他就抛弃我们娘俩诀别红尘，让我妈妈孤独无助，整天以泪洗面哪。我来到这个世上的第一天，妈妈就对她的父母姐妹宣告，她的女儿姓她的姓。"

　　真没想到，原来冉萍竟有这样的身世。我当然期待冉萍继续介绍她的身世了。她说："没有男人的家庭，就像风雨飘摇中的一枚树叶。我们娘俩因此受尽了别人的白眼和羞辱。我姥姥家有两个姨，都先后离了婚，就剩下姥爷一个老男人了，别人欺负我们根本没有顾虑。所以，我从小就很要强，学习不拔尖，妈妈都饶不了我。出人头地成了我的座右铭，只有这样别人才会不敢小瞧我们，才不敢欺负我们啊……你待风车爷爷好，我看在眼里，认定你是个善良、不欺凌弱小的好人，我才这样愿意和你交往，愿意和你……在一起……"我被冉萍的诉说感动了。我俩相爱了。

　　我把冉萍正式介绍给奶奶，宣布她是我的女朋友了。那天，奶奶高兴得合不拢嘴。拿出那只珍藏在箱底的银手镯，亲手给冉萍戴在了手腕上。冉萍激动得和奶奶紧紧拥抱。在秋天里的一天，冉萍领着我进了她家门。她的妈妈是一个对所有男人多怀有戒心的女人。初次见面，她只和我说过几句话。之后，就是对我漫长而冷静的考察。我不能和冉萍单独待在一个房间里，不能紧挨着冉萍坐着，不能超过十点钟还和冉萍待在外边，甚至冉萍的例假迟来了几天，她都会一遍遍要她的女儿大胆揭发我做了坏事。冉萍希望我能够理解他的妈妈，家里长久没有男人，有了男人需要一个接受的过程。我表示理解，不但理解，我还同情。

　　很快，我们就毕业了。我跟神秘的风车爷爷告别了。两个月后，我在一家中药房找到了一份工作，冉萍在一家房产中介当了临时工。两人都有了收入，总算可以减轻冉萍妈妈、我的奶奶的负担了。第一个月开工资，我给冉萍妈妈买了一双皮鞋。冉阿姨很是满意，中午特意给我包了我爱吃的三鲜馅饺子。我吃了四十多个，撑得猫不下腰。冉萍给我奶奶买了一箱奶奶最爱吃的八宝粥。奶奶塞给冉萍一千块钱，让她到金店买一副耳坠。中午吃完饭，奶奶出去拾垃圾去了。冉萍说想洗个澡，我说那你就洗呗，她就钻进了卫生间。我躺在沙发上看电视。过了一会儿，听见冉萍哎呀了一声，连忙问："咋了？"冉萍喊："快来呀。"我跑到门口，隔着门问："咋了？别洗了吧。"门开了，一双湿漉漉的手抓住我的胳膊，用力拉了进去。水雾中，我看见了冉萍的裸体，立刻呼吸急促，转身要逃，被她一把从身后抱住了。我的心都到了嗓子眼，紧张得浑身颤抖。我说："松开我。"她松开了我，却转到我身前，搂住我的脖子，把她的嘴唇按在了我的嘴唇上。我再也按捺不住自己的冲动了，抱起湿淋淋的冉萍放倒在了床铺上……

两个月后的一天。我下了班，刚走出药房，冉萍站在了眼前，正嗔怪地看着我。我走过去，拉住她的手，说："走，我请客，想吃啥？"她噘了下小嘴，一脸委屈地说道："都是你，害得人家啥好东西也吃不下了。"我问："咋了，你生病了？"她点头说："很重。"我紧张地问："啥病啊？"她踮起脚尖，贴在我耳边，小声说道："坏蛋，你要当爸爸了。"我脱口大喊："啊？我要当爸爸了？"羞得她捶了我一拳，转身跑开了。

我和小冉要结婚了，可是没有房子。这个年月，房子是个大难题呀！我父母死得早，是奶奶给我带大的。奶奶捡破烂养活了我，供我读了书就不错了，房价这么高，哪有钱买房子？我说："要不，咱先租套房子住？"冉萍摇头说："那样的话，我还有脸见人吗？"我说："咱就说买的不就行了嘛。"她白了我一眼："你让我当阿Q啊？亏你想得出来。"我为难地说："可现在我真的买不起商品房啊。即便是地理位置不好的区域，房价也得五千左右一平方米。最小户型六十平方米也得三十几万哪，这还不包括装修、结婚置办酒席的钱。奶奶手里真的没有这么多钱哪。"冉萍噘了下嘴巴嘟囔说："我不管，反正没有房子就结不了婚。你叫咱们儿子跟着咱睡大马路去啊？"说完抹开了眼泪。我连忙安慰她："别急，我再想想办法。"

我有啥好办法呢，只得跟奶奶诉苦。奶奶笑了，拍打着我的后背，说："傻小子，咱这三室两厅的房子当新房再好不过了。我住一间，你俩住一间，将来我重孙子住一间，一家人在一块多乐呵啊！"我说："对呀，将来您还可以帮我们带孩子。"我兴高采烈地找冉萍跟她说了。谁知她却一点也不高兴："你傻呀？你想想，老年人的生活习惯能和咱们年轻人一样吗？从孝敬这方面说，咱们得随老人吧？可我是一个怀了孩子的人，能顺着老人吗？不顺吧，别人就得说咱不孝顺，你说是不是这回事？"我挠着头皮嗑牙花子。我为难地说："奶奶把我养大成了人，现在我要把她从家里赶出去，我……我……哪能做得出来呢？"冉萍说："你不还有一个姑姑吗？可以让奶奶先到姑姑家住去啊。"我实在爱冉萍，就硬着头皮跟奶奶谈。奶奶听完我的话，好一会儿没说话，仰着脸看墙上照片里我的爷爷、爸爸和妈妈。我怕奶奶不高兴，就改口说："要是奶奶不乐意，就当我没说啊。"奶奶摇摇头，抚摸着我的头发，轻声说道："只要我孙子高高兴兴把媳妇娶进家，奶奶乐意把这套房子让给你们住。"

我把奶奶的话带给冉萍，冉萍高兴得搂抱住我，一个劲地亲我的脸蛋。这可让我们高兴了好一阵子，很快确定了结婚的日期。同学李春燕、园园、小封、二来都过来道喜庆贺，一边参观着居室一边啧啧称赞，都说一结婚就拥有这么一套大住房，真让人羡慕妒忌。冉萍开心极了，虚荣心得到莫大满足。晚上主动要和我亲热，我说你肚子里有孩子，怕不好吧。她不再坚持了,搂着我说："老公你真好，待我们娘俩真好！"

可是事情很快节外生枝。

姑姑从中阻挠，她担心把房子给了我们，如果出什么意外，奶奶就成了无家可归的人了。奶奶犹豫了。她对我说："你姑说的不是没道理。我老了，禁不住折腾啦。"我说："我是您亲孙子，您还信不过我呀？"奶奶说："你已经不是一个人了，还有孙媳妇不是嘛。"我说："那您就是信不过孙媳妇了？"奶奶说："不是信不过，是担心。有些事是不好预料的啊。"说完，起身去做活了。

我把情况如实对冉萍说了，冉萍却很冷静，好像提前预料到了。她说："奶奶担心是可以理解的。这样吧，就让奶奶跟咱们住一起吧……"我如释重负："哎哟，那太好了，我一下子没压力了。"她捶了我一拳："等等，我话还没说完哪，有一个先决条件。"我问："啥条件？"她说："得把房子过户到咱的名下。"我想了想，说："按说就是现在不过户，将来这套房产也是我的，我担心奶奶会多想。"冉萍说："我说话你别不爱听啊，我祝福老人家长命百岁，可人吃五谷杂粮，谁也不敢担保不出啥意外，万一来不及过户，那这笔遗产可就不光你一个人继承喽。"冉萍说得有道理。"可奶奶要是不同意提前过户呢？"我说了自己的担忧。冉萍说："你是她的亲孙子，撒娇你总会吧？"我说："我是男人，你叫我撒娇？"她说："就是闹，真笨。"我忽然觉得，此时的冉萍不是大学时期的那个冉萍了。

我听了冉萍的主意，开始喝酒耍疯，哭闹不止。果然奏效，奶奶心疼我了，答应先过户给我了。我赶紧跑进我的房间，把好消息报告给了冉萍。冉萍嘱咐我："抓紧办手续，夜长梦多。"我说："放心吧，这个礼拜天就去办。"我俩在电话里憧憬美好未来。临挂机前，相互嘬嘴唇发出"啧啧"声响，表示亲吻。我走出房间，想亲吻奶奶。却看见老太太正和姑姑坐在沙发上说着话。脑袋一下子大了，心说：坏了，丧门星来了，准没好事。果然，姑姑冷眼看了会儿我，说话了："少群哪，你听着，我哪，是你亲姑，是你爸爸的亲妹妹，你是我的亲侄子，跟亲儿子没多大区别。我也真的拿你当亲儿子看待的。我所主张做的一切都是为你好。我的意思是，你们还是先租房子，将来这房子自然由你继承，我们谁也不会跟你争的。"我说："我怕等不到那一天，小冉就飞了。"姑姑冷着脸说："那她是真心爱你吗？难道没有房子就不过日子了吗？"我辩解说："如今女孩都这么现实！"姑姑说："姑是担心你被小冉算计了。现在过户了，就意味着人家已经有权利和你平分家产了，你明白吗？"我不高兴了："姑你盼我们点好行不行啊？尽说丧气话。"姑说："我咋能不盼你好呢？问题是万一不好了呢？"我喊了起来："以后我的事你少插手，添乱。"姑生气了，站起身对奶奶说了一句："妈，这事您自己掂量着办吧。"拍了拍我的肩膀，走了。

奶奶说我不该对姑姑耍态度。我不服气，说："我看她就是不心疼我，窥视这份房产。"奶奶说："你姑不是那种人。"我说："那她为啥千方百计阻止过户这事呢？她就不担心小冉不跟我结婚吗？"奶奶说："我就不信小冉会这么做。"我急了："奶奶她已经暗示给我了，房子不到手，她闹不好就……不跟我了……奶奶你得帮我呀，可不能眼睁睁叫你孙子娶不上媳妇啊！"奶奶生气了："堂堂五尺高汉子，你可真没骨气！"我叫喊："我就是没骨气了，这个礼拜你就把房子过户给我，否则，我就……我就不活了……"奶奶喊："这是一个男子汉说的话吗？啊？你存心想气死我老太婆是吧？你这么些年的学白上了，你个混蛋玩意儿，你给我滚，滚……"捂着胸口，大口大口喘着气，仰靠在了沙发靠背上。我凶相毕露，赌气地摔门而出。

我痛苦地流落到街头。站在一个路口处，我看见潮水一样的人流，摩肩接踵。大多人行色匆匆，可以窥视到人们的欲望波涛般汹涌。为了欲望成为现实，人人忙得贼死。至于谁的欲望实现，谁的没有实现，只能听天由命了。现在，我和冉萍的欲望就还在欲望阶段。啥时候变成现实呢？我心里不托底。我的眼里，这一切都是姑姑破坏的，让眼看着要成为现实的事情，重新回到原点。我开始恨姑姑了，真怀疑她是不是我的亲姑。想不到奶奶听信姑姑。这事僵到这了，该咋往下走呢？我真的没了主意。我该咋跟冉萍说呢？她要是不干，非要那套房产我该咋办啊？

我这人命苦，爹娘没得早，为了活命，比唐僧到西天取经受的磨难还多。我正在胡思乱想着，视野里忽然塞满缤纷风车。风车爷爷驾驶着三轮车过来了，一对夫妻拦住了车，给他们看上去四五岁的孩子买风车。我没有过去，远远地瞅着。我现在这副样子一定很沮丧，和风车爷爷打了招呼，之后我该说些啥呢？没啥好说的。就转身朝一座假山走过去。手机响了，是冉萍打来的。"事情进展如何啊？"她问。我再一次如实向她做了汇报，希望她给出个好主意。冉萍很气愤，骂了姑姑一通。带了脏字，我挺吃惊。我这是第一次听她骂街。一个文雅的女孩子咋会变得，跟一般妇女一样没素质了呢？骂完了，她给我出了个主意，让我找人闹鬼，给奶奶吓走，吓到姑姑家去。

我当即反对这样做。我说："奶奶都79岁的人了，万一吓个好歹，我对得起谁呀？"冉萍可是太坏了！过去我怎么没有发现呢？冉萍喊："现在你首先对得起我才是，懂吗？"我说："你别生气。我的意思是我就一个亲奶奶，是她含辛茹苦把我拉扯大，为了我她吃了太多的苦，供我上完了大学，你说我咋忍心撵她走呢？"冉萍说："是她赖着不走，能怪你撵她吗？再说了，咱以后又不是不孝敬她了。"我说："现在说孝敬她，可万一咱做不到了呢？"冉萍强压着怒火喊："吴少群你啥意思啊？我告诉你，这个鬼你装也得装，不装也得装。给你两天考虑时间，晚上再不行动，我就打掉你的种，一刀两断！"吼完，挂了电话。

我陷入痛苦，选择艰难。我一上火，嗓子就坏了，说话都用气声。一头是我至亲至爱的奶奶，一头是怀了我的孩子的爱人。假若奶奶还记恨我，不再像过去那样待我好了，我也就好选择了。偏偏奶奶像做了对不起我的事，拼命地对我好，分明是在补偿。眼看两天期限就剩下天黑前的最后两个小时零二十分钟了。我吃完奶奶给我烙的我最爱吃的韭菜馅菜盒子，出了家门溜进网吧上网，关了手机跟网友寒风萧萧瞎聊，聊着聊着就聊到了我的烦心事。我征求网友寒风萧萧的意见，他回复了一首诗：亲情诚可贵，老婆价更高，若为儿子福，装鬼是一招。我回复道："你老有才了。"那边很得意，我心中骂了一句："什么东西！"

但是，我最终决定，向冉萍妥协。先满足冉萍，结了婚，孩子生下来了，我就啥都不怕了，再把奶奶接回来，好好伺候。我在网吧找了个12岁的男孩，他叫小福子。他经常到网吧聊天。听说这小子是个逃学出走的流浪儿，当了小偷。我给了他200块钱，让他找几个孩子到我奶奶的窗前装鬼，闹到奶奶不敢住为止。

小福子带着两个网吧里的孩子闹鬼去了。

我奶奶的房子在一楼，孩子们闹着方便，逃跑也方便。只是小福子走了以后，我生出了两点担忧。一是小福子他们装鬼装得像不像，万一不像岂不是达不到目的；二是万一装得像，把我奶奶吓坏了咋办啊。我把心中的忧虑对冉萍说了，冉萍骂我优柔寡断。这天晚上，我有意和一个同事调换了一下，跑到药房值班去了。躺在床上，我折腾来折腾去，没有困意。都深夜了，我还睡不着，一遍遍想象小福子装鬼，吓得我奶奶魂飞魄散，大声呼喊救命。来了热心邻居，抓住了小福子……我就冲着家的方向，一遍遍对奶奶说："奶，别怨我，孙子是被人逼的啊，原谅我吧，以后我一定加倍孝敬您！"

第二天早上，第一个上班的同事刚到，我就匆匆出了药房，打了辆车回了家。站在门口，我掏出钥匙开锁，手颤抖个不停，咋也打不开。奶奶在屋里喊："谁？"听见奶奶声音，我暗自松了口气。我答："我是少群啊奶。"奶奶开了门。一个脸上还有余悸的老人，出现在了我眼前。我预感到了，但还是装作糊涂地问："奶你的脸色咋不好啊？"奶奶攥紧我的手拉到沙发上，喘着粗气对我说：

"昨晚咱家闹鬼了，吓得我整宿都没敢睡觉。"我假意安慰奶奶："您看花眼了吧，哪有鬼啊。"奶奶肯定地说："没错。我看得真真的。"我问："长啥样啊？"奶奶说："惨白惨白的脸，耷拉着这么长的大舌头。"奶奶用手比画着长度。我问："真的？"奶奶说："真的。"我又问："你咋没给我打电话啊？"奶奶说："可不敢，万一鬼害你呢？"我心里热了一下。觉得对不起奶奶。但为了冉萍和儿子，忍下了。我给奶奶出主意："奶奶，您到姑姑家躲躲吧。"奶奶说："我都这个岁数了，鬼爱来就来吧。少群啊，你这些日子别去值班了，在家陪奶奶。"我装作很为难的样子，说："恐怕不行啊，奶奶。这些日子有两个闹病的，人员紧张，我是新去的，不去值夜班，领导该不高兴了。对我不满意了，那我这工作……"奶奶连忙说："可不能丢了工作，找个工作多难啊。你去值班吧，我挺得住。"我心里说：奶奶呀奶奶，你咋就不理解不配合孙子呢？冉萍交到我手上一千块钱，说："连续闹几天，老太太会挺不住的。"

　　第二天，我又给了小福子二百块钱，叫他再闹一次鬼。当天晚上，我又去值班了。小福子又去闹鬼了，奶奶又叫他们吓得不轻。我趁热打铁，跟奶奶撒谎说，去南方出差买药，得三五天回来。这次我跟小福子说，连续闹四天，闹完，一块给钱。我走后，一天给奶奶打两次电话问候，实际上是打探老太太的身体承受情况。奶奶在电话里告诉我："这两天晚上鬼天天来，折腾死我了。眼瞅着我要熬不住了。"冉萍在电话里告诉我："老太太脸色苍白，整个人都走了相。嘻嘻。"她居然笑。我心头掠过一阵凉风。

　　我怎么也不会想到，奶奶会把闹鬼的事情告诉风车爷爷。她是啥时候认识风车爷爷的呢？不得而知。风车爷爷决定帮助我奶奶打鬼。后来小福子告诉我，风车爷爷夜里摇着三轮车躲在暗处捉鬼，一下子捉到了闹鬼的小福子。那天，小福子自己一个人来闹鬼，他不想把钱分给小伙伴们了。他一点没注意到，风车爷爷就躲藏在灌木丛后边等着鬼哩。当穿着雨衣的小福子，敲打我奶奶家玻璃窗，打亮手电筒，照在自己涂得惨白的脸上的时候，风车爷爷手里的大手电筒射出来的强光，照得他睁不开眼了。小福子不知道是风车爷爷，摸索着想逃跑，忽听有人吼了一声："给爷爷站住。小福子！"小福子听出是风车爷爷，吓得一屁股坐在了地上。风车爷爷认识小福子，小福子刚来到我们这座城市的时候，几天没吃一顿饱饭的他饿晕在了公园里的一个小亭子里，是风车爷爷给他两个火烧，救下了他。

现在，面对当年的救命恩人，小福子羞愧难当，"扑通"一声给风车爷爷跪下了。风车爷爷压低嗓音，愤怒地问："你这是干啥呢啊？"小福子怯生生答："装鬼。"风车爷爷抢起拐杖，在他身上狠狠敲打了一下，又问："装鬼吓谁？"小福子答："不知道，就是闹着玩。"风车爷爷用力敲了他三下。低声吼："说，吓唬谁？"小福子疼得哎哟哎哟直叫唤。风车爷爷呵斥："别他妈的哼哼唧唧的。走，跟爷爷上派出所。"小福子连声喊："饶了我吧爷爷，再也不敢了。"这时候，我奶奶过来了，要和风车爷爷一起送小福子上派出所。小福子挺不住，供出了我的阴谋。

后来我才知道，那天，我奶奶知道了，是我指使小福子装鬼吓她的，当时就嘱咐风车爷爷，这件事就算过去了，往后别再提了。抓住小福子的第二天早晨，我假装出差回到家，奶奶一见到我，就流泪了，一个劲流。我问："奶奶你咋了？是不是鬼又来了？"奶奶不说话，就是流泪。过了会儿，她问我："你吃早点了吗？"我摇摇头。奶奶站起身，说："等着，奶奶给你煎荷包蛋。"我说："不用了奶奶，你补会觉吧。"奶奶说："一会儿就好。"我吃着奶奶给我煎的荷包蛋，喝着牛奶，心里真的不是滋味。我就想，我是不是不该这样对奶奶啊。我听见奶奶那屋，隐约传出低低的抽泣声。走到房间门口，问道："奶奶，你咋了？"奶奶答："奶没事。吃完了，你也睡会儿吧。"我狐疑地想：奶奶这是咋的了？叫小福子闹的鬼吓住了？吓住了她咋不提搬到姑姑家住去呢？

我刚进了自己的房间，躺倒在床上，冉萍打来了电话，"喂，少群，老太太吐活口了吗？"她问，语气里有了急躁。我小声说："有点希望了，别急，快了。"她说："我不急，可你儿子急了，一个劲踹我肚皮哪。"我说："我知道了。"挂了电话，心神不宁，咋也睡不着。

第二天下午，我骑自行车下班，路过中医学院门前，突然听见背后有人喊："吴少群。"回头一看，是风车爷爷。"哟，早啊您老。"我打着招呼，见他脸色不好，心里掠过不祥之兆。风车爷爷指指马路对面的小公园，驾着三轮车先过去了。我心里嘀咕着，跟了过去。"有事啊您老？"我故作镇定。他瞪视着我，好一会儿没说话。我预感到，小福子暴露了，连同暴露了我。但我还是抱着侥幸心理，问："您这是咋的了？""畜生，混蛋！"他开口了，狠狠地把我骂了一通："你是奶奶一手带大的，为了你她吃的苦比海水都多，你应该懂得感恩，报答她，百敬孝为先。可你都干了些啥坏事？嗯？"我慌了，故意装傻："我……我没干啥坏事呀？不信你问我奶奶！"风车爷爷咳嗽了两声，翘了翘脑袋说："我把小福子喊来，到你奶奶家里，咱们三方对质！你看咋样？你敢不敢？"我吸了吸鼻子，不吭声了。风车爷爷气喘吁吁地盯着我的眼睛。

　　我吓出一身冷汗。坏了，装鬼吓唬奶奶的事一定是暴露了。我目光迷离，语言含糊："这都是我未婚妻冉萍的主意，请爷爷千万别告诉我奶奶，不然，奶奶会很伤心的！"风车爷爷骂："哼，狗东西，你还知道不叫你奶奶伤心。"我神情涣散，无力地说："我知道错了。"风车爷爷想了想，说："不告诉你奶奶小冉参与了这事也行，不过，你们必须得答应我一个条件。"我连忙说："您说吧！"风车爷爷立刻变了脸色，骂道："少给爷爷嘴巴抹蜂蜜。我就要你做出保证，往后好好孝敬你奶奶！不要再犯这样的错误了！"我答应了风车爷爷，还买了两个风车。爷爷说："不要钱了，送给你吧。对了，你知道这风车是谁发明的吗？"我摇摇头。风车爷爷说："告诉你，记住了，是周朝姜子牙发明的，到今天有两千多年的历史啦。传说，好多年以前啊，天上有个十头鸟，因为偷吃供品，被贬下了凡间。原本是为了让它认真思过，以后好重返天庭。不料它却贪恋尘世，不但不悔改，反而四处搞破坏，弄得黎民百姓苦不堪言。"

　　我猜不到老爷子为啥给我讲姜子牙。只得听他讲下去："周文王得知以后哪，就请姜子牙降伏这只罪鸟。姜子牙多大的能耐啊，还治不了这等小妖。他掐指一算，发现这十头鸟最害怕的就是八卦风轮和乾坤杆。他就用竹条围了个圈，代表三百六十五天，又糊上八卦轮，用12根辐条，代表12个月，12根辅条上有24个头，就代表24个节气，他还在上面粘上了春夏秋冬四道驱魔降妖保平安的符，叫四季平安。做好以后把八卦风轮插在三丈六尺五的乾坤杆上，从此当地就平安太平了。后来传到民间，百姓们纷纷仿效。可是乾坤跟八卦只许皇上使用，只好把乾坤杆改叫天地杆，在杆上加上芝麻秸，挂上了红灯；把八卦风轮改叫风车，在上面加了泥鼓，风轮上贴了红、黄、绿的三种颜色的纸条。风一吹，发出清脆的响声，更增加了喜庆和吉祥的色彩。后来也就有了'风吹风车转，车转幸福来'之说了。小子，你把这风车拿回家去，挂在屋子里，天天能看见它们，带给你和奶奶一辈子幸福！"他的话挺温和，却带着一股杀气。

至此，我明白老爷子给我讲姜子牙故事的目的了。

我想一定有啥东西迷惑了我。风车是用来避邪的，我郑重地接过正在转动的风车，对老爷子鞠了一躬，骑上车回了家。一进家，发现奶奶还没回来，知道她一定在捡破烂的路上。我把两个风车，一个挂在了奶奶的房间，另一个挂在了客厅里。然后，我给冉萍拨通了电话，我对她说："小冉，我想你，想接你来我家，行吗？"冉萍问："有好事了？快告诉我。"我说："你来了就知道了。"我出了家门，正走在社区小马路上，看见奶奶蹒跚着走了过来，连忙迎了上去。奶奶看像我，手搭在眼眉上，看清的确是我，笑了笑，问："少群，干啥去啊你这是？不用接我。"我心里一阵歉疚，我还真没想到接她老人家，又怕伤了她的心，就撒谎说："是来接您的，咋才回来啊？"奶奶解释说："啊，我去团结里转了转。饿了吧，奶奶这就给你做饭去。"我陪着奶奶进了家。奶奶一眼就看见了客厅里的风车，抿着嘴对我笑笑。走进她的房间，看见她的床头也旋转着一只风车，顿时明白了什么，眼睛里涌上了泪花，轻轻搂过我的肩膀，拍着我的脸颊，舒心地笑了。

我对奶奶说："奶，一会儿冉萍来咱家，你欢迎她吗？"奶奶伸出一根手指，戳了下我的脑门，嗔怪道："傻孩子，奶奶咋会不欢迎孙媳妇呢？快去接她，奶奶给你们做好吃的。正好，奶奶有话跟你们说。"我忙问："啥话啊？"奶奶推搡我："先不告诉你，等我孙媳妇来了再说。"我估摸准是好事，就乐颠颠地去接冉萍了。"奶奶有话说？哎呀，该不是要把房子给我们吧？"冉萍这样分析道。我疑惑地道："会吗？"我想告诉她，闹鬼那事奶奶已经知道了，只是不知道是你出的主意。但我没说。还是不说了吧，看样子，奶奶已经原谅我了。

我拉着冉萍的手走进家的时候，一股海鲜香味直扑鼻孔。我喊："奶奶。"奶奶从厨房出来，朝冉萍笑。冉萍喊了声："奶奶。"奶奶搂了下冉萍，笑眯眯地对她说："奶奶给你做了你最爱吃的烤大虾，还有青椒鱿鱼丝。"冉萍抱住奶奶，亲热地贴了奶奶的脸，说："谢谢奶奶。"我假装生气地说："哼，光知道惦记孙媳妇。"奶奶打了我屁股一巴掌，开心地笑了。

一桌子丰盛的饭菜做好了。奶奶夹起一只大虾，放进冉萍的碗里。再夹起一个狮子头肉丸子，直接搁进了我嘴里。然后拉住我俩的手，说道："孩子们，奶奶有话跟你们说。"我和冉萍对视一眼，充满期待地看着奶奶。奶奶说："我决定了，自个儿租套小房子，你们把这装修装修，当结婚新房吧。这几天，咱们抓空把户过了。"我和冉萍不敢相信自己的耳朵，傻傻地看着奶奶。奶奶拍拍冉萍的手掌，再掐掐我的脸蛋，说："你俩咋的了？不乐意啊？"冉萍反应过来了，连声说："乐意乐意，一百个乐意啊。"我激动得亲吻了奶奶。冉萍夹起一只大虾，送进了奶奶嘴里。奶奶的脸上笑成了一朵花。

送走了冉萍，我问奶奶："姑姑同意了？"奶奶的眼睛暗了一下，说："同意了。"奶奶笑，笑得不自然，好像奶奶在撒谎。我说："奶奶，我一定孝敬你。"奶奶摩挲着我的头发，点点头，说："奶奶信得过你。"

经过两个月的紧张装修，新房布置好了。冉萍怀着我们的儿子，和我在附近的大酒店举行了隆重的结婚庆典。春燕、园园、二来他们都来了。我给风车爷爷送了请帖，老爷子当时没说一句话，只是掏出二百块钱，塞到我手里，继续卖他的风车。我说："您一定来喝喜酒啊。"他点点头，看看我，开着三轮车走了。今天，我想他不会来了，一定生我的气了，不高兴我让奶奶租房住去了。奶奶问我："你风车爷爷咋还没来呢？"我安慰奶奶说："兴许生意好，一时脱不开身。"奶奶说："咳，这个倔老爷子！"正说着，一辆红色出租车停在了门口。一位中年男司机下了车，问我们："请问这里要举行的，是吴少群先生的婚礼吗？"我答："是啊。"司机拉开车门，把风车爷爷扶了下来。我们喜出望外，立刻跑下台阶，搀扶住老爷子，高兴得笑个不停。奶奶说："我还以为你这个倔老头不来了哪。"风车爷爷倔倔地说："凭啥不来啊，别人的面子不给，你老太婆面子我能不给吗？"两个老人开怀大笑起来。

婚后的生活温馨又甜蜜。我给奶奶买了一部手机，是奶奶挑选的，花了五百块钱。本来奶奶说不要的，我说联系方便，我好放心。风车爷爷嘱咐过我，必须给奶奶买一个手机，不许花奶奶的钱。奶奶要把五百块钱给我。我说："这是我们的心意。再说风车爷爷也嘱咐过，不能花您的钱。"奶奶硬是塞给我，说："他要问起来，你别说我给你钱了不就得了。你们挣钱不多，小冉现在又是两张嘴，花钱的地儿多了。"多好的奶奶啊。

冉萍肚子里的孩子一天天大了，我就要当爸爸了。整天下了班给奶奶打个电话，就往家里跑。这时候，冉萍已经不上班了，她母亲来照顾她。我不好意思和冉萍亲热，只得等回了我俩的房间，我再伏在她的肚子上，幸福地倾听宫房里孩子的动静。更加幸福甜美的生活，即将伴随着孩子的呱呱坠地而开始了。我激动得睡不着觉，一遍又一遍地想象着孩子会是啥样子，像我，还是像冉萍。应当像冉萍，儿子都像妈嘛。我搂着冉萍，说："给孩子起个名吧。"她说："你去找起名公司，好好测一测，看起个啥名好。"我说："真有你的，大学生，也讲迷信哪？"她打了我一巴掌，说："人家是电脑起名，是科学的。"我说："好好好，明天我就去，行了吧？"然后，我俩依偎在一起，共同畅想三口之家的快乐生活。说着说着，就笑出声来。

可是，现实生活粗暴地打碎了我的梦幻。十月怀胎，一朝分娩。满城飞舞柳絮的一个夜晚，我正在药房值班，这个时候我已经提升为部门主任了，这是送给儿子的见面礼。我的手机响了，是奶奶打来的电话。她急慌慌地告诉我："小冉要生产了……"我心头泛起一阵喜悦，忙问："她现在在哪？"奶奶说："正准备上医院。'120'是多少号来着？"我也想不起来了，真急啊，"120"是多少号呢？真想不起来了，就对奶奶说："别着急奶奶，我打'114'查询一下。"就拨通了"114"服务台。"我有急事小姐，给我查一下医院的'120'是多少号。"服务台小姐声音很温柔地训我："先生请不要占用宝贵时间，干扰我们的正常工作。"我大喊冤枉："小姐你误会了，我爱人生孩子，急等着送医院，真的想不起来'120'是多少号了。"服务台小姐明白了，笑着说道："祝贺您先生，'120'不就是拨打'120'吗？"我恍然大悟，不好意思地连声道谢外加道歉。我真是高兴糊涂了。

当我激情满怀地赶到妇幼医院的时候，冉萍已经被送进了产房。奶奶正站在门前，焦急地走来走去。奶奶攥住我的手，说："我重孙子就要出世了。"我攥紧奶奶的手，说："是啊，重孙子就要出世了。"奶奶说："重孙子像他妈好看，长大了是个帅哥儿。"我说："你孙子帅，那重孙子还错得了啊？"奶奶伸手指戳了下我的脑门，说："美得你，臭孙子。"我搂抱一下奶奶，反击道："臭奶奶。"奶奶打我屁股一巴掌，幸福地笑了。

"哇哇……"产房里传出婴儿的啼哭，短促而嘹亮。啊，儿子降生了。我和奶奶急忙奔向门口。护士拉开门喊："22号，22号床家属。"我问奶奶："咱是多少号着？"奶奶眼睛暗了一下："26号。"我失望地坐到长椅上。奶奶拍拍我的脑袋，无言地紧盯着产房的门。她比我心里还着急。我开始勾勒儿子的模样了，圆圆的脸蛋，大大的眼睛，挺括的鼻子，厚厚的嘴唇，大手大脚的，标准的男子汉的坯子。一哭起来比刚才那个小子响亮得多。小鸡鸡一滋尿，老高老高的。"嘿嘿……"我靠在椅背上，合着眼笑出了声。奶奶推了我一下。我说："别打扰我，我瞅见我儿子了。"奶奶又推了我一下，急切地说："快点快点，生了生了。"我跳起身来："啊？生了？我咋没听着哭啊？"奶奶说："是啊，我也没听着。"护士问："你们是26号床家属吗？"我说："是，我是她老公。"奶奶问："我重孙子咋没哭声啊？"护士说："你们先把产妇推回病房吧。"我问："那孩子呢？"护士没回答，回了产房。我心头掠过一种不祥之兆。

我的预感灵验了。我儿子来到这个世界上，不是像别人家孩子那样哇哇大哭，勉强哭了两声，就没动静了，像小猫软绵绵的。接生的医生见孩子异常，立刻抱到了观察室。我急于看儿子，奶奶急于抱重孙子。医生解释说，新生儿需要观察几天，这是为婴儿健康着想。但从医生的眼神中我读到了不祥。医生让冉萍给孩子喂奶。孩子明显吸吮无力，嘴巴合不严实。我还发现这孩子动作看上去不对劲，咋不对劲说不上来，反正看着别扭。医生观察几天后，把我叫到办公室，严肃地对我说，你们的孩子是一个脑瘫患儿。我当时就像挨了一记闷棍，脑袋嗡一下子变得一片空白。咋会这样啊？这么倒霉的事咋叫我摊上了啊？我站立不住，瘫坐在了地上。医生搀扶起我，对我介绍说，小儿脑瘫是指小儿因多种原因，比如感染、出血、外伤等引起的脑实质损害，出现非进行性、中枢性运动功能障碍而发展为瘫痪的疾病。严重者伴有智力不足、癫痫、肢体抽搐及视觉、听觉、语言功能障碍等表现。一般症状是小儿出生不久经常少哭、少动，哭声低弱，过分安静，或多哭、易激惹、易惊吓或反复出现尺跳。还有就是生后喂哺困难，如吸吮无力，吞咽困难，口腔闭合不佳。再就是动作不协调、不对称、随意运动很少。我一听，我儿子占了不少这些症状，看来脑瘫无疑了。

医生还告诉我，脑瘫患儿主要是由产妇难产、早产、窒息、高烧、外伤、核黄疸等原因引起。我儿子是由核黄疸引起的，非常难治。医生还对我说了些啥话，我一句没听进去。我不知道自己是咋走出的主治医生办公室，咋回到冉萍住的病房的。冉萍正搂着儿子和奶奶说着话，见我神情恍惚地走进来，一齐问我医生和我说了些啥。我知道这种事瞒是瞒不住的，就梦呓一般地对她们说了。奶奶和冉萍惊呆了，瞪大眼睛看着我，像两座塑像。五尺男儿的我，一头趴到病床上号啕大哭起来。冉萍跟着撕心裂肺地恸哭。奶奶没有哭，身子一歪，"咕咚"一声倒在了地上，不省人事了。幸亏医生抢救及时，奶奶得以化险为夷。

冉萍抱着孩子一连哭了好几天。医生说我，不该急于告诉产妇，这样对婴儿日后的康复治疗更为不利。我也挺后悔，就极力安慰冉萍，说孩子这个病治愈的希望很大，只要做父母的积极配合。我还搬来医生善意骗她。冉萍是读过大学的人，自己上网一查，当场就晕了过去，当天就发起高烧，奶水立刻憋了回去。只好买来奶粉给孩子喝。孩子不会配合，常常折腾得我大汗淋漓，孩子饿得一天不见他动弹几下。我心里这个上火啊。可当着奶奶和冉萍的面又不能表现出来，只得强装笑颜，眼泪偷偷往肚子里咽。嘴上起了一圈大燎泡，跟小灯笼似的。奶奶心疼得卧床不起了。冉萍担心我承受不住，也在我面前假装坚强，老是偷偷流眼泪。我的心好像要碎了。

春燕和园园还有二来都来看望冉萍和孩子。三个人看着满脸是泪的冉萍，看着刚出生就染上重病的可怜孩子，除了说上一些苍白无力的安慰话语，还能做些啥呢？出了病房，春燕和园园拉着我的手哭了。二来眼圈也红了。我安慰三个人，这是命，我认了，就是倾家荡产也要给孩子治病。三个人表示，需要帮啥忙尽管说，不论财力还是人力。

冉萍吃不下睡不着，人很快瘦了一圈。医生来了，对她说，孩子可以进行手术。相对于药物治疗和物理治疗，手术治疗脑瘫可以说是高效快速的治疗方法。一次性完成多肢体多部位的手术，切口小、出血少、不用输血、痛苦小、无副作用和后遗症。畸形矫正完全彻底，整体功能恢复快，一周明显见效，一般手术后住院半个月左右。还有就是，因手术用在了关键处，起到根治的作用；手术后配合中药恢复脑功能，不复发。再就是手术一次成功，避免了多次治疗，可以大大减轻患儿家庭的经济负担。冉萍朝医生点着头，我以为她听进去了。我也听进去了。那就准备给孩子做手术吧。

　　医生走后，冉萍沮丧地摇着头，问我："少群你说，咱是不是上辈子干缺德事了，老天惩罚咱们？"我说："别瞎说。照你这么说，那些得这病的孩子的家长都缺了德了？"冉萍又抹开眼泪了："咋就让咱们摊上这倒霉事了呢？"我说："你啥也别想了，啊，就按医生说的，准备手术，孩子肯定能治好，你就放宽心吧。"冉萍双手合十，祈祷："上苍啊，可怜可怜我的孩子吧，保佑他逢凶化吉，健康一生吧！"

　　冉萍被我劝住了。可奶奶的心事越来越重，整日郁郁寡欢，眼神发直。她的嘴不停地嘟囔，听不清嘟囔啥。猜得出一定和我儿子有关。老太太明显情绪消沉，坐立不安，一副愁眉苦脸、忧心忡忡的样子。脑子也不好使了，动不动就内疚自责，把自己过去的一些小错误、小毛病都翻出来，说自己罪该万死。我知道这都是脑瘫儿子闹的，知道劝她也没用，就由着她唠唠叨叨。过了些日子，老太太的话忽然少了，语音低沉，行动缓慢，也不出去捡垃圾了，把自己一个人关在屋子里，也不料理家务，吃得越来越少，睡眠越来越少，很快消瘦了下来。我担心奶奶出啥事，向医生一咨询，医生告诉我，老太太很有可能得了抑郁症。我和冉萍带着孩子到处看病，还要给奶奶看病。

　　这样一来，我真的遭殃了。从这以后，我见不得风车了，风车一转，我的脑袋就晕，头晕与风车有啥关系，我也说不清。

　　我想我应该尽快给孩子做手术，我和冉萍商量了一下，筹集了一笔手术费，在十天后的上午，把孩子送进手术室。经过紧张的三个小时的手术，孩子被推出来送进观察室。我们的心跟着悬空，急切地等待手术结果。我和冉萍互相说的只有一句话：手术一定成功，儿子一定好了。听医生说，儿童脑瘫虽然不是致命病，但是一旦患上儿童脑瘫，往往会给病人的生活和病人的家庭带来严重的影响。大多数的儿童脑瘫病人的家长不了解儿童脑瘫的治疗方法，从而错过了儿童脑瘫的最佳的治疗时期。我们没有错过最佳治疗期，儿子肯定能康复的。我俩挽着奶奶胳膊喊："您的大重孙子就要好了！"奶奶眼神呆滞地看着我们，嘴角泛起笑容。

几天后的黄昏。主治医生张大夫把我叫到他的办公室，看着我不说话。我心里"咯噔"一下子，急切地抓住张大夫的手，颤声问道："我儿子他……是不是还是……"张大夫点点头，叹了口气，说道："吴先生，我们已经尽力了。"我的鼻子一酸，视线模糊了。张大夫拍拍我的肩膀，安慰道："也不是就没有希望了，我们一起再努力吧。"我的眼前一黑，仰面倒了下去。幸亏张大夫眼疾手快抱住了我。

完了，能想的办法都想过了，也都用过了，可就是没有明显效果。后来，奶奶花一千块钱找来了一个算卦先生。五十多岁的样子，是一个干瘦的小老头。两个眼窝陷得很深，像两口井。我和冉萍是不信这个的，但被逼无奈，只得病急乱投医。只见算卦老头，一只手捏着我儿子的左手腕，一手大拇指掐着自己的其他四根指头，嘴里边含含糊糊地嘟哝着啥话。过了一会儿，他站起身，仰着脸瞎着眼，问我们："孩子取名字了吗？"我答："哪有这个心思啊。"他摇晃着脑袋，振振有词道："天送人家千担米，你家孩子叫小宇；快快病气鬼蜮举，遥看东方春风起。"奶奶问："先生，您的意思是，我重孙子取名叫小宇病就好了？"算卦老头点头："正是，正是。"

送走了算卦老头，奶奶给菩萨上了香，然后做了一大桌丰盛的饭菜。我们看着奶奶忙得团团转，心里五味杂陈。我不相信算卦先生。但又盼望算卦先生说的话灵验。我们把希望都寄托在了小宇的成长上。可以说，我们每天眼睛都不敢眨一眨地紧盯着小宇，生怕漏掉孩子的细小变化。一晃半年过去了，小宇还不会翻身哪，还不会单手抓东西。隔壁大妈说，有翻身晚的孩子，有单手不会抓东西的孩子。我们不敢问医生，怕失望。接着继续希望。7个月过去了，小宇还不能坐起来。我们继续希望着。10个月过去了，小宇还不会跟我们表示再见，只能用脚尖站立。一年过去了，小宇还不会迈步走路，还在吃手，口水不断。医生说，很遗憾，这些症状都是脑瘫患儿的表现。我们彻底失望了，精神崩溃了。我感觉到了死亡对小宇这个可怜孩子的召唤。

这天，我在看报纸的时候，看到几条都是跟脑瘫有关的社会新闻。一条是，江苏一位母亲捂死了自己20岁的脑瘫女儿；第二条是，东莞一位男子将出生不久的脑瘫儿子扔入水沟溺死；第三条是，贵州绥阳县一位父亲因10岁女儿长期患病无钱治疗，杀死女儿后自尽。我就想，与其让小宇就这样毫无希望毫无意义地活着，倒不如干脆结束他的生命为好。下班回到家，我跟冉萍商量，把小宇弄死，然后重新再来。冉萍愣愣地看着我。"我们还年轻，再生个健康的孩子嘛。"我这样安慰她。冉萍突然抡圆胳膊，狠狠地扇了我一巴掌，指着我的鼻子，怒吼："你还是个人吗？你配当父亲吗？他是我们的孩子，是一条人命啊！"我被打傻了。忽听门外"咕咚"一声响。我连忙开开门，奶奶晕倒在了门口地上。

奶奶很快进入弥留之际。事情来得太快，我和冉萍毫无思想准备。只能趴在奶奶身边，一遍遍呼唤。奶奶一直没有醒过来。我知道，她是悲伤过度。我知道小宇的不幸，对奶奶的打击是怎样一种境况。小宇撕碎了奶奶的幸福梦想。她是真的撑不住了，撑不住就要倒下吧。我盼望奶奶一睡不醒，别再让她醒过来看着重孙小宇肝肠寸断。冉萍说我太残忍，我说让奶奶醒过来更残忍。

一个星期后，奶奶终于溘然长逝。她是黎明时分去的。天边现出鱼肚白。起风了，不大。奶奶忽然睁开了眼，攥住了我的手。我惊异奶奶的突然苏醒。不知所措地看着奶奶。奶奶只说了一句话："刮风了，我跟小宇放风筝去。"就挺直了瘦瘦的身子，吐出了最后一口气，一动不动了。奶奶死的时候，面孔很黑，分辨不清她的面容。我没有哭喊，早就等待这一天了。对奶奶来说，她解脱了。凄惨的是我，还要继续面对小宇。当天上午，我给奶奶举办了一场简单的葬礼，风车爷爷坐着三轮车过来送葬。想起我对奶奶的不敬，我非常懊悔地跪在奶奶的墓碑前哭诉："奶奶，我对不起你啊！"风车爷爷说："起来吧。别哭了，好好待小宇，你奶奶在天上看着你们哩。"我看看风车爷爷，再看着奶奶的遗像。看见奶奶从墓穴里飘出来，慈眉善目地看着我，对我说："老爷子说得对，好好待小宇，要不，我可饶不了你们！"我流着泪对奶奶说："放心吧奶奶，我一定好好待小宇。"

　　既然做出了承诺，就得努力恪守。我和冉萍带着小宇四处求医问药。怀揣着萤火虫屁股光亮那么大的希望。可是，我们总是失望而归。折腾得我俩筋疲力尽，心力交瘁。春燕经常给我打电话，问我孩子的近况。我只能苦笑笑，说上一句："我认了，这辈子就这样了。"春燕说："我想见你。"我说："别了吧，我不忍心叫你见到我，现在这副失魂落魄的样子。"春燕重复一遍："我想见你。"我说："我现在……"春燕喊："我想见你！"她声音很大，我耳膜有震裂的感觉。我迟疑了一下，热热地说道："好……好吧。"

　　我没有刻意伪装自己，原生态地见了春燕。她看上去精神状态不错，细长的眼睛里闪动着光彩。穿着一件吊带连衣裙，配上透视条纹装，朴素而典雅，一对修长的玉腿显得更加修长。我情不自禁感叹道："见到你这副清纯的样子，叫我更加自惭形秽了。"春燕摇摇头说："你惭愧何来呢？说到底，是'心魔'所致。心魔就像一张网，让你这个脑瘫患儿的父亲近乎窒息。你必须改变颓废的现状，积极调整心态，让自己阳光起来。"我叹息一声说："事情没摊到你的头上，你当然可以这样说轻巧话了。"

　　春燕笑着摇摇头，态度诚恳地说道："老兄，生活总得继续下去吧，不管情愿不情愿，与其愁眉苦脸，不如积极面对。虽然现在你有一个不幸的儿子，但如果你看一看身边还有多少比你更不幸更痛苦的人，你还会觉得老天对你不公平吗？不管怎么说，你倒是有一个你和爱人的爱情结晶，可你想一想那些终生没有实现做父母梦想的人，你是不是要比他们少一些遗憾？人生在世不称意，明朝散发弄扁舟。老同学，我的师兄，我是多么希望你生活在一个阳光灿烂，而不是黑暗的世界里啊。相信我，振作起来，你肯定能活在另一个天地里。"我对春燕说了声谢谢，说道："我会坚持下去的。"

　　为了给孩子治病，我和冉萍倾尽了所有，生活日渐窘迫。我们的心情几乎没有好的时候。常常因故吵架，吵完了，冉萍暗暗啜泣。我耷拉着脑袋抽闷烟。我原来不抽烟的，为了消愁学会了。我情绪恶劣，烦躁不安，为了给孩子筹措治病经费，我跟姑姑借了钱。姑姑毕竟和我是一家人，经济条件不富裕，也慷慨资助了我。可那些钱就像打水漂一样，无声无息。小宇依然像一周岁时那样，毫无起色。我绝望了，彻底绝望了。终于，有一天，我跟在一个哥们儿身后走进了赌博的场所。我很快感觉到，赌博这个生活方式真好，它可以让我忘掉烦恼，可以让我放松心情，在输赢之间体会人生。我在赌场吃喝玩乐，喝酒麻醉自己，烂醉如泥地躺在床上，睡得跟死猪一样，痛快。什么脑瘫儿子，什么明天的日子，统统见鬼去吧。我把工资扔到了赌场里，换取一时的麻醉。输光了就跟朋友借，借了再输光，输光了就再借。反正一说给孩子治病，人家就同情我，就好借钱。

冉萍跪地求我不要赌了。她眼睛黄黄的，一副憔悴模样。她说："赌博是非法的，你这不是成心把自个儿往监狱里边送吗？"我说："正好，省得我一看见儿子就心碎。"冉萍哭了，说："你逃避小宇，孩子就能好了吗？"

春燕又来找我了，她狠狠地捶了我一拳："你还是男人吗？沉迷赌博会是什么样的下场你难道不清楚吗？韦曜说过，'考之于道艺，则非孔氏之门也；以变诈为务，则非忠信之事，以劫杀为名，则非仁者之意也'。你不顾自己和家庭的现状，把给儿子治病的钱拿去赌博，因此债台高筑，造成家庭雪上加霜，更加困难。赌博所带来的贪婪会毁了你的，你怎么这么糊涂啊！"

我基本不怎么说话，像个哑巴。春燕又捶了我一拳："你哑巴了，说话呀！"我说："咱们国家禁赌是不公平的。对于赌博应该加以合法的规范，由政府监管赌博，确保赌场是公平及公正的。比如美国的拉斯维加斯，咱们国家的澳门，欧洲摩纳哥的蒙地卡罗，不都是以开赌而闻名遐迩的旅游城市吗？"

我进一步试图说服春燕支持我，"现在世界上，有不少地区都容许有限度的赌博。你知道吗，有一种由政府发行的乐透彩票，容许赛马时在马场内投注，容许对体育赛事投注。这些赌博是由政府或政府下属的法定非营利机构负责，所得收益都归还给社会。春燕你说，赌博是不是不应该禁止？是不是……"春燕打断我的话，叫喊道："你这是谬论。你简直不可理喻，简直是不可救药，简直是……"她气得说不下去了，咳嗽起来。她那难过、失望、心痛的表情，让我印象深刻。我知道，她是担心我。可我已经控制不住自己了，下了班会身不由己地走进赌场的。

终于，有一天，债主堵在了我工作单位的门口。我向常经理撒谎说，孩子的病需要不断地花钱，实在难以还清所欠债务。常经理要出面帮我劝说债主，我拦住了他，表示自己能够解决。然后，我对债主许诺：十五天后保证还清。支走了债主，我想到了春燕。眼下，愿意救助我且有救助我能力的，也就她了。就给她打了个电话，说想见她，越快越好。她很快就到了我和她约好的公园。"是不是想明白再也不赌了？"她问我。这句话正中我下怀，我说："知我者马春燕也。我想明白了，你说得对，赌博害苦了我，我决定悬崖勒马了。"春燕高兴地说："你真的想明白了？哎呀，太好了少群。我真心地祝贺你。"我苦笑着说："春燕你帮我一个忙呗。"她说："你说，我一定帮。"我说："帮我联系联系，看谁家患者需要肾吗？"春燕问："你想干什么啊？"我显出一副被逼无奈的样子，说："我欠下了不少赌债，一时还不上，只能想这个办法了。"春燕一听急了："你疯了啊？卖自己的肾，这跟卖身有什么区别啊？"春燕流着泪看着我，那心疼我的眼神让我终生难忘。

春燕给了我五万块钱。我说打个借条吧。她嘴巴噘起来，脸上布满乌云："快去还钱吧，往后可别沾赌了啊！"我拉着春燕的手，一个劲儿说谢谢。转身我又去了赌场。本想多赢点翻个身，没想到还是输了个精光。我无言面对了，我该怎么向春燕交代啊？为了挣脱如蛛网般缠着自己的黑暗，我想到一死了之。后来，我还是想活，决定逃避出走。我那天走得很匆忙。匆忙得一点额外东西都没带走，身上只揣了三十多块钱。我上了辆载客三轮车，一直到了郊外。司机是个中年女人，她跟我要十块钱脚钱。我准备给她，可捏着钱的手在半路上改变方向，又折回口袋里。我现出一脸凶相，试探着朝那女的吼叫道："想活命就马上在老子眼前消失，否则别怪老子不客气了。"那女的尖叫一声，转身跳上车，歪歪扭扭地开走了。我看着车远去了，还紧张得要命，心里怦怦跳着。

我换了手机卡号，中断了家里和任何人的联系，让他们得不到我半点讯息。后来听说，我走了之后，再萍到处寻找我，可是，她找不到我。再萍和孩子的日子就更悲惨了。为了孩子，她把工作都辞了。她从娘家借了点钱，勉强度日。我家的情况被二来知道了，他告诉了风车爷爷。老爷子到处找我，他哪能找到我呢？

　　风车爷爷对我的影响提前落空。我已经不在这个城市了，一路辗转到了深圳。先是在一家建筑工地打零工。我可干不了这等又累又脏的苦力活。我得想办法接触到老板。一个偶然的机会，我终于见到了工地老板。四十多岁的样子，大大的脑袋，粗粗的脖子，一双蛤蟆眼，满脸络腮胡子，一看就是一个没知识没素养的暴发户。听人喊他孔老板。我从心眼里鄙视他。但为了生存我还得装出敬重他的样子。我给他随便侃了一通工程管理，都是些以前从专业杂志上看到的，临时拼凑组合的，却得到了孔老板的赏识。很快他就把我调到他身边，当了一名经理助理。

　　我开始了新的生活。按说，我有了新的职业，还混了个职务，工资好几千块，够可以的了，可我快乐不起来，一种生活在别处的陌生感油然而生。每天清醒来，五脏六腑常常感觉火烧火燎的，是冉萍小宇她们娘俩让我备受煎熬。梦里常常梦见冉萍和孩子，梦见了就常常从梦里哭醒。我想我得尽快摆脱这种折磨。于是，我开始找机会接触女孩，以图尽快找到一份新的感情，与过去的凄苦日子一刀两断，可惜一直没有找到称心如意的。歌厅、洗浴小姐我是绝对不会找的，她们只能做我的露水之妻，她们看中是我口袋里的钱。极度空虚之时，我想到了马春燕。

　　有一天，我偷偷跟马春燕打了一个电话，她数落了我一通。我这才知道，风车爷爷用卖风车的钱给我的孩子治病。我还知道了，她得知我从单位不辞而别后，找到我家，又得知我抛弃冉萍母子俩下落不明，十分气愤，对冉萍说了我骗她五万块钱的事。冉萍跟春燕大骂我这个不负责任的男人！春燕在电话里说，她得知我出逃了，惊讶无比，她质问我，你是不是疯了啊？然后喊，你肯定是疯了！她说看着冉萍母子可怜，就没再逼迫索债，并答应冉萍帮助她找我。我说："谢谢你待他们娘俩好。"她问我："你现在在哪？"我就挂了电话。知道老婆孩子都平安，我就放心了。

　　这之后，我没再给春燕挂电话，怕她再骂我。她给我打手机，我没接。一天中午，马春燕忽然给我打来了电话。是一个陌生电话，接了才知道是她。我问她手机卡号换了？她说怕我不接，用别人的手机打的。我说："你可真鬼。"她说："冉萍不见了。"我心里"咯噔"一下子，问："啥时候的事？"她答："昨天。"我沉默。她继续说："她卖了你家的房子，带着孩子走了。去了哪里，谁都不知道。"我举着手机傻掉了。

我的担忧果然应验了，整个一下午，我都坐在办公桌前愣神，感到了无趣和狼狈。晚上，我一口饭没吃，躺在床铺上不知自己在想什么。手机响了，又是一个陌生号码，以为是春燕，一接是园园。园园说是从春燕那里得到我手机号的。她告诉我："有人说，冉萍掐死了小宇，带着钱跟一个男人私奔了，公安正通缉她呢。"我的脑袋立刻发蒙，记忆混乱了。我忍不住大骂了一通冉萍这个臭婊子！园园喊："喂喂喂，吴少群，不要骂得那么不堪入耳好不好哦，我只是听说，还没有核实哪。"我决定立刻返回春安市。

临近黄昏的时候，我下了火车，出了站口，打了辆出租车赶到了家。房门锁着，冉萍和孩子都不在了。房子像纸糊的一样虚幻。我给春燕打了电话，跟春燕吃了晚饭，把深圳打工挣来的三万块钱都给了春燕，许诺剩下的两万日后还。春燕没有收，她说："你现在这么困难，我不能收，等你条件好了再还我吧！"我很感激地望着春燕，连声致谢。春燕忽然变了脸，说："你别谢我，要谢就谢风车爷爷吧。"说到风车爷爷，我愧疚无比，真的没脸见他。春燕看出了我的心思，亲切地看着我，轻声说道："去看看他老人家吧，他很惦记你。"我点点头。饭后，我们去看望风车爷爷。

天很晚了，走进那个通往垃圾场的胡同，我们没有看到风车爷爷的身影，却看到了二来，他正给老人看着三轮车。见到我俩来了，有些惊讶。他告诉我们："风车爷爷发烧住院了。"我说："在哪家医院？"二来说："我带你们去吧。"我们把老爷子的三轮车存进一个车棚，赶到了医院。走进病房，只见风车爷爷闭着眼睛躺在病床上，昏昏沉沉地打着盹儿。我想喊一声，却犹豫地看春燕。春燕轻轻喊了声："风车爷爷。"老爷子没反应。二来上前推了他几下。风车爷爷睁开眼睛挨个儿看春燕和二来。见到我时，他微微笑了。我看到，他的身边有两个风车缓缓转动着。

风车爷爷没有骂我，让我们都坐下。

我发现风车爷爷的脸阴郁着，如黑云低垂的天空。他刚刚病了一场，艰难地坐起身靠在墙上，缓缓精神说道："听我跟你们说说我自己的身世吧。"

我早就想知道了，连忙饶有兴趣地看着老爷子，期待他快说。他喝了口水，开始讲述："我在这座城市里生活了好几十年了，这是第一次公开我心底里的秘密。我叫夏明江，我曾经是一个堕落的人！你们都不敢相信吧？我是甘肃兰州人。我出自中医世家，三十年前，我首先搞起了中药材批发。很快就发家了，还娶了一个漂亮能干的女人。我们生了两个女儿。我发财了，别人都恭维我，羡慕我，有了钱，我就到处寻找刺激！我在这个时候，迷上了赌博，所以我才非常痛恨少群参与赌博！没几年，我就把几千万的家产输光了，我老婆跟我打架，打得死去活来，为了逃避这样的日子，我离家出走了。老婆带着两个孩子过日子！有一天，我发现自己病了，患了僵直性脊椎炎，我瘫了。"我惊讶无比，真的不敢相信风车爷爷的非凡经历。我咬着嘴唇，努力保持自己的镇静。

风车爷爷继续说："我是一个废人，就想留在春安市了。这样艰苦的生活落差太大了，我想过死，我跑到河边，犹豫了一下，扑通一声，扑进河里，眨眼间无影无踪。可是，我的邪命挺长啊！我没死成，被一个钓鱼的老头子救了！我吐出了肚里的恶水，睁开眼第一眼就看见了那个老头子的小孙子手里的风车。我跟风车真是有缘啊，自从看见风车我就不想死了。后来我就躺在三轮车上做风车卖风车了。风车带着我自我救赎哩！我对不住家庭，对不住孩子，我有罪啊！不管多么艰难，想到这是在赎罪，就不觉得难了！"

老人说着说着就沉默了，老眼里闪烁着泪光。

风车爷爷说话有些吃力，只说几句话，颠过来，倒过去，多听了几遍就模模糊糊地听懂了，多少年过去，他还是一脸追悔。我真的很吃惊，风车爷爷竟然有这样的经历？我马上想到了自己，人生之所以残酷，就在于无法追悔。我浑身战栗，抱着自己的脑袋一阵神经质地颤抖，放声痛哭。

风呼啸而来，把宁静的夜色撞得粉碎。我哭累了，恍惚地坐着，眼神呆滞地看着风车爷爷。风车爷爷拍打一下我的手掌，说："你就不想找他们娘俩了？"我回过神来说："找，可上哪找去啊。"风车爷爷说："想找，总能找着。"他一句话呛得我说不出话来。我的眼睛突然睁开，雾一样的东西散开了。

我用我自己的钱，给风车爷爷租了一间平房，事先没跟他商量。我走进他停放三轮车的小巷子的时候，他正在车上躺着，两眼血红血红的。我把平房的事对他说了。老爷子看着我，唔了一声，说："行，我也有孙子了。不过，我得把租房钱给你。"我说："不要，我是真心的。"老爷子说："找他们娘俩得花钱哪。"我想冉萍娘俩了。仰望着高远的天空，不知道冉萍此时此刻是否也在仰望。

　　我很快发现，风车爷爷说过出自己的身世秘密之后，他以惊人的速度衰老了。花白的头发如雪花一样白，消瘦的脸更加消瘦，像陡峭的悬崖。他的两只老眼愈加浑浊了，像雨天里下水道翻滚着的浑水。但他做风车的时候，依旧是那么精神焕发。好像风车给了他精气神，给了他活下去的信心。蓦然间，我被风车爷爷的身世点醒了，我在幻灭的迷宫里，终于找到了救赎的方法。我决计要去找寻冉萍和孩子，找到她们我才可以减轻我的罪过。

　　我无法松懈，神经绷得紧紧的，有点仓皇出逃的感觉。一连几天，我都在寻找冉萍和小宇。奶奶留下的房子冉萍原来没有卖掉，她只是换了把锁。我让开锁公司帮忙打开了，房间里依然如故。我看到了我挂在客厅里的那只风车，风跟着我涌进来，风车开始转动起来，发出细微的声响。风车叫我心头热了。我锁好门，踏上了寻找妻儿的路途。我到处找寻，火车站，公园，大桥下，救助站……想到的地方我都去了，可一点儿影子都没有。冉萍的家人也不知道她去了哪里。同学们也都不知道。我绝望了，消瘦了许多，两颊也陷了下去，胡子都冒了出来。我对着黑夜忏悔："冉萍，我错了，我不该逃避呀！你快回来吧！我们共同承担照顾小宇呀！你这么折磨我，是不是特痛快？如果是，我没话可说了，如果你心里也难受，我们为啥还要相互折磨呢？"

　　我真想把心掏出来，不知怎样才能让小冉相信？我胡思乱想了一阵儿，又嘲笑着自己。早知今天，何必当初啊？我痛恨那个自己！我要洗心革面，重新做人。我把风车爷爷送给我的风车插在我们全家福旁边，对天起誓："我要是再赌，我要是再胡来，老天爷就用雷电劈了我！"我想我发的誓，冉萍一定会感应得到。第二天，我去了一家私立医院应聘药剂师岗位。我的专业就是药剂。顺利通过了笔试和面试，五天后，我正式上岗了。第一个月开工资，我给风车爷爷买了一只大扒鸡,陪着他喝了二两酒。老爷子很是高兴，说："照这么下去，一定能很快找着她们娘俩。"我也相信这一点。

　　天下并不是只有我一个人倒霉,哪里想到,马春燕也有内心的煎熬。春燕瘦了很多,我一眼就看出她出了事情。我越是追问她越是哭得厉害,到后来,她都快哭成了泪人。她抹着眼泪转身跑了。我没有追她,我知道她会跟我说出一切,若是不说,她就算死定了。隔了一天,马春燕终于向我倾诉了内心的苦衷。春燕的男友张继渴望丁克家庭,不想要孩子,春燕却怀上了他的孩子。他逼迫春燕到医院流产,春燕就听了他的,把孩子流掉了。她含了眼泪告诉我,去医院那天,春燕让张继陪着去医院。张继说他还有重要的事去办,甩给她一沓钱,说:"你去做无痛人流,别怕花钱!"说完转身走了,春燕知道,他是继续上网打游戏去了。这小子太漠视生命了。春燕没接他的钱,自己到医院做了人流。医生还把那个小小的东西让她看了一眼,就这一眼,春燕精神受到强烈刺激了。春燕对我说:"从此之后我再怎么努力,也忘不掉我那快要成形的孩子。那是一个小小的生命啊,说没就没了。梦里,这孩子常常质问我,妈妈你为什么这么狠心不要我了呢?吓得我半夜醒来,望着天上的星星不敢再睡觉。都说失去一个生命,天上就多一颗星星,也不知道哪颗星星是我的孩子?"然后,春燕就不出声了。她哆嗦了一下,脸色渐白。

　　此事把春燕折磨得有些胆寒。我很同情春燕,问她:"你这样痛苦,张继就没有一点触动吗?"春燕说:"没有,跟没这事儿一样。"我有些气愤了:"他究竟爱你还是不爱啊?"我越是追问,春燕越是哭得厉害,到后来都快哭成了一个泪人。我就不问了。马春燕哭累了,不哭了,看着我说:"对男人的绝望其实就是对世界的绝望,不幸的是,我们女人还要在这样的氛围里活着,你说悲哀不悲哀?"我问她:"今后打算怎么办?"春燕说:"我们已经分手了!"听着听着,我突然愤怒了,咆哮道:"他太不是个东西了,在学校是他追求的你,太不负责了,我去找他!非狠狠地揍他一顿不可!"春燕拦住了我。她说:"那天我听了风车爷爷的讲述,我都明白了。我不恨他对我冷漠了,也许这不是真爱,所以还不知道爱的滋味。等我以后真的爱上了,就会体验到,他宁可去死,也不会背叛的!"我劝慰着她:"强扭的瓜不甜,重新开始吧!"春燕还是哭,可能她还没有完成精神的救赎。她又哭累了,对我说："现在我整夜睡不着觉，困是真困，困得厉害，困得脑袋痛，可就是睡不着。"我害怕了，说："这么下去可不行啊，你会得抑郁症的。"她的眼睛眨了眨，好像暗暗有泪："有什么法子，得就得呗。"我要把她的遭遇说给风车爷爷，让他帮助她走出窘况。

听了我的汇报，风车爷爷笑了。他说："你把春燕领我这来吧，我给她把把脉。"我惊奇地问："你懂医？"他笑："中医。"我将信将疑，但还是领来了春燕。风车爷爷真的懂中医，他轻轻给春燕号脉，感觉到了她的精神疾病。他给她开了个药方。这个药方很奇特，他递给春燕一只纸风车，让她自己点燃了。风车慢慢化为灰烬，一股黑烟消散过去，我看见春燕的脸慢慢舒展了。我的意识在脑袋里挣扎着，有一些亮亮的东西，慢慢地，顽强地浮了上来，越来越清晰。我发现春燕的精神渐渐好起来。而我却不能走出阴影，脑子里总对自己前段时间走的弯路挥之不去。风车爷爷对我说："你先别找小冉她们娘俩了，你先干点事情，你自己成事了，她们自然就会回来，她暗地里瞅着你呢！"我追问风车爷爷："你是不是知道她们在哪儿啊？"风车爷爷摇头，嗓音里有杂音，呼噜呼噜的。那是对我无言的指责，我就不问了。

风车爷爷提议，让我跟马春燕联手，进行创业，在春安市搞一个中药种植园。我觉得这个提议不错，上网查了一下资料。还和春燕一起搞了一段时间的市场调研，最终决定就做这项事业了。我想给种植园起名叫"风车中药种植园"。跟春燕一商量，春燕非常高兴。我们到处凑钱，加上政府有支持大学生创业的优惠贷款，在市郊清明湖畔流转了一块土地，经过近两个月的操持，种植园手续办好开业大吉了。马春燕投资比我多，她当了风车中药园的总经理，我是副总经理，还有两名没有工作的同学加盟。小福子说他不去偷了，给我们看园子。如果是这样，就算行善了。

风车爷爷真是太精通中医了，他反复跟我们讲中药。这种事要用心体察，日日夜夜，一点一滴，不动声色。在他的指导下，我们种植了名贵中草药。我很惊异，原来我们生活中很多毫不起眼的植物，都可以制作成中药呢。比如菊花，可以降火护肝，薄荷清凉护嗓，柠檬可以排毒解酒，枇杷叶煮水喝可以治感冒，神奇的杜仲，可以强筋壮骨。金银花的学名叫"忍冬"，花蕾和藤都可以入药，主要起清热解毒的作用，可以治疗感冒、扁桃体炎等疾病呢！我们还种植了鱼腥草、何首乌等草药。

眼看着我们中药园就要挣钱了，可是，一场大暴雨，把园子淹得一塌糊涂。花瓣四处漂流，叶子泡肿胀了。有的草药被洪水吞没了。面对毁于一旦的心血，我们几乎绝望了。春燕病了，发着高烧，送进了医院。我带着二来和小福子他们泄洪，整整干了三天三夜。洪水泄净了，中药园保住了，我一头晕倒在了园子里。等我醒来时，发现躺在了医院里。我第一眼看见的是风车爷爷，急忙问他："咱的园子咋样了啊？"老爷子告诉我，有一半的草药保住了。然后他伸出大拇指，第一次夸奖了我："行，少群，像个男人了！记住，人在世上混，不脱几层皮，绝对混不出个人模狗样来！"我笑了，又问："春燕他们呢？"风车爷爷说："二来跟小福子在园子里忙乎哪。春燕本来不烧了，可醒过来一听说你病倒了，又烧上来了，现在也跟你一样输液哪。"我问："她在哪个病房？"老爷子说："在女病房区，园园照看她哩。"我输完了液，强撑着身体去看望春燕。园园一见我进了病房，连忙把我往外推。我说："怎么了？春燕生我气了？"园园笑，不解释。堵着门口不叫我进。我急了，拽她的胳膊。园园才说："人家解手哪。"

直到我进了病房，站在了春燕的病床前，她的脸还是绯红："你好了没？"我问："你好了没？"她白了我一眼："你不看见了吗？"我笑。她瞪了我一眼："傻笑啥？"我打了个愣，接着傻笑。春燕后来对我说，就是那次傻笑，我在她心里扎下了根。这以后，我发现春燕老是躲着我。我不明白，我又做错什么了。我不再赌博，不再消沉，拼命地工作，一心想把中药园管理好，她还有什么不满意的呢？我直接问了她，她不回答，给了我一句话："自己琢磨去吧。"这不是熬人吗？有话摆桌面上嘛，干吗让我自己琢磨啊。我一直没琢磨出什么，就是埋头苦干。春燕跟我很少说话，说了扭头就走。

水洗的天空，弥散着草香。我连头都不会摇了，真的累了，我要多睡两天。

记得是夏天里的一个阴雨天，下着淅淅沥沥的小雨。午后，我独自轻松地漫步在中药园旁边的小路上。我一直喜欢淋着雨，湿漉漉的感觉。小道上，被雨滴淋落的叶子，铺上了一层绿色的地毯，踩上去软绵绵的，时不时半空中还飘着些零落的叶儿，似乎有一种悲情而又有一些浪漫。雨滴忽然停了，我正抬头看天是否变得蔚蓝，看到的却是一把深蓝色的雨伞，挪开视线的瞬间看到的是伞的主人。短短的头发，橘红色的 T 恤衫，微瘦的身躯，脸上洋溢着浅浅的笑，天真、腼腆，像羞涩的孩子。她静静地看着他，静静不语。"春燕，你……你……"没想到春燕会在这个时刻出现。

我们并肩伫立在小树下边，微风慢慢地吹过我们的脸庞。春燕偏着头看着我，问道："我们会一直在一起，是吧？"我笑了："傻丫头，我们当然会一直在一起了，这中药园把我们紧紧地拴在了一起。"说完，两个人沉静了一会儿。春燕的头发蓬松地垂下，拥在两颊，噘起了小嘴问："我真的傻吗？是你傻吧？"我不解地看春燕，发现她的眸子里有异样的光彩。我突然心慌得不行。作为过来人，我读懂了她眼神里的情感。我感觉她爱上我了。有一天，在中药园，春燕主动向我提出来了，想和我组成一个新家庭。风凝固了，阳光到这也凝固了。我的心"咯噔"一下子，愣了愣，还是委婉地回绝了她。她缓缓抬起头，泪眼蒙眬地望了我一眼，问："为什么？因为冉萍吗？她已经忘记你了，不会回到你身边来了。"我摇头说："不，我还没有完成自我救赎，我没有资格谈恋爱。春燕，我们只是合作伙伴，千万别爱我，我要等待小冉和小宇回家。"春燕流泪了，更加佩服我了。我说的是心里话，是风车爷爷点醒了我。不管遇到多大的风雨，男人是要替女人和孩子抵挡风雨的，否则就不配当一个站着撒尿的爷们儿。

秋风吹来了，我跟春燕商量接风车爷爷到中药园里的宿舍来住，我们不要他做风车了，要把他养起来。风车爷爷拒绝了我们的好意，他说："我还是愿意待在那个破烂的小胡同里边，躺在我的三轮车上卖风车。离了这，我就活着没意思了！"我们还能说什么呢？我理解了老爷子，他这一生已经和风车连为一体了，谁离开谁都不行。

我望着黑黑的屋子，突然有些伤感起来。噩梦，每到深夜，总有一辆汽车追逐我，车灯贼亮，白光闪闪，一声古怪的嗥叫从光焰里喷出。我吓醒了，我想冉萍和小宇。我重新开始了艰难的寻找，老天可怜我，终于在冬天让我得到了冉萍和小宇的消息。那一天，一大早就飘起了雪花。我想，在中药园我该是第一个发现雪来了的人。我的心情立刻格外清爽。我喜欢雪天。在这个城市生活快三十年了，虽然生活得卑微，但并不自卑。虽然生活得疲惫，但并不自怨。我渴望远离城市的喧嚣，在大地的某个角落，在冰封的小河旁，在如幕的原野里，在凛冽的寒气中，独自一个人静静地沉默。回忆自己走过来的人生之路，真想让洁白的雪清洗一下自己的心灵。雪花无声地飘着，像轻柔的小手，掠过我宁静的眼眸，滑入我如水的心境。曾经的浮躁与偏执，曾经的烦躁与苦闷，这时被纷纷的雪花轻轻拂去。在雪中，生命原来可以如此单纯，心情原来可以如此宁静。在雪中，我想起了逝去多年的父母双亲，想起了疼爱我的奶奶，想起了不知在何方的冉萍和小宇……我流泪了。

我终于找到了冉萍和小宇的踪迹。是网络帮了忙。

我只身去了那座海滨城市。我和冉萍在一家超市门前见面了，风雪中传过来一声声呼喊，呼喊我的名字。咦？这声音怎么这么熟悉？好像是冉萍的。是幻觉吗？我心里一阵酸楚。"少群——少群——"这声音越来越迫近，越来越温暖，睁大眼睛仔细看，透过茫茫雪雾，我看见奔跑过来一个人，扑扑跌跌的，固执而急切，这身影怎么这么像冉萍？那人近在眼前了，天啊，真的是冉萍啊！我笑了，立刻像鹰一样扑过去，把他们罩在怀里。"少群！"冉萍疯喊了一声，在我怀里一拱一拱地哭开了。我的腿一软，抱着冉萍跪了下来。我声泪俱下地哭喊道："冉萍，真的是你吗？我不是在做梦吧？"冉萍使劲捶打着我的胸膛，喊："是我，是我啊，我是冉萍啊，我就知道你会来找我们的！"我嘘了口气，竟攥出湿漉漉的两手汗，扳住她的肩膀，喊："小宇呢？咱们的儿子呢？"冉萍拖住我的胳膊就走。一直走进他们的宿舍。一个保姆怀里抱着一个男孩，正喂他香蕉吃哪。圆圆的小脑袋，大大的眼睛，鼓鼓的鼻梁，正是我的小宇。我跟跄着奔了过去，一把抱过小宇，在他的脸上不住地亲吻着，喃喃地说着："小宇，小宇，爸爸对不起你！爸爸有罪，爸爸一定治好你的病！"冉萍哇一声哭了，紧紧拥抱在一起。可是，冉萍的脸总是不真实，忽隐忽现，捉迷藏似的。

我们一家人终于团圆了。

一进腊月，年的气味就浓了起来，又飘起了雪花，这是我有生以来最想过的年了。我要好好准备一番，我们三口子和风车爷爷、春燕、二来、小福子他们过一个开开心心团团圆圆的大年。可是，风车爷爷却在年根前病了，病得一塌糊涂。我们把老人送进医院，忐忑不安地等待医生的诊断结果。却被告知老人不行了，让我们准备后事。我们全都呆愣住了。一个顽强的生命怎么就毫无预兆地突然要戛然而止了呢？我和春燕、二来、小福子流着泪做了一个又一个风车，堆在一起像一座风车的山。我对风车爷爷说："告诉你的家人吧！"老人轻轻摇头说："没有意义了，我已经赎罪了，就够了。"面对死亡，他很坦然。他说他的肉体早就死了。活下来的这些年月，就是为当年的过错来赎罪。罪赎完了，人就可以带着对生活的感恩走了。但我知道，他唯一不放心的是小福子，他的小偷毛病还没有完全改好，他贴着我的手，叮嘱说："我死后，你替我多管教着他，让他走正道。"我用力点点头，说："您放心吧。"风车爷爷说不出话来了，用眼睛跟我要风车。我把一捧风车放在他的跟前，他颤抖着手轻轻抚摸着那些跟了他大半生的风车，微笑着闭上了两眼。我知道，他和风车一起，到高远的天空中飞翔去了。

风雪已经停息，道路渐渐发亮。

风车爷爷死后的第三个月，春燕又结婚了。她的老公是二来。我的意识突然觉得，结局只能这样。婚宴上，春燕喝醉了，醉得又笑又哭。我知道她笑的是什么，哭的又是什么，就也想又笑又哭。冉萍忙着给小宇喂好吃的饭菜，一个喂得是那样专注，那样旁若无人；一个吃得那样开心，那样无所顾忌。看见他们相亲相爱的姿势，我的心房暖得不行，就想只为这母子俩又笑又哭了。我庆幸，自己应该已经完成了自我救赎。晚上，月光如水，泼得哪里都是。我和妻儿紧紧地依偎在一起，有说不完的亲热话。冉萍问我："咱们一家人生生死死在一块，能做到吗？"我亲了冉萍，又亲了小宇，点点头。小宇揪住我的头发，目光迷离，语言含混："发……发……"他在喊我爸爸。我搂住孩子，幸福地答应了一声。拯救地球的大事我管不了，这个时刻，我仅有一个念头，我要把小宇的病治好。这个念头像一只越长越大的鸟儿，翅膀一张就飞起来。

第二年春天来了，我们的中药园又绿了。那又滑又结实的冰块儿变成了流着清水的小溪，绿草探出小头来享受着春天的温暖，小花都一朵朵醒来了，害羞地展开身上的花瓣。大树慢慢地生出了许多树叶儿，在春风中翩翩起舞。就在这个美好的时刻，春燕病了，夜晚的时候，我到医院看望她。夜空深远无比，春燕见到我却哭了。她对我说，她婚后一直没有怀孕，医生说，就因为那次人流，她再也不能生孩子了。我替春燕难过，失去了做母亲的权利，人生一大缺憾。我只能安慰她："将来可以抱养一个孩子，和亲生的一样。"二来也说："是嘛，一样。"春燕白了他一眼："真心话？"二来瞪大眼说："不信你问少群嘛。"春燕嗔怪地捶了他一拳，含着泪笑了。我精心做了一个风车，送给了春燕。她接过来，默默地注视着风车，似乎明白了什么。她喃喃地说道："愿我的生命也像这风车，没有太多的绚丽，没有太多的浮云，没有太多的喧哗，只有一片安静纯朴的白色，只有生命里的深沉，只有像雪那样寂静淡然的梦想。"她的声音洋溢着喜悦和轻松。我被她的情绪感染，由衷地说："春燕你说得真好，我们这一辈子都不会离开风车了。"春燕热烈地注视着我，攥了攥二来的手，灿烂地笑了。

　　我不仅没咧嘴笑，甚至无端地恐惧起来。我是忏悔者，得不断拷问自己的良心，有些事情，也许到死也弄不清楚了。风车爷爷走了，我们碰着坎坷咋办？春风沉醉的夜晚，我、冉萍、春燕、二来，还有小福子，都不约而同地梦见风车爷爷了，我们呼唤着，那是贴心贴肺的呼唤。可是，老爷子没有搭理我们，他手举着一把风车，在夜风里晃来晃去，晃来晃去……那里色彩斑斓，一层叠着一层。风车永远在我们的眼前旋转，不，是在我们的心里旋转着，旋转着……

我生活中的香菇

举行葬礼时，最要紧的，往往是天气。

我听老人说过，好人的葬礼是要下雨的，那是老天为他的死去而感伤落泪。坏人葬礼时，晴空万里，那是老天对他的蔑视。大成市副市长易方兴的葬礼，就是青天白日。阳光灿烂，看不见阴影。按着这种说法推理，易方兴不是什么好人了。

死亡的气息逼近了。易市长是在指挥大成山扑灭山火，三天三夜没有合眼，心脏病发作猝死的。表面看，他是大英雄，可是，他害我的时候，谁知道啊？葬礼来了一些百姓，举着易市长的照片，打着标语。标语写着："人民的好市长，一路走好！"看见这样的激赏，我感到了侮辱，带着刻骨的怨恨。他有那么好吗？他不是个好官，一切都是假象，我只能模糊地想象为道德的衰败。

我叫张立满，郊区的农民，香菇种植专业户。本来，我这身份跟当官的掺和不上，因为房屋拆迁，我被易副市长坑害了。我上访告状多年，吃苦，遭罪，还差点送了命。苍天有眼，状没有告成，他却自己死了，这就是恶有恶报吗？按理说，活人不把死人怪。道理是这么个道理，道可千变万化，而理是恒定之理。可是，我无法背叛自己，忘是忘不掉的。易方兴是个好官，打死我也不信，他就是个坏人，坏得离谱。尽管他死了，并不妨碍我记住仇恨。仇恨是有前因后果的，仇恨是不讲道理的。

遗体告别开始了。哀乐一响，我身上的细胞都绷紧了。人们佩戴着小白花，怀着崇敬和悲伤的心情往里移动。哭声骤起，哭声是起伏的，一波一波地传过来。我像被火烫了似的，受了传染，跟着哭了，热泪一下子盈满了眼窝，哭得东倒西歪。记者朝我这里咔咔地拍照。这帮狗记者，他们哪里知道，我这是高兴的泪水，泪水将我的脸冲出小道道。我三天没洗脸了，眼角都结着脏脏的东西。我不在乎，我真想放一挂鞭炮，庆贺一番。我听见有人发出虚伪的痛惜声。记者把话筒对准我，让我夸奖两句，我摸了摸头发和耳朵，只淡淡地说，我是养香菇的农民，就不再吭声了。此刻，风凝固了，日头到这也凝固了。

白色和黄色的花瓣飘落下来。颂歌一样的悼词，我一句都不想听。

我随着遗体告别人群缓缓走着，一路走一路呜呜地哭着。我把自己哭软了，险些变成一堆泥。我老婆春花没哭，她却咧嘴笑着，笑得脸缩成一团。她提醒我，不要哭了，那样会被鬼魂附体的。我倔倔地说，我就是要见易方兴的鬼魂。老婆瞪了我一眼，沉沉一叹，扭头继续看葬礼的热闹。呸！我狠狠啐了一口。仿佛看见了易方兴的鬼魂。其实，鬼魂没有形体，至少我没见过鬼魂的模样。太阳越来越毒，晒得我脑顶冒烟，鬼魂是不敢出来的。我的想法毫无掩饰，暴露在上午的阳光下。有人惊奇，我一个农民，与易方兴不沾亲不带故，为啥掺和进来了？除非就是对市长的敬仰了。

我恨易方兴，是他曾经带给了我无法活下去的黑暗。

一说到黑暗，我一下子就想到京郊昌平的"黑监狱"。心头就猛地一阵痉挛。耳朵眼咔嚓碎响，眼前蚊子蝇子四下里飞，身子止不住打起摆子来。我恨哪，恨我咋就是一个农民呢，家里的房子咋就跟拆迁沾上边了呢，认得谁不好偏偏认得他了呢。要不，这辈子咱也住不进黑监狱呢。要说黑监狱，那得从我的一个仇人说起。

我住的村子叫七间房村。大清嘉庆年间建的村，当时就七户人家，一家盖了一间破草房子，七间房村因此而得名。到了新中国成立的时候，七间房村有了一百七十家了，村子还叫七间房。因为在大成市西郊，紧挨着，不到五里地就进城了，这几十年来咱过得跟城里人好像没差大样。差的也就是没住上高楼，冬天没使上暖气。守着几亩水浇地，整天土里来土里去的，不配穿好的，不配吃好的，浑身上下黑不溜秋的，往城里人堆里一扎，猫得再严实，也能叫人一眼认出来不是城里人。就这点，让我们这些农民心里头祖祖辈辈在城里人跟前说起话来，声音离地面越来越近。好在我有一双聪明劲不比城里孩子差的儿女，儿子叫张勇，闺女叫张瑾，他俩学习都不错，长得也不赖，都继承了我和老婆的优点。儿子在西安读研究生，是我们全家的希望。希望有一天，他出息了，我们做爹娘的跟着沾点光。闺女没考上大学，回家跟我种植香菇，我就不指望她了，早晚是婆家的人，出息不出息由她命吧。

我们七间房村的日子就跟那日头似的，红火火的，早上爬出来，快要黑天的时候落下去，还跟那花草似的，春起该开花的开花，该绿油油的绿油油，不富裕，也穷不到哪儿去，就这么一天天地过下去，家长里短，七嘴八舌，油盐酱醋，喂鸡喂鸭，都挺知足的。就是两年前夏天里的一个飘着小雨丝的前半晌，睡醒了觉的七间房村民们惊奇地发现，离村子不到十里地的东南角的上空飘起了好几个大气球，闺女跟我说，那是氢气球。那玩意儿我认得，开业庆典啥的大场合都飘。我就琢磨了，大氢气球下头能有啥大场合呢？

我骑着自行车跟着几个爱看热闹的老哥们儿，气喘吁吁地跑到了大氢气球下头，看见这里有不少人，看上去都像是城里人。站在人堆老远的地方朝人堆张望的，都像是我们这些乡下人。我瞅见了一个高台子，好几米，我还上过这样的台子哩，村里有钱的大老丑他儿子娶媳妇，搭的就是这样的台子。结婚典礼完事后，我上了台子，再瞅村里人就是往下瞅了，谁都没我高。我瞅见台子上站了不少人，好像都是当官的。台子上头挂着红条幅，上头写着这样几个字：大成市工业园区奠基仪式。原来是这地方要起厂房高楼了。这个清静了多少年的田野就要热闹了，七间房也要热闹了，不知道是好事还是坏事。如今这年月啥事都不好说，没个准头。

这天下半晌，我跟村民从园区建设基地看热闹回来，在村口碰见村主任邱满囤了。四十六岁的他骑着挎斗摩托车，挎斗里坐着他的老娘。他娘去年春天瘫在了炕上，满囤是个大孝子，只要有闲空就拉着他娘到处溜达。"主任下午好，娘俩这是上哪啊？一路顺风，哈，拜拜。"大老丑抢着跟满囤打招呼，点头哈腰的，还下午好，拜拜的，中不中，洋不洋，都跟他那个在城里教英文的儿媳妇学的。我一看他这样心里头就犯恶心。二芒子没说话，只是朝满囤嘿嘿笑。我既没说话也没嘿嘿笑。乡里乡亲的，同庄住着几十年了，整天低头不见抬头见的，打啥招呼啊，虚头巴脑的。

满囤是个明白人，他知道谁对他的态度是实诚的。这最好检验了，谁在你当主任之前咋对他现在还咋对你，那就是实诚的。大老丑不是实诚人，我都看出来了，他邱满囤要是硬是看不出来，那我就得说他是装的。二芒子跟我一样是实诚人。他跟谁都不爱说话，总是嘿嘿笑。我不笑也不说话，跟谁都这样。所以满囤礼节性地朝大老丑点了下头，再朝二芒子笑笑，看了我一眼，突突着摩托远去了。

掌灯时分，我见晚饭还没做好，刚要拔腿朝当街蹿，电话响了，正在跟她妈在厨房忙乎的闺女小瑾喊我："爸，接电话。"我返身走到茶几前拿起话筒，儿子大勇在电话里说："爸我得了一笔奖学金，我想投点小钱跟同学干点啥，你看中不？"我想想，说："我看中，先操练操练，挣不挣钱是小事。"儿子挺高兴，说："爸你真给力，我就知道你会支持我的，谢谢。"撂了电话往屋外走，我心里起了一股子自豪感，想自己上了大学的儿子真是长大了，知道想法子挣点钱减轻家里的负担了。忽然想起，忘了跟儿子说工业园区的事了，就返回身子想给他回拨一个电话，刚走两步又改变了主意，长途废话费，还是等着儿子哪天打来再说吧。儿子有张卡，不知道是啥卡，就知道用那个卡打长途省钱。

我刚一迈出院门口，正好看见满囤走着过去了。想听他分析一下工业园区的事，就张嘴喊住了他。"吃了没？"满囤龇了牙说："吃了。"我又问："干啥去这是？"满囤说："上村部值班去。"我再问："那工业园区在咱村子跟前，是好事还是坏事啊？"满囤准是对这事早就寻思好了，想都没想张口就说："当然是好事了。你看啊立满叔，这工业园区一落成，他得招商吧？没有工厂他还叫啥工业园区呢？有了工厂他得有工人吧？没工人咋干活生产呢？要工人他就得招工，招工他就得就近招，为啥？方便管理呗。"我抓住他的胳膊说："我明白了，你是说将来咱们可以进园区当工人，是不？"满囤点点头说："不光是这，最重要的是可以带动咱这儿的经济发展。小旅馆啊、小吃部啊啥的，对吧？"我一拍后脑勺，惊呼："对呀，我咋就没往这方面琢磨哪，还是你这脑子灵，不愧是村主任哪。"吃晚饭的时候，我跟老婆合计，等将来工业园建成了，家里干点啥挣钱的买卖。小瑾说："开一家小超市吧，柴米油盐酱醋茶香烟面包火腿肠啥的，挣钱。"我马上否定了："不中，干那玩意儿利忒小，损耗也不小，整不好食品过期了吃坏了人肚子，挣点钱都不够赔人家医药费的。"老婆说："要不咱开个小饭馆吧，利大，家常便饭，做工的肯定欢迎。"我想了想说："开饭馆中，就是忒拴人，没早没晚的离不了人。"老婆瞥了我一眼，嘟囔说："又想吃又怕烫嘴的，那就啥也别干算了。"我又寻思了一会儿，一拍桌子说："豁出去了，那咱就开小饭馆吧，就算挣不了多少钱，咱三口子还能混个吃喝哪！"

可是，还没等我选好开小饭馆的地方，就听着一个惊人消息：工业园区要修通一条高架桥的道路，七间房村需要搬迁让路。我连忙去找满囤核实这个消息是真是假。在村部大院门口，迎面碰见二芒子了，我问他是不是也来找满囤试探真假的，他嘿嘿一笑："别光听我的，你再进去问问吧。"我进了院，正见满囤陪着两个不认识的人从办公室出来，一边走一边说着话。满囤说："两位领导放心吧，我一定好好配合你们做通村民的工作。"我闪开身子，看着那两个领导从我跟前过去了。等那两个人上车走了，我刚要跟满囤说话，他先说了："立满叔，你来巧了，我正要在大喇叭里头喊你来哪。"我问："啥事啊？听说咱村要搬迁？"满囤点点头说："不是咱村，是你跟秋芬婶子、老欢爷一共十二家搬。"我问："为啥就搬我们这十二家啊？"满囤说："这条公路正好从你们这十二家中间穿过去，可不就你们搬呗。"我压低嗓音问他："是好事还是坏事啊？"满囤笑了说："好事呗，不是白搬，政府要给补偿款的。"我一听有钱，忙问："给多少啊？"满囤说："这么说你同意搬迁了？哎呀那可太好了，我正还担心你带头不配合哪。这样立满叔，晚上我召集你们这十二家当家主事的开个会，会上我再宣布补偿款方案。"我乐颠颠地回家了。

老婆跟小瑾听说我家要搬迁，还给搬迁补偿款，小瑾当时就乐得蹦了高，连声喊："天上掉了个大馅饼，我们家发财啦！"老婆没蹦高，也没乐，她问我："住了百十来年老祖宗传下来的宅基地了，搬哪去啊？列祖列宗的能答应吧？"我心里"咯噔"一下子，说："哎呀真是的，我还真没想那么多。对呀，咱不能说搬就搬哪，咱这宅基地是受法律保护的，谁也没权利随便叫咱搬哪。"小瑾说："人家政府不是说了给补偿款吗？再说了，修路是大事，是为了园区建设，咱顶着不搬，那不是干扰破坏建设吗？"我瞪了她一眼说："小孩子家懂个啥，咋叫干扰破坏建设了？政府是要讲理的，咋能叫老百姓吃亏呢？"老婆问："他爸你啥意思啊？"我咬下嘴唇说："咱跟政府多要点补偿款，不给合适了咱就拖着不搬。"老婆担忧地说："不搬能中啊？"我说："我家的房子我家的地，还说不算咋的，真是的。"

晚上八点多钟，满囤召集十二家当家的在村部会议室开会。我是第一个到的，满囤上茅房了，屋里就我一个人。屁股还没坐热哪，秋芬姐的老爷们儿大胖头就呼哧呼哧喘着粗气进来了，往椅子上一撂大胖身子，椅子嘎巴嘎巴响。我扔给他一支烟，自个儿叼一支点着抽着。其他户主一个跟着一个地进来了，满囤系着腰带最后进屋，数数人脑袋，清清嗓子，说道："咱们开会啦啊。"大伙安静下来，抽烟的抽烟，喝水的喝水。满囤说："今儿个招呼大伙来，啥事可能都知道了，那我就长话短说，闲言少叙。是这工业园要修路，正好从你们这些家中间穿过去，为了咱们这个地区的经济发展，上级希望我们做出点牺牲，支持园区建设。当然，市场经济了嘛，不能叫大伙白支持。我就把相关的政策跟大伙叨咕叨咕。"

我跟在座的都一个心思，最关心补偿款的事。满囤说的我都听清楚了，房屋安置价格为成本价一平方米两千七百块钱，拆迁市场优惠价一平方米四千六百块钱，拆迁市场价正房是一平方米五千一百块钱。偏房是一平方米三千七百块钱。"大伙回家合计合计，看政府给的这个补偿方案满意不满意，有啥想法，可以找我说说，我再往上级哪反映反映。"满囤最后这样说。大伙相互议论着，听见大嗓门三明子嚷嚷说："如今这市区房子都万儿八千块钱一平方米了，给咱还不到六千，这也差忒多啊。"不少人附和着。

一直没说话的我，悄悄在心里边合计着我家那块宅基地能换多少补偿款，满囤敲敲桌子面，说话了："拆迁是一件大事，难度说小还真不小。拆迁户为了获取更大利益，抱怨现在，怀念过去，幻想着未来，想多争取点补偿款，心情是可以理解的。为了顺利拆迁，咱们乡政府提出了一个方案，凡是涉及的民事、商事纠纷，法院一律开辟绿色通道，优先立案，优先审判，优先执行。另外哪，还专门设立了巡回法庭，抽调业务素质高的法官，在修路拆迁指挥部，专门负责审理拆迁工作中出现的民事、商事纠纷，坚持简易程序审理案件，做到速审速结。今儿个的会就开到这，大伙回去跟家里人合计去吧。上级说了，工期紧任务重，就给咱两天时间。第三天前半晌，人家工作组就挨家挨户丈量签搬迁协议了啊，千万别耽搁了啊。"

回到家，我把补偿方案跟老婆孩子说了，娘俩都惊得吐舌头，激动得涨红了脸，跟下蛋母鸡似的。老婆乐滋滋地说："咱家这宅基地少说也有八十平方米，那可就是四十来万哪，啧啧，发了啊！"小瑾搂着她妈的脖子喊："咱家也住楼房了，我哥娶嫂子的新房也有了哎！"听着娘俩嘎嘎乐的动静，我暗自盘算着小九九。照说这补偿款是不少，可要比起左邻右舍的可就不多了。就说秋芬家吧，前年她家在后院盖了一间小偏房，得有二十平方米，可以得六七万块钱哪；还有六得子家，他们家地下菜窖挖的比我家少说大十平方米，那就比我多得三万来块哪，跟他们一比我可就亏大发了啊。不中，我得跟满囤说说去，政府得考虑我这个实际情况。第二天一大早我就去了满囤家。满囤听了我的想法，这么答复我的："立满叔，人家是按实际存在丈量的，你家是少得拆迁款了，可谁叫你当初少盖房子没往大挖菜窖了呢？我可以向上头反映，不过你别抱啥希望，反映恐怕也是白反映，够呛。"我悻悻地回了家。

当天晚上，满囤来我家，跟我说那十一家工作都做好了，同意搬迁，明天就来人进院丈量。他劝我别想那么多了，把搬迁协议签了吧。我就是摇头不答应，他足足跟我说了半宿，咋说也没说通我。老婆跟小瑾见我嘟噜着脸子，也不敢言声，躲到了别的屋子。挂钟响了十二下，夜深的虫子叫唤声显得特别大。满囤连着打了几个哈欠，站起身，扭动着腰，对我说："忒晚了，歇着吧叔，明个再说。"我说："明个你甭来了，来了也白来。"满囤说："那不中啊，有一户不签字的，我就是没完成任务，就跟上级交代不了。"我啐了口痰，说："要不这么着，你批准我夜里头把菜窖挖大点，中不？"满囤瞪大了眼睛，嘴巴张着说不出话来。我说："就这么办吧，明儿个我就签字。"满囤说："这可是造假欺骗政府的行为啊，叔我可担不起这责任啊！"我来气了，吼了一声："那我就是不签。爱咋咋地。"满囤叹了口气，走了。

第二天一大早，满囤又来了。我正从茅房里头出来，朝满囤翻了下眼皮，没吱声。满囤笑嘻嘻地搀住我的胳膊，说："协议签了吧叔。"我一梗脖子，甩给他两个字："不签。"满囤对着我身后说："那上级问我，我咋说呀？"我头也不回地说："就说我张立满不签。"满囤说："我可就这么说了啊，叔。"我不再搭理他，进屋准备吃早饭了。老婆子看着我的脸色，小心地说："胳膊拧不过大腿……"我朝她吼："老娘们儿家少管！"

前半晌十点来钟，乡里工作组的人来了，一个姓赵的副乡长带队。他们进门就要跟我握手。我没伸胳膊，冷冷地看着他们。满囤指着瘦高个的青年人，对我说："叔，你不认得赵乡长了？"我说："谁说我不认得了，前些日子还来我家看香菇哪。"赵副乡长笑了："我就说立满叔肯定不能不认得我了嘛。挺好的吧，叔？"我没好气地嘟囔了他一句："小老百姓好啥好，净是吃亏的。"赵副乡长亲切地拉着我的手说："放心，政府绝不会看着群众吃亏不管。有啥话您跟我说。"我说："那好，跟你说。别人家凭啥比我家多得拆迁款？"赵副乡长说："因为你家正房副房面积比其他家的小啊。"我说："这不就是吃亏了吗？你们得给我家适当补偿点儿。"赵副乡长说："立满叔啊，你的心情我理解。可上级是有政策规定的，我可没有带头违反的权利啊。"我瞪了他一眼说："那你就别跟我往下唠这事了。"然后我就不说话了，任凭赵副乡长咋劝，我就是一声不吭。

下半晌，他们又来了。这次，他们连门都进不来了，前半晌他们前脚走，我就把门给关得严严实实的，还往门板上支了根棍子。任凭外面咋叫门，咋喊叔，我就是不理不睬。喊破了嗓子我也不理。老婆子害怕了，说："得罪了乡长，往后可没咱家的好果子吃。"我反唇相讥说："没得罪他的时候，你吃过几个好果子？"老婆子不言声了。

太阳光变淡了的时候，门又叫人敲响了。听见满囤喊："叔，易副市长来了，快点开门哪。"我一听，心尖哆嗦了一下，市长来了？看样子这事闹大了。但很快我又镇定下来了，谁来我也不怕，共产党的天下，我就不信眼睁睁叫老百姓吃亏。老婆子攥住我的手，央求说："我的爷，快开门吧，市长可是大官啊，再不开还不得给咱抓起来呀？"我吼："凭啥抓人哪，这是我家，有权利不叫谁进来。"老婆子说："兴许市长答应多给咱家点钱哪。"我听着有道理，就叫老婆子开了。

　　我在院子里侍弄香菇，看见一个矮胖的男人进了院子。他的身左身右身后都跟着人，有十几个，其中有赵副乡长。赵副乡长指着矮胖子对我说："立满叔，这位是咱们市主管城建工作的易副市长。"矮胖子握住我的手，微微笑着说："你好，张立满老哥，我叫易方兴。"我冷冷地说："你来攻我这个山头来了吧？"易方兴哈哈笑着说："说话真爽快，我就喜欢这种性格的人。"我递给他一个板凳，他坐下了。他递给我一支中华烟，我摇摇手没接。他把烟塞进我手里，掏出打火机要亲自给我点烟。我有点紧张，想躲没躲，等着他点着了，抽了一口，心怦怦乱跳。

　　事后我听满囤说，易方兴既有处理突发事件的经验，还有说服人的慢功夫。这话真是不假。就那天，他到了我家，先跟我聊起了家常，拆迁的事只字不提。他跟我说起我爷爷，说他曾经当过我们村的保长，背地里净给八路军游击队办事提供帮助了。我挺惊讶，这个易市长咋知道我这个小百姓的家史呢？易市长一口一个老张家庭是红色家庭，呵呵笑着，还挑挑大拇指。可我瞅着他的样子不像是真心夸我们老张家。我有一种预感，易市长待会儿就该说眼下拆迁的事了。他不说我也不说，就跟他东一瓢西一葫芦地闲扯应付着。

　　扯了半拉钟头，易市长脾气急躁，沉不住气，跟我聊起了拆迁的事。不过他没说我家拆迁，说起了张各庄的拆迁。他说张各庄有一户叫陈立春，他家院子里有一棵白玉兰树，已经长了二十二年了，有三层楼房那么高了。每年的春暖花开的时候，这棵大树就结满洁白洁白的玉兰花，像漫天飘舞的白雪，是张各庄一处美丽的风景，吸引不少村里和外村的人来陈家欣赏。这棵树是陈立春父亲活着的时候栽下的，当年就是一棵小树苗，在陈立春精心侍弄下长得可壮实了。一家人到现在都还清清楚楚地记得父亲站在树前，为它浇水施肥的情形，对这棵玉兰树怀着深厚的感情，看见它就像看见死去的亲人。

　　拆迁开始了，一家人搂抱着斑驳的树干，舍不得放手。要搬家了，临时租的房子，又没有适合这棵玉兰树生长的院落，将来回迁又没有它立足的地方，这可如何是好呢？动迁工作人员走进陈家，一眼就看到了这棵玉兰树，听了陈立春母亲讲了玉兰树的故事以后，决定为这棵树找一个临时住所，并且交给一个园艺师负责照料。两天后，玉兰树临时住所找到了，园艺师也安排好了。陈家人很高兴，可这棵树不好移栽，夹在前后房子中间，拆房时肯定被砸坏，搞不好是要伤害陈家人感情的啊！据陈母说，当年有人出两千元买这棵树都没舍得卖啊。一席话透射出老人对这棵树的深厚感情。可陈家人知道，拆迁是为了促进咱们大成市的经济发展，要顾全大局，移不出去就牺牲这棵树。易市长知道这件事后，要求工作组想尽一切办法也要把这棵树安全地转移出去。张各庄的房屋都有一个特点：房顶是尖的，给房屋增添了高度，咋迁移出去呢？用吊车，高度达不到，运不出去。最后商定，平移出去，胡同窄，路过谁家就摘谁家的门框，左邻右舍都懂得陈家人的感情，纷纷主动摘除自家的门框，为迁移大树提供便利，陈家人对乡邻热心相助表达了敬意。为了防止大树断了根须出现意外死亡，陈家人老少齐上阵，在大树四周用镐头小心翼翼地刨坑。陈老太太亲自指挥家人刨坑，反复叮嘱家人小心谨慎，不要伤及大树。一家人围着玉兰树轮流干，顾不上休息，大家只有一个念头：快点把树移走，早一天开花，支持拆迁。他们刨得轻极了，好像生怕惊醒大树睡梦似的。经过三天的谨慎劳作，一个一米见方的树坑刨好了。一家人稍稍松了口气，一起动手剪掉了小部分枝杈，以免搬移时折断。然后，请来几个小伙子帮忙，工作人员和陈家人齐心协力平端起玉兰树，用了几个小时的时间，硬是一点点地挪了出去。陈立春说，他当时抬着大树，真像抬着他父亲，心里充满复杂的情感。他说，母亲一直守护在玉兰树边上，嘴里轻声细语地说着啥，听不清，但可以肯定是说给父亲听的。

　　听完易市长聊的这个故事，我从心眼里头挺佩服陈家人的。是易市长的一句话点醒了我，他拍拍我的手背说："我相信立满老兄的思想觉悟和陈家人一样高，一定会支持政府工作的，是吧老哥？"哦，原来在这等着我哪。这个姓易的挺会兜圈子的啊，跟我玩迂回战术哪。但人家毕竟是市里的大官，咱得给人家面子。我就说："我当然支持政府经济建设了，可我支持政府，政府也得为我们老百姓着想不是吗，就说我家……"易方兴接过我的话头说："我知道，你家地下菜窖比别人家的小，如果按实际丈量，要比别人家少拿几万补偿款，我说得对吧？"我说："这菜窖是我储藏香菇用的，这一拆迁我这香菇咋整啊？"易方兴说："我听明白了，老哥啊，你这是把拆迁当成一次致富的机会了啊！"

这话我可不爱听，刚要反驳，看热闹的人群里头有人喊："这是易市长，立满你胆子可真大，明目张胆跟政府对抗，无法无天啊？"这话显然刺激了我，我立刻脸红脖子粗地吼叫起来："市长？啥市长？他不也是人吗，少拿市长压我！老子没犯法，谁我都不怕！"

易方兴的眉毛竖了起来："这话可不对啊，我是不是市长不重要，重要的是咱们大家都要想明白拆迁修路究竟为的啥。"转身对我说，"老哥，我今天来你家，不是代表市政府来的！咱响鼓不用重锤儿，有话摆在桌面上！好好谈一谈！"他坐在我对面，要跟我唠嗑。我态度很强硬，就想横下一条心对抗下去了。我倔倔地扭着脖子不瞅他，只说了一句："吃亏我就是不搬，更不签那个字。"易方兴笑出了声，一点没在乎我的态度。他仰起脸看着一串串豆粒大的小葡萄，说："你这葡萄长势不错嘛，到秋天可得给我留点哦。你放心，我不白拿，按市场价给钱。"看得出，易方兴没指望今天能够说服我，他只是想找到打开我这把铁锁的钥匙。我哑着嗓子说："易市长你甭跟我绕弯子说话了，反正我是骑在老虎背上的人了，在你们眼里，我是一个刁民，可我不是熊包软蛋！其实，我的条件很简单，你们拆我的房，就要跟你们要钱，菜窖的问题，不能有两个标准。"易方兴说："关键是你家菜窖的面积不够！我们能多给你吗？这是有政策的！"我说："政策还不是你们定的吗？你们要是不给我，胆敢强拆，我就死给你们看！我死都不怕，还怕啥？"

我听见四周围发出一片惊呼，还听见有人说："妈呀，立满不想活啦！""不怕狂不怕横就怕不要命的。"紧接着，我看见易方兴的脸色阴了下来，像要下雨。我还看见他眼睛里边闪过一丝不可捉摸的冷笑，听他说："别拿死吓唬人，自焚，喝药，硬拼，这是一个大男人干的事吗？你死了又有啥用？只能让自己受害，亲人伤心。付出了生命的代价，不但无助于解决问题，而且还会害得子孙后代永远抬不起头来！老张，你是个老实人，好好琢磨琢磨是不是这个理儿！"我梗着脖子说："我不这样看！死，也是你们逼的！"易方兴真的恼了，大声吼道："你脑袋顶着蘑菇气还挺横，就冲你这么顶撞我,也得给你强拆喽！"说完生气地走了。赵副乡长慌张地说："立满叔，可不要随便说话，有啥话心平气和地跟市长说嘛，市长都生气了。"我倔倔地说："没啥可说的，不答应我的条件就是说出花来，说得公鸡下蛋鱼长毛我也不签字。"

跟我一直谈到黄昏。太阳慢慢地被堆积起来的灰黑色遮掩了，光线一点点暗下去了，好像哪个捣蛋孩子不小心把墨汁瓶弄洒了，天空上染了一层黑色。太阳的余晖反映到地面，那光线不再刺眼了，花呀，树呀，都染上了橘红的颜色。连我也成了橘红色了。沐浴在晚霞中的我，冷冷地斜视着易方兴。场面气氛显得有些尴尬。我故意要他尴尬的。赵副乡长好像并不尴尬，他竟然跟身边的人聊起利比亚卡扎菲来，他说无论哪一方是正义的，战争总归是不好的，应当用和平的方式解决矛盾。我听着是说给我听的，但我没有搭腔。我猜想，他心里头一定在琢磨，对付我这样的人，办法必须得重新想。

天黑下来了，赵副乡长终于要收场了。他站起身对我说："老张大哥，你再好好想想，明天我还找你谈啊！"说完，握握我的手，朝院门口走。我把赵副乡长送出了家门。咋说人家也是乡领导，不送是说不过去的。赵副乡长是最后一个在我跟前转过身走的，临转身他攥攥我的手，好像要说句话的，最终没说出口。

早晨起来，我有个习惯，爱溜达出村沿着村西那条彩霞河溜达，直到感觉肚子饿了才打道回府。第二天早上，我刚溜达到河边，就听身后边有人叫我，扭头一看是易方兴。天麻麻亮，晨风呼啸着，在树梢上发出尖尖的声响。我看着易方兴，不知道说句啥好。易方兴说了声："早啊老哥。"我唔了一声，转身想走开。他忽然一把攥住了我的手，悄声问："张大哥，现在除了你我没有一个旁人，你跟我透个底，到底想干啥？"我愣了愣，沮丧地说："市长，我委屈啊！"易方兴拍拍我的肩膀，说："红色家庭的后代，为了咱们这的经济发展，为了子孙后代的幸福生活，委屈点就委屈点吧。"我瞥了他一眼："凭啥，凭啥就得叫我受这个委屈嘛。"易方兴笑笑，说："凭啥，凭你是红色家庭的后代。"我说："你少给我戴高帽子，我可不上这个当。"

易方兴看了我一眼，走到河边，一张脸因为失望拉得很长："别这样，立满同志，政府对群众已经够仁至义尽了，你不能得寸进尺，这样对你是没有好处的。"我不爱听这话了，大声说："我家的房子我家的院，我想搬就搬，不想搬就是不搬。"易方兴的眼睛冒出一股子凶光，他的脸色越来越不好看了。

我多少有点心虚，可还是跳着脚叫喊："我委屈，委屈，我……我咽不下这口窝囊气……"他突然挥动胳膊走过来，使劲推了我一下，凶巴巴地吼叫："你委屈，我比你还委屈呢！就没见过你这样的刁民，我告诉你，你要再不答应，明天就强拆！"我吃惊得不敢相信自个儿的耳朵，眼前这个一脸凶相的人，还是昨天那个一副绅士模样的市长吗？我被他激怒了："强拆，我就告你！咱光脚不怕你穿鞋的！"易方兴两手叉腰，吼："张立满，我警告你，妨碍修路就是破坏经济建设，不但要强拆你的房子，老子还有权拘留你！"我也吼："你吹牛×哪，老子不是吓大的。"我一边骂着，一边往他的跟前凑。忽然，他的秘书不知道从哪冒出来了，冲过来使劲搡了我一下，我趔趄了一下，差点跌倒。等我站稳了，易方兴已经跟他秘书走了，看着他们的背影我把牙齿咬得咯咯响。到了晚上，我翻来覆去睡不着，耳朵边上老响着易方兴说过的那句话："张立满，我警告你，妨碍修路就是破坏经济建设，不但要强拆你的房子，老子还有权拘留你！"老婆见我睡不着，知道我是为拆迁的事闹心，就扳着我的胳膊劝我："胳膊拧不过大腿，要不咱就签字搬吧。"我一用劲甩开她的手，说："老娘们儿家家的，你甭管。"老婆子叹了口气，躺回她那，陪着我翻来覆去睡不着。我在黑暗里头瞪着眼睛瞅着房梁胡思乱想。我就想，难道易方兴真的有强行拆掉我家房子的权利吗？难道他真的有权利拘留我吗？我不信，政府还讲不讲理了？我的房子是受法律保护的，政府岂能在我不同意的情况下强拆呢？我不同意你政府的补偿方案，你就拘留我叫我蹲牢房，这不是欺压老百姓吗？你易方兴给我拿出红头文件来，哪一条哪一款写着可以强拆，可以拘留不签字的百姓。拿不出来就是你打着政府的旗号胡作非为，老子要上访告你去，叫你吃不了兜着走。这样寻思着，心底里有了底气，迷迷糊糊地睡着了。

第二天早上，天阴着，一片片黑云彩遮天蔽日的。正在做早饭的老婆劝我别去遛弯了，小心雨下起来挨浇。我想想，就没出门，不是怕下雨，是担心易方兴来强拆。饭做好了，我刚端起饭碗，忽然听见屋外响起一阵轰隆隆的声响，连忙放下碗筷跑到院门口朝外张望，我的妈呀，一辆高大威猛的推土机到了院门口。像一座山。啪啪啪，有人使劲拍大门板。听见有人喊："张立满，开门，听见没有？快点开门。"老婆、小瑾吓得直往我身后躲，嘴里哇哇乱叫，我伸长胳膊护住她俩，说道："别怕，有我哪，谁也不敢把咱咋着。"外面的人开始端门，只几下门板就倒了，哗啦一阵响，一群人冲了进来。最后一个进来的是易方兴。我朝易方兴叫喊："你们要干啥？"易方兴瞪视着我，喝问："我最后问你一遍，这个字你到底签还是不签？"我被气蒙了，怒吼："不签不签，老子就是不签。"易方兴冷笑一声，一声令下："拆！"话音落，推土机轰隆隆吼叫着，几秒钟就把门楼推垮了，砖头随着尘土四下飞滚。我们一家人全都惊呆了，我的第一个反应就是：狗 × 的，来真的啦！还没等我反应过来，推土机冲着南屋扑了过去，大铲子咣咣咣一阵乱撞，我那住了多少年的屋子坍塌了，变成了一堆碎砖乱瓦，屋子里的家具东西啥的砸得乒乒乱响。我听见老婆哭了，还听见小瑾也哭了，我也想哭，可我不哭，朝着易方兴大吼一声："老子不活着啦！"一头朝推土机撞去，被老婆死命地搂抱住了。我看清易方兴一边指挥着拆房，一边冷眼得意地斜视着我。我心里边那个气啊，大骂老婆："你他妈撒开我，撒开！"老婆哭着喊："我不，你死了我们娘俩咋活啊。"小瑾也使劲抱着我，朝看热闹的人群喊："二芒子叔，庆子哥，快帮着把我爸拖走啊！"二芒子几个人连拉带拽地把我拖到二芒子家去了。

　　我们村有个外号叫老和尚的，也是种植香菇的大户。但是，他的香菇园没有我规模大。老和尚姓赵，叫赵志。因为他一年四季剃着光头，不戴帽子，人们就给他起了个外号叫"老和尚"。他家搞大棚菜，不咋挣钱，见我养香菇发财了，就巴结我，想跟我一块种香菇。乡里乡亲的，互相帮衬着呗，更何况我俩是从小光屁股长大的好朋友，无话不谈，我就帮他搞起了香菇养殖。但是，他家的规模比不上我家。我家的房子遭到强拆后，他腾出他家的厢房给我们两口子住。小瑾让她的同学小翠拽她家去了。晚上，和尚叫他老婆子炒了俩菜，开了一瓶老白干，陪我喝起酒来。和尚劝我说："算啦哥，别上火了，肝火旺伤身子。来，喝。"我低头喝闷酒，二两酒下肚就醉了，但我脑子清醒，眼跟前老是晃动着易方兴的大胖脸盘子，就忍不住破口大骂起来："啥市长干长的，有啥资格代表政府啊，政府跟老百姓争利这叫啥政府？啊？纯粹是……"和尚一拍桌子也跟着我骂，他还鼓动我不能咽下这口气，上省城告状去。他的话点拨了我，对呀，告状去，我就不信共产党的天下就没处说理了。

　　天还黑着，我的酒还没醒透，就跟老婆张罗，叫她给我烙几张大饼，再买几袋榨菜，明儿个一早我就背上去省城告状去。老婆吓得捂我的嘴，劝我说："人家是市长，有撑腰的，咱们上哪儿说理去啊？天下乌鸦一般黑，忍了吧。"我叫喊："别拦着我，老子去定啦。"老和尚听见我俩吵吵了，赶到我们这屋，对我老婆说："嫂子你别怕，如今是法治社会，民告官一点也不新鲜，省里头不会把大哥咋样的，说不准还能告赢了哪。那样一来，你们家就可以多得点补偿款了。"我说："拆迁补偿款是小，我真的是咽不下这口气！市长有啥了不起的，说把我的房子拆了就拆了啊，不叫老百姓活了咋的，他凭啥这么霸道，还有没有王法了啊！"我越说火气越旺，心里边蹿起一丈高的火苗子，我对老婆说："你不叫我告这个状，真不如让我去死，就是死了，我的魂也得去告。"老婆抱着我的胳膊，哆哆嗦嗦地哭开了，一边哭一边嘱咐我："出门在外多加小心，给家里勤打电话。"我鸡啄米似的点头。

　　我就这样开始了告状生涯。

　　在村口，我碰见了满囤。他拉住我的手，说："叔，你别怪我，我这个芝麻粒大的官实在罩不住你。"我拍拍他的肩膀头，说："叔明白，不怪你。"在车站点，我犹豫上哪个方向的车了。往西去是进市里的车，去告易方兴？想来想去还是拉倒吧，上市里告市长，那不是脑袋痛吃拉肚子药绝对不灵的。我看就直接上省里告吧，到省信访局。

　　我是前半晌快 9 点的时候上的长途车，下半晌快 5 点到的省城。出了车站我拦了一辆出租车，直奔省信访局接待处而去。半道上堵车了，好不容易磨蹭到了那，人家正准备下班走，一个姑娘对我说："有事明天再来吧，老乡。"她的态度倒是不错，朝我笑眯眯的。可我心里头憋屈，跟她笑不出来，还嘟囔她一句："人家坐了一天的车了，水没喝上一口，饭没吃上一口，你一句话就给我打发啦？"姑娘问："您从哪来？"还没等我回答，一个上了点岁数的干部说话了："小秦听口音你还听不出这位老乡是从大成来的啊？"转身对我说，"您先坐下歇会儿，喝口水。"我感激地从这个干部手里接过水杯，一口气喝干，抹了把嘴唇，迫不及待地对他说："领导，我要告我们易市长。"姑娘对我介绍说："这是我们接待处的钟主任。"我像捞到了救命稻草，一把攥住钟主任的手，摇着说："这下好了，见着青天大老爷啦，我的冤屈有处诉啦！"钟主任按着我的手说："别急别急，坐下慢慢说。"他从抽屉里拿出纸和笔，对我说："您说吧，我听着哪。"

我把事情的来龙去脉跟钟主任说了一遍，说到气愤处激动得直劲咳嗽，说着说着泣不成声了。钟主任安慰我，说："政府一定会给群众做主的，不要激动。"钟主任认认真真地把我说的全部记下来了，然后让我在笔录下面签上了我的名字。我说："谢谢你主任，我走了。"他问我去哪里。我说找家小旅馆住下，等着结果。他说："您等一下啊。"拿起桌上的手机拨了一个号，对那边说："晚上我晚点回去，你们就别等我了啊。"像是给家里打的。挂了电话他对我说："走老哥，我陪你吃水饺去，我们这的功夫水饺天下一绝啊。吃完了，我给你安排进省委招待所住一宿，别上外边住啦。"我握住他的手，嘴里头一个劲说谢谢。还说想不到在省城遇见这么好的人。钟主任说："没啥可谢的，你大老远的来了，举目无亲的，我们作为一名信访干部，有这个义务照顾好你啊！"说得我心里头热乎乎的。

省城的水饺真不赖，个头大得跟包子似的，皮还那么薄，馅还那么大，不知道是咋把这么多馅包进去的，更不知道咋就没煮破。咬一口，水灵灵，鲜灵灵，真香，我一口气吃了五个。钟主任给我斟了一杯酒，端起他的酒杯说："来，喝口酒舒心活血，吃完早点歇着。"我跟他碰下杯刚要喝，口袋里的手机响了，以为是老婆子打来的，朝钟主任笑笑，喝下一口酒，不好意思地说："是我家里的，不放心，叫你见笑了。"钟主任笑笑，做了个叫我接电话的手势。我按了接听键。"喂，是立满吧？"是老父亲的声音。他的声音有些发颤。我连忙说："是我爸，别急，啥事啊？"老爸喘着粗气说："立满啊，你妈病危啦，快回来吧！"我吓了一跳，没想到母亲病得这么快，这么糟，呆愣着半天说不出话来。钟主任说："老哥说话呀，沉住气，不然老人家更急。"我回过神来，问道："我妈啥病啊？赶紧送医院哪！"老爸说："送啦。你快来吧，兴许能见你妈最后一面！"我慌神了，喃喃自语说："这可咋办啊，这可咋办啊……"钟主任安慰我说："别慌老哥。父母家住哪？"我说："西柏坡。"钟主任说："走，我送你上车站，连夜上西柏坡。"我说："还没打票哪。"钟主任说："到车站再打。有几点的打几点的。"又指着桌上的饭菜，朝服务员喊，"小姑娘，打包。"

我们的运气真不错，售票口那个烫发的女工作人员说："西柏坡有一趟车，还有十分钟进站，停三分钟后发车。"我松了口气，这才感觉到出了一身的汗。钟主任把钱塞进售票口，说："打一张。"我连忙拽他的胳膊，说："咋能叫你花钱哪，使不得使不得。"钟主任按住我的胳膊说："别争了，秋天的时候我去你家吃白薯、花生去。"我说："你可真去啊，我们庄稼人信实。"钟主任笑着说："一定去一定去。"这时，去西柏坡方向的检票开始了。钟主任陪着我快步走到检票口，把手里拎着的打包饭菜食品袋塞进我手里，又递给我一张名片，说道："这上面有我的电话和地址，有啥事你就找我好了。一路顺风老哥。"我感激地看着他，一句话也说不出来，光是朝他点头。

列车拉着我星夜兼程，三个小时后进了大鹏市车站。我心急火燎地下了车，刚一出车站口，立刻围上来一大帮人，此起彼伏地问我坐不坐出租车、摩托车、三轮车。我冲出他们的包围，随便上了一辆出租车，对司机说了声："快，第二人民医院。"夜深了，街面上的车辆明显比白天少了许多，不一会儿车子就开到了医院门口。我给了车钱，喘着粗气往住院部跑去，进了大厅，没顾上等电梯，一口气跑上了三楼，找到了父亲说的房间号，推门就进，差点撞上一个护士。"立满在这哪。"父亲熟悉的哑嗓子在我身后响起，我转身抓住父亲的手，感觉自己的两条腿在不住地抖动。"爸爸，我妈她咋样了？啊？咋样了？"父亲说："别急，先坐你妈跟前歇歇再说。"说完，闪开身让我坐病床。时隔半年，我又看见了母亲，老人家昏睡着，人事不省。我望着母亲苍白消瘦、没有血色的脸，呜呜呜地哭了，哭得格外痛心。父亲攥着我冰凉的手不说话。

在走廊里，父亲告诉了我母亲发病的原因。原来是因为我那不争气的小弟弟大军，入室偷盗被人家户主堵了个正着，交给了派出所警察。弟媳妇云红一生气，抱着孩子回了娘家，哭着喊着要离婚。这件事一下子击垮了母亲，哪个老人能承受住这样的打击呢？"这个大军，真是太气人了，他咋会干出这种丢人现眼的事儿来呢？"我恨恨地骂。父亲叹口气说："骂也晚了，现在说啥都晚了，叫他蹲几年大狱也好，受受教育，好好改造改造。"我想给老婆打电话，叫她们都过来，父亲没同意，理由是大老远的先别折腾了。

　　我在母亲床前守了一宿。困是真困，累是真累，毕竟我也是五十岁的人了，精神头大不如从前。但我情愿这样守着，心里头好受点。我愧对母亲，自己搞香菇种植，整天没白没黑地扎在地窖里边，除了节日，很少回家陪伴母亲。哪次回家，母亲总是拉着我的手好半天不撒开，上上下下把我看个够，伸出手来摩挲我的花白头发，她还把我当小孩子看呢。孩子嘛，不管你多大岁数了，在父母跟前永远都是孩子。我忽然有了一种担忧，要是母亲永远不能醒来，连一句遗嘱都没能留下，那半年前跟母亲见的一面不就是最后一面了吗？今生今世，我就要永远也看不见母亲了，我也就永远没有妈妈了啊！回想起在大鹏车站，母亲送我上了车，站在站台上，隔着车窗看着我泪流满面。看着苍老的母亲我也落泪了，不住地朝她摆着手，嘴里边反反复复喊着一句话："回去吧，妈，别哭了，回去吧。"母亲没有走，流着眼泪用手巾不断擦着车窗玻璃，使劲瞪大眼睛看着我，好像要把我看进她的心里边。列车开动了，母亲朝我摇晃着胳膊，吃力地跑着，一点点被列车丢在了站台上。我使劲向母亲摇着手，直到看不见她了还在摇着，泪水流得满脸都是。一到夜深人静的时候，一想起和母亲分别时候的情景，我就睡不着觉！那种母子分离依依不舍的场景，老是在我脑海里头翻腾，眼睛里边总是涌满泪花，心里边跟刀子割似的。

　　第二天早晨，我推着母亲进了化验室，医生要给母亲做"核磁共振"。诊断结果很快就出来了，让我大吃了一惊，脑血管严重堵塞，医生解释说这是严重的脑血栓。我把母亲推回病房，跟医生交换一下意见。医生说："老人家的病情很严重了，需要马上输液。"医生还跟我说，脑血栓患者除了吃降颅压药以外，还要坚持适当的锻炼，饮食上尽量要清淡，日常起居要有规律，要多吃蔬菜和水果。另外还可以吃一些具有降脂溶栓功能的保健品，对脑血栓治疗效果不错。

　　我给母亲买来一大堆水果，还有几盒有降脂溶栓功能的保健品。天天守在母亲身边，看着她输液。到了第五天上，母亲的病情终于出现转机，睁开眼睛认人了。我高兴得握着母亲的手，连声喊着："妈，你还认得我不啊？"母亲笑了笑，声音微弱地说："你是立满子，我大儿。你啥时候来的？"我凑近母亲的耳朵说："来好几天了，妈你可吓死我了，可醒过来了。"母亲点头说："我死不了，甭害怕。"我胸腔子里头悬着的心总算着着实实地落了地了。

又过了两天，我见母亲的病情稳定下来了，就想起了易方兴，想起了家里被他强拆的房子，想起了自己跟老婆孩子还寄宿在别人家里，心里就火烧火燎地难受，就想接着告易方兴的状。我对年迈的老爸他们说："你们陪着我妈吧，我得赶回去告状去啦！"老爸急忙问我咋回事，我把事情的前前后后说了一遍。父亲和亲戚们有点不理解，老妈病这么重，告状难道比老妈的命还重要？我对他们解释说："我也不是医生，待在这也没用，我妈醒过来了，没啥生命危险了，我也就放点心了。家里边有重要的大事，耽搁不起啊！我给小瑾妈打电话了，她明儿个就能赶过来。"父亲是个刚强的人，攥着我的手说："放心走吧，跟妈说两句话。"我坐在母亲的病床前，拉着她刚刚有了点温热的手，提前想好了的话一句也想不起来了，光掉眼泪说不出话。母亲最知道儿子的心思了，她好像对我要走有了预感，反倒安慰我说："妈没啥大事了，家里边有事就去办吧，甭挂念我。"我的心头一热，禁不住有些哽咽了："妈，您好好治病，儿子不孝，先走了，儿子真的有重要事。"母亲点点头，闭上了眼睛，像是睡着了，脸上没有一点表情。我哽咽地问道："妈，我们张家不能受这窝囊气呀，您能原谅儿子吗？"母亲脸上依旧没有表情，父亲推着我的身子，示意我赶紧走。

我朝病房门口走了几步，又折回身走到母亲身边，颤抖着手摸了摸母亲的手，小声说道："妈，我去了，过几天再来看您老人家，您肯定能好的！"说完，抹着眼睛走了。父亲一直送我出了医院大门口。我说："回吧，爸爸。"父亲点点头，说："啥事别太较真儿了，见好就收，啊。"我说："哎，知道了。"

当天下半晌四点，我就坐上了去省城的火车。在车上，我给老婆打了电话，问她动身了没有。她说正在车站候车厅等车哪，下半晌五点十分的车。我嘱咐她路上留点神，她说我知道。我问小瑾还在小翠家吗，她说是。她反过来嘱咐我，别动不动就动肝火，伤身子。我说我知道。然后她说，手机漫游费忒贵，不说了。我说那就挂了吧。跟老婆通完了电话，我趴在车窗跟前，看着窗户外面一闪一闪过去的景物发呆。

晚上八点多钟，我出了省城车站的出站口，是一副寒酸的模样。我掏出手机想给钟主任拨个电话，告诉他我又回来了，请他吃顿饭。照着名片上的号码刚拨了一半，一对好像处对象的小年轻从我身边走过去了，听着那女的没好气地嘟囔说："这都几点了,请我吃饭,哼,没诚意!"我得到提醒,对呀,几点了?一看手机上的时间显示,快九点了,人家钟主任早吃完饭了,就是有饭局没吃完也该差不多酒足饭饱了,这个时候打扰人家,这不纯粹请人家是假,叫人家给你安排吃住是真吗?拉倒吧,明儿个再说吧。感觉有人在拉我的胳膊,转脸一看,是一个不认识的女的,连忙抓紧提包,瞪了她一眼转身就走。

　　那女的喊："别走啊大叔,我不是坏人,我是想问你住店不?"我停住脚看着她,胸口鼓胀起来。那女的笑笑说："我家里开着小旅馆,收拾得挺干净,饭菜也实惠。我看大叔刚下火车的样子,要是没亲戚,就上我那住去吧。"我打量她一番,感觉那样子不像个坏女人,就问："一宿多少钱?"她捋了下耳朵边的头发,说："三十块钱。"我想了想,说："离这多远?"女人指指前边,说："往前走二百米,再拐个胡同走五百米就到了。"我说："那带我去吧。"女人高兴地答应一声,要帮我拎提包,我连忙躲闪说："不用了不用了。"我对她还是有点戒心。直到到了她家的小旅馆,一看环境真的挺干净的,再看他老公也像个本分的人,才放下心来。她家的饭菜味道还不错,一份拍黄瓜,一份鱼香肉丝,外加一碗米饭,收了我二十块钱,挺便宜的。男人问我喝酒不,我说不喝了,累了困了,明儿个还有事哪。吃完了饭,洗漱完,我就躺下睡觉了。一宿没睡沉,老想着病中的母亲,还想着告状的事。这状告得拖泥带水,纠缠不清。

　　第二天早上,我躺在被窝里就给钟主任打通了电话。"我是张立满哪,我回省城了,我母亲的病稳定了,我想见你啊。"我一口气说了这么多。钟主任等我说完了,说："立满老兄你好,你听我说,实在抱歉,我现在没在省城,到郑州开会来了,得后天回去。"我失望地说："那我等着你!"钟主任说："行。等我回去陪你到旅游景点好好玩玩儿。"我说："玩就不用了,等那事有了眉目再说吧。"钟主任说："那件事你别着急,得等工作组到你们那调查结束后,经领导研究批示才能出结果啊。"我问："那得等几天?"钟主任说："这个不好说。"我心里头凉了大半截,好一会儿说不出话来。钟主任还跟我说了些啥,我一句话也没听进去。咋办呢?看这情形,钟主任这个官还小,他帮不了我,难道就拿易方兴没啥办法了?这可是省城啊,比他易方兴大呀,咋就搬不动他呢？难道真的是官官相护咋的？咳，可不就是这么回事嘛。那就别等钟主任了，等也白等，给人家出啥难题啊，回家吧。可就这么回去了我实在是不甘心哪，他易方兴该、还不笑话死我？还不得意死他？可不甘心又能咋样啊？我的眉宇间爬上来淡淡的愁苦。

起床之后，我照了照镜子，看到一张乱糟糟的脸，脸脏着，眼睑黑了，睫毛倒了，连整个眼圈都黑乎乎的。我洗了把脸给老婆打了个电话："咱妈咋样了？"她吭了一声，说："妈一天天见好了，还叫我嘱咐你注意点自个儿的身体，五十岁的人了。"我听了好一会儿没说话，眼眶子热呼啦啦的。老婆问："告状的事咋样了？"我没跟她说实话，我的回答是："省里接下了我告的状，等着看易方兴好看吧。"老婆叹了口气说："人家是市长哩，告赢告不赢的又能咋样人家嘛。"我不想跟她拉这事了，就说："你替我好好照顾妈吧，我这你就甭挂念了。"她问："你啥时候再来妈这？"我说："看情况吧。"跟她说话的时候我就打定了主意，省里没啥眉目，我就上北京告去，我就不信没说理的地方。

前半晌十一点二十五分，我登上了去北京的列车。下了车我直接去了国家信访局。一个三十多岁的男人接待了我。他的态度挺好，给我端了一杯水，还给我搬了一把椅子让我坐下。他把我说的话做了笔录，然后微笑着对我说："您先回去吧，有什么情况我们再跟您联系。"我问他："啥时候跟我联系啊？"他说："这个不好说，耐心等待吧。"咋跟钟主任说的一样啊？我刚要再说一句，他转身接待别人去了。我只好出了接待室，在走廊上失魂落魄地踱着，心里头挺不畅快的，胸口堵得慌，真想大声喊几声，刚一张嘴就被一个穿保安衣裳的人给盯上了，他瞪着俩三角眼瞅着我，还攥起了拳头。我就没喊出声来，沮丧地出了信访局大楼，站在车水马龙的大街上，愣了好半天，不知道往哪走才好。我有一种感觉，这的人跟省城的一样，办事都拖泥带水，好像一大堆乱麻搅和在了一块。咋办呢？打道回府？不，不能回，乡亲们还不笑掉大牙？易方兴还不乐死？我张立满活这么大岁数了，啥时候办过这么拉稀的事呢？我就住下不走了，决心下了以后我又发愁了，我只身一人，在北京这么一座大城市里边，像一根针，跟不存在没啥两样。我举目无亲，哪里才是我安身之处呢？我一连走了好几家小旅馆，都让那高得离谱的住宿费吓了出来。我在北京的街道上没有目标地瞎走着，脑袋昏昏沉沉的，脖颈子酸痛酸痛的。路过一家火锅店门口的时候，坐在门边上躺椅上的一个老爷子叫住我，问："老弟，尝尝我家的火锅羊肉吧，真正的草原小羔羊肉，味儿相当地道。"我摇摇头，说："住都住不起，吃羊肉就更吃不起了。"老爷子说："听您的口音是河北人吧？"我点点头。老爷子又问："怎么着，来北京干吗来了？遇见难处了吧？"我又点点头。老爷子说："住不起旅店不要紧，您可以住地下室去啊，那地儿便宜。"我连忙问："那我上哪找去啊老哥？"老爷子伸胳膊往右边指了指，说："走二百来米远，那有家台球厅，您看看去吧。"我道了声谢，快步朝那边走了过去。

老爷子还真没蒙我，那边还真的有一家台球厅。走进去一看，厅子不小，得有十几张桌子，将近一半的桌子围着几个小青年在较劲。谁也没注意我，我转着圈找这里的老板。找了好几圈，从门口右边的墙角看见一个女的，四十多岁的样子吧，描眉擦粉的，还抹着口红。我走过去，问她："老板，你这有地下室是吧？"她上下打量着我，反问："你要干什么？"我说："住啊。"她松了口气，站起身，扭着肥胖的大屁股朝里边走去。我愣愣地看着她。她停住脚看着我，喊："走啊。"我问："干啥？"她说："废话，你不是要住地下室吗？"我哦了一声，跟了过去。

地下室有门无窗，黑咕隆咚的，相当闷热。有点亮光，比老辈子家使的煤油灯亮不到哪去。我吓得不敢迈步子，生怕撞哪磕哪的。那个女的肯定是对这里边非常熟悉，走得蛮快的，脚步声吧嗒吧嗒。我喊："等会儿我，看不见道儿啊。"她喊："哎呀，放心大胆地走吧，没人抢劫你啊。"我摸着墙深一脚浅一脚地走着，手心里都出了汗。走了大概有一百米吧，前边有了亮光，听见女的喊："到了。"我嘟囔说："总算到了，这也忒黑呀。"女的说："走熟了就不显黑啦。嫌黑打手电啊你。"我蹭到了亮光的地方，发现亮光是从一间敞着门的屋子里透出来的。我往里边探进脑袋瞅了瞅，里边有两张床，上面铺着蓝格子床单子，一张歪歪扭扭的破桌子，别的就没啥东西了。

女的进屋，对我说："进来呀，发什么呆啊？"我走进屋，打量着，说："这还是两人间啊，别叫别人进来了中不？"女的说："行啊，怎么不行。不过，那得交两个人的房钱。"我说："那就拉倒吧，算我没说。"女的撇了下嘴，喊了一声。我问："对了，一宿多少钱？"女的伸出一个巴掌："五十。"我惊了一下："这么贵？"女的又撇了下嘴："想什么哪，这是首都知道吗？你住不住吧，不住走人。"我想想，说："住住住，谁说不住了。"女的递给我房间钥匙，伸出右手，说："先交二百块钱押金。"我问："干啥呀？"女的说："屋子里的东西丢了坏了我们找谁去啊？"我说："就这点破东西……"女的打断我的话说："这是规矩，不住走人。"我不高兴了："你这个人，咋老是轰我走啊，有你这么做生意的吗？我给不就得了。"掏出二百块钱给了她。她给了我一个押金条，扭着大屁股消失进了黑暗里边。我朝她的背影嘟嚷着骂了一句，声小，连我自个都没听清骂的是啥。

　　还挺好，直到晚上也没有别人住进来。我吃了张临走父亲塞进提包里的大饼，喝了口水，躺到床上准备睡觉。累了，也困了，早点歇着，明儿个好早点有精神再去信访局瞅瞅去。屋子里的灯光昏黄昏黄的，让我想起天快黑的时候。我还闻到一股子馊了吧唧骚了吧唧的味儿，怀疑床底下有啥坏了的东西，死耗子啊，臭袜子啊。趴在床帮撅着屁股往底下瞅了瞅，黑了吧唧的啥也看不见。看见门后头有一把笤帚，下床拿过来往下边划拉划拉，啥也没划拉出来。味就味吧，顾不上这么多了。关了灯闭上眼睛，睡觉。可好一会儿没睡着。老是想这想那，想老妈，她现在咋样了？想易方兴，他咋就敢强行拆了我家的房子呢？谁给了他这么大的权力呢？想我的房子，那可是前年翻新重盖的新房子啊，里边还有我的电视机、洗衣机哪，都砸里边了，他易方兴不包赔我的损失，我就跟他拼了。这样想着，越想越生气，越生气越是睡不着。

　　第二天早上，我的脑袋嗡嗡的，眼眶子一窝一窝地酸胀。这要是在家里边，我肯定得再躺会儿。可今儿个不能躺了，我得赶紧上信访局打探打探结果去。我强撑着爬起床，往一个洗脸盆子里倒了点水，洗了把脸，带上门来到地面。那个女的正端着脸盆泼水，看见我咧了下嘴，没再瞅我。我也不瞅她了，出了台球厅门口，朝信访局方向快步而去。走着走着，忽然想起现在时间还早，人家政府还没上班哪，就改为溜达着走了。路过一家早点店，想起还没吃早饭哪，就推门进去了。一个说四川话的小姑娘，热情地揽着我坐到一个小桌子边，递给我一个菜单，问我："吃啥子爷爷？"我看了看菜单，妈呀，一根油条四块钱，一碗豆浆两块钱，这也忒贵呀。大早起吃顿饭就得花个六七块钱，顶得上在家吃好几顿的了。咳，首都嘛，吃啥啥贵啊。可既然进来了，不吃也不合适啊，那就硬着头皮吃呗。就对小姑娘说："来一根油条。"小姑娘问："好多豆浆？"我知道她说的好多意思是要多少，就摇摇手说："不要豆浆，我有喝的。"小姑娘用食品袋给我包了根油条递给我，我心疼地递给她四块钱，装作满不在乎地出了店，到大街上心疼得出了声。"四块钱啊，才弄了这么一根小油条。"心疼完，暗自跟村里的瘸老八炸的油条比一比，还是这个大，顶得上他的两根了。不过瘸老八的一根才四毛钱，这可是四块钱，十倍的价啊。我狠狠地咬了一大口，嚼了嚼，嗯，别说，比瘸老八炸的好吃。我一边吃一边走，有点噎着了，想水喝。前边有一家小超市，想进去买瓶水，又一想，别进去了，说不定一瓶水有多贵哪，忍着吧，到信访局就有水喝了。

到了信访办还真的有水喝。还是昨天那个男工作人员接待了我。还没等我说话，他抬头认出了我，立刻站起身说道："您怎么又来了？不是跟您说了吗，回家等消息去。啊，快走吧，我们这很忙，不要影响我的工作。"我赔着笑脸说："我这次来等不到结果就不回去了，麻烦你还是……"他打断我的话说："您这位老同志真是的，哪能这么快呢？这每天我们要接待大量的信访，不都得一点一点按程序办理吗？"我还想再求求情，被他强行推出了屋子。我只好垂头丧气地出了信访局大楼，漫无目标地瞎溜达。正溜达着，手机响了，是小瑾打来的。孩子问我："爸你咋还不回来呀？"我说："还得几天哪。"小瑾说："我托我们班主任老师问过信访局的人了，人家说了，信访必须一级一级往上走，不能越级上访。爸你快点去医院照看奶奶去吧，当心叫人家给你遣送回来，那可就麻烦了啊。"我说："我不怕。咱有理害啥怕。再说了，上市里告易方兴还能告倒他，省里又不管，中国的大官都在北京，不上北京我上哪儿啊？"小瑾不说话了。

可我没想到，两天后的傍晚，小瑾突然给我打来电话，说："爸，我到北京看你来了，你住哪呀？"我一听，在电话里就骂开她了。小瑾说："哎呀别怪我了，谁叫你不听我劝哪。快告诉我你住哪，我找你去。"我只好说："在车站等着我，我接你去。"

　　我一咬牙上了一辆出租车，赶到了火车站，一下车就看见了小瑾，喊了一声，朝她走了过去。小瑾喊了声爸，跑过来一头扑进我怀里，像个孩子似的哭了。我说："瞅你，哭啥吗？"她说："奶奶病危，你不守在身边，偏要告这个状。不会有啥好结果的，快走吧。"我摇摇头，坚定地说："没个结果，我绝不回去。咋回去啊，还不被乡亲耻笑？"小瑾噘下嘴说："你想多了，大家都盯着园区招工，哪个顾得上看你笑话啊。"我说："真是的，路开始修了吗？"小瑾说："开工了。"我说："走，跟爸吃顿饭去，吃完了你还是回家吧，我那没你住的地方。再说，你还得上学哪，别耽误学习。"小瑾搂着我的胳膊不撒开。我说："你就是跪地求我，我也不回去。告不下易方兴我哪也不去。"小瑾见我态度这么坚决，只得撒开我的胳膊，从贴身口袋里掏出一个小布包，塞到我手上。我问："啥吗？"她说："卖香菇的钱，你拿着吧。"再把手里的小提包递给我，我问："这又是啥？"她说："香菇，留着你吃。"我拉住孩子的手，说："爸带你吃点好的去。"小瑾说："我还真饿了。咱们吃点面条去吧。"我说："那东西不经饿，吃大米饭炒菜去。"

　　我领着小瑾进了一家大饭馆。

　　小瑾一看里面的环境设施，就连忙拽我的胳膊，小声说："还是上别处去吧，这的东西肯定贵。"我说："就在这，哪也不去了。"一个女服务员笑眯眯迎了过来，彬彬有礼地鞠了一躬，问道："请问几位？"我说："两位。"女服务员一伸胳膊说："请这边坐。"我坐在椅子上，拿起菜单，一口气点了三个菜，红烧鱼、溜肥肠、水煮肉片。小瑾等服务员走了，按着我的手说："这得多少钱啊爸，你疯了吧？"我说："傻丫头，这是首都，咱不能掉价。"小瑾噘了一下嘴，眼睛亮得像两盏灯。

　　送小瑾上车走后，我回了地下室。一开门，里面有一个四十多岁的男的，从我对面床上坐着，瞪着一对小眼睛看着我。我看看他，警觉地走到我的床边查看提包里的东西。男的说话了："放心老哥，我不是小偷。"我看看他，笑笑。他问我："老哥哪的人啊？"我反问："你哪的人啊？"他说："我保定的。"我说："我大成的。"他说："我叫王长贵。"我说："我叫张立满。"想起赵本山的《乡村爱情》里的王长贵，就笑了，说："跟《乡村爱情》里的王长贵一个名儿。"

他也笑了，说："我老婆也姓谢，叫谢二芳。现在大伙都叫她谢大脚了。"

这一段对话一下子拉近了我俩的距离。我递给他一根烟，他扔给我一个大苹果。他抽着烟，我吃着苹果，唠了起来。王长贵说他来北京，是来看天安门广场升国旗仪式的，还带了小摄像机，他要把整个过程全都录下来，带给乡亲们看。我说："嗯，你这事办得好。"他问："老哥你干啥来了？"我把事情的过程简单说了一下，他闷头坐着没说话。过了一会儿，他说："老哥你别怪我说话直。你胆子可够大的啊，敢告市长？我估计你告不赢。"我说："就是省长，他也总得讲理吧？"王长贵问："信访部门的人是咋答复你的？"我照实说还没结果。他说："你看咋样，肯定没个结果啊，人家就是拖延你，叫你等得没了耐心，没了再告下去的精神头儿。"我拍下床帮，说："可我不甘心哪，好好的房子就白扒了咋的？里头的东西电器就白砸了咋的？"

王长贵不说话了，歪着脑袋好像在琢磨啥。我问他："寻思啥呢？"王长贵没回答我。我呆呆地看着他。过了一会儿，他一拍大腿，朝我倾着身子，神秘地说道："有办法了。"我说："啥办法？快说。"他小声说："你呀，就上外国大使馆门口闹去，你就喊冤，别的啥也别说。"我琢磨琢磨，有点担心地看着他，说："上那地方喊冤去，还不得给我抓起来呀？那可是禁区啊。你想外国人待的地方……"王长贵摇着脑袋，说："这你就不懂了，你一不反党二不反社会主义三不反政府，就是一个老农民，的确的确有冤在身，政府能把你咋着啊？咋也咋着不了。"我觉得他说的有道理，就点了点头表示赞成。可我又一想，提出了一个新的问题："那叫外国人看见我大喊大叫的，影响多不好啊。"王长贵笑了，说："老哥你算说到点子上了。你一喊叫肯定能招来外国人看热闹，外国人一围观，肯定影响不好啊。影响不好谁着急啊？政府着急呗。政府一着急，就得问你喊啥冤哪，你的问题不就有解决的希望了吗？"我一拍巴掌喊："哎呀长贵，你可太有才了，这个办法妙啊，我该咋谢谢你呢？"王长贵扬扬自得地说："谢啥，穷人嘛，互相帮衬呗。"

第二天早上，王长贵我两一起到早点店吃饭，他要了一碗大米粥、一个茶叶蛋、两个菜包子；我跟他一样，不一样不合适。结账的时候我抢着结的。结了二十块钱，心疼得我有点牙痛。结完账我才觉察到，长贵光跟我喊他结账，钱包一直就没掏出来。出了店门，我俩各奔东西，他忙他的去了，我向一个路人打听外国使馆区咋走。那个男的看了看我，准是奇怪我一个乡下人打扮的半大老头子，去那种地方干啥。他随便指了个方向，没说一个字就匆匆走远了。我只好拦住一个跟我年岁差不多的大姐。大姐指着跟前的一个站牌，说："从这上公交车，六站地就到了。下了车照直走，到一个十字路口往左拐，走一百多米就到了。"说得真详细，刚要向她道谢，她喊起来了："快跑，车来了，就上那路车。"我连忙朝那辆公交车跑去。

这是一个随时爆发危机的黄昏。按那个好心的北京大姐指点的，我没走一点冤枉道，找到了使馆区。全是英文字母，我一个不认识。飘着的国旗，也是五颜六色。我喘着气扫视了一下这里，看见了使馆门口拿着枪站岗的武警，心里边一阵哆嗦，有点害怕了。就想往回走。可转念又一想，我叫那个易方兴害得房子没了，家具没了，电器没了，赔偿款也没了，不上这喊冤没人听我喊哪，首都政府得给我做主啊。想到这，我就来了底气，就拔腿朝最近的那个大门口跑去，一边跑一边喊："易方兴强拆了我家的房子，害得我流浪街头，我冤枉啊……"我看见门口的武警朝我这边看，然后端起枪朝我喊了一句啥，我没听清楚接着跑。我看见有两个武警冲着我跑过来了，一边跑还一边喊，他们喊的是："站住！""不许动！"我头皮一阵麻颤，撒腿就跑。没跑多远，就被武警逮住了。我连连喊着："冤枉啊，求政府给我做主啊……"两个武警一边一个夹住我，扭住我的胳膊按在了地上。我梗着脖子喊："放开我，咋还抓我呀，我是冤枉的。"两个武警也不听我解释，就这么一直按着我，直到来了一辆警车，把我交给了没穿警服的人才回了使馆门口。

一个胖子抓住我的手腕，咔地一下给我戴上了一副冰冷的手铐子。我连忙说："警察同志别误会，我是来请求政府做主的，我们市的市长欺负人，扒了我家的房子……"胖子吼："住嘴。"把我塞进车，啪地关上车门开走了。我问身边的一个瘦子："这是往哪开呀？"瘦子说："到那就知道了。"我说："把铐子摘下去吧，痛。"车上的人谁都不理我了，一个个脸阴得吓人。不摘就不摘吧，到了那自然就得给我摘了，我又没犯法。戴会儿铐子也值了，一会儿就可以见着给我做主的政府了，我的冤屈有处伸张了。王长贵这小子真有才，信访部门是解决不了问题的，必须得上使馆区来喊冤，这样才能惊动政府，还开着车来接我，哈哈，咱也坐了回政府派来的车，回村跟乡亲们有牛可吹的了。我的心情好了起来，心情一好，就想看北京的景了，来了这几天还没顾上哪。我透过车窗，开始观赏起外面的景色来了，可惜车开得快，还没看好就闪过去了。我在小瑾的电脑上看见过介绍，北京有不少旅游景点，最有名的是故宫、长城、颐和园、天坛、十三陵、天安门广场、东西长安街，还有各种博物馆、纪念馆，还有新建的中华世纪坛。我还是 20 世纪 60 年代来的北京，到过天安门广场，还仰望过广场正北的天安门城楼，在人民英雄纪念碑跟前还照过相哪。

　　走着走着，我发觉车窗外边的高楼大厦都没了，一片乱乱的空地。"这是上哪走啊？"我问。胖子瞪了我一眼，对瘦子说："这老家伙话太多，给他把臭嘴堵上。"我吓得头发都支棱了，喊着："我是养香菇的，我嘴可不臭！"还没等我反应过来，瘦子抓起一块布猛地塞进我的嘴里边，恐惧使我浑身颤抖。紧接着，眼前一片漆黑，眼睛也被啥东西给蒙上了。咋这么对待我呢？我在心里喊，抬起胳膊想抓掉布条，被一双大手使劲按住了。"老实点。"一个小子骂。我在心里边质问他：你咋骂人呢？我可跟你爸的岁数差不多，有你这么没素质的吗？我被两个人摁着动弹不得，只得咬牙忍受着疼。我心想：糟了，恐怕这伙人不是警察吧？也不像信访部门的人哪，那他们是啥人呢？按说他们不应该是坏人，是坏人武警不可能把我交给他们哪。他们这是带我上哪啊？为啥把我给铐起来了呢？还蒙上我的眼睛堵上我的嘴呢？我突然想，会不会是易方兴派来的人呢？真要是的话，我可就掉老虎嘴里头啦啊！咳，想啥也没用了，听天由命吧。

　　说不好走了多大时候，汽车总算停下来了。我被他们跟拖死狗似的拉下车，又被他们揪着脖领子跌跌撞撞地走了一段，脚底下被啥东西给绊了一下，摔了一跤。一个人踢了我一脚，我心里骂他：狗 × 的，踢我干啥？自个儿费了好大劲才站起来。一个人摘掉我眼睛上的布条，我的眼前出现一个院子，四四方方的，不算小，比我家的大多了。四面都是一溜溜的平房。院子中间是个空场地。平房窗户前种着柿子树跟枣树啥的。眼下果子都还绿着，挂了一树权。再往上瞅，我就瞅见了围墙上圈着铁丝网。妈呀，这是到哪了？我想问，可嘴堵着，只能用眼睛问，没人搭理我。

胖子使劲推了我一下，我差点摔倒，我在心里吼：你干啥呀？胖子看出我在骂他，踹了我一脚，然后推搡着我进了一间屋子。里边有好几个小伙子，一个个凶巴巴地瞪着我。其中一个光头冲过来，照着我的胸脯子就是一拳头，痛得我蹲下了身。那个家伙揪起我，狠狠打了我一巴掌，打得我鼻孔流出血来。我使劲瞪着光头，突然抬腿照他肚子踹了一脚。"哎哟！"光头被我踹翻在地上。立刻围上来好几个人，有个家伙抄起一个麻袋扣在我的脑袋上。接着就是一阵拳打脚踢，打得我浑身上下哪都痛，疼得我满地打滚。我骂他们：土匪！强盗！他们听不见我骂，手脚不停地打。我这老胳膊老腿哪禁得住几个年轻人围攻啊，不一会儿就昏了过去，啥也不知道了。

我是被凉水浇醒的。睁开眼睛，第一个看清的是一张鼻子眼塞着手纸的年轻的脸，我一个激灵，朝他脸上啐了口吐沫，张嘴就骂："狗 × 的，放我出去。"我听见自个的喊声了，知道嘴里边的布条拿出去了。这一喊，一动身子，浑身钻心地痛。年轻脸摁住我，和气地说："别喊大叔，我不是坏人。"我看看他带着伤的身体，问："你是谁？咋也到这来了？"他说："跟你一样，抓来的。"我问："这是哪儿啊？"他说："这是昌平一个村子的农家大院，成了专门关押咱们这些人的黑监狱了。"监狱？还是黑监狱？我心里边一阵哆嗦。监狱是关押犯人的地方啊，我咋成犯人了呢？我想站起身，可痛得不敢动弹了。我问："抓咱们的是些啥人啊？"他摇摇头说："不知道。"我说："咱们得想法子出去啊。"他苦笑笑，说："看管可严了，连个蚂蚁都出不去，想出去比登天还难哪。"我想起身上的手机，连忙摸，没摸着。他说："不可能有了，早叫他们搜去了。"我一咧嘴，呜呜呜地哭开了。围过来不少张脸安慰我，原来这个屋子里住着这么多像我一样的冤屈的"犯人"。

窗户外边暗了下来，天快黑了。哭累了的我呆呆地看着窗户，一动不动。我想起了老妈老爸，他们还不知道我进了这黑监狱，不知道老妈现在咋样了。我还想起了老婆孩子，她们现在一定特别挂念我，盼着我早点回到她们身边哪。我又想起了易方兴，他现在一定很得意地指挥拆迁，叼着烟卷跟下属哈哈狂笑哪！我恨哪，恨他们官官相护，恨自个儿没本事没能告倒易方兴反倒进了黑监狱！年轻脸凑到我跟前，安慰我说："别胡思乱想了，大叔，慢慢想办法吧。"我呆呆地看着他。他说："大叔我给你讲个故事吧，是真事儿。"我说："我哪有心情听你讲故事啊。"他说："跟咱有关系的。"我看着他，等着听。他说："沈阳有一对下岗的工人姓王，生活所迫借钱和老婆开了一家小烟铺。前年春节期间，被所在区的烟草部门违规查走了中华、云烟等名牌烟七十多箱，价值二十多万元，还被罚款五万多元。辛苦好几年的劳动成果眼瞅着都打了水漂，烟铺也关了门。两口子觉得冤，好几次上访可都没有结果。王师傅万念俱灭，想来个鱼死网破跟那帮人拼了。"

"后来呢？"我对这个故事来了兴趣。他喂了我一口水，接着说了下去："后来，他听从别人的劝说，放弃了这个念头，找到一个律师帮他洗清冤屈。那个律师非常同情这两口子，答应帮他打这场官司，还劝说他别走极端，要相信法律是公正的。然后这个律师放下手里其他的案子，先着手调查这起案子。经过紧张的取证、调查走访，律师认为，烟草部门没有对王师傅处罚的法律依据，处罚决定明显存在适用法律不当、程序违法的问题。随后王师傅把那家烟草单位告上了法庭，提出要求法院判决撤销对方的处罚决定，返还罚款和被扣押的香烟。区法院最后做出行政判决：撤销区烟草部门对王某所做出的行政处罚。王师傅依靠法律的力量硬是告倒了政府部门，大叔你说俺是不是还有希望洗清冤屈啊？"

我咂摸着这个故事，感到希望重新燃烧起来，冒出了火苗子。我自言自语地说："对嘛，共产党的天下，绝对讲公理的。我们也可以找律师帮忙打官司嘛。"我拉下下他的手，问："你叫啥？"他说："二牛。李二牛。"我说："二牛咱得想法子跑啊。"二牛说："大叔我咋不想跑啊，可跑了好几回实在跑不出去啊。"我拽下他的胳膊，压低嗓音说："咱们写个求救的条子，想办法扔出去。"二牛想了想，点点头说："嗯，可以试一试。"我们俩正说着话，门"咣当"一声被踢开了，进来一个满脸横肉的小子，拎着一个塑料袋，冲我俩吼："开饭。"扔下袋子，捂着鼻子转身出去了。二牛拿起袋子看了看，骂道："又是干巴馒头就咸菜。馒头硬得锤子都砸不开。"我说："那咋整啊，我还真饿了。"二牛说："有办法。"他把馒头放进一个盆子里，倒上开水泡着，再盖上盖，说："多泡会儿就可以凑合着吃了。"我骂了一声："这群狗×的。"问二牛："这伙人是哪的啊？他们这不是私设监狱吗？这不是犯法吗？"二牛说："他们肯定有靠山，不然的话绝对不敢这么干。"我寻思着："谁是他们的靠山呢？是易方兴……不会吧，这可是首都啊……"二牛攥起拳头，骨头节嘎巴嘎巴响。他咬牙切齿地说："我恨哪……"我问他："你是咋进来的？因为啥呀？"

二牛悲愤地跟我说起了他的遭遇。他说："去年国庆节放假的一天上午，我坐公交车走亲戚，到了站刚下车，就看见一个老爷子跌倒在离站台不远的便道上。当时，过来过去的行人谁也没管老人，我出于好心，走上前把老爷子扶了起来。当时，老爷子还直跟我说谢谢哪。我看老爷子脸色不好，就跟他要了家里的电话号码打了个电话，是老爷子儿子接的。半个钟头以后老爷子的儿子赶来了，说带老父亲上医院检查，又要挂号又要扶着老人的，怕忙不过来，要我帮忙帮到底，一块儿去医院。我顾不上走亲戚，就跟他去了。到了医院，检查完医生说老爷子腿股骨胫骨折，需要更换人工股骨头，可能需要花费几万元的医药费。老爷子儿子一听就傻眼了，我也挺同情他们的。可万万没想到，老爷子一拍大腿，指着我跟儿子说，就是这人撞的！我一下子就蒙了！任我咋解释这家人一口咬定就是我撞倒的老人，当即打电话报了警。"

我骂了一句："这个老爷子太不像话了，咋能诬赖你呢？"二牛说："还有更气人的哪。那家人聘请了一个律师，到法院起诉我，要求赔偿医药费、护理费、伤残赔偿金等十五万块钱。一个星期后，法院第一次开庭审理此案。我向承办法官申请，向当时出警的派出所调取我和老爷子的原始询问笔录，派出所却以正在室内装修为由，说无法提供这份最关键的证据，我只得仓促应诉。第二次开庭审理此案的时候，接警的一个警察在庭上作证说，他记得我曾经在做笔录时说过下车时，感觉被人撞了一下，但不知道被谁撞了。老爷子一方代理人以此证明我曾承认跟人发生碰撞，而直接受害人就是老爷子，要其承担责任。我咋也想不起来自己做笔录时说过这话，可无法出具原始笔录，可当时负责询问的两个民警却出具了谈话笔录，都证明我曾承认撞到了人，据此可以认定就是我撞倒了老人。最后法院判我承担老爷子的民事赔偿责任。我不服啊，坚决拒绝赔偿，一分钱也不给。我怀疑那个派出所跟老爷子那家人串通一气敲诈我，就上访控告派出所，结果就被抓到这来了。"我沉默了，又一个遭遇冤屈的老百姓。二牛沉默了好一会儿，长嘘一口气说："我相信，这世上好人还是多，我的冤屈早晚会洗清的！"

抓进黑监狱的第一个晚上，月亮太亮，亮得我无法入睡，我睁了一宿的眼睛。我哪睡得着啊，自个儿不明不白进了黑监狱，家里人都还不知道，老婆照看着老妈，年迈的老父亲还在等着儿子早点回去，闺女小瑾自己一个人寄宿同学家，易方兴还在逍遥法外，一想起这些，我就恨不得把这里砸个稀巴烂，冲出去跟易方兴同归于尽。我攥紧拳头捶了一下床帮，浑身立刻痛了起来，痛得我咝咝地吸气，心立马抽搐个不停。"狗×的，放我出去，放我出去！"我声嘶力竭地喊，可喊声太小了，我自个儿听着比放屁声大不哪去。我悲愤地哭了大半宿。

第二天早上，我正迷迷瞪瞪地躺着，门哐地一下子被人踹开了，听见有人吼："起床啦，出操去。"我爬起身朝门口看，门口站着叉着腰的光头。我气愤地瞪视着他："大早上叫唤个啥，号丧似的。"光头骂了句脏话，冲过来就要跟我动手，被二牛拉住了，为我求情说："算了星哥，他浑身是伤的就别打了，打死了也不好说不是嘛。"光头指着我的鼻子吼："他妈的，该你走运，下回再顶撞老子就没这么幸运啦。"

说是出早操，其实就是放风。二牛搀扶着我出了屋子，我发现院子里站了不少人，得有三十几个，男的女的，年轻的年老的。我注意到，他们当中大部分都挺不直腰杆子，胳膊腿脚都不咋灵活。我猜想肯定是叫这帮王八蛋打的。我跟着这群不幸的人在院子里边绕圈溜达，人群中间站着四个凶神恶煞一样的小子，分四个方向监视着我们的一举一动。我还看见院子的四个墙角都拴着一条大狼狗，耷拉着舌头虎视眈眈地盯着我们。怪不得二牛说想要逃出去比登天还难哪。看这情形，扔张纸条都很困难。我就纳闷了，难道这里的老百姓，对院子里发生的暴行一丁点儿都不知道吗？听不见可怜的人们挨打的时候发出的惨叫声吗？还是他们装听不见不敢过问甚至不敢靠近这里呢？

我看见有人从公共厕所里头出来了，一股股腥臊的气味呛得我差点背过气去，可以想到那里脏到啥程度。我还看见有个妇女端着一个盆子，从一个屋子里出来泼水，顺便看见了她身后边屋子里，堆在地上的锅碗瓢盆，还有乱糟糟的柴草，知道这是个厨房。我还看见有的屋子门楣上钉着木牌子，有的上面写"清查室"，有的上面写"教育室"，还有的写"卫生室"，像个学校，各个部门应有尽有。二牛悄悄告诉我，清查室其实就是搜身室，值钱东西全都在这间屋子里搜出来没收。教育室其实就是打人室，我想起来了，刚进来的时候就是在这间屋子里被那帮人打得昏死过去的。

我的腿有点瘸，是被狗 × 的打的。我看见我前边走着一个五十多岁的妇人，腿也是一瘸一瘸的。突然，妇人身子一歪眼瞅着倒在地上，我连忙急跑几步扶住了她。妇人连声对我说谢谢。我说："谢啥，都是倒霉的人。"她说："咳，早知今日……"话没说完住了嘴。我问她："你是因为啥喊冤叫他们抓进来的啊？"妇人扫了一下那几个凑在一块抽烟聊天的看守，小声跟我说了起来："我女儿今年 4 月大学毕业，想在我们镇上找一份工作。一个星期后去人才市场填表，三天后就有一家公司打电话要她去面试。那天我婆婆病了，我就没陪着孩子去面试。大概一个钟头以后，突然接到孩子从公共电话亭打来的电话，说手机在工业区牌楼下被人抢了，让我赶紧给她送钱去，否则有人会打她。我赶紧从银行支取了五千块钱，叫上两个亲戚，打了一辆车直奔工业区牌楼，期间我还报了警。可我们赶到牌楼找了个遍，也没找到孩子。这时候，派出所民警赶到了，把我们带走做笔录。我们刚进派出所，又接到了孩子的电话，她埋怨我怎么还不来。她说，她就在工业区牌楼对面的一家食杂店里边。我们很快赶到离派出所不到 5 分钟路程的食杂店，但孩子不在店里了。店里的老板说，的确有一女的在这打过电话，打完电话就跟一个男的走了，进了一幢楼房。我们正在寻找孩子时候，听见有人喊，有个女孩从楼上掉下来了……"

我的心一阵紧缩，颤着声问："不会是你闺女吧？"妇人的眼泪唰地流下来了，她哽咽着说："就是我女儿小婉。她是被那个叫田江林的畜生从楼上推下去的，孩子死得冤啊……可警察却以证据不足为由把这个坏蛋给释放了。我当然不能接受了，我向他们提出了好几个疑点，没遭绑架孩子为啥说有人要打她？肯定是遭人威胁、绑架了。第二个疑点，田江林的供述是不是在撒谎？这个坏蛋说，当时他看见我女儿，一下子就喜欢上了，想跟我女儿交朋友，就连哄带拽地把我女儿带到了他的住处。刚进屋,这个坏蛋的朋友来了,他怕尴尬,就让我女儿上阳台躲躲,等他把门外的朋友打发走后,回头不见了我女儿,说她已经坠楼了,当时他很害怕就匆忙逃走了。按照田江林所说,他那个朋友应该先下楼走的,可监控录像显示却是走在了田江林的后边,这不是在撒谎是啥?可办案警察却说田江林的朋友是因为又串了个门所以后出的楼道口。我问他进了哪家串门。警察说不能告诉我,是要保护那户人家的隐私。"我明白了:"你不服气就上访,结果没人搭理你,你就进京上访,就被抓进这个黑监狱里边来了,是吧?"妇人点点头,泪湿衣襟。

我默不作声地看着妇人,不知道该说句啥样的安慰话才好。她擦了擦眼泪,问我:"你是告的谁抓这来了?"我说:"我们那的一个副市长。"听说我要告副市长,妇人吓得一哆嗦,她像看怪物一样地看着我,说:"你敢告市长?胆子可真够大的,那你还不叫他们抓这来?"她还偷偷告诉我,黑监狱里的一个头曾经和她的表哥一起做过买卖,两个人关系还不错,她跟这个头见过面,所以进来之后对她还有点关照。他告诉妇人,告官的人,你们当地政府驻京办的人都掌握着。驻京办与黑监狱都有某种秘密来往。驻京办的人要想抓哪个人,只要打一个电话,黑监狱立刻会派人把这个人抓进来。驻京办的人要想整一整那个人,只要打个招呼,那么这个人当天就被一顿毒打。打人也不白打,打人者会领到800元的劳务费。我说:"这叫他妈啥事啊,行凶打人还给奖励。"妇人摇摇头没说话。我苦笑道:"我昨天挨了打,那光头就会得800块钱喽?这钱谁出啊?我一个农民,可没钱给他们!"妇人说:"放心不让你出,是你们当地政府出!"我呆愣住了:"政府出?这……这不是支持那些王八蛋随便打人吗?"妇人长出口气,再也不说话了。我也没啥可说的了,我还能说啥呢?

我的手机被没收了,根本没法跟家里联系。我跟光头说过:"就是天大的事,你们也得叫我们跟家里人见见面说说话啊。"光头说:"等着吧,快了。"可等了十天还不让我们告知家里。我趁放风的机会问过妇人,问她她家里人知道不知道她被关在这里。妇人摇摇头说:"不知道才好哪。"我问:"为啥这么说呀?"她看了我一眼,刚要说话,突然听见一声吼叫:"罗平常,给老子过来,快点儿。"我们循声看去,只见教育室门口站着光头跟一个留着马尾辫的小子,正冲一个向他们走去的中年男的横眉冷对。"又要受皮肉之苦喽,咳……"妇人叹息道。我问:"好好的,为啥无缘无故地就打人家啊?"正好妇人表哥那个朋友从我们跟前走过,妇人便问他咋回事。那个人说:"罗平常家里不知咋知道他在这里哪,来找他来了,不过被我们的人打跑了。老板说准是这小子泄的密,得好好收拾收拾他。"我忍不住气愤地说:"你们私设公堂私设监狱,这是犯法。"那人朝我一瞪眼,呵斥:"妈的,活腻歪了是吧?"我也骂了他一句:"老子比你爸小不到哪去,岂容你满口喷粪!"那小子上前就要跟我动手,被妇人拦下了,妇人说:"算了算了,看我分儿上别计较这些了,快忙你的去吧。"那小子又骂了我一句,气咻咻地走了。妇人说:"看见了吧,家里人不如不知道好吧?"我真想一把火把这里烧个精光,把这帮畜生烧成煳家雀。

我就不信这个村子里的人没一个好心人。我偷着准备了一个纸条,偷偷捡了根烧剩下半截的树枝,把树枝当笔写了八个字:宋各庄黑监狱,救人!放风的时候寻找机会打算扔出围墙去。可看守看得实在太严,一直没有机会。这天下半晌,好好的天忽然乌云密布,狂风大作,还隐约响起雷声,估计雨就要下起来了。院子里的人都赶紧往屋子里边跑,看守们也都躲进了他们的屋子。我站在我们宿舍的门口,心里边总有一种预感:趁着风势可以把纸条传出去。二牛看着我愣神,好像猜出了我的心思,凑近我说:"当心叫那帮混蛋发觉,哪你可就大吃苦头啦。"我看了他一眼,小声说:"我知道,豁出去了。"有一阵风刮起,打着旋,院子里的纸片、草屑啥的跟着打着卷乱飞。我觉得时机到了,最后扫了一眼看守宿舍,没看到狼一样的监视的眼睛,跨出两步,扬起一只胳膊,用力把手里边捏着的纸条往高一扬,眼瞅着那张纸条随着飞舞的杂物飘走了,越过围墙不见了。我的心里又紧张又兴奋,抓住二牛的手,按捺不住地说:"成功了,成功了!"二牛也很高兴,两眼闪着光亮,喘着粗气说:"但愿别下雨,但愿让好心人捡着!"真是老天有眼,雨一直没下起来,干打雷不下雨,我心里头那团希望的火苗子越蹿越高。

从这一天起,我日日夜夜期盼,盼望着拨开云雾见青天,盼望着正义的警察砸开黑监狱的大门,救出我们这些冤屈的人,把那些坏蛋绳之以法。我盼啊盼,望啊望,一遍又一遍地想象着,那张纸条飘落到了一片草丛上,一个有良知的男人从这路过，发现了那张纸条，捡起一看，立刻送到了一个责任心非常强的领导干部手里。这位领导马上带领大批武警、特警包围了黑监狱，踹开大门，一枪一个报销了所有的看守，当场宣布我们这些好人无罪释放，我们自由了，我们流着眼泪欢呼着。可是，一天过去了，两天过去了，三天过去了……半个月过去了，黑监狱的大门还是紧紧地关着，没人来踹门，没人来处置这帮坏蛋，没人来救我们。我失望了，失望得睡不着吃不下，心里边针扎一样地痛。眼瞅着过去一个月了，对我的上访也没个说法。我开始绝望了，难道就这么一天天关在这里度日如年，难道就这么不明不白地关到死了吗？不中，我不能这么等死，我得反抗。我决定绝食，不给我一个说法，我就以死相争。

二牛劝我不要采取这样的做法，说这是糟践自己。我主意已定，还劝他也跟着我绝食，他没有同意。我叫他报告给看守。他明白我的意思，跑去报告了。光头来了，见我跟前摆着饭菜一筷子没动，上前踢了我一脚，吼叫："快给老子吃饭，听见没有？"我闭着眼睛不搭理他。他又吼了几声，我就是不吃，连瞅都不瞅他。第二天，我还是绝食。肚子饿得咕咕叫，一睁眼眼前就冒金星。老实说，我是真的想吃饭，可为了早一天跳出这个火坑，我咬紧牙关坚持着。二牛和狱友们见劝不了我，都心疼地抹眼泪。到了第三天下午，我的身体虚弱到了极点，感觉呼吸的气力都不够了，脑袋昏昏沉沉的，像是要死了。我心里头这个难受啊，想不到我张立满就这么惨死在了他乡，临死连一个亲人都不在身边。易方兴，都是你害得我好好的日子过不上，受尽大罪屈死冤死，我活着没能告倒你，死了我的魂灵也饶不过你，我要天天搅得你睡不着吃不下，我要熬死你给我陪葬。我还要到阎王爷那接着告状。这样骂着，我失去了知觉，啥也不知道了。

等我醒过来的时候，第一眼看见的不是二牛，而是一个戴着墨镜、干部模样的人。就是这个神秘人物的到来，让我的生活有了转机。站在这个人身后的二牛见我醒过来了，高兴地搓着手不知说啥好。我紧接着看见了光头，立刻怒从胆边生，吼了一声："你给我滚出去！"可我没听见自己的吼叫，好像还没到嗓子眼就消失了。我注意到光头手里边捧着啥东西。就见干部模样的人对光头一招手，说："把扒鸡送上来。"光头点头哈腰地把扒鸡放到我眼前，朝干部模样的人恭敬地说道："请首长指示。"干部模样人呵斥道："这叫张老先生怎么吃啊？掰开嘛。"光头连声说是是是，掰着扒鸡。我立刻猜到这个人跟光头他们是一伙的，脑袋一歪，有气无力地说了一句："拿开，饿死我也不吃。"干部模样的人对光头挥了下手，说："你们全都出去吧，我要和张老先生单独谈一谈。"光头朝二牛他们吼："听见没有，都滚出去。"自己先滚出去了。

屋子里只剩下我和这个干部了。他从黑皮包里掏出一卷纸，递到我的眼前，说道："你不是要告易方兴吗？这是一份关于易方兴副市长的黑材料。"我可真是吃了一大惊，瞪着眼睛看着他。干部笑了，笑得挺亲切。他说："你别害怕，我是个好人，也和你一样是一个有正义有良心的人。"我问："你是咋知道我要告易方兴的呢？"他神秘地说："要想人不知除非己莫为，当然我指的是易方兴。他干了那么多坏事，能就你一个人知道吗？"我又问："你是谁？咋认识易方兴的？"他说："这一点不重要，重要的是我可以助你一臂之力，咱俩共同扳倒这个裸官。"我没听明白"裸官"这个词，问他："啥叫裸官，不穿衣裳吗？那可是耍流氓啊。"干部解释说："就是老婆和孩子在国外，只有他自己在国内为非作歹。"我还要再问别的，他指指那些材料说："都在这上面写着哪，你好好看看。"我疑惑地拿起材料看，眼前一阵金星乱冒，脑袋嗡嗡乱响，只得闭上眼睛。他说："瞧你饿成什么样了，快吃点东西，有精神了再看。"

有人要和我联合整治易方兴，还是个有职有权的人，我这心里头立刻又有了希望，就想吃东西了，我得活下去，等着看易方兴被绳之以法的那一天。我抓起一个鸡腿大口大口地吃了起来，饿急了的我，一个大鸡腿三口两口就吞进了肚。干部给我倒了一杯水，我感激地看看他，喝了大半杯，接着吃了一大块鸡肉，感觉有了精神，身上有力气了，就坐起来看材料。我看见材料写道，易副市长在大成市有九套豪华房产、一套别墅。孩子在美国洛杉矶读书，有豪宅、豪车。我越看越气愤，这个姓易的，在电视上看他坐在主席台上像个人似的，作起报告来说的一套一套的，比唱的都好听。拆起老百姓的房子跟土匪似的，原来是这么一个腐败分子啊！这样的贪官掌管大成市那还有个好啊？"你这些材料都是哪来的？"我问干部。干部没有回答，他只是说："快带着这份材料，到中纪委告状去吧。事不宜迟，越快越好。"他的声音很有威慑力。我咧了咧嘴说："我想知道你是谁，咋不和我一块告去啊？"干部脸色严肃下来："我的身份是保密的，有必要告诉你的不用你问自然告诉你。至于我为什么不和你一起告，自有不一起去告的道理，问这么多没你的好处，明白吗？"我想起光头都怕他的情景，不敢再多嘴了，心说：管你是谁呢，能帮我告倒姓易的就行啊。我迷迷瞪瞪地望着他。干部对我微微笑了一下，又恢复了亲切，他嘱咐我出去以后只管告易方兴，千万不要告这个监狱，说这样会干扰告姓易的状，甚至会前功尽弃的。告姓易的可是眼下的头等大事，啥事都得给这件事让道，我点点头，听了他的劝。他很是满意，拍拍我的肩膀，站起身，说了一句："祝你成功。"再握握我的手，转身出去了。

神秘干部走了以后，二牛和狱友们都问我他是谁，哪来的这么厉害的亲戚，我没法回答，就朝他们乐。这一不回答，他们觉着更神秘了，都朝我投来羡慕的目光，还有的求我帮他也早一天离开这个鬼地方。二牛看我的眼睛里更是充满这方面的期待。我对他们郑重地说："放心，早晚有一天我把这个黑监狱一块儿告倒，叫大伙都自由！"大家给我鼓起掌来，群情激奋。光头破门而入，吼叫道："干什么干什么，找抽是吧？"大伙全都被他的淫威吓住了，不敢吱声了。我瞪着光头，他连忙朝我点头一笑，说："老张，起来跟我走吧。"我大声问："干啥？"他再一点头一笑，全没了往日的穷凶极恶，他说："给你准备了一个单间，好好养养身体，什么时候想走什么时候可以走。"我一时一刻也不想在这里待下去了，就说："我现在就想走。"光头看着我："你这身体……"不理他了，开始收拾东西。想起我的手机，朝他喊："把老子的手机还给我。"光头一边说着："这就给你拿去，是你的东西全都给你。"一边退出屋子去拿我的东西去了。我心里爽啊，爽得想唱歌。

出黑监狱前，我和二牛他们互留了电话号码，约好日后保持来往，然后我和每一个人握手告别。跟大伙握手的时候，我心里头酸酸的，说不出啥滋味。在跨出黑监狱大门的一刹那，我回头看我住了这段时间的宿舍，看见二牛他们正挤在门口朝我招手，我的鼻子一酸，眼泪就流下来了。我也朝他们招招手，扭头昂首阔步地走了。门口外边等候着的光头走过来，要帮我拎包，我瞪了他一眼，没给他包。他跑到一辆轿车前拉开车门子，我没理他，可不知道该往哪个方向走。光头对我说："老张上车吧，我们送你。"我说："用不着，我自己走。"光头说："你就别为难弟兄们了，这是这的规矩。还得蒙上你的眼睛呢！"我看看光头可怜巴巴的样子，再看看他身后边站着的几个凶巴巴的手下，心说：好汉不吃眼前亏，可自由了就别跟这帮家伙一般见识了。上来一个小子用黑布蒙上了我的眼睛。我摸着上了车，口气挺硬："送我进北京城。"光头假笑着说："好好好，进城，听你的。"我看看手机上的时间，前半晌十点二十。想起得赶紧给父母老婆孩子打个电话，这么长时间没联系，他们不定急成啥样了。掏出手机刚要拨号，我又改变了主意，当着这帮王八蛋的面不能打电话，说话不方便，下了车再说吧。经过这次经历我算活明白了，活着就是幸福，自由就是幸福。就算房子被易方兴拆了借住别人家，就算我还是过苦日子，可起码我可以选择做自个儿想做的事啊，可以接着告状啊。这人哪，有时候就是不知足，想吃鱼有鱼吃、想坐车有车坐、想看病有医保，为啥还是不高兴呢？再想想那些贪官，守着高级车高级房子还想再捞，结果最后进了牢房，就是贪欲让他们失去了自由，失去了颐养天年的机会。失去自由才知道自由是多么珍贵，平平淡淡才是真啊，能够给我们带来满足的，跟权力跟钱没啥关系，就是老婆孩子热炕头的日子啊。他易方兴当上了副市长，呼风唤雨的，部下一大群，为啥还跟老百姓作对呢？那就是不知道啥叫满足。姓易的等着吧，老子非把你告倒不可，不达目的决不罢休。

汽车刚进北京城，我就对光头喊："快把黑布给我解了吧，蒙得我五迷三道的。"光头嘿嘿一笑，解了黑布。我揉了揉眼睛："停下，我要下车。"光头侧脸看着我说："老张你要去哪，我们送到门口，省着你还得挤公交车去。"我沉着脸说："不用你管了，停车。"光头拍了下司机的肩膀，停在了一个公交车站跟前。光头眼里闪着凶光，说："老张，你走了，我们那里的事，可是不能跟任何人提起，要烂在肚里。包括你老婆！你要是不听，看我怎么收拾你！"我吸着凉气说："我不说，你们胆子也太大了，老和尚打伞，无法无天！你们别再打人了，来这的人都是弱者，都有冤屈，你们不能替强者欺负弱者。"光头嘿嘿一笑："快滚吧，还教训老子来啦！"我没搭理他，下了车头也不回地没有目标地朝前走。我已经想好了，就直接去中纪委信访办。我想起那个神秘干部的嘱咐，先找了家复印部，拿出神秘干部给我的告易方兴的材料，把易方兴拆迁我家房子的罪证加了进去，打印了十份揣在怀里，朝一个上了岁数的路人打听到中纪委的办公地点，上了辆出租车，直奔中纪委而去。

　　开出租车的是一个看上去四十出头的女的，长得挺面善的。我就和她搭起话来，这些日子在黑监狱里头可把我窝憋死了，跟二牛几个知心狱友倒是有啥话就说，可就那个环境说啥话也觉得憋屈。现在可有了自由自在说话的地方，我能憋得住嘛。我看了女司机一眼，试探着问道："大妹子你这一天挣多少钱啊？不老少吧？"女司机也看了我一眼，笑笑，说："马马虎虎吧，养家糊口呗。老哥打哪来呀？"我说了。她又问："上中纪委告状去啊？"我反问："你咋知道的啊？"她笑了说："你一个老百姓打扮，上中纪委不是去告状难道还是检查指导工作的？"我也笑了。她不笑了，沉下脸来看看我，问："您这冤屈不小啊。不过，您想过没有，民告官可有点悬哪，整不好把自己搭进去。"我也沉下脸来，坚定地说："豁出去了，横竖没个活路了。"女司机叹了口气，说了句挺有水平的话："每个人都有美好的希望甚至欲望，你可要知道，这种欲望其实是一把双刃剑，它可以为你在前进的路上披荆斩棘，同样，一不留神，它也能伤了你甚至毁掉你啊！"然后她就不说话了，脸一直沉着。我没听明白她这句话，不出声地琢磨着。

　　我还没琢磨出那句话的味道哪，车停下了，女司机说："到了老哥。"我一边掏钱一边问："多少钱哪？"女司机说："您先下车吧。"等我下了车往她跟前凑的时候，她说了句："祝你好运。"摇上车窗玻璃，把车开走了。我追着车喊："嗨，大妹子，还没给你钱哪。"她也不理我，很快就没影了。我明白了，她是见我一个外地人进京上访不容易，用这种方式同情我，支持我。我看着滚滚车流，感动地自言自语："大妹子，好人有好报，祝你买彩票中大奖。"

　　我收好钱，转身正找中纪委大门，一辆轿车停在了我的跟前。我没在意，接着找门口。感觉从车上下来一个人，朝我这快步走过来。我一扭脸，看清这个人正是黑监狱里头的一个打手，妈呀，不好，是冲我来的。我顾不上多想，拔腿就跑，那个人喊了声："别跑，站住。"我跑得更快了。我听见身后有一片脚步声，知道不是一个人追我哪，心说：完了，准是光头这个狗×的跟踪我来的，又得回黑监狱了！毕竟我是个五十岁的人了，身体再好也跑不过一帮年轻人哪，眼瞅着叫他们追上了，我看见前边不远的地方有两个武警正背对着我说着话，真是天无绝人之路，我有救了。我气喘吁吁地朝武警喊："救命啊警察同志，救命啊……"喊到第三遍，两个武警听见了，转身看着我。我实在跑不动了，两腿一软"扑通"一声倒在了地上。两个武警连忙跑过来，一边一个搀扶起我，问我："你怎么了大爷？出什么事了？"我指指身后，有气无力地说："坏蛋追……追我……救……救……"一个武警说："坏蛋？在哪啊？"我挣扎着朝后看，咦？刚才追我的那些坏蛋呢？躲哪去了？武警准是把我当神经有毛病的人了，小声嘀咕了几句啥，其中一个问我："大爷您住哪啊？我们送您回家吧。"我摇摇头，说："不用，谢谢，歇一会儿就好了。"一个武警问："您要去哪啊？为什么有人追您哪？"他这句话提醒了我，不能让武警走开，他俩一走，那帮坏蛋再来抓我，我可就跑不脱没人救我了。我对武警说："警察同志，我是上中纪委告状来的，麻烦你们把我送那就中了。"两个武警相视一眼，其中一个指指我身后，说："中纪委就在那啊。"我顺着他的胳膊方向看去，就看见了一个大门口有武警站岗。我对他两个人说了声谢谢，朝那个大门口走了过去。我一边走一边回头瞅两个武警，生怕那帮坏蛋再来抓我。还好，直到我走到大门口也没人来抓我。

我站在大门口，一个站岗的武警走过来拦住我，问道："请问您是干什么的？"我刚要回话，从大院里面出来一辆轿车，我灵机一动，上前挡在了车前头。武警连忙拉我，嘴里说："大爷您不能拦车，有什么话到里面说去。"我猜想车里边一定坐着大官，把材料直接给大官最保险。我就抓着车保险杠不撒手。武警战士急了，直掰我的手指。我听见一声喊："等一等。"车里下来一个年轻人。武警战士对他说："孙秘书，这位大爷……"孙秘书说："没你事了，你去吧。"武警战士回到了他的哨位上。孙秘书亲切地问我："老师傅，您拦我们的车有什么事吗？"我问他："你是哪个大官的秘书啊？"孙秘书笑了，说："您就说吧，我保证把您的话向领导如实汇报。"我摇头说："不中，我要亲手把材料交给大官。"孙秘书无奈，只好回到车前，对里面的人说了些啥。很快下来一个气度像大官的中年人，他走到我跟前，握住我的手，声音很轻地说道："您好老同志，我叫王兴亚，是专门负责接待信访客人的，有什么事您可以跟我说。"我信了他，拿出一份复印好的材料递给了这位领导，说："我要告我们市的易副市长，这是告状材料。"王领导接过材料，再次握住我的手说："放心吧张立满同志，我们一定认真调查此事，还您一个公道的。"我问他："啥时候给我回话？"他说："我们一定抓紧时间处理的。我现在有事需要马上走，我会及时和您联系的，再见。"我看着王领导上车走了，暗自松了口气。

　　干完了这件大事，我觉得肚子饿了，就想找一个小饭馆吃点好的，再喝二两酒庆贺庆贺。就在大街上走找酒馆，走着走着想起还没来得及给家里打电话，急忙先给父亲打，老爸一听是我的声音，嚷了起来："你个兔崽子，咋回事啊？电话咋一直不开机啊？急死我……"我打断他的话问："我妈咋样了啊？"老爸说："你妈倒挺好，恢复得挺快。我们没敢告诉她跟你断了联系，要不还不得急死她啊。"老婆抢过电话，没说话先哭了，一边哭一边埋怨我："这么长时间咋不给家里通个话啊？"我说："等见面再跟你详细说吧。"老婆问："小瑾也是的，你不开机她也关机，你们爷俩这些日子干啥去了？"我说："小瑾没跟着我。"老婆急了："你别吓唬我，和尚哥说了，小瑾这些日子就没回村。"我一听就炸了，说："小瑾两个月前是来看过我，我没留她，她回家了啊。"老婆说："她压根儿就没回家呀，哎呀立满，孩子会不会出啥事啊？"坏了，小瑾真的可能出事了！咋就突然失踪了呢？没有留下只言片语啊。我的妈呀，一个女孩子独身一个人，要是碰见坏人那可就……我不往好处想了，越想越害怕，两条腿打哆嗦软得站不住了，一屁股瘫坐在了马路边。我还得安慰老婆："别急，出不啥事，她那么大一个人了……"老婆呜呜呜的哭声盖过了我的声音，我哑了口，赶紧挂了电话。

　　我赶紧给小瑾打手机，打不通，一直关机。我正坐在地上发呆，手机响了，是老爸打来的，他问我小瑾咋的了，我说："爸你千万别着急，我正跟孩子联系哪。"老爸喊："别耽搁了，赶紧到派出所报案去吧！"我答应着，说："爸你上了年纪了，可不能急……"老爸吼："别说屁话了，我能不急嘛！快去报案！"我说："哎哎哎，我这就去，这就去。"挂了电话，我的脑袋轰轰乱响，耳朵吱吱乱叫，眼前一阵阵发黑，只得闭上眼睛稳定了一会儿，感觉好点了才吃力地站起身来，盘算上哪报案去。我琢磨着，小瑾很有可能是在北京火车站被人拐走的，就朝火车站走去，打算上车站报案去。报完了警，留下了我的联系电话，我就回七间房村了。

我先去了我家，可已经找不见一点踪影了。废墟被宽阔的马路取代了，不少工人正忙着修路，工地一片忙碌景象。我问一个工人，看见易方兴没有，那个工人吃惊地看看我，摇摇头，没说话，眼神怪怪地看着我，我知道他的眼神是啥意思。我想去市里骂这个家伙去，可又一想小不忍乱大谋，还是等着中纪委来人调查处理他吧。我天真地想着，就扭头去了和尚家。和尚见我回来了，只说了半句："小瑾这孩子……"就泪汪汪地说不下去了。我攥着他的手也是泪汪汪的说不出话来。

当天晚上，我正看着桌子上的饭菜愣神，老婆回来了，一头扎到我肩上就哭，我咋安慰也不停。我也忍不住哭了。大勇一掀门帘进来了，老婆抱住儿子说："大勇啊，你妹妹她……"大勇伤感地说："我就是为这事回来的，和尚叔电话里边说她失踪俩多月了，你们咋一直都不知道啊？"我悲愤地说："咳，别提了，一言难尽啊！"拉着他的手坐下，仔仔细细地跟他和老婆子诉说起来。

我的诉说让老婆儿子惊得好半天说不出话来，母子俩都不相信我说的是事实。村里人也没人相信我说的这个秘密，都认为我在说梦话。哪有黑监狱啊？这可是共产党的天下啊！儿子临回学校的时候，我跟他说："明儿个我就出发找你妹妹去，我就不信找不着她。"大勇说："爸我不赞成你这么做。因为啥呢，咱连个目标都没有，世界这么大，你上哪找去啊？跟大海里头捞针没啥两样，一点意义也没有，没准还得把你给拖垮了，到时候我妈她咋办呢？"我说："那就干等你妹妹回来？"大勇说："咱们得相信公安哪。现在全国警务都已经联网了，咱就安心等着小瑾的好消息吧。"我想了想，点了点头。

有一天，我和老婆蹲在香菇园劳动，大朵大朵的香菇绽开了，让我的心情好了起来，就在这个时候，我的手机响了，是儿子大勇打来的。他告诉我一个惊人的消息："爸，昌平那个黑监狱被人一把大火烧毁了！"我颤抖着声音问："你说的是真的吗？"大勇说："是真的是真的！"我激动地搂着老婆，伏在她的胸前像个小孩子一样呜呜地哭开了。老婆也哭了，她是号啕大哭。我一遍一遍地大喊着："苍天有眼，苍天有眼啊……"

黑监狱被警察端了老窝儿，可易方兴却一直还稳坐大成市副市长的宝座，我的状白告了，强拆我家房子的拆迁补偿一直没有落实。还有就是警方向我通报，没有小瑾的任何消息线索。我们一家人心急如焚，日日夜夜盼望着奇迹出现，小瑾突然有一天回家来了。可是，奇迹始终没有出现。我毕竟是老爷们儿，克制力还是有的，还能坚持在香菇园里干活。老婆就不中了，吃不下睡不着的，整天以泪洗面，眼看一圈圈地瘦了下去，急得我真是叫天天不应，叫地地不灵。我跟老婆商量好，多卖香菇多攒点钱，然后就去寻找小瑾，哪怕走遍天涯海角也要找，就是吃再多的苦，找到死都要找下去。

就在我们做出这个决定的几天后，突然听到一个惊天的好消息：易方兴死了！我们的心里边立刻一片欢腾，忍不住夫妻抱在一块儿笑着跳着，最后醉倒在了香菇园里边。我决定去参加易方兴的葬礼，好好看看这个贪官的死相。当人们向易方兴遗体告别鞠躬的时候，我竟然莫名其妙地也跟着一些人哭了，我知道自个儿其实是高兴得哭了，是想起这些日子自个儿遭的罪哭了。参加完易方兴的葬礼，回到家里，我痛痛快快地喝了一杯白干酒，摇摇晃晃地走到大棚里鼓捣我的香菇去了。

万万没想到，几天后，大勇来电话告诉我，我在市长葬礼上痛哭的情形，被一个记者现场拍成特写照片发到网上，起了一个外号叫"香菇老汉"，点击率迅速攀升，几天工夫已经超过了上百万次。我跟儿子说："我看热闹去了，不是哭他！"儿子说："我知道。可就怕别人不理解。"很快，村里人看见了那张网络照片，把我住的房子围了个严实，跟看新品种怪物似的。老和尚也过来看我，他驼着背，脸色沉郁，当场骂了我一顿："你说你咋这样？易方兴害得你那么苦，你还给他送行，贱不贱啊？啊？"我向他也是向乡亲们解释说："我不是给他送行，你以为我是哭他？我是哭我自己，哭我的闺女。他害得我家破人亡，我能哭他吗？我神经病啊？"老和尚说："可网上说你是香菇老人，对党的好干部有感情！"我急切地争辩说："那是记者瞎整的。对了，乡亲们，谁们家有会上网的，赶紧帮我证明一下，我不是哭那个贪官的。"老和尚说："是这么回事啊，那中，我这就叫我儿子上网声援你去。"说完，哼着歌迈着八字步走了。我看出老和尚很得意。他有啥得意的呢？我突然想到，过去，我家是种植香菇大户，现在完了，人家老和尚赶超上来了，咋不得意啊。我的脑袋轰然一响，老和尚鼓动我告状，存的什么心呀？

老婆指着我的鼻子说："你就傻吧，老和尚看着咱家眼红，当面哄着你说，背地骂你傻呢！他看着咱家败了，整天高兴得不行！我听说，新来咱们大成市当书记的陈路生，原来是省委宣传部一个啥常务副部长，抓典型可有一套啦，他要树党的好干部易方兴这个典型。市委还组建了易方兴先进事迹报告团哩，准备到省里、到北京轮回演讲，还请一个作家写了一本书呢！"我呆愣住了，问："这些你是听谁说的呀？"老婆说："还能有谁，村主任呗。"

两天后的下半晌，一辆小汽车停在了我家门口。满囤领着一个瘦高个子的人来了，对我介绍说此人是市委宣传部孙全副部长。孙全朝我亲切地笑着，说："陈路生书记从网上看到了你的照片，指示我们说，报告团得有一位农民参加，网络走红的香菇老汉就可以嘛！他对易市长有感情啊！所以，我今天特地来聘请您参加报告团来的。"我一听就火了，吼道："易方兴是害我的仇人，我还要到处夸奖他？呸，亏你们想得出！"孙全副部长愣了一下，发火了，啪地拍了下桌子，叫喊道："张立满，你这是什么态度？"我倔倔地挺着。老婆"扑通"一声给他跪下了，声泪俱下地央求说："求求你了，孙部长，易方兴死了，我们不告状了，他是好官赖官，我们管不着。你们就别逼我老头啦！"孙全扶起我老婆说："我们不想为难你们，而是立满大叔太出名了。他在易市长葬礼上的痛哭，网络一传播，就被新来的市委陈书记看到了，陈书记钦点你的大名，算是你的福气。再说，一把手的指示咱们都要不折不扣地执行啊！你们再好好想想，尽快答复我。"说完，对满囤挥了下手，背起两手悻悻地走了。老婆问我："要不就顺了他们？"我陡然生出一腔愤怒，吼道："就不！"过了一会儿，满囤来了，问我有啥想法，我倔倔地说："打死我也不参加这个报告团！让我给姓易的树碑立传，没门儿！"满囤叹息："这市里也没长眼，咋看上你了？"嘟囔着走了，老婆也不搭理我，悄悄躲出去了。

我太孤单，环顾左右，唯有伤痛陪伴。我又想闺女小瑾了。

第二天早上，孙全副部长又来了，还跟来了杨乡长。他们身上都像燃着一团火，一靠近我，我感到烤得慌。他们让我提条件，说是可以补偿菜窖的全部拆迁款。我流着眼泪说："我们家过去是香菇大户，家境不困难的，都是易市长强拆——"杨乡长暗暗踢了一下我的腿："过去的事，咱就别提了，一切向前看好吧？"我心中一痛，喃喃说："钱，对我来说已经不重要了，现在我想找到闺女张瑾！"孙全说他立刻请示陈书记，让市公安局成立专案组到全国各地查找。寻找小瑾的下落一切都水到渠成了，还犹豫个啥？只要我想要，这一切都属于我。经过一番谨慎的权衡，我最终决定顺从市里，我已经失去那么多了，不能再失去孩子了。孙全松了口气，笑了。杨乡长更是高兴得攥着我的手，当场给他的部下打电话，叫人给我送两桶花生油和两袋子大米来。很快，孙全他们给我写了个材料，我看了材料，上面写的是我这个告易副市长状的农民，被这个好市长的博大胸怀感动了，还编造了这个过程的一些细节。我看了挺不是滋味，可为了找到闺女，我只好按照他们的故事说。这一天上午，我和易方兴家属、同事在市大礼堂搞了一场试验宣讲。电视台都来录像。我刚上台还有点不自然，想到易方兴的嘴脸，还是愤怒不已。我看着孙全急出了汗，紧着朝我晃手，我一想到失踪的闺女张瑾，就哭了，领导很满意。我回到家，疲惫不堪。我把自己哭软了，双腿打战，到了香菇园都干不了活了。可是，就在我们即将出发去省城的时候，上边变脸了。孙全副部长一下子乱了方寸，他惶惶地说："老张啊，好好种植你的香菇吧。易方兴先进事迹报告会取消了！"我追问："为啥？是把我取消了，还是都取消了？"孙全副部长说："都取消了！"我产生了恐惧和不安："那，你们还帮我找闺女吗？"孙全眯眼看着我，下巴越耷拉越长，说："当然管，当然管，那是警察的职责。"说完就匆匆走了。

　　我蒙了两天，这是咋的了？报告会咋又突然不搞了呢？

　　我继续鼓捣香菇园子。起虫子了，虫子爬上了塑料棚顶，冷不防掉下来，拂过脑门，瘙痒无比。这个时候，满囤过来了，他给我报告消息，说易方兴最后还是栽我身上了。我到中纪委告的状得到领导同志的重视，已经派人来大成市调查来了。事情顶到了高处，一点回旋的余地都没有。隔了一个月，调查结果就出来了，那些事都是真实的，易方兴真的是一个贪官，我告的那些罪状几乎都成立。我心里一紧，一股凉气顺着脊背滑了下去。易方兴儿子在美国洛杉矶有豪宅、豪车。自己在国内也有七套豪华房产，存款超过亿元。市城建局女副局长张倩是他的秘密情人，官职是他一手提拔的。我真的是惊讶不小，看来给我偷偷提供证据的那个神秘干部是非常了解易方兴的。会是个啥人物呢？一定是他的熟人，或是朋友，不然怎么那么知根知底呢？易放兴为什么这样胆大包天干坏事呢？听说有人得到易方兴的一个日记本，上面详细记载着他的罪行。他在领导岗位的时候，曾经十分"心理失衡"。因为他结交的很多老板朋友，个人资产都在十几亿甚至几十亿。他给他们帮了不少忙，而且自己并不比他们笨，却只拿着副厅级微薄的收入。如果不要他们送的钱，自己的老婆孩子都整天埋怨他。别人家的孩子都到海外留学了，自己的孩子为啥不能？我明白了，易方兴就是这样走上犯罪道路的。

易方兴死了，他罪有应得。可是，那个给我提供情报的人也太可恶了。他是利用我，借刀杀人。我有一种被捉弄的感觉，眼睛冒出火来。

我竭力回忆着那个告密者的模样，那是一个瘦高个子、戴眼镜的中年男人。他为啥要给我提供情报？现在才明白，他是想借我告状，告倒易方兴。易方兴不是好官，这个想整垮易方兴的也不会是啥好人。如果这样的人得道，老百姓还有个好吗？

那天傍晚，老和尚过来了，想从我嘴里套出啥话来。我对这狗东西保持着警惕，绝对不能再上他的当了。我和老婆跟他打着哈哈，没想到他啥都知道了，他给我出主意说，一定要找到那个给我提供易方兴腐败证据的人。我强忍心里边的不满意，问："找他干啥？"老和尚说："有用，那肯定是个有权的人！"我内心积聚了太多的火焰，终于爆发了："咱是种香菇的草民，还跟有权的人掺和啥？人家收拾你，就像碾一个臭虫！都怪我听了你小子的馊主意，我告状告成这副德行！滚！"老和尚见自个儿的阴谋被我戳穿，气急败坏地骂："老子都是替你着想，你倒把我的好心当成驴肝肺了，哼！"

他竟然骂我，我气坏了，上前踢了他一脚，却没有踢动他，反被他一脚踹地上了，脑门子磕了一个大包。我老婆一见我受了伤，扑上来就抓老和尚的脸，老和尚抱着脑袋溜了。我虽然挨了一脚，却很过瘾，后脊梁有一股发酥的感觉。我总算跟老和尚翻了脸。不然，他总把我当猴耍，我还不好意思跟他急。这之后，我就跟老和尚断了往来，村里村外打了照面谁也不搭理谁，装没看着对方。再后来，我跟老婆子怀揣着卖香菇积攒下的钱，离开村子找小瑾去了。

我们夫妻俩先去的省城，没找着孩子。之后跑遍了全省城市和乡村，一直没有啥结果。我们出了省，用一年的时间跑遍了北方各个省，走一站打一份工，住上个十天半月再走。跑遍了北方再跑南方，还是一直没有孩子的音信。一晃两年过去了，我们夫妻俩遭的那份罪就别提了，跟大海的海水一样多。我俩绝望了，哭了不知多少回，眼泪都哭干了。我们一直瞒着老妈，怕她知道了受不住。可还是让老妈知道了，是老婆子说走了嘴，老妈当场就住了院。从住院那天起，老妈就一句话不说了，不到十天就去世了。跪在老妈的遗体前，我心里头那个悔啊，当初真不该告状啊！

夜越是漆黑，满天的星星就越亮。我喜欢夜里守着香菇。香菇的味道真香。大勇就要研究生毕业了。那天，孩子回老家实习。这天傍晚，一家人吃完饭，说起了大勇的工作问题。儿子学的政法专业，我说你可以去新建成的工业园区应聘去。他却愿意到政府部门发展。这可愁坏了我，我一个养香菇的农民，哪有这样的门路啊？现在大学生找工作太难了。为难之时，我想到了老和尚，这个时候，真盼着老和尚过来帮着出出主意。可是，我跟老和尚撕破了脸皮，两家彻底不往来了。

大勇在我身边晃荡，还骂骂咧咧的，我的身体就触电般震颤。过去，养儿能防老，如今，养儿像养爷，好像是我欠了他的。我一筹莫展的时候，在电视上看见大成电视台的一条新闻：市政府秘书长宋长江陪同副市长王荣举视察垃圾发电厂。那个瘦高个子、戴眼镜的中年人就是宋秘书长，嗯？这个人好像在哪见过面啊？在哪呢？突然我想起来了，一下子认出了宋秘书长，他不就是在昌平黑监狱找我递易副市长黑材料的那个神秘干部吗？没错，就是他！这个重大发现可让我震惊不已，从这天起，我的心里头再也无法摆脱不安了。这个令人忧心的秘密，让我觉得脑袋顶着的天就要塌下来了。这要让宋长江知道我认出了他，他该咋待我啊？

这天上午，我正在香菇棚里干活，满囤从这路过跟我打招呼。我绕着弯问他："两个人要对付同一个人，一个明的，一个暗的。整倒那个人之后，明的认出了那个暗的，你说那个暗的会不会怕事情露了马脚，反过来整这个明的呢？"满囤想了想，说："有这个可能，不过，也有可能这个暗的哄着这个明的，兴许能帮上点明的啥忙哪。"他这句话可叫我开了窍，我决定主动去找宋秘书长，请他帮儿子找份政府的工作。不答应帮忙，我就把那件背后下刀子的事给捅了。

这样一想，我吓了一跳，脑袋差点炸开。

两天后，我把卖香菇的钱打进一张银行卡里头，坐上公交车进城去找宋秘书长。在市政府门口，我被门卫轰出来了，说啥也不叫我进去。后来，我就带着香菇去，说是向宋秘书长汇报香菇生产情况。见到了宋秘书长，他很热情，握着我的手，说："你好啊，香菇老人。"我说："我能告倒易方兴真是多亏了你啊。我还没谢谢你哪。"宋长江皱起了眉头说："您说什么呢？我怎么听不明白啊？"他拒绝承认那个神秘干部就是他。我觉得很奇怪，他为啥不承认呢？宋长江故意岔开话题，问我："你找我有什么事情啊？"我把儿子工作的事情说了。他说："这事得找常务副市长王荣举同志，人事归他分管。"我求助他给我引荐，掏出那张建行金卡塞给了他……我很快见到了王荣举常务副市长。王荣举认识我，说在礼堂听过我讲述易方兴的故事。他说："虽说易副市长死了，腐败了，但工作上还是有些成绩的！"我问："听说你俩关系还不错？"他笑笑，很快就转了话题，说起我的香菇种植来了。我说养香菇挣了点钱，但供一个大学生，还要赡养老人，日子过得也够紧巴的，所以才想让孩子早点上班挣钱，缓解家里的经济状况。王荣举淡淡地说："我会帮着你想想办法的。"

我把儿子的简历放下了，踏踏实实地等着好消息了，主管市长答应的事百分之百没问题啊。可是过两个月，事情还没有结果，儿子天天催我。我急了，弄得我们爷俩死掐了一架。吵完了，我硬着头皮去找王荣举。王荣举脸上硬硬的，有一层青色。他板着脸说了一些官话，总的意思是，现在的政府机关人员正在精减，岗位有限，竞争很激烈，我们要体谅政府的难处。我心凉了，心里头"咯噔"一下，比岔一口气还疼。

我呆愣着，失望弥漫开来。

也许有第三条路，这条路愈发凶险了。因为世道凶险，必须将一切做得稳妥。我几天都在暗自分析，攻克王荣举，拿钱是没用的，他当过县长、县委书记，如今是常务副市长，大权在握，吃香喝辣的，一辈子不差钱。但是，我有一个突破口，他最在乎自己的"乌纱帽"，如果出现威胁到他官位的事情，这小子就坐不住了。我在市政府打听到了，当时王荣举跟易方兴是一对竞争对手，他俩都是副市长，一定是在竞争市委常委、常务副市长。宋长江当时是王荣举的秘书，他戴着墨镜给我送易副市长的黑材料，很有可能就是这个王荣举指使的，目的就是清除对手。易方兴在山火扑救现场，据说就是接了王荣举的一个电话，犯了心脏病猝死的，他可真够无耻的。这里藏下了怎样惊人的秘密？

王荣举的阴谋被我一个农民看穿了，也不算有多高明。我只是感觉他做人够狠，敢朝朋友下黑手。也对，不狠不得江山坐。易方兴不就被他黑掉了吗？我也想狠一次，我决定要挟一次王荣举，做最后一搏。这也许是最后一个机会了，我必须要把握住。即便他不买账，能把我一个农民怎么着？这一天，我在市政府大门口拦住了正站在门卫室跟一个人说话的王荣举。王荣举容光焕发，从头到脚都透着威严和富贵。他一见是我，不耐烦地问："你怎么又来了？"我嘿嘿一笑，他的脸一沉。门卫就要往外撵我，我无心再表演社交礼貌，干脆把王荣举拉到一旁，软硬兼施地说："做人不能缩脑袋，装王八呀！我儿子的事你不给办，我天天来。你再不给办，我就向外界公布你和宋秘书长整易方兴的事。我找人在网络上公布！"这一招挺灵，这是掩人耳目的秘密。王副市长脸一下子就白了，目光像刀子一般，唰唰闪着，急忙拉着我去了他的办公室。他心里有鬼，只好忍气吞声。他让秘书给我沏了一杯茶水。秘书在场，王荣举神气像往常那样威严，含蓄。秘书出去了，他长舒一口气，使劲拍了拍我的肩膀说："老张啊，你的事情我记着呢，在大门口我怎么好张嘴呢？实话跟你说，你过去帮过我，这不能挂在嘴巴上，要烂在肚子里。"我诚恳地点头："只要给我办了，都好说。这事神不知，鬼不觉，你不说，我不讲，就烂在肚子里头好了。我要是说了你宰了我！"王荣举嘿嘿笑了："你言重了，我哪有那么狠？我当初竞争官位，是耍了点小手腕。这是人之常情，易市长是病死的，我也很伤心。我敢拍着胸脯说，我跟他是朋友，但绝不是一路人。你打听打听，我不贪不占，给老百姓办实事，办好事。"我轻轻松了口气："那就帮我家办点好事吧，我张立满一家给你磕头了！"王荣举说："我刚刚当了常务副市长，权力不小，但是，滥用权力，有违我做人的准则。这样好不好，如今省里抓三年大变样，城市建设需要人才，先将你儿子安排在市城建局拆迁办公室吧。工作干好了，将来，方便时候再调整。好吧？"我笑了，说："好，你够意思我也够意思。"王荣举看着我，目光里带着一点温情。我暗暗发笑，丝毫不觉理亏。我有一种预感，事情恐怕会起质的变化。王荣举喝了一口茶水，抓起电话就打："城建局马局长吗？我是王荣举，上次拆迁你记得有个告状的香菇老人张立满吧？啊，就是。那次拆迁，社会影响恶劣，伤了农民的心。眼下张立满的女儿还没有找着，他的儿子已经研究生毕业了，这个年轻人不错，为了补偿拆迁的过失，把他儿子安排在拆迁办公室吧。人事局那边我来说！"说着就放下电话。我激动了，双手作揖："谢谢王市长啊！"王荣举轻轻一笑："政府是鱼，百姓就是水。鱼儿怎么能离得开水呢？拆迁是最棘手的事，让你儿子亲自搞一下拆迁，你就明白政府的难处了。"我点点头，心想，王荣举跟易方兴真不一样。

清明节这天，我到易方兴的墓地看了看。

起风了，一股风灌来，呼地封了我的嘴。不知为什么，我总想把世间的变化跟他的鬼魂说道说道。我对地底下的易方兴叨咕说："姓易的，我拆迁补偿款政府一分不少都给了，你没看成我的笑话，我倒看了你的笑话，你死了我活着，我胜利了，你没想到是这个结果吧？还是得讲究个善有善报，恶有恶报啊……"墓碑上的易方兴一言不发，沉默着看着我。他有啥脸跟我说话啊，他还有啥可说的呢？

我正叨咕着，看见一辆黑色奥迪汽车停在墓地边上了，下来一个穿黑风衣的女人。这个女人抱着一捧白色的鲜花，正朝我这边走过来。我赶紧躲到了一边，悄悄看着她。只见她静静地走到易方兴墓前，弯下腰把花放到墓碑前，鞠了三个躬，一句话没说悄悄地走了。这女人年龄看上去三十多岁，长相端庄，漂亮，眼睛黑亮黑亮的。女人的眼睛，能挖走男人的心。易方兴活着的时候肯定被她俘虏过。这女人是谁呢？肯定不是他老婆。听说她老婆和儿子从美国洛杉矶逃往加拿大了，她们肯定不敢回国啊。我分析，这个女人可能是他的情人张倩。如果不是张倩，就是别的情人了。她还算是一个有情有义的女人哩！我对着易方兴的墓碑说了句："你要在那边好好改造自个儿，做一个好鬼，将来可以托生成一个好人！"照片上的易方兴好像有话说，但没说出来。他不好意思说。最后，我告诉他，他的朋友王荣举，现在的常务副市长，就是他的政敌。墓地静静的，前来扫墓的人都沉默无语地祭奠着自己的亲人友人。偶尔响起风吹动花束或纸钱的动静，让我在心里头一遍一遍地说着：还是活着好！还是好好活着好啊！在离开易方兴墓的时候，我驼着背，脸色阴沉，忽然黯然神伤起来，我咋上这看他来了呢？凭啥呢？我大骂自己是狗拿耗子！吃饱了撑的！

我从易方兴的墓地回来，好像带了邪气，大病了一场。

有病的时候，我到公安局跑了一趟，打听一下小瑾的情况。自从撤了"易方兴先进事迹报告团"，专门查找小瑾的公安小组就随之撤销了。才过去半年，他们都不认识我了，我提了一下"香菇老人"。警察不知道了，我再三解释，一个年轻警察说，你闺女这样的案件多了，我们查得过来吗？杀人案都破不过来呢！我灰溜溜地走出公安局。我想是不是再找王荣举呢？不能，不能冲了儿子的事情。我已经给王荣举下最后通牒了，他还没给我准信。听说这小子是黑白两道，他会不会耍滑头呢？如果王荣举打击报复我，我就跟他拼了，继续告状，像告易方兴一样。

我心情荒芜，眼神涣散。耳听为虚，眼见为实，生活坎坷摧毁了我深信不疑的根基，随时可能轰然倒下。我躺了好几天，那天早上，我对着镜子观看，悄悄改变的容颜让我很难过。我怎么变成这般模样了？我满脸深皱，白发苍苍，眼睛深陷下去，眼袋有一些浮肿。鼻梁突了起来，脑袋也莫明其妙地沉重了。想起女儿张瑾，我就非常难过。我预感不好。我想我的闺女啊！我眼泪汪汪，不停地嘬着烟卷。

过了几天，我家来了好消息。王荣举市长的秘书小徐来电话了，我儿子张勇的工作终于有了着落，他就要到市城建局拆迁办公室工作了。没几天，市人事局的通知就到了。我们张家也有转运的时候，我和老婆高兴得说不出话来。农民就是爱知足，我不恨谁了，甚至连易方兴都不恨了。我的仇恨太多了，恨这个恨那个，恨着恨着就恨自己了。可是，这事却让村人红了眼，嚼了舌根，气得老和尚在村口耍酒疯，丢了香菇大王的风度。我儿张勇脸上放光，他对官场既好奇，又渴望，难得有一番探索世界的热情。我拍着儿子的肩膀，目光如针。我有一肚子的话想跟儿子说，可是，咋也张不开嘴。不说，我又担心儿子吃亏，就一句一句叮嘱他说："儿啊，你是农民的儿子，过去你爹被拆迁害了，你如今拆别人的了，你咋做还用你爹说吗？日子过得都不容易，不能再让别人家丢了孩子，咱不能昧良心！"张勇频频点头："爹，我记住了。"转身就要走，我即刻喝住了他："兔崽子，你爹的话还没说完呢！"张勇不耐烦地说："还有啥说的？快点说吧！"我咳了一声说："通过这次告状，你爹悟出了好多道理。爹知道你是忠厚之人。你要想忠厚下去，就干脆跟着你爹种香菇。可是，人争一口气，佛争一炷香。你在机关一定要往好里混，当大官，爹脸上有光。从今往后，政府里有咱张家的人了。可是，江湖险恶，人心都坏透了。到了市府大院，你得改变自己。记住爹的话，你要想混好了，既要有防人之心……"老婆一惊，脸白了，眼直了，插话说："老头子，你糊涂了，哪有教孩子学坏的！"我瞪了老婆一眼："去！这年月，不学坏能混出个样来吗？"老婆继续骂了一句："你呀，歪嘴骡子只配卖个驴钱，告状都告邪啦！"儿子大勇吓得直吐舌头。我理直气壮地吼："这就是我告状磨炼出来的经验！"老婆继续嘟囔："人哪，不能眼皮子太浅，总得讲点情谊吧？"我狠狠一瞪眼："傻瓜才讲情谊，没情谊，只有利益！"大勇的锐气一下子泄了，脑袋一晃说："爹，你这么说，社会太黑暗了，那我不上班去了！"我气得脸色紫胀，暴咳不止，吼："你敢，你当你老子是市长啊？你爹是个种植香菇的农民。老子卖香菇供你上了大学，读完研究生，我和你妈风里雨里的，容易吗？为了你的工作，不惜去敲诈，费了血劲啊，你知道吗？"大勇梗着脖子，一点不慌张。我心虚偏说着壮胆的话："儿啊，别退缩，我有个狠劲，你行！你要经受磨炼，爹让你狠，不是让你胡来。办事要慎重，稳打稳拿！"大勇这才认可地点点头，似乎把他的处境弄明白了。我脸上皱巴巴的，缓缓说："儿啊，你有个毛病，乱交朋友，实话实说，这是致命伤。我跟你说过的，易方兴副市长就毁在自己最好的朋友手里。如果他没这个朋友，他也许正在台上吆五喝六呢！如果不是老和尚挑唆，我能上京告状吗？你妹能丢吗？我们张家能丢了香菇大王称号吗？唉，这年月，最靠不住的就是朋友！儿啊，你要记住，记住啦？"

大勇眼中的火焰熄灭了，咬唇皱眉，像是下了很大决心："爹，我记住啦！"

我心中一痛，身体像触电般地震颤。我有罪呀，我在毁自己的儿子。挺好的一个小伙子，偏要把他毁掉，这究竟是为啥呀？我几乎绝望得流泪。儿子悟性很高，我的话他好像听进去了，他点头的时候，目光冰冷而犀利。他淡淡地说："爹，我都明白。怪罪某种说不清的东西，只能模糊地想象为道德的衰败！"

我还想说啥，浑身寒冷，没话可说了。

我想吸一支烟缓缓神，突然，我感觉后脑勺一飘，脸一侧，嘴一歪，就觉得要发生啥事情，心中噗噗直跳，跳着跳着就晕过去了。我的惨样把儿子和老婆吓坏了，急忙送我去了医院。我的预感是灵验的，我脑中风，偏瘫了。一阵紧张的治疗，花去我家的全部积蓄。出了医院，我就坐上了轮椅，老婆推着来到村头。

村头很安静，狗卧在屋檐下吐舌头，风躺在山坳里无声无息。乡亲们都过来看望我，我不愿看乡亲们对我的惋惜，我想我的香菇园了。香菇俏皮地晃着脑袋，香气四溢，我好想香菇，闻着香菇的味道，身上的毛孔都张开了，嘶喊一声："我的香菇啊！"一滴清泪从我脸上滑落。香菇被阳光晒热了，携来一股暖流，热赤呼啦的，啥烦心事都忘记了。生活就是生下来，活下去，我愿忘了全世界，只为能与香菇厮守就算幸福了。

石
榴
的
影
子

　　五年以后，我再次见到陈少衡的时候，他的右腿已经瘸了。陈少衡从奔驰汽车上下来，没有挂拐杖，走路一扭一扭，稍微倾斜。他个头不高，虎背，熊腰，秃顶，缩脖，白脸刮得干干净净，显得有些浮肿，言谈举止有一副踌躇满志的气概。他哈哈笑着，对自己的瘸腿没有一点自卑，他说我比先前还漂亮了。他与我握手时手掌非常有力，气度不凡，不愧是赫赫有名的钢铁大亨。我的目光瞥了一下他的右腿，瘦下去的地方装着假肢。风吹来，他的右腿空空荡荡。

　　其实，我们是同病相怜。我的好运也毁在腿上。我叫石榴，唐城歌舞团舞蹈演员。对于我的容貌，我不想夸张。我身材高挑，皮肤白亮，艳丽，黑溜溜熟透葡萄一样的大眼睛，浑身有一点妖邪的魔力。我美而娇，眼泪多得不得了。路过我身边的人，都会多瞧几眼，还有人惊叹："她多像电影明星啊！"两个月前，我在舞台上跳榴花炫舞，最后一刻，我跳出了一个我一生中最完美的飞跃动作，绚丽多姿，流星如虹，璀璨无比。我赢得了热烈的掌声。谁知，我左腿肚子咔地一响，就一头栽倒在舞台上。以往，每到这个动作，我的脸就灿烂了。这次我预感不妙，我扑倒在舞台上，痛得咝咝吸气。观众里不时爆出一声声喊叫。我脸色苍白，眼含惊恐。大幕缓缓落下来，我被抬下来送进了医院。一件喜事抵一件丧事。喜的是我的炫舞获奖了，丧气的是我腿上的肌腱拉伤了。表面看是扯平了，其实，我伤心透顶。医生说我不能再跳舞了。我不甘心，继续与命运抗争。我硬着头皮重上舞台，可是，一个弹跳又让我栽倒了。我手脚乱抖了一阵，却不知朝哪里发泄。我变成了与现实对立的一个虚无。我只能告别心爱的舞台了。这一阵，我很孤独，空虚得差点变成一只空壳飘起来。

我得重新规划未来的生活了。

既然事业断了，就赶紧转身吧。我朝哪里转身，一时很茫然。母亲催促我赶紧结婚，朋友让我赶紧挣钱。如果跟大款结婚，这些问题都不是问题了，可是，我的恋人张恨水是个穷小子，跟他结婚，我真的不甘心。张恨水是爱我的，爱得很真诚。好多婚姻，都是时间逼迫的结果。我是结婚还是挣钱？那几天我非常犹豫。人与人，嗅着彼此喜爱的味道而来。那一天早上，我找到同学女友爱毛出主意。她嬉皮笑脸地讥讽我，挑逗我。爱毛说："像你这样的女人最好嫁个有权人，或是有钱人，这是最好的捷径。"我听着咴咴笑起来。爱毛一愣："你笑什么呀？是不是嫌我俗？"我的脸热了，摇头说："我没有笑话你，你比以前更幽默了。"爱毛说："我不幽默，比以前我是心狠了。"我跟爱毛坦露了真实想法，我不想变成男人的附属品，还是想找一个真心相爱的男人过日子。我对爱毛说："我母亲说过，等你爱上谁了，你就会知道世上有那么一个人，你宁可为他去死。你说这该有多美好？"爱毛笑岔了气，打着嗝儿说："我就是电影《盗梦空间》里的托罗，托罗警告别人，不要沉浸在梦里。你还活在梦里呢！"我噤了声，张大了嘴巴看她。爱毛用探究的眼神盯着我："石榴，你脑子注水了吧？你都多大了，还活在幻想里？"我被她说蔫了，心情荒芜，眼神涣散。爱毛长相一般，喜欢脸部整形，原来腮下的那颗痣，也给做掉了。她眼睛不大，嘴唇微微翻翘，嘴上抹糖，舌头抹蜜，能说会道。在我的记忆里，爱毛上中学时就谈恋爱了。听说她离了两次婚，如今，她傍了一个房地产老板，一个六十岁的老头，她给老头生了个闺女。老头给了她十套房产。如今开着名车，住着豪宅，自己开了一家美容店，自己的脸都动过了，笑起来僵僵的。爱毛说我的另一个同学大雪的命运就惨了点。她与丈夫是自由恋爱，可是婚后丈夫赌博，出了车祸，甩着一条胳膊，还赌，大雪跟丈夫离婚了，留给他一个大儿子，儿子学习不好，学会了抽烟、上网，气得她恨不得把儿子掐死。她日子过得非常拮据。我震惊之余，一阵唏嘘："大雪太可怜了。"爱毛极痛心地叹息了一声："别管大雪了，先说你吧。你已经把自己耗成了大龄青年。这回你要还是把握不好，大雪就是你的未来！"

　　我吸了一口气，一股凉意从脚底慢慢浮了上来。爱毛的生活就真的好吗？她没有名分，没有自尊，忍受寂寞，以自己一生中最有魅力的时光，去等待一个有家的老男人。没意思。我还是想寻找刻骨铭心的爱情，张恨水没有给我这种感觉。爱毛不断地斜眼瞥我："石榴，你是不是鄙视我的生活？"我摇着头赶紧解释："爱毛，我没有小看你的意思啊，我想问你，你这样真的幸福吗？"爱毛怔了一下说："一生一世的真爱才是有根底的，也最幸福。可是，那是虚无缥缈的东西，这年月到哪找啊？你想想，即便抓住爱情的女人，也得急着转化为亲情。这是唯一出路，这条路越来越难了，既然没有，就不如抓钱。我总比大雪两头都够不着强吧？"我的心被扎了一下，无奈地垂下头。爱毛兴致很高，摸摸我的脸蛋儿说："石榴，你的先天条件这么好，就张开你的石榴裙吧。为什么女人发贱？因为男人吃这套，你先试着来，反正是做戏，生存需要嘛！"我感觉自己身体摇晃了，说不出话来。爱毛说："石榴姐，放弃爱情，让张恨水走自己的路吧。这年头，谁倾心地爱一个人而毫无保留，谁就该倒霉了。"她把人生真相毫不掩饰地说出来，对我的震撼程度，是前所未有的。下了一天的雨，我们讨论了一天，我的态度尚在游移之中。我听着浑身发冷，说回去好好想想，惴惴地走了回来。我想了两天，心中乱糟糟的想不清楚。世上的事情，不能不想，也不能细想。细一想，没有一点儿诗意和浪漫。

　　那个中午，因为缺钱，医院急催母亲的住院欠款，不然会被医院轰出来。父亲的眼睛一直在流泪，堵都堵不住。这是没钱面临的窘境。我望着两位无助的老人，一瞬间什么都想通了。爱毛说得对，爱情不靠谱了，那么钱就是最重要的了。金钱的诱惑乘虚而入，甚至难以阻挡。这样一来，我人生的性质会发生巨大变化。我渴求的是崭新的观念，这一转变，犹如横空的闪电，击退了我原有的诗意和浪漫。我投降了，有时候，投降也是一门学问。生与死，是在无数投降中完成的，有这投降的形式，才有后来闯下去的勇气。一个觉醒的女人，活的就是欲望。我很佩服爱毛，不是佩服她成了有钱人，而是佩服她够狠。女人不狠，地位不稳。我也要狠起来，首先对自己狠起来，一想到用身体挣钱，浑身的血在飞速流淌。可是，有权有钱的人哪有没老婆的？我把周围的朋友想了一遍，他们都没钱，没有人能帮上我。后来，我想到了钢铁老板陈少衡。五年前，我刚刚 26 岁，陈少衡老板一眼就看中了我，当场向我求爱："美人，我爱你，嫁给我吧，你提个条件，我啥都答应你！"他不停地摇着我的肩膀，让我相信他。我被他吓哭了。第二天上午，陈少衡提着一袋子钱到了我家，把钱袋子往沙发上一扔，对我父亲说："岳父大人，请把石榴许配给我吧！我保证对她好！"我吓得连连躲闪。我父亲生气了："有你这样求亲的吗？我女儿是个人，不是一件东西！说买就能买的吗？滚！"说着，父亲就把钱袋子甩给他。陈少衡哼了哼，骂了一句脏话："妈的，不识好赖！"就灰溜溜地跑了。我看着他被我爹赶走，心中非常痛快。进了歌舞团，我给自己立过规矩，绝不跟我厌恶的男人一起厮混，更别说谈恋爱了。那时候的我还傻着呢，视金钱如粪土。后来，陈少衡又多次找我，我都婉言回绝了他。我家人担心他会报复，结果他没有为难我。

女人像子弹，总能快速击中目标。我很快就联系上了陈少衡。过了这么多年，陈少衡心态平和多了。他挺大度，马上邀请我吃饭，地点是唐城最高档的凤凰园贵宾楼。一进大堂，陈少衡就被服务员搀上楼去，尽管瘸了，他身后还是一片姑娘。我得承认，陈少衡在唐城是个有钱的人，别墅，名车，样样都有，跟官员，跟黑道人都有来往。听说他的资产已达 30 亿了。陈少衡给我点了一个名贵的燕窝，我的心热了。陈少衡的黑脸膛渐渐有了温情，龇着黑牙说："大美人，今天是哪股风，想起你三哥来啦？"我苦笑一下，娇滴滴地说："说了不怕您笑话，我的腿拉伤了，再也跳不了舞了。"陈少衡敬了我一杯酒，说："好哇，咱俩是同病相怜啊！"我跟着喝了半杯酒，腼腆一笑。陈少衡瞪圆了眼睛："干了，干了，三哥天天想你，你不能这么三心二意的。"我身上的每个细胞都绷紧了："三哥，我不会喝酒。"陈少衡摇头说："你不能街头耍把戏，光说不练啊！"我被迫把酒喝了，没怎么难受，还是假装咳嗽两声。陈少衡关切地说："喝点饮料，压一压。"我喝了饮料，不再咳嗽。

我的黑发蓬松地垂下，拥在两颊。陈少衡笑容可掬地问："石榴，往后咋个打算？"我轻轻摇头："不知道，这不请教三哥呢！"陈少衡眨眨眼说："石榴，就你这美人干啥啥成啊！结婚了吗？"我说："有个男朋友，吹了。"陈少衡喷着酒气，哈哈大笑："吹了好，光棍打三年，浑身都是钱！三哥帮你挣钱！"

我简直听怔了，合不拢嘴巴。陈少衡催促道："挣钱，你想咋个挣法呀？"我低下眼皮，耳轮泛红，呼吸紧张。对挣钱，我既好奇，又渴望。我家境贫寒，母亲肾病透析用钱，弟弟现在还没房子。挣钱的念头很猛，把我的心紧紧揪住。陈少衡挥了挥手，示意服务员退下。服务员走了，陈少衡一张嘴就有挑逗的意味："宝贝，我真的喜欢你，把你包养起来算了。"我望着他，摇了摇头。陈少衡咧了咧嘴巴："你是看我瘸了，不是跟你吹牛，在床上一点儿不耽误……"我苦笑道："我不是这个意思。"陈少衡说："我不为难你，我是为你好。女人一辈子不就图个安逸的日子吗？我给你钱，一切给你安排好，干吗还出去折腾呢？女人家在市场上打拼，其实挺难的。"我紫红的嘴唇一抖，傲慢地说："我不想成为男人的附属品，那很悲哀。"陈少衡笑了："好，石榴还是那么有骨气，佩服！"我催促道："你赶紧给我想办法呀！"陈少衡捏了捏下巴，说："咱唐城是钢铁大市，钢铁是硬家伙，谁离开它能发大财呀？我看你就开个钢铁俱乐部！专为钢铁物流提供信息。"我听着有理，很快答应了，一切都是机遇，机遇是可遇不可求的。陈少衡眼睛闪着刺人的光芒，似乎穿透我的心。我情不自禁地抓住陈少衡的手，讪讪一笑："三哥，往后石榴可靠您啦。"陈少衡嘿嘿笑了："看来，你是真活明白了。"我喝得挺开心，眼睛都红了。我情知有些失态，尽力控制住自己，神情端庄起来，像个女神一样。没多久，陈少衡的一个朋友过来了，又是一通乱喝。我喝高了，挺不住，我喝酒是人来疯，越有人越逞能，抓着陈少衡的肩膀就喝个没完。我在酒桌上一般不吐，回去就吐得个肝肠寸断。

　　经过两个月的紧张筹备，我的钢铁俱乐部在九月十六号这天正式开张了。

　　陈少衡为我的俱乐部选定的开张日期，无疑是煞费苦心的。首先，这一天是我的生日，既是我来到这个世上的起点，也是我人生的重要转折点。其次，这一天是我和他初识的日子，具有不同寻常的纪念意义。开业前三天的晚上，我和陈少衡两个人在唐城最豪华的大酒店包间里，举杯畅饮共度美好时光。为了对陈少衡表示我的敬意，我特意精心打扮了一番，精心做了下头发，穿上了一身黑色的旗袍，胸前别了一枚凤凰胸针。让陈少衡第一眼见到我就目瞪口呆了。这让我的一颗虚荣心得到了极大的满足。

　　"石榴，你今晚实在是太美了，让男人丢魂啊！"陈少衡两眼放光地夸赞着，人已经情不自禁地拉住了我的手。我轻轻地打了下他的手背，妩媚地笑看着他，说道："你们男人都会这样哄女人开心，我才不信你的鬼话哪。"陈少衡嘻嘻笑着为我拉出椅子，待我落座后顺势亲了下我的脸颊，贴着我的耳朵轻声说道："有你这样一个红颜知己，三哥此生幸甚哪。"我嘬了下嘴巴说："三哥，有你这样说话的吗？"陈少衡耷下肩膀，脸上一笑。我说起了过去他追求我的事。陈少衡揪了下我的鼻子，暧昧地笑着说："你现在长大了，愿意嫁给我了？"我假装害羞低下头不说话，其实我真的还没想好要不要嫁给他。主动接近他，实在是被逼无奈。

陈少衡没有继续追问下去，他好像看透了我的心思，轻轻搂着我的肩膀让我坐下，一边给我往高脚杯子里斟红酒，一边绅士地说道："不急不急，好饭不怕晚，好女不怕等嘛，我有的是耐心。"我感激地看着他说："你真好，三哥。"陈少衡捏了下我的脸蛋，朝门口喊了声："小姐。"一名女服务生推门而入，对我们鞠了一躬。陈少衡说了声："走菜。"然后，从皮包里掏出一份打印好了的文件递到我手上，说道："看看吧，开业庆典的程序，请石榴小姐过目钦定。"我展开来第一眼便看到了一个十分熟悉的名字：王世达，唐城主管工业的副市长。经常在报纸电视上见到他，戴一副宽边眼镜、棱角分明的一张国字脸、鼓鼓的鼻梁、厚厚的嘴唇，真人一次也没见着过。此人来参加开张仪式绝对给足了少衡的面子。我朝少衡展开妩媚的笑容，由衷地说道："你真有本事，三哥，我真是……叫我该怎么谢你啊……"少衡得意地仰着脑袋，岔开五根手指头梳理着保养得很不错的头发，拉长声调说道："怎么感谢我，你心里还没有个数吗？嗯？哈哈哈……"他的笑声里泛着暖暖的暧昧情绪，我闻到了，却当没有闻到。

这一次夜宴，我和陈少衡的关系非同寻常了。那晚是陈少衡开车送我回的公寓，我要推开车门下车的时候，他拉住了我的手，他的手心温热而柔软，却让我感到了一种最好不要抗拒的力量。我只犹豫了几秒钟便任由他做下一步打算了。陈少衡得到了我的默许，对待我的动作幅度明显加大了，只一下就将我拉近了他的身体。接下来要发生的细节不用猜想也是顺理成章的了。奇怪的是，他却轻轻伏在我的耳边说了句："晚安，明天见。"并没有对我行亲昵之举，实在出乎我的意料，让我有些茫然，还有些失落。我没敢看他一眼，顺着眉回了声："晚安。"机械地看着自己的手推开了车门。直到回到公寓我还没想明白，陈少衡明明是要把我揽进他的怀里，而我也是不敢做出激烈反应的，可他为何对我欲擒故纵了呢？唯一能解释的理由就是，他在等待我主动投怀送抱。

我终于迎来了开业庆典日。地点选在了高新技术开发区新世纪广场，这里是开发区的中心，也是唐城钢铁大王佟金生发家的地方，开发前这里是一个美丽的小村庄凤翔村。我是早晨六点钟开着我的丰田车赶到的广场。专业礼仪公司的人员正在忙着布置会场，见到我纷纷点头致意。

陈少衡便带着他的一帮朋友赶到了，清一色的宝马车，车队后边跟着五六辆面包车，车停稳下来一伙年轻人，往下搬花篮、礼品盒之类的东西。我走上前亲热地挽住陈少衡的胳膊说道："三哥一定还没吃早点吧，走，妹请你吃西餐去。"陈少衡拍拍我的手背说："我叫手下买永和油条豆浆去了，有你那份啊。"我妩媚地笑："三哥真是心细如发呀，是一个懂得照顾女人的好男人。"陈少衡捏了下我的脸蛋，转身指挥他的人安放花篮去了。

一切布置妥当之后，陈少衡陪着我进行了一下验收。我对会场布置十分满意，只是陈少衡吹毛求疵，硬是说音响效果不太好，礼仪公司无奈只好紧急调换了一套。差十五分九点的时候，副市长王世达的车开进了会场停车场。我有些紧张，直摩挲自己的胸脯，不停地安慰自己：市长也是人，镇定点儿，再说还有三哥在嘛。陈少衡拉了下我的手，向下了车的王世达迎了过去，走到一半的时候他却停住了脚。而是等着王世达迎过来，他才屈身伸出右手等着对方的手主动送上来。"王市长你好，感谢首长光临指导啊。"听陈少衡说话的口气他竟然也像是个大领导了，只不过他的气质和动作更像一个没有多少修养的暴发户。

陈少衡把我介绍给王世达，王世达一副优雅的绅士派头，他朝我亲切地微笑着，轻轻碰了下我伸给他的手，我恭敬地说了声："市长您好。"他回了声："你好石榴，见到你很高兴。"他的笑容真温暖，让我心里热乎乎的。少衡陪着王世达走向主席台，我跟在旁边有机会偷偷打量市长大人。他个子不高，身材很匀称，皮肤保养得挺好，白皙白皙的；他的鼻梁有点高，胡子刮得很净，泛着青茬，蛮有男人味的。

陆续到达的宾客很快把王世达给围了起来，全都恭恭敬敬地先向他问好致意，然后再与陈少衡握手问好。陈少衡俨然一副老大接受小兄弟朝拜的劲头。他与王世达并肩而立，看上去他比市长还扎眼，身上散发出一种说不出来的气息，是源自他的财富，还是他的个性使然，说不清楚。反正是整个一场只有十八分钟的庆典，让我充分领略到了陈少衡出色的组织才能。他表现得太恰到好处了，说话动作都十分符合他今天主持人的身份，我的确很欣赏他，印象分一次次刷新提高。

我的钢铁俱乐部开业后的第一天，陈少衡便为我带来了第一笔业务，让我挣了八万八千块。这个数是他要求浙江的客户吴老板出的，图个吉利，我很感谢少衡，当晚在大酒店设宴答谢他。我禁不住他的一再请求，喝了一杯白酒，他喝了三杯，脸红通通的，泛着油光。他的眼神有些迷离，像雨天蹲在窝门口望天的鸽子。我预感到今天的他会有所冲动，心里做好了准备。果然，他攥住我的手拉到他的胸口，两眼直勾勾地看着我说："石榴，这些年我接触的女人有一火车了，可哪个也不如你叫我这么动心，你……跟我好吧……"我说："瞧你说的三哥，我本来就跟你好的啊。"他摇摇头："我说的是男女之间的那个好，相好。"我噘着嘴巴说："你已经是有老婆的人了，我这和你好恐怕……"陈少衡打断我的话："你就当我的情人好啦，我保证跟夫妻没啥两样。"我噘起了嘴不说话。如果是五年前，我还有可能答应他，视情况和心情再决定和他进一步发展。而现在我得拒绝他，因为我有些不甘心，五年前如果答应他，我就是正房太太，今天要是答应他只能沦落个"小三"的地位。这惨不惨啊？

"你怎么不说话呀，宝贝儿？"陈少衡催促道。

我现在还不能拒绝他，钢铁俱乐部还得仰仗他。如果，得罪了他我就在唐城混不下去了。于是，我做出亲昵的样子伏在他的肩上，轻声对着他的耳朵说道："从今儿个起，我就是你最亲最亲的妹妹了！"陈少衡的身子震动了一下，一只手就伸进了我的衣服里直奔胸脯而来。我按住了那只手，小声说："我要去卫生间。"陈少衡只得悻悻地放开了我。他的脸色告诉我，他有些不开心了。其实，我更不开心，我一个黄花大闺女凭啥要给你当小三呢？

爱毛开着一家美容院。这天我去美容院找她，她揶揄我说："哎哟，这不是石大老板吗，今天这是想起啥来了肯屈驾我这小店了？"我这才想起已经有两个礼拜没跟她见面了，连个电话也没打一个。我连忙笑嘻嘻地搂住她的脖子亲了一下，说道："人家刚开业不是忙晕了嘛，哼，还好意思说，也不去看看我。"爱毛撇下嘴说："我倒想去看你啊，可又怕不方便嘛。"我捶了她一拳："啥意思啊你，把话说清楚。"爱毛一本正经起来："石榴你和陈少衡到底是咋回事啊？作为好姐们儿我可提醒你，这事你可不能稀里糊涂的啊！"我把陈少衡要我给他做小三，我不答应的经过对她说了。爱毛问我："你真想嫁给陈老板这个瘸子？你可得想好了啊，听你的意思要是当正房你就答应啊？"我解释说："我只是生气，谁说我愿意嫁给他这种人啊？"爱毛说："既然这样，你还生哪门子气呢？你不破坏他的家庭，你只得该得的钱。这对谁都自由，都公平。"我嘟囔说："这么一来，我的名誉就完了。"爱毛扑哧一声笑了，说："你怎么又不开窍了？啥名誉呀？如今这年头名誉值几个钱哪。有这么一句话你要记住，有钱是爷，没钱是孙子！等你人老珠黄了，哭都哭不来。"

爱毛的话让我的一颗抑郁的心忽然变得豁亮了，像黑暗的小屋开了一扇窗。是啊，等我将来发了财，找个自己心仪的白马王子结婚，到国外过衣食无忧的浪漫生活，那该是多么令人心驰神往的事情啊！人活一世草活一秋，得活出点滋味来，要想有滋味，就得有票子做支撑。人蹬腿咽了气，什么都是浮云，更甭说什么名誉贞洁了。回到寓所的我躺在床上辗转反侧难以成眠，我想得最多的是，自己难道真的要委身于陈少衡这个其貌不扬身体有残疾的男人吗？真的要和这个男人同床共枕行男欢女爱之事吗？想到这些，我心里酸酸的不是好滋味。可再一想，如果现在不肯做出牺牲的话，凭自己的现状，特别是经济实力绝对是难以在唐城占有一席之地的，甚至是难以生存下去的，必须借助陈少衡的能量成就自己的梦想。这样下了决心，我给陈少衡打了电话，约他来我的寓所谈一谈。"行，我一会儿就到。"陈少衡的答复很平淡，看样子他还没想到我已经决定跟了他。

我洗了个牛奶浴，更换了全部内衣，坐在床上想一想即将发生的事情，我的心狂跳不止。我想还是尽量不献身给他为好，迫不得已再见机行事。总之一个重要原则是，不能让陈少衡觉得我是一个连女人廉耻都不要的女人。响起敲门声，陈少衡来了，我开了门，果然是他。"我还有事哪，有话快说吧。"看情形，他还没想把我怎么样。我忽然不知该说什么好了，只是默不作声地看着他。陈少衡肯定从我的眼神里看明白了我释放给他的信息，呼吸逐渐变得粗重起来，加上我身上散发出来的香水气味，很快他便按捺不住自己了，一把抄起我的两条腿就往床边走去。我知道他要干什么，心说，男人是不是都这样啊？给他点阳光他就灿烂，给他个鸡窝他就下蛋。我这里刚刚示好，他就直奔主题了。那就来吧，反正早晚都得来。我就闭上两眼等着。他的手开始激动得发着抖解我的衣扣，我忽然临时改变了主意，我抓住他的手，小声说道："对不起三哥，过几天吧，我现在不方便。"陈少衡盯视着我，不甘心地说："我不信，那叫我干啥来了？"我说："就是想你了。"他笑嘻嘻地说："女人想男人，想什么，不就是想跟男人亲热吗？来吧，别不好意思，我不会粗鲁的。"我还要坚守阵地："可我今天真的……"陈少衡狠狠地说道："男人出钱，女人献身。这是当下的潜规则。不懂潜规则的人就别在商界里混！"他的话激起了我一股无名火，心一横，豁出去了，我主动解着衣扣说了一句："来就来，谁怕谁呀？不就那点事吗，舍不得孩子套不住狼！"

我一咬牙，就跟陈少衡上床了。陈少衡这个馋嘴猫，闻见了腥就受不了。他说我在床上阴柔，委婉，有一股女人味道。我淡然一笑。我知道，男人的欲望就是人性，男人只需要女人的青春，像吃西瓜，只吃那点甜瓤。他挺得意，我却很伤感，偷偷掉了眼泪。我越过了一直坚守的防线。当我闭着眼任凭陈少衡在我身上为所欲为的时候，心在隐隐作痛，我默默地流了泪。可是，渐渐地，我入境了。我的呻吟、叫声是疯狂的。陈少衡非常喜欢。完事以后，陈少衡问我："弄痛你了？"我摇摇头，泪水更凶了。陈少衡很会使手腕，他在我的身上身下变着花样逗我开心，可惜我的心头压着一块大石头，怎么也开心不起来。陈少衡并没有在意我的不配合，反而安慰我说："石榴，谢谢你给了三哥，从今往后哥保证对你好。"我哽咽着点头说："我相信你。"一个星期后，陈少衡给我买了一辆宝马车，橘红色的，像一团流动的火苗。我和陈少衡确定了姘居关系，他在唐城新街黄金地段给我买了一套二百平方米的跃层房子，请来省城装潢公司按照我的想法进行精心设计装修,我被他的慷慨感动了,心甘情愿地被陈少衡包养了起来。有了陈少衡这个钢铁大亨的关照,我的俱乐部的生意自然效益不错,大票子像流水一样流到我的账户上边。我开心极了,觉得离自己的目标越来越近了。有的时候我的心里有些不安,还夹杂着些许怜悯,怜悯另一个我不认识的女人,她就是陈少衡的老婆何晓秋。我问过少衡:"你老婆对你好不好?"他哈哈一笑说:"还不错。"我说:"那你还背着她和我在一起,不觉得对不起她?"他不以为然地笑笑:"这并不妨碍我爱她呀,外边彩旗飘飘,家中红旗不倒,这样的男人才是爱家爱老婆孩子的智慧男人哪!"

有了这层关系,我不再小心翼翼,而是理直气壮地命令陈少衡。有一天,我异想天开。我突然想结识一下陈少衡的老婆,陈少衡答应了,前提条件是绝对不能暴露我的身份,我也答应了他。这天上午,我刚刚送走一位客户,出了会客室正往办公室走,陈少衡打来了电话,说他在他家等我哪。我猜想一定是他老婆答应见我,就放下手里的其他事情,立刻驱车前往他家。半路上,我把过一会儿即将和少衡老婆见面的情景反反复复预习了多少次,每一次我都对自己的形象比较模糊,这样便加重了我的罪恶感。我真的觉得我是不好面对何晓秋这个女人的,我怎能做到心安理得地和她的男人同床共眠呢?我突然没有了去见何晓秋的勇气,正要返回编个理由给陈少衡,手机响了,陈少衡在电话里对我说:"我看见你的车了,我的车就在你右边,跟着我往左拐,过两个十字路口就到了。"我刚要说我今天不去了改日再说,他已经挂了电话。事已至此,我也只能是豁出去了,早晚得面对,长痛不如短痛。

陈少衡和他老婆的家在一个高档小区。他跑到我车门边,扶我下了车,我连忙推开他的手说:"当心叫小秋看见。"陈少衡说:"小秋没在家,去她住在佳木斯的大姐家了。"我打了下他的手说:"你真坏,趁着老婆不在家叫我来,没安好心。"陈少衡嘻嘻笑,走在前边领我进了 B 座。在电梯里,我问陈少衡:"在几楼啊?"他回答:"八楼。楼下是市局的普局长。"我笑:"你可真行啊,和公安局长做邻居。"他也笑:"绝对安全哪。"

有人说陈少衡这人刻薄,翻脸无情。我却感觉不到,他的家归置得整齐又洁净,散发着一股清清淡淡的香味,任何一样东西都摆放得规规矩矩,一看便知是家政服务员的功劳。我环视着足有一百五十平方米大的客厅，很快就发现了悬挂在大厅等离子电视机上边，少衡和一个女人的合影照片。他们两个人亲昵地依偎在草地上，身后是春天的田野，蒲公英刚刚盛开，麦苗正在吐穗，几根垂在镜头里的柳枝泛着油汪汪的芽苞，让人看着这幅照片就能闻到泥土与花草的清香。我长久地注视着那个女人，两道淡淡的眉毛，一双弯成月牙形的不大的眼睛，细长而清澈，笑得是那样甜，好像她是世界上最幸福的女人。这个女人肯定就是何晓秋，不然绝不会这样堂而皇之地悬挂在这里。我的心房不禁颤动了一下，好像一块柔软的地方被人踩了一脚，隐隐约约地觉得有点痛。忽然我就有了尴尬的难堪，独自一个人的尴尬。我这还是第一次体验，比众人面前遭遇的尴尬尴尬多了。就觉得自己现在这个样子好有一比，比作什么呢？比作小偷？第三者？反正不是那种光明正大的角色，自己在这个女主人的注视下，像雪人一样一点点地融化着。我惊叫一声转身要逃离这个家，但到了门口又站住了。想起自己正在进行中的幸福，想到自己即将拥有的可观的财富，我的脚步重又返回了客厅，尽管有些踌躇，尽管有些踉跄，但义无反顾。

我忽然发觉陈少衡不见了，喊了几声，身子被两只胳膊从后面抱住了，听见少衡柔声地说："洗澡水放好了，咱俩洗个鸳鸯浴吧。"我下意识地摇头说："不，我自己洗。"少衡没有不高兴，他放开我，说："那你就自己洗吧，我等着你。"我走进宽大的卫生间，反锁好门，脱掉衣服躺在浴缸里舒舒服服地洗着，洗遍身体上的角角落落。其实我在出来前刚刚洗过的，可还想洗，像是在和什么东西告别。我洗得格外仔细。忽然看见了浴盆上方的大镜子里，有一个陌生的女人。是谁呢？身上的皮肤白皙而紧绷，五官协调完美，一双大眼睛楚楚动人。一对对称的乳房饱满而坚挺，天哪，这是哪来的美女啊，难道也要和我争夺陈少衡吗？"你是哪来的骚女人？怎么也在这个家里？"我扬起胳膊指着那个女人，大声质问道。那个女人也指着我大声质问。这让我愤怒至极，扑过去要厮打那个女人。那个女人也向我扑过来。当我的手臂撞上镜子玻璃的一刹那，我恢复了理智，镜子里的女人就是我自己啊！我这是怎么了？

我洗完后穿好衣服出了浴室，坐在沙发上漫不经心地看着电视里一群男女在海滩上嬉戏。陈少衡穿着一件浴衣从另一个卫生间里出来了，坐在我对面的沙发上端起一杯红酒看着我。我看见了他腿上的毛，黑乎乎的，心房里莫名其妙地涌起一股躁动。我将目光移向别处，悄悄调整了下自己的情绪。感觉少衡走过来坐在了我的身旁，我想挪动一下身子却被他搂住了。我转脸看他，正遇到他的喷着欲火的目光，热热的，炙烤着我。我想逃避开这目光，但却不见行动。最终，我招架不住他的火辣辣，慢慢闭上了两眼。少衡先吻了我的唇，感觉他的唇硬硬的，又好像软软的。然后他吻了我的耳垂、脖颈，我感觉到自己的胸脯有了起伏。我偎在少衡皮肤粗糙的胸膛上，仰起脸来看着他。他的手按在了我的乳上，我的目光停留在墙上照片里的何晓秋灿烂的笑脸上，身着藕荷色连衣裙的何晓秋，身后有一丛紫丁香，也正灿烂地开放着。

　　我不愿意在何晓秋的注视中与陈少衡亲热，暗示他换一个地方。少衡会意地抄抱起我走进客厅，把我放在沙发上。一切就在这展开了。我有一种飞起来的幻觉。

　　俱乐部生意突然出现逆转，业绩呈下滑趋势，主要原因是没有大老板的光顾。我急了，跟陈少衡说了，请他想办法，陈少衡满口答应着，可就是不见成效。我以为钢铁形势不好所致，我的助理宋秋雁告诉我，目前的钢铁领域形势一直比较好，而且资金链条也没什么问题。我就奇了怪了，问题究竟出在哪里了呢？爱毛问我："你和陈少衡关系咋样？"我明白她要说的意思，直言相告说："听了你的劝告，跟父亲没多大差别了啊。"爱毛进一步询问："你在床上是不是让他满意？"我红了下脸，点点头低了下去。爱毛说："那就是他有私心，他怕你翅膀越来越硬，跟比他更大的老板勾搭上，不跟他好了。"我惊异爱毛的分析："陈少衡这么没有自信吗？"爱毛笑我傻，反问我："难道你敢保证这辈子就跟陈少衡一个人好吗？"我决定试探一下陈少衡。

　　第二天黄昏，我给陈少衡打了个电话，告诉他我给他做了他最爱吃的糖醋里脊和豌豆苗炒牛肉，一个酸香甜滑，一个脆香爽口。天黑下来，陈少衡推开了房门，径直走进餐厅，见到我正在点蜡烛，喊了声："我的心肝宝贝。"用力搂抱住我亲吻我。我咯咯咯地笑着，在他怀里蛇一样地扭动着身子。吃饭的时候，我发觉陈少衡好像有什么心事，却有意在我面前掩饰着，我知道最好装没看出来，便和他聊起了国内外的美食。这是个让少衡感兴趣的话题，这些年他到过国内外不少地方，对美食的确有研究，也有发言权。他先夸奖了我做的糖醋里脊和豌豆苗炒牛肉，说一点也不比大厨师差多少。然后跟我讲起了法国的鹅肝酱，说颜色很是鲜艳，味道异常鲜美，透过巧妙的组合，材料与手艺搭配，呈现出高雅的菜相，具有入口即化的特点。他还夸了非洲的乌干达，招待客人自始至终不离香蕉。有客人来访，他们会先敬上一杯鲜美可口的香蕉汁，然后端上烤得焦黄的香蕉点心。正餐吃一种叫作"马托基"的香蕉饭。"马托基"是以一种不甜的香蕉品种为原料，剥掉皮捣成泥状，蒸熟后拌上红豆汁、花生酱、红烧鸡块、咖喱牛肉，味道甜香爽口、回味绵长。他还谈到了丹麦最有名的国菜，一种用生牛肉剁成泥状，上面放一个生蛋黄，与肉搅匀了用汤匙挖下来一口一口吃掉的菜，名叫"魔鬼太阳"，食之如甘饴。说到台湾，陈少衡说蚵仔煎是台湾人最爱的小吃，尤其是老台北宁夏夜市的蚵仔煎。最特别的是那里的蚵仔煎是双面煎的，看起来金黄香酥，外皮酥脆内皮软乎，饱满没有腥味。蚵仔煎用的酱汁是非常迷人的，也是蚵仔煎好吃的灵魂所在。调好之后用保温锅把酱汁的热度保持住，所以食客绝不会吃到冰冰的酱汁，都是热乎乎的好吃的蚵仔煎。用来煎蚵仔煎的番薯粉是用韭菜调制的，冬天和夏天还选用不同的配菜，真的是好吃又贴心。

我听了少衡的讲述，忍不住舔起了嘴唇，说道："我发现，品尝美食的过程真的是一个享受的过程，能够让心情变得格外愉悦起来，会让人感觉生活万般美好，是那样有滋有味。"少衡兴奋地拍了下桌子，夸赞道："哎呀石榴，你很有品位嘛，不愧是我陈少衡最喜欢的女人。日后有机会我一定带着你品尝外国美食去。"我起身扑进他的怀里亲吻了他，他的胡子刚刚刮过，硬硬的楂子扎得我脸生痛。

吃完晚餐，陈少衡洗了澡，穿着一件睡衣斜靠在床头上翻看着报纸。我很快淋浴完，穿了一件粉色的吊带睡衣，从洗漱间出来，一个跃步跳到床上，扑到他的怀里，撒着娇说道："想我了吧？我就知道，三天见不到我，你肯定回回都像饿狼一样急不可耐！"这句话撩拨得他欲火旺盛，扔掉报纸便把我压在了他的身子下面，我们纠缠成了一个整体。一番翻云覆雨之后，我俩都累了，仰躺着喘息。陈少衡一只手攥着蜂蜜般滑腻、柔软的乳房，虚着笑，偷偷擦汗水，说道："再来一回？"我摇头，喘息说："我可陪不了你了。"陈少衡沉了沉脸。我怕他多心，故意逗他："十个瘸子九个怪，一个不死都是害。"徐少衡嘎嘎地笑了。我头沉沉的，展了展身子，就抚摸着他的胸脯说："三哥，你说……我那个俱乐部怎么办啊？生意一直清淡……"陈少衡捏着我的手说道："放心吧，赔不了，三哥补贴你就是了。"我嗫嗫嘴说："我可不愿意让你把我当一个小弱女子照顾，那我成了你的累赘了？"陈少衡瞪了眼睛说："我乐意啊，你想那么多干啥啊。你呀，维持着就行了，别的不用你操心。只要三哥需要的时候，你能好好伺候我，叫我开心了，我保证就有你的荣华富贵。"我说："我还信不过三哥，不然的话我就不跟你好了。我不是想实现自己的人生价值，看看自己究竟有多大本事嘛。"少衡点头说："这我理解，理解。"我趁机说："那三哥给我介绍俩大老板吧，叫他们也认识认识你这个金屋，藏的到底是个什么样的娇。"少衡说："那可不行，惹他们嫉妒不得了，再说吧。"我不好再往下说了，觉得爱毛的分析绝对是有道理的。

这天下午，大约三点多钟吧，下起了蒙蒙细雨，银针似的雨丝漫天飘飘洒洒，大大小小的各色建筑朦朦胧胧。我可喜欢这样的天气了，喜欢这个时候一个人不打伞，在弯弯的小河边徜徉，恍如回到难忘的金色时光。我就开着车去了郊外的月亮河，我常来这里，心情好的时候来，心情不好的时候也来。月亮河因河床形状酷似一钩弯月而得名，河面不宽，也就四五米宽的样子，靠近岸边的地方长满了水草，高高低低、墨绿墨绿的，散发着清新的腐烂气味。此时的河面弥漫上了一层水蒸气和雨雾，虚无缥缈的，令我遐想无边。这是我喜欢雨天来这里的主要原因。

雨雾消失了，我抬头一看，一把天蓝色的雨伞遮挡住了属于我的那方天空，再看打伞人是一位文质彬彬的中年男子，鬈曲的头发、宽宽的额头、明亮的眸子戴着一副近视眼镜、挺括的鼻梁，第一眼便给人一种睿智学者、宽厚长者的印象。"谢谢你先生，不劳您驾了。"我笑着向他点头致意，伸手轻轻推开了伞柄。对方再次给我撑过雨伞，亲切地说道："我没别的意思，只是怜香惜玉，担心小姐会感冒的。"我忽然觉得这个人有些面熟，便问他："先生我们好像见过面的，是吗？"对方认真打量我一番，摇了摇头说："对不起，一时想不起来了。

您在哪里见过我呢？"我打开记忆的长河努力地回忆着，突然灵光一闪，叫喊道："想起来了想起来了，在唐城凤凰网上，您是……唐城首富徐大老板，是您吧？"对方笑了颔首道："我叫徐昌盛，请问您的芳名……"我答："石榴。"徐昌盛扶扶眼镜框上下端详着我，看得我不好意思了。

徐昌盛的眼睛放着热烈的光，慢条斯理地说："石榴成熟于中秋、国庆两大节日期间，是馈赠亲友的喜庆吉祥佳品。如此说来，今日昌盛偶遇石榴小姐并与你相识，实在是幸运哦。"瞧他那副摇头晃脑的滑稽样子，我忍不住咯咯咯地笑了。正要说话，手机响了，是少衡打来的，他问我是不是在月亮河边，我说你还真了解我。他说我在俱乐部等你，快回来吧。我对徐昌盛歉意地说道："不好意思，有人等我，先回城了。"徐昌盛问："电话里那人好像是陈少衡陈老板啊，是他吗？"我说："您的耳音真好，一下子听出是他了。"徐昌盛笑："十几年的交情了，彼此再熟悉不过了。石小姐和陈老板在一起发财吗？"我点点头，递上我的一张名片。徐昌盛看了，歉意地说道："原来您就是咱唐城钢铁俱乐部老总啊，失敬失敬。开业那天我在香港实在难以脱身参加庆典，还望石总原谅啊。"我摆摆手说："您这一说庆典我想起来了，少衡跟我说过，徐大老板不能参加庆典，但打过来十万块礼金，实在是感谢徐老板的美意啊。"徐昌盛说："哪里哪里，一点小意思。对了，如果方便的话我能否和石小姐一同去见少衡啊，我刚刚从新加坡回来，已经有快一个月时间没和他开怀畅饮了。"我拍着手说："那太好了，我们走吧。"

陈少衡和徐昌盛喜笑颜开，亲热无比。我对他们两个人的紧密关系毫无兴趣。陈少衡扭脸对我说："石榴啊，快给我们定一个包间，中午哥俩得喝个一醉方休！"我答应着，去安排了。四十分钟后，在唐城凤凰大酒店装修考究的偌大贵宾间里，我陪伴着陈少衡和徐昌盛，坐在了宽大的圆形餐桌旁，精致的餐桌将我们三人远远分开，让我觉得有点寂寞。今天的菜肴都是酒店的大堂孙经理安排的，她说出差去了南方的老总有指示，不能向陈徐两位老板敬酒实在是罪过，方总要她代表他摆席谢罪。徐昌盛绅士地微笑着说："谢谢方总美意。"少衡在我面前把身板挺得笔直，对孙经理大声说："方总心意领了，你把我徐大哥还没品尝过的大菜统统上来，我买单。"孙经理鞠躬说了声："您客气。"

满脸含着笑退出包间。

大约二十几分钟后，美味佳肴上了一桌，小龙虾，毛氏红烧肉，韭王炒澳洲带子，京东蟹钳鸡中宝，六只大闸蟹。还有我十分喜欢吃的蔬菜沙拉、三文鱼，都是让女人靓颜美体的佳品。两个男人喝茅台酒，我喝的是新鲜的柳橙汁。餐桌上的徐昌盛很有学者的风度，动作幅度和说话的节奏声音都控制得恰到好处，显得温文尔雅气度不凡。和他比起来，少衡就显得有失文雅了，动作和说话的腔调无不彰显着他毫不收敛的霸道个性。他们两个人一张一弛一文一武相得益彰，显得很是滑稽好笑。我很开心，频频向两个男人举杯致意。少衡跟我碰杯的动作有些夸张，显然是在暗示徐昌盛他和我的关系绝非一般。徐昌盛脸上的表情始终是平稳的，看不出内心的变化，他对我一直尊重有加，丝毫没有不敬之举，只是偶尔瞟我一眼，之后再辅之以一个令我舒服的微笑。我和陈少衡都没有发现他对我这个女人发生了兴趣。

送走了徐昌盛的座驾凯迪拉克，我发觉少衡在侧着脸观察我。我知道他在观察什么，在心里对他说：你怎么这么没有自信呢？我石榴是那种见异思迁喜新厌旧水性杨花的女人吗？不过想一想，他这种担心也是正常的，毕竟我和他只是一种不正当的男女关系。问题是，人家徐昌盛能不能看上我啊？拥有百亿身价，在唐城乃至省内外都是呼风唤雨的重量级人物，市长恐怕见了他都得点头示意，我一个无名小女子，既无实力又无家庭背景，凭什么进入人家徐大老板的视线了呢？我都没这个自信，真不知道少衡的担忧从何而来。

我记得很清楚，和徐昌盛见面后的第三天下午，我刚接了少衡的电话，得知他出差去了新疆，正琢磨着去父母家吃晚饭，顺便看望一下家人，徐昌盛的电话就打进来了。"希尔顿贵宾楼，208 包间，恳请石榴小姐赏光。"徐昌盛上来就是这么一句。我心里泛起一阵涟漪，想不到徐昌盛这么快就和我联系了，我说："谢谢徐老板盛情，不好意思，今晚我去父母家有事，改天赔罪。"徐昌盛笑，说："是否要我代你向少衡请示一下啊？你看有这个必要吗？"我解释说："您误会了，我的人身自由不受任何人的限制。"徐昌盛说："那好，七点整，我在贵宾楼广场等你。不见不散。"说完，挂断了电话。他可真霸道。不过，我似乎没有爽约的理由。

　　晚上差五分七点钟，我的车停在了贵宾楼广场。徐昌盛为我开的车门，一副优雅的姿态，对我的确有吸引力。"石榴小姐太迷人了，我简直要想入非非了。"徐昌盛开玩笑地说。我莞尔一笑，扭动起腰肢在他眼前款款而行。感觉一只手轻轻地揽在了我的腰上，是徐昌盛，我心里想的是推开他的手，行动却是心怦怦地跳着由了他。石榴你怎么这样啊？你这不是做对不起陈少衡的事吗？但又一想，我又不是少衡的合法老婆，凭什么不能和别的男人亲密呢？只是，只是我接受了徐昌盛的这一步，接下来会怎么发展呢？

　　徐昌盛忽然停住脚步，温文尔雅地对我微笑着，轻声说道："我们换一个地方共进晚餐，好吗？"我感到意外，问道："去哪里？"他说："当然是你去了就不后悔的好地方啦。"我点点头温柔地说："那就听你的啦。"我们两个人上了徐昌盛的车，我的车放在了停车场。看着徐昌盛平静的表情，我似乎窥视到了他内心正在酝酿的风暴。我有一种预感，今晚，我和徐昌盛之间将会发展什么事情。

　　车子穿过市区驶向郊外，沿着一条铺满石子的小路飞快地行驶着。路两边长满青草和翠竹，路灯古色古香的。"这是去哪儿啊？"我有些不安起来。徐昌盛说："我公司的一个办公地。"我紧张起来，说："叫人看见……不好吧？"徐昌盛笑了："有什么不好的啊？再说，这都几点了，都下班了。""那还有做饭的厨师哪。""咱们自己做，不用他们。"我的心就怦然动了一下。就突然有了一种回家的感觉。

　　车子在一片竹林掩映的平房前停了下来。徐昌盛说："到了，下车吧，石小姐。"我下了车，在一条腿落地的一刹那间，头顶接触到了徐昌盛放在车门顶上的手，知道他这是怕我磕着头部，心里说：他可真心细啊！我俩进了院子，院子不算小，可以并排停放二十几辆轿车。平房前有几处花坛、竹丛，夜风吹过，竹影摇曳，花香怡人，仿佛世外桃源。我忍不住深深地吸了几口清新的空气，朝徐昌盛笑了笑。

　　我们两个人走进最西边的那间房子。徐昌盛拉开灯，我看清是一个厨房，天蓝色的墙壁贴着米黄色的瓷砖，黑色大理石面的操作台，各种炊具一应俱全，串串灯盏流光溢彩，给人一种洁净典雅的感觉。徐昌盛掀开乳白色冰柜盖子，招呼我道："来吧石榴，想吃什么说，我来给你做。"我惊讶地瞪圆了眼睛问他："你还会做饭？"徐昌盛伸出手指头刮了下我的鼻子，爱抚地说道："你现在这个样子真的好可爱，像个天真的小姑娘。"我不好意思地扭了脸说："随便你吧，我吃什么都行。"徐昌盛说："那好，你坐会儿，我很快就好啊。"顺手给我打开了悬挂在墙壁上的液晶电视机。荧屏上立刻出现异常清晰的优美画面。闻声进来的年轻女服务员送上了几种国外进口的时令水果。徐昌盛对女服务员说："这不用你，忙你的去吧。"欣赏着精彩的电视节目，吃着从未吃过的高级水果，我真的就有了一种置身仙境的感觉。

徐昌盛的手真利索，不到一个钟点，几样色味俱佳的佳肴就摆到了餐桌上，我垂着眼帘尝了一小口，呵，味道真是不错。忍不住多看了他一眼。徐昌盛不动声色地坐在我对面，边给我夹着菜边像哄小孩子一样地说着："多吃点儿，多吃点儿。尝尝这个，清蒸哈什蚂，可鲜了。"弄得我心里暖暖的，幸福得想哭。这顿饭我吃了好长时间。真想让这段时光停住，好尽情地多享受一下，哪怕是几分钟几秒钟也好啊。

有风吹进屋子里来，卷起落地窗帘抖抖地飘动。我闻到了一股清香，惊奇地四下寻找。徐昌盛告诉我，香气来自后花园。我就走到窗前朝花园里看，就看到了满园的勃勃生机、郁郁葱葱，各色花朵争奇斗艳，光鲜照人，让我流连忘返，心旷神怡。"很喜欢这种生活，是吗？"徐昌盛走到我身旁，轻声问道。我一扭脸贴了下他的脸，急忙躲开，被他的脸寻过来贴住了。我的心头一阵惊慌，喃喃地说："别这样徐老板，别……"听见徐昌盛柔声说："你是单身我也是，难道没有喜欢你的权利和自由吗？"我想说，不，我只是半个单身，还有一半属于陈少衡。但我没说出口，我暗暗吃惊自己怎么就没有勇气说给他听呢？

我侧过脸来看着徐昌盛，疑惑地看着他。徐昌盛说："怎么，你不相信我单身？"我如实地点点头。他笑了："我在你眼里是不是应该家有老婆，外边养着几个情人才正常啊？"我笑，不作回答。他问："在你的词典里，是不是有钱的男人就得和坏男人画等号啊？"我摇摇头说："我知道，你是个好人。"徐昌盛摇着头笑了，说："你错了，其实我过去并不是一个好人，是个彻头彻尾的恶人。"

"恶人？你？"我疑惑地看着他。

徐昌盛陷入了往事的回忆之中："石榴，我小时候住在林阳市一个偏僻的农村，家里很穷，父亲在我五岁那年的秋天，上山割草从山崖上滚落下去摔死了。是母亲含辛茹苦地把我们兄妹四个拉扯成人的，因此我对苦难有着刻骨铭心的记忆。后来，我上了大学，离开了妈妈，离开了生我养我的小山村。再后来，我开办了公司，淘到了人生的第一桶金，正当我准备回报我亲爱的妈妈的时候，妈妈她却患重病去世了，我抱着冰冷的妈妈遗体哭得天昏地暗。我发誓，从今往后我要救助天下所有受苦受难的不幸的母亲……"

我说："你的心像金子一样珍贵，怎么说你是恶人呢？"徐昌盛说："你知道我的资产是怎么挣来的吗？除了靠我的聪明才智，还靠了尔虞我诈、不择手段啊。为了获得更多的利益，我说了不少昧心话，做了不少昧心事啊。我伤害了一些人，甚至逼得对方走投无路，困顿破产，背井离乡……我是一个十足的自私自利的商人哪……"我看着他，问道："你为什么和我说这些？"他说："因为我愿意向你倾诉，愿意让你知道我的过去。"

"我对唐城有着一份特殊的感情。"徐昌盛继续说了下去，"我是大学毕业后来到唐城的，我的人生第一桶金就是唐城给我的，从此使我有了自信，开始走上了一条出人头地的道路，因此我要永远感谢唐城，感谢所有帮助我成功的人，我要回报唐城，回报唐城人，也算是赎一赎我的罪过吧。你知道我是怎样一个人了吧，石榴？"我点点头说："我理解你。谢谢你对我说了这些。"

徐昌盛把一只剥好皮的水果放到我手上，说道："这些话以前我和我老婆都没说过，真的，因为我不爱她，我们俩去年秋天离的婚。我一直渴望有一个温馨和睦的家庭，以便让我在劳累之余抚慰一下我的身心，可我一次次地失望了，接着就是无边的痛苦，这到啥时候是个头儿啊……我今年四十一岁了，人生能有几个四十岁啊，难道我这一生注定要和孤独寂寞相伴吗？我不甘心，我要追求我的幸福，有幸的是，我遇到了你，认识了你……"徐昌盛紧紧握住了我的一只手，轻轻地揉搓着。我想挣脱开他的手，但挣脱不开。他趁机朝我跟前凑近，再凑近，我极力躲闪着，但身子像被什么东西黏住了一样动弹不得。

徐昌盛的身体越靠越近，我感觉到我们身体贴在了一起。我想脱离这种亲密接触，但却莫名其妙地将身子往他身上靠了一下。徐昌盛显然感到了这种暗示，顺势很自然地轻轻地拥住了我。"今晚别回去了，好吗？"徐昌盛柔声问道。这是我最怕听到的请求，我惊慌失措了。"不，我得回去，我还有事……天这么晚了，我必须……"我语无伦次地说道，内心涌上了歉疚。陈少衡白脸憋成了猪肝色，正逼视着我。他攥攥我的手："不要拒绝我好吗？我是真心喜欢你的，我发誓。"徐昌盛真的向我示爱了。我很紧张，不知所措，心乱如麻，不知道摇好还是点头好。我还不想抛弃陈少衡。徐昌盛平静而渴望地看着我，我躲避着他的目光，浑身像是被无数根绳子捆绑住一样，几乎要窒息。我们彼此沉默了好久。听到徐昌盛说了一句话："走吧，我送你。"我始终低着头不敢直视他，机械地跟着他上了车，驶离了这片平房区。

当晚我失眠了，反复评估自己拒绝徐昌盛的利弊得失，一时理不出个头绪，有一点我可以得出结果：如果徐昌盛从今往后不会再和我来往了。我将失去一个最大的客户。可是，我要是跟他好了，陈少衡那里怎么交代？悠悠苍天，我拒绝了他究竟是对还是错？我的脑子简直就是一盆糨糊。风凝固了，月亮到这儿也凝固了。这一晚好像比我生命中的任何一个夜晚都漫长。

出乎我的意料的是，第二天早上，我还在睡梦中的时候，徐昌盛竟然打来了电话，使我一下子清醒了许多。"对不起，打扰你休息了吧？"他的语气挺有诚意的。我还在惊讶的情绪里，一时不知该做怎么样的回答。徐昌盛热情地说："我想去趟北京燕莎商城购物，你能陪我一起去吗？在这方面你们女士可是最好的顾问哪！"我迟疑了一下，马上想到，他会给我买东西的。我爽快地说道："好的，我陪你去。"徐昌盛咳嗽了两下，应当是有些喜出望外。

我首次光顾北京燕莎商城，这里的高楼大厦，简直让我看花了眼。这是国际水准的现代化零售企业，与五星级饭店群交相辉映在京城东北一角。这座欧洲建筑风格的商城共有六层，两万多平方米的营业大厅里，陈列着四十万个花色规格的名优商品供顾客挑选，徜徉在幽雅、宽敞、鲜花遍布的购物环境中，悠然随意；选购到称心的商品，舒心畅快。不过今天我没有购物的打算，只是陪同徐昌盛来的。徐昌盛今天穿了件休闲服，整个人显得很是洒脱，配上他招牌式的微笑，更加衬托出他不凡的修养气质。我们漫步到了手表专卖区。一块钻石名表莫明其妙地吸引住了我。18K 金材质、蓝宝石玻璃表镜、表镜上圈镶着三颗大钻，真让我喜欢得不得了。徐昌盛在我身边对售货员说道："给这位女士包一块这个款式腕表。"我连忙说："我只是看看。"老实说，这要是我自己来消费，我一定会拿走这款腕表的，可今天的所有消费显然都是徐昌盛买单的，我怎么好意思要他为我买价值好几万元的东西呢？徐昌盛朝售货员点下头，示意她按他说的做。

从商城里出来，徐昌盛一边往后备箱里放他手里拎着的几个购物袋，一边问我："石小姐我想尝尝你烧菜的手艺，不知可否呢？"我的心里泛起一阵涟漪，快速扫了他一眼，回答他说："我哪会烧什么菜啊，还不让你笑话死。"徐昌盛说："何必跟我谦虚哪，我可是诚心诚意的哦。"我只得应了他。人家给你买了几万元的手表，我岂能小气呢？接下来会发生什么，我来不及想了。

我烧菜的手艺还是可以的，偶尔也给陈少衡烧几样，他说味道还不错，意思是不是太好。我最拿手的是水煮鱼、蘑菇炒菜心、香菜剁椒小炒牛肉粒和小炒鸡。这些菜我担心徐昌盛吃不顺口，人家大老板当着什么菜没吃过啊，还能看得上我这些低档次的菜？没想到，徐昌盛一边津津有味地吃着一边赞不绝口，看情形他不像是在逗我开心。于是，我的心情格外地愉快起来。吃完午饭，徐昌盛坐在客厅里喝着我给他沏的茶水，看着我坐在他的对面，甩着满头的秀发，朝着他笑。他从皮包里拿出一张银行卡，招呼我坐到他的旁边，平和地说道："这里面有一千万，你留着用吧。"我激动而紧张，双手都在颤抖。"这……徐总我……这礼物太重了，我拿不动……"徐昌盛抓过我的手，将卡放到手心里，柔声说道："我是真心的，你不要拒绝好吗？"我看着他的眼睛，他的目光温暖而热烈，是那种根本无法抵挡的目光。终于，我抵挡不住了。

初秋之夜，到处散发着醉人的气息。仿佛有一只无形的巨手恣意地到处涂抹，于是，眼前这座城市便在清风中模糊成一片乱七八糟的美。心情稍好一点的人的思绪，就会在月夜中翩翩起舞了。此刻，我便隐隐约约地拥有了这种心境，我甚至从那车顶上急速滑过去的气流中听出了有乐曲声悠然响起。我暗暗褒奖自己今夜选择离开陈少衡给我构建的小窝，去徐昌盛的别墅，是一种别样的新鲜刺激的幸福生活的开端。是生活善待了自己，还是自己善待了生活？我说不清楚，反正我此时此刻除了隐隐约约的一种自慰之外，还有某种值得期待的期待。

"你在庆祝自己吗？"一直没说话的徐昌盛突地冒出这么一句。我猝不及防，不知道该怎样回答，只好傻傻地问："庆祝我自己？什么意思啊你？"他轻轻地笑笑，将车停在了红色信号灯下。这样，他就有机会长一点时间看着我说话了："你懂得风筝的心思吗？一只美丽的渴望亲近蓝天的风筝？"我觉得他说了一句没头没脑的话，侧着脸看着他，希望他给出解释。徐昌盛在幽幽的路灯灯光里注视着我，说的话也都半明半暗的了："在明媚的春光里，风筝在空中盘旋，放风筝的人在田野上欢快地放飞着风筝。有生命的操纵着无生命的，有情感的无情地控制阻止着无情感的飞行。无情感的却有感情地在高高的蓝天中飞翔着人类的各种憧憬。人类限制了风筝的自由，却限制不了它的飞翔速度。人类其实都向往迷恋高于日常生活的速度，但往往是自己阻碍了自己的飞翔与速度。因此，人类值得思虑自己哦。"

我提醒道："绿灯亮了。"徐昌盛却没有动车，继续幽幽地说道："蚂蚁在草叶上翻跟头，终其一生，它至多只能探索到自己的那一小块领地；兔子在山地上奔跑，生生息息，但它至多只能以在鹰爪下逃生为最高生存信念；鳄鱼在深水里称王称霸，它至多只能在人类不攻击它的腹部时得意扬扬；风筝呢？你注意过吗？它的翅膀所能覆盖的区域大小和它羽翼的宽度正好成正比，所以它至多只能在挣脱开人类手中的线绳后找回自我，由此，它值得我们思虑啊。风筝失去了自由，其爬升飞翔的速度却远胜于人类，这是什么原因呢？因为人类在懂得飞翔之后，特别是品尝到了飞翔的快感之后，顾虑多了，思想的翅膀承受了太多的负担啊。风筝可没有人类的顾虑，它只知道亲近大自然里的风，就会使自己拥有精彩生命。在它看来，速度决定高度，而风，则决定速度，就这么简单。只有人类认为不简单，所以人类越来越不会飞翔喽！"

我隐隐地听出了徐昌盛的弦外之音，就涌起了一股感动，为今夜他的煞费苦心而兜了这么大一个圈子。我将身体往他跟前靠了靠，无声地攥了攥他的手。一定是他悄悄闻到了我身上散发出的成熟女人的体香，他久久地注视着我，我也热烈地注视着他。渐渐地，一股莫名的躁动使他呼吸急促起来，不能自持，他猛地一把揽过我的身子，将自己的嘴唇紧紧地按在了我温热的嘴唇上。我俩忘情地热吻起来。从这一天起，我正式投进了徐昌盛的怀抱，和他过起了同居生活。

我一点不慌张，姿态从容潇洒。我和徐昌盛快乐地生活着，尽情地狂欢着。徐昌盛出手比陈少衡大方得多，只要我喜欢上的东西，不论价钱多少他会毫不犹豫地买下来送给我。我真的后悔自己当初选择了舞蹈生涯。原来在钢城挣钱如此容易，原来在钢城会有如此喜欢我的男人。早知道我能过上这样富足的生活，还傻呵呵地跳什么舞啊？再看看歌舞团那群昔日的同事，她们和曾经的我一样，对舞蹈艺术是那样地充满激情，是那样地憧憬美好的未来，一遍遍地幻想自己有一天站在神圣的舞台上，台下是欢呼声和鲜花的海洋，台上是领导给自己颁发奖杯，面对新闻媒体的摄像机照相机镜头，那事何等的星光灿烂啊。可谁会想到，那一切真的只是幻想，永远也不可能成为现实的幻想。前天在大街上碰见吹黑管的大高了，他说舞蹈团改制转企了，领导安排他和另外十五人下了岗，真不知道这些人怎么活。大高说："不管怎么着也得活着啊，车到山前必有路。"我在歌舞团的时候和大高私交不错，他很照顾我，曾经暗恋过我，只是我当时喜欢一个叫严黎明的，是个敲架子鼓的。受伤告别舞台后我顺便告别了严黎明，这小子居然同意了，看来我并不是他喜欢的首选。果然，几天后，我听说他和苏晓丽好上了。

自从和徐昌盛好上以后，我开始尽量躲避着陈少衡。但是，也不能一点不见他，否则会引起他的怀疑的。目前，我还不希望陈少衡知道我和徐昌盛的私情。因为，那将会引起这两个强势男人之间的一场争斗的，两虎相争必有一伤啊。伤了谁对我都是极为不利的。我就这样过着脚踩两只船的日子。有什么好办法呢？我一个弱女子无权无势的，只能依靠自己这点姿色这个本钱周旋于两个男人之间了。每当我躺在他们其中一个人的身下，任由其发泄的时候，我的心里都在默默地流着泪，我可怜自己如此下贱，被两个男人玩弄。可为了父母的晚年幸福有物质保证，为了自己生活得比歌舞团所有的人都富有，我只能这样心甘情愿地堕落。

有一天中午，我正和徐昌盛在海鲜城包间里吃大闸蟹。我打听徐昌盛的资产，徐昌盛说有一百亿。我就展开想象，将别人的钱，想象成自己的钱，照样会得到意外的满足。这个时候，陈少衡的电话打了进来，说他从深圳出差回来了，要我快点赶回他和我的家。我知道，他是要在我身上欢快欢快。我压低声音对他说："我这里不方便，等着我啊，别急。"刚挂了电话，徐昌盛便在我身后说话了："谁来的电话，还要背着我到洗手间接来了？"我沉着地应对："啊，一个客户。"徐昌盛狐疑地看着我说："那咱们快吃，我跟你一起见见那位客户，反正也没什么事，多交个朋友。"我心头掠过一阵惊慌，极力装作镇静的样子，我问他："你是不是不放心我啊？"徐昌盛笑，说："你怎么这么敏感呢？"我仰着头说："女人嘛。"

吃完了午饭，我对徐昌盛说去见客户，希望他不要跟着去了，是一位女老板。徐昌盛问："你要去哪里会客啊？"我说："我的俱乐部，这下放心了吧？"他点点头说："那好吧。我不打扰你会客，在你俱乐部休息室等你。"我没有可说的，只得带着他去了我的俱乐部。我把他安排进我的休息室，装着会客去了。我去哪里装到底好呢？只有会客室。我把自己关在空荡荡的会客室里，心里盘算着该怎样甩掉徐昌盛。正盘算着，陈少衡电话又打进来了，问我在哪，我说在和一个重要客户谈生意，要他耐心等待。他气恼地说道："他妈的，是谁这么找抽啊，坏老子的好事，这不是成心叫老子憋得难受嘛。"我压低声音说："好了三哥，叫人家听见还不笑我重色轻友啊，先挂了啊。"我忽然想出一个好主意，趁着徐昌盛在休息，我偷着去会陈少衡，完事之后再返回来，如果徐昌盛找我，我就说陪客户在外面办点事不就蒙混过去了吗？

我出了会客室，朝我的休息室那边张望了一下，悄悄溜出俱乐部，打开车门刚要发动马达。手机响了，一看显示是徐昌盛的。"等等我，你动车干什么去啊？"我一惊，他怎么知道我在车上啊？这看得也太紧了啊。再一想，明白了，一定是这家伙根本没睡觉，站在窗户前监视我的行踪。咳，今天是实在脱不开身，这让我非常为难，头一次体会到了脚踏两只船的苦恼。我等徐昌盛下了楼钻进我的汽车里，我竟然虚火上升，肿了牙床子。我把已经编好的理由对他说了："我怕影响你休息才没舍得叫醒你，我想去超市给你买点好吃的。"徐昌盛问："客户走了？"我点点头，问他："想吃点什么？我给你做。"他刚说了一半："想吃水饺了……"他的电话便响了。徐昌盛接电话："喂，张秘书，什么事……嗯，我知道了……我马上到。"我抑制住内心的喜悦，平静地问道："有事？"他说："来了位德国哥们儿，我得马上赶回公司去。你和我一起去吧，正好介绍认识一下。"我摇摇头说："今天我身体不方便，改日吧。"徐昌盛吻了下我的额头，下了车，上了他的车开走了。

我受人宠爱是有渊源的，可是，在陈少衡这里，我太受宠爱了，简直被宠坏了。我是等夜幕降临后去见陈少衡的。没想到，这一推迟幽会，竟然让我意外地发现了陈少衡已经成了"感情叛徒"。为了给他一个惊喜，我蹑手蹑脚地掏钥匙开了门，然后又蹑手蹑脚地进了卫生间，想洗了个澡再和他亲热，却赫然看见里面站着一个光着身子正在洗澡的女孩子，细高的个子，眉清目秀的。见着我突然出现，她惊叫一声，缩到了墙角处，一脸的恐惧。我气愤地质问她："你怎么会在这个家？快说。"那个女孩子结结巴巴地回答道："我我我……我是陈哥喊……喊来的，他要我陪……陪他一晚……一晚上的……"我拉开门愤怒地大喊："陈少衡，你给我过来……"陈少衡穿着一个小裤头应声跑了过来，见到这场景只得拽住我的胳膊小声说："咱们都是有涵养的人，千万别大吵大闹的，也别为难谁。走，跟我上卧室里听我解释。"我岂能放过这么好一个跟他一刀两断脱身的绝佳机会啊，便用力甩开他的手，怒视着他，狠狠地说道："想不到我尽心尽力待三哥好，不惜心甘情愿地给你当小三儿，可你却背着我和别的女孩子……你说你对得起我吗……"我假装气得胸口痛。陈少衡赶紧给我摩挲胸脯子，赔着笑脸说道："好啦好啦宝贝，别生气了，都怪三哥不好，惹着你了。我这不是多少天没跟你亲热等不及了嘛，我以为你今晚上回不来了哪，这才情急之中带回家一个小妹妹。你看这样好不好，我立马打发走她，咱俩好好……"我用力甩开他的手，吼叫道："你就跟这个小狐狸精玩儿吧，既然不喜欢我了我还何必赖着，不给人家岁数比我小长得比我漂亮的骚货挪窝呢？"说完，朝门口跑去。陈少衡喊："石榴别走，没完了是吧？站住！"我不理他，头也不回地离开了这个家。

我如释重负。这一天，我已经等了些时日了。但我还是有些怅然若失。我还不想找徐昌盛倾诉，便直接去了爱毛那里。在路上，我给我的秘书打了个电话，告诉她有事给我打电话。爱毛对我的突然而至感到意外，问我出什么事了？我说没什么事，就是想放松放松紧张的心情。但爱毛还是发现我的神情有些不对劲，问我："陈少衡欺负你了？"我点点头，又摇头。爱毛又问："又有老板看中你了是不是？"我没好气地说："赶明儿你当侦探去吧，别人都是傻子。"楼道里响起咕咚咕咚的脚步声，爱毛快速起身跑向门口。有人给她送花来了。爱毛抱着鲜花回来，我故意逗她："是不是另有新欢啦？"爱毛白了我一眼："没有，这是一个小弟弟送的。"我扑哧笑了："那就是姐弟恋喽！"爱毛岔开话题，说到外面吃饭。我就跟着去了。坐在饭店包间里，面对一桌子饭菜，我总是走神，爱毛敲敲桌面，问我："想什么呢？"我莞尔一笑，没作回答。爱毛问："你是不是想徐昌盛了？"我看她一眼，摇了摇头说："别乱说。"爱毛拍拍我的手说："你知道吗，我最喜欢你的弱点了，单纯、多愁善感。"我糊涂了："我的弱点？你……说了些什么呀。"爱毛一本正经地说道："你要比，就比哪个男人更喜欢你的弱点。这是我的忠告，希望你记住。"我更糊涂了："还有喜欢女人弱点的男人？"爱毛认真地点点头："我只想告诉你，真心爱一个人，除了爱那个人非凡的才能外，还会爱那人可爱的弱点。"我呆愣着，陈少衡和徐昌盛两个男人的影像在我头脑里相互叠印不停。

　　我俩吃完午饭后去了一家酒吧唱歌。我们要了一个包间，轮流尽情地唱。爱毛最爱唱《九月的高跟鞋》，还有《隐形的翅膀》，唱得蛮好的。我喜欢唱《忘情水》和《江山美人》，唱得有点跑调儿。我俩唱累了，就坐下来喘着气喝饮料。喝着喝着，我放在茶几上的手机亮了，知道是来电话了，猜想是陈少衡打来的，连忙跑出包间接通。果真是他，说的第一句话就是："你能上咱们家来一趟吗？"我问："有事吗？"他说："你来了就知道了。"我说："我现在和朋友在一起，走不开。"他说："这样吧，什么时候能来你提前给我打个电话。"我说："行。我先挂了啊三哥。"回到包间我也唱不下去了，便对爱毛直说陈少衡等我。爱毛撇下嘴说："这个陈老板，大中午的就犯劲儿了，也不休息会儿。"我铁了脸说："别瞎说。"

　　唱累了，我就乖乖回了家。打开家门时，屋子里静悄悄的，我嫩嫩喊了声："三哥。"无人应答。我把几个房间都查看了一遍，不见陈少衡，心里正纳闷，发觉身后有动静，还没来得及转身，就被两只胳膊强有力地抱住了。我喊："别闹三哥。"那双胳膊抄起我的身子往客厅沙发那走去。我这才看清陈少衡的嘴脸，此时正大张着嘴巴，大口大口地喘着粗气。我知道他要干什么，想拒绝是不可能成功的，只好闭上眼等待他的发泄。这一次，我一点愉快的感觉也没有了，麻木、恶心。我们争吵起来，争吵归争吵，该做的事情还得做。这就是我敛财的日子。陈少衡汗淋淋地从我身上爬起来，我连忙扯过一条毛巾被盖住自己的身子。他满足了，一瘸一拐地去了洗浴间。我躺在床上，大脑一片空白。听见陈少衡喊："石榴，还不快来洗洗。"我无力地说："我累了，睡会儿再洗。"过了大约十几分钟，听见拖鞋的走动声响，一直响到我床边，听见陈少衡说："你睡吧，我得走了，去见一个客商。"我睁开眼，对他点点头，说："再见三哥。"他摸了摸我的脸蛋，离开了我的视线。我闭上眼听见门响了一声，接着响起下楼梯的声音。过了一会儿，楼道里没有一丝声息了，我转身扑在枕头上，嘴里咬住枕巾，身体蜷缩在一起抽搐起来，我哭了。哭得一塌糊涂。哭得天昏地暗。哭完之后，我跑进洗浴间把自己泡在浴缸里，打了不知多少次洗浴香波，直到搓得身体痛了，还感觉很脏。

　　我打算和陈少衡分手，只是一直难以做出决定。这天黄昏，我和徐昌盛正在超市里购物，有人给他打来了电话。他接完电话对我说："亲爱的，一个朋友晚上设宴招待香港客商，邀请我参加宴会去，我这就得过去。"我心想：正好解除监视，我可以偷偷约见陈少衡。但我还是装出一副舍不得的样子，噘着小嘴不高兴。徐昌盛捏捏我的脸蛋，吻了我一下，匆匆而去。我中止了购物，迅速给陈少衡打了个电话，约他在过去我俩经常去的特色餐厅见面。陈少衡挺高兴，痛快地答应了，说马上启程。

　　一路上，我反复地琢磨，眼下该不该向陈少衡提出分手？我提出来，他会有什么样的反应？如果他恼了怎么办？我想好了，把他送给我的汽车和房子都还给他，还继续和他保持朋友关系。汽车停在了餐厅门前的时候，我做出了决定：和陈少衡结束姘居生活。今晚的陈少衡看上去心情蛮好的，和我一见面就张开双臂拥抱住我，笑眯眯地说："我的小心肝这些日子你怎么老出差呀？什么时候回来的？"我说："这不刚刚回来的嘛。"他亲吻我一下，说道："水中花包间，快进去。"我和他走进包间，服务员随后开始上菜，都是我爱吃的特色菜。陈少衡问我："喝点酒好吗？"我摇摇头说："不想喝。"陈少衡问："那你想喝什么？"我再次摇摇头。陈少衡说："难得聚一聚，总得喝点什么嘛。"我不耐烦了："哎呀，不想喝就是不想喝嘛。"他面带惊讶地看着我："你的脸色不好看哪，出什么事了？"我不想再和他耗下去了，鼓足勇气对他说道："陈总，我们……分手吧。"

我低下头去，等待他的反应。

陈少衡情知不妙，却毫无退路。他显然没有准备，他好一会儿没有做出任何反应。我抬头看他一眼，站起身给他的酒杯斟酒，说："三哥，咱们好聚好散，你又有钱又有势，我一个小女人就不耽误你的美事了。"陈少衡拦住我的手，问道："你是不是跟了别人了？"我说："三哥你看我像那种人吗？"他摆摆手说："是也不要紧的，我不也背叛过你一次嘛。只要你和那个人断了，我保证不再追究就算过去了。"我说："陈总，世界上的好姑娘多的是，我还值得你那么舍身忘死地追吗？"他说："我就看你好，你不要别的，听见没有？"我央求他："求你了三哥，放过我吧，我想过真正的夫妻生活了。我已经三十岁的人了，不想再这么混下去了。"陈少衡啪地一拍桌子说："我不同意，你给我死了这份心吧。"我急了，说："三哥你不能这样对我，我的青春已经给了你，你还要怎么样啊？"他抓起酒杯摔碎在地，指着我的鼻子吼："我说不行就是不行，废话少他妈说，不听话，老子就叫你在这个地球上消失，不信你就走着瞧。"说完，踢开椅子气咻咻地离开了包间。

我没有回我和徐昌盛的别墅，直接去了父母的家。由于情绪不稳，加上车开得急，我先是出了一身冷汗，接着出了一身热汗，下了车风一吹，连着打了几个寒战，大有感冒的危险。母亲给我开的门，她两只手沾着面粉，见到我很高兴，喋喋不休地跟着我进屋，唠叨着："闺女啊，你怎么老不来家里啊，我和你爸可想你了。"我说："俱乐部太忙了，我这不是来了嘛。你们这么晚了还没吃饭？"母亲说："你爸想吃饺子了，我这正给他包哪，正好你也吃几个，没吃饭呢吧？"我说："吃过了。"将手里拎着的在餐厅打包回来的饭菜递给母亲，"明儿个再包饺子吧，先吃这个吧。"父亲听见我的说话声，从他的书房里出来，笑着说道："是我闺女来了，快坐下，爸给你洗水果吃。"发觉我的脸色不好，他连忙摸摸我的额头问，"你是不是有点感冒了啊？老伴，快给孩子熬点姜汤喝。"

　　我依偎着父亲坐到沙发上。父亲拍拍我的手问："生意挺好的吧？"我回答："还不错。"父亲是律师，为了家里的生计，退休后还去律师事务所接案子，快六十岁的人了，还在没日没夜地奔波，甚至有时候生病了都不休息，真让我这个做女儿的心疼。我想拿出100万给他们，别让二老太辛苦了。可是，我不敢，担心父亲会怀疑我堕落了，会生我的气的。老实说，我的漂亮，常常给父亲惹祸。上学的时候，不少男孩子追逐，父亲天天到学校门前接我上下学，然后看着我写作业。我上学时同别的孩子玩得很少，更不让我搭理男孩子。父亲希望我当一名法官，可我不爱那个行当，我当了舞蹈演员，为这我们父女没少吵架。我当了演员之后，父亲给我立了规矩，除了外地演出，减少应酬，到点回家。我的腿拉伤后，父母让我赶紧找个男人嫁了。我结结巴巴，语无伦次。父母继续威逼，我只好胡乱应承着。其实，我内心还是不甘心。张恨水常常到我家里来。我父母都挺喜欢张恨水，让我抓紧跟他结婚。可我不愿意，张恨水只是个小公务员，在市委宣传部文艺处当科员，月薪很少。他爱好写歌词，经常发表一两首歌词，可是稿费太低，还不够他每天买香烟的花费，怎能养活我呢？我就毅然决然地跟他提出分手了。他当着我的面流了泪，向我拍着胸脯保证，一定想办法挣大钱，给我幸福。我没信他的话，坚决和他断了来往了。再后来，我在陈少衡的资助下做起了生意，父母亲拿我没了辙，对我听之任之了。

　　我跟徐昌盛好的事情，到底还是被陈少衡知道了，他显然吃醋了，暴跳如雷地吼叫："这个臭婊子，她胆敢背叛我，叫老子戴绿帽子丢尽脸面！等哪天找个人把她给做喽！"这话是陈少衡的马仔赵四告诉我的，他跟我说这些是啥意思？当时我听了吓了一跳，连头发都颤抖了。我想，他是说气话还是真的做我？我把陈少衡的险恶跟徐昌盛说了，徐昌盛先是哈哈一笑，轻蔑地说道："陈瘸子，他敢，给他仨胆子！"然后问我，"你当真跟了陈少衡啊，我早就怀疑到了。"我说："你还是出面跟他好好谈谈吧，冤家宜解不宜结啊。"徐昌盛说："他算老几，我才不跟他谈呢。你别怕，跟谁好是你的自由，谁也干涉不着。"我说：

"我是怕因为我伤了你们这对好哥俩的和气。"徐昌盛说："放心吧，不会的。"

徐昌盛压根儿没有把陈少衡放在眼里，他公开带着我游玩，参加一些聚会。有的时候，徐昌盛还邀请陈少衡参加他举办的活动，我不愿意，徐昌盛安慰我说："放心，我们不会因为你影响我们的关系的，毕竟大家是生意场上的合作伙伴嘛。"结果是陈少衡见到我们真的不介意，和徐昌盛依然谈笑风生，还主动上前问候我哪。我想不明白：如今这男人怎么了？竟然拿自己心爱的女人当一件礼物，说让给别人就让出去了。我心里有些凄凉。不管怎么说，陈少衡没那么小气，让我松了口气。

我喜欢到卡拉OK玩，我的歌唱得好听，徐昌盛歌唱得比我还好，这是我们俩的默契。我非常爱听他唱的腾格尔的《天堂》。他忧郁而充满感情地唱着，动作自然潇洒。他喜欢听我唱李娜的《青藏高原》。我的歌喉高亢嘹亮，声情并茂。每次唱完，他都让服务生给我打开一瓶洋酒，然后和我举杯共饮。可惜，后来我的嗓音哑了，调门高的歌唱不了了，我很苦恼。徐昌盛安慰我，他说我哑着嗓子唱歌更好听，有一种别样的韵味。

我坚持要治好嗓子，徐昌盛为我联系了省城的一个医术最好的女专家。每个周一的早上，我都会去看专家。有时候是徐昌盛陪我去，他没空了就派一个女助理陪着我。有一次我在医院门口又碰上了陈少衡的手下赵四。赵四对我招呼道："你好，石总。"我朝他点点头，笑笑，迅速离开。他叫住了我，环视一下四周，悄悄对我说："石榴姐，当心哪！"我追问道："什么意思？"他诡秘地一笑走开了。我的心又悬了起来。难道陈少衡要对我下手吗？我知道，陈少衡是个说到做到的人，他的成功得于认真，败也因为认真。看来他并没有真正放过我，只是慑于徐昌盛的势力表面上不再计较我了。要不就是派赵四吓唬我？不管怎么说，我得提防着点他。我还嘱咐徐昌盛小心，他眼睛里射出两道凶狠的光，说了一句："他那是找死！"看着他的凶相，我感到后脊梁直冒冷风。

这天临近黄昏的时候，我正在俱乐部和一个客商谈生意，徐昌盛来了，说接我参加晚上的为市领导准备的宴会。正好我的这位客户张老板他认识，便邀请张老板和我们一同赴宴。张老板推说有事告辞走了。六点一刻，我和徐昌盛走进了大酒店的大厅，前厅经理款步走过来向我们问好，亲自陪我们上了二楼的包间。"来，石榴，坐下先喝点热饮。"昌盛指指大沙发。我坐下，喝着热饮环视着房间里的陈设。昌盛一个劲地接听电话，整天这么多事。

大约七点钟，门开了，几个像当官的男人簇拥着王副市长，器宇轩昂地走了进来。我看见昌盛恭恭敬敬地握住王世达的手，嘴里说道："欢迎市长驾到啊。"王世达拍拍徐昌盛的肩膀，朝我点点头。我连忙上前跟王世达握手："王市长好。"我看见徐昌盛逐一握了握其他几个人的手，听见他叫那些人"袁秘书""巩局""秦主任""彭局长"。然后，把我介绍给那些人。他们都恭维我的美色。

大家走进一个大包间。圆圆的大餐桌上已经摆好凉菜和酒水饮料。两个年轻貌美的女服务员服侍每个人落座。我发觉，有的人一边用目光在我身上扫描，一边交谈着。一份精美的菜肴摆上餐桌，大家等王世达拿起筷子夹菜后，矜持地开始吃喝起来，互相谦让着，互相说着一些不着边际的话，逢场作戏。王世达拍拍昌盛的手背说道："我们的慈善家同志，最近又有什么义举啊？"徐昌盛站起身，有点像个军人。他说："报告市长，我打算创办一所老年公寓，可行性报告已经上报巩局长了。"王世达感兴趣地点点头，将脸转向巩局长，说："怎么样啊小巩同志？你们城建得支持哦。"巩局长连连点头说："请市长放心，一定支持，一定支持。有领导的指示，我们就更应当支持了。"昌盛不失时机地说道："感谢市长关怀。"王世达说："将来凤凰甸生活区你也可以考虑建个福利院嘛，啊。不一定全由你个人出资，福彩中心出一部分，社会上筹集一部分，充分体现社会福利社会办的原则嘛。在这一方面上，我看百川市值得我们学习啊，可以到那里取取经，再结合我们唐城的特点，搞出一个唐城的特色来。另外，不要老是你一个人单枪匹马，要多网络一些立志福利事业的同志，形成一个阵线，众人拾柴火焰高嘛。"昌盛谦恭地说道："谨记市长教诲，我一定尽力而为。"我在心里说：建老年公寓？这是什么时候的事啊？我怎么一点儿都不知道啊？送走王世达等人之后我问了昌盛老年公寓的事，他说这方面的公益事业必须做，形象也是生产力。这一点，我挺佩服徐昌盛的。

几天后的傍晚，我到凤凰钢厂办事，我是独自开着车去的，本来是有一个助手陪同的,临出发前助手的父亲来了,我便没让她跟我走。去的时候挺顺利的,从凤凰钢厂出来后,没走出多久发觉后边有一辆雪佛兰汽车跟随,我立刻警觉起来,紧张的神经线再次绷紧,一边缓缓地行驶着一边琢磨着对策。转念又一想,也许我是神经过敏了,只是一辆恰巧跟在后边同一方向行驶的车辆。不管怎么说,小心无大错,我还是防备着点为好。于是,我把车开到了八方大商场地下停车场,这里人多眼杂,还有保安人员,应该相对比较安全。谁知,那辆汽车也跟着进了停车场,就停在了离我不远的地方。我紧张地下了车,朝一个保安快步走了过去。忽听有人喊了一声:“石总请等一等。”我下意识地回头看去,跑过来两个男青年,手里还举着什么东西。我反应挺快,立刻意识到事情不妙,急忙回转身择路逃跑,边跑边喊:“救命啊——”那两个小子急速追赶上来,我听见身后“噗噗”几声响,紧接着闻到了硫酸的味道。我也不知道自己身上是否被泼上了硫酸,拼命向前奔跑。几名保安闻讯迎了过来,问我出什么事了。我气喘吁吁说道:“后……后边有……有人追……追我……”保安们找遍了整个停车场也没发现可疑人员的踪影。

我惊魂未定地坐在车上,半天缓不过神来。

我可以推断,这是陈少衡对我下手了。人被逼急了,就容易走极端。这事我不能跟徐昌盛说,因为他压根不相信陈少衡这个瘸子敢对我下手。再说,自己屁股不干净,不能全靠徐昌盛来解决,只有靠自己了。怎么整倒陈少衡呢?我躺在床上辗转反侧、苦思冥想。我虽然是个善良的女人,但面对陈少衡我不能心软,我的事业是破坏性的,凡是与我作对的,我都会置他于死地。我想灭了陈少衡,可转念想到他对我曾经的种种温存,手又软了下来。我很生自己的气,我怎么能这样是非不分,一味地摇摆不定犹豫不决呢?这样怎能成就什么事业呢?后来,我终于想明白了,灭掉自己的善心需要勇气,就要把自己蜕变成一个冷酷无情的人。陈少衡指使人朝我泼硫酸的时候怎么不心软啊?情场如战场,没有双赢,必须你死我活。

可要达到自己的目的,光靠我一个人的力量是难以奏效的,必须借助外部的能量。我终于想到一个人,一个黑道上的人,我的同班同学,他叫张寻,绰号张大巴掌。别看张大巴掌个头小,但他心狠手辣,什么坏事都干得出来。上学时他曾经追求过我，只是因为他太坏我才一直没搭理过他。他特别爱打架，经常抡着大巴掌打人惹是生非，全班没有人没挨过他的欺负。上初二那一年的夏天，他在上自习的时候捣乱，被班长告到班主任那里挨了批，他怀恨在心寻机报复。放学路上他拦截住班长，几个巴掌把班长打倒在地，班长后脑勺磕在石头上，送医院缝了十几针，因此被学校开除了。后来就再也没见着他，直到去年秋天一个偶然的机会和他邂逅在大街上，才知道这小子自己开了家皮包公司，赚了不少钱，开着辆奥迪车到处乱窜。他请我在大酒店搓了一顿，言谈话语中听出他是个黑白两道上的人。

几天后，我偷偷约见了张大巴掌，约好在一家海鲜城见面。我悄悄走进雅间，张大巴掌已经坐在里面抽烟、打电话。他的眼神像一团火，一靠近，感觉烤得慌。他长着络腮胡子，煤炭般乌黑的眼睛。年轻服务员颤抖着手臂竟然倒洒了茶水，烫了自己的胳膊，接着碰翻了茶杯。张大巴掌眼珠子一瞪，吼了一声："笨手笨脚的，给老子滚出去！"女孩吓得手足无措，我连忙上前安慰了她，哄她出去了。然后劝说张大巴掌别这么对小姑娘凶，这小子挠挠脑袋，哈哈笑着对我说："老同学有什么需要摆平的，尽管说来。"我说："不急，等一等。"酒和菜上齐，我亲自给他斟满高档茅台酒后，再给自己斟了半杯举起，说道："老同学，我敬你。"张大巴掌朝我恭敬地点下头，举杯一饮而尽。

酒过三巡菜过五味之后，我和他的闲聊进入了正题。我怯怯地说："有人想害我，确切地说已经开始了行动。"张大巴掌问："哦？妈的，谁这么胆大敢算计我大巴掌的老同学？"我把陈少衡的照片递给他看，他看后说："这不是钢铁大老板陈少衡吗？怎么回事啊？"我把和陈少衡之间的恩恩怨怨简明扼要地对他讲了一遍。大巴掌笑了，说："老同学这你可就有点不讲究了吧？你又看中了徐昌盛踹了陈少衡，他能不寻机报复你吗？"我不高兴了，说："我请你来可不是听你指责的啊，不愿意管我就算了。"大巴掌摇着手说："别误会别误会，我跟你闹着玩哪，咱俩老同学一场，又是我的梦中情人，如今你遇着难处了，我岂能坐视不管呢？那我还是不是人啊。说，要我做什么？是摘他的胳膊还是剁他的大腿？"我说："这种打打杀杀血淋淋的事咱不干，那样做我不是害你受连累吗？咱得文明整他。俗话说得好啊，打蛇打在七寸上。我的想法是专打陈少衡的软肋，你明白我的意思了吧？"大巴掌点点头："行，听你的。可姓陈的软肋在哪呢？"我说："我来摸清他的软肋。然后，我们再合计下一步。"大巴掌趁机摸了下我的手，笑嘻嘻地说："行啊，够有心计的啊，不是当年那个爱哭鼻子的黄毛丫头了哈。"

如何摸清陈少衡的软肋呢？我想来想去决定从陈少衡的身边人入手，我想到了给我报信的赵四。这天黄昏，我把赵四约到了一家咖啡店，将一个装着五万块钱现金的大信封放到他面前，直截了当地说道："我知道陈少衡要泼硫酸毁我，我不能坐以待毙，我得反击他。这五万块钱你拿着，只要告诉我他有什么我可以抓住的把柄整垮他，事成之后我再给你二十万，怎么样？"开始赵四不说，他说他不能背叛自己的老板。我伸出五根手指头在他眼前晃了晃说："五十万。我保证到任何时候也不会把你给出卖了，我用人格担保。"赵四终于抵不住五十万的诱惑，说出了陈少衡的一个商业机密，这老小子的小钢厂竟然用汽车拉铁水，这可是违法的事情啊。

我把这个秘密转告给了大巴掌，然后，和他一起密谋了交通肇事事故。三天后的深夜，张大巴掌派人驾驶一辆大翻斗车尾随陈少衡手下拉铁水的汽车。在一个拐弯处故意剐蹭了一下他们的车，司机急打方向盘，由于向心力的突然偏离，汽车翻进了一条深沟里，铁水四溅烧着了成片成片的茅草，火借风势越烧越旺，烧红了半边天。事后，事故被查，牵连到陈少衡的钢厂，钢厂被勒令查封。陈少衡傻眼了，求助徐昌盛的关系来摆平。徐昌盛当场跟陈少衡摊牌，揭穿他妒忌我和昌盛的关系，严厉地质问他："你怎么能指使手下给石榴泼硫酸呢？这种下三烂的事情你也做得出来？你是唐城的风云人物，和一个女人斗狠不怕人家笑话吗？"陈少衡坚决否认加害于我："老兄你可千万不要听信谣传哪，你说得对，我是有身份地位的人，怎能干出这等龌龊之事呢？再说，如今石榴小姐是你的相好，你我兄弟一场，不看僧面还得看佛面哪，我岂能做对不起你的事呢？"徐昌盛说："那好，既然不是你，就算了，念你把石榴小姐介绍给我，我就帮你这个忙。"陈少衡感恩致谢。几天后，徐昌盛找关系给陈少衡解了围。

我陡然生出一腔的愤怒，埋怨了徐昌盛，认为他不该帮陈少衡。徐昌盛严肃地说："冤家宜解不宜结，况且陈少衡是唐城有头脸的人，王世达副市长私下都和他称兄道弟，和这种人结怨对我们的事业不利啊！"我嘴上说："你说得对。"其实，我没听徐昌盛的，担心姓陈的日后还会伺机整我，便偷着跟张大巴掌商量，对陈少衡继续实施打击报复。大巴掌把自己的胸脯子拍得山响，夸下海口说："放心，包在我身上。"一个星期后，我正在办公室看电脑，徐昌盛来了，人还没落座就问我："一伙身份不明的人把陈少衡的燕山铁矿给抢了，双方发生械斗，陈少衡受伤住进了医院。我想知道，这件事和你有关联吗？"我心里暗暗惊喜不已，表面上却装出十分痛心的样子说道："怎么会发生这种事情呢？简直太可怕了。你放心，这件事和我没有任何瓜葛，我听了你的，冤家宜解不宜结嘛。"

事后，我偷偷给了张大巴掌一大笔钱。张大巴掌对我摇起了尾巴。没吃过猪肉，总见过猪跑吧，我还得去探望陈少衡。一天上午，我买了好多滋补品和一束鲜花前往病房探望陈少衡。陈少衡没有想到我能来看他，抓住我的手，感动得落了泪："石榴啊，你是个好人哪，难得你来看我。"我说："毕竟是露水夫妻一场，怎么说也是有感情的。"看着他缠满绷带的脑袋和打折了的腿，眼泪就哗哗地流了下来，比演员还像演员。我安慰陈少衡说："你现在什么也不要想，就是安心养伤，一切等痊愈后再从长计议。"陈少衡叹了口气说："恐怕还会有人害我的，我转战商场多年，难免与人结怨。只是，我猜想不到对手会是哪一个啊？"我继续安慰他："以后提高警惕就是了。"他摇摇头，一副忧心忡忡的样子。我又劝说他几句，推说还有事急需处理就出了病房。回俱乐部的路上，我扬扬自得。我终于在意志上击倒了陈少衡，我胜利了。其实，我在心里不可抗拒地拼起这样一个图景：外表很淑女，内心如蛇蝎。徐昌盛听说我去看望了陈少衡，他没有吃醋，反而夸奖我说："没想到哇，石榴是一个有情有义的女人。"

我暗自庆幸，徐昌盛是真心喜欢我的。他对我照顾得可说是无微不至，就像照顾自己女儿一样。一天，徐昌盛突然问："石榴，你有没有真心爱过我？"我想了想说："没有，从来没有。"徐昌盛摇头说："不，你说的不是真话。你曾经动了真情，后来自己刹车了。你做得很好，不然我死了，你会很痛苦。这样多好？"我的眼睛眨了眨，眼泪流下来了。可是，这一阵子，我发现徐昌盛有些异样，夜深人静的时候，他喜欢独自一个人坐着，沏一杯普洱茶，目光呆滞地盯着一个地方一动不动。他怎么了呢？是遇到什么难处了吗？我问他，他总是笑吟吟地搂住我的肩膀说道："不要担心我亲爱的，我只是喜欢一个人这么静静地坐着思考一些问题。"我很欣赏他的风度，喜欢他做事的方式，甚至有点崇拜他了。但我时常不忘告诫自己，和徐昌盛不能过分投入真情，我只是他的情人，人家拿我只是消遣。他给我的钱多，是因为他的本钱大。动真情只能使自己受到的伤害更大。

我很好地控制住自己。我一下子从徐昌盛的困局跳出来，就像看戏一样，没一点感情投入，一切都轻松了。那是另一种解脱。

我在商界的名气渐渐大起来，财源滚滚而来。有人挣钱挺难，我怎么就这样幸运呢？我记住了昌盛的叮嘱，热心参与了唐城的公益事业，经常到慈善机构捐款捐物，资助贫困群众，受到广泛赞誉。一天，歌舞团张贺团长找我，说歌舞团遇到困难了，发不了工资，请求得到我的帮助。张贺比我大五六岁，却像比我大十几岁，脑门上全是皱纹了，脸上的肉皮子也耷拉了，活脱脱一个小老头。虽说我在团里的时候他对我并不好，但此刻我还是动了恻隐之心。我让财务给团里打了二百万，领到工资的队友们纷纷跑过来夸奖我，拉着我的手说不尽的感激话。唯独名角孙倩没来，我很奇怪，是我石榴给你开的工资，你摆什么名角臭架子啊？后来有人告诉我，她背地骂我，骂我石榴是个骚货，到处勾引男人，勾引有钱的男人钻进我的石榴裙，否则我不会有今天的风光。这话传到我嘴里，气得我浑身直哆嗦。过去，在团里孙倩就跟我争角色，跟我较劲，现在她又受了恩惠不念好，反而恩将仇报，太不像话了，我非给她点颜色看看。昌盛劝我不要跟这种人一般见识，否则有损我的身份和形象。我听了他的劝告，决定自己不直接出面教训孙倩。我气呼呼地找到张团长，要他替我好好教训孙倩，不然就要收回工资款。张团长一听就急了，连忙表示一定狠狠地批评孙倩，要我千万消消气，不要计较孙倩的无知无礼。

第二天一大早，张团长就带着孙倩来到我的俱乐部办公室，一进屋张团长就用力地把孙倩推到我跟前，呵斥道："快向石总赔礼道歉！"我冷眼看着面前这个昔日的队友，她曾经红极一时，团里的台柱子演员，傲慢得很，可如今她已风光不再，一副穷困潦倒的可怜相。我就不明白了，你孙倩都到了要饭的地步怎么还有脸对人家说长道短品头论足的呢？我不屑地白了她一眼，招呼张团长坐下喝茶。孙倩说话了："石榴……呃，不不不，是石总……我……不该说你的坏话，对……对不起了，请你原谅……"说完，给我深深地鞠了一躬。我心里泛起一阵快感。有钱真好！与人斗，其乐无穷。但我还得摆出大度的姿态，我拍拍孙倩的手，说道："算了，以后注点意就是了。中午别走了，我请你们吃海鲜去，也尝尝鲍鱼什么味，啊。"张团长龇着牙乐，连说："那怎么好意思，那怎么好意思，别别别，不打搅你了。"可人坐在沙发上不起来。孙倩的目光和我孤傲的目光碰到了一起，立刻无可奈何地低下去了。我欣慰，金钱权势面前有几个能做到宁肯饿死也不低头呢？你孙倩是个小女子，红颜已老，主角离你越来越远，你还有什么资格瞧不起勾引男人的我呢？

我在歌舞团昔日队友们面前趾高气扬了，可在徐昌盛身边我却越来越快乐不起来了。虽说昌盛来找我的次数越来越多，他却总是跟我说话聊天，很少办床上的事了。他的身体好像不行了，即使来了兴致的话，好久才能进入，也不在床上，而是在沙发上草草了事。常常搞得我刚刚有点感觉他就结束了，好半天过不去那股劲。徐昌盛是个胖子，我一搂他的脊背，圆滚滚的，肌肉上下移动。脊骨两边，长满黑毛，还有一道深深的疤痕。对于这疤痕，我一直不好意思问。又一次做完了，我俩洗了澡，他坐着吸烟，我看他心情还可以，实在忍不住问了他那疤痕的来历。

徐昌盛对我讲了，原来他过去曾经开过煤矿，是靠煤矿起的家。十七岁那年的夏天，他离开亲人离开家乡，到一百多里地外的金环岭煤矿当工人，怀里揣着母亲给他烙的两张面饼，饼可真香，是新麦粉磨的面烙的，一股子清新的香味，他风卷残云地没几口就咽进了肚子里。吃得快，嗓子眼噎，口发干，就出了窝棚找水喝。刚一出来迎面碰上了矿山老板黑牤牛。他一句话也没跟老板说，低下头从黑牤牛跟前走过去了。徐昌盛跟上了他，为争夺煤矿，展开了一场血腥的厮杀。昌盛毫不畏惧独自一人奋勇反击，混战中，一把刀砍在了他的脊背上，鲜血泉水一样喷涌。他被闻讯赶来的警察送进了医院，昏迷了整整三天三夜，最终凭着顽强的毅力奇迹般地活了下来。我被昌盛的传奇人生深深地吸引了，生怕徐昌盛从我眼皮底下稍纵即逝。

好花不常开，好景不常在。房地产调控，汽车滞销，钢铁企业陷入不景气境况，让众多的商人猝不及防。即便是有头脑有后劲的大老板，面对汹涌而来的经济危机也是一筹莫展。就说我的钢铁俱乐部吧，同样生意也是一落千丈。有一天，徐昌盛把大批螺纹钢存放在了我的货场里，说等着涨价再出手，捞他一大笔。我想，这早晚是我盆里的菜，变成成捆成捆的票子。我和张大巴掌密谋好了，一定要保住这批螺纹钢。我还答应大巴掌，只要他能帮我保住这批货，我就给他百分之二十的回报。大巴掌带领他的手下日夜守护在仓库周围。可是，我心里不踏实，情人之间的博弈，一旦超出情分，就会进入危险地带。

一天黄昏，徐昌盛带着车队来拉货，我不让他拉。我像他肚子里的寄生虫，喂不饱，想独吞这些货。徐昌盛奇怪地看着我，说："怎么了石榴？咱快点把这批货卖出去，赚了大钱有你一半啊！"我跟他翻了脸，尖声叫喊道："你手里那么多钱还跟我计较这点东西啊？你看看我的俱乐部多少天一分钱不进账你不心疼啊？难道我对你的一片真情就换不来你这点破钢材吗？"徐昌盛被我的阵势给镇住了，只得叫车队空着走了。徐昌盛无奈地叹了口气，无奈地转身走了。这一刻，我心软了，想把他叫回来，把钢材给他。还没张嘴，我又叮嘱自己，别对男人抱有幻想。我以后做的每一件事，对我自己都要有意义。几天后，我把钢铁存货降价卖了，净赚了七千万。事后，张大巴掌提醒我说："我担心徐昌盛跟你要钱，要不要干脆干掉他算了，省得夜长梦多。"我否定了他的想法，说："徐昌盛可不是陈少衡，他财大气粗靠山硬，我们搬不动他徐昌盛的，搞不好还会引火烧身。再说了，徐昌盛对我还是有情有义的，这点钱他还不至于跟我恩断义绝的。"张大巴掌想了想说："你说得对，对付陈少衡咱们已经侥幸得胜了，不能再干违法的事，否则就把自己搭进去了。那如果徐昌盛日后背叛了你呢？"我冷笑一声说道："那咱也不能跟他硬碰硬，我要用温柔的、不流血的方式推倒所有挡我发财之道的男人，窃取他们的财富。商界风雨飘摇，各路英雄风云际会。我一定能够成为唐城女杰的！"大巴掌一缩脖子，翻着白眼说："你变了，挺吓人的。"

没等我对徐昌盛下手，他竟然自己倒了。一连两个多月我一次也没见到徐昌盛了，给他打电话一直处于关机状态。给他的秘书打电话一直无人接听。徐昌盛出什么事了？我怀疑她跟我玩腻了，喜新厌旧想甩掉我了。我有些紧张，我还不想跟他分手哪，我的俱乐部还需要他帮衬。一天下午去市政府办事，碰见王世达了，才得知徐昌盛得了肝癌。当时听了我傻掉了，这个消息太震惊了，怎么会出现这么大的变故呢？我原来错怪他了，心里觉得挺对不起他的。王世达告诉我，徐昌盛怕我接受不了他得重病的现实，一直没和我联系。他还拜托王世达关照我。我听了感动得热泪盈眶，马上赶到医院看望他。在病房里，我见到了分别数月的徐昌盛，他脸色蜡黄，身体消瘦了很多。他看我来了，既吃惊又高兴，拉着我的手嘘寒问暖。我流着泪说："我还以为你因为那批螺纹钢生我的气了，不理我了哪，想不到你……你怎么不告诉我一声，让我陪伴在你身边呢？"徐昌盛笑笑说："我不想拖累你。我要到美国治病去了，打算临走之前再告诉你的。"然后，他将一张银行卡放到我手上，柔和地说道："感谢你跟我好了这些日子，让我得到了快乐。这里面有一千万，你拿去留着生活吧。"这句话挺贴人，我听了心头一暖。

我再也控制不住，扑到他的怀里痛哭起来。

第二天上午九点钟，我料理完俱乐部里的事，匆匆赶到医院，准备送昌盛去机场。我已经想好了，他是十一点钟的航班，我还可以和他在候机厅话别。不管怎么说，我和他有过一段情缘，彼此也真心地爱过，只是他实在不能让我死心塌地跟着他。如今他要走了，我的心里竟然涌起一股酸楚。女人的天性同样在我身上显露无遗。然而值班护士却告诉我，徐昌盛已经在早晨八点三十五分办完出院手续走了。不是十一点的航班吗？怎么走得这么早呢？也许是有什么事要办吧？我拨通了他的手机，却一直处于无人接听的状态。是故意不接还是听不到铃声呢？我也顾不上多想了，驱车直奔机场而去。车窗外的景物飞一样地朝后疾闪而过，像一阵烟云顷刻间无影无踪。我和徐昌盛在一起的时光像过电影一样，一幕幕重叠着浮现在眼前，挥之不去，如鲠在喉。徐昌盛这一走，真不知道什么时候才能再见到他，也许再也见不到了，想想这些我真的挺伤感的。我长嘘口气，从倒车镜看后边没有车，往右一打方向盘打算超过前面那辆黑色现代车，忽然我好像听见昌盛喊我的名字，我一分神左侧"砰"地发出一声爆响，连忙看倒车镜，糟糕，肇事了，把那辆黑色现代车刮了。我下意识地停下车，对方的车已经追赶上来了，一个戴着墨镜的和我年龄相仿的女子，从车窗口探出头来冲我叫喊道："嗨，姐们儿，你刮我车啦——"我也探出头朝她喊："对不起，我们商量解决办法。"

我们双方都下了车。她那边还跟下来一个和我年龄相仿的男子，大概是她老公。我先查看了一下对方的车，驾驶室门子蹭掉了一片漆皮，大概有七八厘米长。再看我的车，左侧前车门凹下了一个小坑。还好，损伤都不大，也没有人员受伤。我急于赶路，就对那女子说："不好意思，我有急事，你说吧，赔多少钱？"那女子和男子耳语了几句，对我说："五千块钱吧。"我点点头，从挎包里数出五千元现金递给女子，转身上了车，很快将车速提到了一百八十迈。我得把刚才耽搁的时间追回来，早到一分钟就多跟昌盛待一分钟。差四十三分钟十一点我顺利抵达机场，停好车就往候机大厅跑去。头顶的蓝天上划过一阵飞机的轰鸣声。我并没有在意，一口气跑进大厅，正见昌盛的贴身司机小萧向我走来。我以为他是来迎接我的，忙问他："小萧，徐总在哪啊？"小萧递给我一个信封说："徐总已经飞走了，十点的航班，他知道你准会送他，就叫我在大厅等你，他让我把这封信给你。"

我坐在轿车里看的信。信的内容只有寥寥几笔，是这样写的：石榴，原谅我今天没让你送我，认识你将成为我一生最美好的回忆。开始你新的生活吧，我在天堂祝福你！我的视线渐渐被泪水模糊了。我现在的心情是非常复杂的，说不清认识徐昌盛是一场错误，还是一场幸福，反正短时间要彻底忘掉这个男人将是很难很难的。我也不打算忘掉他，为什么要忘掉他呢？晚上，我把窗帘拉得严严实实的，支上幻灯机，独自一个人默默地放着我和徐昌盛在一起的照片资料，泪水流了一脸。不知道此时此刻，昌盛在遥远的异国他乡干什么呢，是否也在想念我？拨打了他的电话，空号，他换号码了。

我心中一沉，看来徐昌盛永远不想和我联系了。

此后的三个月里，我一直试图与徐昌盛取得联系，但终究以失败告终。徐昌盛在我心目中的形象越来越模糊，越遥远，越虚幻。我想到了王世达，徐昌盛会不会和他这个市长有联系呢？结果还是让我失望了，王世达说自从昌盛出国治病后就失去了联系。可我不相信，总觉得王世达在撒谎。又过去了一个月，这天中午我刚刚请一个客商在酒店吃完饭，走出大厅的时候，电话响了，是大巴掌打来的，他说："石榴，听说了吗，徐昌盛死了。"我大吃一惊问："你听谁说的？"他说："王副市长。他的骨灰明天将被他的手下护送回唐城。"我心里痛了一下，昌盛他去了，永远地离开了这个世界，永远。我的鼻子一酸，眼睛湿润了，我说："我要参加他的骨灰安葬仪式，你给我安排一下吧。"大巴掌说："行，你还真是个有情有义的女人。"第二天下午，我在唐城最高级的陵园参加了徐昌盛的葬礼，来了一千多人，都是有权有势的人物，规格相当高，可以说是我有生以来见到的最有规模最有排场的葬礼。第二天下雨了，正好让我好好哭上一天。我长久地凝视着徐昌盛的大幅遗像，哭得一抽一抽的，仿佛要追他而去。

徐昌盛死了，这棵大树倒了。

我打算一个人清静些日子，再开始新的生活。可是，一个让我手足无措的局面提前出现了：张大巴掌纠缠上我了。过去，张大巴掌对徐昌盛还很怵头，徐昌盛没了，他就来了贼胆儿。那天早上，我刚刚起床正在洗漱，响起门铃声，心说谁这么早啊？问谁呀，外面人答："鲜花礼仪公司的，请问是石榴女士的家吗？"我开了门，一个小伙子手捧一大束鲜花请我签收。我狐疑地接过花束，一看那上面系的一张精美的卡片，天啊，是张大巴掌送来的，那卡片上写着一行小字：石榴，嫁给我好吗？天哪，张大巴掌居然向我求婚了，他这是转的哪一根筋啊？这世界上的男人都死绝了，我也看不上他呀！这怎么可能呢？由此我心里异常紧张，这张大巴掌可是个不好甩掉的滚刀肉式的人物啊。既然甩不掉就得提防着他，咱不能叫这个馋猫沾了我的腥。后来的日子，我对大巴掌处处设防，与他总是保持一段距离。我知道，大巴掌心里一定很奇怪，奇怪我一个风尘女子怎么就这么不肯就范于他呢？何况我还是他的同学呢，何况我还受恩于他呢。他直截了当地问过我："你究竟看不上我哪点儿啊？我特想知道，死也死个明白嘛。"我想我不能直接说实话，那样会伤他的自尊，对我一点好处也没有，我给他的理由是："我只是不愿意和你过打打杀杀的日子，其实你在我心目中感觉挺不错的。"大巴掌笑了，说："那从明天起我金盆洗手再也不干那些叫你担惊受怕的事了，行不？"我摇摇头说："你在江湖这么久，而且名声远扬，不可能退身了。"大巴掌琢磨琢磨，叹口气说："可也是，咳，我现在是身不由己啊！那这么说，你我就没那个缘分了？"我说："我想结束我们的关系好吗？"我说着腾地脸红，尴尬起来。

张大巴掌无奈地摇着头，仰着脸看天。

我知道大巴掌不会死心的。没想到很快就验证了。这一天下着蒙蒙小雨，我又不带任何雨具，独自一个人徜徉在郊外小河边。张大巴掌来了，也没带任何雨具，一声不吭地跟在我身后只管低头漫步。我没搭理他，只顾自己走。可是，一股凉飕飕的东西，恍惚在我脑后飘起。临近中午的时候，雨停下来了，我遗憾地看天，天阴沉沉着，一朵朵乌云似万马奔腾。大巴掌靠近我，柔和地说道："雨停了，我们吃饭去吧。"我看了他一眼，默默地点了点头。我万万没有想到，就是这一次和大巴掌共进午餐，让他的阴谋最终还是得逞了。他一定是往饮品里放了药，把我迷昏了，然后就什么也不知道了。等我醒过来的时候，已经是第二天下午了，一看自己裸着身子，再看左侧躺着熟睡着的同样是裸着身子的大巴掌，我什么都明白了，这个混蛋把我给睡了。我没有发怒，毕竟他帮过我，有恩于我，况且我现在还需要他，大家也算扯平了吧。

我洗过澡穿着浴衣走出卫生间的时候，大巴掌正斜靠在床头抽烟。我愣了一下，他不是抽一般的烟卷，而是在吸毒。我惊呆了："你……你……你怎么染上这个坏毛病了啊？这可是既糟钱又伤身体的啊……"他喷出一口烟雾笑了，说："瞧把你吓得，有什么大惊小怪的啊？告诉你，我手下是专门贩卖毒品的，我根本用不着花钱。这玩意儿少抽点不伤身体，谢谢你这么关心我的身体，还是你对我好啊，哈哈哈……"我说："听不听由你，反正我这个老同学忠告你了。"大巴掌一把搂住我，淫笑着说道："你放心吧，就冲你待我这么好，我也会保重的。我说石榴，你的身子可真白净啊，跟二十多岁的大姑娘似的……"我厌恶地看着他不作声。他抚摸着我的脸蛋说道："我不会亏待你的，从今往后我可以为你去死，谁敢欺负你我就跟谁玩命。"我白了他一眼："就会哄骗人。"他认真地看着我，举起一只手发誓道："我要哄骗你，天打五雷轰。"我心里想的是，不能叫这个家伙再玩弄我了，我要想办法灭了他，不然，根本无法摆脱这个无赖。可怎样才能灭了大巴掌呢？我忽然想起徐昌盛曾经对我说过的话：在中国，要想惩治黑道上的人，最好是要依靠官员。在我的人脉关系中，最靠上的官员就是王世达副市长了。他曾经是徐昌盛的好朋友。我们在接触中，他对我有好感，我可以引王副市长上钩。男人追女人隔座山，女人追男人隔层纸。我精心准备了一番后，开始捅破这层纸。

当初，钢铁俱乐部开业，我就认识了王世达副市长。见到他第一眼，没多大感觉，只是觉得不讨厌，还对他的副市长的地位有些敬重。他深邃的眼神、浅浅的微笑、挺拔的身影、白皙的肤色，甚至是淡淡的烟草味，总之他的一切都是那么让我感觉神秘。我知道他已经是有家室的人了，我不想有一天能够和他发展感情，可潜意识里我想我还是渴望能与他发生点什么，渴望奇迹的出现。一个周六的午夜，拨通了王世达的电话。"王市长您好，我是石榴。"我听到电话那边有悠扬的音乐响着，猜想他此刻还没休息。王世达很沉稳，平静地问："有事吗小石？"我说："昌盛死了，我很孤独，想和您喝酒，聊天，不知是否有空啊？"王世达问："可以啊，去哪里？"我说："这么晚了，如果你那里方便的话自然是最好不过了。"王世达沉吟了一下，说道："你来吧。"

许多下流的事，干起来却十分有趣。我很快赶到了王世达的寓所。他老婆不在这个城市，和他的岳母住在省城，他这里是相对安全的。我们面对面坐着喝酒，这次我细细观察了他，他有一张白皙的脸，五官端正。他微笑的时候，脸上在线条显得格外柔和。不知道为什么，那天晚上我很想放肆，甚至想放纵。可是，我忍住了。我的神经受刺激了，絮絮叨叨地哭诉起来。王世达默默倾听，像是我的父亲。

这以后，我隔三岔五地主动给王世达打电话约会，或是发送短信骚扰他，相信我正在一步步朝着俘获他的目标稳稳迈进。王世达对于我的频频进攻表现得外冷内热，也就是冷静中投射着一份温情。我愈发坚信，这个男人迟早是我的囊中之物。渐渐地，我感觉王世达对我有了某种燥热，某种渴望，我预感到即将会发生些什么，我的潜意识里渴望着发生点什么，一切都在意料之中。这天午夜，接到王世达电话，他说他忽然想吃我做的疙瘩汤了，还说不方便的话明早再说。我预感到俘虏他的时机已经成熟，必须紧紧抓住，否则我会后悔的。我很快赶到他的寓所，他对午夜打扰我休息表示了歉意，对我的到来致以真挚的谢意。我做的疙瘩汤像小麦穗一样细长，入口柔软香滑，吃过的朋友都赞不绝口。

王世达一连吃了三碗，吃得额头上都出了汗。我拿来一条毛巾递给他，他把脑袋一伸等着我给他擦。我嗔怪地瞪了他一眼，抬手给他擦汗。刚擦了几下，他一把攥住我的手往他怀里拉，我趁势扑进他的怀里。王副市长就这样被我俘虏了。我们俩一到周末就开车，去郊外五十多里外的别墅住，都关上手机，过一种没有任何人打扰的清净生活。他嘱咐我千万要小心，不能让外人知道我和他的关系。我点头说："我知道，你们这种人不比做生意的老板！我不会给你添乱的。"王世达满意地笑了。这个好时机，我把张大巴掌全盘兜了出来。王世达嘿嘿一笑说："我来收拾他，你说，收拾到什么程度呢？"我说："只要他答应不纠缠我就行了。"王世达说："好的，有我呢，这小子保证不敢了。"

两天后的下午，张大巴掌给我打电话约我见面，开口就问："你是不是傍上王世达了？"我没好气地说："狗嘴吐不出象牙，你说话别这么难听，我可不是随随便便的女人，我和他只是不错的朋友。"张大巴掌撇下嘴说："我劝你别跟王世达走得太深，当官的说翻脸就翻脸。"我哼了一声："他跟我翻脸？还没那个胆儿。现在，我要警告的是你，你帮过我，我该给你的都给了，请别打扰我了。"张大巴掌说："嘿，老同学，别跟你哥翻脸啊！你打听打听，老子在唐城怕过谁？"我说："我知道你不怕谁，但是，你得给我和王世达面子。我是为你好！"张大巴掌大咧咧地说："石榴，你为我好，就嫁给我得了。我已经不干打打杀杀的事了，我成立的公司，要干正经事哩！"我淡淡一笑："我劝过你，好好经商吧。"张大巴掌赖赖地搂我。我没躲开，他就把我抱起来，舌头在我脸上乱舔。我恼了，狠狠扇了他一巴掌。张大巴掌没恼没怒。这家伙，对我还是贼心不死。看来，这家伙还不识趣，别怪我心狠，他只有跟陈少衡一个下场了。没办法，我只好向王世达通报了这一情况。王世达说："我知道了，你安心做你的俱乐部生意吧。"一个星期后，我听到一个消息，张大巴掌涉嫌贩毒被市缉毒大队抓获了。

"天哪！"我叫了声，像疯了一样。

很快，我松了口气，心说总算把张大巴掌给除掉了。为了感谢王世达，我把他约到我的寓所。我们床上缠绵悱恻了一整天，虽说我俩都累得筋疲力尽，但心情极好。王世达许诺，过几天带我出国玩一玩。我搂着他进了浴室，细致地照料他沐浴，极尽女人之本领，把他伺候得舒舒服服的。可是，一连好几天，我的心情怎么也好不起来，脑子里总是晃荡着张大巴掌的影子。这家伙会掉脑袋吗？

几天后，王副市长帮我办好了出国护照。正好他有出国考察的任务，可以陪着我。我们的第一站是法国，先去了凡尔赛宫，这是法国重要的行政中心，也是著名的旅游地，以华丽的别墅闻名，曾经是法国一些国王的住所。保存完好的宫殿和花园给了我们每个游客一个窥探18世纪法国皇室的机会。然后我们去了阿尔卑斯山，这是著名的滑雪胜地，同时这里也有很多美丽的小镇，这里的景色不管是夏天还是冬天，都非常迷人，令人流连忘返。其中最有吸引力的是明信片上的Annecy小镇，其中心是环绕一个14世纪的城堡，整个小镇被小型运河点缀，怪不得被本地人成为"萨瓦省的威尼斯"。我们的第二站是岛国马尔代夫，这个小小的岛国海岛真多，满月岛啊，维林格里岛啊，库拉玛锡岛啊，胡鲁列岛啊，卡曼都岛啊，我就不一一地列举了，每个岛屿都有它独特的景色，还有八十七个度假酒店。每一座珊瑚礁就是一所豪华的度假酒店。雪白晶莹的沙滩，倒映在水中婆娑的椰影，大群斑斓的热带鱼构成了马尔代夫独特如天堂般的"动画"景观，人置身其中神清气爽，这是我梦中向往的地方。我在那儿听说了一个神话故事《会跳舞的鸟》，这个故事深深地吸引着我。在布鲁尔迦森林，我终于看见了跳舞的鸟，鸟的翅膀红红的，跳来跳去。我为之一震。

王世达就是有素质，他只是陪我吃喝玩乐，根本没有纠缠我。我弄清了一样东西，有钱有权的男人不喜欢真情。不知是他们没有真情，还是故意压抑着。我算知道了，男人也很可怜，压力大，焦虑，走钢丝，没法平衡，整天时间不够用。我向他提出再去三两个国家玩玩，他说公务在身不能全程奉陪了，要我自己转着玩。我怀疑他是不是怕我缠上他啊？其实，我也不愿意给他添麻烦，我是有钱的贵族阶层人士了,有事情就请他帮忙,没事情咱也别给人家添乱。再说了,除掉了大巴掌,我的目的达到了,也该调整和王世达之间的关系了,也就是应该适度保持来往。于是,我独自去了泰国。

我出国回到唐城,给父母送我买给他们的礼品,刚进家门,看到了桌子上的字条,是弟弟写给我的:姐,妈住院了,见到条子后速来第一人民医院。我慌了,吸了一口凉气,赶紧赶到了医院住院部。父亲告诉我,母亲需要换肾。母亲拉着我的手孩子似的哭,我安慰她换了肾就好了,母亲说那得花多少钱哪,我说多少钱女儿现在也掏得起,你甭心疼钱。手术做得很成功,一个月后就出院了。王世达听说我母亲出院,悄悄塞给我一张银行卡,我拒绝了他。王世达愣了:"石榴,你还拿我当外人?"我连连说:"我有钱,真不缺钱。"王世达乖乖地收回了银行卡。我不能要他的钱。官员是高危职业,我想跟他保持一段距离。如果哪一天他出了事,我被当作他的情人被抓,岂不是太亏了?

我有点吃不透王世达了。说得好好的,怎么出尔反尔啊?他不断地给我发信息,语言充满挑逗,充满暧昧。我警告王副市长说:"你知道我黑过张大巴掌,我可不是善良女人。我是罂粟,你不怕我哪一天会害了你?"王世达哈哈笑了,说:"宝贝,我这么优秀,你能害我?"我眨眨眼睛,说:"那可不一定。"王世达说:"石榴,真有个性,我就喜欢你这样的个性女人!"然后又来搂抱我,跟他电视里道貌岸然的形象判若两人。我的眼神带着一丝嘲弄。他说实在是太想我了,我依了他,跟他上了床。解衣宽带之后,我认真地说道:"咱可说好了,这可是最后一次啊。"他不解,问:"为什么呀?"我倔强地说:"我想,我们该结束了。"他想了想,说:"为什么呀?"我连为自己辩驳的勇气都没有,半天才说:"你还有政治前途,我们这样可能招来流言蜚语,我不想给你添麻烦。"王世达感动了,叹了声:"你是好人啊!不过,不麻烦——"我摸着自己颤动的脸,说不出来完整的一句话。

两天后,我去香港谈一笔生意,一去就是半个月。我惦念母亲的身体,天天给家里挂电话,都是向我报平安。我到第十五天下午,父亲突然在电话里对我说:"你妈出现排异,医生下了病危通知单。"我一听慌了神,连夜乘机回到唐城,直奔第一人民医院。可我还是迟了一步,母亲已经撒手人寰,临终前她叮嘱父亲一定要说服我放弃经商早点成个家。我跪在母亲的骨灰盒前痛哭流涕，我发誓：一定多陪陪父亲，不让他孤单。可是，要让我放弃生意我一时难以做到，赡养父亲需要钱吧，我将来成家也需要钱吧，我怎么能放着钱不挣硬去过那种困顿的日子呢？我想把父亲接到我的寓所来住，可他说什么也不肯，说他自己过自在清净，还没到给我添麻烦的时候。我依了他，隔三岔五去看望父亲，给他买去很多吃的喝的用的。可我发现，父亲由于想念母亲心切，活得一直非常郁闷，我想尽办法想逗他开心，但一直未能如愿。入冬的第一天，我下了班买了东西去看望父亲，一进门就看见老人家躺在地板上一动不动，隔壁住着一位心内科专家，看了看父亲的情况告诉我，人已经去世了，是心肌梗死。这是他的命数，还是我作的孽？

亲人纷纷离我远去，我悲伤极了。

王世达又来骚扰我了，我真有点恶心。我待他十分冷淡。王世达显然不高兴了，语气严厉，近似威胁地说："石榴，你这样我可不高兴了。你给我放明白点，是谁让你有了今天？你可不要过河拆桥。我能扶起你来，也就能踩扁你！"我吓了一跳，怎么又碰上这么个糊涂家伙？他真是利令智昏。我没有当场揭穿这套庸俗、荒唐的鬼把戏。我从来都是靠惯性思考。我想，该暗地里黑他一把了。不然，他就不会清醒。我想出了一个计策，我在黑他之前，对他做了周密的调查。他老婆叫张红梅，非常厉害的母老虎。听说，他老婆早就恨他拈花惹草了，只是苦于一直抓不住把柄。我通过朋友弄到了张红梅的电话号码，直言告诉她，她老公用权力胁迫我跟他姘居。然后，我对张红梅说："要想保住你老公，你就从速来唐城，等我电话抓他来。"张红梅恨恨地说："行，我听你的，好好整治整治他。"那天傍晚，我约王世达喝酒，我的胃喝坏了，胃痛，阵痛袭来。我索性又吃了一剂胃药。吃了胃药，竟然闹了肚子，我一次次坐在马桶上，拉得全身发抖，嘴唇乌青。后来，我们到国际维景大酒店开了一间房。就在王世达进浴室洗澡的时候，我把电话打给了张红梅。王世达急不可耐地洗完澡，光着身子抱住我就往床上摁，我想法拖延时间等候张红梅。就在我眼看拖不下去之时，张红梅带着她的妹妹冲了进来。王世达傻眼了。我本想让王世达后院起火，以后不再纠缠我了，他的后院真的起火了。

好几天，我与王世达都没联系。过去，我过于浪漫，如今，我过于现实，玩得老到，即使做不到空前，也一定是绝后的。我敢吹牛，在唐城没有哪一个女人能玩成我这样。我很自豪。可是，狐狸再狡猾，也斗不过老猎手呀。我魂不守舍，担心他们明白真相，会疯狂报复我。我心中总担心有一天会暴露，焦虑无比，夜里常常被噩梦吓醒，浑身大汗淋漓。我得了神经官能症，身体一天天消瘦了下去。我快挺不住了，决定快快地离开中国，到一个神秘的国度躲起来，过一种隐居的生活。我实在是太累了，需要调养疲惫的身心。这一天，我悄悄一个人坐上了前往海岛小国马尔代夫的航班，远走他乡了。

我终于逃离了唐城，来到了马尔代夫。

爱毛电话里说，我的神秘出走，轰动了钢铁大市唐城。他们震惊之余，一阵唏嘘，嚼起了舌根。我眼不见心不烦。不管怎么说，我的放荡时期结束了，一阵清爽，这种心态来自优美的环境。这儿的宾馆服务员来自德国，带我潜水的是西班牙教练，酒吧里有我们华裔调酒师，餐厅更有来自意大利、法国的厨师。也许是远离了喧嚣和虚伪，远离了男人的追逐，顺乎自然了，我的心不再焦虑。近一个月，这里天气不好，被雨水浸泡，满天浓阴里，我只有到酒吧坐坐。尽管那是快要沉没的小国，可是，我喜欢马尔代夫的浪漫气息。过去王世达带我来过，我就忘不掉了，还听到了许多民俗故事。这里的婚礼是在沙滩上举行的：在极具原始美感的茅草凉亭下，立有一对新人和司仪。蓝天碧海为幕、白沙滩为席，没有多余的缀饰，大自然就是最好的婚礼布景。这样的婚礼不像传统婚礼那样热闹喜庆，却有一份让大自然见证的虔诚和私密。完礼之后，新人身披夕阳、手捧花束沿着沙滩赤脚步行回到不远处的度假屋。自从王世达带我来过，我就忘不掉它了，这是我向往的地方。我渴望爱情，被一个男人真心实意地爱着的感受是多么幸福？我要寻找真的爱人，我发誓，我要把自己最真的东西给他，一生一世。我在心里为自己准备了一场隆重的婚礼。我要用身体挣来的不干净的钱，结束唐城的那场繁华梦。

我只身一人，举目无亲，住下来以后，乡愁在我心中萌生，突然间感觉心里空荡荡的。一个偶然的机会，我在酒吧认识了美国青年杰克。杰克与我一见钟情，追求我，每天给我献花。说真的，我对杰克有好感，他是我理想中的男人，我少女时就梦想嫁给一个高鼻子外国人。他会说笨拙的中文，高高的身材，脸色红润、鲜亮、清俊。我跟他诉自己的苦，说得很平静，仿佛在说别人的遭遇。可是，泪水从他眼睛里漫了出来。杰克是非常天真、非常真诚的，他紧紧攥住我的手，说不出话。我该不该把他挽留？怎么挽留？细细一想，挽留也没有用，因为我再也爱不起来了。我的戏已经演完了，连装装样子的心情都没有。女人的身体一闲，就意味着把女人的激情给废了。我的任何努力都力不从心。完了，女人天生真挚的东西呢，那东西是什么，我一时并不明白。这是为什么呀？如果我在以前遇到杰克该多好？我对以前的经历懊悔不已。我跟他谈到自己的经历时肯定会撒谎。一天上午，杰克微笑着说："石榴小姐，我看到你身后有个影子。"我淡淡一笑："是吗？我的影子不是你吗？"杰克轻轻摇头："我不是你的影子，我多么想当你的影子。"这个杰克不知道我的经历，他哪里知道，我已经无法摆脱不安的、令人恐怖的秘密。我想了想，问道："杰克，你说这个世界的影子是什么？"杰克说："黑夜。"我半天才反应过来："黑夜？"杰克点了点头，缓缓地说："黑夜是地球的影子。"我终于明白，人活着，是要有目标的，过去钱是我的目标，如今，整个黑夜就是我的目标。杰克迟疑了一下，说："还有……"我问："还有什么？"杰克将右手抬起来压在自己的胸口上，柔声低语："藏在这里面的阴影。"我豁然明白，脸涨红了。我心里已经知道灵魂走到哪一步，只是不想往深处想。杰克带着不变的微笑旁观。可是，我的眉眼间随即掠过一丝不安，心中一阵刺痛。我神情涣散，无力地说："杰克，我们谁都别谈爱情了。"杰克失望至极，陷入一种静默。我的眼光穿过泪水，紧紧地盯着他。我一哭，眼霜就晕开了。

我的话本来就少，现在更安静了。

有一个幻想突然来到我的脑海中，无论如何都要实现它。几天来，我都去森林找跳舞的红鸟，结果没有找到，非常沮丧。会跳舞的鸟到哪去了？我做了一个梦，梦到跳舞的鸟飞来，我像鸟一样跳舞。这是我一生中最奇特的梦。醒来之后，理智常常提醒我，这样的奇迹不会发生。但我总摆脱不掉这样的想象。到了晚上，月亮太亮了，亮得我无法入睡。我独自上床躺下，心绪难平。我变得沉默寡言，对男人越发排斥。我已习惯了一个人生活，身边多一只猫啊狗的都受不了。我已经无法嫁人了。杰克彻底地失望了，极伤感地离开了我。不知为什么，杰克离开我的那几天，我的心翻涌起来。我不愿回首宰割男人的过程。我知道出卖假情会让整个人变得不真实。可是，过去的事情，忘是忘不掉的。那些纷争，又唤醒了我的记忆，我的眼睛就漫起一片浑浊。那些男人，你方唱罢我登场似的，纷纷涌到我的眼前。我对他们的厌恶多于憎恨。这些有钱人、有权人，都在我甜蜜的呻吟声中倒下了。除了死去的人，他们都会怀念我，我还有什么可恨的呢？这样的结局，我算不算一个成功者呢？良心告诉我，我没有成功，也不是胜利者。因为，这不是我内心需要的生活。女人是感情动物，任何时候都要相信感觉，服从灵魂深处的燃烧。可是，我的心灵破碎不堪。如果，如果一切可以重来该有多好？

　　我由厌恶男人，后来发展到讨厌自己了。尽管我的身体依旧洁白，可是，她已经让我陌生，甚至是憎恶。我睡不着觉，连连做着噩梦，这种一刻也不停的恐惧和戒备状态，令人难以忍受。我的心在碎裂，这太遭罪了。天亮了，我听见窗棂在响，海里起风了。我走到海滩上来，海风一吹，头发哗地散了下来，颤抖着，飞扬着。我双腿发软，像踩着棉花。波涛拍岸，隆隆作响，像是听见男人的咒骂声：你个臭婊子，你穷得就剩下钱了！我有钱了，几辈子都花不完的钱。钱理解了我，最终圆了我的梦，钱与我相依为命。原先，我以为有钱就快活。现在，我真的不快乐。因为，我父母呵护下水晶般纯洁的身体再也无法完整了。这时刻，我一阵痉挛，一股凉气顺着脊背滑了下去。我像天主教徒似的捶打着自己："我的罪孽，洗不尽的罪孽呀！"我哭了，越哭越伤心。我吃了一惊，怎么会冒出这样的感觉？我很痛苦，奇怪了，像我石榴这样不要脸的女人竟然还会痛苦？我给爱毛打电话说出我的感受。她在跟男人们喝酒、狂欢，听我一哭诉，她讥讽地笑了，说你有病啊？我都羡慕死你了，你现在是到了该好好享受的时候了。什么罪过，抓着你了吗，谁说你有罪啦？整个社会都这样，你干吗惩罚自己？我第一次否定了她的观点："你说得不对，我有罪。"爱毛电话里说："你有罪，罪你个鬼！"爱毛放下电话，继续狂欢。我披头散发地打开一包面膜，拿出一片，湿湿地覆盖脸颊，往床上一躺像是躺在坟墓里，耳边回响着爱毛的话，女人的问题出在环境上，是环境坑害女人。我不能怨天尤人，我的罪过跟社会环境没有关系，自犯罪，自加罚。我恶贯满盈，伤害了他人，也玷污了自己。我怎样才能解脱？我是在寻找忘却的故乡和涅槃的境界吗？我还能够再生吗？我是回国自首，还是走进天主教堂跪地忏悔？我犹豫不决，但我后来想，即便做不到自罚，也要把钱捐出去。我必须忏悔。忏悔就要自揭过失，乞求宽容，自愿悔改。每天起床，第一件事就是轻声念着长短不等的《忏悔文》："我昔所造诸恶业，皆由无始贪嗔痴，从身语意之所生，一切我今皆忏悔……"念着念着，好像灵魂飞离了自己的躯壳。

黄昏，我又走到海滩上来了。在我看来，黄昏是失败者的时刻。我跟徘徊在海滩的那些外国人一样，绝不愿意人们投来奇异的目光。

"哗"一声，一个海浪扑来，我望着海水发呆。阳光猛地刺进了我的眼窝。我脑子里闪了一下，我在跳着炫舞。然后，我就变成了跳舞的鸟。鸟儿一闪就飞了，飞起来的样子是凄凉的。鸟的这种形象，仿佛就是我，很像民歌、传奇、神话里的某个悲剧角色，虽动人，却缥缈。仿佛这一刻稍纵即逝，都是当年的事了。一个女人能说当年吗？那么多梦想，都已经随水而逝，早已没有飞翔的空间。我站了一会儿，适应了眼前的晕眩，才慢慢走动起来。我有一种孤独无助的感觉，满心凄凉。我眯起眼睛，看见海水溅起的白色泡沫，就想起男人们喷在我身上的排泄物，那么令人作呕。那些东西呀，最后都化作一道道的黑影，压得我喘不上气来，身体的某个部位隐隐作痛。我的眼窝热辣辣的，想流眼泪，但眼睛枯涩。过了一会儿，我闻到了清凉空气中飘然而来的一股清香。我贪婪地呼吸着，双眼迷茫了，不知道自己是谁，甚至无法知道我有多么肮脏，海边的清风是不是被我染得不干净了？

落
魂
天

走吧走吧走吧，乌说人类不能忍受太多的真实！

——托马斯·史特恩斯·艾略特

一张旧网。

一只鸬鹰。

一位老人。

一汪死海。

我脑子里这样的画面越清晰就越感到海的可怕了，海就变成了一种没有重量的平面或颜色。在我过去那些叙述往事和风情的作品里对海的描述总是美的，美是海，美是我家园。然而，当我经历和目睹了王宝顺老汉的海上捞尸行为，就像走进纸钱飞扬的忧郁日子而神情惶恐。我开始判断，美是从来不对真和善负责任的，我们一旦踏进梦境也便踏碎了梦境。因为在我讲述下面故事的时候，体验到了如何承受美背后的代价，而使心灵忍受苦难，达成无言的默契。

如果我忘记了美好，就暂时容忍我吧。

我首先提供一个真实的背景和过程。尤其是海边夏日哀丧的黄昏。

我们北方海湾有种奇异的风俗，海边死人的时候就称为落魂天。人们惧怕落魂天，人死去的时候尸体埋在沙滩的墓庐里，魂也就落下来，落到哪里，哪里就会长出一片红蓼花。渔人最忌碰见落魂天，碰着了一生晦气，即使躲不过的时候就在死人躺倒的地方，铺满干海草，再做一个海草人拿火点燃，随一缕青烟，魂便飞升起来，渔人的晦气也就冲掉了。唯有这个时候，渔人眼里的大海才又浪漫起来。凶险莫测的大海往往让我们感到生命的无常和人生的失控，这种无常和失控在今天的商品世界里，促生了一个新奇恐怖的职业——捞人公司。捞人公司的诞生过程和经营行为令我望而生畏。捞人公司王宝顺老汉是我要研究的重要人物。我感觉他高擎的孤灯，有一半光亮照在他的脸上，投一半阴影落在我身上。

　　我的讲述如果从捞尸说起，恐怕太直露了。最初关于王宝顺老汉的话题，是由那只鹬鹰引起的。四年前，我到故乡海湾"雪莲湾"涧河村任副村长深入生活时，就看见了鹬鹰和它的主人王宝顺老汉。严格说我不是渔村长大的，我的家是在距渔村80里地的油葫芦泊水库附近，四周全是大海与陆地过渡地带的芦苇荡，但是我姥家就在涧河村。小时候常听母亲讲述海边的风俗故事，后来写小说了，我就常从大舅嘴里寻风情问故事。这方水土深深地吸引了我。早些年，村里渔民玩鹰的很多，鹬鹰随主人出海打鱼，夜里在锚地守船，成为他们的眼线。这些年，鹰在村里几乎绝迹了，唯有王宝顺老汉肩扛一只灰不溜秋的老鹰在村里转悠。老人和鹰一样老迈，颜色几乎与黑泥滩融在一起了。当年王宝顺出海时就将鹬鹰放在舵楼上观海。后来我听舅舅说王宝顺老汉出海打鱼落下风寒，脚和腿发锈，险些瘫在屋里。养了半年，出屋后已不能去远海捕鱼了，就划一只舢板船捞海菜打海草，鹬鹰一直跟随着老人。我得知王宝顺老汉由捞海菜改为捞人的举动，是在前年的春末夏初。那是大舅告诉我的。

　　进入二十世纪八十年代末期，由于南戴河和黄金海岸的旅游开发，也牵扯到了雪莲湾最东端的快乐海岸的开发。我所在的涧河村与快乐海岸只有十几里地，途中滋生出的酒店、车店几乎连在一起了。快乐海岸沙滩好，水也清澈，还有游乐宫、滑沙场、泥疗等辅助设施，每年夏天海滩游泳场上人多得像煮饺子。人多有失，死人的事时有发生，每年都有不同身份的游客留在这里，给快乐海岸带来不快乐的落魂天。落魂天的意味绝非通常人所能领略，这是王宝顺老汉最欢欣愉快的日子。这是他的黑色节日。黑色节日的快乐他不准任何人分享。

我大舅赶着带花篷子的旅游马车往海滨走，我十分悠闲地坐在车上观景儿，抬头看见一只鹚鹰从头顶上飞过去了。我大舅甩一个响鞭，嘟囔了一句，狗 × 的老顺子又发财啦！我不错眼神儿地盯着鹚鹰渐渐飞远问，这就是王宝顺老汉的鹚鹰？大舅说，是啊，这年头真他妈邪性，捞人也能发财，就老顺子那窝囊样儿还当了经理，村里人照样高看他，不就是挣钱了吗？我大舅管王宝顺叫老顺子，当年他们在同一条船上打鱼叫惯了。我对老顺子挣多少钱不眼红，可是对他和他的捞人公司很感兴趣。我对大舅说，我跟老顺子不熟，你带我去见见他。我大舅撇撇嘴说，见他？躲还躲不及呢，谁见他谁晦气！我说这事情挺新鲜，说不定能写成小说呢。我大舅笑了，咱村里这点勾当都该让你写遍啦！我没理大舅，抬头搜寻鹚鹰，鹚鹰忽然不见了。我猜想老顺子那边的样子，心里万般凄怆，神秘得不知那边的世界。我的心被一晃而逝的鹚鹰揪着难受，就问大舅，你刚才说鹚鹰飞起来老顺子就发财，是啥意思？大舅说，每当老顺子捞到死尸，就吆喝鹰回村报信，他儿子春生和侄子大刚就会运冰块过来，将死尸冰镇起来，等死者家属拿钱来认领。没啥看头，就这么简单。大舅说得很轻松，我心里却是沉甸甸的。人啊就像气球，气在球在，气泄球就完了。人的气场说完就完，可新的气场会不会同时到来呢？我七想八想就越发想见到老顺子和他刚打捞上来的尸体。这个倒霉的溺水者是谁？被老顺子捞起的死态是啥样子呢？

我既好奇又恐慌。

当舅舅把我领到老顺子身边的时候，死尸已被认领走了。鹚鹰也飞回来了，落在了老顺子的肩头东张西望，灰不溜秋的鹚鹰老迈了，秃秃的皮毛，嘴巴磨得平了，唯有那双频频转动的眼睛显得依旧贼亮。然后给我留下最深印象的就是老顺子那双长而瘦的斑竹节般的手臂。错午的海岸时晴时阴，但是并不影响戏水游客的兴致。我在众人浮浮浪浪的杂声里，看着坐在船头吸烟的老顺子。老人有六十多岁的样子，面色蜡黄，颧骨高而亮，两眼黑枯了似的，下颏有一绺淡淡的稀疏的老鼠胡子，一件灰黑颜色的青布蒜疙瘩背心懒懒地挂在他的瘦胸上。舅舅说过他耳朵不好使，歇息时耳朵也是警觉地支棱着，仿佛要将全身的器官变成耳朵，在这无风燥热的午后，来倾听海上死亡的传召。舅舅说他耳朵也有管用的时候，常常是肩头的鹚鹰成为他的眼线。鹚鹰是很敏感的，死亡讯息尚未传来时，鹞鹰似乎感到某种征兆提前恐慌，吱吱叫着躁动起来，老顺子便格外精神地站起来准备行动。舅舅将马车停在沙滩顶头的柏油路上，带我来到老顺子身边，老顺子微闭着眼睛吸烟。大舅隔老远就喊，老顺子，你个老东西赚了钱就不理人啦？老顺子醒了，张开斑竹节样的手臂打哈欠，站起身笑笑，哦，是老哥来啦。大舅说，你个老东西倒抖起来了，轮到俺也来求你啦！老顺子递给舅舅一根烟说，唉，俺这满身鬼气的人，谁瞧得起哟！大舅说，话不能这么说，这年头挣到钱就是爷！这营生不照样使你老顺子成了气候吗？老顺子叹一声说，咱是弓起腰杆淋大雨，背时啊！大舅吸着烟说，你别得便宜卖乖，你这营生越干心越黑，哪天俺漂在海上叫你捞上来，收费便宜点不？老顺子抖抖身子，鹞鹰飞起来，落在桅杆顶上。他笑呵呵地给了我大舅一拳，说，你这身馊肉俺还不喜捞呢！说完就疯了嗓儿笑。大舅瞪老顺子一眼说，谁他妈碰上你，这辈子就完蛋啦！俺不跟你瞎胡扯啦，给你介绍个人，他是写书的，俺的外甥，想跟你聊聊。大舅然后让我叫老顺子大叔。我喊了声大叔，又说我们是认识的，那年我看过你们全家唱皮影戏呢。老顺子摆摆手，想说些啥又说不上来，嗯嗯着点头，喉管里咕咚咕咚响着。大舅说，你跟老顺子叔好好聊吧，俺得揽活儿啦！然后就走了。老顺子嚅着瘪塌塌的嘴巴说，你跟俺到棚子那去，那儿凉快些。我恹恹地跟老人家走了。

　　海滩干热，灼心灼肺地烤人。我跟随老顺子离开闹哄哄的浴场，走上了一片黑灰的泥滩。这里是渤海湾沙岸泥岸的交界处，由于泥滩吸热，比沙滩就凉了一些，但蒸出一股呛人的泥腥气，翻过古河道便是新开发的泥疗了。我看见老顺子在泥岗子上的草铺子旁停下了。老顺子说，这是俺的窝儿，整个夏季就泡这儿啦。我猜想这泥铺子便是捞人公司的办公室了。泥铺上的草被日光硒得发白，泥铺上披挂着层层叠叠破旧的渔网，旧网几乎将泥屋罩住了。我望着网心里发寒。我听舅舅说过，老顺子捞尸向来用网打捞。这几年他对网越发偏爱了，而且还多了一个收购船上旧网的嗜好，收来的网有洞也不去补，捞过一个人后就挂在泥铺的老墙上。老顺子时常独自望着一挂一挂的旧网发呆。我不明白老顺子的用意，只觉得眼前的网死尸一般恐怖了。钻进网垛里喝酒是老顺子的怪癖，他拉我大舅在网垛里喝过一回，两个人喝得醉烂如泥。老顺子打开泥铺的门，就有一股烟叶子味和泅馊气荡起来，我感到某种窒息，舣着鼻子，却看见墙上挂着一张营业执照。我走过去看见执照底栏和经营范围是：捞尸，同时兼营尸体整容代办托运等。发照单位是乡工商所。我觉得滑稽可笑，顺口问了句，还上税吗？老顺子将木墩子放在门口阴凉处说，当然收税，郎税务手黑着呢！俺白落忙啊。我坐在门口的木墩上，接过老顺子递过来的芭蕉扇。老顺子坐安稳刚要说话，望见鹞鹰呼嗒着翅膀飞回来，在泥屋顶上打着旋儿，姿势十分好看。我从兜里摸出笔记本。老顺子慌口慌心地说，别记啥，千万别记啥，写出去对俺没啥好处，跟臭豆腐似的，好吃不好闻。

我笑了，说，我不写。就收了笔记本。

老顺子说，电视台找俺搞个焦点访谈，俺就偷偷躲啦！这回是看你舅的面子跟你说说，俺这营生凭力气吃饭，跟打鱼捞虾没啥两样。

我附和说，这也是劳动嘛！

老顺子露出枣红色的胸脯子，双手摇着芭蕉扇，不说话，扭头望着骚动喧嚣的浴场出神。我发现他的眼神里有一股很邪的怪光。他在被动地等我发问，否则再也不会说啥了。捞尸的日子对他来讲太平淡了。他叹一声，憨憨地笑了笑说，唉，真没啥可说的。

就说说捞人的感受吧。我说。

老顺子愣起眼不明白。

我又问，你这几年总共捞过多少人？

老顺子说，有几十个吧。

先从第一个说起，好吗？

老顺子就说开了。

我诱导老顺子从捞起第一个尸体讲起，是想探询老人的心理历程。因为我从舅舅嘴里得知，善良的老顺子胆小怕事，在海上捕鱼技能也是很差的。他一直认为是自己小时候跟爷爷出海撞见死人的落魂天而带来的晦气。后来他就怕见死人，偏偏怕啥来啥，三年前的初夏时节，老顺子撞见死人的情形仍令他历历在目。老顺子朝我讲述时不停地摇动着斑竹节般清瘦的手臂，这双捞尸的手深深地揳进我的记忆里了。

　　老顺子说那是初夏。海湾同往年不一样，哈欠连天，呜呜喘出一片白沫子，眼瞅着白沫子就将游泳的人裹起来，像有条长长的孝布浮来荡去，看上去海滩显得十分辽远。老顺子说他那时出海好久没捕到鱼了，海对他偏偏不开恩，有年头了，他几乎没有像别人那样满舱火爆过。他一生都没有过上真正的好日子，压根儿就不知道好日子是啥样子。孩子生了不少，两男三女，老婆叫李晓琴，肥肥壮壮大腔能生崽儿，不仅自己生了一窝，而且是村里有名的接生婆。接生之后家里就有人送吃喝过来，挨饿年月，村里几乎没有生孩子的，老顺子和老婆就去外乡讨饭，那些年的路是磕头磕出来的。熬到这样的好年月，他又买不起船，摇个破舢板在近海里泡，泡来泡去越发没出息了。渔家妇人骂男人都拿老顺子当话柄：窝囊废，比老顺子强不了啥！骂着骂着就离谱了。有时让老顺子听见心里就难受，他做梦都想硬气一回，活一天活出个人样来。老婆李晓琴闲下来就骂他，你个家伙还要给俺窝囊到几时去？谁也不会想到老顺子会在这个落魂天里找到了自己人生的位置。人世常常不可诠释的，命里有的迟早会来。

　　老顺子捕不到鱼就在浴场附近捞海带。初夏的下午使人感到疲倦，老顺子搬下一捆海带，就拿一条灰旧的毛巾擦擦汗，然后吃点干粮，喝上几口烧酒，老脸上润了酒晕时就困了，斜腰一躺，眼皮一合，入梦去。一溜拢滩的机帆船喷着黑烟子将老顺子吵醒，噼里啪啦甩过几只煮熟的皮皮虾来喊，老顺子，又空船啦？吃屁都赶不上个热乎的，赏你皮皮虾下酒吧，然后就笑。老顺子心里不舒服，生气地回骂了他们几句，顺手抓起皮皮虾，用大掌碾碎，狠狠地扔在海里，又骂了一句，狗眼看人低，莫笑叫花子穿破衣！老子也会发达！骂着，他心火便成势了。当顶的日光将老顺子的身影蜷缩在舢板上。他又坐起来，自顾哑哑地喝酒，人也乖了，听任老船在烈日里蒸得舒筋展骨。这时有个黑脸男孩摇着皮筏子朝老顺子喊，老家伙，咱们杀一盘啊？老顺子扭头知道是临村捞海带鬼小子，外号叫小六子。小六子光光的秃头在日光里一闪一闪。老顺子叫他鬼六子。他瞧不上鬼六子花里胡哨的坏子，闷着嘴不回话，一张冷脸空空净净的。鬼六子自讨没趣，骂了一句就哼着鬼歌悄悄躲开了。鬼六子是与老顺子捞尸行为有关的人物，在后面讲述的故事里我们将会对这孩子的印象有所改变。

　　老顺子说鬼六子哼鬼歌的时候，他心里就生出不祥的预感。不多时浴场那边就炸了窝，哭啊喊的将老顺子的心吊了起来。怕啥来啥，一个使他闻而生畏的落魂天显现了。远处的海面上浮尸了，尸体沉沉浮浮，悠悠荡荡，正随潮水一颠一颠远去。老顺子朝远海瞟了一眼，就故意扭头不看了，他怕落魂天的晦气久久纠缠他。反正人已是死了，谈不上见死不救，他想，就从船上站起来往泥岗子上走。他发现鬼六子和其他船都无动于衷的样子，自己逃得更急了。海滩上人密得像热锅里煮饺子，行走起来很不方便。一位身着泳装烫了鬈发的女人，疯了一般哭号着堵住老顺子，哀求着说，求求你大爷，将我男人捞上来吧！我愿出钱……老顺子见哭成泪人的女人心叹自己倒霉，犹豫地站住了。女人又哭，都怪他太贪酒又在海里逞能，成了水浸的鬼呀！老顺子再扭头望海却见尸体变成一粒豆点，眼拙的人几乎看不见了。女人扑通一声给老顺子跪下了，哭喊了几句，就挺挺地昏过去了。老顺子愣了片刻，心软下来，眼窝跟着潮了，一叹，人哪！就昂头看灰白的天景儿，眼前白白的啥都模糊起来。他偃偃地扭身上船，老船随着落潮心事很重地滑下去了。他摇橹的手臂有些抖，那时他瘦长的手臂青筋突跳，没有难看的斑竹节似的黑迹。他苦撑着朝尸体漂荡的地方摇船，强迫自己不往歪里想。快接近尸体了，老顺子就慌得不行，往那里瞅，天光鬼亮，海水也白得不是本色儿，眼睛被刺得疼痛了。老顺子告诫自己这不是死人是鱼，心里安稳一些，顺手拽起那张久久不用的破网，在船头站成人字形，咳咳地运气，圈子腿架出一张弓，骨头绞着身架子将网撒出去，将死人白肿的尸体包在网里，然后一点一点地拽上来。老顺子说他最先看到的是死人一只白馒头似的胖脚，这只脚很像深海里的白苞鱼。后来拽上来了，他在短时间内瞅了瞅死者的面相，富态阔绰的福相人，怎么说完就完了呢？好可怜啊！他弯腰摘网的时候，手臂触摸到了尸体，他后来猜想也许就是从这一刻开始手臂生斑的。他当时忽地不害怕了，只感觉死人凉得像冰坨子，四肢硬硬的再也暖不过来了。他摇船往回走，竟感觉落魂天有了刺激，就像捕到好多鱼一样刺激，然后青铜色的瘦背便热热地流下一注汗来，恍惚间是一副满载而归的模样。为了壮胆儿，他哼起了没皮没脸的骚歌儿来。听到岸边女人的哭泣，老顺子才觉出不对劲儿了，再扭头看船上的死尸，就起了满身的鸡皮疙瘩。他将尸体拖上岸，交给那女人，就急急跳上船要走，似乎是想快快甩掉一些阴气。女人抱住尸体哭几声，又到船头拽住老顺子的胳膊，喉咙里打嗝儿说，大爷，留个姓名，过后我付你钱。老顺子的脸猛地阴住了，像遭了辱似的，悻头涨脸地说，俺可没乘人之危朝你索钱，你这不是打俺脸吗？女人愣住，软了声说，没别的意思，大爷，是我们心里过意不去。老顺子连连摆手，罢罢罢，从古至今雪莲湾没有哪个渔人敢赚鬼钱的。说完甩手上船走了。女人尖起嗓门儿喊，大爷，留下姓名吧！老顺子拧着大橹喊一句谁也听不清的话，留下一脸正气和两袖清风。摇至极远处，他就哀叹自己倒霉撞上落魂天，日后怕不会有好光景了，不禁又郁郁愁闷起来。

×他奶奶！老顺子骂了一句。

老顺子嘟嘟囔囔，像是朝大海诉屈似的。其实黄昏的海比他还屈呢，呜呜溅溅地吐着白沫子，拥着老顺子，一甩一甩地拧出白花儿来了，仿佛将老人无奈艰辛的日子也拧在一起，缠绕在他大掌磨秃了的枣红色的橹把上。老顺子告诉我他当时摇橹的双臂抖得厉害，仿佛随时都要瘫倒，分裂成一堆垃圾。心神不定，慌得满身淌汗。然后他就一个劲儿地往肚里灌酒。他边喝边骂海。于是在第二天早上，老顺子将捞尸的那张网废了，挂在海边的泥铺里。然后又在海滩上铺一团干海草，做个海草人点燃了。游人发现村巷里海滩上浴场里经常出现花瓣形的草纸钱，草纸钱纷纷扬扬落地，又被海风吹起来，就像冥府里飞出的招魂纸。草纸上被沐手焚香烧出无数的小洞儿，惹了人们去瞧。明眼人一看就知道是老顺子埋下的几道"符"。"符"共有四道，是老顺子花钱从老阴阳先生家里买下的。老顺子撒花瓣纸钱的时候，娃崽们追着老人编成顺口溜当作童谣唱。老顺子就在纯净悠长的童谣里来上一句鬼节里的词儿，落魂去，天外天哟！说得人们心里毛毛的，连老人自己也是满脸恐惑。如果善良的老人一直保持这样的心境，那他就与捞尸的职业无缘了，改变老人心境和观念的是后来死者妻子送来的五十块钱。三天之后，老顺子弄清死者的身份，死者是黑龙江佳木斯的一位公司经理，属酒后溺水死亡。老顺子开始不收这钱，后来那女人强行留下走了。家人和乡邻都劝说，老顺子收下了。当他虾着身躲在炕头数钱的时候，心里有了莫名的畅快。对他来说这是个不小的数目，光捞海带要捞三个夏天才能挣得。捞人也能挣钱呢。老人叹道。死人一类的事情在夏日浴场时有发生，那么这类的事情也许能算个营生？瞬间的玄想妙得，我可以猜得出当时老人的兴奋。我听着老顺子有声有色地讲完第一次捞尸的全过程，心里有了底，但我并不认为金钱是改变老人的唯一理由。听舅舅说过，村人得知老顺子挣了钱开始高看他了，并没有责备来钱的方式。商品社会初期使人忽略过程而注重结果，我又从现在老顺子的得意神色里证实了这一点。我不停地向老人发问了。

得到钱，你就再也不怕落魂天了吗？我问老人。老顺子摇摇头说，不能这样说。鬼头上的生意那么愿意做吗？是谁都干得了吗？

我很想听听。

讲这没啥意思。

怎么想着注册捞尸公司的呢？

唉，说来话多啦。老顺子无奈地摇着头，说，这年头别成势，成势谁都想吃一嘴。那几天之后，我又在海边捞了尸，又得了两千块钱，工商所和税务所就找俺麻烦啦。要上税，要起捕捞证。我生气，又一想，捞鱼有证捞人也得有人管哩！这一档事没章程，无先例，全靠他们嘴里出气儿，我跟儿子、老伴合计合计，就说叫个公司吧，也名正言顺！遇到不给钱的主儿，浴场管理所也能帮上一把呢！起执照的当口儿，俺全家设酒席招待了他们一回呢。他们买俺这糟老头子的账，也解了俺心里的疙瘩。啥鬼啥怪的，啥营生都是人干出来的。女人胆小裤带松，男子胆小总受穷。

我听着笑笑说，你咋单枪匹马地干啦？听我舅说，当初公司成立时，儿子春生和侄儿大刚不是加盟了吗？

老顺子一叹说，当初是这样的。可后来两个孩子嫌名声不好听打退堂鼓了。他们犯怵啊！俺不想拉垫背的了，俺这把老骨头怕啥？再说啦，活儿是隔三岔五地来，哪能总死人？俺一个人能凑合着便罢了。其实，公司是空的，聋子的耳朵——摆设！他说着开始吸烟了。顿了顿，又说，有时候，这两孩子也能帮帮俺，碰着不能马上认领的尸体，就得拿冰块镇着。这活儿就由他们当帮手。鹞鹰跟俺做伴儿，也是帮手哇。俺这鹞鹰跟俺十几年了，可神着呢！

我说我舅说过你的鹞鹰。

你舅前些年也爱玩鹰。

黄昏了，我还想再问下去，这个领域的确太新奇了。在某种意义上讲，这也是人灵魂与躯体的安置问题。那停留的海浪头，如涌动的时间，将无辜早亡的生命推到捞尸人的眼前。我想探究，在老顺子眼里生与死的关系是什么样子。我问道，你捞了几年死人了，对死亡有啥见解呢？

老顺子叹一声，唉，谁死谁可怜，不过也早死早托生啊！

你相信死后再生吗？我问。

俺老婆是接生的，俺又接死的。唉，够巧的！老顺子说，人死如灯灭，灵魂走了，肉体留下来啦！俺总觉得灵魂走了，就是去别处生根啦！留给俺的，是一具东西，拿这具东西换钱，灵魂是不知道的。

你真这样看？我有些惊讶了。

唉，有时候瞎琢磨呗！笑话！

我说，这样说你也是在接生。

老顺子目光落在网上想心事。

鹚鹰站在泥屋顶的网上扑棱着。

不一会儿，舅舅的马车来接我了。

我跟舅舅说想跟老顺子叔多聊会儿。

舅舅说那就从这儿吃过饭再回村。

我对老顺子说，老叔，我能住你这儿吗？

老顺子点点头说，只要你不嫌弃就成。

我乐了，就住泥铺子体验体验。

舅舅反对说，啥也没准备，要住也得改天！

情知拗不过，我就坐舅舅的马车走了。

坐在马车上，我问舅舅老顺子喜欢啥？

舅舅顺口说，当然喜欢死尸啦！

不，我指东西，用的东西。

舅舅想了想说，他喜欢老烟斗。过去出海时他丢了烟斗，情愿拿一筐螃蟹换俺那只老烟斗，俺没给他！

我说，舅舅把你的烟斗给我吧！

　　你送他？想笼络老家伙？舅舅问。

　　我对着舅舅的脸笑了。

　　挂职深入生活的时候，村委会给了我一间办公室，里面有一张床。我睡在网一样的蚊帐里面瞪着两眼睡不着，感觉自己就在老顺子的网里。后半夜可睡着了，又奇奇怪怪地做了一串鬼的梦。早上醒来感觉很累，像是走了很远的路。一刹那间，我有些打退堂鼓了，不想去找老顺子，在那里心情太压抑。后来一转念又禁不住老顺子的诱惑，还是想去，即使写不出小说来，见识见识练练胆子也不是坏事。我收拾完行李，舅舅的马车就来接我。这时村主任老毕叫我别走参加村办企业的一个招商洽谈会，我只好留了下来。舅舅临走时，将一只枣红色的老烟斗塞给了我。我端详一阵老烟斗，烟斗柄短而锅大，看上去很有点味道。老顺子再衔上这只烟斗等候落魂天就又多了一番风度。一忙活就是三天，我时常抬头看天上有没有鹞鹰出现。我怕错过机会，想跟老顺子共同捞一回死尸，那一定是很刺激的。这日子能刺激人的事真是不多了。好在浴场那边传来消息平安无事，我才心静了。静下心我就责备自己是怎么了，哪有盼着死人的？第四天早上，我又收拾好行李，要去浴场找老顺子住。舅舅赶着马车来村委会找我说，今儿你也别指望去了，老顺子回村里来啦！我惊诧地问，他不做那营生啦？舅舅说，今天是老顺子大孙子的满月，就是春生的儿子做满月。听说，他家又要唱皮影戏呢！你可以去他家凑凑热闹呢！我想也不错，老顺子的家庭皮影戏在这一带挺出名的。前几年由乡文化站的人带我采访过他们。记得当时由老顺子拉大弦，儿子春生和大闺女为我们唱了一出《剪窗花》。大约上午十点左右，我独自去了老顺子家。他家的门楼子很高，门楣上贴着红对联，一条长长的红绸布在门口悠悠摆动。院里搭了苇席盖顶的临时灶房，大人小孩闹闹嚷嚷很有气氛，时常碰着熟人，有人喊我副村长有人喊我作家，我随意应着，目光寻着老顺子，没有鹞鹰，也没见着老顺子，老顺子躲出去了，后来一直没有露面儿。我猜想，老顺子见到满院子欢蹦乱跳的人肯定心烦或是难受。他说过特别喜欢看人躺倒的姿势，在家里除了小孙子躺在炕上安然熟睡，再也找不到别的了。我问了问老顺子的老伴儿，老伴儿说他那老东西向来吃凉不管酸当甩手东家，回到家也没句人话，这不一回来就到村口收旧网去啦？我笑笑便悄然走开了。我看看手表，正是渔船歇潮儿的时候，就独自去村口码头了。走上老河口，就觉一股泥腥气扑面而来，远远地，我看见老顺子孤独地坐在一块泥岗子上吸烟，他的身边堆着一团旧渔网。还不到吃午饭的钟点，他是不会回家的，到这里躲清静，眯着眼睛来熬这段最没意思的时光。过去他出海，总是在这块地埝歇脚的。渔人在这里拿他开涮，损他的人格，那是往事，想想也就过去了。今天老顺子往这块地埝一站情形就大不相同了。人们问这问那，问几句便十分恭敬地躲开了。老顺子很得意，忍不住抿着嘴笑。我发现老顺子那件脏兮兮的汗衫的一只袖子从背上滑下来，半拖在网上。他扭头的姿势很丑，不像是专注而痴迷地看海。我悄然来到他身后，就啥都明白了。老河口土坡下的一块空地，有几个村妇在补网，她们头戴着十分鲜艳的花头巾格外显眼。旁边的两棵槐树之间拴着一张旧网，不知是哪位村妇的孩子悠在网上熟睡，看不见孩子的小脸蛋，孩子的脑袋被一顶草帽遮盖着。我发现老顺子的目光注视那孩子已经好久了，妇女和行人没有发觉。我的心猛然一震，浸出一股怪味儿。我料想，网和安睡的孩子在老顺子眼里肯定是怪异的，多了一重联想和内容。其中的实质是什么，我目前还无法讲出来，只觉得眼前的捞尸人有点让我猜不透了。我站了一会儿，叫了一声老顺子大叔。老顺子扭过头，掐灭手中的烟头说，哦，是你呀，咋没去俺那里住呀？是不是害怕啦？我说是村里忙，明天准去找你。老顺子呵呵地笑两声，喉咙仿佛呼噜呼噜地响。我说找到你家里，大婶说你来收购旧网来了，我有样东西给你，算我的一样见面礼。我说着将烟斗递给老顺子。老顺子眼睛亮了说，这是你舅的烟斗，对不？我点头笑了，是他同意给你的。老顺子说那俺就不客气啦！说着，将烟斗往鞋底敲打几下，放在嘴边吹吹，捏两下老烟叶子，拿火点燃，放在嘴边极有滋味地咂巴一下，很满足的样子。这时偏近正午了，我问老顺子，大叔家里孙子过满月是不是来一段家庭皮影戏呢？老顺子咂巴着烟斗说，来一段乐和乐和，不过那得晚上再说啦！我扭身欲走，说那我晚上去看戏。老顺子站起身拉住我的手说，走，到俺家喝几盅。我说不啦，中午发封信，晚上我去听大叔唱戏！老顺子"呔"了一声，不情愿地松开我的手。我走下河坡，再回头看见老顺子肩扛一团旧网蹶跶蹶跶地回家去了，他的身后拖着一条黑沉沉的影子。

村里的夜晚很凉爽，就是蚊虫多了些。天黑不久，我就去了老顺子家。我赶到他家时院子里有了好多人，老顺子正忙着调大弦，见了我就让儿媳妇给我搬凳子，递烟送茶的。我悄悄在一个角落里坐下来。这时院中央堆了一团辣蓼草，由春生点燃熏蚊虫，烟顺风飘过来，我感到一股清香味。这时我看见村支书老吴和一些支委们都来了。老顺子调完大弦，上去跟村里头头说了几句好话，就去平房的玻璃窗子前布置影儿人。玻璃窗子被儿媳擦得亮极了，今晚的幕后耍影人就是他老伴李晓琴了。儿子春生和闺女唱，老顺子拉大弦，上中学的小儿子配合打竹板，儿媳妇帮着婆婆幕后拉线。每年的春节这个家庭都要唱一回。这一带像他们这样的家庭真有几家，富裕时唱，穷困时也唱过。这家人比较拿手的有《挖叹沟》《赶船劝佛教》《送夫参军》《配婚记》等传统节目。老顺子朝众人报告说，今晚的曲目是《赶船劝佛教》。我知道是抗战时期尖兵剧社编排的节目，流传下来了。舅舅说平时老顺子出海就爱吼几嗓《赶船劝佛教》。剧情大意是冀东渤海边王少安夫妇参加了大佛教，不积极抗日，不断花钱向大佛教买福，家境日益贫寒，经党的特派员劝说，夫妇觉醒离开大佛教，投入抗战斗争。我对这个剧情不感兴趣，可很爱听故乡的皮影调子。很快就开始了，老顺子的大弦几乎将人心拉碎了，春生的唱腔也让人动情。我发现老顺子眼皮叠合起来拉弦，身心便陶醉过去，瘦长的身子一摇一摆的，特别是那双斑竹节般的手臂，使我联想了好多。剧情到高潮处，春生双手掐住脖子哑了声唱，众人一片喝彩。老顺子摇头咂舌地说，没劲儿不够火候。在间歇的当儿，他伸手捅了捅儿子，就将大弦让给春生，自己站起来双手掐住脖子吼唱起来，音腔喑哑而雄厚，像吞了酒，热辣辣的一直烧到人心底，将众人的情绪鼓动起来。这家庭影戏存在的意义，早已让老顺子把它从文化中分化出来，记录北方农家平静深情的年景儿。我看见老顺子掐嗓唱戏的姿势很丑，显得比门口的老树还要苍老，我忽然想起老顺子泥铺悬挂的网，觉得他就在网里唱戏，像挣扎又像发泄，一种复杂的情感涌上来，使我心里有些难受。驴皮影人儿在窗前不住地闪动。

沉沉浮浮的就像芸芸众生。我忽然觉得影人浮在海面上，这么多人挤在海里寻找机会，撞上就撞上了，撞不上就自认倒霉，由上帝的手抻来扯去的，生的就生了，死去就死去了，没必要对人生过于悲哀或过于轻看。活着的人好好活就是了。我的内心独白完全是老顺子启发出来的。散场之后，我回村委会宿舍去了。老顺子送我到大门口，他与我约定明早一同去快乐海岸浴场。他不理解我为啥情愿跟他去海边受罪，月光下我发现老人是满脸困惑的神色。第二天我怕村委会又生事，很早就爬起来，与老顺子搭乘舅舅的马车去了浴场。我提议让老顺子将大弦带上，晚上夜海寂寞了还能吼上几嗓子解闷儿。老顺子就真的带上了，一路上我不停地拨弄大弦，他心疼得心里一挂一挂的。老顺子说你们舞文弄墨的人有福气哩。我顺口逗他说，啥福气，写部书的稿费还不如你捞具尸呢！老顺子惊诧地摆手，嗳，咋能这样比呢？不过，咱丑话说头里，你要拿俺这点事写成文章赚了钱，可别忘了请你叔喝酒。我嘿嘿笑着说，那现成。舅舅倚在车子上笑起来说，告诉你个老顺子，俺外甥可是个秀才，要是有个三长两短，俺可轻饶不了你！老顺子连连点头说放心。这时我抬眼望天，忽地想起鸬鹰来就问，鸬鹰呢？老顺子说带它回家添乱，就锁在泥铺里了。每当鸬鹰盘旋在我们头顶上的时候，我都有一种感觉，那是一种说不清的信号游荡在海湾。这种情形容易使人费神。

打开泥铺子的灰门，鸬鹰率先钻出来，它不往空中飞，而是亲昵地落在了老顺子的肩头，接下去就扇动起自由的翅膀。老顺子拿大掌抚摸着鸬鹰喉咙里咕咕叫着。我看着人与鹰的亲和无话可说，深深理解了雪莲湾渔人为啥喜欢玩鹰。进了泥铺子，老顺子就指了指那张堆着烂网的空床说，你住这儿吧。我没说话就将行李放上去，拿竹竿挑着挂上了蚊帐。我住下来的目的既模糊又清晰，只是想听听老顺子捞尸的故事，如果碰着落魂天也跟着刺激一番，然后腾出空儿来与几位和老顺子有关系的人物聊聊。如果不进一步探询，这类事说出去可能被人误解为奇闻怪事或天方夜谭。

率先接近我的是鬼六子。

老顺子曾不止一次同我骂鬼六子狗娘养的。夜里鬼六子颠儿颠儿地跑来找老顺子下棋，老顺子便觉得他是个宝儿了，没有这鬼东西漫漫长夜怎么打发呢？如果没有老顺子，鬼六子会抱着古龙的武侠小说熬夜的。这一点是老顺子有求于鬼六子。我不会下棋，只能不动声色地观看。虽说看不懂走棋的步，却能感受到一老一小在棋盘上较心劲儿呢。老顺子明显地不行了，只是被动地等，前三盘都输了。鬼六子得意地吐舌头。老顺子没精打采地提着裤子去外撒尿，鬼六子趁势凑我跟前十分解气地骂了几句老顺子。我弄不清他们面和心不和的缘由，因为老顺子进屋了，我也没有来得及跟鬼六子深谈。夜里睡觉时，想起鬼六子的眼神就知道那孩子有话要说。鸬鹚在泥屋顶梁上钻来钻去，搅落得尘土在灯影里弥漫。我听见了老鼠磨牙般的涛声，也有风声。夜风吹打屋外的悬网发出的声响有些瘆人。我睡不着了，傻呆呆地望着房顶的鸬鹚，鸬鹚一双贼亮的眼睛也盯我这位陌生人。老顺子头一挨床就睡着了，没有鼾声，只是一双眼睛浊如鱼目般地睁着。除了我舅舅，我又发现了一个睁着眼睛睡觉的人。我望着老顺子多皱的脸，就像一张揉皱的海图，有灯光的时候我幻觉出很多别人的脸。后来我熄了灯，这些脸便都不见了，我便嗅到一股泅馊气。巨大的黑暗朝我压来，这是一个黑得不能再黑的地方了。这一宿我睡得不舒服，早上起来腰酸腿疼的。老顺子和鸬鹚很早就出去了。我去海滩上转了转，然后到海鲜馆吃了碗肉丝面，就去浴场寻找老顺子或鬼六子。然而，老顺子和鬼六子我都没找到，我估计他们摇船下海里去了。我回到泥屋里看书。中午的时候，我浑身燥热，到处是黏黏的汗，便在泥屋里换上泳装，拽起一个气鼓鼓的车轮胎奔浴场游泳去了。我坚信自己的水性，我不会成为老顺子的网中尤物的。沙滩精细，海浪舒缓，到处是欢声笑语和玉肌浪花，这样的景象维持下去，老顺子的捞尸公司只有倒闭关门了。我不知为啥替老顺子难过呢？没有生意的日子，老顺子脸色阴郁得像被鬼舌舔过一样。这个家伙，我能说你什么呢？

　　天黑不久，老顺子仍没露头，鬼六子颠儿颠儿地凑来了。我与鬼六子胡侃了一会儿，方知道他才18岁。他粗胳膊粗腿的，黑得发亮的脸膛，看上去像24岁的人。他是母亲带肚儿来到雪莲湾的。继父对他不好，母亲也不疼他了，他就不愿回家，弄条破皮筏子在浴场捞海带，晚上帮人看守救生圈。点燃桅灯的时候，我看见他的额头有块疤痕。后来我才知道那是老顺子在他额头刻下的残忍又可怕的痕迹。鬼六子告诉我说，老顺子这家伙够毒的。我笑着问，咋个毒法儿？鬼六子一边用手指搓着脚趾缝里的泥，一边说，那得从我俩争夺一具死尸说起。我的心搅起一阵骚动。鬼六子说那是去年夏天的事，时间为夏日午后三点，鬼六子说他捞海带的时候发现一具死尸正被浪头卷走。他说是尸体无疑，任何迹象都表明人已死了。鬼六子心动了，老顺子捞尸能大把大把地赚钱，自己碰上了为啥不捞呢？收点钱就比捞海带强。他摇着皮筏子追去了。尸体像是浮财，越瞅越像是自个儿的。追逐尸体的过程是十分刺激和兴奋的，这是鬼六子捞海带从没体验过的。然而，老天爷偏偏跟他作对似的，遇上风浪很大的鬼天气。皮筏子缆绳绷紧，孤孤零零地摆着，纸片草屑和藻草被海水卷涌着远去了，立起一道水帘子又落成散花。散花破灭的一瞬间，鬼六子看见老顺子的舢板船，心就悬起来。老顺子是啥时追过来的，他全然不知。他看见鸥鹰在尸体沉浮的上空盘旋，一会儿贴着水皮湿漉漉地飞翔，一会儿来个鹞子翻身直冲云天，几乎成为老顺子寻找尸体的最好眼线。鬼六子骂了一句老东西人窝子里抢食儿吃，然后就又拼命追逐。他认为自己最先发现的尸体，并非是他抢老顺子的营生。鬼六子看见老顺子摇舢板的丑态了，看见老人鼠灰色的背心已被海水打湿，肩头颤动一团灰黄的光泽。他冲老顺子野野地吼了一句，老爷子，这是俺最先发现的！快回吧！俨然像发现新大陆一样。老顺子气得腿杆子都颤了，他已经歇了好多天了，望海的眼睛闪出莹莹的绿光来，他不会将嘴边的肥肉白白吐出去的。他扭脸骂了句，鬼六子，你小狗 × 的敢跟老子抢营生？他这时瞅见鬼六子的光头像条昏头昏脑的娃娃鱼在浪沫里游，他料想鬼六子不敢跟他较量。他太轻视这孩子了。鬼六子压根儿就没理睬老顺子，使劲摇橹，泥味儿的水汽一阵一阵钻他鼻孔。

　　讲到这里，鬼六子云山雾罩地渲染了一通海浪的奇异景观。我在这里急等知晓他们在海上争夺尸体的丑态，所以省略了描述过程。但是，他们双双接近尸体的时候，与汹涌铺张的海藻团遭遇了。这是一个不容忽视的细节。白白的尸体在鬼六子的视线里迅速变红，他就感到了不妙。尸体像泡在血里。海走邪了，从哪儿冒出这么多的血水？老顺子犯嘀咕的刹那间，舢板船被一绺一绺的红海藻缠住了，使老人的目光限定在小圈子内。到处都是伞状的浪头，红海藻张牙舞爪地弹开了，弹出丝丝金红，和着海水一同喷向老顺子。老人晕得眉眼缩成一团，像一块干瘪的柿饼子，海水将老人脸上的泥灰冲出一道道弯曲的小沟儿，老人头晕目眩了，觉出自己的古板和笨拙。这时候红海藻随潮水滚动，流势极大，颜色变得紫红，猪血一样，映着老人紫黑的脸相。鬼六子的皮筏子比老顺子的舢板船行进容易些，可是不久也被红藻围困了。他和老人眼巴巴瞅着尸体被红藻缠裹起来远去。他们看见与泥岬岛拉平的一道高高的海浪头，像一道天然屏障横挂在海天之间。老顺子瞧见鬼六子的皮筏子被顶了回来。他稳稳心，运足气力，蛮横的大掌将橹一挑，船就颠过水帘子，在海水中割出一串冷飕飕的声响。鬼六子愣了片刻，趁水帘子落下的时刻也飞蝶似的旋过来。他摇着水淋淋的脑袋朝老顺子咧嘴巴，老顺子表面不痛快，心里觉着这样在家里失宠的孩子会在海里滚成硬汉的。老人将船抹开，鹧鹰就飞高了，慌乱的叫声十分尖厉，老顺子和鬼六子同时感觉到了不妙。眼瞅着红藻成条地拧成麻花儿，堵住小船和皮筏子，鬼六子拔出腰间割海带的弯刀狠狠地砍着红藻。老顺子吼了句，甭砍啦，屁事不管！果然给老人说着了，鬼六子累得乱喘也不顶用。远远地，老顺子吼一声，鬼六子，接锚！这时鬼六子看见一只铁锚头带着一条绳子飞过来。他一下没接好，锚头刮了额头，血就流下来。老顺子用烟熏酒腌的粗嗓门儿喊，沉住气，拿绳子拦藻团子。鬼六子不愿跟老顺子合作，他怕捞到尸体没法分成，他喜欢吃独食儿。正想将锚头甩回去，却看见红藻团被浪头弹高了，排排朝他们压来，不合作怕是谁都不行了。鬼六子的黑眼睛灵活地转了转，没觉出额头疼，就抓紧了锚头，拉直了绳子，拦截藻团。绳索像条长鞭抽打着海面，不时弹出藻丝。老顺子将绳头一圈一圈地缠在斑竹节般的手臂上，腾出另一只手摇橹撑着平衡。这当口儿他将船划个斜线，就用绳索将藻团围住，慢慢与鬼六子的皮筏子靠拢了。这样两边都出现豁口，老顺子和鬼六子几乎同时撒开绳子，各自摇船溜过去，朝尸体方向滑行。前面又是一挂水帘子，逆着阳光看水帘子，红晕就淡一些，鬼六子眼尖能够看见红藻包裹的尸体了。但他却发现老顺子软了，好像是眼睛坏了，老人拿大掌狠狠地碾着眼窝儿，险些搓掉一层眼皮子，睁开时，全是模模糊糊的老红。鬼六子欢喜了，跃跃欲试地拽起皮筏上的网瞄着尸体。这时候他看见鹧鹰猛地俯冲下来，低低地寻着尸体嘶鸣。老顺子循着鹧鹰的声音摇过船来。他虽然看不清爽，但鼻孔嗅到了气味，一股死人与海藻相杂的气味。老人抖抖地提了网，这时哗地一声响，鬼六子的一张网呈扇面形撒出去了，如拓展的一扇光环，轻轻向上一悠，就很迅捷地落下来，猛一拽纲绳，觉得沉沉的尸体网在其中了。老顺子臭口臭嘴地骂了一句，你个狗娘养的！鬼六子没理他，拼命地拽尸体，双脚牢牢地抓着皮筏子，铁砣似的肩胛凸出来，在皮下一耸一跳的，好像随时破皮而出。鬼六子拖拽上来的尸体几乎被红藻裹严了，面目全非。鬼六子忽然感到一种从没有过的恐慌。老顺子晃着双拳骂鬼六子，如擎着两个蒸馍。鬼六子听见老顺子骂街，恐慌就淡了，一张快活的脸淡淡地映着日光。老顺子说，你小狗 × 的走着瞧！鬼六子一副神神气气的模样，老顺子忍受不了却也瘦狗屙硬屎地强挺着。我可以猜得出老顺子当时的心境。

　　这件事老顺子自认倒霉，鬼六子挣到两千块钱，额头留下一块疤。已经有了结局，鬼六子不该对老人说三道四。后来，鬼六子跟我讲了又一回合，使我对老顺子有了新看法。老顺子从海上空手而归之后，大概是给气傻了，据说他躺在网垛里喝闷酒醉得一塌糊涂。第二天醒酒之后，老顺子找到乡工商所大老赵，又找到管收税的郎税务，将鬼六子无照抢尸的事说了。工商所大老赵狠狠地将鬼六子熊了一顿，并罚了款，郎税务又找鬼六子索了税。鬼六子知道内情是好久以后了，那时他依然往老顺子的泥铺跑得勤，依旧说笑，依旧下棋，爷俩的关系再也没了昔日的亲情。他们中间就像横着一具尸体。人就是这样，站着，走着，躺着。我猛然发觉，乡村的月亮嵌在废墟的断垣残壁间。

　　鬼六子的讲述，使我忍不住审视自己，我们心上都有裂缝。不可救药吗？

　　看来，我的故事还能讲下去。

　　当老顺子掐紧喉咙唱皮影戏的时候，我才适应了小泥铺子的黑暗。尽管夜晚的海滨也很热闹，露天卡拉 OK 的音乐不断传过来，仍旧不能打动我。海滨的夜里，气候是有些微凉的，稍寒，老顺子的呼吸就不是那么顺畅，唱出皮影调子就有些天然的沙哑。他唱歌的背景是一片夜海，显得朦胧且神秘。鹞鹰立在泥铺的窗台上，十分警觉地盯着夜海，莹莹地闪着饥饿的绿光，它也许听不懂主人唱戏，但它知道主人的行为习惯。今夜没有月亮，浴场那边依然有夜泳者，夜的海面浮起的氤氲正往滩上流动。沙滩的太阳余温还没有完全散掉，波涛抚摸着沙滩从容地睡过去。老顺子唱戏的样子很投入，完全是唱给自己，仿佛周围一切都不复存在。我知道这些天他没碰上尸体，也就谈不上收入，没有收入时老人的内心无法平静。而我渴望大海永远这么平平安安的，哪怕永远碰不上捞尸体验也是快乐的，有这种心境，有了这种氛围就够了。也不知过了多长时间，老顺子忽然收了大弦不唱了。老人看我痴迷地听，便笑笑说，喂，你唱两嗓子，我拉大弦。我摆摆手说，我真的唱不出来，听你唱还是蛮过瘾的。老顺子拿出烟斗来吸烟了。他抹了抹脸上的汗。我扭身放松腰杆，双臂碰响了悬网，鹬鹰就被惊扰了，呼噜一下飞起来，围着老顺子脑袋打旋儿。老顺子"呔"了一声，鹬鹰就落在他的手掌上。舅舅告诉我，老人对鹬鹰的溺爱是有原因的。几年前老顺子住在海边的泥铺子里下挂网逮鱼，他住在泥铺里等潮儿，碰上龙卷风的鬼天气，阴气浓了，海狂到了谁也想不到的地步，泥铺被风卷塌了。老顺子明白过来时已被重重压在废墟里了。鹬鹰却抖落一身的泥土，钻出来哀叫，嗖嗖地围着废墟转圈儿，吼风里，鹬鹰的叫声是清冷单调的。老顺子压在泥坨里，喉咙口渐渐塞满了泥团子，他喊不上话来，只拿身子一拱一拱。鹬鹰瞧见老人的动静了，一个俯冲下来，立在泥草堆上呼扇着双翅，刮拉着浮土。呼嗒，呼嗒，烟柱升起来，鹬鹰灰白的羽毛被浮土染黑了。老顺子渐渐看到铜钱大的光亮了，他能够凭着鹬鹰刮出的小洞呼吸到海滩黎明打鼻子的鲜气了。鹬鹰使他活过来。赶早潮的渔人，被鹬鹰凄厉的叫声惊扰，纷纷聚拢来，七手八脚扒出了老顺子。村上人将老顺子的鹬鹰传为佳话。村里首富马大栓曾出高价买这只鹬鹰，老顺子死活不卖，他说这鹬鹰真成了俺的魂儿哩。

由鹬鹰的话题扯起，我们又有了新的人物出现。鹬鹰是极为诱惑人的，前年在浴场，鹬鹰成为游人的一景儿了。那时人们见着新鲜，围追着老人问这问那。老顺子还很牛气，看着不顺眼的人理都不理。浴场里人们围他看鹬鹰的时候，海上出事了。一个游客在防鲨网旁边逞能，扔下轮胎，在防鲨网的尼龙绳上拿大顶，头朝下，双腿倒立，一口气没能缓上来人就给呛晕了。那人的身子栽进水里好长时间没冒上来，旁边稀稀拉拉的游泳者以为这家伙水性大玩票呢。过了一会儿，这家伙的屁股最先露出水面。人们惊讶了，纷纷朝岸边发出死亡的召唤。老顺子正烦着，他想逃开人群，听见喊声，他猛地抖落肩头的鹬鹰，摇摇晃晃地奔向舢板船，便涌起了一脸的兴致。老顺子将船摇到防鲨网附近，一网将死人捞起来，拽上舢板船。老顺子感觉死人的身子还很绵软，拿手号号死者的脉，已经微弱得感觉不到了。这是一位二十多岁的小伙子，连老顺子也觉着死的可惜。他没有立马摇船，而是怔怔地盯着死者那张年轻英俊的脸。他伸出大掌往死者胸脯子压压摁摁，没有反应。他躬下身嘴对嘴给死者做人工呼吸。他过去不懂这些，是办捞尸执照时工商所大老赵责令他学的这手。儿子春生和侄儿也跟他在乡医院学了半个月，弄得孩子们对他怨声不断。老人的努力还是没有得到应有的反应。老顺子泄气了，全当那人完全死了。运到岸上小泥铺旁边的临时帐篷，老顺子就到浴场管理处报告死者情况。每次都这样，然后由浴场管理处发给他一个小木牌，上面拿粉笔写上尸体认领几个字，挂在浴场入口的白杨树上。老顺子挂完牌，看见围了好多人，他也挤在人群里看了一阵子，然后弓着腰回到泥铺子等人领尸收钱。等到天黑掌灯时分，也没人认领尸体。睡觉之前，老顺子提着马灯到帐篷里看了看，死者很安详地躺在那里，身上盖着一块旧席头。老顺子望了一会儿，忽然感觉有一股阴凉气拱到他天灵盖儿了。老人又等了很晚才回泥屋睡了。第二天早上去帐篷里查看，忽然发现尸体不见了，沙地上有零零散散的脚印。老顺子当下就明白，夜里有人将尸体偷走了。他有一股鸟火涌上喉咙口，狠狠地骂了句，×他个奶奶！是谁偷走的尸体，老顺子全然不知，也无能力去查寻，只有哑巴吃黄连苦往肚里咽了。老顺子讲到这里，嘟囔说，狗×的，不就是怕俺收钱吗？你他妈没钱明说，俺不收！俺这几年收费从不强迫谁，俺看着要，你看着给，就是有一点，不能惹怒了鬼。人能理解鬼，鬼可不饶人呢！我听着这话挺好笑，细品品，觉着老人说得也有道理。吃鬼饭啥是道理？良心就是道理。我问，那后来，知道是怎么回事了吗？是不是死者缓过来自己跑了呢？老顺子吧嗒着老烟斗叹口气说，唉，当初俺也这么想过。但有一点，这狗×的真的活了，日后肯定还会来看俺。后来俺打听到了，是死了，死的小伙子是附近草上庄的农民，哥仨，家里穷，没父母，大哥赌博输个精光，二哥也不成人游手好闲，死的小三还算是好的呢！他大哥二哥知道三弟死讯后，没钱给俺，就在夜里将尸首偷走了。俺打探到之后，啥也没说。他大哥知道俺晓得了，还提着两瓶兴帝老窖酒来看俺一回。唉，捞尸这行当也不好干呢，啥事都有，啥人都碰得上。吃鬼饭可不易哩！老顺子讲得津津有味。在他的嘴里，死人的故事永远比活人的故事好听。按常规这一码也就完结了。老顺子又补充说，不久他大哥在一个夜里，赌场被抓，跑出来到俺这里躲了几天,管他吃管他住,还从俺这借走五百块钱。俺想,不指着再还俺了,将这个狗东西打发走就算啦! 谁知这家伙还没坏良心,赢了钱又还了俺,还口口声声说帮俺办点事。他说浴场的庞主任也是他赌友,跟他关系最好,越赌感情越远,他们越赌越近。他跟俺说,不求他一回对不起那王八蛋! 俺细想想,有啥事求他呢? 后来真的想出了事……俺不好说出口哇! 我怦然心动,淡淡地说,咱爷俩谁跟谁? 我不会写出去也不会说出去的,往事毕竟是往事,说罢一笑也就过去啦! 老顺子看我一眼,咳了咳,稳稳心,摆摆手还是没有说。他仅补充一句,俺干的是营生,当然得往这上头着想。你说是不? 他说着扬起那双斑竹节般的手臂探进后背抓着挠痒儿。我知道老顺子将话题绕开了。他越不说越引发我对他的举动进行多种猜想。从他说的营生上推理,肯定是与捞尸有关。他的努力只能使尸体增加才算有了满意的业务。人为去努力这些也许是真实的,但又是人类无法忍受的。我问急了,老顺子脸色不好,好像再说下去就如刷锅水一样乏味了。我不再问,躺在床上默想,诱我进入各种角色。我眯眼想着就困了。老顺子和鹞鹰去巡夜海去了,他们啥时走的我全然不知。这时候,鬼六子很得意地拍打着肚皮进来了。他推门就喊,老家伙,咱再杀几盘! 我坐起来说,老顺子出去了。鬼六子愤愤地骂了句,老东西,见不到死尸就难受! 总有一天,让他自己捞自己吧! 说着就将老泥墙上挂的一串海贝肉摘下来卷巴卷巴。我说你拿走他回来会闹的。鬼六子说,甭管他那套,就说俺馋啦! 然后就嘻嘻笑起来。我发现鬼六子眼睛挺大,眼睫毛很长也很密。我端详他的时候,又想起了老顺子留给我的疑问。我问鬼六子一些情况,鬼六子的确不知道,但鬼六子为我提供了一条绝好的线索。鬼六子说,浴场管理处的庞主任跟老顺子相好,过去他们总在一起喝酒。这会儿又冷淡了,不知为啥? 你要是能跟庞主任搭上话,就知道啦。他说话的时候眼睛弯弯的。他过来翻弄着我床上的书,拿起一本《散文百家》说,大哥,借俺看看咋样? 我笑道,看去吧! 不过,你可能觉得不如武侠小说过瘾呢! 鬼六子笑了笑说,换个口味儿。然后提着那串干贝走出屋子。一推门,他又做贼似的退回来,捂住嘴巴哧哧笑。我问是怎么回事,他说有两个女人蹲在门口的空地撒尿。我故意逗他说,她们不怕,你怕啥? 鬼六子天真地说,俺娘说过,看了女人撒尿烂眼睛的! 我笑得前仰后合。鬼六子走后，我又在黑暗里默想了一会儿事情。窗外雨声缠绵。

老顺子和鹞鹰一宿未归。

这一宿我失眠了。连续几天的失眠使我精神涣散。我见到大舅的时候，舅舅说我的脸色不对，劝我早点回去，知道是怎么回事就算了。后来老顺子又向我讲述的捞尸情况几乎是重复的。我发现老人对我有些烦了，整夜整夜不回来，剩下我有些害怕。我不明白他晚上住哪儿呢？我也沉不住气了。我答应舅舅回村里去住，遗憾的是我没能亲自同老顺子捞一回死尸。老顺子心事太重了。捞人生涯给了老人一种多疑，也许埋怨我的到来冲淡了他的生意。十几天没有落魂天，对于游人是幸运的，而对于老顺子是很残酷的。出于舅舅的情面，老顺子没赶我，而他这几夜逃避我就说明了一切。回村之前，我还有一桩心事未了，很想单独接触一下浴场管理处的庞主任。我跟舅舅说了想法，舅舅说他跟庞主任不太熟，人见过，是个爱吃螃蟹的大胖子。我想他咋胖总不会吃人吧。

我不需别人引荐，想自己闯一闯。夜里雨水不断，早上起来我走在海滩上觉得格外清新。扭头看旧网包裹的泥铺子，苫顶的海草滴着水珠儿，屋顶隆起了肚子，一群海鸟在屋顶弹跳鸣叫。我这时感到了泥屋的亲切了。当今浮躁的商品世界，能有清闲到这样古朴的地方住一住，是人生不可多得的浪漫。收回目光盯住脚下，沙窝蓄满了雨水和树叶，一只泥蟹爬出来，又有一只鬼蟹钻进去了。浴场空寂无人，几位清洁工正在清理浴场。我独自蹲下身，撸撸袄袖伸手掏小蟹。蟹同人一样精，我这一有动静蟹就钻了。我的手臂就朝小蟹钻进的小洞里掏，一用劲儿，手臂豁开了一溜沙窝儿，没抓到蟹，胳膊却脏兮兮的了。我甩胳膊的时候，看见旁边的石崖上站着一位少女。少女不动声色地看着我，我一看她，她就把头扭过去了，面对着海。见到女孩我总愿多看几眼。姑娘脸色苍白而发黄，就像一副旧画，她的眼睛又大又亮，忽闪忽闪的，神情忧郁而刁俏。白色连衣裙将她的身条勾衬出来，远看就像一只白色大鸟。她手里拿着一本杂志，细看才知是一本《女友》。我朝她那边走，姑娘便默默地离开了，从她身上留下一股细细的甜香味儿。我站住了，姑娘风一样飘走了。少女的背影正是被晨光映照才显示出清丽的气质。这姑娘不算很漂亮，但是很有韵味儿。我直到看不见她的时候才走开了。在这里提几笔无名少女，好让我伤心。她不应该走进来，这位面带愠色、心烦意乱的少女，刚刚进入青春的花季，可是后面的讲述无法躲开她。上帝的吉他奏响了，彩色的鸟，你会在哪里徘徊呢？

　　吃过早饭，我发现今天又是一个没有太阳的日子，让人有些沉闷和压抑。这是来海滨旅游的人最不愿碰上的天气。尽管阴天，浴场上洗海澡的人也不显少。我穿过浴场人群，独自到浴场管理处找到庞主任。如果说生活里有巧合，这算是真正的巧合。我认识庞主任。去年县文联办创作笔会时，庞主任开车送他女儿庞小娟去城里开会，我曾热情地接待过他。他女儿是写诗的业余作者，爷俩儿都喊我老师呢。此刻，庞主任见到我又叫老师又喊作家。我客气几句，问了问他女儿庞小娟的情况，就将话头扯到了老顺子身上。庞主任人胖怕热，一边说笑一边凑到电扇跟前吹肚皮。他说你跟老顺子住几天图个啥？泥铺子还不如我这厕所干净呢，又潮湿又有蚊子又瘆人，下回来找我就是。我笑笑说，咳，写字人图个感觉吧！庞主任笑得很响亮，笑起来声音很大就像一管笛子。他说你们文人就是怪。你对老顺子是不是来了兴趣？我说我对新鲜的人和事都感兴趣！整个一个喜新厌旧的家伙！庞主任说，提起老顺子捞尸，我这样看，跟小孩尿尿说来一股就来一股，总能算个营生！碰着了有钱的就夯一家伙，碰着没钱的自认倒霉！就这营生急性子人可干不了。就说我钓鱼吧，十分钟不咬钩就烦啦！干这行得沉住气。我见庞主任说得轻松，就说，咱不提那些啦！我只想问一问，老顺子有事托人求过你！庞主任拍拍脑门子说，提起这事，我本不该跟你讲，好在也没形成事实，咱就哪儿说哪儿了。我郑重地点点头。庞主任压低了声音说，老顺子当初捞尸那阵儿，浴场统一用的平面气垫子。那种垫子特别容易被浪头掀翻，好些溺水者是被气垫子盖住闷回去的。去年夏天，我们浴场研究决定一律废除气垫子，改用车轮胎。车轮胎套在身上，抓拽也方便，死亡事故明显少了，这样也就断了老顺子的生意。老顺子托人找我，就是再启用气垫子。我急着追问，你答应啦？庞主任耸起眉毛说，开玩笑，我能这么干吗？我们这个浴场领了先，后来北戴河那边的浴场也跟着学，你看这奖状，就是旅游局发下的。我听着开始神情木讷，细想，便有些战栗。我终于捕捉到了老顺子的另一面。人的善恶是每每不相知的，我想。

庞主任很会察言观色的，见我脸色难看，便立马解释说，唉，其实老顺子是个厚道人。我说，好是过去而不是现在。庞主任又说，老顺子不是势利鬼，这我心里有根。你听我再跟你说个事儿，你就会想开了。我说，这几天几夜他的事都讲遍啦。庞主任果决地说，这件事他保准不跟你讲的。我说，那得洗耳恭听了。庞主任的讲述使我又渐渐气色平和了。他最初几句描述说，老顺子在村里有相好的呢，叫凤娘。这句话容易让我们产生误解，知晓了全过程，就使我反添心酸了。村西口的凤娘是老顺子当年出海打鱼的最好朋友大星的媳妇，九年前大星在盐场背盐包滚下盐垛碰上电缆漏电电死了。大星死后，凤娘拉扯着两个孩子守寡。其中一个女孩是残疾，拖累得凤娘不敢有再嫁的想法了，一门心思先给孩子治病，等治好了病再说了。老顺子将凤娘和孩子当成自家人，他捞尸的一部分钱要给孩子治病的。凤娘在村口住着低矮的草屋，一溜草屋一律是海草抹墙苇子苫顶，远看像歪歪斜斜的灰草垛。草垛的缝隙中不时耸起阔户人家银白色小楼。这一带是村里的贫民窟了，许多养大船的人家纷纷离开这里，搬进新居，只有身单力薄的人家还偎在这里，瘪塌塌地度日。严格说来，老顺子也是属于这个阵营的，他还对凤娘好，使女人心里过意不去。她补网挣的散钱攒起来为女儿治病。孩子前些年小儿麻痹留下后遗症，城里的医院跑遍了，又找了乡村仙医也不顶事。老顺子可怜这娘仨，隔三岔五帮她们做点活儿，有时送些钱来。每年夏日他来得少了，但每次来都送钱的，凤娘只知道老顺子当了啥经理，不清楚干了捞尸这营生。老顺子怕他们吓着，也不去说透，凤娘问紧了，他就含含糊糊地说，这阵儿公司业务挺好，然后默叹自己捞尸将酸甜苦辣都尝遍了。老顺子劝凤娘走一家，人无百日好花无百日红，趁着还行就走一步吧，守寡的滋味就那么好受吗？凤娘误解他有啥想法。老顺子知道这一层就不再劝了。有一个飘着大雨的暗夜，凤娘的草屋顶被风雨掀开，雨水哗哗地漏进屋来，屋里到处吊线线，木桶、碗和盆子摆得满屋都是。凤娘拢着两个孩子发愁地哭了，哆嗦成一团。闪电不时撕开夜幕，凤娘脑里也跟着打了个闪，就想起老顺子大哥了。她披着雨衣跑出来时，就看见房顶有人影晃动。又一闪电，她看见老顺子正拿油毡盖顶，水涝涝的模样让人难忘，凤娘当下就落泪了。老顺子忙活完了，见屋里不漏了，老猴似的溜下房梯，呵呵笑两声，门也没进就走了。他怕人撞见会传出闲话来。这把年纪的人了叫人作践不值了。从此以后，老顺子仿佛给自己立了一条规矩，凡是有风雨的夜晚就去凤娘家看看。因为凤娘外屋有间厢房，晚了他就住那里，多陪凤娘说说话，心里就多一分宽慰。庞主任说到这里，我才弄明白这几个风雨之夜老顺子未归的缘由。这几天很早，我就听见泥屋外有鹧鹰在叫，有老顺子的喘声，说明他在天不亮时就离了凤娘家的门。我不往歪里想，觉得冷漠的捞尸人能有这样的情感已经不易了。这种情感愈烈，老人心理负担愈重。

中午由庞主任请我吃饭，一桌全是海货。边吃边聊的时候，外面下起雨来，雨不大，下得温温吞吞。庞主任喝了一盅酒说，海有走邪的那天人也能走邪。像老顺子这样的营生，迟早将他毁了，我们得劝劝他才。我心情很沉重，连说劝是劝不住的，利益能使鬼变成人，也能使人沦为鬼。庞主任叹一声说不提他了，要不是老家伙人不错，在浴场他算个球！然后他就跟我说起女儿写的诗。我点头应着，心思早不在诗上了，老顺子肩扛鹧鹰的影子在我眼前晃来晃去，一顿挺有趣味的饭吃得没滋没味儿。吃过饭，我和庞主任润着酒晕去海滩找老顺子。这时候雨几乎停了，一块墨云抹过去，日头又赤裸裸地钻了出来。浴场上的人又多起来，闹闹嚷嚷的声音老远就能听到。我们朝泥铺子方向走，路过浴场入口的小树，看见上面秃秃的没挂牌，就知道老顺子还没开张。我的心情很矛盾，既希望老顺子营生开张又不愿有生命损伤，可是目前谁也没有能力化解这矛盾。快走近泥屋时，我看见鹧鹰没精打采地卧在屋檐的网坠儿上。几个孩子围着泥铺子追打玩耍。屋后挨近树林的地方，偶尔出现几个偷换泳装的男女。到门口，我们听见老顺子十分疯狂地骂人。我和庞主任惊讶地对望一下，我们从没听见老顺子这么大动肝火。老顺子吼，不成器的东西，光知道找老子要钱，不好生读书，将来想替你爹捞尸不成？我听出来是老顺子的小儿子讷讷的声音，人家连电脑都买了，俺啥也没备齐，该开学啦。老顺子又大声说，你知道爹的难吗？儿子知道爹的难处无外乎是好久没死人了。庞主任觉着好笑，没笑出来咳了两声。老顺子听见咳就不那么吼了，我和庞主任才脚跟脚地进了屋。庞主任进屋就刺他说，你个家伙捞不到尸体也别拿孩子撒气呀！前些年你在家大气不出，这会儿也官升脾气长啦？嘿嘿嘿。老顺子笑一声说，俺算啥官？

庞大主任才是官呢，快坐！然后掏出十块钱给儿子，打发他去买个西瓜来。老顺子又点燃了烟斗，与庞主任对着吞云吐雾。老顺子眼神疑惑，仿佛在问你们两个咋混到一块去了？我说，我跟庞主任是老熟人啦，知道吗，大叔？老顺子笑说那好。庞主任说，让作家搬我那里住，你个家伙没意见吧？老顺子发出一声浩叹，俺爷俩还没住够呢，你就插足来啦？不成，不成！我听见老顺子这话心里热乎乎的。管他真的假的有这句话就够了。我说这些天给大叔添了好多麻烦，真得感谢啦！明天俺走了，过几天再来看你。日后大叔有啥事说话。老顺子想了想说，往后少麻烦不了哇！庞主任对我说，他的忙你帮不上。我明白了。老顺子心沉下去就没个底儿了，眼睛瞄向海，疯狂地放纵着捞尸人的想象。想象和欲望往往是同步的，我想。

泥屋里一时很安静。

老顺子的心何时能平顺呢？我和庞主任盼着老人尽早结束心里的那份折腾。老顺子的小儿子抱着西瓜进来。老顺子接过西瓜，拿大掌擦抹几下，就操起做饭用的平板菜刀狠歹歹地杀成六块。老顺子分别将西瓜递我和庞主任，屋里就只剩下吃西瓜的喷喷声，很像老鼠在暗处磨牙。正吃着，泥屋外头有人喊老顺子。老顺子嘟囔着站起身说，是狗×的郎税务来啦。老顺子跟我说过，郎税务是很小气的人，时常从老顺子身上揩油。几乎形成规矩了，老顺子每捞一具尸体，除了上税之外还得孝敬郎税务一条山海关牌香烟。半个多月没动静儿了，郎税务找上门来了。郎税务是瘦高个子，进屋时脑袋和脖子弯得很深，边进屋边骂，你个狗×的老顺子还活着？老顺子迎到门口笑道，郎税务，快请，快请！郎税务好造刻薄话，见我和庞主任在场就忍住了，忙跟庞主任打招呼。快吃西瓜吧！老顺子讪笑。郎税务就坐在床板上吃西瓜，边吃边嘟囔地说，老家伙生意越来越大了，多时没报税啦？老顺子唉声叹气地说，一直没开张啊！然后就扭头看我一眼。我跟郎税务说，我一直住这里可以作证的。郎税务雷公似的一脸怒容。庞主任叹了一声，这年头赚钱发财的营生不多啦！郎税务说，外头传说老顺子捞了个外国佬，发了大财呢！老顺子觉得胸部阵阵发紧，想咳都咳不出来，断断续续地说，发大财，莫指望，大财是俺这种人发的吗？我很想知道老顺子捞外国佬的情况，若不是郎税务捅漏了，老顺子注定不会跟我讲这场的。庞主任似乎也不大清楚，说，咱浴场死过老外？俺真不知道呢！老顺子，快说说。老顺子不舒服，又很懊恼，沉吟半天，摇摇头说，刚才郎税务说是传说，传说你们也信？郎税务和庞主任笑起来。老顺子现出可怜兮兮的样子说，唉唉，俺这老头空背了一个冤枉名声！然后他就闷闷地不再言语。看得出，老顺子哪路神仙都不愿得罪，但是他内心的秘密使我觉得好奇。可是，当着郎税务和庞主任的面儿，我不好再问下去。庞主任临走时说，老顺子，别一棵树上吊死人，实在碰不上落魂天，俺在浴场给你找份差使。老顺子抓住庞主任的手说了好多感激话，依旧没应口。看得出，老顺子再也干不了别的营生了。庞主任走后，郎税务赖着不走，说长道短，直到掌灯时分吃饱喝足，才独自摇摇摆摆地离去。

飞了好半天的鹧鹰，耷拉着翅膀回巢了。

天黑不久，有浓浓的烟雾在我们头顶游走盘缠。白天日头暖晒，夜里也是燥得不行。我拿书扇风的时候，看见老顺子提着一盏桅灯去了海边。他到船上用冷水洗澡去了，冷水上身倒滋滋冒起热气，他喜欢这样。我悄悄跟他去了，我想知道他捞起外国佬的情形。船上荡来舒筋展骨的榔榔声。老人洗完澡就躺在船板上打瞌睡，船板热乎乎很像家里的大炕，他就有了一种心贴心的感觉。海风很凉，我刚出来的汗不用擦转眼就干了。这时老顺子被我的脚步声惊扰，坐起来吸着烟斗。他望见远处拦鲨网的浮子一颗一颗跳荡。老顺子见我僵着不动，就喊了一声，书生，过来呀！我走过去爬上船板坐下来，嗅到了一片打鼻子的鲜气。我知道这鲜气是空中悠来的，因为捞尸了，船上好久没有鱼腥气了。风吹浪涌，小船在浅泓里轻轻地颠荡着，直到月光在夜雾里透了亮，我才沉不住气地说，大叔，你就跟我讲讲捞外国佬的过程吧，我替你保密。老顺子拿烟斗敲打着船帮说，别逗啦，那是传说。我说你捞啦，瞒不过我的眼睛。老顺子呆愣半晌不言语，我忽地感到一种陌生感。老顺子在这事上与我的隔膜几乎是无法消除的。我逼紧了，老顺子只是意味复杂地笑笑。然后，老顺子起了锚，将舢板船咿咿呀呀摇动起来，小船在夜海里甩出一道白白的浪线。这时老顺子又掐起脖子长长地吼了几嗓子驴皮影，他相信海风会把他的声音带到很远很远的地方去。小船涉过防鲨网的浮线，老顺子便阴眉沉脸地站起身，抓起网就向海里撒去，又很快捷地拽上来。空网。老顺子提着空网孤孤鬼鬼地瞟了我一眼，然后就掉头将船往回划。老人借着桅灯的光亮看见防鲨网上的浮绳断了，他怔了怔，就将船摇过去了。我看见老人弯腰撅腚地将断裂的浮绳拧结起来。我心里说，防鲨网出漏洞只能带给他生意，此时他心里想啥呢？老家伙真让我猜不透了。船又是悠着往岸边靠拢了。我发现滩上一堆渔火像火球一样滚来滚去，模糊的火红里竟有刺眼的强光，仿佛随时都要飞起来似的。

老顺子一直没有说话。

我却感到老人暗示给我什么了。

夜半，我们才倦倦而归。躺在黑洞洞的泥屋里，我啥都猜到了，老顺子的确发了洋财，至于过程我可以用心去推测。天边的巨网已张开了想象的空间。

推测的内容我懒得描述了。

推测的疏忽会影响整体的真实。

老顺子在黄昏时坐在舢板里吸烟，烟斗被他吸得滋滋有声，这声音就像肩头鸬鹚的叫声。鸬鹚围着他时飞时落，一点也没感到翅膀的倦意。老顺子却感到从没有过的疲乏，他想不动，永远面对着这片海湾。落日黄黄的，泼在海上像流动的蚕黄，映在老顺子脸上像是患下黄病了。我站在离老顺子不远的泥岗子上，看着鬼六子和一伙人往滩上拽海带，吆喝声起起伏伏。这头看腻了，我就将脸扭向浴场。我看浴场晃动拥挤的人影与老顺子看法是不一样的。他那天跟我说，他的老眼真的坏了。去年与鬼六子争夺尸体时坏过一回，那时是满眼红晕；现在眼睛又不行了，满眼的白晕，白晕慢慢地化成死者的尸体。游泳的人都好像漂浮起来了，那么多的尸体，那么多的财富，撩起老人一阵子莫名的兴奋。后来醒过神儿来，他的脸就一下子阴住了，话也卡了壳。然后，举起酒瓶子就猛灌酒。喝得醉了，就拽出大弦伸着干丝瓜瓢似的脖子吼唱皮影戏。老人的情绪有些不大对头，他的痛苦是埋怨人们为啥那么健壮地活着。我越来越感到老家伙真的走邪了，再不赶紧着离开他，怕连我也邪了。

第二天舅舅拉活儿时到泥屋来告诉我，下午六点钟带我回村里，然后再到县城去。老顺子说，明晚上过鬼节，还不留下来热闹热闹？我舅舅说，甭说是鬼节到了。我又来劲儿了，就说不走啦，陪你们过鬼节。我在写雪莲湾系列小说做民间采风时，几乎熟悉了所有的民俗风情，而唯独没碰上鬼节。舅舅说这一带有年头没人过鬼节了，"文化大革命"那阵儿，还着实批判了鬼节。在县志的记载里我知道了鬼节，能亲身体验一下还能驱驱鬼气呢，我想。老顺子毕竟是雪莲湾泡大的种儿，熟悉鬼节，这会儿又吃着鬼饭，他想过鬼节是希望冲冲这阵子的坏运气。人老了，也就自带鬼气了。老顺子在鬼节的这天很快活，深沉的老脸天真地笑着。整整一个上午，他也不去浴场苦熬傻等了，独自闷在泥屋里扎了几个篓子灯。篓子是用芦苇做成的，四个角绑上几根红布条子，布条子是用药材朱砂染过的，说是能避邪。篓子里有一个木板，插一根洋蜡。过鬼节时由一个个男子汉将脑袋钻进篓子里，把手托木板上的洋蜡点燃，然后哼着嗡嗡嘤嘤的鬼调子，大幅度地摇摆身子，双腿叉开裆里能溜狗，不倒翁似的踩着慢步转圈儿。这中间有一个人击鼓，顶篓子灯的人踩着鼓点儿走。最后结束的时候，将干海草扎制的小人用火点燃，然后纷纷将篓子扔在火堆里烧掉。老顺子跟我讲述鬼节过程的时候，我扭头看窗外。几天前看见的那位白衣少女又出现了。她手拿着那本杂志，独自坐在左侧泥岗子上看海。我猜不透这是一个怎样的女孩，她的冷漠使我做出种种猜想。我从泥屋里走出来，径直朝女孩那边走去。隔了几步远，女孩扭头发现我了，瞪着水汪汪的眼睛看我，我也看着她，连她鼻梁上的细碎的汗珠儿都能看得见。她木讷地笑了一下，转身就走开了，明显着，她不愿跟我搭话，也不愿跟别人搭话。我望着她飘然而逝的身影，更觉得她的神秘了。

女孩的微笑使我恐惧。

晌午的时候，篓子灯做成了。舅舅赶着马车过来在泥屋同老顺子喝酒。舅舅夸了半天灯做得好，老顺子十分得意，在开喝之前又将一堆干爽的海草扎成人模样的草捆子。我问老顺子做这个有啥用？老顺子笑呵呵地说，年轻人这就不懂喽，鬼节烧掉的城隍牒。舅舅因为喝的是老顺子的酒，又结结实实地将草人夸耀一番。老顺子将买来的海带丝、香肠、海蛎子和花生豆摊在门口石台上，舅舅放平两只蓝花海碗，将一瓶老酒对半分开。老哥俩好久没这样喝过酒了，我不愿碍着他们的气氛，就躲在灶台那里煮面条。老顺子可劲儿叫我过去喝酒，我说你们喝吧，我煮面条。我在家里压根儿就没上过灶，在这里还学会煮疙瘩汤炒鸡蛋面条鱼了。我扭脸看见老顺子与舅舅的两只大碗火辣辣一碰，两个人竟一饮而尽。喝得太冲了，不一会儿就到火候儿了，两个人又分了一瓶酒干了。他们缥缥缈缈如腾云驾雾，话也没了检点。老顺子喷着酒气说，你个老家伙生意咋样？舅舅说你这阵子呢？俺那儿马马虎虎。老顺子说，俺这儿好久没开张啦！舅舅说，你他妈关门才好呢！老顺子骂道，你个 × 样儿的管天管地咋的？他不时像鸡崽打鸣似的抻着脖子打了一个响亮的嗝儿。舅舅说，还没吃面条就打嗝儿？老顺子抹抹脖梗子上的汗说，酒能抵饭。哎，咱老哥俩几年没洗澡比试啦？舅舅说，有四五年了吧？老顺子说，走，咱摔上一跤，看谁先草鸡喽。舅舅也不示弱说，走就走！两个人相继甩了背心，仅剩一条大裤衩子，说说笑笑两个人就朝沙滩走去了。

　　鹭鹰这次没追随老顺子，仍然立在泥铺的窗台上。我噘起嘴巴朝鹭鹰吹气，鹭鹰咕咕叫着不动。悬在窗口的旧网悠悠地晃荡着。这时候，我发现泥墙根儿下蹲着一个光屁股的男孩。小孩双手抵地，扬着肉乎乎的小脑袋，瞪大眼睛看网。孩子肯定想象不到这是捞尸的网。网在孩童眼里切割着蓝天。我心里涌出一种复杂的情感，情不自禁叫了一声小家伙。那孩子听见喊声嗖地跑开了，奔跑的小脚轻巧地敲打着干硬的泥滩。锅里开水翻花儿的声音惊扰了我，才知道面条煮熟了。我灭了灶膛里的火，站起身去海滩上叫他们。走到海滩上，我看见舅舅和老顺子站在浅泓里，摆出马步抱在一起摔跤，惹了一群游客观看。走到近前，我发现老顺子格外精神，看舅舅的眼神也是绿的，尤其他伸展的斑竹节般的手臂格外显眼。他故意装出畏缩样，分散我舅舅的注意力。在我舅舅疏忽的时候，老顺子疯牛一般撞在我舅舅的肚皮上，舅舅率先倒下了。老顺子见到躺倒的舅舅脸就松活了，正得意的当口儿，舅舅一勾腿就将老顺子绊倒了，两个人就虎愣愣地在滩上滚，滚出嘎嘎的笑声来。老顺子挣脱了舅舅，率先爬起来，用那双斑竹节般的手臂拖拽着舅舅，就像拖一具尸体。老顺子觉得过瘾，连口鼻呼出的气息也染上了海藻的绿意生机，他痛快淋漓地吼了一嗓子。拖到没有浅水的沙滩时，舅舅怕后背被沙子磨坏，就腾地跳了起来，甩了老顺子。老顺子当下就傻了，他把牙齿嗝得咝咝响，恼起一张猴腔脸，脖子痉挛了一下，手臂就胡乱抖动起来。他怔了怔，就哇地暴叫一声，朝泥屋奔去了。

日子挤对出一些非分的念头出来，是坑是井都想跳了。老顺子古怪的举动弄得我和舅舅手足无措。我看见老顺子蹶跶蹶跶地抱来三个海草人放在船上，腰间塞着酒瓶子，一只手拽着一张旧网，慢慢摇船走了。舅舅喊，老顺子，你疯啦？老顺子头也没回，频频舞动着斑竹节样的手臂，侧面看去，他的船干瘦细长，就像过去穷人的钱褡。日光十分刺眼，好像织成密密的薄网，从午后的天空里慢慢飘下来，天和地都被网罩住了。远远地，我发现老顺子的船停下来，他分别将扎制的海草人丢进海里，海草人就像浮尸一样悠荡。老顺子盯着海草人看了许久，手里的网抖得索索直响。不知啥时鸥鹰飞过来了，在他头顶画着弧线。我看见老顺子四肢无比强健了，浑身唤回了青春的力量，将网抡得溜圆，将水里的海草人打捞上来。捞上来又扔下去，反反复复地折腾着，逗得围观人直笑。我和舅舅没笑。舅舅骂了句，老东西，丢人现眼呢！快把他喊回来！我心里难受地说，他心里苦，这样会好受些。舅舅又一叹，好端端的人，废啦！过了一会儿，眼见着老顺子累了，身子一弯一弯地画弧，喘喘地跌在船板上。舅舅说，走，咱们去把他拖回来，他醉啦！我和舅舅摇着另一只舢板去了。我们看见老顺子与三个湿漉漉的海草人并排躺在船板上，还不停地往嘴里灌酒。我和舅舅跳上他的舢板。舅舅将老顺子拥起来，老顺子脖子一直，就吐了。舅舅放下老顺子就狠狠地摇船上岸，然后将老顺子嘀里当啷地背回了泥屋。

老顺子趴在门楣上哭了一阵。

我和舅舅又把他拖到床上。他头一挨枕就呼呼大睡了。望着老顺子，舅舅摇头叹息，再也没有几年前他俩摔跤的乐趣了。然后舅舅抱着草喂马去了，黄昏时分才回到泥屋，这时老顺子已经醒酒了。舅舅骂了他几句就问晚上过不过鬼节？老顺子对昔日鬼节刻骨铭心地怀恋，他说无论咋样都要过的。舅舅也是好凑热闹的人，他要晚上过完鬼节才回村里去。天说黑就黑了，晚饭没再喝酒，吃完饭后就操持过鬼节了。老顺子将鬼六子喊了来，又让鬼六子将住在附近的捞海带租轮胎的老东旧伙喊来了。天一黑就点起海火了。天上冒出半个月亮，才半个地上就白得晃眼了。老顺子抬眼望天，他说半个月亮过鬼节都能有好运的。没有鼓，老顺子就拿大弦顶了，然后再敲木板听点儿，老顺子让我舅舅指挥，自己只管拉大弦敲点儿，给我的任务是点蜡烛。开始时，滩地人不太多，慢慢有游客聚拢了来。人们开始顶篓子，我分别点好蜡烛。老顺子的大弦一响，人们就摇摇摆摆地晃荡起来。好多游客也学他们的样子跳着走，尽管显得乱哄哄，气氛是十分好的。我加入人群，围着那堆渔火跳着走着，也不知过了多长时间，老顺子就吼了一声落魂去，天外天喽——人们就将篓子扔进火堆。老顺子停下大弦，场地上只剩下拍巴掌打节拍的声音。老顺子的脸被火光映红时，却现出了极度的迷惑。驱鬼引鬼，由眼前的轻烟去定吧。我在观察老顺子，却意外地发现那位神秘的白衣少女在老顺子身边出现了，我赶紧往老顺子那头挤。快到跟前时，看见女孩苍白的脸正叠合在一片阴影里。老顺子显得老相，枯树根似的坐着，就像坐禅人那样，在脱俗的契机里，静候一段尘缘。他张大的嘴巴像漆黑的独眼。他喜欢用一只独眼送人上路。

女孩像一团朦胧而美丽的影子移来。

大爷，为什么要烧掉篓子灯呢？

老顺子头也没回地坐着。

孩子，烟能熏掉鬼气的。

你真信有鬼吗？

信则有，疑则无。

女孩用怯懦而恍惚的眼神望着老人。

大爷，人能理解鬼，鬼能理解人吗？

老顺子惊讶地望了女孩一眼。

孩子，你小小年纪咋想这些？

挺好玩儿的。女孩儿说。

老顺子睁开眼，女孩不见了。

我顺着女孩挤走的方向追，没有寻到。她走过的地方，我感觉弥散着一层白气。不知为啥，我脑子里一直丢不开女孩那张苍白的脸。夜里，舅舅哼着没皮没脸的骚歌赶着马车回村去了。舅舅喊我走，我却又不想走了，住在泥屋里总是心神不定地往外逡巡。鹞鹰在窗台也烦躁地扑棱着。果然有情况，夜里老顺子病了。他发烧了，呻吟起来，痛苦地在床上滚来滚去，像一头打滚的草驴。我摸摸老人发烫的头说送他去诊所，老顺子死活不应强挺着。我用开水浸泡一条毛巾放在老人额头。傍天亮儿，海上就传来了落魂天的讯息。老顺子一听眼睛就亮了，挣扎着爬起来，扶住门楣稳了半天神儿。他喝一声鸬鹚，从泥屋墙上摘下一挂网，摇摇晃晃就奔浴场走，他边走边喊我，你不是想体验一回吗？我说你病着挺得住吗？老顺子满不在乎地走了，我就跟上去了。鸬鹚飞翔在头顶追随着我们。老顺子走路双脚落地很重，整个人有了泡在烈酒里的感觉。我看出老家伙在暗喜，昨晚的鬼节给他带来了好运气。恐怖的早晨由于日头的照耀显得格外祥和，海滩上竖起的花伞，就像少女睁开的眼睛，一些拾贝的孩子欣欣地戏耍，尽情享受着海的安恬和美丽。我的表情却极为冷肃，心里紧张起来，禁不住咕哝着，是哪个倒霉的家伙想钻进老顺子的网啦？我猜想着尸体的模样，是男是女？哪里人？早上向老顺子报信的是一位赶早潮的渔人，他没有说清楚。老顺子跳上船板，就灌了几口老酒。我也喝了两口壮壮胆子。他一只手将网抖得沙沙作响，腾出另一只手摇船，冷静的海水便在我们身上骚动喧嚣起来。鸬鹚不动声色地飞到我们前边去了，它对死亡总是很敏感的。舢板走得极快，不一会儿就能看见黛蓝色的海面上润着一片白。这片白在浪头里一颠一悠的，我很难想象人死后能白成这般模样。老顺子说，你来撒这网，赏你一回过把瘾。我瞠目结舌，没有回话，只觉后脊骨冒凉风。我有这种瘾吗？当利益没与我挂钩的时候，我撒这一网与老顺子撒网的感觉肯定不同。我看见老顺子脸色不对了，扭头看海发现尸体就悠在眼前了。死者穿着白衣裳，不像是泳者，倒像是自杀的。老顺子呆呆地瞅着，一走神儿尸体就被船盖住，又一划船，尸体就钻出来。我吓得浑身冷汗不断。老顺子眼眯缝着，扭歪着老脸瞅，眼里没尸，如望一条魟鱼，心跳了眼绿了，越瞅越像自个儿的财。老顺子一咬牙，网就扇面似的弹开，唰地罩下去，拽起的是空网。尸体在浪头底下又钻上来了。老顺子感到了不妙。又撒一网，还是空的。老顺子将网递我让我来，我急着摇头。鬼在跟他玩把戏呢。第三网下去老顺子终于将尸体彻底网住了。他运足力气拽着，我搭手帮他拽，手抖得厉害，呼吸急促。最先露出水面的是散落的长发，我扭歪头故意不看，像拖东西一样将尸体拖上船板。鸬鹚冲下来擦着我耳边扑棱着。

砰一声沉重的闷响。

竟是那位白衣女孩。

老顺子鳖样儿地蹲着，不吭声。

我一下子惊住了。

女孩尸体运回来的时候，日头已斜斜地挑在半空。尸体停放在泥屋旁的简易棚子里，认尸牌是我替老顺子写好挂出去的。开始惹了好多人来观看。鹞鹰报信将冰块运来是上午十点左右。我发现老顺子的泥屋外又多了一张悬挂的新网。饱吸海水的湿网，正滴滴答答地落着水珠儿，将干硬的泥地洇出许多小洞儿。日光照得这张湿网白亮亮的，在沉闷的苍灰里立一柱雪白。老顺子明显感觉出是鬼节与他搭话的女孩，也就极为重视。他在女孩身下安放一块石棉瓦，又在她身上盖了张白床单。这白床单是凤娘送给他的，一直舍不得用。他又让鬼六子到滩上采来好多红蓼花放在她枕边。他用白巾将女孩的脸擦得干干净净，然后他就弯腰往女孩身上洒酒。洒一下，他就默默地念叨一句，孩子，咋走上这一步呢？再洒一串儿，他又说，可怜的孩子，安生睡吧。然后老顺子就一阵咳嗽，慢慢蹲下身来看女孩的脸，浑黑的眼骨窝里就有泪纵横了。等老顺子喘气缓一些，就抬起袖衫擦擦眼睛，摸出烟斗吸着。我走进来好久，老顺子一点也没察觉。我发觉被冰块镇起来的女孩像躺进水晶宫似的。一张眉目清秀的脸空空静静的，纸白纸白，两只紧闭的眼睛像墨线一样叠合在一起，光滑的脸蛋仿佛可以渗出水来。我敢说在任何女孩脸上都不会看到这种苍白的生动和美丽，然而她过早地凋谢了，化作风尘，风尘没有味道也没有声音。我想知道女孩的一切，就又想留下来。要解开谜团只有等她家人认领尸体了。这时候，郎税务提着那只干瘪的黑皮包走进停尸棚，冲老顺子喊一句，老顺子，这回可别偷税啦！小心俺罚你个精光，听见啦？老顺子默默地吸烟，没吭声。郎税务伸长了脖子看了看尸体，不由得吸口气，又朝老顺子训一句，唉，老顺子，收钱时别太黑了，她还是个孩子，听见啦？老顺子蹲着吸烟，还是不吭声。郎税务觉着没趣，独自走了，去浴场蹭饭去了。中午十二点左右，屋外传来卖盒饭的吆喝声，老顺子才走出了停尸棚。我发现老顺子离开停尸棚精神就好了一些。吃完盒饭，他没再走进棚子，而是静静地坐在门口等候认尸的人，人们一群一群地来看，每来一拨人，老顺子都清醒起来观察他们的表情。老顺子颇懂一些面相，每遇上神情悲戚的人来，他的心就怦地动一下，眼睛亮一次，没有成交时，老顺子就感觉心累眼酸了，烟也不愿吸了，斜靠着门框打起瞌睡来，脑袋一啄一啄的，老涎也从嘴角滴答下来。鹬鹰落在老人肩头，呼扇着翅膀才将他弄醒了。就这样熬盼了三天，仍不见认尸人来，眼见着冰块化完了，尸体有味儿了，老顺子心神就蔫了下来，我跟他分析，这女孩或是孤儿或是外地人单独来这里的。就在一个飘着小雨的黄昏，我、老顺子和鬼六子将女孩尸体抬到岗庄子渔人墓庐。女孩的坟要不了多大的坑，我们三个人一锹一锹地挖，每一锹都像挖在心上。挖完地穴时，老顺子说底下横着一扇门。我用手去摸，但不是门，是一摊黑影。于是就将女孩埋了。

鹬鹰落在坟头上朝我们张望。

又是几天没有生意，时光留给老顺子的仅仅是一段容易回忆的日子。从这时他开始耳鸣，底气也是一天不如一天了。老人面对大海守望时，真的担心下一步日子怎么个熬法儿。我临走时去海滩上看他，他泥塑木雕般地坐在舢板上喝闷酒，鹬鹰孤独地盘旋在他头顶上，久久不肯落下来。他双手抱膝端坐，斑竹节般的手臂树杈一样叉巴着，骨节旁的脉管几乎干瘪了，凄苦的面容使我久久难忘。后来我听说有一天，老顺子把自己当成死尸仰面望天往远海漂游，鹬鹰在天上与他同步飞翔，鹬鹰一会儿变成月亮一会儿变成女孩的脸。女孩连连问他，人能理解鬼，鬼能理解人吗？老顺子哭丧着脸噢呵噢呵地笑起来。往细里瞅，女孩儿这张脸就被另一张别的脸冲淡了。

一个夏天的动人日子正悄悄逝去。

不久，老顺子和鹬鹰从浴场消失了，鬼六子租下那间老屋继续捞尸。人们不知老顺子去了哪里，有人说在大连海滨浴场见到他，有人说他回到村里一病不起。我向舅舅打探，舅舅说老顺子压根儿就没回村里，家里派人四处寻找，说找到了鹬鹰仍不见人。

我长久默想，老顺子怎样了呢？

在天为翔，在地为泥。

我认为我的故事是这个时代最新奇最缺乏想象力的故事，它的真实让我发冷。但是，愿我的盼望里生起一团暖意。如果我还能看见这个世界每天都在发生不可想象的事情，那么一切都像告别。有时候我们不想告别，却又不得不告别。该怎样麻木？为什么不去麻木？上帝的鹞鹰仿佛随时都会朝我们落下来。鹞鹰是一只什么怪鸟？为什么离开它的主人？我愿感受家乡夏日海的关怀。什么时候，你在我们望海人的眼里成为港口？我们知道海是自由的，它忽略了自身的声响，走过许多的沉浮，才获取了与天对应的颜色。我听到了，海的微笑告诉我们：活着的人好好活吧。这是我们保存生存空间的绝好理由。

我们不愿忘记美好。

海
眼

一

冬尽了，眨眼就是春三月。三月的潮水活活地涌，一片滩地黑黑地瘦，远处的海藻红红地铺一层绒平。疙瘩爷从黑泥老屋探出头来的时候，漫滩皆是打鼻子的鲜气。日光拱过黑泥铺子残破暗影，煞一溜糊涂的爽气越发浓了，连同麻麻瘩瘩的老滩也猛长了精神。"带肚儿……你过来呀！"一只鸬鹰无端旋起，拍打着亮翅在疙瘩爷头顶转了一阵子，就稳稳立在老人肩头上，叫声清亮润心。疙瘩爷蹶跶蹶跶走出门来，一手托弄着鸬鹰，又喊一句："带肚儿，你小狗 × 的，爷带你去海里捞藻。"老人的嗓音跟海一样宏阔。

越往东瞅，天光愈烈，日头红得越是本色儿。浮游的氤氲里一个俊脸男孩儿在浅泓里捞海藻，光光的小脑袋在红晕里闪着一片青光，格外有生气。汤汤水水的红海藻被小孩拖拽出的声音如无数只老鼠在暗处磨牙。海藻堆很快就肥起肚子，远远看去像歪歪斜斜倒扣着的旧船。渔人男女有趣的故事就扣在晒干的藻垛里面。"疙瘩爷，背酒罐儿，没窝的老蟹漫滩转！"孩子张开豁牙跑风的嘴巴喊。"贼羔子，屁眼儿满溜的！"老人骂着就对着大海嘎嘎野笑起来。鸬鹰孤傲地鹤立着。海藻垛慢慢在老人眼里掘出黑窟窿，心里悬吊吊的，揉皱的海图一样的脸相板紧了陡然振作了守海人的威严，摇摇晃晃奔孩子去了，白发被海风吹得飘扬起来,肥大的裤管像两面大帆猎猎抖动。老人腰扎一圈草绳,扣在后脊上的肉瘤更显眼地颤抖。肉瘤融满慈善,也压弯他美气的日子。老人在红藻垛旁站定,拿大掌托一绺海藻,仔仔细细地瞧,挑出几丝红海藻就阴眉沉脸扭头凶孩子,吼,你小狗 × 的又犯忌!孩子发怵了,他觉得老人深黑的眼骨窝像两口潭,说不上有多深,明眼人才看出那是积了很久的心火灼深的。孩子不是雪莲湾的种儿,爹死后娘带肚儿嫁到海边来的。娘又生了弟弟,他不吃香了就被继父打发来捞海藻,晒干后再卖到饲料厂打碎喂牲口。海藻不值钱的,很少有人捞,他时常碰到的就是守海的疙瘩爷。老人挺喜欢孩子,给他饭吃,有时也帮他一把。老人还反反复复叮嘱孩子,红海藻乃一介神物,红生生的海藻别动,变灰的死藻方能捞上来。老人常常把红藻的故事讲得神乎其神,说到兴头上,就有老掉牙的古谣从他烈酒腌粗的嗓门里汩汩流出:"海藻托着海天吉祥,红溜一片大海衣裳,龙王福佑海水潮旺,红藻怒伤祸水泱泱。"人老了,哼了一世的歌谣也老了。老人的三魂六魄都悠悠荡荡地飘进古谣里去了。孩子断不透歌里的玄奥,只当顺口溜学着唱。空阔的老滩上一老一少唱古谣的时候,鹞鹰也好像懂了人性呼扇翅膀吱吱叫个不住。灰不溜秋的鹞鹰同人一样老迈,皮毛秃秃的,嘴巴尖尖,贼亮的鹰眼依旧鲜灵。鹞鹰陪着孤独的疙瘩爷守海已有些年头了。人老了,眼睛不中用,鹰就是老人的眼线,老人腿脚发锈有送不到的地方,鹞鹰替他去了。拢夜潮的渔人看见飞舞的鹞鹰就能放心落胆回家睡大觉,海贼见了鹞鹰怯怯地骂一声"老疙瘩来啦!"就溜了。日子久了,老人的每个手势和一声吆喝,鹞鹰都能辨出来。疙瘩爷见带肚儿满不在乎,就哑哑地咳了一声,拿大掌狠狠拍在孩子的天灵盖上,说:"快将红藻送海里,找灾呢!"带肚儿的亮脑壳被拍得嗡嗡响,嘴巴一咧一咧。以往他跟老人油嘴滑舌个没完,见老人真的怒了,就伸着脖子叫着:"俺没砍红藻,是它自个儿浮上来的!"疙瘩爷裆里溜风,两腿打战子:"狗 × 的,一宿就浮上这多?"带肚儿不怯场,只是声气细软下来:"当然,龙王开恩,赏给俺的!"疙瘩爷喉咙呼噜呼噜响。天还没暖和起来,他喘气就不那么顺畅。他望一眼得意的孩子,愈发觉得内心无法梳理,自顾自冲着大海念叨:"莫不是海坏啦?"老人一世也没见过一夜坏死的这多红藻。红藻丝还在浮浮浪浪往滩上拱。他瞪大浊眼看海，努力把海看懂，看红藻沉浮，看浪头变换流转。带肚儿也看海，孕着一脸的兴致，清清朗朗地拍手唱古谣。疙瘩爷又拍了一下孩子的天灵盖："吼　啥！"然后老脸肃肃的，独自奔泊在那里的老船去了。带肚儿断不透老人的心思，愣了许久，又欣欣地捞藻了。

　　日光好起来，海胆似的日头照下来像流汤的蛋黄。疙瘩爷瞅瞅天景儿，没啥不对劲儿的。老船上响着舒筋展骨的梆梆声，他爱听这种声音。老人摇着大肚蛤蟆船追着日头走，鹚鹰旋着小船飞。船一动，他的情绪就好些了。大橹碾出的呀呀声贴着水皮滚。一群密密麻麻的白海鸟追来凑热闹，给大海添了不少颜色。海鸟对疙瘩爷套近乎来了，叽叽喳喳地落下来，稠得老人眼前没有空隙。平时，老人就亲昵地对着海鸟打一阵口哨。这会儿老人惦着红藻，烦得他脑仁痛，鸟群搅得他眼神没个着落。老人起劲儿地吆喝了一声，鹚鹰就"哇——"一声长嘶斜身俯冲下来，横冲直撞地在鸟群里刮了一阵旋风，白鸟群就散了，一会儿就逃遁了。鹚鹰讨好地落在老人的肩头上，欢欢实实地张望。疙瘩爷将目光放开去，极有层次的海面上扑来层层叠叠的红藻，老船吃水就浅了。在烈烈的海藻的涩腥气里，老人拿目光搜刮着海面。跟海打了一辈子交道，就是猜不透海，猜透了也就寡味了。他觉得红藻里深深地藏着故事。早些年，疙瘩爷是雪莲湾有名的海眼。海眼是了不起的行当，眼功，船长都得敬他三分。船队行驶在洋面上，海眼就要端端正正地坐在舵楼子顶上，手搭凉棚，扫视着起起伏伏的浪花。他能很快分辨出哪团浪花是浪头掀的哪块浪花是鱼群搅的。而且他还能准确地说出带鱼群与大蟹群掀出浪花的不同颜色。他一声吆喝，船老大就指挥船队摆开包围阵势，长长地甩出流网。海眼就可以悠闲地吸烟了。老人带出好几个徒弟，竟然还有一位女徒弟梭子花。这些年船上配了声呐探测仪，海眼的行当也就做到头了。此刻，疙瘩爷的眼功又派上了用场，将无边无际的红藻固定在酸酸的眼眶里。红海藻悠悠地浮上沉下，很像一张张厚厚的水床，躺上去宽余地睡上一觉倒也不赖。老人喜欢红海藻张牙舞爪尽情铺展的气势。老人爱红藻是有依据的，正如古谣里哼的，别处闹海啸，独独生息在雪莲湾一隅的红坨村人没尝过闹海啸的滋味。海啸离他们太远了。祖辈人说，是海龙王派的红藻镇着呢。谁伤损了红藻，大海就怒，村人就遭报应。于是从大清年间就吟出古谣，就有了生生不息的海藻节。这节轮到闰年才过。闰年节哼出的歌谣，就叫闰年谣。闰年吉利，过节的晚上炊烟裹着海藻的鲜气沉沉地将村埋了。男女老少都要在傍天黑时齐齐拥到滩地来，家家摆桌，桌边铺一溜干爽爽的海藻，坐下来喝酒，朝海，哼谣曲，点龙头火。闯海的渔人借节找福，讨的是来年的运气。点龙头火是很有趣的，在废船上拿干海藻做成草龙，龙的身躯、马鬃、鬣尾、狗爪、鲤须、鱼鳞都拿海藻做成。点火是疙瘩爷拿手好戏，先祖传下来的规矩。他将干藻草搓成的长绳缠在他光光的脊梁上，点燃这头烧到那头才能点龙，火捻子烧得疙瘩爷后脊肉瘤滋滋冒烟子他依然笑呵呵的。燃起来的草龙推入海里颠荡着远去，末了化一股青烟。滩上人就沸了，觉得福佑万事逢凶化吉的红藻又将好运给了他们。这时辰的海滩拥拥塞塞挤满人，鞭炮锣鼓响亮一方天。一世颠簸的渔人每每从这古老的礼俗中点燃了心火，窥见劳顿烦淡日月里的太阳，顶日月艰难。疙瘩爷这阵子是最幸福的，没了远离家园的孤独，倒以为他是人窝子里滚出来的人精了。这一切都是红海藻恩赐给俺的，多好的红藻，好生待它吧，他想。然而近几个闰年海藻节断了，各出各的海，各做各的梦，捞钱都捞疯了，没人想着红藻。"人情日薄西山了，靠谁也靠不住哇，唯有俺疙瘩爷啊！别怒，红藻！有俺诚心实意待你们还不成吗？"老人自语，又像是寻着红藻对话。他一面摇桨，一面听海藻碰撞揉击出的颤声。那里花嗒嗒开花的水泡随老人的喘息绽放或破灭，如无数喁喁的嘴跟他诉说什么。疙瘩爷没看出啥异样来，就很快活地笑起来，笑破天的浊音在大漠一样苍凉的海天之间荡至远远的。他相信海风会将他的笑声吹到很远的村里去。他这个守海的野人尽管无儿无女，也愿死在村里的，人是要有家园的。他不摇橹了，愣是呆傻了似的朝远处的小村好一阵子张望。关于家园，老人心底埋着屈辱和隐痛。老人懒得去想它，就瓮一样蹲下来，腾出一只手，轻轻抓一绺红藻，抚弄好一阵子，嘴角渐渐浮了笑影。浪有些大了，银珠玉串似的浪花在老人身上手上扑咬。老人想站起来，轻轻一带，一嘟噜红藻就浮上来，细瞅，颜色也紫黑紫黑的。老人心里打个冷子，陡地惊住。死藻，怎么好好的就死了呢？再拽又是一嘟噜。海藻流红红的血水，老人后脊便淌下一柱汗来。老人惴惴地扭头看海，海也一疙瘩一块地变了颜色，不时浮出翻白的棒头鱼。随着日光变暖，冒着腾腾臭气，一股一股冲他的脑浆子。老人的脸木在半空，心沉下去就没个底儿了，海眼所看到是偌大的一轮青紫色的神神鬼鬼的怪图。海再也没有看头了。耷拉眼皮子的海，病恹恹的哈欠连天。老人对海深厚的情分猛然间就损伤了，海水里映着一张冷灰色的老脸，拿心拿血都暖不过来。

"这鸟海。"疙瘩爷说，"对不住人哩！"

老人料想是闹赤潮了。前些年闹赤潮的时候海水就一片一片坏掉，红藻蔫死不少。赤潮水毒毒的，老人为把坏水搅散，浑身被海水蜇得惊惊颤颤地肿胀了，躺在泥屋里等死了。后来他想家园小村和海藻节，不能死，好生守海不就是巴望有一天回家园吗？想起家园，他吃力地爬出泥屋，燃一蓬藻草火，将毒坏的皮肉烤得直响，就挺过来了。眼下，疙瘩爷又想将怪圈里青紫的坏水驱走。这会儿的日头不毒，但晒得他浑身软软的。老人脱掉衣裳，仅剩一条大裤衩子和一蒜疙瘩对襟背心，慢慢坐下来，闭住眼，吸了一腔子烟。隔了厚重的眼皮，他依旧能感到大海深处由赤潮引起的各种生灵的厮杀。他坐不住了，拽起船上的酒瓶子吹喇叭似的灌一阵子，就麻溜地钻海里去了。鹚鹰"哇"地叫一声冲下来，低低地贴着翻水花的地方打转儿。春三月的海里凉扎扎的，凉气穿过他的皮肉渗进骨里去了，老人身上的汗毛张开来。纵纵横横的海藻痒兮兮地搔他皮肉，推三阻四地缠磨他，使老人无法尽快沉下去，可见红海藻成群结队地向海面迁移呢。老人知道闹赤潮时就坏表皮那片水，只有沉到海底才能知晓是不是闹赤潮。他调动老海怪多年钻海的经验，大掌刮拉着藻丝，狠命地摇动着两只大脚片子，斜着身子箭鱼似的向海底冲去。愈深愈凉，他咬着牙巴骨，大幅度地摆动身子，像画着无人知晓的符咒。到底是浅海，不一会儿他就看见波动着海星光斑的礁盘了。他拿大掌隐隐刮拉着奇形怪状的礁盘，一点一点摸到礁盘之间缝子里的海藻根须。就起身子，大手冷不丁插进去，狠歹歹一抠，便有满满的一把海藻握在掌心里了，同时掀起一团黑色泥浪，沤腥气涩涩地钻进鼻孔，鼻腔与肺部火辣辣发痛。跟着太阳穴别别跳了，心虚气短，一点力气也没有了。他将海藻衔嘴里，又钻一处抠一团，才蹬腿急燎燎上浮，眼里惊惊乍乍地飞金星子。疙瘩爷黑不溜秋的脑袋从水里扎出来，头顶便是一轮皓日了。可是现在他看不见蓝天绿海了。心里只有手里嘴里这团海藻。老人跪在船板上，将藻丝细细摊开，定睛瞧，汗粒和着海水从他脸盘上跌落。藻丝软黏了，海底水也坏了。老人盯着藻丝看了许久，看出陌生来，看出恐惧来，嘴里嗫嚅了一阵，又仰对苍天弄出呵啰呵啰可怕的声响。不是赤潮，又猜不透哪一种海变的征兆。老人眼里，天陡然变色了，天穹被红海藻映成一片血色。风一激，打疙瘩的海藻荡开了，看起来幽幽长长，疲疲沓沓地传出摩擦声。漫漫泛泛的红藻带层层叠叠铺天盖地朝岸上扑去，红兮兮的晃眼，像古战场上汩汩奔涌的血液。日头被海景晕化了去。疙瘩爷像一位战败的勇士，冲着大海骇然至极地尖叫了一声，就很伤感地落下泪来。

　　疙瘩爷独自在泥屋檐下枯坐。手里捧着先人拿黄表纸写成的海志，费心劳神地破译海里死气沉沉的怪图。海也有走邪的时候，老人的海眼看不透了，就用全身的精血去感悟。他觉得自己没有守好海，再也无脸回家园，而且这也牵制着村人的命运和雪莲湾的未来。闰年春日的天脖儿短，老人还没寻出个眉目，天就寂寂地黑下来。海气湿漉漉地游走。窗上烟火熏黑的粉莲纸啪啪响了，老人听串了声音以为又起风了，站起身颠回泥屋，才看见鹞鹰在窗前来劲儿地扑腾着。老人喝了一声，与其说是想镇住鹞鹰，不如是想镇住海里的邪气。邪气太重，得镇一镇了，老人想起了雪莲湾赫赫有名的老阴阳先生十三咳。十三咳冲着大海咳了十三声，就暗暗埋下十三道"符"，邪气就镇住了。这里的花销，疙瘩爷是毫不吝惜的。他是穷得很，可卖些海带和鱼虾，手里还是攒些钱的。老人是吃蹭饭儿的，不知这饭碗还能端多久。在他神神气气当海眼那阵儿，十三咳就说他一脸贫相一身孤相，天生守海的命。他信十三咳。老人打烟熏火燎的黑泥墙上摘下蟹灯点亮。又拿下灯罩子，往里哈口气，又探进手指将罩上的油烟抹去，鲜亮的光线就在他的干瘪而皱巴的脸上涂了一层老红。老人提着蟹灯慢慢挪出老屋，鹞鹰也追着灯亮飞来。灯光仅能照亮他脚下的一片地方，不能看远，却听得到泥滩上人踩泥和拖拽海藻的声音。他就知道带肚儿摸黑儿玩命地捞藻呢。老人为此丢魂的时候，带肚儿欢喜坏了，他不知道大海为啥一股脑赏给他这么多的红藻，薄利多销，得换好多钱哩。疙瘩爷走到他跟前了，看见孩子的脸蛋像气儿吹似的，红亮透圆，眼睛亮得像灯笼，两条健壮的长腿在黑泥滩上踩来踩去。但老人看得出他已非常疲倦了，就叹一声，心里说这小狗×的将来兴许是块守海的好料子。老人从孩子身边走过的时候，黑暗里荡起带肚儿咯咯的笑声。疙瘩爷敞开喉咙骂了一句："糊涂蛋，有你哭的那天！"

"爷爷，干啥去？搭把手哇。"

疙瘩爷说："小杂种，海坏啦！"

带肚儿说："俺咋看不出来呢？"

"你那小肚脐眼儿能看几成？爷爷是海眼的时候，你还在你娘肚里转筋呢。"疙瘩爷说。

带肚儿噘了嘴巴："哼，十个海眼九个怪，一个不死都是害！"

疙瘩爷站定，没听清："狗×的，你说啥？"

"俺说这海……"带肚儿吐了吐舌头。

疙瘩爷仰天浩叹："孩子，爷爷不哄你，这红藻没几日捞头啦，很快就会死绝的！"

带肚儿愣了愣，凑上来："咋就死这么多？"

"俺也拿不准。"疙瘩爷扭了身，"这就找十三咳来。"

"俺去吧，爷爷！"带肚儿说。

"杂种，做人做鬼都是你！"疙瘩爷乐着将蟹灯递给带肚儿。带肚儿接灯时瞪着老人肩上的鹚鹰，说："爷爷，让鹚鹰也跟俺去吧！"

"就看鹰跟不跟你啦。"老人的脸松活了。

带肚儿噘起嘴巴打了个响亮的口哨，扭头颠颠儿地顺着河堤跑了。鹚鹰陡然旋起，一闪，就追着孩子去了。老人笑了，笑起来像尊佛："这小狗×的还真有点福气呢。"

送走老阴阳先生十三咳的儿子小阴阳先生，春日的暮风就刮起来了。疙瘩爷像株孤树站在海滩上，背对大海，凝视着远处的小村。小村静卧在河堤一旁的泥岬里，显得苍老而神秘。老人眼里的小村黑得沉重而彻底，黑得像个张牙舞爪的怪物。老人啥都明白了，大海的损伤源于村里的邪气。他错怪大海了，心里歉歉的。小阴阳先生刚才毫不含糊地告诉他，海坏了是村里工厂的废水污染的。十三咳老得病在炕上，他说儿子已远远超过他了，这碗仙饭由儿子接过来。儿子高中毕业，识文断字的，能将阴阳八卦与现代科学结合起来，在雪莲湾施

展的天地还蛮大的。疙瘩爷从老屋墙上的泥坯里取出多年卖藻攒的钱，央求小
阴阳先生像他爹一样给埋下几道"符"。小阴阳先生看着那几张毛了边的票子，
闻到上面的泥腥味了，看着可怜的老头难受了。他才一五一十地跟老人说，"符"
管不了这个，见怪不怪眼见不见，人随势走吧。说完小阴阳先生就走了。疙瘩
爷沐在夜风里，海水卷着死藻漫到他脚边来了。风将海水点子刮到他脸上身上
和脖子里，不用擦转眼又被风吹干了。愁苦的老皱一道一道网在老人的脸上。
得想招儿哇，不然海要坏到哪步田地了？他眼神斜斜的，透出一种亮光。他找
到"符"了，去找村长老座子。老座子是村里最精明最有权威的人，他会有法
子。再说，他也该管的，他想。他冲着黑暗里闪着磷光的死藻咳了咳，稳了心，
就回屋睡了。

二

　　天还没有完全亮起来，疙瘩爷就肩扛着鸥鹰走在通往村里的乡道上。昨夜
里老人梦了一宿家园，梦里的小村美极啦。醒来了还让他产生了许多联想，诱
他进入各种角色，享想象中的福。海藻节那阵子荣耀不提，就是他当海眼那阵
儿，沉寂的小村总是伴着他的拢滩而喧闹起来。按照村里的习俗，满载而归的
船队抛锚，要由船上的海眼把网披在船舷上，向亲人报告丰收。疙瘩爷挂网的
时候，滩上迎接的锣鼓就鲜鲜亮亮地响起来。那时的老座子是船老大，他是海
眼。一上岸人们就将疙瘩爷围个严严实实，不断弦儿地问这问那。"带鱼群在
海里潜行，你也能发现吗？你是咋看见鲨鱼冲船来了呢？"他就神神气气地坐
在村头的石碾上讲他的眼功，讲到兴头儿上，后脊处大筋粗壮的肉团勃勃地涌
着热血。他嘴里嚼着干鱼片，常常把寻海的故事讲得平平淡淡。满足不了村人
的好奇心了，村人死死缠住他，他也就抓拿不住自己了。喝下一瓶白干酒，他
一沾酒，话便多。有人醉在心里，他却醉在嘴皮子上。他先哼一遍闰年谣，先
制造一个崇拜和神圣的气氛，然后显摆他是如何被海风拖碎了的亮带底下发现
千千万万面条鱼的。有一回他发现海水里的媳妇鱼群，面积很大。他施小计硬
是将媳妇鱼们引入小岛的臂弯里。光棍汉们听着乐坏了，说，要是一群媳妇就

棒啦。人们嘻嘻哈哈地笑起来。即使他瞪着眼睛撒谎，村人照旧当神敬他。村人觉得他浑身的每个汗毛孔都是一只眼睛，不是凡胎，怕是成仙了。他从众人敬仰的目光里搜刮着久久渴望的东西，一副陶醉的样子，招摇得很，连小村也变得可爱了。夜深了，他就躺在被太阳晒热的碾盘上呼噜震天入梦去。好舒服，漂泊在外的渔人睡在小村的哪个角落都是踏实香甜的。妹妹心疼他，听说他出海回村了半夜不见人，就满街筒子喊哥哥。别看哥哥这份德行，妹妹却生得嫩骨朵似的依依可人，一条又粗又亮的大辫子在细腰间荡来荡去的，圆腚在裤里满满当当地柔韧着，摇得全村男人心跳。爹娘死得早，他十分疼爱妹妹。早上醒来他知道妹妹夜里背他回家的，心里就埋怨自己，昨夜胡侃些啥。妹子织网，暗暗攒钱给哥说媳妇。然而，哥哥活活让后脊的大疙瘩给糟蹋了，见一个吹一个。她就张罗着给哥换亲，为了哥哥她不怕委屈。有一次就要搭勾成了，妹妹就出事了。他在海上，妹妹在家里织网，跑单帮的渔人马三海闯进来就将妹妹拽进网垛里干了那事。妹妹想不开就跳海了。他出海时眼皮子老跳，回来一看，一方天就坍了。他想告马三海，又没证据，而且马三海的舅舅是公社书记。他忍了，可仇在心里种下了。海神爷不瞎眼呢，那天出远海，全船的渔汉子熬得东倒西歪钻进舱里打盹儿，唯有疙瘩爷一本正经地端坐在舵楼子上，手搭凉棚，扫视着海面的鱼群。海里的天说变就变，刚才还响晴儿的，这会儿就发天了。贼风起了，催一片高高的海浪头。不远处一只小船在阔阔的海里搅来搅去融成混混沌沌的一团。他的船也猛猛地打摆子了，他从舵楼上滚下来，就看见巨浪抓起那小船狠狠地抛向空中，又跌下来。船上的渔人呼救着。他很快就认出那是狗×的马三海。冤家，你今日就是今日啦。他残忍地笑了。他欣赏着小船被击成了飞溅的木头片片，马三海舞着胳膊与桅杆一并拐搭拐搭地下沉。手和桅转眼就摇没了，那里一片茫白，浪头子像凄艳的花一样开开败败。他眼里幻化出妹妹坐在败败开开的花上。妹妹消失的时候，亮闪闪的浪沫像一股熔化的银水四面流淌开来。被发天震醒的渔人急赤白脸地问他，你咋见死不救呢？他咧开瓢似的嘴巴笑了。他宿愿乍酬，满心是晕眩的轻松，或功或罪一笔旧账总算了了。然而他也生生将自己退路断了。古老而残酷的村规围起了一座无形的乡狱，见死不救的村人要被开除家园去滩上守海。守好了海，又为村人做个不小的善事，方能获准回村来。守海就守海吧，他不后悔。海是宽厚而公道的，跟海混日子比人窝子里还要好活得多。想是这样想，其实他心里是舍不得家园的。热肠子村人，泥墙围成的大院儿，门前的老槐树和后院的菜园子，都是他迷恋的东西。他被赶出家园的那天早上，好大的雾。他背着简单的行李卷儿，在院里默立了许久，瞅啥也瞅不够，他知道瞅瞎眼睛也不会回来了。他跪在院里的石阶上，眼眶子一抖，泪水冤冤枉枉地流了一脸，泪水顺着他脖子胸沟爬着。他遥遥听到几声召唤。扭头看见院里站着满满的村人，人们也跟着他难受。村人从感情上容纳他而村规拒绝他。谁也救不了他。有人说，如果你就赖着不走也许就不了了之。疙瘩爷偏偏地站起身说，俺走，俺还是条汉子。他抬头挺胸地走了。他一去渺然。村规本没道理，良心就是道理。他不会取巧，赎罪似的背那苍穹，顶着一片天，守着一湾海，做了无尽的善事。几十年过去了，他一回回拿泪眼遥望家园。在心里勾画着家园的模样，一定是很美很美的了，想起家来，整个人便有了泡在烈酒里的感觉。人老了又多了心眼多了情分，很强地燃起了思恋的焦躁。孤寂中，他一回一回拷问自己，好生守海，有朝一日回家去，还是死在家园里踏实。村人忙啥呢？他们还想着俺吗？怕是早将俺这糟老头子忘了。他像一个老顽童似的舌尖吊着心盼，乏味的日子仍不禁要叹一声日月的悠长。他常常走进家园的梦幻里去。他想，喉咙一热，冲着小村幽幽长长地喊一嗓子。再长的路途，一想家便短了，疙瘩爷一抬头就看见村口了。

"鹞鹰子，真好看！"

"老头儿，你从哪儿来？"

一群上早学的孩子喊喊喳喳地围着老人看稀奇。孩子们不认识他，分明像打量一位远古来客。疙瘩爷陌生地望着孩子们心情特别好。他突然觉得，这世界真有看头，人世也有了活头了。为了孩子，也不该把海坏掉。他想。"哄啥，都走都走！"远远的有个稍大的孩子吼。老人没抬头就知道带肚儿出来了。带肚儿双手插进裤兜里，挺傲气地昂着头，站在老树下，脑袋和肩膀洒满密麻麻的柳毛子。老人发现带肚儿的两眼像熊猫似的黑了两个大圈，好像哭过。后爹刚才准是又熊他了，拿街上的孩子出气。看见带肚儿，疙瘩爷像见了亲人似的有了根。他伸着干丝瓜瓢似的脖子叫了声："带肚儿，领俺去村长家。"带肚儿没吭声。扭头朝街里走。疙瘩爷瞄着孩子走着。雾散得很慢很慢，一座一座小楼齐齐排开，晃得老人眼睛发晕。他抬起袖衫擦擦眼睛，崭新村景全裸进眼里来了。村子变样子了，好像与他没有任何关系。梦里的小村仅是一个美丽而朦胧的影子了。他脸上的表情变得复杂莫测了。村里的气味压得他喘不过气来。他泪眼凝噎，眨出一片水雾来了。带肚儿在一座楼前站住了。其实村长家也算村口，道儿不远，一泡尿就滋到了。疙瘩爷咳了一声，鸬鹰就旋儿旋儿地飞起来。

"疙瘩爷，请进，稀客哩！"村长老座子从二楼的窗里探出头来，然后出来下楼。

疙瘩爷说："你眼真神，没敲门就知道啦？"

"俺看见鸬鹰啦。"村长仰脸望望天儿。

疙瘩爷站在门口说："村长，俺跟你说个事儿。"

"屋里说吧，老叔！"村长说。

"不啦，俺狗屎上不了台盘。"

"瞧你说的，嘿嘿嘿……"

疙瘩爷沉下脸来，说："村长，海坏得厉害，红藻成群死呢！"

"唉，俺早就料想有这天。"

"你得管呢，村长！"村长叹一声："唉，这会儿村规比那时还多，急不得，也恼不得。老叔，你知道咱过去在一条船上混，同唱一首闰年谣，对海是有感情的。眼瞅着海大片大片坏掉，俺不心疼吗？如今世道变啦，上头号召村村上企业上规模上水平，咱想不通也得通啊！人随势走吧……"

疙瘩爷恼成一张猴腔脸："老座子，老座子，你个老座子！当村长五迷三道能成？海都不要啦，良心还要不要？俺问你，上头也号召你们把海都毒坏吗？罪孽，真格儿的罪孽哟。"

村长依旧笑咧咧的："别气，老叔！俺不是没管过，可俺这村长也不得烟儿抽啦！自主权在企业，人们两眼盯着钱，眼都盯绿啦！这阵儿开个会都得拿钱。俺为污染问题找过环保部门，他们来一车人，比画比画，吃饱喝足，带上几筐鲜货，屁也不放啦！这些工厂除了承包就是个体。厂长都是渔花子，没上过学，胆子大得能翻天，敢干的都发啦。这些鳖羔子们，哪管你污染不污染！"

村长的一通煞风景的话,将疙瘩爷的锐气挫下去了。老人的身子慢慢堆下来蹲在村长家门口,脑子里胡想一气,"这海,这红藻,就眼睁睁的没救了吗?"他沮丧地嘟囔着,心血便一攻一攻,有了莫名的力气,"俺管,豁出这把老骨头!"

村长老座子望着疙瘩爷忽地生出一些想法来。几十年了,他从船老大、民兵连长、村革委会主任、大队长熬到今天村长兼村支书的位子上,是费了一番心计的。他有过上上下下都圆满的辉煌日子,他是小村的核心。谁不敬他?哪家有个红白喜事都将他请到酒桌上,他的赢人之处是会用权力。他从来没有看错过人。然而,他偏偏就看错了一个人。一个不解风情的丫头片子,疙瘩爷做海眼时唯一的女徒弟——梭子花。如今的梭子花是雪莲湾的显赫人物,渤海火碱厂的女厂长了。那么多的年轻厂长都是老座子一手培养出来的,梭子花不是。她是在老座子看不起她的时候,自己杀出来的。她溜过了村长的这双慧眼,从一个养虾女一跃为女厂长。她怎么就成势了呢?她几乎成了小村的核心。老座子受不了。他也曾想笼住她,然而她偏不尿他这壶。她使他这村长活得不踏实了,不那么理直气壮了,使他的权力和威望受到威胁了。村人渐渐与他淡了,说话办事向着梭子花。都是些势力鬼,眼睛怕是生在额头上了。多少日子过去了,他仍然想不明白,人情咋淡到这份上呢?五十多岁,应该说不太老,他突然觉得自己一下子苍老了。可是,他不甘心,他要好好跟这丫头片子较较心劲儿。年轻人成了势总是太张狂的,不冷静总有翻船的时候。梭子花,你还嫩啊,这八仙过海的年头,人炼人,海也炼人呢。他想让梭子花过一过疙瘩爷的这道"海关"。弄深了,梭子花的工厂得关门;弄浅了,她得求村长来说情。他想。他有些沉不住气了,对疙瘩爷说:"老叔,你老帮俺弄出点眉目来,俺和老族长敲锣打鼓接你回村来!"

疙瘩爷喜得喉结都颤了:"这是真的?"

"俺哪会儿跟老叔打过诳语?"

"老叔信你,老叔想家呀!"

"你老远天野地一辈子不易,该回来啦!"

疙瘩爷感动了:"你就吩咐吧,老叔是守海的,没那说头,也该去做的!"

"咱村污染最严重的企业就是火碱厂。"

"火碱厂，记住啦。"

"是梭子花的厂长。"

"这丫头，净胡来！"

"你能说服她吗？她可不是给你做徒弟那阵儿……"

"哼，梭子花，这小样儿的！"

"你不是她的对手。"

"她不敢跟俺调歪！"

村长老座子乐了，吐了一口浓痰。

疙瘩爷哼着闰年谣，欣欣地走了。

三

疙瘩爷像头拉磨的老驴，在西滩滩泥岗子上的火碱厂外转了一圈又一圈，他真没想到徒弟梭子花会有这份能耐,虎虎生生地鼓捣起工厂来。工厂很简陋，周遭儿堆着白花花的盐山，没有院墙，是用石棉瓦围起来的，里头隆隆的机器声被疙瘩爷听串了，就像涨潮的涛声。老人望一眼烟囱直直摇入蓝天的黑色烟柱，就骂一句："横糟呢！"然后鼻腔里引发出喷喷的声音。老人一辈子也没见过工厂是啥样子,他以为工厂是城里人的事。他不明白为啥"知青"一回城，工厂就"上山下乡"来了。难道海边人办厂城里人下海来个轮流大换班吗？怕是闹个干海滩撒网两空呢。不过，谁对谁错他断不透，他只认一个死理儿，大海坏掉的情形是很吓人的。他被迫卷进来了，闹不清自己的对手是谁，谁糟践大海他就跟谁没完。他想着，熏风已经充满了酸涩的气味儿，他已嗅不到大海的原本气息了，一个收获的季节就会在他眼前葬掉了。他蹚着黑烟走，慢慢就听到哗哗的流水声了。他看不见水道口，循声摸索着。鹚鹰禁不住黑烟的熏呛，"哇"地吼叫了一声朝高远的碧天冲去了。老人也忍不住猛猛地咳嗽起来。找到水道门，老人瓮似的蹲下来，瞅着黄浊的流水，心情坏透了。他愣了一会儿，将右臂的袄袖卷起来，把胳膊伸进浊水里，一搅一搅的，半天才抽出来。他看见瘦瘦的胳膊上现出了癞病似的黄白颜色，慢慢就热了，之后便蜇得慌。他甩了胳膊，站起身，一蹶一蹶地顺着水流走了。他不错眼球地盯着黄浊的水流，入渠，转弯，爬滩，入海。到海边了，他看见黄水与海水交融时一点一点变成青紫的怪圈儿。他佝偻着老腰，看了好长时间，心里惴惴的喘不上气来了。胳膊肿胀得痛了，他方回过神来，弯腰将胳膊在水里涮了涮。然后，老人背着手沿水流走回来，远看像一只孤独的老狼，一副要吞人的样子。守海老人的肚量像海一样能容忍很多东西，却无法容忍眼前的一切。他头痛欲裂，狂跳的心脏仿佛要胀破胸膛。他在碱厂门口站定了，充满愤怒和挑衅似的吼了一句："梭子花，你出来！"

　　疙瘩爷连吼了好几句，竟给小厂子吼蒙了。过了好半天，他看见有两个人来。他眼拙看不出来，两个人的身影像团火，蹿上他的眼帘子。他觉得对梭子花发发脾气还是发得来的，哪个不晓得他是她的师傅？哪个不晓得老人家待她恩重如山呢？他记得三十二年前的一个黄昏，海上闹龙卷风，梭子花爹在海上，怀孕已九个多月的梭子花娘独自挪到滩上等船。海上不断有凶信传来，天黑了，她娘还跪在滩上烧香祷告着。这时候，她娘觉得肚里胀胀的不对劲儿了，慌慌站起来，就觉裆里一热，淌下腥腥的血水。"天哪——"她娘吓得脸子寡白，跌坐在滩上，顺手抓一团晾晒的海藻草塞在身下。三月天，凉风低低地吹着。她娘哆嗦着身子发出无援无助的痛苦呻吟，不久就昏了。守海的疙瘩爷闻声赶来了，将血淋淋的梭子花娘背回泥屋里。她的身子刚一沾炕，肉团团就随血水慢慢滑到炕上。疙瘩爷就听到了一声响亮的婴孩的啼哭。他笑了，怕冻坏娘俩，点燃了一蓬藻草火。这婴孩就是梭子花。疙瘩爷知道她爹遇难了，梭子花的啼哭使他难受得落下泪来："又一个没爹的孩呀！"梭子花是在疙瘩爷眼皮底下长起来的，娘要她认疙瘩爷做干爹。疙瘩爷任梭子花一声一声叫也活活不应。他说，这野丫头眼睛蛮亮的，长大跟俺做徒学海眼吧。娘说行啊。疙瘩爷随便说说，没承想梭子花竟成了雪莲湾第一个女海眼。老人没少在她身上花心血。那阵子村里组建"三八"女子船队。梭子花跟船当海眼，她的火眼金睛咬着鱼群不放，舱舱丰满。梭子花是又辣又冲的性子，生得有些男相，笨笨壮壮，野起来有天没日头，敢跟赶海的爷们儿疯说疯笑，敢跟泼妇口对口骂大街，敢跟男人抱成团在海上摔跤取乐子。她娘的调教，她对疙瘩爷还是挺尊重的。走近一些，疙瘩爷认出梭子花和一名小工人走过来。梭子花穿一身干干净净的白工作服，头戴卫生帽，见疙瘩爷老脸阴住，她就眉眼讪笑着叫道：

"师傅，你老来屋里坐呀。"

疙瘩爷回过眼，剜她："瞧你穿得人模狗样的，工厂咋就不好好弄弄哩？"

"出啥事啦，师傅？"梭子花怔怔的。

"别问俺，你是海眼，自个儿看！"梭子花漫不经心地笑笑："俺看啥？"

"海！"

"海咋啦？"

"海坏啦！"

"咋坏的？"

"别给俺打哑谜！"

梭子花的月盘子脸又透出刁辣劲儿来了："哦，俺明白了。你老是嗔怨俺厂废水放海里啦！俺的厂比起咱村那么多厂还轻呢！你老又不是环保局的，别费这份神啦！留口唾沫暖暖自己的心窝子吧！"疙瘩爷瞪大的眼里闪出骇光，腮上的干肉抽抽地抖了："梭子花，你别攀比别人。咱都是海养大的，手心手背沾着腥，打断骨头连着筋。现今年轻人啥都不懂啦，不懂，也就掂不出轻重，师傅不怪你，从今日起得想招子治治污染吧！"梭子花听着老人的热肠子话，声气就软和下来："师傅，你的心情俺懂。其实，俺也怕失去大海。你拿海藻救过俺的命，海盐又是俺厂里的主要原料。俺能眼睁睁地……唉，俺想，等赚够了钱，添个净化污水机！这会儿俺还买不起！说真的，底子薄哇。"老人不是屈尊俯就的人，可他见梭子花不跟他穷横，也就知足了。他说："你个鬼丫头，总算讲道理啦！别一竿子支太远，限你十天拆东墙补西墙，也要把那个机添上！记住啦？"梭子花心里觉着屈，没言语，只能用一张无语的冷脸来抵挡，挡他，也挡自己的心。她在琢磨是哪个人物挑唆疙瘩爷给她上眼药儿来的。她不能当众驳师傅的面子，老人够可怜的。见老人问紧了，她就响脆脆答应。疙瘩爷老脸上默着一团高兴，村长眼里的堡垒就轻易拿下来了，他可以问心无愧地回到村里去了。他嘴里念叨着只有自己听懂的话，魂魄早溜到久久渴望的家园里去了。人远离啥，便渴望啥，他不知道自己回村以后会激动成什么样子。老人破例胡夸了梭子花几句，喝了一声鹞鹰，就颠着碎步走了。见老人走远了，梭子花绷紧了花嗒嗒的脸，双手叉腰，对身边工人说："你打探打探，是哪个王八犊子搬出疙瘩爷跟老娘过不去！"工人问她："进不进去污机啦？"梭子花撇撇嘴巴说："屁，周转资金还费劲呢，哪有钱干那闲篇儿！"工人又说："那老头再来找呢？"梭子花说："就说俺出差啦，糊弄几句打发走！"然后哆嗦着肩膀咕咕地笑了。

疙瘩爷立足的海滩，旱了熬盐，涝了撑船，不旱不涝的时候就是晒海藻的季节。几天来，他和带肚儿各自晒了一大片死藻。日光很好，远远近近弥漫着新鲜的藻腥味儿。疙瘩爷看着海水推上来的红藻，拿叉子挑平摊开，觉得一时半会儿干不完。刚摊一小块儿，他就累乏得不行，眼前迷离目眩。以往摊一天也不觉累。这是怎么啦？他踏着乱蓬蓬的藻草，一摊散肉堆在那块泥坨子上，抽烟，看海，听不远处拢滩的渔人哼那些没皮没脸的骚歌。他看见日光从海面斜斜地照上来，依旧能看见一环一环青紫色的怪圈儿。海不遂人愿，悠悠荡荡的还是老样子。老人叹息着，将粗短油亮的烟斗衔在嘴角，瘪瘪嘴巴，有滋有味地咂巴着。鹞鹰在他头顶盘旋。带肚儿稚鸡雏的童音，欣欣地在藻鲜气中飘来："爷爷，快干哪！不然，俺这儿可就堵啦！"疙瘩爷有些烦心了，任带肚儿的呼叫在耳里飘进飘出。"爷爷，咋不说话，做梦娶媳妇哪！"带肚儿又贫上了。"这狗×的，净琢磨邪事儿。"说罢，老人自个儿就轻轻笑了。带肚儿也笑。孩子一笑，老人又烦心了，心里翻出一堆事来，他强撑着站起来，默默地走了。他摇船又到海里看了看，又转到梭子花的碱厂寻寻。确实太气人太恼人了，十来天了，碱厂的一柱废水流得更火。他站在厂门口吼了半天梭子花，也没人搭理他。他往里一闯，就有几个工人像驱赶疯子一样将他撵出来。老人悻头涨脑地骂了一通，就慌慌张张地找村长去了。乡里人好造恶对话，梭子花的口舌早传到村长耳朵里来了，他知道梭子花不是省油灯。她查出是村长暗中做手脚，就村里村外指桑骂槐地咒村长呢。村长正恼着，见疙瘩爷来了就说，你愣头巴脑屁事没成倒给俺招来骂名。村长想隔岸观火做闲云野鹤却做不成，疙瘩爷心里歉歉地说不出话来。村长又说那丫头鬼着呢，别指望在她面前充爷们儿。疙瘩爷脑袋嗡嗡的，满眼都是浑浑的黄白色。闷了很久，他说俺要回家来俺能制服她。然后，疙瘩爷倔倔地走了，脚片子落地很重，透出一股狠气。

这一阵子，疙瘩爷像个怪物似的，纹丝不动地冲着碱厂站着。鹰隼一般的眼睛，如两个黑洞洞的枪口，向徒弟的碱厂瞄准。老人的花招儿给徒弟戳破了，他再也不把她当徒弟看了。她财迷心窍房顶开门谁也不认了。日子挤对出一些非分的念头出来，是坑是井都想跳了，老人受不住了。人一到没辙的时候，就想起无赖般的损招来了。天黑透了，疙瘩爷就悄悄溜到碱厂的水道口，很吃力地搬来石块儿，再拿海藻堵缝儿，将水道口堵个严严实实。第二天早上，梭子花看见满院横淌竖流的污水，当下就炸了。工人们一阵紧忙活。起初，他们以为是哪个淘气的孩子干的，可是隔了一日，水道口又堵了，堆放在库房里的碱包泡坏了不少。工厂里乱得像闹土匪，一连闹了好几天，找不到对手，气得梭子花对着旷野骂大街。后来，她疑心是疙瘩爷支使带肚儿干的，就派两个工人夜间蹲在树林子里抓人。那天天黑不久，疙瘩爷又去了。他知道梭子花吃了瘪子对这事很上心了。上心就好，俺老头没啥跟你过不去，天塌下来由高个子顶着。是大海跟你过不去，大海不瞎眼呢。他想着，就站在夜海的风景里，听自己的心跳。一溜儿海风吹散一片薄云，夜空开始疏淡，如奶液注了清水，有朗朗暝色在天幕上起起伏伏。鸥鹰在跌宕起伏的晕光里飞着，投下怪拙的暗影。老人不时望一眼做伴的鸥鹰，心里就壮实许多。他走上老河堤时，脚底就有些劲势了。他一点也不觉得自己是去干偷鸡摸狗的小人勾当，就像出征的勇士。河水在老人脚下亘古不息地流淌着。这是一条运盐河，一头入海，另一头弯弯曲曲钻向北山根儿。老人知道河里盐分重，没有枯水季节，冬日里也是盈盈满槽水。海水泛滥时，一河清澈变一河浑浊，裹挟着杂草臭鱼，直抵北山根儿的洼地。老人忽发奇想，如果将老河口装上大闸，平时关严，将村里村外的废水引向老河，一闹海潮，将大闸张开，咆哮的海水就会顶着浊水远去。这样就会把海保住了。得朝村长提提，废条河就废条河吧，世上原本就没有八面光的事。他想，扭头频频朝老河作揖，对不住哩，老朽实在出于无奈呀。老人自语着。觉得老河不大喜欢，河面上有凄哀哀的声音传过来了。老人觉得浑身阵阵发冷了，就喝一声鸥鹰落到自己的肩上来。拐了下道就到碱厂了，盐垛映着月光，地上旺白旺白的，十分刺眼。老人没看出有啥不对劲儿，那里除了机器声就是他自己刮刮拉拉的走动声。老人轻车熟路又直奔水道口去了。老腰刚刚弯下来，就从暗处跳出两个小伙子将他揪住了。小伙子很得意。

"老东西，活腻了吧？"

"老不死的，可等着你啦！"

疙瘩爷将肩上的鹞鹰抖飞，脸上平平静静的。半晌才说："放开俺，别碍俺的事儿。你俩的任务完成啦！去报告梭子花，是老朽跟她过不去！"

"哎，倒打一耙，老东西，是你跟俺们捣蛋！"一个小伙子说。

疙瘩爷说："跟你们没话说，叫梭子花出来。"

"你胡搅蛮缠，她不见你的！"

"她不见俺，俺也不见她！"疙瘩爷也想硬气一回，挣脱了两个小伙子，又要弯腰去堵哗哗奔涌的水道口。两个小伙子匪匪地拖他："老家伙找死不等天亮。"疙瘩爷运足气力愤愤地一抡胳膊，跌在泥坎子上了，骨碌碌滚进废水池里。脸碰在水泥管子上，鼻血像小红蛇似的爬出来。两个小伙子看着水里扑腾的疙瘩爷，幸灾乐祸地笑起来。疙瘩爷顿觉浑身火辣辣地难受，眼前是一片糊糊涂涂的黄白。一时间觉得身子漂起来，漂到深渊里。他觉着要死了，死对他没啥好怕的，无论是好死还是歹死，死了就完了。他的身子一欠一欠的，花骨朵般的水泡儿在他身边颤颤涌涌。他踢蹬双腿，瘦精巴骨的肩就顶着水道口了，浑水绞着骨头架子吱吱响。老人的圈子腿在废水里架出两张弓，将后背满满地顶在水道口上，废水就断流了。老人没声息了，像个哑鬼。两个小伙子慌了，赶紧七手八脚地将老人拽上来。疙瘩爷水潦潦的身子向后挺着，发疯似的喊着："放开俺，俺就死在这里！"他梗着脖子使劲儿扭动着脑袋，眼窝里禁不住流进一片灼热的黏液，蜇得眼睛生疼，眨眼就啥也看不见了，嘴里仍旧反反复复地咒骂着："婊子养的，不明事理的东西！"吼着吼着他就没劲儿了，嗓子吼倒了，头耷拉下来，迷迷糊糊地被两个小伙子架了好长时间，但他没有服软儿，十分清醒地以一种仇恨的状态攥着拳头。两个小伙子远远地看见滩上黑黑耸出一截儿的泥屋了，就"扑"一声蛮横地将老人摔在地上，吼了句："老东西，放明白点，再去捣乱，放把火烧了你的鳖窝子！"转身就打着口哨走了。老人当下就昏了。

扑棱棱——扑棱棱——

也不知过了多久，疙瘩爷被鸬鹰宽大有力的翅膀拍醒了。老人头枕着一片红藻草，浑身哆哆嗦嗦像打疟疾。他的两只老眼肿成了红铃铛，很费力地睁开一道缝儿。天还暗，夜气寒寒的，一片疲惫无奈的海滩，万物都悄悄默默的。潮音也小到听不见的程度。老人和鸬鹰与黑秃秃的海滩无声而长久地融合在一起了。老人在远远近近的一片静里，感受着人生的寒凉，一种失去依托的寒凉。他通体麻木了，水渍渍的身子连一点热气也没有了。他展展身子，腾出胳膊抓几把干爽的藻草掖在身下暖着，慢慢就感到红藻的热力了。连死藻都这么有情分，老人没白护着你们。老人感动起来，很沉地对着大海叹了口气。鸬鹰在老人躺倒的臂弯里坐下来，望着夜天里弹出的几颗星子。满天的星儿都醒着哩，幽幽闪闪，很深很鬼的样子，老人也看出来了。星星下沉，天就一点一点亮了。浓雾落下来，将藻草又苦涩又清凉的气味裹起来。老人呼吸着这种气味儿，脑袋颤出醉态来了。抬头瞧着没长满实的红日头在他眼前摇荡出一片纯粹的藻红。老人知道日头升起来还会掉下去，掉下去的日头还会再来，而被毒死的红藻和一片碧海就再也回不来了。那一抹藻红在浪尖上滚滚跳跳向远处涌去。牵着老人的魂走向自然走向高远走向辉煌。老人一蹭一蹭地爬起来，用痛苦的呻吟，在神经彻底麻木之前，眼望苍天厉厉地喊了一嗓子：

"天杀的，天杀的——"

四

疙瘩爷拿干海藻搓一根绳子。

老人的体力明显着不行了，一坐上老屋的土炕整日不想动弹。闷在泥屋里，他心里总能寻个踏实，看不见家园，也看不见海，心里也就不烦了。这个泥屋像个装满蛤蜊皮子的麻袋，在海风里脆脆地吱扭着。老人从不关门，让热热的阳光洒进来，让鲜润的海风溜进来，但那种很重的汗息和烟油子味老也散不去。那天早上老人爬进泥屋的时候，嗅到这种气味儿，身体就不那么难受了，肚子里有些饿了。他不顾一切地爬到墙根儿，伸手拽下挂在墙上的干鱼片，放进嘴里囔囔地嚼着。干鱼片是他拿海藻火烤过的，一嘟噜一串地挂在墙上，让带肚儿偷吃了不少。到底是老人牙口不好，东西硬硬地嚼在嘴里，毛扎扎的咽不下去，牙根就酸酸的，不想再吃了。之后，老人就觉着脑袋、眼底和四肢痒痒地痛了。污水够厉害的，像海蜇蜇了似的。老人眯起眼挺着，跟挺尸一样。他想起用海葵水洗洗身子也许会管用。可惜他去年秋天从深海里捞上来的海葵都让带肚儿当玩物拿走了，带肚儿来了多好。那小狗×的偏偏就那么不着念叨，小脑袋搅着日光鬼鬼地从门口探进来，喊，疙瘩爷，日头照腚啦还不起来？老人在地上抽抽地咳起来，将满腔子怨怒泼到孩子身上，骂，你小狗×的快把海葵给俺找来。带肚儿跳进屋来，当下就傻了，爷爷你咋了？老人说昨夜里中毒啦，快拿海葵来。带肚儿扭身一路飞快地跑回家取来五块海葵标本。他将疙瘩爷拽上土炕，将老人身上的衣服扒个精光。老人身上像生了牛皮癣似的又红又肿。带肚儿按老人吩咐将海葵放进瓷罐里捣碎，搅进水盆里，拿一条不成颜色的毛巾泅湿，轻轻在老人后背上揉揉搓搓。老人吼了一句，狗×的，狠点儿。带肚儿就咬牙瞪眼地搓起来，每搓一下，老人就闷着的喉管"哇"一声爆叫。起初老人一惊一乍地疼，搓一阵儿浑身就坦坦然然了。带肚儿搓得很仔细，头、胸、腋窝、屁股、大腿和脚丫子都搓了个遍，几乎搓掉了一层皮。末了，老人没啥感觉了，耷蒙着眼皮舒舒服服地睡着了。他不知道带肚儿啥时走的，只发现墙上的鱼干又少了一串儿。老人这一觉就睡到黄昏。老人从窗子探出头去看黄昏的海。想起自己堵水道口的事，自己也感到很无聊很没劲了。人老了就是老了，一天到晚傻吃憨睡才能长寿。谁也不领情，俺又苦撑个啥呢？老人想，就轻松了许多。后来看见死藻，又回头张望一眼家园，心情又陡然变糟了。取巧的老家伙，你可别变成一个投机分子，你天生就是顶风噎浪的命。他想，一颗心又莫名地摇荡起来。摇荡归摇荡，老人这会儿可是一点主意也没有了。人被逼上绝路的时候，就想起老祖宗玩命的招数来了。他忽然觉得应该结结实实地打一条绳子了，尽管绳子的确切用场还模糊着。一天一天，老人就醉迷迷地打那根绳子。老人很少说话，脸相青乌乌的没有表情，端坐在炕上的身子越发矮矬了，两眼黑枯了。谁也想象不到他老得这般快。天黑下来，疙瘩爷就借着蟹灯的光亮默默地搓绳子，神情专注而痴迷。连梭子花走进来坐在他身边都不知道。梭子花是来看望师傅的，顺手将一网兜水果和罐头放在炕沿上。她想劝劝老人想开些，可她瞧见老人手里的绳子心里就发毛了。明明暗暗的蟹灯将老人憨头面孔映红，就像悬着一张被红藻包裹的海图。老人眼前是大海，海图显得天然、灵透、真实，叫她看了心壁发震。老人的身后是一堵被油烟熏黑的泥墙，很浓的泥腥味和老人身上涩涩的臭气扑面而来。久违了，梭子花在她呱呱坠地的泥屋里又嗅到了生命的原始气息了。泥屋和海图都浓缩了她的历史，闪跳着并不遥远的记忆。记忆的天地像大海一样浩瀚。她眼前的老人简直不是人了，就像坦坦荡荡的海，海里有风，有船，有帆。她不动声色地看着这个枯瘦矮小的老头儿，感到他身上强悍坚韧的气息了。他的意志包括他的一切都那么不可抗拒。看久了，她就觉得老人的生命熬成了盐。梭子花心乱得没了方寸，一路准备讲的气话被这股气息驱散了。她大气没喘，喉咙一热，很久才叫了声：

"师傅，俺来看您了——"

疙瘩爷没扭头，也没作声。

"师傅，打绳子干啥？"

疙瘩爷耷蒙着眼皮，照旧搓绳子。

"师傅，求求你放过俺吧！"

疙瘩爷蜡黄而虚肿的眼皮撩开一道缝儿，眼里闪出一道冷光。梭子花乖乖地露怯了，僵僵地站起身来。她怕了，她觉得老人冷光太阴，怕是啥都干得出来。她在野滩野海里滚大，从没怕过谁，如果眼前不是疙瘩爷，一切都好办了。她就要给憋疯了。老人的眼皮又努力盖上了，但老人的嘴角已斜斜地挂出一线口水来了。红蛇一样扭来扭去的绳子一点一点从疙瘩爷颤抖的手掌里滑出来，凄凄切切的声音听起来很忧伤。

老人一句话也没说。

老人看都没看她一眼。梭子花悻悻地扭身走了。老人不动声色地搓那根绳子。闰年是个凶年，都这么传。

梭子花从疙瘩爷那里感受到闰年的凶气了，一连几天她眼前总是晃着那根绳子。穷的怕横的，横的怕不要命的，她总觉着疙瘩爷会跟她在碱厂拼命的。那样事情就会闹起来，上头跟厂子较起真儿来，罚款收污染费就会把碱厂弄垮了。她纵有回天之力也挽不回了，因为火碱受国际大气候影响，价格跌得只剩蝇头小利了。她买不起去污机，就是买了也没几日用头了。转产或是重搭台子另唱戏也许是条路子。顺坡下驴没啥难的，败在师傅手下也不算丢人，唯一让她咽不下这口气的就是村长老座子。"老座子，做人做鬼都是你！"梭子花骂着，痛苦在进退两难的缺憾里。疙瘩爷压根儿就不晓得梭子花也活得这般不易，他眼里只有大海，只有家园。海完了，家园回不去，他只有以死来抗争了。前前后后才几天的事，老人懂了一个很残忍的道理。这世界不容你看透看远，懵里懵懂地活着蛮好。疙瘩爷偏不入流，更随不了小阴阳先生说的"势"道，自己生将自己这张脸皮撕了去。老人的绳子打好了，光洁漂亮，结实有力。他一圈一圈十分耐心地将红藻绳卷起来。这是老人一生里打得最满意的一条绳子，可以说是满意得不能再满意了。老人望着这一盘绳子，喷喷地呷了几盅酒，脸上润了酒晕，就踱到地下将绳子抖得呼呼作响，腮上有一棱黑肉噗噗弹跳起来，脸相焦黑如炭。带肚儿蹭进屋来，很眼馋地望着那一盘绳子，歪着小脑袋说："爷爷这么好的藻绳做啥用？"疙瘩爷摸摸带肚儿的小脑袋说："孩子，自古以来红藻绳就是驱邪的！你不知道吗？"带肚儿像听古经一样，问："不知道。爷爷，哪儿有邪呀？"

"海走邪，人也有走邪的时候。"

"咋去邪呢？"

"你猜！"

"俺猜不来。"

"绳子一缠，邪就去了。"

"俺不信！"

"孩子，你会信的。"

"那，俺先把你这个坏老头缠起来。"带肚儿的嘎劲又上来了。老人没懊恼，举动奇怪地挪过来，投降似的举起胳膊，闭上眼："来，缠吧，缠得紧紧地。"带肚儿沾沾自喜地发现自己很高明了，一面嘻嘻笑，一面往老人身上缠绳子。老人啥也看不见，缩缩肩胛，慢慢蹲下身来。"缠完了，睁眼吧！"孩子拍手跳着。老人看见孩子天真纯净的眼睛，感动得不行，将老脸贴近孩子的脸蛋儿，醉了似的喃喃着："带肚儿，给爷爷唱一回闰年谣。"带肚儿说："你也会唱，为啥偏让俺唱？"老人说："爷爷老了，你唱得才好听。"带肚儿望着被草绳缠住的老人摇头晃脑地唱起了闰年谣。甜甜的童音从老泥屋里荡开去，在黄昏的老滩上悠悠不绝。老人听着激动得泪都不知该怎么流了。日子烦得断了指望，小曲一哼就解心宽了。老人听得那么入迷。多好的歌谣都让人们忘却了。老人愉快温暖得要融，忘了痛苦，忘了时间，只有闰年谣。可是，闰年再也不闰了，歌谣也哼不了几天了，这里很快就会没有红藻啦。老人眼窝潮潮地掉下泪来。

"爷爷，你哭啦！"

"哭啦，就去邪啦。"

"孩子，回家吧。"

"俺给你松开绳子。"

孩子欢欢地跑了。疙瘩爷一边卷着绳子，一面看孩子远去的背影。他没想到自己古怪的举动竟招来孩子那么多的猜想。孩子，明天你就看不见俺这古怪的老头了，你叫得好，十个老头九个怪，一个不死都是害。俺这就去死啦。天大地大海大，为啥把自己挤对得无路可走？人在难中想亲人，谁亲？老人能背起肉瘤子却背不起良心账。病海堵得他喘不上气来，活着求都求不来的事，也许死后能圆满了。他想拿这根绳子吊死在火碱厂门前的老树上，出了人命，上头就不能不管污染了，而且老座子村长会将他抬回村里厚葬。老了，啥也没用了，能死在日思夜盼的家园就够了。老人想开了，就将困倦迷惑的老脸扭向大海，心里说，海呀，俺这忙算是帮到头了。于是，眼窝里又有泪水下来。他在海滩上站了很久，手像干树杈一样叉巴着，枯枯的皱皮里拱着干干的骨节，骨节旁的脉管一跳一跳的。这时候，老人裤裆湿了，裆处凉凉地洇出一片黑迹来。他不敢在海边久待了，扭转身，倔倔地走了。鹚鹰落在他肩上来，由于他肩上搭着绳子，鹰爪踩上去滑滑的立不稳，就又飞起来。鹚鹰呱呱叫起来呼唤着走邪的主人。老人的魂仿佛飞到天外去了，眼见着没有啥东西能唤醒他了。那张脸空空静静的，工厂门口也空寂无人。望着那株歪脖子老树，如望一座墓穴，白骨累累，阴风阵阵，越瞅越像自个儿的归宿。老人不慌不忙地向树杈上甩绳子，甩一下，绳头就滑溜溜掉下来，再甩，还掉，好像树伞里坐着跟他作对的鬼。老人心虚气短，头皮一阵麻胀，眼前的一切都变了样子。

远远的，有人喊：“老东西，又堵水道口来啦？”

疙瘩爷缓缓扭回头来。

“老头儿，碱厂叫你搅黄啦！还要怎么样？”

疙瘩爷走过来，看见厂门紧紧关着，门口上挂着“转卖厂房”的木牌子。那个看守厂房的工人又说：“还是你徒弟心疼你，这么一摊子说扔就扔啦！老东西，你福分不浅呢！”

“天哪——”

疙瘩爷先是一蒙，就禁不住泪水汹涌了。

五

海，说好就好起来了。

“这海，才真正称得上海啦。”疙瘩爷在天还没有大亮的时候走到海滩上来了。夜里一场透雨，将脏兮兮辱眼的海滩冲洗得光光溜溜。海的颜色也变蓝了，青紫的怪圈消失了，红藻又张牙舞爪地铺展开了。这情景老人一向是要看得入迷的。老人感激啊。梭子花那丫头还算有良心。别小看那树桩粗的水道口，别小看，细水长流会吃掉大海的，他想。村长老座子也算讲信用，尽管没有像他吹的这么爆，还是说服了老族长准他回村住了。村长张罗着修好老人旧宅，还把老人办成五保户，说，疙瘩爷你往后就别在海滩上荡野魂啦。疙瘩爷百感交集，俺回村住了也不丢守海营生，俺福浅怕是架不住哇。村长说你看着办吧。村长不高兴了，老人心里就鼓鼓涌涌。他也确实有这份心没那份力了，见好就收吧，别再滋生意外枝杈。说不定哪天他躺在家园的老屋里一觉睡不醒了。他想，就权当与海告别了。不知怎的，眼前秃秃的海滩和哈欠连天的海就是老也看不够，看不够啊。

海一截一截亮了。浅泓里的红藻被雨水洗得鲜亮极了。红藻在老人眼帘上拨弄出无数飞舞金箔。海也是喜雨的，雨水稠了，鱼虾肥红藻美。有一日红藻发黄了，远看像马尾藻。疙瘩爷就慌了，以为红藻患了黄疸病，花钱请来十三咳给下"符"后来落了一场春雨，红藻就很快变成本色了。老人这才知道红藻也是喜雨的。疙瘩爷光着脚丫子，咕咚咕咚在浅泓里踩着，小浪头推拥着红藻，在老人的脚脖儿处心满意足地打着卷儿，有几丝朝他腿肚子上爬。老人的腿和脚痒得不行，就弯腰抓起那绺海藻，用鼻子亲切地嗅了嗅，不黏不涩，活活生生，老人的心绪就慢慢辽阔起来。

海好了，天也跟着蓝。天蓝得能一把拧出水来。没有雾，日头刚露半张脸，海天就豁亮了。这时候，老人发现自己那条走了相的舢板船被夜雨冲到海里去了，像个没有灵性的棺椁在海里逛荡。他很想摇船去海里看看。转这一回，他就将破船送给带肚儿。他看准了，那小狗×的将来是个守海的好料子。可是破船离他至少隔三五道泓了。这是小汛的时候，泓一道比一道深。老人听到深泓里哗然作响的水流声了。阔大而沉闷的水流响陡然振作了老人的精神。老人甩了上衣，将裤腿卷起来，准备涉泓了。涉泓是老人的拿手把戏。由于泓底冲出的深深浅浅的海沟，海水的流速就不一样了，这就看眼功，身体还没移至前面的水流时，就得透过浪花断出流向和泓底深浅来。老人举着上衣，一点一点地走入水里，眼瞄着海面上纵纵横横的亮带子。无论海浪怎么涌动，他都能撑着平稳在海里走，像走平地一样漫不经心。海水缓缓升起来，很快就没了老人的肩头，老人凉得吼了一嗓子，就沉稳而有节奏地挪动脚步。鸥鹰在老人头顶飞来飞去。老人毫不费力地涉过五道泓，就追上悠荡的破船了。他像一只老海怪，笨拙拙地爬上舢板船，抖着身子，嘴里扑扑地吐着气。拿上衣擦净了身子，老人就摇船朝深海去了。

老人哼起闰年谣，声音哑嘎苍老。

这一回疙瘩爷发现红藻王了。老人很早就听先人说，这片海域有个藻王。藻王是一个由无数红藻丝滚起来的球状藻团，很大很大，滚动起来掀起的浪花呈伞状，是老人从来没有见过的。藻王在这块地埝上扎根儿有些年头了，传说藻王会动怒，怒起来就搬家远走，寻找新的海域。老人就怕藻王搬家，藻王在，红藻就会留下来，藻王没了，那成群成片的红藻就跟着退潮的海流走了。怕不是好的兆头，疙瘩爷有生之年有幸看见藻王。起初，老人往船里捞一些浮起来的死藻丝，死藻明显少多了。正捞着，老人看见一片伞状的浪花来了，就愣了片刻，紧摇小船划过去，看见密密的海藻在海里涌，像一堵厚墙，隔远了看才是圆形的一角。老人的脑袋轰地响起来，哦，藻王！前阵子海坏了，老人以为藻王死了或是逃了，没承想，厚厚鲜鲜的大家伙还在呢。红藻搅在一起长成一团的。那种凝滞、黏稠和雄浑的感觉，使老人欢喜得叫出声来了。藻王，福佑着世人，托着一片吉祥。祖辈人说，藻王扎窝子很少移动，明显着海变惊扰了藻王，使之藻王在小汛时的潮汐变动中显得烦躁不安了。藻王，安生地回去吧。疙瘩爷默默地守着藻王，虔诚地祈求它安安生生地旋回海底。日错午的时候，藻王缓缓地沉下去了。老人目送着下沉的藻王，心里方平顺下来。

傍晚的时候，疙瘩爷回村来了。

尽管老人风烛残年了，老人摇摇摆摆走上村口的时候，还是努力昂起头来，弄得像当年做海眼时那样神神气气的。街灯一照，老人的脸相像块老铜放光了。可是老人的形象毕竟没有营造好，身上带着一股很浓很浓的藻腥味，胡楂上挂着鼻涕，一闪一闪亮。鹞鹰立在他肩头上。鹰身上也有一股怪味，与老人身上的气味合起来，熏了一条街。街上人很少，见了老人也是淡淡漠漠的样子。有些新媳妇捂着鼻子躲躲闪闪，有几个孩子追了一阵看稀罕，就被大人喝回去了。老人努力笑好，十分渴望地寻着村人，只要他们围上来，他就给他们讲藻王的故事，哪怕说一宿。然而，没有人搭话，小村很冷漠。老人走着，心里委屈地想，村人不知道俺是赫赫有名的海眼吗？他们不知道俺豁出老命为他们保住那片海吗？老人慢腾腾地走一趟街，碰上一拨搭话的人是要出钱买他肩上的鹞鹰。老人横他们一眼，就溜进家门里去了。家里也没有大的异样，老屋、槐树、菜园子。到家了，地地道道回家园了，这都曾是他瞅也瞅不够的东西，是他梦绕魂牵的世界。他得到了，却啥都寡味了。不知怎的，他一点儿也提不起神儿来，再也爱不起来了。老人进屋来，不点灯，也懒得生火做饭，就那么闷闷地坐在门槛子上，掏出烟斗滋滋地吸烟。他脑里空空，啥念头也没有了，所有的真情都一勺烩了。夜深人静了，老人连衣裳也懒得脱，往土炕上一偎，就算睡觉了。睡不着，睡不着，老人又坐起来，觉得缺了啥东西。到了家，还缺啥呢？老人爬起来，癔癔症症地走出来了。这次出来，老人没带鹞鹰，像磨道上的瞎驴，在村里转悠了一夜，天亮了方倦倦而归。这一宿折腾，疙瘩爷就苍老许多，人越发矮矬了。天大白大亮了，老人更是睡不着，挪到街上的老墙根儿下晒暖。老人回村盼得心都发霉了，真的回来却啥意思也没有了。村里房舍的模样着实耐看，可人心乱了，一切都乱得不像样子。从晒暖老人们碎嘴碎舌的学说中，他知道村里天天有人吵架；天天有人为一桩小事骂大街；为一块房基地打得头破血流。更让老人伤心的是，见死不救赶出家园的村规早已自生自灭了。村里有个娃子参与杀人也能拿钱买出来，活得比世人都硬气。人们疯了似的向海索取，没人关心红藻，没人会哼闰年谣了。老人眼见着小村上空终日笼罩着邪气，怕是多少道"符"也镇不住了。小村走邪了，怕是大海终归难保。疙瘩爷忧虑不安的眉头胀出肉疙瘩，再也不愿听下去，也不敢往下想了。他嘴里喷出气，暖化着天。心里百事不搁，蹲在墙根下的疙瘩爷就能够眯眼打瞌了，他的鼾声像冬日的风一样哨响。噼噼啪啪，一阵鞭炮炸响起来。

疙瘩爷被惊醒了，慢慢撩开眼皮子，远远地瞧见村口围着许多人，旁边停放着小轿车。老人猜想哪家的娃子结婚了。他早已过了看热闹的年纪了，又迷迷糊糊地闭了眼。这时候，从老人身边走过的人说，梭子花的海产品贸易公司今日开张啦。疙瘩爷全听见了，再也坐不住了，站起身，晃晃悠悠奔那里去了。自从梭子花从他泥屋里回来，老人再也没有见过她，他总觉得欠了她什么。这丫头身上的人情和义气总算没有断尽。他这才觉得女人家挑梁拿事不易，不成事落人耻笑，干成了谁都想吃一嘴。俺对她是不是逼人太甚啦？老人惴惴地想。

这年头的人说瘪就瘪，说抖就抖起来了。疙瘩爷望着被人簇拥着的梭子花。她着实风光，头发没梳，随便披散着，衬衣扣子没系全，一副懈懈怠怠的样子很拿人。老人爱看她的眼睛，那曾是一双很厉害的海眼。这会儿变成商眼了，她的眼睛红红的，老人猜想里边藏了啥东西，是火，是红头巾，是小灯笼，还是金元宝？老人没哼声，梭子花就看见疙瘩爷了，挤出人群奔过来，笑着说："师傅，听说你回村啦，正要看你去呢！"

疙瘩爷狗咬刺猬不知咋张嘴了。

"师傅，早说你回村，啥事都没有啦。"

"孩子，师傅不开面儿，你不恨俺吗？"

"咯咯咯，俺从不记恨人！师傅。"

"往后，你混得更好，师傅才好受哇！"

"师傅，那事别总挂心上！"梭子花一副大大咧咧的神态，"你不找着俺，俺也该转向啦！市场调节，啥赚钱干啥，今日一开张，俺就将一列车海蜇发往省城啦！比办厂子还火！"

疙瘩爷乐得嘴巴像煮熟的蛤蜊，合都合不拢了。心想，这丫头行了，真的行啦。梭子花大模大样地跟着笑，泪花花就扑闪开了。笑着笑着，梭子花的脸就阴住，说："师傅，老座子幕后的勾当俺全知道！"

"孩子，跟村长搞好关系，他也是为保住海呀！"

"屁，他心里没海，只有自己！"

"孩子，又发蠢气啦。"

"哼，兵熊熊一个，将熊熊一窝！他老座子打铁不看火候！为保他的太平官，整这个拉那个，整日算计人！这叫啥本事，姑奶奶就是瞧不起他！还要走哪儿骂他哪儿！"

疙瘩爷咧咧嘴："都孩子妈了，说话还那么粗！别斗气，村长还是器重你的。"

"器重？他净坑俺！"

"罢罢罢，大喜日子，别怄气啦！"

"哼，日后有好戏看哪！师傅，俺的话先放在这儿，这海早晚有一天糟在他手里！"梭子花说着眼亮起来，"要是俺当村长啊……"

疙瘩爷说："你这嘴可不是善茬儿哩！"

梭子花说："天生歪腚葫芦……"

人们哄地笑了。

有个小伙子说："经理，该去车站发货啦！"

梭子花跟疙瘩爷告了别，就粗手粗脚地钻进轿车。车徐徐开走了。疙瘩爷过分成熟的额头挺挺地仰起来，目送着小轿车远去。

六

梭子花那里的心病去了，疙瘩爷的心情仍不能好起来，心里怅怅的不知怎么打发日子了。是梭子花成全了他，使流浪大半生的老人有了回家园的理由，又是梭子花害了他，使他认清了家园的真面目，扼杀了他支撑生命的念想。隔一层雾气看家园比回来要美好。那样，无论在大海里的哪个角落，或是走到天涯海角，他都能感到家园的存在，有一丝慰藉。然而，他心目中的家园毁了，就像太阳掉进粪坑里。也许，是老人太恶毒了，村里有啥不好？谁骂你了惹你了？没有，连老人也不明白这种失落和伤感是怎么涌上来的。老人在村里没意思地晃了些天，就病倒了，病很重，连上海边走走的气力都没有了。老人孤零零地躺在老屋的炕头上，拿拳头抵在自己的胸窝里，嘴里发出高烧时才有的晕晕乎乎的呻吟。老人没有高烧，只是脑袋痛得要炸。鹞鹰在屋里憋得咕咕叫唤，扑棱棱满屋房梁上瞎撞。"海，这会儿的海怎么样了呢？"老人望一眼鹞鹰说。这时候，老人才明白心里欠缺的这块是听不见海涛声了。他在海边待惯了，一个个漫漫长夜，全靠红藻和潮音来充填他孤独的心室，点燃心火，驱散永无休止的痛苦和耻辱。老人想着，就慢慢睡去。他做梦了，梦见了海，梦见了藻王，梦见了村人给藻王过起海藻节来，老人激动得鼻梁发酸。

"疙瘩爷，疙瘩爷——"带肚儿进屋来将老人喊醒了，"俺逮着地图鱼啦。"

疙瘩爷喘喘地扭头，望见带肚儿肩扛泥泥水水的鱼罟的得意样子，喉咙咕噜了一声。

"爷爷，你病啦？"

"爷爷……怕是……不行啦。"

"俺煮鱼汤给你喝。"

"孩子，海好吗？红藻好吗？"

带肚儿怔了怔，龇出一嘴豁牙："好，好……都好。"

疙瘩爷的老脸天真无邪地笑了。

"爷爷，俺拿你的舢板逮的鱼！"

"舢板就送给你啦……"

"俺还捡了一条破舢板船哪！"

"小狗 × 的，真有福气。"

带肚儿做了鬼脸儿奔堂屋灶台去了。

疙瘩爷脑袋痛得不行，身子动都不能动。老人鼻子又酸了，他追忆着梦里的海藻节。对了，他对家园的眷恋不是还有一个海藻节吗？今年是闰年，是过节的年头儿。老家伙，挺住吧，年未过节未了，无论如何也要挺住。人有正邪两股气，古往今来邪不压正哩，气在人在，气泄人就完了。老人想，浑身的骨节就咕咕一阵轻响。他笑了，笑容是硬撑出来的。带肚儿还真有两下子，他将鱼捣碎了，丢进沸腾了的油汤里去，灶膛猛猛加火，将锅急催滚开之后，再用温水慢慢焖一阵儿，汩汩的翻泡吱吱作响。等泡儿灭了，他就端出粗瓷大碗盛得满满，端进屋来："爷哩，喝汤啦！"疙瘩爷心腔热热的，心想平时俺没白疼这小狗 × 的。老人的嘴在碗沿溜溜转动，"滋滋"的滚烫声很响脆，鱼汤在老人嘴里打滚儿，停一下，流向喉口，眼泪就下来了。带肚儿说："快喝,鲜哩！"然后有一串清水鼻涕流下来。

"老叔，在屋呢？"村长老座子来了。

"喔——"疙瘩爷应一声，呛咳嗽了。

带肚儿拿着空碗蔫蔫地躲出去了。

"病啦，老叔？用不用叫大夫？"村长坐在炕沿上，掏出烟卷儿来。疙瘩爷连连摇头："不麻烦大夫啦！不要紧，头晕。"

村长老座子忽地想起什么，从裤腰里摸出一只空瘪的暖水袋："这玩意儿你老留着用吧，去寒哪！"

疙瘩爷感动了："你看这，这么忙，还惦记俺。"

"你老人家守海有功啊！"

疙瘩爷沉默良久，身子颤颤的。

村长老座子憨憨地笑了，他敬仰老人又害怕老人。从老人与梭子花的较量中晓得老人的厉害了。站在大海一边看，疙瘩爷的的确确可以感动天地；可站在村长一边看，老人会成为累赘了。这些天村长找出自己恐慌的症结来了，这世道光靠权威不行了，得抓钱，办企业，腰里揣着硬货是啥感觉？有财力垫底，权才有用，财没了，多么伟大也没有人尿你了。都像梭子花那样翅膀硬了对付他，他会有好日子过吗？他要办厂，自古以来无商不富，光靠海不行了。他将梭子花碱厂的厂房买过来开办了纸厂，旁边又一拉溜儿建起轧钢厂。钢材一夜里热起来，价格翻着跟头涨，得尽快抓住，不会看远，所以工厂设施就不会全，就会有污染，眉毛胡子乱成一把抓。有得就有失。有人骂他糟践大海。糟蹋就糟蹋，没有钱这海又有啥好留恋的？然而，当他静下心来面对大海的时候，心里乱乱的不是滋味，特别是一想起疙瘩爷，心里就打冷子。他想操办一回海藻节，既稳住了疙瘩爷，又对村人宣告，他老座子没忘大海，往后大海坏到哪步田地，他心里能平衡一些。于是，他找疙瘩爷合计这事来了。他一提海藻节，疙瘩爷脸子喜得不行，一挺一挺地硬坐起来，叫道："英明，英明哩！你跟俺想一块儿啦！"

"你拿算个日子。"

"俺有这资格吗？"

"你是一代守海人，有！"

"那就 6 月 6 日，六六大吉。"

"好，就这样敲定啦。"

疙瘩爷心花都开了，身心被喜悦泡润，血脉就活顺了。

节日说来就来了。病恹恹的疙瘩爷奇迹般地好起来，苍黄的脸上润了老红，眼神放光。疙瘩爷和村里几个年轻人拿干海藻扎成草龙。村长找老族长合计合计，还由疙瘩爷点龙头火。疙瘩爷拿出上回搓出的藻绳，没想到绳子在这儿派上用场了。在节日的前一天晚上，村长老座子在村委会的大喇叭里讲了一通过节安排。第二天响晴，天气是无法挑剔的。疙瘩爷在下午就扛着鸬鹚，光着瘦瘦的脊梁，独自去老坟地了。坟地是渔人的墓庐，是全村地势最高的地方，离海边不远，借祖宗仙气，求祖先保佑，每次海藻节都是先在坟地聚群儿。从这儿点龙头火,然后火捻燃着,由点火人去滩上点草龙。疙瘩爷走着,树渐渐少了,泥岗子多了,地势就有些苍茫的大海味道了。老人蹩跶蹩跶走,腰里的酒葫芦嘀里当嘟地晃荡。弯腰撅腚爬上老坟地那片高岗子时,日头就要下海了。老人坐在泥岗的树桩上,鹞鹰可劲儿地飞上飞下,叫声也有些凄凉。老人的心火该成势了,光着上身也不觉冷。暮色落下来,孩子们虎虎地在滩上跑,将憋了好久的一声吼出来:"过——海——藻——节——喽——"喊声鲜亮、亢奋,杂了些说笑声和脚步声。疙瘩爷听到吼声,眼睛里就看到了大海再生的晕光,灿烂着苍凉绮丽的日子。万象生生灭灭反反复复,唯大海是长久牢靠的,小村日后的生计和荣光都由大海托着呢。老人深深地感动了。人应该有良心,大海不瞎眼呢,你敬它一尺它就回你一丈,走不完的蛤蜊滩,摇不完的橹橹把儿,亲不够的海浪头。老人想在点龙头火的时候将一辈子积攒下的对海的感激全部倾泻出来。天黑得纯粹了,坟地里很静很静,一丘丘的墓庐人脸似的叠排着,鹞鹰落在坟地里的古树上。路走到头了,渔人就到这里安歇。老人觉得没多久他也就到这里来了,来这儿报到之前,老天就赏给他最后一次点龙头火的机会。老人等着,耐心地等待着。密密的花脚蚊子跟老人摆起迷魂阵来,在老人的脊梁上咬出一层毒疙瘩,成了蛤蟆背了,一抹就一把血。老人不在乎,他看见滩上黑暗中闪耀的渔火了,渔火一粒一粒跳。热嘟嘟的海风将充斥了藻腥气的海滩搅得骚动不安,稀稀拉拉的渔火引起老人多种猜想。按往日的规矩,人群也该往老坟地聚拢了。今日是怎么啦? 老人耸起了弓一样的眉毛,心里悬吊吊的。

"老叔,老叔,害得你老这般等。"

村长老座子领着一个小伙子爬上泥岗子。

"老座子,你可来啦。"疙瘩爷说。

"老叔,咱回家吧!"

"回家? 不过节啦?"

"唉,让那帮龟儿子搅啦!"

"谁敢? 给他仨胆子!"

"老叔,你不知道哇! "村长老座子沉下脸来,"就要往滩上抬草龙了,三栓和马强找俺要工钱,那叫吃人,张口要五百块! 俺不应,两个杂种三下两下就给草龙砸啦！唉，当初做龙时就不该要这两混混儿呀！再说，今日子也不巧，来大汛了，村里人都去赶夜潮兜蟹啦！每户倒贴十块八块的也没人来呀！"

疙瘩爷浑身如一堆酥土，无声地瘫坐下来。完了，啥都完了。连草龙都敢砸，就不怕遭报应吗？老人记得三栓那杂种曾眼泪汪汪地求他让他做草龙。连眼泪都假了，还有啥是真的呢？还有这见利忘义的村人。都是为钱吗？为钱？不是为钱又为啥呢？天大地大哪还有一块净土哇。两行浊泪，从老人的深眸中溢出，稠稠地流。

"别难过，老叔！再定个日子……"

疙瘩爷的身子慢慢蜷下去，老脸很怪。他搜出腰里的酒葫芦，咕嘟咕嘟仰天猛灌，喉咙里滚着凄凄的呜咽。

"回吧，老叔！到俺家去喝。"

疙瘩爷依旧旁若无人地喝酒。

"老叔，走哇！"村长不耐烦了。

疙瘩爷觉得天旋旋地转转，老坟地倒过去了。人、老树和海滩也都慢慢倒过去了。颠倒着看这夜景却很有意思，很有看头儿。老人嘿嘿地笑起来，扔了酒葫芦，将红藻绳一圈一圈缠在身上，哆哆嗦嗦地拿火柴点燃了绳头儿。干爽的藻绳燃得很烈，火绳烧肉的声音滋滋响着，荡起一片焦煳味。老人站起来了，笑着朝泥岗子下面走，扑扑跌跌地打摆子。老人跌倒爬起，跃起又跌倒，和夜的颜色融为一体，唯有火红的豆点闪闪跳跳。他身后没有人，一只鹳鹰对着黑沉沉的海滩在号在喊。

七

第二天疙瘩爷彻底醒酒的时候，再次离开了家园。这一走，再也不会回来了，他也不想回来了。他携着鹳鹰，拿一根树杈挑着简单的行李卷，悄悄地回到了海边的泥屋里。

日子像一泓静水。可是大海的日子却是在呻吟的咆哮中挺过来的。大海在挺着，挺一天算一天。老人走了才三个多月的光景，海坏得是很吓人的。死藻越积越厚，层层叠叠地将海滩覆盖了。疙瘩爷又走上了老河堤，到旧碱厂的地埝上转转，一看，就傻眼了。碱厂转成纸厂，水道口还是老样子，只是黄浊的废水变成绿色的了。纸厂两侧是一排一排的轧钢厂，车水马龙，热闹异常，黑烟滚滚。老人愣了许久，强撑着身子，黑黑地绷着老脸挨着门口找厂长。没人搭理他，都是一脸鄙夷的神色。他们干疯了，三班倒，班班都是计件承包。老人问紧了，就不耐烦地说，这几个厂里只有副厂长，正厂长是村长老座子兼着。"老座子，你个老座子，整个一个欺师灭祖的投机分子！"老人的声音变成可怕的嘶喘了。老人风风火火地回村找村长了，村委会人说，这阵子村长可忙坏了，这会儿又到外地拆借资金去了。老人愤愤地哼一声，阴眉沉脸地回到海边来了。老人不敢正视大海了，慢慢压住心惊，坐在泥屋里，又不慌不忙地搓起海藻绳来。老人的心像被人摘了去，空空的，脸苦苦地愁着。老座子是他最信赖的人，也跟他玩起袖口里捏指头的把戏，你的良心顶不上一截狗杂碎。他咒着，又想起梭子花走时跟他说的那句话来。老人就铆了劲儿搓那根绳子，他没有别的招儿了，就会搓绳子。可是，那天中午，老人的绳子还没搓完，带肚儿就惊惊乍乍地跑进来喊："爷爷，快来看哪，海咋啦？"

　　疙瘩爷跟贼撵似的跑出来，手里还捏着那根没搓完的绳子。老人呆了愣了傻了。过午的日头又懒又丑，白惨惨照着躁动的海浪头。那个神秘恐怖的青紫怪圈儿弥弥合合。潮水泣泣诉诉退去，发出悲怆的哮喘声。大海的颜色在老人眼睛里极有层次地变幻，苍白、淡灰、黛蓝、深紫、血红。红藻拥拥撞撞疯疯癫癫地随潮退去。活藻死藻扭结在一起，掀起几分妖冶的红雾，映得天景儿像烧着一样。红雾慢慢洇开来，一点一点织成蘑菇形。疙瘩爷知道祖先叫他"开雾"。开雾是很有说头的，那是海龙神动怒吹来的仙气。红藻走了，它们会成群结队地退到深深的大洋里去，寻觅新的家园。他听祖辈人说，光绪年间海上"开雾"，就来过这么一回。后来红藻又回来了，这一回怕是一去不返了。疙瘩爷听见了红藻撞击的颤声和深处荡来的唻咮声，愣了许久，方回过神来，抡圆了手里的藻绳，骇然地吼了一声："红藻，不能走哇——"他扑扑跌跌地奔舢板船去了。鸬鹰正在云层里翻着跟头，听见主人的吼声，虎虎地斜冲下来，追着舢板船。鸬鹰也感觉出海势的异样来了。带肚儿闹不清出了啥事，见疙瘩爷诚惶诚恐的样子，心里也紧张起来，颠颠儿地跳上自己拾到的破舢板，一路追来，紧紧咬着疙瘩爷的舢板船。

　　整个大海在悲泣地翻涌。老浊的浪头裹着红藻退去，大片大片的黑色泥滩十分得意地从海里钻了出来。疙瘩爷看见渔船没有准备，被退潮甩下，趴在秃泥滩上傻呆呆地晒屁股呢。老人没注意带肚儿在后边黏着他，带肚儿也不敢吱声，怕老人骂他回去。老人这回认定是海走邪了，海走邪的原因是村人激怒的。海真没法看透，再也看不透了。大海涨潮和退潮的规律连光屁股的孩子都知晓了，可是"开雾"时红藻集体迁徙，是渔人很陌生的，连他这个守海人也是头回见着。他听人说这股淫威是来自海底的。老人已感到铆船钉似的沉闷声音从大海的腹中荡来，有一种包孕天地吐纳日月的气势。老人觉出大海的冷峻和无情了。红雾和海雾化在一起，使海面变得黑天不像黑天白天不像白天。能见度就差了，使老海眼的目光限定在小圈子内。老人凝神去搜寻海面上伞状的浪头，他要尽快找到藻王，豁出老命也将藻王拦回来，藻王在就会有红藻在。尽管老人的想法很天真，却也是很对路子。关键是他在这片海域里能寻到藻王吗？就是碰见，凭他势单力薄的小老头能截住藻王吗？老人明显觉着体力不行了，年轻那阵儿肯定会的，不管能不能拦回来，老人就是这么想了，想是他的自由。回去了不还是神神怪怪地搓那条绳子吗？想到绳子，想起家园，老人情愿死在海里。海比人更讲信义，海不瞎眼呢，他想。可是，眼前的海也翻脸了，红藻也像得了大赦一样，逃得贼快，张牙舞爪地弹开了，弹出丝丝金红，网似的，忽儿探头忽儿下沉。老人的破舢板也随之一蹿一蹿，好像一匹失控的野马发疯前行。颠得老人身上的血往头上涌，老人晕得眉眼缩成一团，像一块干柿饼子。浪沫子不时喷溅到脸上来，流入嘴里，又将他脸上的泥灰冲出一道道弯弯的小沟儿。老人粗粗地咳了一声，吐出咸水，蛮悍阴郁的大喉结就上下滑动。水花在船帮上蹭着，不时就漫来一股儿，老人脚下水水的了，铁锚和锚绳都洇湿了。这时候，老人才觉得牲口槽子似的窄舢板用着不爽手了。他使劲儿地摇着橹，寻着伞形浪花。红藻流势很大，颜色变得紫红，猪血似的，映在船板和老人脸上黑黢黢闪光。血水随着海流漂去，浊浪排排朝远海推进。在乱马朝天的喧响里，老人遥遥听到几声召唤。

"爷爷，俺来啦——"老人扭头看见划船颠来的带肚儿。

"快回吧，小狗×的！"

带肚儿很兴奋："你去干啥？"

"去寻藻王。"

"啥是藻王？"

"没空跟你讲！"

"俺帮你，爷爷！"

"你不要命啦？"

"俺不是孬种！"

"快回，心比天高，命比纸薄！"老人怒成一张猴腚脸吼着。抬起头，就看见与泥岬岛拉平的一道高高的海浪头，像一张银色水帘子横挂在海天之间，裹着一片哗哗喧嚣。老人知道这是泥岬岛北头吹来的一股邪风催起来的，就像一道天然屏障。他当海眼那时，就独自驾船闯来闯去。老人扭过头来，冲带肚儿吼了声："你从这儿摇船上岛，快，听爷的话！"老人话音没落，蛮横的大掌将橹一挑，船就颠过水帘子，船在水中割出一串嗖嗖的声音。老人颤颤抖抖地摇晃着，愣神儿的时候，带肚儿摇荡着破舢板飞鱼似的闯过来了。老人想试试孩子的勇气，这小狗×的初生牛犊不怕虎，行啦，或许拦海藻王的时候真能搭上手呢。带肚儿使劲儿摇着水涝涝的小脑袋，咧咧嘴巴，又跟紧了疙瘩爷。疙瘩爷觉得带肚儿这样在家里失宠的孩子才能在海里滚成硬汉子。他小小年纪就挑梁拿事了。老人想，将船一抹，人和船就斜斜划开，将带肚儿的船引入一片空当儿。带肚儿的船颠颠地朝泥岬岛靠拢了。孩子急赤白脸地摇船掉头，已来不及了，水流越来越急。老人和鸬鹚离他远了，孩子知道老人怕他吃亏跟他摆迷魂阵呢。他就像鱼精般野得抓拿不住，稀里哗啦脱光了湿衣裳，露出被日头晒黑的小鸡鸡，弯腰撅腚就要往海里跳。这娃子，不是拿铁锚子往老人心尖子上戳吗？老人刚刚拿定的主意又叫没头风给撞乱了。刹那间，老人远远地吼一声："带肚儿，接锚！"带肚儿摇了摇身子还是挺住了，看见一只铁锚头带着一道闪光的藻绳呼呼生风地飞来，"咔"一声落在船板上。老人又用烟熏酒腌的粗嗓门说："孩子，沉住气，过会儿咱拿绳子拦藻王！"带肚儿乐了，脸蛋子一片虹彩。老人没有打完的这根藻绳竟在这儿派上用场了。老人和孩子的船就用一根藻绳连在一起了。藻绳像条鞭子"啪啪"地抽打着海面，不时弹起一丝丝海藻。疙瘩爷将绳子头儿攥在手心里，又缠在黑炭棒似的左臂上，拿一只手摇橹撑着平衡。绳子从他后脊的肉瘤甩过去，就可以抬头寻藻王了。他知道大批的红藻还没卷走，藻王就会卷在里面。他寻着小伞似的浪花。可是，他的眼睛坏了，看啥都是红红的一团，分辨浪花的能力几乎丢掉了。老人感到一种从没有过的恐慌，腾出一只大掌狠狠地碾着眼窝儿，几乎搓掉一层眼皮子，睁开，眼前还是模模糊糊的老红。"这老眼真没用！"老人愤愤地骂着，知道自己的海眼营生做到头了。不知怎么眼睛就坏啦？当他再扭回头来的时候，又影影绰绰地瞧见那挂水帘子。逆着阳光看水帘子，红晕就淡一些，只要藻王从这里滚过去，他还能够看得出来。还有，他还可以拿鼻子嗅出那个大藻团的气味。他见过藻王了，它的鲜气浓重得呛人。老人没别的咒念了，唯有将一线希望挂在那面水帘子上。风吼紧了，浪头愈高愈烈，一拨一拨的红藻随潮退去，十分招摇地从老人眼皮底下溜过。老人虽然看不清爽，但鼻孔嗅到了气味，一下子涌进肺腑。一声苦苦的、近似呻吟的叹息颤颤地从他心底涌出来："红藻红藻，留下来吧！"带肚儿拽着绳子在浪头里颠蹿："爷爷，咋还不见藻王啊？"老人侥幸地说："真的不来倒好啦！小狗×的，拦截藻王将是倒霉透顶的事啊。"老人觉得自己要拖垮了。僵了一会儿，两条打横的船吃不住劲儿了，被浪头拍得丢了模样，痉挛着随流退去。这时候，老人的脑里猛地打了个闪，红红的水帘子突然变黑了，海里轰轰地响了，转眼间水帘子炸碎，血浪花喷泉似的溅起几丈高，哪怕很远的地方也能看得见。老人嗅到浓烈的藻气，呵呵呵呵地呛嗓子眼儿。是藻王！老人明白过来。这时老人眼前的藻王不是红的，熔锡一般铅灰，黏稠，晃亮，似乎还夹裹着一股迫人的寒力。老人厉厉地吼了声："带肚儿，拉绳子——"带肚儿脆脆地应一声，藻绳就像弓弦一样拉直，拽得嘣嘣山响。藻王滚过来了，吞天吞地的势头横扫一切，藻绳像纤丝一样不显眼，轻轻一撞，就断了。藻王滚动的速度很缓，但两只舢板也被这个庞大的怪物顶翻了，又被藻王弹起来，变成了两堆飞溅着的木头片子。疙瘩爷没想到他们败得这么快，这么惨。人在藻王面前像一只饿瘪的小鱼那么软弱无力。他顿觉藻条子像铁链条狠狠地抽打他，疼得他一暴一暴地叫，他感到身上肿起纵纵横横的肉棱子。鼻孔也涩涩发堵，一抠，挖出一团肉囊囊的海藻。他踩着水探头寻找着带肚儿，满眼浑浑血红，只听见鸥鹰低低地贴着水皮嘶鸣。老人拼命扒拉着身旁的藻丝，疾疾地往泥岬岛方向游移。老人此刻很想再与藻王拼一回，可他怕带肚儿被彻底地沉下去，那样一来啥都是罪过了，他不能为索回藻王而造成新的不可饶恕的罪过，孩子是再造的自己呀。老人声嘶力竭似的吼起来。没承想，带肚儿这歪腔葫芦邪路种邪命长呢，他泥猴似的探出脑袋回应着。带肚儿被浪头顶上泥岬岛的泥窝子里了。他没有恐惧，双手叉腰，威风凛凛地喊着：

"快过来，爷爷——"

"你在哪儿？"

"俺在岛上啦。"

"待着，别动！"

疙瘩爷心里踏实了。他不再往岛上游，又折回来。他啥也看不见了，眼珠胀胀的像要炸裂。红藻与海流醉了似的摇舞，将他身体撕扯得歪歪扭扭。耳鼓里灌满了滋滋闹响。他喉咙里囫囵连片地咕噜着，如念一道收魂咒。他忍住疼痛，迷迷瞪瞪地抓住一块木板，竟碰到板上的铁锚头了，用力掰下来，扯出绳头，朝水流方向狠狠甩出锚头。锚头抓住藻王的尾巴了，绳子就绷直了，老人死死拖拽着，拖拽着，顺流而去。他的身上正被一层一层的红藻所包裹，裹得厚厚的，圆圆的，远看就像一团新生的藻王，洇红了海，染红了天。鸥鹰追逐着藻王，哀哀鸣叫着，远去了。

八

三天之后，鸥鹰飞回来了。

带肚儿看见鸥鹰，跪在海滩上，哇地哭出声来。他再也看不见疙瘩爷了。村人看见飞来飞去的鸥鹰，都心里惶惶的发怵了。梭子花望着鸥鹰，蕴起一脸的悲戚，啜啜地哭了。村长老座子看见鸥鹰，眼神怯怯的，默默地闭上了，牙咬了又咬，一句话也没说，竟头一回犯了偏头痛。以后他再也不敢抬头看鸥鹰了。鹢鹰神神怪怪地旋着村庄上空飞，任人千呼万唤也不落下来。有时呱呱地叫几声，那很吓人的声音仿佛要向村人告诉点什么，可它说不出来。海里缺了红藻照旧有鱼吃，工厂的钱财滚滚而来，村人的日子过得相当宽展、滋润。走的走了，来的来了，并不有怎样的惊奇、怎样的忧伤和怎样的亢奋。可是，就在这个闰年初秋的一个黄昏，果然应验了疙瘩爷相信的魔咒，就如歌谣里唱的，一个使人闻之生畏的神秘传说显现了。黄昏时，大海的水位平平缓缓地涨，涨至村口了，只有望一眼滩岸的菜叶、海带和死鱼在水面死气沉沉地漂过，方才显出这潮依然在涨。人们没有理会。静夜子时，夜气沉沉。这时的海上飕飕地蹿起白毛风，雾瘴瘴的海面荡起悠远古怪的咪咪声。眨眼工夫，几丈高的海浪头滚滚荡荡忽忽涌涌地奔小村而来了。在村委会值班的老座子村长在喇叭里吼了一通，就慌慌地敲锣。这回怕是真的来海啸了。他蒙了，挤挤撞撞人群也蒙了。往哪儿逃？哪儿是安全岛？人们东西瞎撞乱成一团的时候，夜天里骤然响彻了鹢鹰的号叫，鹢鹰翻滚着兜了好大一圈儿，就孤零零地朝老坟地飞去了。人们这才想起过海藻节聚群儿的老坟地的泥岗子是全村地势最高的地方。人们奔命似的拥向老坟地。挤在老坟地的村人望着直逼脚下的泱泱祸水在恸哭。家园淹没了，失去家园多么可怕啊。鹢鹰又落在了老坟地的参天古树上，静静地瞧着家园。第二天早上，潮水退去了。人们返回家园，又都被鹢鹰制造的神秘气氛镇住了。鹢鹰在满目恓惶的大海滩上飞舞着。人们想起疙瘩爷来了，对着鹢鹰说，疙瘩爷，你快回家来吧，然后一个个都流下泪了。

世间的事常常不可诠释，但是村人在破译海藻与海啸有多大关系，在劫后的海滩上感受大海的冥冥之音。一声口哨，鹢鹰落下来了，轻轻巧巧地落在了带肚儿的肩头上，带肚儿神神气气地肩扛鹢鹰在海滩上奔跑，嘴里吟唱着颠倒词句的闰年谣：

> 红藻怒伤祸水泱泱，
> 龙王福佑海水潮旺。
> 红溜一片大海衣裳，
> 海藻托着海天吉祥。

太阳滩

浪是船的歌

帆是船的旗

滩是船的家

——雪莲湾古谣

一

大肚子女人模样的舢板船在老棒子手里揉来揉去逛逛荡荡至黄昏，方一点一点裁了海水哼哼唧唧拱到太阳滩。望着黑黢黢的潮叠潮的海滩，老棒子喷出嘴里烟头，"咻"一声如灭一颗流星，就朝太阳滩张望，缓潮幽幽咽咽吞了半个滩后丢一爿黄澄澄的月牙滩。疏疏朗朗的星子闪动一些不可捉摸的光芒，滩上就有星星点点的亮光熠熠烨烨地颤动，形成极清晰极稳定的画面，恬静，浩渺，苍阔。老棒子渐渐沉醉，瓮一样蹲在船头。海风一荡，透爽爽地醒脑浆子。他霍地站起身，弹去手里的大橹，甩落油脂渍麻花的蒜疙瘩对襟背心，"嘭"地跳进鼓鼓涌涌的海水里，大脚片子刮刮喇喇撩得水响，连连蹦了几蹦，忘情地扑倒在滑腻腻的沙滩上闭上鼓棱棱蛤蟆眼呼哧呼哧喘息。他是个胖渔人，浪上浪下抛来抛去的日子也没抖掉那身馊肉。人刚近五十，整日灌满老酒的肚子就凸了起来。蛤蟆腮乍开来，活活有股威势。黑黑的阔脸膛上沟沟壑壑的老皱如刻了粗糙的海螺纹，恰浓缩了满世界的曲折和辛酸。确切地说他不是渔人的种，父亲曾是一个赌棍儿，输了房子老婆跳了老山根的古井，娘带肚儿来雪莲湾要饭嫁给一个瘸渔人。他当过海贼，蹲过大狱，经历过斗海霸分船、入社，再分船……生生死死盛盛衰衰寻寻觅觅，如一个游荡不定的海魂寻找人生的载体，攒下一串大悲大喜的故事。他中年丧妻，那个枯黄弱小的婆娘给他留下一个如花似玉的闺女便撒手西去。他拉扯女儿艰难地摇着生命的大橹，摇过浪摇过风，摇过春摇过秋，摇得老棒子心里喜一程悲一程，坎坎坷坷风风雨雨总算摇过来了。如今女儿惠惠也大了，在村里的船厂打工。房檐滴水照坑砸，谁也没想到歪瓜裂枣的车轴汉子会弄出水灵灵俊俏俏的美人。惠惠有一副响响脆脆的嗓儿，一段柔柔软软纤纤巧巧的身子，一张白白嫩嫩的脸蛋。那条在腰间荡来荡去乌黑油亮的大辫子更是搅男人的魂儿。老棒子在老河口的滩地上搭起两间黑泥屋，有时搭伙出远海，有时摇着自家小舢板优哉游哉地闯海捞世界。赚项不多，却也活得滋润活泛。整日拽个酒葫芦比比画画，笑破天的铜锣嗓嘎嘎哈哈响个没完，在苍凉海天之间荡得很远很远。可当他黑了脸相时，谁又知晓那是心事灼黑的……泼喇喇一片一片银珠玉玑似的水花在老棒子身上扑扑咬咬。草叶、海带以及浅滩上泡肿的烂虾、死蟹、蜉蝣经过日头一天的暴晒，冒着腾腾臭气，又一股一股冲老棒子的脑浆子。他似乎就爱嗅这种潮乎乎的沤腐味儿，依旧躺着想心事。他身下沙滩上鼓起大大小小的水泡儿，随着他粗重的呼吸绽放或破灭，如无数喁喁的嘴，向他殷勤地诉说什么。

"老棒子，是晾膘还是挺尸啊？啥时候了还泡不够？小心海鬼拉了去！"一艘小舢板缓缓拱来。船上黑影里有人尖声细气地憨笑。

老棒子听出来是老渔人罗大疙瘩，便骂："谁，是大疙瘩吧？咋呼啥？顶着肉灯荡你的野魂去吧！"

罗大疙瘩不回嘴，憨憨傻傻地笑。他的兜蟹船停一停漂一漂，悠悠荡荡地动，老也不肯长长地歇，挑在桅杆上的蟹灯明明闪闪，投在罗大疙瘩后背上拱出的扣锅一样大的肉瘤儿上的光影也抖索索地颤。肉瘤融满慈善，也压弯他一生的傲气。他瞟了老棒子一眼道："兄弟，上来喝两盅烈酒吧！"

老棒子瞪他一眼："俺不跟你喝！"

"今儿是咋的？狗眼看人低，连老哥都不在你小子的眼里啦！"罗大疙瘩怪森森地笑，鱼鹰似的。

老棒子道："你这臭球嘴，喝酒贼鬼溜滑！"

罗大疙瘩放下手里的椿木大橹，惊讶了："咋，俺可是石碾子砸实的一个心眼儿！"

"还吹呢！你从没醉过酒，八成是你施诡计把酒偷送到大肉包里去啦！嘿嘿嘿……"

"靠，还没丢那嘎劲儿！"

嘻嘻哈哈，两个人笑到一块儿。两汉子愈斗嘴心愈近，重义尚气的渔人对生死缘分断断丢不下的。他躺在热嘟嘟的太阳滩上，两眼盯着罗大疙瘩，脸上还可以做出的许多滑稽可笑的表情马上僵住了。他半痴半醉地问："老哥，还记得龙帆节吗？"

瞬息，罗大疙瘩眨眨眼说：

"唉，岂止记得，哪个渔人不念它？"

老棒子鲤鱼打挺地坐起，呆呆无话。唯脚板处溅起湿漉漉的噗哒声……

龙帆节，雪莲湾独有的渔人心中圣典，在渔人生命里泊定，毁不灭。世上先有太阳滩后有龙帆节。有史为证，《雪莲湾海志》记有"光绪九年，大潮冲滩，围一圈沙地。是夜海寂，海上突来蛟蜃之气。蛟为龙，蜃为蛤蜊，吞云吐雾，时有形无声，时有声无形。有形无声为'蜃楼'，有声无形为'海市'也"。那当口，有老渔人亲眼瞧见那次吞天吞地的风暴潮荡荡涌涌拱出一片圆溜溜的太阳滩。鼓胀胀的黄沙一层一层嵌入黑乎乎暗虚虚无遮无拦的黑泥滩。轰鸣声里遥远的海面上荡来熙熙攘攘人声，泛了红光，昏头昏脑的灯火在那里来来往往。慢慢地幻化出蛇躯、鹿角、马鬃、鬣尾、狗爪、鲤须、鱼鳞形状怪异的游蛇，腾云驾雾，兴雷布雨。渔人终于认出龙神。是龙，那是海龙神为雪莲湾渔人送来了福佑万事逢凶化吉的金滩滩。任朝朝代代年年岁岁大潮小潮的啃啃，太阳滩依旧舒展自如地卧着，活脱脱有了生命。每年开海风掠过，滩上便有团团浊气徐徐落、缕缕清气款款升。祖先立下了"龙帆节"。春日的破冰潮卷来，束闷了一冬的海龙挺了脊，摇身抖落了大块小块滑溜溜的亮甲，轰轰隆隆龇牙咧嘴一跳一跳地砸向漫漫长滩。破冰声极响极响，撕裂耳鼓炸碎头颅，仿佛是遥远的古海龙断断续续又将野蛮的洪荒年代一股脑儿推回来，又在今日把一切都碾碎，再重塑。这时节，太阳滩拥拥塞塞地挤满渔人，远远瞧见远处海面岛上挂着一只跃跃欲飞的纸糊的彩龙。老族长一声令下，滩上锣鼓便鲜亮亮炸响，一艘一艘披红戴花的老帆船咿咿呀呀涉海，依次由村里精选出的虎彪彪的渔人驶入疯疯癫癫的大海。海妈子（海雾）几乎是眨眼间散云，日头在头顶上晃荡。人们便格外清晰地瞧见高高低低的船呼哨着被大浪抛上抛下。船身一跳一跳地颠，帆就一闪一闪地亮。最早抱回彩龙拢回太阳滩的船便为比赛胜者。老族长郑重地从渔人手里捧回彩龙，就将滑腻腻的亮沙轻轻洒在渔人头上。船全拢滩，队里出钱在滩上摆几桌犒劳犒劳顶风斗浪的渔人，大碗散白酒、猪头肉、煮海蟹、溜龙虾。龙帆节一代一代传下来，慢慢衍成风俗，苦难、艰辛和一生颠簸的渔人每每从这古老壮烈的礼仪中点燃心火，窥见糊涂烦淡日子里的太阳，顶日月艰难。老棒子从小就至诚至善地膜拜这个礼仪，他渴望在那大耸大跳的较量中争得没有地位的渔人壮烈、彪悍、骁勇的尊严。20世纪60年代初，他曾连续三年在龙帆节里夺魁。遗憾的是三回均喝得醉烂如泥，人都散去了，他膘乎乎的一坨肉呈大字四仰八叉地扔在太阳滩上，紧紧闭着蛤蟆眼，脏兮兮的马脸上一棱一棱的肉突突弹跳，扭歪的大嘴巴吐出一摊沤馊酸臭味的混合物。一片惨淡，一片狼藉，圣洁的太阳滩让他糟蹋得腌腌臜臜。拼死拼活挣来的好名声哇一声吐没了。没人看得起他老棒子。夜潮凶凶地爬上来，呜呜溅溅嘲弄般地包围着他死猪一样的身子。是罗大疙瘩提着马灯寻他，拖死狗似的拖回他。醒来了，方知脏了滩，心里后悔不迭。然而第二年"文化大革命"开始，"龙帆节"被当成旧风陋习由呼啦啦舞动的红旗抹了去，啥是渔人的帆，五星红旗哩。老棒子也晓得这个理儿。没有党和社会主义就没他老棒子。可是自从渔人日子里抹去了"龙帆节"，心里就没抓没挠地空落。后来又分船单干了，老棒子操持几次也没成，人心散如滩上沙子再也拢不回了。老棒子每次出海都抓上一把太阳滩的沙子，远远望那滩地，便是一个糊糊涂涂影影绰绰的窟窿固定在酸酸的眼眶里。人生就是陆陆续续生出无数这样的窟窿再去一个一个添补，也许老也补不上，老棒子想。

罗大疙瘩怅怅地望着黑不溜秋的海滩，往日的情情景景涌上脑海，很沉地叹口气道："棒子兄弟，没那景儿啦！如今都是各做各的梦，各赚各的钱，谁还愿犯那折腾？"

老棒子迷迷瞪瞪地盯着罗大疙瘩道："钱，这鸟钱把什么都替代啦！难道这世上真的没有比钱更较劲儿的东西啦？"

"谁尿你？怄那气干啥？"

"不是怄气，龙帆节不该断！"

"这年头儿龙帆节没啥劲啦！"

老棒子顿时黑了脸相，倔倔道："没劲？搂娘儿们钻舱子来劲儿？臭渔花子就是没出息，有多少钱也是贱人！祖宗传下的礼仪不是哄孩子玩的！渔人的魂儿都装里啦！"

罗大疙瘩缩缩脖儿笑道："看你这劲儿，还真想再把龙帆节鼓捣起来吗？"

"对，不他妈来一回，死不瞑目！"

"就你出马一条枪，干过嘴瘾吧！"

老棒子瞪圆眼："你信不过俺？"

"你要是村长这事还有八成，就你老棒子？喊哑了嗓子躺在滩上独个儿抽那份筋吧！"罗大疙瘩虾着身呵呵笑。"哈哈，俺要弄成了呢？""俺甘当老棒子脚下一条狗。"老棒子放开嗓疯笑。过一会儿说："老哥，有件事得求你帮俺。你逢人就说俺们今晚在太阳滩上瞧见海上飞龙啦！要诌得活灵活现！懂吗？"罗大疙瘩一撅一撅地点头，脸上空空堆起谦恭样。老棒子双眼火球般燃烧，屈腿，从沙滩弹起，显摆摆笨拙拙地奔向船，熊一样爬上去，抖抖水涝涝的身子，冲罗大疙瘩喊："大疙瘩，上有星下有海，咱就敲定啦！"罗大疙瘩瘟鸡一样"嗯嗯"着："先干活吧！"就拿眼寻着蓝幽幽的海面。老棒子又嚷嚷道："干完活儿到俺小铺里喝两盅，俺请你吃龙虾！"喊着便横蛮地摇起大橹，咿咿呀呀欢欢乐乐入海去。半拉子月亮游出云朵映到水里如一条昏头涨脑的娃娃鱼一拥一拥地钻。风歇着，海流平平缓缓地涌，不时溅起白花花的水泡儿。老棒子贼眼顺水泡溜过去，嘴里念叨"有戏！"便捺下橹。船一停夜一遮，他胆子就大。他"咕嘟"一个猛子扎进海里。远远地罗大疙瘩瞟一眼翻花的水泡，反反复复自语："这老棒子，猴儿似的麻溜哩，别看这鬼家伙大大咧咧，心里倒有谋得狠呢！是条好汉！"边说边抖抖索索地摘网。老渔人各精一路活儿，他的本事是拿网兜蟹。老棒子则精于潜水抠龙虾，他是出名的老水泥鳅，一次入海能憋好长好长时间。秋夜的雪莲湾海水表面热嘟嘟底层凉扎扎。刚入海老棒子浑身汗毛凉浸浸张开来，手脚慌得紧，过一会儿就清爽了。他调动多年钻海寻虾窝的经验，轻轻巧巧地摸寻，巴掌隐隐刮拉着麻麻瘩瘩的海底，便有一绺一绺的海草痒兮兮地搔他皮肉，奇形怪状的海鱼毛毛扎扎地钻上钻下。老棒子终于触到一个圆溜溜的洞穴，铁钳般的大手冷不丁插进去，狠歹歹一抠，便有一只肥硕的龙虾捏在手掌心里了。他梗脖换口气，燕子叼食般将腥虾衔嘴里，又抠搜着钻动。龙虾九月肥，是滩涂人工养殖虾不能比的，海里浅网也难兜住，虾同人一样精，窝做得深深的，龙虾海市上少见，由外贸部门收购出口。老棒子每年秋天都抠上几筐。他又摸准一个洞穴，一抠，虾弹一下长箭般硬须，扎深泥一层。他满膛子血涌至双手，吃蹾着抠，搅团团泥浪，沤腥气钻嗓子眼儿，呛得他鼻腔与肺部火辣辣痛。他死死眯眼闭嘴，斜斜着身子呱唧呱唧地掏出那只大龙虾，喜兴得拧歪了马脸。老棒子抠虾像着魔入咒，年轻时他向来是两手一嘴托三只大虾才露一次脑袋。他又要寻第三只洞穴。刚摇脚片子，太阳穴就别别别别跳血，蛤蟆眼胀胀地痛，胃里涩泛泛翻酸水。顶不住了，无奈蹬腿急燎燎上蹿。脑袋出水就长吐一口气，眼里惊惊乍乍飞金星子。他糊糊涂涂挺尸般躺在黛色水涛上喘息，隔了一层厚重的眼皮他依然能感觉到不远处太阳滩上莹莹晕光。两只虾在他手掌里无力地挣扎。晒了一天的海水温烫烫，又如躺在娘儿们怀里绵软，累了一天摆开四支舒舒服服晾膘也是渔人乐趣。过了一会儿，他歪头瞄了舢板，也瞧见雾里洇出一团黄乎乎浊光。零零散散的蟹灯飘乎乎往滩上拢了。接下便响起"噢嗬哟——噢嗬哟——噢嗬哟"渔人拢滩的号子。老棒子螃蟹似的爬上舢板，将虾塞篓里。篓里龙虾肉肉乎乎满满实实。他猛抬头，见几艘兜蟹船鱼贯而过，一个船头哗哗撒尿的小伙子张开豁牙露风的嘴巴喊：

　　　　老棒子，大酒罐
　　　　撅着猴腚摇破船
　　　　一身馊肉颤三颠
　　　　没窝的老蟹漫滩转

　　老棒子脸上依然洋溢着红艳艳的喜气，嘶着嗓子骂："贼羔子，屁眼儿蛮溜的！"随之对着夜海嘎嘎哈哈地野笑了。对面船上也笑。笑声里仍旧荡着露风跑气的破锣嗓儿：老棒子，大酒罐……

二

　　茫茫海雾盖下来，海滩上铺铺排排的船就懒散散打盹儿。风叼着夜海的腥味轻轻地拂渔人的衣衫，柔柔的。老棒子泊定船。扛上一篓鲜虾急匆匆地朝老河口岸上小铺子走去。那悠远的古怪的唻唻声在他身后的海滩上荡起，他的泥草铺子距太阳滩不远。铺子墙壁是黑泥筑的，顶棚压一溜干透了骨的海草，隔雨结实，又古朴美观。老棒子就喜欢住这里，村里的三间瓦房空着，惠惠整日住船厂。海滩上孤天独地的小屋成了渔人聚群打哈凑趣地埝儿。小屋为老棒子赚得人缘，又护他过顺溜溜的日子。罗大疙瘩是他老伙计，也是小泥屋的常客。老哥俩坐在小屋门口，一边下棋，一边有滋有味地喝酒。累乏了呼噜震天入梦去，醒来又喝酒。灌得醉醺醺了，两个人晃晃跌跌到太阳滩上晾膘摔跤。进了家门，老棒子放下虾篓，抱一捆干爽的树枝点燃了灶膛。膛里的火苗伸伸缩缩，将他憨头面孔涂了一层蜡光。锅水滚开，汩汩作响。罗大疙瘩颠着后脊肉囊囊的大包，蹒跚蹒跚走进草屋，呵呵笑："老棒子，你有啥好酒哇？"老棒子忙忙活活往锅里撒面条，看也不看罗大疙瘩。罗大疙瘩"扑嗒"一声扔下脏兮兮的蛇皮袋子："满籽蟹，煮了下酒。"说着咂巴着嘴坐在木墩上抽烟。老棒子说："老哥，螃蟹你拎走，你那家境俺兜底儿，留着卖几个钱儿吧！今晚吃俺的龙虾下酒，嘿嘿嘿……"罗大疙瘩怪怪异异扭歪了脸相："这老棒子，一码是一码，缺着了找你借！"老棒子一绺一绺捞出热腾腾水潦潦的面条，朗声道："老哥，说真格的，你家可不比俺老绝户，该气气派派添一条闯远海的机帆船。"罗大疙瘩厚嘴唇动了动，软声说："唉，这辈子混得不咋样，黄土埋脖了，连条像样的船都没弄上，完球的啦！留个念想让儿子去奔吧！"老棒子又往锅里咕噜噜倒虾，大虾小虾由青转红，美味就荡起来。他紧着吸溜吸溜鼻子，就嫩劲儿将虾捞起来，盛在蓝边大海碗里，说："来，喝酒，高度渤海春！"罗大疙瘩乜斜一眼蛇皮袋里嚓嚓蠕动的螃蟹，颠颠凑到桌前，也就顺坡下驴没再提，他自己兜的蟹从来吃不上口。老棒子给罗大疙瘩满上酒，索索剁着虾说："老哥，俺在太阳滩跟你敲定的事儿，早忘大肉包里去了吧！"罗大疙瘩赔着脸笑："靠，不就是龙帆节的事嘛！明年开春儿，还早呢！"老棒子酒盅僵在嘴边，舌尖在酒盅的豁口处一卷一卷地叫道："咋早，眨眼就到。"罗大疙瘩仰脖喝了一盅，咂咂嘴："好酒，好酒！"接说，"别光刮风，不起浪，让人嚼舌头根子笑话！"老棒子道："俺老棒子今生今世无他求，就想痛痛快快来一回龙帆赛！俺琢磨几天啦，你人缘好能帮上忙！"罗大疙瘩不错眼球地盯着老棒子满酒沉吟着说："俺担心一条儿，咱哥俩张张罗罗，拢住渔人，可别在村长那儿撞一鼻子灰呀！老村长得了肝硬化，没见肚子天天涨，说不好听话，不定哪天呢！咱们不是催命呢……"老棒子扭脸喷着酒气凶罗大疙瘩："这球大点事，你犯啥难？咱又不是非法集会，村长不应，那几桌席俺老棒子掏啦！"罗大疙瘩红头涨脑地点头："那好，俺为老弟效犬马之劳！"老棒子的酒盅与罗大疙瘩酒盅火辣辣一碰，两个人一饮而尽。喝到火候儿，两个人飘飘然如腾云驾雾，话也没了检点。罗大疙瘩诡秘地道："老棒子，听老哥一句话，娘儿们家花开花落没几日红，爷们儿过了青春没年少，你还是快找个称心主儿，搭个养老送终的窝吧！"老棒子嘻嘻笑，连哄带诓："你咋猜定俺没个窝儿呢？"罗大疙瘩拍拍脑门儿，恍然忆起什么叫道："俺想起来啦，是红蓼那娘儿们！咋，俺听你说她看不上咱渔花子呀！"老棒子板住脸，红红的眼睛里裹着无奈恻然的凄凉，喃喃道："红蓼那女人有味儿，到底出自文化世家呢！哪个娘儿们家不愿找个男人搭的金窝窝？可就咱这路汉子靠不住，在海神爷手下当差，它喜欢了给你吃给你喝给你乐子，它翻了脸六亲不认送你归西！妈的，咱要不是太阳滩保佑，也早成海上鬼啦！"罗大疙瘩梗起后背嗔怒道："红蓼也不信服太阳滩？她不尿咱，咱还不尿她呢！"老棒子叹一声："唉，也别怨她，自从她那短命男人小木匠死后，她像换了个人，她命苦哇。不过，多么生性孤傲的女人也喜欢男人的力气！"罗大疙瘩红眼珠灵活地转转："哎，你俩注定有过一段交情，有过见干见湿的勾当没有？"老棒子抬拳在罗大疙瘩背上的肉瘤上重重擂拳，一声肉质的暗响。罗大疙瘩"哎哟"一声叫，手捏的酒盅溢出老酒："俺戳你心尖尖啦，这一拳就告诉俺，你们有猫腻儿！"老棒子又举拳："人家红蓼是正派人，坏了她名声俺让你后脊骨再冒个包儿！哈哈哈……"吼着又灌了一盅。一来二去，一瓶酒光了。老棒子头也不抬狼吞虎咽地吸溜面条。罗大疙瘩吃酒不吃饭独自卷一喇叭烟咂得津津有味。老棒子酒足饭饱，顿觉老胳膊老腿蓄满旺盛精力，浑身燥热燥热了。他迷瞪瞪瞧见罗大疙瘩脸颊上大汗小汗淌，便道："老哥，咱去太阳滩吹吹风凉快凉快！"罗大疙瘩附和着站起身，说："靠，太阳滩比个娘儿们还勾魂吗？""照那么说吧！"老棒子应着与罗大疙瘩仄仄歪歪走出泥屋。罗大疙瘩弯老腰走，不时像鸡崽打鸣似的抻着脖子打一个悠长响亮的嗝。

　　老棒子说："没吃面汤还打嗝。"

　　罗大疙瘩答："酒能抵饭，照旧来劲儿。"

　　"球，还敢比试比试吗？"

　　"×，不敢是小姨子养的！"

　　一句压一句，就到太阳滩了。缓潮依然爬了半个滩。遍滩青光流溢。紫莹莹的雾，大团大团向老河口移去。两个汉子相继甩了上衣，站成马步摆出柔道运动员的架势。老棒子瞄见罗大疙瘩后背秃亮亮的大肉瘤就想笑。罗大疙瘩故意弄出畏缩样，分散老棒子精力，就梗脖低头扑过去。老棒子将赤脚钻进沙窝里，不料被罗大疙瘩撞个趔趄，滴溜扭身莽里莽撞地就势拧倒罗大疙瘩。罗大疙瘩肉瘤率先触滩，"腾"地弹起，又哼哧着立定。"比俺多一手儿！"老棒子如疯牛一般，拿短粗有力的大腿别倒了罗大疙瘩。他的身子也就势压在罗大疙瘩身上，两个汉子骨碌碌虎愣愣在滩上滚。上上下下，滚来滚去，滚出叽叽嘎嘎的笑，也难定输赢。绵绵软软的沙滩由两个渔人尽情地扑腾。他们觉得皮肤蹭擦得痒丝丝舒服，心地也骤然豁亮，谁输谁赢反而不那么重要了。不知怎么，两个人滚到热乎乎的海水里，沾上满身熔锡般的沙粒，黏稠晃亮。末了是罗大疙瘩气力不足被老棒子占了上风。老棒子像个怪物一样晃悠悠站在水里，望着满身太阳滩的沙砾自觉通体透明洁净，身子也觉得无比高大起来，连口鼻呼出的气息也染上了鲜嫩海藻的绿意生机，煞是威风煞是过瘾煞是畅快。他痛快淋漓地泼海野吼渔人号子：

　　　　嘞嗨哟……嘞嗨哟……

　　　　嘞喂咳……嘞喂咳……

　　坦坦荡荡的雪莲湾，震颤了，吼活了。

　　俄顷，两个人奔跑着扑向深海。当两个黑不溜秋的脑袋从水里扎出来，头顶上便是一轮皓月了。罗大疙瘩好像被刚才老棒子的情绪所感染，叹息道："嗨，原先俺觉这太阳滩秃了吧唧没啥意思。今儿个领悟了，这儿才是咱这路汉子真正的家哩！要笑笑个天破，要闹闹个地裂！蝇营狗苟的人在这地埝儿站不住……"老棒子扑跌跌蹚水往滩上奔，竟疯魔了一样笑着。月亮淡淡白白，哗哗啦啦的潮音重重叠叠响起来，将老棒子眼里的太阳滩装点成清虚超拔又欲念横溢的世界。

　　不远处，闪跳着一蓬渔火，亮得忺目。

　　老棒子的好运就从今夜开始了。

三

　　老棒子能当上村长纯属偶然。

　　"老棒子在太阳滩瞧见海上飞龙啦！"罗大疙瘩逢人便认真地说。渔人纷纷拢到老棒子的小泥屋里问个究竟。老棒子把事情诌得真真切切的。渔人私下里把这事传得沸沸扬扬，直到话头一冬被村人嚼得烂熟，老棒子便轻轻松松鼓捣起龙帆节来。村长肚已浮水，弥留之际能乐一回龙帆节也是幸事，便答应了老棒子。眨眼就到来年开春儿，雁来了，海湾到了破冰期。黄坦坦的太阳滩排一溜大大小小的船，滩上涌动密匝匝的人头，渔人不错眼珠儿地看着老九爷亲手将老棒子托红蓼扎糊惟妙惟肖的纸龙放在小舢板上。舢板由一汉子驶入大海，融进潮雾里，老九爷才下令。一艘一艘的船从太阳滩出发，箭一般破冰追龙。老棒子驾一艘老帆船，大橹划出嘎嘎脆响，筋骨里蓄满超人精力。他奇迹般地捧回了纸龙，率先拢滩，得到了久久渴望的从老九爷手中轻轻滑落的细沙。他神神气气举起双臂时，渔鼓就炸响了。他望着太阳滩阔耳听着渔鼓声，如一个混沌未开的孩子哭了。龙帆节断了这多年，好多年轻渔人只听老渔人说而从没见过，都被眼前景儿搞呆了。他们更不知晓在太阳滩上见到海上飞龙的特殊含义。老九爷抖抖喊了一通："老少爷们儿，在太阳滩上望见飞龙的人多年碰不上一个，谁见了就是福分，他的心胸就如太阳滩一般明亮、坦荡、纯正！"渔人的目光齐刷刷投向老棒子。平时遭人作践的"大酒罐"，一下子被托上了渔人的神台。与他同岁的老渔人拍了半天脑门才想起老棒子的学名"赵海螺"。于是恭恭敬敬的渔人一声一声叫：

"赵大叔，您老坐下歇歇！"

"老哥——您真行啊。"

"赵爷爷——"

老棒子愣了许久，任一声声叫在耳里飘进飘出，也没应一声，依旧直杵杵挺着。刚才那种久违了的原始亢奋情态消失了，随之袭来的是惴惴惶惶的心潮。他望着滩上一层叠一层渔人的脸，憨憨地说："别这么叫俺，俺还是老棒子！嘿嘿嘿……俺没别的念想儿，就是拢大伙凑滩上乐和乐和！其实呀，俺……"老棒子瞟了罗大疙瘩一眼，就要亮底儿的时候，罗大疙瘩挤进来急赤白脸地瞪他："靠，别啰唆啦！你赵老弟从今往后就是让咱渔人敬佩的汉子啦！"老棒子苦了脸相，忍俊不禁地傻笑："咳，俺是小卒坐大堂，是一盘下错了的棋呀！"从龙帆节之后。村里老少对老棒子恭敬有加。老棒子歪打正着，"分久必合，合久必分"的道理真真切切地在龙帆节上显灵了。尽管渔人各驶各船，但他们心里却一直巴望渔人聚魂儿的节日。不久，村长病重撒手归西。村民大会上村民竟然推举老棒子当村长。老棒子知道渔人渴望有个无私坦荡公正廉洁的好官。可他并没有真正看见海上飞龙，只是一个演义的多彩神话。他愧对多人的一片热肠子热心哩！他登台首先给村人深深鞠一躬，红着脸，鼓着蛤蟆腮，一板一眼地说："老少爷们儿，这么高看俺老棒子，俺心里过意不去！俺就是打鱼的命，是顶风噎浪的老水牛，缓水窝子待不住哩！这村长可是一村之长，俺不称职啊！"台下闹嚷嚷："你老别推托啦，您老是最佳人选！"接下是一片鼓鼓亮亮的掌声。逼急了，老棒子终于字正腔圆地喊了一句："其实呀，俺并没看见海上飞龙，是为拢大伙心才胡诌的，不信去问罗大疙瘩！"台下众人立马反驳："别诓人啦，鬼才信！"罗大疙瘩在台下蔫着溜了。老棒子无奈委委屈屈戴上这顶小乌纱帽。于是他也就顺其自然从海滩小泥草屋搬到村委会的二层小楼上。临搬家那天清早儿，老棒子起得很早，暝色四合里，他就抖索索捆起油脂麻花的铺盖卷，又将些零零碎碎装进一个大纸箱子，合上扔在家里老房的老板柜内，算是他的全部家当。他敞开门，让鲜腥黏稠的海风溜进来，浓重的汗馊味和老叶子烟味就缓缓淡下去。他瓮一样蹲在门口抽烟。烟雾恋恋地在他脸上盘盘绕绕，浓重起来，他就勾头不住地咳嗽。女儿惠惠推车来接他，他没让女儿动他的行李，像是等待什么，脑袋一个劲儿朝海滩张望。女儿噘着嘴巴走后，他就站起来扑拉扑拉身子，情不自禁地走出泥屋。

海雾蒙蒙地在海滩上凝着，老棒子的大脑袋在早晨的雾气里闪着一片青光，在忽忽涌涌漫漫懒懒的雾天里显得格外有生气。潮似乎还打瞌儿，喊喊喳喳的潮音宛如无数只老鼠在暗处磨牙。老棒子摇摇晃晃踏上了太阳滩，心里的烦气才稍减。他眼里的太阳滩再也不是一个窟窿，这个窟窿又冷不丁钻进别的什么地方。风很爽，滩很静。在这无边无际海滩早晨的寂静里，老棒子忽然听到了太阳滩发出的一种奇妙的声音。声音像渔歌，又不同渔歌，朦朦胧胧亲亲热热，如一个老渔人吟唱万世不变的起船歌。他的魂被吸住了，仿佛变成一艘有灵性的帆船，一点一点告别太阳滩锚地。许久许久，他神神怪怪地自语道："走啦，俺走啦！这船，这鸟船，都是新的，新的！龙神滩滩哪，保佑哇，这船啥时能拢滩哩？"他的声音极弱，蹲在滩上的身子也加重了喘息。

"赵大哥，俺猜你准在这儿。"

一个甜甜柔柔的声音截断了老棒子为之沉醉的滩歌。老棒子扭头瞧见红蓼腋下夹一小包喜盈盈地站在雾里。红蓼是雪莲湾渔人无法接近的寡妇，四十好几的人，风韵正浓。虽说徐娘半老，头发依然黑亮，面如莹玉，身段也极好，和当姑娘时一样黏男人的眼睛。到底是城里人，生一身傲骨，就没摊上好命。小时没了娘，爹也无端被打成右派。她依稀记得是在 18 岁的少女开花季节里，她跟随在城里当教师的爹发落到荒凉的雪莲湾的。爹与一群"牛鬼蛇神"在大海与滩涂的过渡地带晒盐运盐。年轻力壮的老棒子根红苗正，派了个看押"牛鬼蛇神"的差使。水灵俊俏的红蓼常去盐场给爹送饭。她如错过了阳光的彩蝶在老棒子眼里翩翩舞着。老棒子真喜欢红蓼，每次他都摇船送她过河道。她感激他，站在河坡上笑着朝他摇花头巾："棒子哥，谢谢你哩！"他憨呆呆地看她纤弱的身影变得很薄，薄得飘飘忽忽。他恍惚间十分乐观地判断："她对俺是不是有意思哩？有，很有奔头。"心旌摇荡的恍惚搅乱了老棒子的阶级界线，他对红蓼爹也就格外关照。红蓼爹划一条松松散散的破船运盐，风急浪大的恶天里就有翻船的险情，老棒子先是修修补补，后来操持为红蓼爹换一条新船。风声儿溜进村革委会主任耳朵里，他被以阶级立场不坚定为名送进学习班。红蓼哭红了眼看他几回也没见着。学习班结束他就派到罗大疙瘩的船上出远海打鱼了。那天他出海回村，蓦地听说红蓼爹运盐时船被浪掀翻，人扣在船下，漂上来时已泡成白胀胀的烂尸。老棒子气炸了肺，火燎燎捣烂村革委会主任的家也伤了人。他糊糊涂涂地入了大狱，攥着心熬日子。老棒子出狱时，红蓼嫁给了村里土秀才小木匠长奎。是啥拆了他们的姻缘？老棒子只好心灰意冷地挑家过日子了。谁知长奎是个短命鬼，患肺痨死了，撇下红蓼和一儿一女。老棒子那小巧玲珑的女人也早已归西，难道是上苍又给他们安排一个美妙生动的姻缘？老棒子想与她重温旧情时，她只与他暗下来往却回避家庭大事。老棒子被红蓼抛下了，她如今已是村网厂厂长，女强人，而老棒子浑身仍旧没脱掉臭烘烘的腥气。身份地位，也诱惑了老棒子，他注定要为她痴迷，却把苦酒饮足。一个龙帆节歪打正着，他是一村之长了，网厂也在他手下呢。红蓼不会不动心，不会继续麻木逍遥无思无想地龟缩娘儿们家的梦幻。

老棒子说："红蓼，这么早找俺有事？"

红蓼笑道："向大村长汇报工作呀！"

"哦，别逗啦！"

　　"谁跟你逗？咯咯咯……"

　　老棒子手里揉着一团细沙站起来："俺厂里进料，用你手里的红头大印。"红蓼爽朗地笑道，梳得油光光的发髻在浑圆的肩头上颤。只有当她笑时老棒子才瞧见她狭长眼角处叠几丝柔细细的鱼尾纹。老棒子威风凛凛地昂头看海时，红蓼便觉老棒子多了一种味道，说："远天野地的，跑这儿来抽哪份筋哪？"老棒子收回阔远的视线，爱搭不理地瞥她一眼说："你不懂，你不懂渔人的心！你知道脚下太阳滩在俺心中的位子吗？"红蓼剜他一眼道："俺知道，赵海螺同志就从这太阳滩上看见海上飞龙，又在龙帆节里抱回了纸龙！"老棒子倔倔地不搭腔儿，心里暗骂：这娘儿们哪壶不开偏提哪壶。红蓼说："你们打鱼的人就是迷信，嗬，也倒好，把俺的赵大哥从苦海里救了上来！"老棒子扭脸凶她："啥，迷信？俺既信服党又信服这滩！"红蓼见他黑煞神似的脸相，一时兴味全无，便缓分分从怀里抖开蓝花花布包，端出一身黑绒绒的夹克衫："赵大哥，这是俺夜里为你赶做的，你身份不同了，再破衣烂衫，人家会笑话！"说话时眼睛里有掩不住的羞。老棒子大声武气地说："你的心意俺全领，可穿这么时髦的衣衫，俺不是脱离群众嘛！"红蓼掩口而笑，笑得咯咯的："你呀，思想不解放，这是沿海开放地区，老皇历要不得啦！做村长既当爷爷又当孙子，又哄又得骂，上下人事关系就更要火候呢！往后，俺教你吧！"老棒子蔫蔫的像瘟鸡，叹道："俺没啥能耐，就有一颗血疙瘩心，遇上蝇营狗苟的事可叫人作难。"红蓼将衣服塞在他手里："干吧，大村长，事在人为，为官一任，造福一方。"老棒子被红蓼的话所感染，顿时添了精神儿，响脆脆道："你这话也说俺心里去啦，俺老棒子天生泥腿人，不干是不干，干就一竿子插个漂亮！"红蓼欢喜得忘了形，老棒子也便没了遮掩和约束，自由懒散得荒唐。他抖开老年夹克衫，弯腰轻轻铺在沙滩上，两只毛糙糙的大手深深抠进沙里，沙沙响。然后一捧一捧地将细沙撒在衣服上，黄亮亮的沙线勾出一个颤颤的圆堆儿。红蓼看见了，挑起眉毛叫："你这是干啥哩？"老棒子理也不理，七缠八绕裹起，系下牢牢的梅花扣儿。这扣儿是他与太阳滩的情结。他神神怪怪地搭上肩，哼着歌扬长而去。走到麻麻瘩瘩的黑泥滩时，拧脖儿朝太阳滩好一阵张望。红蓼呆愣片刻，追一阵站一阵，拍手拍腿地咒：

"哎，缺大德的，疯癫了不是？"

四

老棒子是在霞色融满海滩时敲一片哐哐当当的鼓乐声中由罗大疙瘩等众多渔人簇拥着气势势走进村委会小楼的。他的住室在二楼东侧，站在走廊里就有高高低低的村舍和老河口左边的海滩拥在他多情的顾盼里。遗憾的是太阳滩被井楼遮住了。他便将兜来的太阳滩的细沙铺在窗台的水泥板上，周围呈圆形摆满花花绿绿的盆景。望着晃眼的细沙老棒子心里不空。圆滩村由太阳滩得名，也是雪莲湾乡里的一个大渔村。4000多口子人，500多条船，改革开放几年来又呼啦啦建起船厂、网厂、养殖场和贝粉厂四个村办企业。村里的经济在全乡举足轻重，老棒子走马上任，就有乡书记、乡长连连谈话。领导说："你老棒子的魄力，我们有底儿。唯一不放心的是脑瓜骨不能死板,统抓全盘,搞活经济,不是海里打鱼抠虾，这得需要上上下下，走出去请进来，动心眼使计谋！"老棒子听了血管胀胀的，心里惶惶不安了："乡长，俺老棒子野惯了，吃苦受罪咱不怕，就怕辜负了领导和村里老少爷们儿一片心哪！"乡长拍着他肉乎乎的肩膀说："干吧，慢慢就适应啦！哎，你心里有啥大的计划没有？"老棒子突然有一种芒刺在背的感觉，沉吟半晌，摸出兜里小本本说："俺想在这两年里干几件利国利民的大事儿，铺一条石砟路，村里户户通自来水……在时机到来时候投资建一座大型冷库！至于平时嘛,上边咋招呼,俺咋干。"乡长赞叹一番，但压根儿就知道这主意出自红蓼那娘儿们，老棒子不懂官场，从脑子到服饰就由红蓼操纵了。他穿上了那件崭新的夹克衫，左胸前小口袋上卡了一支钢笔，手腕上换了一块全自动金狮表。过去秃亮的和尚头也密匝匝地留下村人望而生畏的背头，而且梳理得极妥帖，看上去很像一位满腹经纶的沉稳的山一样可靠的大干部。红蓼常敲打他："你是一村之长，要摆出威严样儿，还屁屁溜溜的，还咋管人？其实说官话是为人民服务的，私话就是统治人的，官当得顺顺溜溜，村人治得服服帖帖，就成功啦！"老棒子听这话别扭细咂摸也在理儿，人前人后老喊"大酒罐"成何体统？他竭力在村人面前树立尊严的桅帆，走到哪儿都是"村长村长"地叫，他就努力适应着。当老渔人叫他"赵村长"的时候，刚舒展一会儿的心就搅起一阵愧来，浑身鼓鼓涌涌不自在，五脏六腑错了位似的。日子一天一天熬下去，村路和自来水工程耗去老棒子好多精力，他的好名声也就一天一天响亮，那种无可奈何的不自在一点一点逝去。但是，这再也唤不回闯海的那种火辣辣的情感了，喜一程悲一程，糖葫芦式的航程，酸酸涩涩的事一个跟一个来折腾他。他太忙了，村里支书抽到乡里搞农村基层党组织"两组一区"建设试点，琐琐碎碎的事落在他头上，几个厂的大事也得他拍板儿。更让他挠头的是上上下下左左右右的人际关系。每日里都有乡里吉普、县里小轿车或是城市宾馆饭店的豪华面包车到这里做客拉虾拉蟹，理直气壮还得便宜。上边来人嘴里抹蜜，等你去城里他们拿眼睐都不睐。红蓼说过谁也不能怠慢，不知哪块云彩有雨，况且惹了谁都够你村长小帽翅颤悠一阵子。金钱、交易充斥了角角落落，像脏兮兮的污水明明暗暗地漫染，团团包围了太阳滩。老棒子心中的太阳滩还能洁身多久？那块支撑他生命的金滩会不会沉落？世道咋会变得这样，生活变迁的船桨在飞舞，日子越过越富足，可圣洁的交情和仁义之帆却在倾斜，在颤抖……老棒子困惑茫然又心灰意懒。

红蓼说："你必须在心里抹掉太阳滩，否则路子越走越窄！"

罗大疙瘩也隔三岔五撂几句过来："老棒子，你要在渔人心中站住脚，千万不能忘掉太阳滩！没有太阳滩就没有你这个村长！"

老棒子宛如一艘在海流子里打转儿的老船，找不到拢岸的地埝儿。不久，红蓼咒语般的预言就应验了。老村长在的时候，每年要拿公款请海湾菱河水闸的几个人吃喝一顿并且送些礼品，村里人意见很大。老棒子花公款向来精打细算，每隔半年就将村里账目丁丁卯卯地公布一次。水闸掌管雪莲湾七个村子养虾池的供水，谁掌握了水闸就等于控制了虾池产量。老棒子曾拍着胸脯的四两肉儿向村人吹嘘："俺绝不糟蹋公款去巴结他们！真是活人惯的，哪个小庙的神仙都迷人。"村人啧啧赞叹，后来老棒子也没想到会栽了，栽个透心凉。人走背运顺风顺水也会窝进臭泥滩，喝口闷酒还塞牙。老棒子的话溜至大闸，闸长孙胖子哼一声。六个村都当水神爷敬他，唯有老棒子不尿他。他也就不尿圆滩村，春日里邻村都孵化虾苗苗了，圆滩村的滩涂一片一片的虾池子还傻呆呆晾屁股哩。虾农急赤白脸地找老棒子。老棒子碰上鬼头鱼宁折八根骨不肯服软儿，急头涨脑地找孙胖子评理："你们为啥不给俺村虾池子上水？"

孙胖子鼻音重浊："机器坏啦！"

"狗×的，俺说机器没坏是你小子良心坏啦！"老棒子火辣辣地拢不住火儿。孙胖子坐在沙发上，脸上平静得像一个吃斋念佛的老尼，喃喃道："大村长，别发火嘛，俺也不知咋的，轮到你们村就玩不转啦。"

老棒子听出孙胖子话里套话，就十分张狂地撕破这一层："别给俺玩花活，你就那点勾当，狗吃柳条屙笊篱，肚里那点事儿！横竖一大老爷们儿，下贱不？"

"狗眼看人低，远远闪着！"

"你骂人？"

"你不早骂上了吗？"

"俺要告你们！"

"告哪儿也是机器的错误。"

老棒子阴着脸，恶血呼呼撞头，浑身的血像破冰大潮轰轰隆隆撞得头要裂心要炸。他霍地扑过去，老鹰抓鸡似的拽住孙胖子的宽脖领，厉声吼："你立马给俺村放水！"孙胖子脸吓得纸白，四肢胡乱踢腾，嘴里喊着："快来人，这老东西耍横蛮！""啪"一声，进来两个虎虎实实的汉子七拧八拽将老棒子架出大门。推推搡搡关严大门。老棒子泼了性子，太平斧般的拳脚将铁门扇击得哇哇哐哐怪叫。他浑身淌汗，气喘吁吁，屋里猫头鹰般喑喑曛曛的尖笑击垮了他执拗与自信的桅杆。身子旋旋转转，太阳穴惊惊乍乍地痛。他太憋屈了，舞着双拳骂："孙胖子，俺×你八辈祖宗！"他像一只孤独的饥寒交迫的狼在荒寂的旷野里悲吼。他自己也不知道是怎么灰溜溜逃离大闸的。他知道大闸由水利局统管，告也白搭，还是留口唾沫暖暖自己心窝儿吧。黄昏了，他懵里懵懂地来到虾池。达一片方方正正的虾池是由滩涂大汪子改造的，对虾养殖在圆滩村占很大一块。眼前虾池如一张张干渴饥饿的嘴，嗷嗷待哺。他愧对虾池，愧对村民。他沮丧地蹲在地埝上，脸灰灰的，如蒙上了烟雾抹了油垢，再也不见昔日的光亮。不知啥时候，村里虾农急燎燎火爆爆围了他："赵村长，给水吗？”老棒子摇摇头。“走，揍扁那帮龟儿子！”虾农闹闹嚷嚷举锨抄铲。老棒子霍地站起身吼道：“谁敢去，俺收了他的池子！”“那，再不上水就完了！”虾农不解地嘟囔。老棒子狠狠心说：“明早上俺保你们虾池见水！”说完黑着脸，喘喘而去。路过老河口时，他十分清晰地听见了太阳滩上的潮音，他佝偻着老腰走，竭力不朝那方向看，越扳越不好受，丝丝苦涩中夹着扯肠绞肚的滋味。不大时间，他竟鬼使神差般地来到红蓼的家。红蓼的两个孩子都在城里上学，她都是在厂里食堂吃了晚饭才回家。她见老棒子没精打采地挪进屋，便问：“吃饭了吗？”老棒子一屁股坐在沙发上怒气冲天：“哼，吃气都吃个贼饱！妈的，整天嚷嚷经济大合唱，到节骨眼儿上给你下绊子！”红蓼问清事情的根根梢梢之后，忍俊不禁地笑了：“你呀，俺说你肚里装个太阳滩，路子越走越窄。你这个大村长只配玩船，没法子玩人，一噘嘴骡子卖个驴钱。”老棒子戚戚地看着她：“你说咋办吧？俺是烧高香也找不到庙门了。”红蓼嗔怨道：“你呀，遇事掂不出轻重，这屁大事告哪也没用，冤家宜解不宜结。弄点好烟好酒送过去，盅对盅喝一回，明儿就见水啦。”老棒子瞪圆了蛤蟆眼：“俺的海口都吹出去了，传出去了这块老脸还咋搁在世上？不如剜下来丢给狗吃！”红蓼急得拍拍手：“俺的天神哩，甘蔗哪有两头甜的？丢卒保车，是当官的谋略。该送的送，该搂的搂，人走哪儿香哪儿，干起事儿来也就呼风唤雨。”老棒子心烦地摆摆手：“别磨叨啦，你去办，花多少钱俺自己掏。”红蓼“喷儿”一声笑岔了气：“大傻帽儿，土鳖虫。”老棒子正色道：“就这么定啦，你呀，快变成一个投机分子啦！”红蓼不再与他斗嘴，麻溜溜系上围裙，到厨房里鼓鼓捣捣地做了一碗香喷喷的鸡蛋肉丝面，端过来说：“厨房里有酒有花生豆，你慢慢吃喝着，俺得走啦。”老棒子望一眼精明强干的娘儿们，又瞪起那双湿漉漉火一样燃烧的眼睛，笑了。

红蓼也极灿烂地赏他一个笑扭身走了。老棒子愣怔怔地呆愣片刻，才狼吞虎咽地把汤吸溜个精光，然后就皱着脸吸闷烟。他忽然想起上任那天乡长的一席贴心话，又有红蓼的教导在心里泛滥重复，犹如堕进五里雾里。也许是他多年的海上生涯隔断了与世态苍生的亲缘，也许是他成了一个孤独的落伍者，如果这样，他老棒子占着茅坑不屙屎不就是圆滩村的罪人嘛！他苦苦地想七猜八将过去全都封严的坛坛罐罐在心里摔碎,酸甜苦辣搅成一锅粥。人存在这世上,总归要做些好梦做些灿烂至极的事。老棒子想。石英钟嘀嘀嗒嗒响,老棒子便迷迷糊糊地睡着了,鼾声里冰糖葫芦似的生出一串噩梦。梦里太阳滩上有一群水鬼敲敲打打锣鼓响,群魔乱舞,乱糟糟一出一出不断弦儿。"来人,把那鬼东西赶走! 妈的,人还没死绝呢! "老棒子抖抖吼一通,自己把自己炸醒了。醒来的时候他发现自己没有躺在沙发上,而是睡在绵软宽松的席梦思床上,旁边躺着温润滑腻的娘儿们身子。朦胧的月辉将娘儿们圆润的额头映一层细瓷般的光泽,两只眼睛墨线一样叠合在一起。起起伏伏的胸脯,香香气气的热浪,都不如以往任何一回撩老棒子魂魄。昔日暴烈专横的感情巨潮不知为什么变得平缓呆滞,娘儿们身子也变得空乏没味儿了。他回想梦里的鬼跳滩,心里悚然生出惶惑。他木然地吸了一支烟,天便一点一点吐白。他款款捅红蓼一下,红蓼眼不睁悠长地一声叫:"人说宰相肚里能撑船,这屁点事就烧得你这样! 告诉你,这会儿虾池见水啦! 心放肚里,再睡个回笼觉吧! "老棒子怔了,心里翻着浪说不清啥滋味,脸像动画片里的木偶。他败了,看似败在狗×的孙胖子脚下,不如说是败在了娘儿们手里,确切地说是败给了世俗。他苦着脸相,颤索索地穿上衣服,哧溜下床。红蓼说:"别美得屁颠喽,告你说孙胖子那还没完,得抽空把他请家里你跟他喝一喝。"老棒子倔倔道:"那龟儿子,俺不跟他喝! "红蓼正色道:"往后换水卡壳儿,别再找俺! "老棒子哼一声,仄仄歪歪边提鞋边往外走,如得了大赦一样,扭身去了。虾池换水时节,红蓼把孙胖子用面包车接到家里,盘盘碟碟一应海味,酒是小茅台董酒。老棒子朝红蓼瞪眼使性子,气哭了她。他软了,娘儿们家跑前跑后磨破嘴皮子还不是为了他嘛。他只有打碎门牙往肚里咽,扯下老脸当腔卖,为百姓为集体,不丢人。他竭力这样劝慰自己,举盅与狗×的孙胖子共饮。老棒子脸上摆着空空的笑:"老弟,往后老哥的事得搪车啊! "

"嘿嘿嘿,没说的! "孙胖子搨胸脯子。

老棒子心里骂:"整个一个下三烂! "

孙胖子沾了酒,便看不出眉眼高低,觍着脸笑:"大村长大厂长,啥空喝你们喜酒啊? "

红蓼敌意装傻充愣："你问官大的。"

老棒子憨笑里添了点内容："快啦快啦……"他机械地说着便接二连三地喝酒，眯眼幻化出罗大疙瘩，以致险些说走了嘴。红蓼忙岔开话头儿，可老棒子心里别别扭扭不快活，很快就醉了。这回醉酒里，老棒子忽然洋里洋气地骂起自己来，骂着骂着便倒头大睡。他和衣而睡，喉咙里呼噜呼噜嘶叫着，两脚像发瘟的鸡胡乱踢蹬，双手颤颤地抓挠着胸脯，手指深深抠进肉里。红蓼没有动他，她好像觉得这是渔人从大海走向陆地跨越太阳滩而必须经过的阵痛中的洗礼。但她也没睡，默默地陪着他，小心把攥着，几滴泪怅怅地滚出眼眶子……

<h2 style="text-align:center">五</h2>

一觉醒来，老棒子清醒多了。脸依旧红胀胀的类若戴上一张很沉很重的油彩面具，盖住了昨夜的愁绪和伤情，也使别人觉得他更成熟持重了。于是他就十分乖巧地与驻扎在雪莲湾地盘上跟海边大闸同等重要的渔政处、外贸海产品收购站、财政所、信用社等部门头头脑脑相处得亲亲热热。只要他的村民利益不受损害，他委屈委屈也不算个啥。红蓼进一步指点迷津，使老棒子豁然梳理清楚了村里、乡里、县里重要人物的根根脉脉，遇事就在心里一阵掂量，在一股一股势力一层一层网络里狭路挺进。钻进去竟也像抠龙虾一样奥妙无穷哩！他忽然在研究人上犯瘾了，只是这瘾如大烟鬼的烟瘾愈犯愈苦恼，蝇营狗苟的折寿。老棒子那身千层浪抖不掉的馊肉一点一点耗去许多，人也爽利干练了。太阳滩离他越来越遥远了，但他村长的位子越来越稳固了。他把目光射向未来的日子。天外有天，滩外有滩，人心是活的，不能老拴在一块地埝上。老棒子想。

老棒子惝惝地走在海滩上，村人依旧那么敬他："忙哪，赵村长！"他就应一声。村人不阴不阳地笑一笑，让他摸不着深浅。他忽然觉得常与他见面的渔人变得陌生了，连情如手足的罗大疙瘩也变了样儿。罗大疙瘩见了他再没有拍拍打打的嬉笑，目光是回避的，复杂的，躲躲闪闪的。老棒子有时猜想这些家伙背地里对他一定说三道四。老棒子总想帮罗大疙瘩干点什么心里才畅快些。

他欠罗大疙瘩什么呢？他也说不清。罗大疙瘩没有求他，他跟儿子桩桩苦扎苦累终于攒钱从船厂买下一艘双桅机帆船。新船挂旗的那天，罗大疙瘩派儿子桩桩到村委会请老棒子。老棒子正忙忙碌碌接待县里乡里文明村评选小组的领导，他出出进进赔笑给领导递烟倒茶。尽管他眼角眉梢都是笑，仍旧掩盖不住圆滩村的三个窟窿——计划生育、打狗、平坟。这是渔村很扎手的难题，渔人肥了，手头有票子，多儿多孙多福寿旧观念敢拿钱买，不怕罚；养狗是渔人一大嗜好，哪朝哪代村里也没断过狗叫；至于平坟就更难了，渔人一代一代有好多葬身大海，在海滩坨地上筑起的墓庐里有的是一个帽子一双鞋或一件衣裳。那是后人的念想。这三大项又是评比"文明村"的硬指标，尽管圆滩村产值利润高，可哪一年也没挂上"文明村"的牌子。一直没能"文明"起来的圆滩村能在老棒子手里"文明"起来吗？各级领导纷纷向老棒子发出兴奋的诘问与探询。老棒子勾着头，不敢面对两层脸，一层是领导，一层是村人。他任领导一句一句"撸"，不敢回答。他如老牛掉进枯井里，有劲使不出。其实，他满可以让村里"文明"起来，举手之劳，枯井就会破碎，井是纸的。然而这层纸，又是如磐石沉甸甸压心哩。老棒子被无端卷进无声无息又轰轰烈烈的感情巨潮里。县乡领导被副村长领着吃午饭去了，他仍旧像土拨鼠一样望着烟灰缸里升腾的烟雾发呆。桩桩在外等半天了，这才颠颠进屋，怯声叫："赵叔，俺爹叫你呢。"老棒子扭头看见桩桩问："有事啊？"桩桩是个眉目清秀的小伙子，就是个头随了爹矮墩墩的，惹得新媳妇骂他是"武大郎"。他腼腼腆腆地说："俺家买了艘双桅船，今儿个挂旗！"老棒子"哦"一声，拍拍脑门说："你爹跟俺说过的。"站起身跟桩桩走了。

　　雪莲湾渔人往船桅尖上挂旗是很讲究的，无论新船旧船易主都要挂旗，红殷殷的小三角旗都要由船主最亲近的人拴在桅尖，然后再缓缓竖起桅杆。

　　挂旗这天要好酒好菜吃喝一顿。老棒子认为请他来助助威，他也就张张罗罗招呼客人入座喝酒。他端坐在八仙桌旁，独占一面，一条狼一样威武的大黄狗在他身边蹭来蹭去像猫一样没有一点声息。他瞟见狗刚才那疙疙瘩瘩的一幕搅得他酒兴全无。他知道叫"桩子"的大黄狗与桩桩仅一字之差，可见它在罗大疙瘩的家庭里的特殊地位。儿子弱小"半残废"是拿大把票子从贩子手里买来的广西柳州媳妇。媳妇有文化，人生得俊俏，勾得村里小伙子飞魂。爷俩出海走了,瞎婆婆又是两眼一抹黑,唯有"桩子"看得住她。瞎婆婆耳朵极灵,"桩子"嚷叫,她就口口声声问个透底。"桩子"是两代渔人丢在家里的眼睛。打狗,打狗,老棒子能没轻没重地把他们的"眼睛"打瞎吗?老棒子端着酒盅细细斟酌,脸上结了一层灰气。罗大疙瘩长叹一口气, 慵慵失望样儿地说:"俺的大村长,嫌俺酒嘎咕咋的?俺看往后想溜须溜须也沾不上去啦!"老棒子瞪大了酱麻色的眼睛,笑道:"别胡扯啦,俺这个蹩脚官儿早想扔啦,可又身不由己,你呀,大疙瘩大疙瘩,千不该万不该将兄弟吊起来。"罗大疙瘩撇撇嘴巴咽了一盅酒,道:"嗬,你小子还得便宜卖乖。不干,不干还当渔花子?"老棒子夹了一口菜,嚷嚷地说:"这年头的官,难当哩!"罗大疙瘩道:"咋难,也难不到蹲大狱的光景吧?"老棒子点头:"那是,两码事儿。"罗大疙瘩又说:"老弟,你这辈子够折腾啦!凡事可得搂着点平稳,别再横生些节外枝杈……"他说着深眼眶子潮了。老棒子一把攥住罗大疙瘩的手,抖抖说:"老哥,人活一世难得一知己呀!"

"俺算啥,咱俩还是当年的缘分。"

"老哥,俺离太阳滩越来越远啦!"

"太阳滩?"罗大疙瘩叹一声,"别提它啦!"

老棒子急切切说:"老哥,俺愧对太阳滩哩!你能不能给兄弟讲讲渔人哥们儿在太阳滩上的故事?新的,有趣儿的。"

罗大疙瘩摇头:"太阳滩再也没故事啦!"

老棒子惊颤了一下,丢了魂似的,使劲摇着罗大疙瘩的手:"老哥,俺该咋办哩?"

罗大疙瘩说:"你遇事常到太阳滩那块地埝走走,心中可不能丢了它,那是咱渔人的根儿哩。"他的古道热肠又暖过来了。

老棒子嘿嘿笑着,不回嘴,一时竟忠厚无比了。他忽然滋生了一个想法,吃过饭到太阳滩上走走。是该去看看了,那里永远叠印着他歪歪扭扭深深浅浅的足印。这个念头一冒出来再也没了喝酒的兴致,草草扒拉口饭。罗大疙瘩出去进来,喜气盈盈的。老棒子知道渔人有了自己船的心情,便贺道:"老哥,恭喜哩，哪天俺让人免了官，跟你搭伙，还要俺不？"罗大疙瘩蹶跶蹶跶地点头："哪有不要之理呀？怕是高攀不上哩！"然后他就与老棒子说说笑笑走向老河口海滩。桩桩和"桩子"也颠颠跟在后面。晚秋时节枣核天，早晚凉晌午热。毒毒的日头将海滩照得发黑，像燃烧后铺下的一片灰烬。海水与海滩交接面上泛着一线飘飘荡荡的灰光，弹弹跳跳，使泊在那里的船罩上纵纵横横的晕光，若有若无含混不清。走得近一些时，老棒子才看见了罗大疙瘩那艘灰不溜秋的双桅船。他看出这是一般旧船，大修之后重刷了一层桐油，在日光下泛着白烨烨的光泽。光反照到人脸上像锅里卤过的虾一样呈着酱紫色。登上老船，老棒子又嗅到了很浓很浓的桐油味，他深深吸了一口，要吸到肺叶里去，仿佛吸到了曾经那么熟悉亲切的生活原本气息。罗大疙瘩拿拳头砰砰地敲打着船板："红松料儿，满可以闯荡几年！"老棒子说："老船得勤刷油漆，耐不住浪颠啊！"罗大疙瘩窣窣从怀里抖出两面小三角旗，递给老棒子："老弟的差使。"说着便拽桩桩放松桅。老棒子接了旗有些受宠若惊，手掌上仿佛燃着一蓬渔火。咿咿嘎嘎倒下一根大桅，又一阵咿咿嘎嘎响，两条大桅躺下来，老棒子神气庄重地将两面三角旗系在桅顶，嘴里念叨着："老哥日后行船满舱满盖顺风顺水。"罗大疙瘩响脆脆应着，恰好合了潮的韵律。"桩子"也随人抬头望旗，欢欢快快叫着……

　　"赵村长，赵村长——"

　　老棒子的视线从旗移至海滩，看见村委会办公室的大毛在叫他。他原想挂完旗跟罗大疙瘩到太阳滩舒展舒展。见大毛找他就烦声烦气地问："又咋啦，评议小组下午不是走吗？"

　　大毛说："又来一拨儿。"

　　"哪儿的？"

　　"说是冷库立项。"

　　"好吧，俺就去。"

　　老棒子摇摇晃晃走了。

　　村北有一片光秃秃无遮无拦的碱窝窝地。老棒子就将冷库建在那里。他领着县里派来的技术人员去勘测。碱地的北边是一片方圆十几里的大草泊。密密匝匝的铁杆芦苇漫漫懒懒铺开去。芦叶转成青白色，顶端胀胀地孕起芦花，清风里纷纷扬扬舞起一片白。芦荡里隔三岔五亮出鼓鼓洼洼的水汪子，落叶、腐草、烂鱼、蜉蝣浮在水汪里，经火爆爆日头蒸晒，腾着沤沤馊馊的臭气。老棒子先将三位技术人员领进草泊。他还有更远大的设想，建完冷库，他将投资在茫茫草泊里开发人工养蟹基地。河水与海水杂交精养的螃蟹，既有海蟹的鲜嫩又有河蟹的幽香。他要同行家合计合计，既不破坏芦苇资源，又要规规整整地挖出蟹池。眼下关键中的关键是怎样确定道路的位置。这条道老棒子将它比喻成网上的纲绳，纲举目张。一条银蟒一样的渠和一条看泊老人踩白了的蛇一样的小路，白白亮亮弯弯曲曲朝深处钻去。老棒子望着草滩，踌躇满志地昂着头，走到深处时已是热汗涔涔，浑身水涝涝了。三个肩扛标杆码尺的城里人更是走不惯脚下的羊肠路，走走停停喘喘吸吸，被老棒子甩在了后边。远远地，老棒子喊："伙计们，这儿有一口老井——"三位技术员忙急匆匆摇晃晃挪过去。一个歪斜松散的草铺子旁，有口黑洞洞的井眼，井口有缸口粗，森森地冒着凉气。老棒子螃蟹似的趴在井口，将脑袋伸进去，黑幽幽看不见水位，便"嘀嘀嘀嘀……"地吼了一通。湿漉漉的"唻唻"声就从井底弹回来。一位瘦如桅杆戴眼镜的技术员说："这口井是个极好的坐标点，横的也包括纵的。就看井底深度和水底标本……"说着又咕咕噜噜与那两个人唠起专业话。老棒子怔怔地看着他们，从兜里摸出村里待客的白剑"鬼子烟"，笑呵呵递过去："先歇歇，你们辛苦啦！"他怕再碰上孙胖子一类人，仰人鼻息也认了。三个人和和气气地向他一笑接过烟。老棒子心里说："在外面做大事的人，不全像孙胖子，到底好人多哩。"三个人吸罢烟就撅着屁股趴在井口往里下吊绳，摇儿摇，角尺就掉水里了。"眼镜"慌了："哎哟，这可咋办哩？"老棒子嘿嘿笑了："王同志，别急，俺能把尺捞上来。"三人瞪大眼睛："赵村长，别开玩笑啦，这没深没底的扎凉水，不行！"老棒子麻溜溜抖掉灰汗衫和白背心，仅剩大裤衩子了，粗门大嗓道："给俺拴条绳子，俺当年在海里抠龙虾啥阵势没见过。"说着将粗麻绳绕绕缠缠系在腰间，就一点一点朝井下溜。"眼镜"脸上微微发青，嘶着嗓子喊："喂，赵村长，你老如果真没事就从井底带一块标本上来！"老棒子像个大水怪扬脸问："啥，俺不懂，这井下还有本？"井上人笑了："不是本，是井底的泥！我们化验用。"老棒子眯眼一笑，笔管条直地朝水面扎去。老棒子没想到老井里的水贼凉贼凉，如无数小刀子扎进骨头节里。他昏头昏脑地如水泥鳅往深处钻，耳骨吱吱叫响。井不是很深，他很快抓住了角尺，也像抓龙虾时一样衔嘴里，抽回右手，腕部一拧，五指一收，闪电般地支开两腿挺起身，调动一手一肘，卡挠着井侧的硬壁，叽叽噜噜地蹿出水面。水面炸开花骨朵般的水泡泡。他长长吐出一口气，笨拙拙地爬出井口，骂："井里真他妈的凉！"说着放下井尺和黑泥。三个技术员惊叹了。老棒子疯了似的哗哗啦啦踩倒一片芦苇，四仰八叉摆开身子躺在苇子上舒舒服服晒暖儿。他身上响起苇秆脆脆的沙沙声，明显与躺在太阳滩上不一个味儿，他也说不出异样的滋味是啥样子。他眯着眼，三个技术员晃来晃去的影子他依然能感觉到。慢慢地，他身子就被日头暖过来，再睁眼时哗哗摆动的芦苇叶一片辉煌，分外扎眼。苇楂鸟啾啾叫成一团。远远近近耀着一片跌宕起伏的晕光。光线穿过苇丛，斑斑点点泼在地上，像是一层一层漾着金光的古铜钱。用不了多久，这片古老贫瘠的蛮荒地带就会摇身变成屙金生银的宝滩滩了，老棒子望着高远的天空十分乐观地想。遗憾的是躺在沉沉寂寂的大草泊里听不见太阳滩的涛声，然后屏住气细细听，久违了的滩歌来了，很单纯很欢快地飘来了。

六

日头很沉重地掉下去时，老棒子昏昏沉沉地一头扎进二楼宿舍没了声息。他头发涨身发冷像是病了，无疑是凉水激病的。他这个海上客充当旱鸭子不知怎么老是整手整脚的。傍天黑时，他像晕晕乎乎发起烧来。女儿惠惠同村医一起赶到村委会。医生说是风寒，打了针也留了药。夜里老棒子出了一身汗，稀稀落落的汗毛活泼泼张开来，搅得他浑身不自在。脑里影影绰绰的人和事竟稀粥一样糊涂了。夜里迷糊几回，也是做些奇奇怪怪的梦。天亮时，他清醒过来，就有一种深切的孤独感扩散飘荡。他支棱耳朵听见外面淅淅沥沥落雨声。每到静下心来听雨，他的眼前就有红蓼年轻时袅袅婷婷的身影。当年他在她身上望见了海滩上草蓼花洁白纯净的颜色，嗅到了淡淡的幽香。在运盐河的老船上他从心底爱上这股幽香，却又不幸地驱散了它。"红蓼，多美的名字！愿你总是像红蓼花一样艳丽洁净。"当年老棒子曾把从书上摘下的句子献给她。他文化低，尽量缩短他们之间的文化距离。"俺不是雪莲湾的红蓼花，俺不知道是为谁而开！"红蓼动情地说。老棒子没有悟出意思来。那天正下着雨，雨丝亮晶晶在苍灰的天地间极柔曼地飘洒。在老棒子愧愧怯怯的眼睛里是津津有味的红雨。红雨里的红蓼站在河堤上朝他舞着花头巾笑得非常生动。这只是一瞬间，她便像梅花鹿蹦蹦跳跳融进红雨里。这辉煌的画面伴随老棒子，点缀他平淡忧烦的日子。不知啥时候，红蓼提一兜罐头、水果轻轻走进屋，坐在他床头。

"怎么样，好些了吗？"

老棒子不看她，听着声音不语。

"咋老折腾？以前你多壮。"

"老喽，这么快就老喽——"

"就是不知冷热，你呀！"

老棒子忽然愣掏一句："红蓼，俺们真有缘分的话，就……"

"就咋？"

"就办了吧。"

红蓼说："你乐意，俺还有条件呢！"

"咱们都是村里有头有脸的人，总这么下去会风言风语的，何必呢？"老棒子扭头看红蓼。红蓼一脸沉静，清亮的眼睛如水雾里的寒星。她说："俺这样想，你虽说是大村长，俺不看中你的权势，俺巴望你的是你的素质你的能力。在村里俺不愿看你畏首畏尾的样子，一会儿太阳滩，一会儿怕惹了老少爷们儿。你呀，一个真正的男人不在年岁大小，应该有足够的勇气闯进生活！男人事业的成功，依仗的绝不是感情和眼泪，而是强悍冷硬的铁血！懂吗？"老棒子仰着木然的脸，怔怔地看着满腹经纶的娘儿们，像被魔杖点过变成一个不会移动的石头人。娘儿们把人生智慧在冥冥中传递或暗示给他，他惶惑新奇，有些招架不住了。过了好长时间，他才讷讷问："俺不懂你话里的意思……"红蓼脸上绽出沉思的鱼尾纹说："你应该知道，多好的机会，圆滩村不该在你手里'文明'起来吗？摘花的好事你不干，不让领导寒心吗？你知道吗，乡里把支书抽到乡里意味着啥？你的入党申请为啥迟迟没批……"老棒子抖抖地惊颤了，一种欲念横溢狂血撞得头发炸，眉心处竖起几道深深直直的刻痕。久久地，他从胸膛子里挤出一句："你滚，你给俺滚出去！"红蓼眼睛里渗出一片白花花的雾，身子也像雾一样轻飘飘逝去。留给老棒子的又是一团一团忽忽涌涌的大雾……

　　老棒子像腌过的龙虾，僵僵地勾在那里，肚里搅着苦苦热热的浪。他穿上衣服仄仄歪歪地扑进雨雾里。满街筒子的水哗哗啦啦没边没沿由着性子朝海滩流去。水淋淋的老棒子竟然一点不觉凉，浑身的力、脉管里的血和一腔子热肠豪气竟烧得他几乎疯癫了似的。沿村里村外嗖嗖嗖一阵溜达。村人望着他铁青的脸谁也不敢搭一句话。老棒子眼前沙沙飘荡的秋雨又染成了红色。红雨。乱纷纷飘飞着的醉了一样的红雨诱惑着他，他的眼睛也烧红了。他就是红着眼绕回村委会的。此刻，肚里一个事关村子荣辱的计划生成了。他痴痴地换好衣服，呆呆地斜靠在被垛上竟又迷糊着了，饭也不吃，谁敲门也不开，独自躺到天黑。雨停的时候，他影影绰绰做了一个梦。他独自冒着红雨扑扑跌跌地走上太阳滩。退潮了，唯星星点点的水汪将滩融成闪烁的一片，雨丝飘在滩上细到看不见的程度。几只鸥鸟扑棱棱远飞了。老棒子默默地蹲在滩上，如一块戳在滩上的古老石碑，一动不动。他恍惚间觉得滩活了，像硕大无朋的海龟载他在大海里游动。大大小小散散落落的沙粒卵石也好像变成有了生命的东西，团团簇簇拥戴着他。尽管他想避这滩，滩并不介意冷淡他。他顿觉眼窝里有湿漉漉的东西一颗一颗渗出来。过了好久好久，他呼噜呼噜说了几句话，然后从兜里抖抖摸出一枚五分硬币，在手掌心里攥出滑腻腻的老汗。他默默地在心里说："假如这枚硬币抛下去，国徽朝上，俺就豁出去干一场，就算合了海龙神的旨意，要是麦穗朝上，俺就等等再说……"银亮亮的钱币抛向空中，忽忽悠悠坠落，"啪叽"贴到滩上。他定定瞧是负有重大使命的"国徽"。"太棒啦，俺的天神哩！"老棒子鱼打挺般弹起，压根儿不愿想这是梦。他急头横脑拧屁股下床，敲开隔壁村委会办公室大毛的门，叫道："大毛，快给俺起来！"

　　"深更半夜的，撒啥魔怔？"大毛说。

　　"带上双筒枪！"

"干啥？"

"打狗！"

大毛懒洋洋斜着身子挪出屋，嚷嚷道："俺不敢，人家还不把俺骂个狗血喷头！"老棒子气势势抖抖身子："谁敢？俺跟着！"大毛翻翻眼："就咱俩？"老棒子说："春栓和海螺子的枪还有没有？"大毛说："有哇，昨天俺们还去泊里打兔子哪！"老棒子挥挥手："去，叫他们来，晚上给你们开高补助！"大毛颠颠去了，不一会儿叫来两个扛枪的小伙子。两个人一拨儿挨家逐户突击打狗。夜气浮来浮去，村巷里是极有层次的昏黑。蛤蜊的腥气和夜的寒气悠悠弥散，升入空中，随风朝草泊里漫漫泛泛荡过去。不大时间，静夜便溅起汪汪汪汪的吠叫和噼里啪啦的脚步声，空气里随着怪怪乍乍的枪响又充斥了浓烈的狗的血腥气。老棒子黑着脸凶凶地走家串户，不可逆转地在村舍摇头摆尾的狗们脑袋里贮存一颗一颗的枪子儿。有人沉默，有人大骂，有人哀叹。老棒子尽量不看村人的脸，害怕酝酿许久的勇气泯灭掉。他在孙寡妇家要了一瓶酒，与大毛轮换吹喇叭似的猛灌，然后睁大红红的血眼，搜寻一条又一条呜呜悲鸣到处乱钻的狗。跟孙寡妇共同看守虾池的狗没有一枪毙命，狗朝老棒子猛扑过去。老棒子舞着手提的木棒，醉棍一样击中狗头，狗脑碎了，一只狗眼冒出来，血和脑浆咕嘟咕嘟淌一地，溅老棒子一身麻麻点点耀眼的猩红。孙寡妇尖声细气地哭了，泥软泥软地跌倒在狗尸旁，狠歹歹地瞪了老棒子一眼。老棒子应该向老女人说句安慰话，她儿子出海了，四间拉溜大瓦房孤零零没了一点声息。老棒子不敢看她，哼也没哼地走了。他走到大街上时，肚里像灌下久煎久熬的草药水，翻翻涌涌难受。在他蹲大狱时，孙寡妇对他娘很好，曾经跟他娘做伴儿。老棒子脑里闹蟹乱般烦躁，不知不觉到了罗大疙瘩家门前。他仿佛看见罗大疙瘩温和的笑眼陡变成厉厉凶光，他怔住了。大毛却不管不顾地用枪托敲门。桩桩媳妇惴惴地打开门问："谁，干啥哩？"老棒子没搭腔，大毛大咧咧道："村长有令，打狗！"他的脚别住门槛，就有大黄狗"桩子"哧哧蹿过来，伸出长长的舌头，拿眼看大毛，看准是年轻汉子便嗷嗷嗷嗷地扑咬起来，桩桩媳妇"喝"了"桩子"一句，将老棒子和大毛往屋里让。老棒子不进屋，站在那里看着"桩子"眼里闪出的阴鸷凶烈而警觉的光，心里惶惶地打战。"桩子"好像认出老棒子，不再咬叫，蔫蔫儿地嗅他肥大的裤角，嗅到了同类的血腥，便慌慌张张地摇尾，沙沙响。这条肥硕高大的狗的确像狼，黄黄的鬃毛在夜色中泛出金色光泽。罗大疙瘩的媳妇瞎老婆子颤巍巍摸出来，嘴里喋喋地问：“桩桩媳妇，谁来啦？”她每晚在缸里捣虾酱很晚才睡。“大嫂，你回屋吧，没事儿的。”老棒子说。“不对，你们骗俺，俺在屋听见枪响和狗咬啦。”瞎老婆子每当丈夫和儿子出海夜里耳朵就格外灵醒，老棒子只好顺着瞎婆子的腔调悠下去：“老嫂子，上级指示一律打狗，俺知道‘桩子’在你和老哥心中的位子，可也没办法，谁也破不了这个规矩。”瞎婆子眼眶一抖，话里充了哭腔：“啥规矩，还不是你一句话！他叔哇，你就开开恩，留下‘桩子’吧……”她尖声细气地叫着，两只枯瘦的胳膊东一甩西一抓地舞着，一点一点蹲下身死死抱住“桩子”，如同拢住一个温暖病态的家。老棒子颤抖了，心沉沉地坠，仰脸望天。夜色朦胧，月亮被天狗啃出豁边，这时村西传来阵阵枪声和瘆人的狗叫，满世界都是闹响和血腥。这是圆滩村有史以来的最大规模对狗的清剿。老棒子直杵杵地站着，就像戳在地上的枯木桩。“男子汉的事业依仗的绝不是感情和眼泪……”红蓼的话又在他脑里盘绕。他咬咬牙，鼓起蛤蟆眼道：“大毛，下手！”然后倒背着手，哆嗦着肩膀走了。他摇摇晃晃走到大街上，双腿坠铅般沉，索性蹲在离罗大疙瘩家门口不远的蛤蜊皮子堆上听那声响。“砰——”枪声脆脆炸响，接下来便是瞎婆子拍拍打打的哭号：“老棒子，你个挨千刀的，没良心的，没俺当家的拥车，你熊样的能当村长！”老棒子木然地站起身，“嗖”一声从眼前闪过一个黄乎乎的东西，正疑惑间，大毛喘喘地跑过来：“村长，都怪俺，一枪没撂准！”老棒子厉厉地吼：“他妈的，追！”他跟着大毛踢踢踏踏追受了伤的哀叫的“桩子”。拐了村口，“桩子”叽叽噜噜地朝海滩狂奔。老棒子喘喘地追着，抬眼看见“桩子”在老河口北侧的海滩上蔫蔫地兜着圈儿。他猛然想起这儿是罗大疙瘩双桅船的停泊地，“娃子”显然在寻找主人。然而这里空空荡荡只有苍黑沉默的大海滩，大毛瞄准又朝“桩子”放了一枪，枪子钻进“桩子”脚下的黑泥里，咕嘟嘟冒泡儿。“桩子”像是被枪声激醒了，抬头愣了片刻，就在大毛再次瞄准时，“嗷”地嘶号一声，箭一般朝西海滩逃了。老棒子跟着大毛又追。追了一阵老棒子脑袋“轰”地一震，他又真真切切地看见了太阳滩。太阳滩叠叠层层的细沙在夜光下精灵般闪亮,不再空幻虚缥,潮音像一阵阵远古的呓语,凄凄切切又美美妙妙。"桩子"逃离了他的视线,他被太阳滩的景儿攫住了魂。"桩子"也似通了人性一样,颓然卧倒在太阳滩上,不再吠哮,只喷着咿咿唔唔的汪汪声,悠然得意地向"敌人"示威。老棒子蓦地发现"桩子"卧在太阳滩上,恼怒的脸上浮了惶惶惑惑的神色。"桩子"在他眼里不再是一条狗,仿佛是一介神物了。大毛恨恨骂一句"狗×的"就举枪瞄准"桩子"。"桩子"不战不怯,呆呆地望着人。老棒子的大手按下枪筒,叹口气说:"别打啦!"

"为啥?"大毛惑然。

"这是太阳滩。"

"那就更得打狗×的!"

"脏了滩,咱俩是罪人。"

"你老想得太多啦!"

"不,一介神物,有它的造化。怕是这狗,也成神啦!"老棒子看着"桩子"。"桩子"像个刺猬一样鬃毛唰唰张开来,一个硕大幽灵似的。老棒子痴痴呆呆地看狗,狗也戚戚地盯着他。大毛弯腰拾一个海螺壳,砸向"桩子","桩子"依然不动。然后他解下缠在腰间的细绳,网一小圈儿,是个活套儿。这是雪莲湾杀狗的土法儿,活套儿放在地上,套儿里放块骨头或饽饽。人唤狗,狗低头一吃,一抻绳子就套住狗脖儿,然后将狗吊在歪脖老树上,打水缸里舀一瓢凉水往狗嘴里灌,咕噜一下子噎死狗,再扒皮开膛。大毛现在找不到诱饵,便攥着绳套悄悄绕到背后,站定呼哧哧将绳套甩过去,不偏不倚地套住了"桩子"脖颈。"桩子"诈尸般跳起来,疯癫癫往海里狂窜。大毛斜着身子拽,拽不住,身子哧溜溜在沙滩上滑。老棒子跑过去,死死拽住绳。"砰"一声绳断了,"桩子"如海豹似的骨碌碌滚进海水里,浮在夜海上的暗黄颜色像跳动的鬼火,被呜呜溅溅的海水簇拥着渐渐消失。老棒子软兮兮地跌在沙滩上。大毛手里的枪朝海面上喷出一股一股的火苗子……

七

夜里的渔村哑静了。

老棒子站在村委会小楼上望着沉寂的海湾，心里就慌得紧。他怕静，怕村人的沉默，怕独自一人想事情。几天来他往红蓼那跑得格外勤。他看见红蓼就觉得自己有了很厚实的根基。他觉得黑了脸，就要快刀斩乱麻般地治理计划生育和平坟。尽管这两项牵扯面大，弄不好会犯众怒，可他已没了退路。他带领小分队老鹰抓小鸡似的将一个一个孕妇装上汽车运城里强行做绝育手术或做"人流"。逃到外地亲戚家的孕妇也让他派人"抠"回来，不照办的没收出海捕捞证。他带头，村委会班子成员齐抓共管，十几天工夫就利利落落拿下来了。平坟，这项指标老棒子很为难，觉得最"扎手"。但还是平，不能因这项而前功尽弃。他忽然变得沉稳起来，对村人也要像对官场一样，得讲点谋略，把肚里直肠子弄几道弯儿。他在心里掂量来掂量去，苦苦思索后的老脸上露出一线喜气。他要在村里建一座"太阳滩祭园"，将故人遗物请进"祭园"，先人故者也将魂灵驻足这里。这样村人心里会好受些。老棒子是外来户，他得理解尊重村民的感情。这成熟的思索使老棒子觉出自己变得很狡猾了。他恨自己的狡猾。他将肚里沤熟的伟大设想端到村委会讨论，并吸收村民代表参加。尽管渔人心中梗梗的难以接受，毕竟还是接受了。豪华肃穆的祭园以最快速度呼啦啦拔地而起，随之升起的一种惊天地泣鬼神的光圈罩着小村。迁坟那天，老棒子亲自为先人请来鼓乐班子，用呜里哇啦的喜调冲淡惨惨戚戚的悲哭。飘飘洒洒飞飞扬扬的纸钱雪片一样在雪莲湾舞着，一片孝白，一脸悲戚，一腔怨怒。但人脸都是默默的，默默的。乐声却是那样悲凉、缓重、幽远。

老棒子成功了。

圆滩村终于破天荒地在老棒子手里文明起来。庆功、授奖和介绍经验使老棒子晕头转向了。初秋，在县三级干部会上他被县委、县政府授予县劳动模范称号。烈火般燃烧的大红花笑在他胸前时，竟烧得老脸紫红紫红的。这种异样的感觉与他在龙帆节夺魁的感觉形成十分鲜明的对比。"不，给俺发奖的是县长而不是老族长，差着档次呢，当珍惜才是。"老棒子劝慰自己，竭力抹掉脸上的愁绪和伤感，摆出红艳艳的喜气来。散会的时候，红蓼带厂里小汽车接回了老棒子。她这时才觉得老棒子地地道道爬上了能与她为伍的男人位子。她深情地望着他，目光一片痴柔："咱们办了吧。"老棒子抿嘴而乐，俨然一个涵养很深的大干部。他眯着眼在车里飘飘然驾了雾。

几天之后，老棒子与红蓼举行了隆重的婚礼。红蓼厂里的、外地亲戚来了许多人，老棒子这边的官方要人、亲戚朋友都呼啦啦地来祝贺了。老棒子嘻嘻哈哈出出进进忙个不停。闹闹嚷嚷一整天，终于圆满结束。他得到了，诱人的红雨便消失了。老棒子心里不安起来，他和红蓼冷淡了罗大疙瘩和众多渔民哥们儿。尤其是红蓼理都不理他们，把他们安排到末一席用餐，为这老棒子与红蓼弄了个半红脸。夜里老棒子还没鼻子没脸地朝红蓼使性子："红蓼，你不该怠慢罗大疙瘩他们！"红蓼俏丽的目光咄咄逼人："咋，就凭罗大疙瘩，跟俺怄气，值得吗？"老棒子黑着脸相道："那是过去与俺出生入死的哥们儿，俺不能……"红蓼生气地说："就罗大疙瘩脏了吧唧的熊样儿，今天能上大席面？你不嫌丢人，俺脸上还挂不住呢！"老棒子眼眸被什么死死勾住，直愣愣地瞪着她的脸："你还靦脸子显摆啥？狗咬吕洞宾，不识好赖人哪！罗大疙瘩跟孙胖子比，哪个亲？你别看那些肥大腆肚人的地位，那是用得着咱，等你啥也不是了，就都躲啦！还是老哥们儿差不大样儿……"红蓼急赤白脸地说："罗大疙瘩帮你啥啦？吃你喝你，遇正事儿也不给你捆车！"老棒子惑然地问："你别瞎诌！"红蓼说："俺瞎诌，你打狗，就他家没打，偷着掖着躲着，弄得村里人对你说三道四，说你偏心眼儿。"老棒子脑里映出太阳滩打狗的情景，惊讶了："咋，'桩子'是俺看见大毛毙在海里的。"红蓼撇撇嘴："得了吧，不信你去看，村里人知道你跟罗大疙瘩好，没人敢向你告状。你还口口声声一碗水端平呢。"老棒子瞪眼凶她："这档事儿，不用你操这份咸萝卜心儿。"红蓼拉灯睡觉，没了声息。

第二天早上，老棒子去罗大疙瘩家。罗大疙瘩爷俩找车拉船到船厂大修，家里只剩桩桩媳妇和瞎婆子。一进门儿，"桩子"就"嗖"地蹿出来汪汪汪咬。

瞎婆子出来听出老棒子声便劈头盖脸地骂个狗血喷头。老棒子款款退出来，迷迷瞪瞪地往回走，"桩子"的影子重重叠叠地晃动，神气扑脸，想着腿脚就颤抖起来。他没想到一条狗会把他的精神击垮。老棒子磕磕绊绊地回到村委会，突来的喜事才冲淡了狗的影子。一纸批文下来，他被批准为中共预备党员，同时代理村支书。他望着批文，回头看路，心里又涨潮般翻腾。这时船厂副厂长刘栓找他说，船厂急缺木料，老棒子还兼着船厂厂长，缺料的事他不能不管。他给红蓼拨了电话，红蓼满口应下。娘儿们家要成精了，她不再是沐浴在红雨里的少女了，她诱使老棒子远离大海，像风筝一样飘荡着，他不知道自己最后将落在哪一块地埝上。娘儿们家一次又一次充当了他的人生导师。他好像是越来越离不开她了。老棒子放下电话时，忽然想起刚才忘记告诉红蓼突来的喜讯了。他急匆匆摇响电话："红蓼哇，俺入党批啦！"

"太棒啦，太棒啦！"

"唉，这一来，俺倒不知咋干啦！"

"嘻嘻嘻，俺求人给你算了一卦，你的大运年刚开始，干啥啥成！"红蓼响脆脆的嗓音荡来。

"靠，咋还信这个！"

"嗬，如今挺时髦哩。"

老棒子笑得眼角淤出波纹。他忽然想起什么，问："冷库贷款的事你再催催，嗯？"红蓼马上回话："俺们今天去找建行桑行长，快敲定下来。他也有事求咱们。"老棒子重锤定音："好吧，咱们这就去！"他放下电话，就带一名副村长和红蓼一起急匆匆赶到城里。桑行长宗宗件件地摆出信贷紧张的实例，不看僧面看佛面还是把20万贷款当场拍了板。但他有件小小事情，也请老棒子帮忙。他的舅爷在城里开公司，手头压住一批桐油，请船厂进一些。老棒子跟桑行长去那公司看过货，也就拍了板。余下的事就由红蓼出头办了。老棒子是主大事的。可回到村里的时候，他仍旧费心劳神地想那条神秘的狗。"桩子"的影子已深深地刻在他的脑海里，幽灵似的缠着他。狗使他进退维谷。

"桩子"真的成神了吗？

八

深秋的海滩堆满麻麻瘩瘩的蛤蜊皮子，在灰麻重浊的景致里显得清瘦且凝重。早潮唏唏退着，天沉沉阴着。花骨朵般的墨云直抵桅尖，压得老船闷闷的喘不过气来。老棒子深一脚浅一脚地走在海滩上，瞪眼往船上寻。他的身后晃动着桩桩媳妇清秀的身影。老棒子早上还趴在被窝里吧嗒烟时，桩桩媳妇就受公爹罗大疙瘩之命请他到海滩船上。他问她有啥事，桩桩媳妇说双桅船修好，爷俩这回要出一趟远海。出海还要像挂旗那样吗？老棒子嘀咕着，抬了头见四面暝色突地透亮，油光光的双桅船上瓮一样蹲着吸烟的罗大疙瘩，桩桩满脸凶相地站在船板上，手指像捻佛珠的僧人捻着吊网浮子。大黄狗"桩子"也蹲在罗大疙瘩身边，人和狗的影子长而怪拙。他们见老棒子来了，久久不说话。老棒子惶惶的，率先打破这吓人的沉默："老哥，船修好啦？"罗大疙瘩不经意地"嗯"一声，灭了烟，款款站起身，唏溜溜从腰里甩出绳套，一抻，"桩子"像打鸣儿鸡似的"嗷"地伸直脖子。老棒子和桩桩媳妇看呆了。罗大疙瘩皱巴巴的海螺脸上没有任何表情，他抖抖索索地将绳头挂上桅杆，"唏唏"拽起。"桩子"绝望哀号，四肢乱蹬。罗大疙瘩的脑袋梦游似的寻着"桩子"的眼睛，愣了好长一会儿，才正过脸大声武气地吼："桩桩，端瓢水来！"桩桩仰着泪珠点缀着的凶脸，扭头盯了媳妇一眼，便"嗖"一声拔出腰里的鱼刀，疯疯冲过去，一刀捅进"桩子"喉咙，腥血咕嘟嘟像大朵大朵红花一样溅落在船板上和他脸上。罗大疙瘩把脸扭向一边，深黑的眼骨窝里甩落两颗清亮的东西。桩桩媳妇吓得惊叫一声，趔趄着扶住船舷。老棒子愣怔怔站着，隔了很久很久，才喊道："老哥——"

罗大疙瘩颤颤地说："棒子兄弟，这年月的官当得不易呀！老哥在海上想你，心疼你！你知道老哥是红脖汉子，不糊涂就行啦！俺看哪，咱太阳滩的地塆上交情和义气永远不会断尽……"

"老哥——"老棒子震颤了，被晨光晃成金色的泪珠子正从他的眼窝里一颗一颗渗出来。轰隆隆一阵闷响，柴油机冒一股黑烟，双桅船一点一点朝大海移去。双帆堂堂正正舒舒展展升起来，在日影里一闪一闪地亮。老棒子远远地呼喊："老哥，顺风顺水，满船满舱……"船上没有丝毫回声。他忽然觉得自己在圆滩村跩一脚颤三颤的日子里，对他生命的中的大海显得有些陌生，他的声音也不那么灵了。他好像自己驾驶两条船，一艘驶向大海，一艘驶向陆地。驶向陆地的船是那么艰难。生活是美好的，世事总是不尽人意。这日子，这世道，谁能说明白，活活是一本糊涂账。老棒子想。

双桅船彻底消失了。

一连几天，老棒子的心也静不下来。桅杆上血糊糊的"桩子"老在他眼前晃来晃去，右眼皮也突突突地跳灾。他有一种不祥的感觉，却不知来自什么地方。红蓼疑疑惑惑地望着老棒子疲惫的样子。这样子是异常饥渴的人走了很远很远的路才显现出来的。她问："你病了吗？"老棒子摇摇头，眼眶子蒙着一层青虚虚的荫翳。有一天夜里，海上滚着响雷。桩桩水鬼似的从渔政船上爬下来，哀哀哭着跑到家里。不多时，村西新瓦房里荡出的哭声，应验了老棒子的预感。双桅船在鼓鼓涨涨的夜潮里沉没了。罗大疙瘩淹海里下落不明，桩桩被渔政船搭救上来，在黑幽幽的海面上再也没寻到爹的影子。老棒子得知凶信儿时，还头戴安全帽在冷库建筑工地上摸爬滚打。基础工程得连轴转，秋去冬来地冻天寒就啥都误了。老棒子干事就有股马不停蹄的雄风。可当他听到噩耗，呆傻了。他眼直着，手交叉着抖动，像让一排大浪砸昏，抱住头，黑凛凛的身子颓然跌在地上，撕心扯胆地苦叫"老哥，老哥——"过了好长时间，老棒子晃晃悠悠站起身，没走两步，又像散了架似的歪坐在地上。大毛用绿吉普车将他拉回村里，径直去了罗大疙瘩家。瞎婆子几乎哭干了泪水，咿咿唔唔的声音十分凄凉，夹着咝咝作响的痰音。老棒子拉着瞎婆子的手说：

"老嫂子，保重身子骨吧！"

"阎王打短命的，他爹没干缺德事哩！"

"老嫂子，不在那个。"

"海神爷，不该收他爹当水浸的鬼呀！"

"大海不认人哪！老嫂子……"

"他爹一辈子就盼有艘船，苦扎苦累尽遭罪啦！他爹呀，你可是苦黄连子托生的命哟……"瞎婆子抽抽噎噎叨个没完。老棒子左瞧瞧，右看看，也没寻到桩桩，便对泪眼盈盈的桩桩媳妇说："告诉桩桩，从今往后俺就是他爹，有啥大事小情就找俺！"桩桩媳妇频频点头。老棒子又好像想起什么，两眼盯着桩桩媳妇说："侄媳妇，你是南方人，可俺村人没拿你当外姓人看，你公爹更是疼爱你。往后你要对桩桩好，本本分分过日子，有啥事俺兜着！"桩桩媳妇应着，声音很小很小。里屋的瞎婆子听见了这一席热肠子话，激动得羞愧不已。

老棒子操持着为罗大疙瘩办完葬礼，就陪着保险公司的人办补偿款子。忙忙碌碌麻麻木木的几天过去，老棒子心里有涩涩的空落和深深的悲痛，像高高涌起的浪头子，一下子将他吞噬了。那夜里他与罗大疙瘩在太阳滩上嬉笑摔跤的情景也涌来了。在一个有星有月有雾的夜里，老棒子竟不知不觉地溜达到了太阳滩。他蹲在滩上瞥见了一轮圆月的缺损。但光亮很足，穿透浓浓的夜雾，将满滩映得烨烨耀耀晃眼。几只舢板老龟一样在水边起伏，水拍船舷，"吮吮"响。渔火又在不远处招摇晃动，星星点点地慢慢织成龙形，向太阳滩游移。老棒子看呆了，不是幻觉，真真切切的海上飞龙。他不明白上苍会在这个时候赏给他一次机会。是福是祸？这条朦朦胧胧亦真亦幻的渔人的魂，与太阳滩紧紧勾连着。飞龙和太阳滩给了他许许多多看得见摸得着的东西，也给了他许许多多空空幻幻的东西。那是啥？他在苦苦追求，追求的结果，又总是失去得太多太多……海风激来，爽爽透透的。老棒子欠欠身子，惶惶然惑惑然。他又把目光收回滩上，盯着滩想得极多，多了也就混乱、糊涂。夜深一些了，潮大了。大浪漫滩，滩就哗哗颠动，将他的神思弄得忽前忽后地错落。他忽然看见满世界都像潮一样涌动，无数拥拥挤挤的人在太阳滩上跑过来跑过去，追求寻觅自己的归宿。不知不觉间，扑扑咬咬的浪头咄咄逼至他的脚下了，他也一动不动。忽然他看见有团黑影朝他移来。哦，他看清了，分明是罗大疙瘩憨笑着，蹶跶蹶跶朝这边走来，身子一弯一弯地画弧。老棒子霍地站了起来，摇摇晃晃迎过去时，却看见一副极像罗大疙瘩的冷冰冰的脸相。

是桩桩。

老棒子愣了一下。

"桩桩，你找俺吗？"

桩桩眼睛如燃烧的火球："俺找你，当然得找你！"

"有啥事尽管说吧，咱爷俩不见外。"

"是你害了俺爹！"

老棒子头轰地一震："唉，是俺不该逼你爹杀了'桩子'……"

桩桩摇摇头："不是一桩事儿。"

"那是……"老棒子茫然了。

桩桩说："俺爹在海里没顶的时候，喊了一句话，他说刷船的桐油不对劲儿。俺到船厂去啦，带上刷俺船剩下的油，到城里一化验得知那是假桐油，叫米糠油，是用稻子、黄豆、谷子榨出的食用油，糅了少量桐油。厂里进货单上写着你的大名。这鸟油能刷船吗？"

老棒子眼直了，脸傻了："天哪，有这样的事？"

桩桩抖抖手里的纸条："俺有化验单！俺要告你们！"

"老哥，你走得好冤！就是把俺五马分尸，也赎不完这个罪哩！"老棒子"唻唻"苦叫两声，双手抱头，一摊烂肉般跌在滩上。他望见水汪映出自己的脸，黑乎乎显得那么远，那么迷离，夜鬼似的。他浑身打骨头里冷，冷得喘不过气来。

桩桩不依不饶地说开了："赵村长，俺爹哪点对不住你？俺爹帮你操持龙帆节，村里村外护着你。你当村长俺爹乐得整天唱，可他从没求你办一桩事。他就盼你当个堂堂正正的官！你呢，不管村里老少爷们儿愿意不愿意，干下踢寡妇门刨绝户坟的损事儿。你的良心在哪？你有私心，你想揽权，当了村长想当书记。你为了讨好红蓼，得到那娘儿们，谁的话也听不进去！如今你啥都得到啦，名誉、地位、女人和金钱，这是你的造化，与俺无关，可你不该见利忘义，为自己得回扣，购进假桐油……"

老棒子震惊了。他胸脯突突颤着，霍地摆出骂天骂地骂娘的架势，黑旋风般扑过去，揪住桩桩的衣领恶摇着，吼："你给俺说明白，俺得了啥回扣？"他视名声比命重要。

桩桩昂然站着，冷气逼人，如一根傲立的冰柱。他眼里闪过一道奇异的波光，拧身甩开老棒子，走了。老棒子厉声吼："你给俺说个丁卯来——"

桩桩像团冷雾飘走了。

老棒子不堪承受这瞬间的撞击和刺激，周身痉挛着如失了血，仅剩一个空空的壳。"扑"一声倒在沙滩上，面朝大海跪着，一双青筋凸跳的大手，捂住满是泪痕的脸："老哥，俺对不住你啊——"然后他的双手拍打沙滩，像驴打蹄一跳一跳的。他的声音飘忽，被啸啸潮音吞了。海雾里洇出一团淡淡的昏昏黄黄的影子，他熟悉的影子。影子从大海里飘来，像骤然竖起一堵高墙，遮住他的视线。渐渐地，幻化出一张一张渔人的脸。他垂头避开那些脸软软地躺倒在沙滩上，心里忽地生出原始生命般的蛮力。他像个石碾子格楞楞在沙滩上滚起来，喉咙口撕搅一种异样的声音。他在跟影子摔跤，又像是跟罗大疙瘩摔跤。滚过来滚过去，任他使尽全身的气力也挣不脱那团影子……

九

涨满潮的时候夜已很深，桩桩像他当年的爹一样将昏迷在滩上的老棒子背回家。其实，他一直没溜，他远远地望着阵痛中再生的老棒子。他脸色灰白，有两道湿津津的亮痕在脸上爬动。他忽然觉得自己刚才的损话多少有些偏激恶毒了。老棒子一身泥水死了一样昏迷不醒，红蓼惶惶怵怵给他换完衣服，他依旧睡着。后半夜的时候，他就晕晕乎乎发起烧来。第二天上午，红蓼请来村医时，老棒子感到头皮一阵麻胀，慢慢撩开厚重的眼皮，拿眼紧盯红蓼，断断续续地说："你过来……俺问你一句话。"村医退出去了，红蓼惶惶惑惑地移近他："有啥话就说吧。"老棒子眼神里噙着一种慑人的威严："俺问你的事，你要是撒谎，俺恨你一辈子！"红蓼愣了一下："俺不撒谎，你说吧。"老棒子头一拧，老脸苦楚地扭皱着："你说，桑行长小舅子的那批桐油，你接了回扣没有？"红蓼摇摇头说："你把人看扁啦，俺是图那几个钱的人吗？"老棒子舒了一口气，又问："真的没有？"红蓼胸脯子鼓胀着，杏子脸绷得充血："你呀，你一点也不了解俺，往后俺再也不管你的事儿啦。"老棒子挣扎着坐起来，多了心眼也多了情分："红蓼，俺信你！不过，俺也得给你提个醒儿，往后干经济千万别把新鞋往狗屎上踩，坏了名声，又断了前程。"红蓼不解地问："到底又出啥事儿啦？"老棒子哀叹一声，急燎燎地说："你快去船厂，新进的桐油全废喽，用那油刷过的船重刷。"红蓼的心攥紧了："咋，到底出了啥事？"老棒子烦了："快去吧，那鸟油是假的，罗老哥就毁在这上头啦！"红蓼脸白了，吓得嘬舌头打冷子："假的，俺的天神哩！"老棒子胸里又映出一个错乱的世界："这啥事儿，俺也是认假不认真，老糊涂了哇！"红蓼说："这咋能全怪你？"老棒子又说："你给工商局通个电话，那鸟公司该关门啦！唉，人啊，为了几个钱，血变冷啦，心变黑啦！"红蓼瞪圆了眼："那不得罪了桑行长吗？"老棒子大巴掌一挥："事儿都到这份上，俺六亲不认！"红蓼迟迟疑疑不动身，讷讷道："俺看你还是三思而后行，冷库就该上主体工程了……"老棒子瞪眼凶她："俺不能一棵树上吊死人，山不动水流！"红蓼跺脚了："你呀你，渔花子的倔劲儿又上来啦！"老棒子火了："莫不是你心里有鬼吧？"红蓼噎住了，扭头悻悻而去。老棒子颓然倒在床上，心里蜂蜇虫咬着，一种说不出的苦痛和惆怅，假这个假那个在他眼前翻腾。

这世界搞不清了……

潮涨潮落，日子照旧过。

日子一天一天熬下去，老棒子的身体日渐垮下来。好像那夜里落下的病一直也没好利落，但还是忙忙碌碌。人精瘦了，脸蜡黄，糊里糊涂，蔫头耷脑，腰酸腿痛，深黑眼骨窝里老是糊着黄白色的眼屎。红蓼惴惴地看他失了元气的模样，心里慌得紧。她每天晚上给他熬一锅酸酸涩涩的草药，死乞白赖往老棒子嘴里灌。她劝他："喝吧，中药没副作用，针锥子剃头能去了根儿。"老棒子忽然觉得娘儿们家又可爱了许多。他硬挺着吃药，可药碗刚到嘴边，胃里便涩涩泛泛涌酸水，好歹将药咽下，喉咙里便呛出一串难听的呃呃声，呃一会儿便稀里哗啦呕出一摊绿色黏液。红蓼一点一点地给他擦。吃了一冬的药，也没见老棒子身体有啥起色。红蓼犯难了，有时偷偷抹泪珠子。

一年一度的龙帆节来了。

老棒子身体忽然奇迹般好起来，苍黄的脸上润了老红，眼神里有了光泽。他与村里长老九爷合计合计，彩龙还用红蓼扎的那只，再裱一层花花绿绿的彩纸就成了。船也一律用带橹把的，那样争先恐后的味儿才足。然后在前一天晚上，老棒子神神气气地在村委会大喇叭里讲了一通龙帆节的安排。第二天响晴的，火爆爆的日头悬着，破冰的大浪颠着，满世界辉煌热烈，节日的气氛十分浓重。老棒子和红蓼很早就来到太阳滩。滩还是那块滩，在今日的老棒子眼里就多了内容。他好像看到了一种阵痛里再生的晕光，灿烂着苍凉而绮丽的人生。万象生生灭灭恩恩怨怨反反复复，唯太阳滩不变，流连、怨诉、嗟叹并不由人意。他相信雪莲湾日后必得流传的故事，当从这块地塄得到明鉴，寻到发源。他深深地感动了。

"早啊，赵村长。"

"今儿个就看你老的啦！"

"祝你雄风不减当年哪！"

人们陆陆续续地来了，依旧十分恭敬。老棒子憨憨笑着点头："老啦，吃屁都赶不上个热乎啦！"没有人笑，都蔫蔫溜边在船上拨拨弄弄。老九爷抱着刚刚裱上新彩纸的龙颤巍巍走来，身后追着叽叽喳喳的孩子们。渔人问："九爷，是你老扎的龙吗？"老九爷笑眯眯摇头："不，这还是红蓼扎的那只呢！"渔人便怯了声，不再问别的什么。大海的热情不减当年，潮猛卷，轰隆隆的破冰声重重叠叠响起来，在早春的天地间荡过来漾过去。浪花泡沫嘶嘶爬上沙滩，如铺一层大片大片鱼鳞状白蘑菇。天蓝蓝，云白白，日影切入海湾，使海的蓝色施展最大诱惑。逆着阳光看海，蓝得发白，闪闪烁烁，跳跳荡荡，像一泓刚刚熔化了的金水银汁，火热得能烧沸人的血。波涛鼓荡着老棒子的血液，舒畅得老想吼上几嗓子。此时他可以百事不想，摘掉了面具，大步流星跨上老船，回大海去，咀嚼无穷乐趣。他又意识到自己顶天立地高大无比了，简直可以力举九鼎。他手扶的大橹，咿咿哑哑响，咧开瓢似的大嘴荤素夹杂地唱：

> 浪头子大啊赛船哎
> 黄螃蟹做窝到神台
> 娘儿们夜里点船灯
> 爷们儿摇船阳不衰噢

太阳滩上大人小孩拥拥塞塞嘻嘻哈哈笑，没人敢回嘴。老棒子吼着就没劲了，他巴望着滩上或船上有人回敬他"老棒子大酒罐"，然而没有。他顿觉心里空落落酸涩涩的，他马上悟出龙帆节再也不是他的热闹和乐子了。他定定审视着左右前后船上渔人的脸，再也找不出往年喜颠颠的劲头了。渔人懒懒散散的样子哪像是参赛，跟街头墙根晒暖的老人似的。怎么了，究竟是怎么啦？难道龙帆节是俺一个人的喜事吗？老棒子想。老九爷依旧小心翼翼地将纸龙交给一位划小舢板的渔人。小舢板缓缓入海，载着渔人的魂。渔鼓鲜鲜亮亮炸响，呜嘟嘟的海螺号也吹起来，滩上欢声雷动。老九爷一声断喝，大大小小的船便追龙而去。老棒子听见鼓声心里生出春草般旺盛的东西，拼命摇橹。冰坨子嘎嘎裂响着，浪野吼着，大耸大跳，一波一折，一呼一吸，都像贴着胸口样实在熨帖。能无忧无虑快快乐乐地在大海上颠动，着实比当村长清爽，整日劳心伤神，栽进事务里不弄一肚子火两腿泥别想拔出来。眼下他忘掉了什么东西，寻回了日渐淡漠的大海的亲缘。雾散了，影子消失了。大橹吱呀呀在他手里快速揉动，不一会儿，小船便载着他沉甸甸的心思遥遥领先了。龙不再前行，在不远处的海面上舞着，十分辉煌。它焦灼地等待哪个渔人真诚地拥抱它，将它拢回太阳滩。看看龙，老棒子手里生风，可当他扭回头看船时，稀稀落落的赛船无精打采的好像履行公事似的等待陪伴老棒子抱回那条彩龙。渔人的船被他抛下很远很远，老棒子心里如哗地撒了把扎人的蒺藜狗子，糙黑脸上木然地结了一层灰气，眼骨窝里噗噗嗒嗒流下了老泪。

挤在太阳滩上的村人，不错眼珠地盯着遥远壮观的海面，翘盼着遥遥领先的村长像往年一样抱回福佑渔人的彩龙。他们看见老棒子的老船缓缓接近彩龙了。红蓼踮着脚尖望着老棒子颠动的船，心里喜。她并不喜欢龙帆节，是老棒子和她精心扎制的那条纸龙吸引着她。她眼里老棒子的船渐渐与彩龙重叠了，融和了，庄重神圣的情感一下子从心底泛起。已有好久好久，她没有这种情感了。突然，她眼眶一抖，看见混混沌沌的海面上，老棒子的老船像个没有灵性的棺椁隐隐沉沉消失在接天的晕光里。滩上前前后后叽叽喳喳的人嗡嗡地骚动了。老九爷惶惶惑惑战战兢兢比画好一阵，说了一些囫囵连篇的话，如念一道收魂咒："点额不成龙，归来伴凡鱼……天火烧海自后至其尾，乃登龙门，化龙矣。"红蓼心里慌得紧,丈夫化龙了吗?过了好长时间,赛船一艘一艘拢了滩,载龙的小舢板也飘飘荡荡地回来了。没有哪个渔人去抱龙。太阳滩上的人沉默着,像失去什么。好端端的龙帆节不欢而散了。红蓼愣怔怔地遥望着远海,心里默默地流血,眼里汩汩地淌泪。晌午歪时,红蓼又惴惴来到海滩张望。她看见老九爷佝偻着老腰,定定瞅着缓缓荡来的一艘老船发呆。那是一艘空船,老棒子划走的那艘。红蓼心一紧,急急奔过去,看见船板一堆沙沙蠕动的龙虾,忙扭脸四处寻着人。晌午的海滩空寂无人,日头很毒,灼得海滩发黑。早春的气流鲜爽爽地飘逸,像有一种鲜活的东西于无声中孕育潜长。他们款款朝太阳滩寻去,远远地瞧见斑斑驳驳的太阳滩上石狮子似的蹲着一个老人,老人身边喊喊喳喳地围着拾贝的孩子。孩童如月亮上的玉兔蹦蹦跳跳无拘无束地与那个"老顽童"斗嘴儿做游戏。老人欣欣地舞着手,孩童们齐齐拍手唱:"老棒子,大酒罐,撅着猴腚摇破船,一身馊肉颠三颠,没窝的螃蟹漫滩转。"老人憨憨笑,却老泪横流:"唱,好,再来一遍。"孩童们又奶声奶气拍拍打打地唱。老九爷一脸疑惑。红蓼瞟了老九爷一眼,想笑却笑不出来,竟掩了面,耸耸肩,啜啜哭出声来……

秋
殇

一

发天啦。

赤溜溜的日头在嘭嘭炸开的浪头子上滚滚跳跳了一阵子，就噗嗒嗒被海吃了去，吐一弯浑厚的灿红，天景儿像烧着了一样。憨憨的船在阔阔的海里搅来搅去融成混混沌沌的一团。灰不溜秋的老帆拥拥塞塞咿咿呀呀一扯一甩地龟缩进孤零零肉赘似的泥岬里。大浪掀出重浊湿润的闹响，在如烟如梦的癫狂里嘲弄着渔人日子的狼狈。"呸！"海骡子拿一种自信自傲目空一切的眼神一下缩头缩脑钻进昏暗里的船骂着。泥渍巴巴的大裤管下一双大脚片子抟搿着指头，死死抓定船板弄出吱吱的声响。粗壮圆滚的大身量像船板一样宽厚，很野。乱蓬蓬浓发遮掩的宽额头上大筋纵横，勃勃地鼓涌着青血，放着豪光。他的颏下凸一个很大的喉结。他的一只大掌攥紧舵把，腾一手拽出盛满烈酒的扁瓶子咕噜咕噜灌酒，大喉结有力地弹跳着发出粗糙的闷响。然后就威风凛凛地瞪大一双酱麻色的眼睛很轻蔑地瞭一眼疯疯嚣叫的浪头子。望了一会儿他才矮身出舱呱嗒嗒落了老帆，黏答答的帆布如一块模模糊糊的白膏药贴在船板上，没了帆，船就如一朵开败了的花被海的舌头舔卷着跌跌宕宕。海骡子嗅到一股浓郁的海腥气。同时，风又将滩上和泥岬里人们的忧叹吹过来。"狗 × 的海骡子,快拢滩，不要命啦！""甭管他，狗×的歪腚葫芦邪路种儿，邪命长着呢！"海骡子手臂愤愤一抡，在风中割出一串冷飕飕的声响："俺闯滩，关你的屁事！"骂完之后便有一柱大浪贼爆爆砸过来，卷上舱棚顶，又哗哗流下，结成一张宽阔薄亮的水帘子。灿红正一点一点缩去，被浪弹跳着摇坠一半残红，将快捷抖动的水帘子颤出一圈一圈的柔光。别的声音都淹进看不清爽的地方去了，在海骡子耳朵里嚷来叫去的便为纯粹的海的啸音。一浪压一浪，水帘子就破破碎碎弥弥合合。船便摇了，催得一切尽在颤抖中，嗡嗡声搅着水帘子堵得海骡子透不过气来，毛扎扎的脑壳儿像要炸碎的酒罐子。他灭了火，颤索索探出脑袋，吐一口恶气。麻眼的天色里，荡起细微神怪的叽叽声，红蛇翩翩摇舞，如一群疯疯癫癫的火蝶。海骡子喜兴得坦然，静下心来闯鬼浪滩了。

　　　你噢你噢你噢——

　　　鬼耶鬼耶鬼吼——

　　海骡子泼海野吼了一通"镇鬼号子"。

　　他眼里的海鬼好像顷刻间缩头缩脑叽叽噜噜地逃了。他信师傅老漂子的话，虽说鬼浪滩发天吃去好多渔人，那是被吃的渔人心里装鬼。鬼跟鬼过不去的。彪悍、坦荡和骁勇的渔人会听见鬼的叽叽声，窥见吉祥的红蛇舞，海鬼就退了。不明事理愣头愣脑闯滩那才是狗×的傻蛋呢。海骡子很自信地想，浪头子抖得狼虎，哐哐哐似要咬碎海骡子的单桅船。海骡子的胸脯子挤在舱门，似有一团无名火烧得心往外蹦，传导至嗓子眼就火辣辣的。他蓦地想起师傅老漂子教他的闯滩绝活儿，他极麻溜地甩了衣裤。赤条条仅剩一灰裤衩子。他摆出满不在乎力大无穷的赖样子，跳出舱门，一蹶一蹶扎进滚滚滔滔的海里。身板子接触水面时他浑身就有格格骨节和肌肉弹跳的噗噗声给他鼓劲儿。他轻巧地换了口气，伸展自如，扑嗒着两扇大脚片子，肩头顶着船底，两只大掌粗蛮地托住摇来拧去跌跌宕宕的船板，碾出暗哑的声音在幽邃的海里颤颤涌涌。

　　海骡子像个活宝在海里玩，玩得很潇洒，就跟他当年威震雪莲湾的师傅老漂子一模一样。老漂子驾船有三绝：活，野，狠。雪莲湾的小伙子们都愿拜他门下，他独独看中海骡子，海骡子跟师傅混了七年学了七年，七是巧数，老漂子看中海骡子的是他祖上强悍的气脉和他永不穷尽的换金换银的力气。海骡子的老老太爷曾是赫赫有名的"大力士"。光绪八年，直隶总督李鸿章兴洋务，在唐胥铁路造中国第一台龙号机车，通车大典的日子，慈禧老佛爷在清东陵大祭时曾以"震动皇陵先帝神灵不安"为由将龙车以妖物废掉，扔至大海。驱妖的日子里，几十匹大马拉着龙车来到雪莲湾老河口的当口，老河口挤满看热闹的渔人。黑沉沉的龙车卸到河堤上，一群清兵舞钎弄棒哼哼哧哧也撼不动龙车。僵持的时候，海骡子的老老太爷将光溜溜的粗瓣子往葫芦头后一甩，咳咳运气，圈子腿架出两张弓，骨头绞着身架子，"轰"一声将龙车撞下大海。滩上欢声雷动。县太爷嘉奖了"驱妖"大力士。每每提起这段"光荣"，海骡子依然十分得意，张狂得不行。连人们的嘲弄，他也偏偏很当回事儿。老老太爷惊天地泣鬼神的豪气还在海骡子的脉管里奔来荡去的。海骡子8岁的时候，一次在老河口玩耍跌进老河口的水磨轮子里，浑身上下的皮肉磨成血糊糊的一团，三天三夜昏迷不醒。村里人都说小狗×的怕再也活不成，可他偏活了，活得比世人都壮。人说大力士后人邪命长呢……海骡子在海里钻上钻下，憋得太阳穴别别跳，蛮悍阴郁的大喉结胀起来，连连呕咳。每换一口气，他都能想起死去的老漂子师傅，念想在师傅身上跳了一下，便很快滑到师傅的漂亮女儿菜叶身上。他在海上逛荡的日子，就想菜叶，想得要死。他做梦都想娶菜叶。他说雪莲湾高高矮矮胖胖瘦瘦的大姑娘小媳妇都算着就菜叶好。见到菜叶他就嬉皮笑脸动手动脚："菜叶，做俺老婆吧。"菜叶躲躲闪闪眼里噙着散不净的羞不置可否。海骡子竟忠厚起来满不在乎地说菜叶你早晚是俺海骡子屋里的。菜叶说你赖你赖你憨你鬼你顶不上九章哥。海骡子这才知道盖九章那小子也在菜叶心室里美美地坐着哩。他与盖九章是好朋友，而且同年同月同日出生，只差那么极短极短的一个时间。小时候光屁股一块儿抠海蟹，菜叶和他们一同玩过家家。过家家的时候菜叶总是海骡子的老婆。后来他们鱼走水鸟飞天了，海骡子自小失去爹娘。跟师傅闯海没进一天校门儿。盖九章呢，则一步一步念到大学。气象学院毕业后回雪莲湾气象站做站长啦。海骡子没有酸气和闲愁，他偏偏不尿吃笔墨饭的。美日子活在盼望里，忙忙碌碌男子汉力气拱掉他忽略的季节。他眼里抹去了九章，只有水灵灵俊秀秀的菜叶。菜叶在他眼里终日罩着仙气，举手投足都能撩起他十足的敬仰。他极快乐地飘起来，觉得苦乏的日子真好。只要是菜叶喜欢的事，他死也敢做。那年热热爆爆的夏日，他跟师傅老漂子到远海追逐带鱼群，师傅脑溢血跌进海里死了。他将师傅拖上船，扔下鱼群往回赶，他要让菜叶见老爹一个整身，拿白花花的盐疙瘩将师傅腌起来，热热的七天七夜，师傅竟安然无恙地躺在莹亮的水晶宫里。赶上发天，海骡子将鱼一筐一筐甩下海里，小心翼翼十分精心地护着师傅尸体拢了滩。菜叶瞅一眼爹心里能落个安慰，也就十分感激他这个赖模赖样的东西。海骡子十分自信十分乐观地沉入一个久久不醒的老梦里去了。"菜叶，你瞧好儿吧！俺闯个漂亮给狗 × 的们看！"海骡子心里念叨着，浑身骨节又弄出脆脆的响声。他换气时将那股废气吞进肚里，新气涌进一截肠子里的咕咕声自己都能听到。海面上冷飕飕腥乎乎的野风日日叫，揉起一道一道水墙，漉漉哗哗地颤颤。老船被挤压得晕晕乎乎呻吟声音焦干哑闷，沉沉地滚来滚去。"呱"一个大浪扑来，劈头盖脸地吞了探头探脑的老船，仅剩一杆松桅如鱼漂一样拐搭拐搭地摇。岸上人群一阵骚动，目光也就浊了。桅杆子摇皱了人们的眉头子，吊着心贴着浪湿漉漉游走。蒙蒙海雾摇出来，如一张弄皱了的昏昏困困的灰布帘子。灿红海景凄凄然转成灰青，老河口便浮起黑黢黢的神神怪怪的幻影，将海滩掀得骚动不安。抖一下，松桅摇没了，鬼浪滩一片茫白，浪花开开败败，败败开开，活活有股迫人的威势。不长时间，海面划一道亮亮长长的晕光。"哗"一声巨响，老船挺了龙脊，抖落身上大块小块滑溜溜的亮甲，轰轰隆隆龇牙咧嘴撞了滩，嘎一声，龙骨断裂的脆响荡出很远很远。银灰色的水片子像花瓣一样迸散。海骡子黑不溜秋的脑袋从水里扎出来，肌腱涌动的膀子上缠着麻麻瘩瘩的海草和沙粒，像个高大的怪物一样稳稳地站起来，呜呜溅溅的海水在他身上扑扑咬咬。滩上荡着人们的欢叫："海骡子，海骡子——"嗡嗡嘤嘤的渔歌子合了潮的韵律荡来荡去。海骡子哈哈野笑了一阵儿就扑扑跌跌一拖一拉地朝老河口跑，猛抬头，看见站在河堤上朝他巴望的菜叶。菜叶嫩闪闪的腰肢浴在海风里，沉沉静静地朝他微笑，乌发和长裙迎风飘展。她还是个甜蜜爽人的角色。海骡子胡噜胡噜水涝涝的脑袋，不无得意地望着菜叶，似乎感知了自己无处不在的伟大壮美。他想野野地吼几嗓子，嗓门子晕腾腾亮到无度：

> 皇天后土哇，俺的家
>
> 漫天野海呀，恩养他
>
> 渔花子破船哇，打天下
>
> 赶海的爷儿呀，吃龙虾
>
> 鬼浪滩邪哇，俺不怕
>
> 盼哥的妹呀，你想啥

二

菜叶怪模怪样地瞅着海骡子笑，咯咯的，很陶醉的样子。她那双黑钻钻的眼珠仁儿就像辣子水泡过一样亮。浅藕荷色长裙里的腰肢一摇一摆恰似一种轻盈的舞蹈。圆滚滚的腚在裙里颤颤悠悠，磨出一些细微的软软的声响。这眼仁儿这圆腚是雪莲湾小伙子们无法忽略的。干娘看出门道儿，把菜叶招进她的海味酒家里，真有男人细麻苍蝇似的围着她转来转去。菜叶理都不理他们，能走到她跟前的除了盖九章就是海骡子。干娘让她去网厂找大蛤头厂长拉包桌，她不乐意去也还是去了。小时菜叶娘死后是吃干娘奶长大的。大蛤头看见菜叶就笑眯眯咋说咋是。日子久了，大蛤头就对菜叶有了美美妙妙的想法，天天他都甩着两条短棒一样的粗腿摇进酒家，大把大把的票子甩给干娘. 干娘委实受不了，就动员菜叶给大蛤头当老婆。菜叶不应。干娘就说大蛤头是农民企业家有名有钱有势好多姑娘巴结还巴结不上呢。菜叶说是是是可俺没有穿金挂银的命。干娘急急歪歪说你到底干不干。菜叶说死也不干。干娘说死丫头没一点良心亏俺那些奶水。菜叶俏丽的目光咄咄逼人地说："干娘等俺生了孩子让孩子喝奶粉，俺挤奶还你。"干娘骂骂咧咧地笑喷了："鬼丫头，成精啦！"这之后娘俩总是疙疙瘩瘩的。大蛤头的包桌算是彻底挪走了。干娘还不忍心废了菜叶，菜叶的脸蛋上毕竟降着小店兴隆的福烟。发天的时候，老河口顶上来的渔船少得可怜,酒家一晚一早的海货就供给不上了。这当口干娘就竭力在黄脸上摆出笑,如一朵被水漫湿了的干菊花。她喊:"菜叶,又发天啦!"菜叶正抡着菜刀切菜,故意装糊涂:"发天又咋啦?"干娘脸色钝钝的:"你说又咋啦?枣木疙瘩不开窍!"菜叶又说:"干娘,有啥就直说吧!"干娘转成求她了:"快去穿得俊点,去老河口等闯滩的船。"菜叶面露难色:"俺又不会干海滩撒网瞎张罗。"干娘剜她一眼:"谁叫你去瞎张罗,海骡子会不找你?"菜叶甜软了,蔫蔫地钻出灶房,到闺房里打扮打扮,一路香到老河口。她几天的乐事全都在这里。她最爱看海骡子闯滩的强悍和一腔化不开的野气。她就朦朦胧胧生出一种渴求,很快会燃成一腔复杂的心火。海风吹着,心火烧着,一点一点融合平顺,倒是极好极妙的享受哩。

天像条蓝旱船。发天的浪头子滚滚荡荡,一阵复一阵,久久不息,缩进泥岬里的船怕是得来日拢滩了。海骡子神神气气在海滩上蹽着,搅起一湾的鲜活。他朝菜叶摇着蒲扇似的大掌喊:"菜叶,你下来啊。"

菜叶做出高深的样子摇头。

"满籽蟹,皮皮虾。"

菜叶仍旧不语。

"这小样儿的,玩深沉呢。"

菜叶把目光扯回来,等着看大戏似的,板住脸。海骡子一杆目光软了酸了,撸了一把乌油油鼻头,嚷嚷道:"看你干娘不打你屁股!"菜叶不动声色,满脸内容。海骡子愣了一下,很沉很幽地叹了口气,好像从菜叶脸上读懂了什么,扭身扑甩着大脚片子,踩响了泥滩。他熊似的爬上船板抱起折断的一节龙骨,"通通"两下子戳开船门。沉厚悠长的闷响像铆船钉的声音,荡开沉沉的暮气,带来火爆爆的力。海骡子哈腰钻进舱子,舱里充斥了辛涩的凉津津的沤馊气。他划拉着大手抠紧了蟹筐,稀汤薄水地拽出舱子。他又相继拽出两筐皮皮虾。"哗"一个大浪,砸得破船哐啷啷一阵痉挛。海骡子毫不在乎任潮吼唱,任船呻吟,一弓腰,一只铁钳般大手拎一只筐子,纵身跳下船板,轻轻巧巧落地,溅起麻麻点点的蛤蜊皮子和泥水。蟹筐被蹾得脱了形,一只只乌青肥硕的大蟹喊喊嚓嚓舒筋展骨。他又拽下另一筐皮皮虾时,男男女女的鱼贩子挤挤密密凑过来，像猫见了鲜腥，透着利益的兴奋。"海骡子，卖我吧，俺等狗 × 的三天啦！"一个黑壮壮的鱼贩子说，摇动的脑袋像木匠用的墨斗儿。海骡子迷迷瞪瞪地憨笑，一个一个撅高了的屁股使他一时很充实。快活屁会儿，他就觉得腻歪了。他又歪头朝菜叶望去。菜叶正朝什么人招手。海骡子心提起来，贼贼地寻着，看见盖九章，目光就跳了一下。盖九章穿一身灰衣服，腰间系一个正方形的箱子。白瘦的手臂抖着嗒啷作响的小布包，不时拿眼瞄瞄发天的海面。海骡子知道他是搞发天时的气象研究。九章瘦高瘦高，那张方脸刮得干干净净，脸白得简直让海骡子受不了。一碗笔墨饭，害得他太弱了，让人生怜。那堆人里蝇营狗苟的，哪像咱这路汉子穿大鞋放响屁过瘾。海骡子想着，就呼啦被鱼贩子围了。

"海骡子，报个价吧！""墨斗"推开众多同行死乞百赖地缠着海骡子，频频递烟，眼神里却是鄙夷。海骡子歪着脸相，懒得搭理他们，得意的目光压着黑压压的脑袋。人们的目光咬着他，又口口声声激他。海骡子不恼，身板子一前一后地摇着，嘴里发出一阵短促的唏嘘声。"墨斗"不耐烦地问："快说个价吧！"海骡子大大咧咧地晃晃大掌："蟹！"

众人吸口凉气。

海骡子又晃大掌："皮皮虾。"又一口凉气。

"墨斗"黑黑的脸相，炸了："狗 × 的，换棺材本哩！"

海骡子拿眼在"墨斗"身上搜刮一遍。

"包脚布做孝帽，一步登天呢！""墨斗"又说。

海骡子圪蹴着，手一阵一阵发痒。

"烟袋杆子，黑心！"

"乌龟爬门槛子，翻个兔崽子！"

"墨斗"连连骂，是个茬儿。

海骡子说："螃蟹吐沫，没完没了啦？"

"对你这号人，哼……"

"俺是哪号？"

"墨斗"咕哝了一句什么，海骡子没听清。就这么轻轻一咕哝却压得一条汉子丢了分量。他顿觉鼻孔热辣辣堵得慌，一抠，挖出一块硬巴巴的黑泥。"狗×的，爷给你实惠的！"海骡子吼声如响雷在大海滩上粗野沉闷地滚动，伸出一只脚轻轻一拧，就将"墨斗"勾倒了，"啪唧"一声四仰八叉跌在泥水里。"黑了心的又打人！"鱼贩子喊。"墨斗"没吱声，哼哼着爬起来，鼻子一抽一抽，把腰杀得低低的，黑炭棒一样的手臂弄出嘎巴巴脆响，闷闷一声钝吼，壮牛般朝海骡子撞去了。海骡子闪一下没闪开，两坨肉撞出肉质的暗响，就一同摔在泥滩上，在湿渍渍的泥水里咕咕噜噜地滚。两人绞成一团。海骡子脑袋被泥水糨糊似的黏着，怪异的臭腥一阵一阵钻他鼻孔。他野野地吼起十分瘆人的镇鬼号子，吼得"墨斗"见了鬼似的泥软。"大梆子，加油！大梆子，打狗×的！"鱼贩们齐齐为"墨斗"加油。"墨斗"在众人哄笑里镇静许多，腾出一只拳头击中海骡子的左腮。海骡子顿觉头昏眼花，脑壳嗡嗡响，痛出几滴酸泪。"墨斗"兴奋了，吱溜溜骑到海骡子身上，一手抠紧海骡子的大腮，一只拳头捣得狼虎。海骡子觉得天旋地转看不清爽了。"扇，扇他个狗×的！这回他是黑瞎子撞井，熊到底儿啦！哈哈哈……"人们似乎很解气。海骡子竟没挣脱，闭了眼，呼吸顺畅，睡着了似的，很幸福的样子。任"墨斗"一下一下地扇，脑袋配合着一下一下地摆。鼻头的血小红蛇一样爬出来挂在嘴角上。他笑了一下。"海骡子，服软吧！"人们嚷。菜叶远远地津津有味地瞧大戏，见海骡子不行了，就慌慌地喊："骡子哥，骡子哥——"海骡子听见了，轻蔑地吸溜一下鼻子，拿舌头舔舔干裂的厚嘴唇，将鼻血吮进嘴里，凝成一口，"喷儿"一声啐到"墨斗"走火入魔的脸上："爷爷败火啦！该轮你喽！"说着一抢大腿将"墨斗"顶下来就歪歪斜斜地摔在不远处的蛤蜊皮子堆上。"墨斗"惶惶的，像头倦驴似的呻吟了一声。海骡子一使劲儿就跳了起来，圈子腿弯弯的裆里溜狗，摇摇晃晃奔过来，脚底透一股狠气。他抄起"墨斗"的一条短腿，掀一下，"墨斗"就十分狼狈地栽泥里一下。一掀一掀，"墨斗"就一啃一啃地在空中画弧。"墨斗"的一身馊肉几乎掀成一团软泥，他呼噜呼噜地说："狗×的，俺服啦。"海骡子就喜兴得扭歪了黑洞洞的脸，亮一口白牙，朝菜叶舞着大掌。"上，都上，替大梆子出气！揍狗×的！"鱼贩子们嚷叫着忽忽拥拥围了海骡子。海骡子轻轻咽了口唾沫，就有一股蛮力拱出来，在他骨子里乱乱钻着。拥来的汉子都被他砍麦棵子一样一一撂倒，呜里哇啦滚来滚去。海骡子嘴巴噘成煮熟的猪耳朵，煞是威风煞是过瘾煞是畅快，嘎嘎地笑着。

"无法无天，告他狗 × 的！"

"给他弄一身绳子就老实啦！"

鱼贩子爬起来口口声声挽着面子。

九章扶起泥里吧唧的鱼贩子说："忍一忍都过去啦，都是一般肩高肩平，谁也别为难谁啦！"

"墨斗"仍不服气："他哄抬物价！"

菜叶光着脚丫好奇地站在泥滩里，神情专注地听着九章"和稀泥"。九章不急不躁，说话慢声细语舒舒缓缓："物价，是有个极限。可在每个发天的日子，仅仅是物价能解释的吗？"

"你说呢！"

"你们得尊重渔人的劳动。"

"是他狗 × 的使坏！"

九章叹口气，说："你们看，他的船都颠哗啦了。"

"那是另一码。"

"不，船是渔民的家，人是船的魂。咋能分开呢？"九章一副很激动的样子，"今天大家也都看见啦，海骡子拿命做抵押闯滩，他图的就是拿蟹虾换点钱吗？不，他真正品味的是渔人与大海较量中显示的壮烈、强悍和骁勇的尊严！尊严，懂吗？你们只知道贩鱼，赚钱，没有在大海里出生入死地体验，好些事情，你们是无法理解的！"

鱼贩子慌口慌心呆了。

"九章。"海骡子头皮一阵麻胀。

菜叶心里说到底是文化人儿哩。

九章又说："快都别怄气啦！"

"狗眼看人低，谁都不在他眼里！"

鱼贩子嘟嘟囔囔退去了。

"九章，别尿狗 × 的，不服冲这来。"

海骡子啐了口泥水，举举双拳。菜叶眼里的海骡子就是一个赖样子，拳头又虚又黑像两个黑面馍，他左左右右就那几句野话菜叶听得有些烦了。她淡淡地说："骡子，回吧！"她的声音如夜莺轻唱，暖酥酥往海骡子心里钻。海骡子怪模怪样地瞅着菜叶笑，脑子里一片空茫。"俺要早下来，也就没事啦！"菜叶说。海骡子说："那你也就没戏看啦！"于是她就笑："是真的，俺看不够，九章说的词儿俺也听不够！怪好玩儿的。"海骡子讪讪地笑，像头瘟头瘟脑的老牛。一蹲身，一筐瓷瓷实实的海蟹稳稳地抛上肩，抖抖身子，抖出咿咿嘎嘎的响，像是有什么抖也抖不尽的东西在他屁股后面嘀里当啷晃。他瓮声喊："菜叶，回家呀。"菜叶正跟九章嘀咕话，扭头甩一句："熊样的，风光得你，谁跟你回家？"海骡子更正说："不，去找干娘。"菜叶鬼鬼地一伸舌头，一扭一扭地跟来了。天黑实了，灰灰摇摇的炊烟从河堤上荡过来，在他们的头顶晃出无数虚幻。空气黏答答有些堵人。海骡子脚脚不虚地砸着长腿走，大喉结咕噜着，偷眼瞟菜叶的圆腚，心里说大屁股女人好，肉乎能干又能生崽儿呢。

三

夜很燥，风很腥。海骡子走进菜叶干娘海味酒家的时候，吆五喝六的喊叫彻底吞了发天的涛声，但渔人悠远苍邈的号子仍在他脑里悠悠不绝。他扔下蟹筐，一屁股坐在椅子上，又摆出一副赖样，吸溜吸溜鼻子，酒的辣气和饭菜的香气熏软了他。他再也不想动了。菜叶领来干娘验过螃蟹，又派两个伙计去老河口扛皮皮虾。菜叶颠颠儿地跟着干娘忙完了，就拉海骡子去后院洗澡。海骡子懒得动，"嗯嗯"着不抬屁股，脸上表情恍若隔世。菜叶想了想就说大蟹铺的算命先生十三咳在里屋吃饭呢，吃过就给你看相。海骡子立马清醒了，从椅上弹起来问菜叶十三咳在哪儿。菜叶说在里屋给干娘算命呢。海骡子不信就逼菜叶拉他见人。菜叶怕干娘凶她，就蹑手蹑脚带泥鬼似的海骡子轻轻来到后院慢慢挑开一张门帘。果然瞧见骨瘦如柴的十三咳戴一副老花镜枯着一头白发神神道道地给菜叶干娘比画什么。海骡子欢喜得忘了形，退回院里连连蹦了几蹦："碰见十三咳，俺的福气！平日找都难碰上的。"菜叶见他的样子，捂嘴咪咪笑：

"你真信十三咳？"海骡子说："你爹信，俺当然信。"菜叶撇撇嘴："哼，谁信他十三咳？整个大气管炎，哮喘病，咳几声就唬你们这样儿。"海骡子瞪圆了眼："十三咳，一介神人，有他的造化，世上啥事都是天撮地合的！"菜叶见海骡子诚惶诚恐的样子想笑却怎么也笑不出来，就说："快洗澡吧，德行样儿的。"海骡子仔仔细细看一遍菜叶，灯影里的女人更受看了。他心里反复重复着菜叶的话，喜滋滋地颠到墙根的暗处。菜叶风一样飘进屋里去了。海骡子的一坨肉呈"大"字形摆在一堆蛤蜊皮上，舒舒服服闭眼晾膘，就十分乐观地判断，菜叶对他有那意思，有意思呢。蛤蜊堆里散发着被日头蒸热的腥腻腻的臭馊气，一股一股冲他脑浆子。他很重地咳了一声，呼地跳起来，弯腰从墙根大缸里摘下铁勺子，呱嗒嗒舀出一勺水，举至头顶哩哩啦啦浇下。一连弄了十勺子，就甩了铁勺，从墙根抠一团细沙，咯吱咯吱在身上揉搓着，湿漉漉的噗嗒声就像一匹青骡子在那里饮水拱槽。瞌睡了一天的星儿醒了，瞪圆亮汪汪的眼睛，将细细斑斑的光，无声洒一院子。海骡子膘壮壮的身子浴在星光里，显得肥硕壮美，隐隐地像一柱原始的无法雕琢的腌腌臢臢的暗红玉石，通体放着橘红的晕光。"骡子，接香胰子。"门口处荡来菜叶脆脆的声音。接着，就有一块东西在夜空划一道弧光飞来。海骡子寻不见人，却将东西"啪"地抓在手里，塞到鼻根处嗅嗅，喊："菜叶，跟你一样香呢！"菜叶探出脑袋回嘴："洗你的，少耍贫嘴！"海骡子就将香胰子往脑袋和身上涂抹，又喊："菜叶，给你哥搓澡来吧！"菜叶尖声尖气地骂："没成色的，再胡诌，撕烂你的嘴！"海骡子说一声："这小样儿的！"就很开心地笑，身上开满的大大小小的肥皂泡儿随着他的呼吸绽放或破灭。他独自揉搓着，脑袋就沉沉地木然。星儿却格外清醒。他忽然发现蚊虫下来了，嘤嘤嗡嗡叮他膀子上，一口一个包奇痒无比。他草草胡噜胡噜身子，穿上大裤衩子，惶惶而逃。

　　"菜叶，十三咳呢？"海骡子坐在饭桌上问。菜叶说："还在干娘屋里呢！"海骡子说："盯紧点，可别坏了俺的好事！"菜叶瞪他一眼，就给他端酒端菜。海骡子展展身子就吃喝起来。他该美美喝一顿了，在海上他单枪匹马，老是找别的渔船换饭吃，饥一顿饱一顿的。他咯吱吱地嚼着猪耳朵，大碗大碗灌啤酒，脸相红通通的，一股股热流在他体内窜来窜去。他太贪酒，喝独酒的时候更甚，一碗一碗下去，他就觉腹下胀胀的难受。耐不住，便颤索索站起来，溜到后院墙根儿哗哗撒一泡酣畅淋漓的尿，又扑扑跌跌走回来，继续喝。"骡子，少喝点吧，越喝越憨，越喝越土鳖！"菜叶满脸嗔怨地移过来，小心地将一盘红烧鱼放在桌上。"屁话，哪路英雄好汉不是酒泡出来的？"海骡子嚅着嘴巴说着，目光落在红烧鱼上，穿透一切的眼神在鱼身上扫来扫去。他素来就是抓住渔船当鞋穿大手大脚的性子，可是对一些小事却一点不含糊。雪莲湾渔人吃红烧鱼是极讲究的，吃前要看看鱼大骨是否被炸断。断了，就断断乎吃不得的，谁吃了不是海上翻船就是背万年时。时至今日，好些渔人不信了，可海骡子却偏偏很当回事儿的。不仅是吃鱼，出海前他还忌见青蛇从海滩爬过，忌遇上出殡，忌遇响雷，忌见挑鱼人扁担绳子断。这些他都视为"恶鬼拦路"，一种不祥之兆。熬过三天才起锚。胶新网或放新网下海时，忌外人走近或说话或撒尿，否则日后网网空。他还忌闯入未满月的产妇房里，也忌猫腰从晾晒的女人衣裤下钻过，女高男低，会压掉男人一生的运气。有一回他大意钻了寡妇大秧歌晾晒的内裤，晦气得捶胸顿足，硬是将那花裤撕烂，还不放心，又花钱请来十三咳给破了。他觉得磕磕绊绊的厄运就逃远了。他活得很乏也很累。他就被那陌生的神秘的看不见摸不着的东西死死缠住，无所依附地坠入黑洞。他看不见黑洞。他的壮美的日子像一株交错不清的树杈子架在黑洞上。他的巢就筑在树杈上，赫赫地有了高度……麻麻瘰瘰的红烧鱼在灯下一闪一闪地晃他眼睛。他凑过脑袋，拿筷子在鱼身轻轻搅一下，就大声武气地喊："菜叶，换一盘，狗×的鱼骨断啦。"菜叶走过来，眼睛张得大大的，见海骡子一脸晦气的样子说："咋，鱼骨断了就不能吃？又不馊不臭的。"海骡子鬼声鬼气地说："大石压死蟹，毁了运的！"菜叶叹口气："真麻烦，净是幺蛾子。"又不情愿地换上一盘红烧鱼。海骡子又细细审视一遍，见鱼骨完好，才笑了嘴，狼吞虎咽地吃起来。菜叶站一旁见他的样子，好气又好笑。

"菜叶，拿散白酒来。"海骡子喊。

"不给你喝啦！"菜叶说。

"喝足好看相，避邪哩。"

"酒能避邪？"

"信神如神在。"

"迷信。"

"这叫吉人天相。"

"管屁用！"

"你爹可不像你。"

"俺爹那荤人信歪信邪，就那样子。"菜叶心里积满了冤毒，"你年纪轻轻，也信这。整日神神颠颠，跟抱着猪头找不到庙门的主儿似的。胡扯今日男人灾、明日女人灾的，哪像男子汉？"海骡子连连喝酒，腮帮上有一棱肉噗噗弹跳着，润了紫红的酒晕。大喉结咕噜着滑动，菜叶觉得既木讷又滑稽，忍着生生把笑噎成咳嗽。酒家里的顾客陆陆续续走了，只剩海骡子独饮，红溜溜的眼睛透出难掩的兴奋。他快乐得好像一点一点飘入云里，趄摸出苦乏的日子真好，竟呵呵呵呵地笑了。菜叶觉得他的笑里裹着一个黑洞洞的东西。人有千般好，总会有一样不好，他就是海骡子。菜叶想。她扭头看见干娘送十三咳出来，她没吱声。瘦瘦丁丁的十三咳，精得干瘪了一身血肉，面孔发锈，头发焦黄。干涩的声音缠着他摇摇晃晃扑进梦一般虚幻的夜里，那声音不知是干咳还是打嗝儿。菜叶望着他孱弱的影子，很沉地叹了口气。再扭头看海骡子早已喝得醉烂如泥了。他晕晕乎乎像个中弹的勇士趴在酒桌上睡去，脏兮兮的倭瓜脸充满了笑意，嘴巴如煮熟的蛤蜊合不拢缝儿，流一线哈喇子，还不时梦呓般地念叨："菜叶，好菜叶，小乖乖，快叫十三咳……"菜叶就架他起来，一拖一拉地拽到一间屋里。干娘的嘴角瘪了又瘪，骂了一句："这没出息的。"

四

酒家卫生条件差，防疫站让干娘刷房子，刷房的日子是菜叶最愉快的季节。她每天无忧无虑跑到盖九章气象站的图书室里翻杂志。每当她路过老河口的时候，总要朝海滩切切张望。海风被高高的船遮遮拦拦后，软多了，凉丝丝扑脸。海滩是一片糊糊涂涂的灰黄，只有零零散散的几束辣蓼海草，洒一片碎红，成为纯纯粹粹的精灵。薄薄的岚气凝在海滩上若有若无模糊不清。菜叶听到从歪歪扭扭船缝里溜来的渔歌子。她寻着渔歌子方向张望，瞧见蹲锚眼儿的老六海边哼渔歌子边与一个小伙子下棋。小伙子的后脑壳在日光里白亮亮，如一圆溜溜的倭瓜头，在大海滩的景儿里显得格外有生气。走得近些，菜叶终于认出海骡子。海骡子的一蓬长发剃了去。他的老船大修了，闷得慌。菜叶拉他去看书，他大字不识怕当着菜叶丢丑，就躲躲闪闪地找老六海下棋。"骡子，别下棋啦！"菜叶远远地就说。海骡子没表情，大指在棋盘上有滋有味地拨拨弄弄。"骡子，没出息的！"菜叶气哼哼地大叫了。海骡子扭头瞟菜叶一眼，嘟囔道："咋，又叫俺看书去？"菜叶说："你学点字总比干闲篇儿强！"老六海见这阵势故意毁了棋说："菜叶说的在理儿，你年轻，不比俺老棺材瓢子。"说着弓着老腰蔫蔫去了。海骡子黑下脸凶她："你，六粒骰子掷五点，出色啦！"菜叶不服气地说："是俺出色，还是你出色？"海骡子说："你口口声声说学文化，有啥用？俺学了，又有屁用！还不是水里捞月白搭劲儿！"菜叶气得抖抖地说："吃石头屙硬屎，死顽固！往后俺再也不理你啦！"说完扭头就走。海骡子急了，一番热肠子话从嘴里呛出："哎，别生气，俺依你还不行吗？"菜叶收脚扭脸，身子轻盈地甩一道彩线，笑了。海骡子站起来呼出满口辛辣的酒气融在空气里，撇撇嘴，糊着黄白眼屎的眼仁明显地翻出个鄙夷来："哼，你就是喝了盖九章的迷魂汤啦！整天看书看书的。还有啥想头？"菜叶说有文化跟没文化就是不一样。海骡子倔倔地说："俺爹不识字，娘不识字，祖坟上还不照样有那样好的气脉。"菜叶说："屁气脉。"海骡子接下说："你说，俺跟九章哪个更像男子汉？哪个更讨女人喜欢？"他的亮脑壳更像酒罐子晃荡着。菜叶脸蛋浸了娇羞的红晕，说："骡子，你太狂啦。"

"不狂。"

"你门缝里瞧人。"

"没有。"

"你比不上九章。"

"你不是心里话。"

"你得多想想自己。"

"早想好啦。"

"你真是疯子。"

"笑话。"

菜叶不再回嘴，羞辱和恼恨憋红脸，红晕衍至脖根儿，红如花茎。她默默地走，海骡子大大咧咧地跟着，一副满不在乎又臭又硬无拘无束力大无穷的样子。菜叶隔了一步远都能感觉到他身上强悍的气息。她觉出他的一切都那么不可抗拒，感到自己有一种无法言说的懦弱。"俺不能改变他就逃开他，若跟了他，粗盐调配过的日子简直不值得去过。"她想。当她扭头瞟见了海骡子极坦荡极快活的脸，心里又充斥了抗拒里的等待。在幻象里排摆日子，图的就是不可知的将来吗？她不会记恨人。她太纯净了，纯净得就像一朵浪花，纯净得让海骡子心疼。走进气象站小院，菜叶又对海骡子有说有笑了。海骡子就知道她会笑的，小样儿的在他的大掌心里攥着呢。盖九章出去了，菜叶就领着海骡子进了阅览室。铺铺排排的报纸和花花绿绿的杂志直晃海骡子的眼睛，他心乱如麻，莫名地生出一股惧怕。菜叶给他挑了一本娃娃书《看图识字》。海骡子咧咧瓢似的嘴巴："哦靠，别逗啦！"菜叶说："谁逗你？你只配看这个。"海骡子没再理她，啪唧啪唧翻弄美人封面。他漫不经心地翻弄着，像在选美，眼睛张大了，馋馋的目光在美人像上反复纠缠，不一会儿眼神就虚了，身子就颤了。他迷醉地瞟一眼菜叶，菜叶正手捧一本杂志看得专注而痴迷。海骡子默默地看，看得心里发空，就赖模赖样地凑过去，坐在菜叶身边。菜叶鼻息温腻腻热乎乎，像无数条面条鱼在他身上扫来扫去，撩起他一股股抑制不住的渴望。他冷不丁探出葫芦头在菜叶粉腮上实实在在地亲了一口，一条粗壮的胳膊在菜叶身上抠抠揉揉，菜叶触电似的抖了一下，骂："骡子，你老实点。太过分啦，也不看这是啥地方。"海骡子笑说："啥地方俺都稀罕你哩！"菜叶噘起粉嘟嘟的嘴巴道："谁让你稀罕？"海骡子耍着贫嘴："你让俺稀罕。"菜叶说："做梦变蝴蝶，想入非非。"海骡子的大眼珠亮闪闪骨碌碌转动，扬扬自得地说："你说对啦，有一回俺梦见咱俩结婚啦！还生下白白胖胖的娃。嘿嘿，你就教咱的娃学文化吧。俺就这德行啦！"菜叶生气地说："不要脸的，谁跟你结婚？谁给你生娃？"海骡子不急不恼："俺早瞄好啦，你这个大腚能生好多娃的！俺挣大钱，不怕罚，多来几个。"菜叶恼羞成怒了，气得直想抓他脸："你……给俺滚出去！"海骡子笑呵呵站起来，扑拉扑拉屁股："你放俺走，俺就不陪啦！"说着嘴里兴之所来地哼着野野的渔歌子，摇摇摆摆地走了。"臭骡子——"菜叶恨一声，将脸蛋埋进书里，埋进空洞的责怨里，狠狠地哭出一摊泪水。

　　不长时间，院里一阵车铃响。菜叶看见盖九章回来了，径直奔阅览室来了。九章共哥儿俩，父母健在，弟弟和他分别都有一间红瓦房，小日子甜甜美美。弟弟有媳妇了，给他提亲的挤破水道口。他偏不应，他就喜欢菜叶，他默默地爱她，将爱压至心底层。缄默的语言是最诚实的。他感觉到菜叶也是爱他的，但还不成熟，他等待着成熟的季节。不成熟的东西，别拧，强拧下了，便永远地失去了。他想。九章进屋就精细地发现菜叶哭过。他发现她弄糟的眼影如熊猫似的乌了两个脏兮兮的圆圈。九章讷讷地问："菜叶，怎么哭呢？"菜叶心里是一团化不开的苦，又无法说，只轻轻摇头。九章就忙把话头岔开："菜叶，俺向你推荐的那本书学得怎么样啦？"菜叶长长嘘口气，大眼睛里涌起无奈的落寞与空凉。她说："俺有好多字都不认识。"九章精明地笑了，就看她一阵儿，然后从抽屉里捧出一样宝贝似的东西来。菜叶切切地望着他。九章端出的是一个红绸布裹着的《辞海》。九章递过精致的《辞海》说："菜叶，这是俺送你的。"菜叶脸腾地红了。她知道拿红绸布裹的东西送姑娘便是爱情信物。她迟疑了一下，还是接了。她慌口慌心地说："谢谢你，九章哥。"盖九章的目光与菜叶热辣辣的目光碰了一下，便很快滑开了，羞羞怯怯地垂着头。菜叶脑里竭力将海骡子挤走，张大眼望着很体面很高深的九章。可海骡子的影子却四面围挤她，挤得喘不上气来，就惶惶喊："九章哥，你过来。"盖九章愣了一下，就挪过来规规矩矩地坐在菜叶身边，菜叶又叫他一声，心下兀自生出朦朦胧胧的念想来，九章蒙着。菜叶的目光醉了似的咬着他，散发着一种挑逗的信号。她的脸蛋也红如鲜桃，在急不可耐地等待成熟的男子汉去采摘，去吮吸。盖九章却一动没动，惴惴的，嘴里像含着橄榄般口齿不清："菜叶，俺就盼你不断进步。"他的白脸沉静了，像一个吃斋念佛的小尼。但他心里感到一种从没有过的温馨和微微的恍惚。菜叶愣怔怔的心一点一点沉下，情绪加倍地黯然。她久久不说话。似乎啥话都已说尽。人有千般好，总会有一样不好。她想。她为自己从九章和海骡子之间塑造幻想出来的那个男子汉形象痛苦着、诱惑着。菜叶心乱了，就想哭，她强作一个苦笑，笑得很忸怩。九章呆定定地望着她，也笑笑。菜叶站起身，一甩手，快步出了屋子。她的眼光很空洞地盯着远处⋯⋯

五

　　黄昏开始就缓缓从海里钻出大片大片的黑色滩涂，托着歪歪扭扭稀稀落落的船只懒散散地打盹儿。琴韵一般的潮音都退远。霉潮的气息夹杂着很浓郁的海腥气在海骡子嘴里呼呼吸吸，和煦的晚风又将海腥气和他粗重的喘息一同吹向深处。菜叶坐在蹲锚眼的青石上。她望着泥黑色的海滩，像一幅被水舐卷后又贴在那里的旧画，小鬼蟹啪啪啪吐泡儿和吱吱吱的叫声令她格外迷醉。半拉子月亮如一块模模糊糊的白色三角旗挑在苍灰的桅顶上。天黑下来，一蓬红得耀眼的渔火燃起来，海骡子蹲在海滩拿一木棍在渔火堆里挑挑拨拨，闪闪跳跳的火苗子将他身上脸上镀了老红。火苗子也抚摸着菜叶恬静的面庞。菜叶觉得身边的水洼被渔火映得很亮，她无论往哪旮旯看都会感到焊花般的弧光闪闪烁烁。她就用很沉静的目光研究着渔火和海骡子。海骡子今晚将俺约到海滩就是看渔火吗？她想，眼睛就一忽一闪的。他是一块粗玉，得由她来雕琢。男人的魅力在于强悍，女人的魅力在于拒绝。也许是的，她又想。海骡子率先说："菜叶，你想啥呢？"

　　菜叶说："你想啥呢？"

　　"俺啥也没想。"

　　"俺也没想啥。"

　　海骡子翻翻眼皮说："没想头，不死球啦！"

　　"你才死球呢！"

　　海骡子憨憨笑："这小样儿的。"

　　菜叶心里明镜儿似的等着什么。

　　"你记得不，当年俺师傅就这样点渔火的。"海骡子说着舔一下嘴唇。

　　"要是俺爹活着多好。"菜叶说。

　　"是好，好些事就不用俺操心啦！"海骡子憨态可掬，菜叶心里好笑。"师傅说过，渔火是俺渔人的心火，烧起来就灭不了。"海骡子眼睛亮了一下。还从没有一蓬渔火这般点燃他的热情。他久久凝视着渔火，竟老实忠厚起来。菜叶心里热了一下。然后一段时间谁也不说话，但这静，却也像渔火滋滋地舔灼着两个人的心膜。海骡子愣了许久，好像看见了朝朝暮暮巴望的东西，只要伸手一摘，就实实到手了。他做梦都想摘这东西，没有比这事更大的事了。他忽然愣愣掏出一句："菜叶，哥对你好不？"

菜叶红脸了，点点头。

"听说你接了九章的东西？"

"菜叶心尖颤了。

"你也必须接俺一样东西。"

"骡子哥，你就别……"

"是福佑你的东西。"

海骡子弯着宽厚的脊梁，在水洼里洗洗手，在身上胡乱抹了两把，就十分虔诚地从胸里掏出红绸布裹的青黛色的海螺壳。这是他爱情的信物，是女人生活的靠背。雪莲湾多少代人都是拿海螺壳当信物的。"它是俺10岁时候从大海里捞来的，雪莲湾最漂亮的海螺壳。"海骡子递给菜叶说。菜叶缓缓接过来，眼底生出真纯的东西。她说："你说它代表个啥呢？"海骡子说："它说法可多啦。"菜叶又复杂地笑了。菜叶近乎体贴的举动，又挽回了他的张狂和自信。海骡子赖赖地凑过来，拿大掌蛮横地将菜叶拥在怀里。菜叶没反感。海骡子又继续深入了。这时菜叶忽然问："你还没说清海螺壳的含义呢！"她推开他的手。海骡子神神怪怪地说："其实，这是海神娘娘福佑你们女人的。它像个活菩萨，像个聚宝盆，大福大贵，吉兆呈祥。你们女人将永生永世不遭孽，不犯天条，恪守妇道，多子多孙，替男人留下几根子香火。"他说得很得意，喉管呼噜呼噜响着，自己都陶醉了。菜叶却十分泄气地沉了脸，完完全全失去了刚才的圣洁和生动。她问："你真心信它？"海骡子依旧没看出眉眼高低来，拍着胸脯子说："俺信，俺信哩！"菜叶一副很伤感失望的样子，一腔愁恼无从发落，恨一声："你真熊！"就很随便地将海螺壳甩在海滩上。她本想说这个海螺壳与别的海螺壳没啥两样。谁知海螺壳滚跳了一下，撞在蹲锚眼的青石上，啪一声碎了。碎了，不知怎么轻轻地就碎了。菜叶的护身符碎了，菜叶心里竟这般畅快，咯咯咯咯笑，笑得前仰后合。海骡子却惊颤了，塌了身架，当下膝一软，"嗵"地跪下去，一片一片捡破碎的海螺残片，喉咙里撕搅着失魂落魄的声音，硕大喉结愚蠢地跳着："菜叶，菜叶，你……"他劈手夺过菜叶手里的红绸布，摊平，战战兢兢放上残片，密密麻麻的汗粒从他大脸上猝然跌落。望着海骡子苍白的脸相，菜叶就慌了。海骡子盯着菜叶的脸看了许久，看出陌生来，嘴里嘟嚷了一阵，又仰对苍天弄出呵啰呵啰很响的声音。渔火快燃尽了，最后一线火舌忽地向空中燃去，大海滩就焦黑如炭了。

第二天一大早，海骡子就请来了十三咳。十三咳晃着精瘦精瘦的身子，连咳十三声。咳出漫漫懒懒的神雾在空旷大海滩上滞涩地流来涌去。十三咳和海骡子浴在仙气里，肩头上颤动一团灰黄的光泽。海骡子跪下去后，十三咳就跪在青石上神神怪怪地折腾了一阵儿，最后给破了。海骡子就是请他给菜叶破灾的。十三咳说这滩地是龙母台，摔碎海螺壳违背龙母意志会叫食人夜叉和鬼魅判官来施淫威的。破法是在龙母台洒上魟鱼血，又将童子尿给摔海螺壳的女人喝下去。海骡子亢奋地甩给十三咳一沓票子就去办了。他做得很认真，一点也不怀疑什么，他信十三咳。为了菜叶，都是为了菜叶，他仰人鼻息也认。菜叶怎么也想不到自己的轻轻一甩竟糟蹋了一条硬汉。海骡子从来没有低过头，就更不会向大魟鱼低头。尽管捉魟鱼是那么不易，几天里海骡子像条海豚在雪莲湾的浅泓里钻来钻去。老六海告诉他西海滩的洄潮塌子有大魟鱼，涨大潮和稠雨天魟鱼就鬼头鬼脑地钻到浅泓处觅食，很凶很野，没人敢去。海骡子提着一只铁钩子去了洄潮塌子。他惊奇地发觉这段海湾海水格外凉，凉透皮肤，凉进骨里心里。他在鼓鼓涌涌的水里钻了一阵子，就鲤鱼打挺般地浮上来，喘口气，水花嘟啦一声翻卷了，又一个猛子扎下去。他在水里，胸口窝咚咚地跳，喉咙憋得难受，眼球如炸开的盐花花儿，炸散了缓缓地要熄灭。水、泥岬和海草都融成模模糊糊的一团。脑壳嗡嗡响的时候，牙齿就打战，嘴唇青紫。他使劲儿瞪着眼寻，一种空荡的、无着无落的心情侵扰着他，使他有点泄气："狗 × 的，魟鱼呢？"他骂着拿眼睛就在浅泓里搜刮一遍。海面空荡荡的。魟鱼稀少珍贵，原本就不那么好碰的。他朝海面啐了一口浓痰，十分憋屈地对着大海无来由地骂了一句，身上骨节就嘣嘣裂裂地响，老六海又告诉海骡子，狗对魟鱼十分敏感。

一个黄昏，潮大片退去。洄潮塌子升腾着被日光蒸热的腥腻腻的气息。海骡子手里牵着一条又肥又壮的大黄狗气气势势地站在海滩上。海风刮得畅，蓝天又高又远，残阳的红晕浸泡着人和狗，投下重浊浑厚的影子。狗赞赏地瞟一眼强壮的海骡子，人也便有了狗一样的忠诚。天暗一些了，洄潮就颠来了。平坦空阔的大海滩在微红里透出深沉的褐黑色。灰不溜秋的水墙如一排一排卧倒的骆驼远远地弓起了脊背。涨洄潮是这里独有的，远处帆和船的影子很模糊，潮音和鸥鸟的叫声也模糊着。就在这种模糊里海里的水花有黑黑的东西"嗬嗬"地蠕动。海骡子和狗吱吱地在海滩上溜达。大黄狗耳朵竖起来，箭一般朝黑黑的东西蹿去，一跳一跳，划一道道弯弧，割出一串声响。海骡子的眼亮了，喜兴得扭歪了脸相。他就扑甩着大脚片子一蹶一蹶地跑过去了。狗浮在水里兜圈儿时就汪汪汪汪地叫。海骡子在那个不小的圈里看见蠕动着一条长着梅花点子的大魟鱼。大魟鱼有三米长，黑钻钻的大脑袋，扭来扭去翻动着青白色的肚皮和银灰色亮脊，幽红的大嘴一张一合，露出一挂白森森的锥形利齿。海骡子摇着手里的铁钩子，浑身痒痒地寻着下手的方位。魟鱼大脑袋左摇右摆，搅起一个一个红色旋涡，宽大的胸鳍和宽尾拍得海水发出闷雷般的"哗哗"声。水花溅起来，又哩哩啦啦散金碎银般落下。海骡子不顾一切地扑上去，拿铁钩套魟鱼的头。一晃，钩滑，溜了。魟鱼狂躁地抖了一下，吼一声，眼睛瞪得凶红。"哗"一声朝海骡子扑去。海骡子躲躲闪闪栽进水里，乌青的海水模糊了他的视线，他胡乱地划拉着水就看见魟鱼凶红的眼睛闪着，宽尾甩过来，他的手已触摸到魟鱼粗粗糙糙的青皮。他瞪圆眼，嘴里憋足气，牙帮子咬得咯咯响。他趁一柱浪头子手掌就滑来滑去地抠住了魟鱼左侧的胸鳍，双腿一支，骑上魟鱼的背脊。他没有马上去套魟鱼的头，那样会被甩掉。他逍遥地喘着气冲着大黄狗笑了一下。魟鱼狂怒地扭来抖去，海骡子就趴在它身上任魟鱼徒劳地翻滚扭动。后来魟鱼挣扎着拱了一下，背鳍如一柄长剑刺出水面。海骡子的大掌就狠歹歹地抠进鱼鳃里频频搅动。魟鱼鳃是维持生命的最重要防线，断了，就完了。红鱼喘喘不动了，无力地扇动着尾鳍，失去了不可一世的骄纵凶野。海骡子笨熊似的爬下鱼背，拿脚狠狠踢几下鱼头："狗 × 的！"就摆出很解气的样子。他昂起头，双手卷起喇叭朝大海一声长吼："嗬嗬嗬嗬……噢噢噢噢……"从男子汉胸膛子里弹出的声音在坦坦荡荡的海滩上滚跳了很远很远。得意够了，海骡子就弯腰将铁钩套在魟鱼头上，就在他手指触到鱼头的一瞬间，魟鱼最后"嗷"地哀吼一下，他便遭到了沉重的一击，毛扎扎的腿肚子像有烧红的铁烙上一样，滋滋拉拉痛了，血咕嘟一下染红那洼浅泓。海骡子痉挛了一下，脑门子就冒汗了，咸涩涩的海水腌进血口，疼痛就一点一点向他腿部、头和胳膊部位放射伸展，杀得皮肉惊惊颤颤的。他费力地咽了口唾沫。他打裤衩上撕下一条子布，缠上翻翻的血口。他准备回击魟鱼时，又想到龙母台需要鱼血，就软了。"这狗 × 的！"他骂骂咧咧小小心心地拽着魟鱼走了，身后的浅泓里甩下一道歪歪扭扭的乌红色长带……

六

泼了魟鱼血，海骡子悬心落至一半。他拖着伤腿为菜叶捧来了一碗童子尿。菜叶哭笑不得，本不喝的，见他折腾来折腾去苦咧咧的样子，还是一咬牙喝了。喝完之后她就从心里翻出苦辣辣的怨。海骡子笑呵呵说："灾破了，灾破啦！万般都是命，半点不由人！你日后做事得掂得出轻重呢！"菜叶木着脸，泛着海骡子读不懂的悲喜。她见海骡子喜颠颠的样子，哭了。"莫哭，菜叶，莫哭哩！俺都是为了你好，俺从没怨过你。"海骡子怯怯地看着她说。菜叶深情地望了他一眼。海骡子说："菜叶，你破灾啦，笑笑才是。"菜叶极不自然地一笑，大泪小泪仍长淌不止。她又想起九章，不知怎的，在海骡子跟前就总能想起九章；她在九章跟前待久了，就想海骡子。人心就是怪，怕俺会是个伶仃的尼姑命呢。菜叶想着，就糊涂了，也许就这样恍惚间不可逆转地糊涂下去了。海骡子偷眼看她一下，又鼓起了男子汉的自信，黑幽幽的瞳仁漾着一层迷醉。

雪莲湾每年两次祭潮。

祭潮个个是满潮，满潮卷来的时候，是人们抢潮头鱼的季节。渔人巴望的不仅是潮头鱼，祭潮涌叠着他们的念想，他们看成是海龙神显圣的日子。泥黑色滩涂上挤挤密密站满了提网背筐的男男女女。他们望望海，斗斗嘴儿，欢欢快快的样子。祭潮涌来之前，滩上没有风。船搁浅了，缆绳松软，远远地晃着几日的乏累，孤孤零零地摆着。海骡子光膀赤脚踩在泥滩上跟几个娘儿们斗嘴。他不时地踩着泥，淤泥如麻麻的蛤蜊皮子一样粗糙，在他脚杆周围浮浮泛泛，脆脆地吱扭着。菜叶也来看热闹了，她悠闲地坐在舢板上，两杆白嫩的腿摇来荡去。海骡子壮美的身板子汗粒细密，油油光光地泛着光泽，裸露的肌腱涌动出咕咕的声响。他在雪莲湾女人们眼里就是一匹好看又好用的公骡子。大秧歌过去是个寡妇，这会儿嫁给老串子，但人们还喊她四寡妇。她肉乎乎的身量和野野的辣劲儿确确凿凿像条汉子。她渴望海骡子，可海骡子偏偏不渴望她。她嫁过的两个男人都是瘦筋筋的秧子，死鬼不提了，眼前蹲在船下的老串子佝偻着虾身，一杆长烟袋探出去，红光闪闪，映亮他委顿的黄条子脸。大秧歌故意当着老串子的面儿同海骡子挑逗似的发泄着委屈。老串子扭扭脸就装看不见，但那杆长烟袋哆嗦了。海骡子今日格外兴奋，嘴里呼出辛辣的酒气，拿自信的目光玩弄着凑过来的女人。他也要发泄，他要让菜叶真真切切感受一下他在女人群里的地位。"多少女人稀罕俺，你小样儿的偏不知足哪。"海骡子心里想，脸上就豪气顿生。大秧歌亮开嗓门子说："海骡子，你这家伙肚里长牙，心狠呢！"海骡子就拧着眉头子笑："俺咋狠呀，你是不是还心疼被俺扯碎的裤衩子？嘿嘿嘿……"大秧歌颠着一身软肉像扭秧歌似的凑过来了："臭骡子，俺可从没想那个。俺亏的是对你那片心哩！哼，给你多少，也是杂烩汤里的豆腐，白搭！"海骡子很美气地笑了。乌龟跌水里正中他意。他说："你整日口口声声说对俺好，老串子大哥还不将醋罐子敲碎呀！"大秧歌撇撇肥厚的嘴巴："他呀，毛嫩呢！他那本事就是一串一串给俺讲故事。"众人哄地笑了。老串子狠狠瞪了娘儿们一眼，不敢吱声。海骡子笑得嘎嘎的，险些笑岔气儿。他又说："大秧歌，俺弄糊涂啦，你对俺这么好，俺还是个光棍汉呢！也给你兄弟踅摸一个。"大秧歌嘴巴一翘一翘地说："真心话咋的？你别让俺水里捞月白搭劲儿！占了便宜又嚼舌头，你当面锣对面鼓问菜叶个应声，俺不出雪莲湾立马就给你狗×的领一大队姑娘来！"菜叶听着心里就一挂一挂的，急急甩过一句来："大秧歌，俺是俺，他是他，你去给他领啊！"众人又笑。大秧歌说："嗬，真是生姜脱不了辣气呢！俺真领啊，你就该哭鼻子啦！"菜叶说："你少扯上俺！"

海骡子笑笑，挠葫芦头，白皮唰唰直落。大秧歌不再理菜叶，数落着海骡子："你别小鬼吹气儿啦！多烈的大老爷们儿，也得让娘儿们治得服服帖帖。"海骡子又摆出一副赖样子，拍着胸脯子说："你们娘儿们家个个光头顶皮球，靠不住！想治老爷们儿？到头来是天上扭秧歌空欢喜！哈哈哈……"他咧开瓢似的大嘴笑着。大秧歌气得瞪眼，舞着厚厚的大掌喊："大芝、月琴、仙凤……你们听见了吗？海骡子这狗娃蛋骂咱女人呢！咱就服啦？"几个娘儿们伸脖踮脚地嚷："不中，咱得制服他！"海骡子伸手在大秧歌肉滚滚的圆腚上拧了一把说："这样儿的还满张罗。"他的笑里裹着一个鬼洞洞的东西。大秧歌尖声细气地叫一声，扭身笨拙拙地朝海骡子扑去："来呀，姐们儿上啊！不揪下他那玩意儿才怪呢！"三个娘儿们齐齐应着呼啦啦围过来。海骡子笑模笑样地躲躲闪闪，"呱唧呱唧"踩得黑泥滩跟着笑。大秧歌扑了空，双手扎进黑泥里，嘴巴吻住了黑泥，弄个大花脸。滩上人又一阵笑。那三个娘儿们推推搡搡地拽住了海骡子，海骡子只轻轻一抢，娘儿们一个一个跌泥里，溅起麻麻点点乌黑的泥片子。海骡子缩头缩脑地笑。噗嗒嗒一下子冷不丁有一团黑泥糊在他的脸上。这是大秧歌从他后面突然袭击。他胡噜着脸，四个娘儿们就拉拉扯扯抠抠打打地将他按倒了。他骨碌碌在泥里滚四肢，笑疯了。大秧歌喊："海骡子，服不服？"

"就不服，骚肉蛋！"

大秧歌又喊起号子："一呀蹾，二呀……"

"啪唧"一声，海骡子屁股着地。

"服不服？"大秧歌喊。

"就不服，骚肉蛋！"

又一蹾，嘎嘎的笑声和娘儿们嘴里呛出的嗨唷嗨唷声相撞，起起落落在大海滩上滚来滚去，最后跌落海里。海滩旋转起来。老河口、房舍、老船、浅泓等景景物物都鲜亮起来。人群如蚁，喊喊拱动。人群里不知是谁字正腔圆地吼了一句："祭潮来喽！"大秧歌和三个娘儿们就扔了海骡子颠颠儿钻进人群里。海骡子泥塑一般站起来，又打了一个响脆脆的酒嗝，扑扑跌跌晃到水洼，勾头哗哗地撩水，很得意地啐一口黑泥："这几个浪货！"然后就瞪眼，目光一截一截探到极遥远的海天交接处。祭潮和发天是完全不同的两种景观。远海率先腾起的是有几分妖冶的紫雾，紫莹莹的雾气慢慢洇开来，一点一点织成蘑菇形。渔人叫它"开雾"。开雾是很有说头儿的，那是海龙神吹出的仙气。海骡子对"开雾"是很有研究很当回事儿的。他久久凝望着远海，眼眶子忽然抖了一下。"坏啦，狗×的，起白毛风啦！"海骡子惶惶凄凄地自语着，就看见"开雾"地方横七竖八地蹿着白条子，雾瘴瘴的海面，飕飕地钻着白毛风。海面变得夜景似的灰暗，一高一矮起起伏伏的白光，牵着浪头子滚进幽深的天地。"黑泥水溆压滩涂，左脚拨来右脚污，祭潮源头窜白风，灾祸末头有死路。"海骡子快捷地念叨着师傅老漂子常说的话，就在海滩上闷雷似的吼了一声："今日里谁也别抢潮头鱼啦！有灾呢！"渔人跃跃欲试没人理他。"海骡子准是叫娘儿们撺蒙了，撒呓挣呢！"有人说。说话间高高低低的浪头子就折着跟头来了。海骡子又吼了一通，可他的声音在海滩上如嘴呵出的气一样虚幻。渔人挤挤涌涌朝浪头子迎去。海骡子从船上抽出一柄椿木大橹，抡得呼呼生风，玩命似的截住众人："谁敢下海，俺就让他躺着回去！"他的大脑壳在雾气里闪着一片青光。人们愣了，十分茫然地瞪着海骡子跟天色一样晦暗的脸。

"倔骡子，你闪开！"

"你别门神打灶神，瞎胡闹！"

"你狗×的活腻了吧？"

"走，别理他，他醉啦！"

人们七嘴八舌地骂他，就跟骂儿子一样随便。他身子抖了，肚里涌着一种无法言说的酸气。菜叶和盖九章都来劝他，菜叶喊："骡子，你给俺回去！"

海骡子依旧直杵杵地挺着。

祭潮来了，潮头鱼来了。

人们蹦蹦跳跳地往前扑。

海骡子的大橹抡过来："狗×的，谁敢上！"

人们竟缩头缩脑地僵在那里。

七

雪莲湾埋入黑天黑雨里。海滩上竖着稀稀拉拉的船影，雨帘子在桅尖上斜斜地挑着，迷迷闪闪，浅唱不止。海面上泛起一线飘飘荡荡的灰光。被水泡得肿胀的机帆船上有一罩子马灯吱吱叫着。灯影里晃动着两张白皙惴惴不安的脸："菜叶，你回去吧，有你这份心意俺就知足啦！"盖九章说。菜叶说："你不让俺去，俺也不让你去。"盖九章面露难色，焦急地说："别说傻话啦，泥岬岛上不仅灯塔坏了，而且安置在那里的气象发播仪也被风雨搞坏啦！那仪器值几十万，误了时辰泡久了就废的！站里就俺值夜班，俺不去谁去呢？"菜叶看他一眼，喃喃地说："那，咱就走吧！"九章说："没有航标灯行船是很危险的，你还是回吧。"菜叶的大眼睛一忽一闪的，想了想说；"哎，俺想了个好办法。"她兴奋地披上雨衣钻出舱子，扭头扔下一句："九章哥，俺去叫海骡子，俺不回来，你别走！"盖九章讷讷道："那合适吗？"菜叶说："咋不合适，你答应俺不走！"盖九章无奈地点点头。菜叶脸蛋一闪，腰肢一摇一扭地扑进雨夜里。九章就呆呆地盯着罩子马灯想心事，白蛾子撞得马灯叮当作响。舱外风声雨声一齐鸣响，他耳朵里灌满咣咣的声音。菜叶的影子就在他眼前晃来晃去犹如一团朦胧的白影，白影由着性子晃，让他觉得遥远虚幻摸不着边沿儿。不长时间，一种"砰砰"的声音就荡进舱来。盖九章猛抬头看见海骡子和菜叶说说笑笑来了，海骡子身披麻亮亮的蓑衣，像个大水怪稳稳当当地站在船板上。盖九章心一热，说："谢谢你啦！"海骡子撸一把水淙淙的脑袋："别客套，都是自家人。"说着就甩着粗腿直奔舵楼。"嘟嘟"一阵响，机帆船跌跌宕宕地钻入夜海。雨势渐大，绵绵密密的雨点子砸得船板扑扑响。机帆船平顺地颠动，抹去盖九章面孔上的忧虑和悲戚。他在舱里鼓捣着修理机器的工具，一边同菜叶说话。菜叶没心思说话，脑袋微微探出去瞄着舵楼，小心把攥着。黑风，黑雨，黑海。风雨疯疯烈烈地抽打船盖，呖呖声细碎且急促，锵锵声暗哑且重浊。海骡子不错眼珠儿地盯着黑幽幽的海面，忽然他眼神跳了一下，眼前有团黑疙瘩，驳驳杂杂闪闪幽幽，很深很鬼的样子，迷离得如打碎的桅灯。"乱航！乱航！"海骡子闷闷地咕哝了两句，船就哐啷啷一阵痉挛。他的手抖了。菜叶耳灵，火火地喊："骡子，你喊啥哩？"她披上雨衣就轻盈地爬上船板。拧脖风刮得她一阵趔趄。海骡子眼前又摇荡着那团纯粹的黛黑疙瘩，滚滚滔滔轰轰潺潺向他涌来了。"狗×的！"海骡子厉厉一声吼，猛打左舵，船拧了个急弯躲过一团黑乎乎的东西。是船，是乱航的船。海骡子嘴巴张大，臭口臭嘴地骂了一句，心咕咚咕咚跳着。"啊——"就在他打急弯儿的当口菜叶站立不住被甩入海里了。尖厉的哎呀声和很轻的落水响是盖九章率先听到的。盖九章蜇了屁股似的弹出舱子，哑声哑气地喊了句："菜叶，菜叶——"一线灰光里，大浪推了菜叶一下，又露出她黑淋淋的头。她拼命地舞着双手挣扎着，呼叫了一声，在没顶的一刹那间，强探头，向盖九章投去深情凄怆的一瞥，留下热辣辣无尽的爱恋。"菜叶——"盖九章喊一声慌慌张张就跳下去了。他没有水力，舞着双手抓菜叶，张着嘴巴喊海骡子，一阵一阵满含腥涩的浪沫儿泼溅在他头上，浑身麻木，两腿痉挛，身子忽悠忽悠打着斜坠儿。海骡子听着喊声了，甩了蓑衣，迅疾滚至船沿儿，沉了一下，顺手抓过躺在船板上的一杆长棍儿，嗖嗖甩过去，大吼："抓棍子——"木棍的一头恰巧落在菜叶的头顶，菜叶糊里糊涂像抓住救命稻草一样，死死攥定，一下一下探着头。海骡子悠着劲儿拽过来，贴近船板，他一用力，挑一下，划一道水涝涝的弧光，砰一声响，菜叶被挑到船板上。菜叶哼了一声，颤颤抖抖躬起身子。"菜叶，趴着别动！"海骡子又吼一句，就又一甩木棍的一头无力地击着水，荡起一道淡淡的交错迷乱的影子。盖九章没顶了。海骡子慌了，屈腿，一个猛子扎进海里。海水黑泛泛的，颜色有些瘆人。海骡子的手臂在水里东一抓西一甩地摸寻，不停地换气。他终于抓住一个肉乎乎的东西。他拼命地顶起来，忽悠悠露头时，见是盖九章，就竭力朝船的方向拽。一下，两下，三下……渐渐挨近船舷了，海骡子的余光又蓦地看见神神怪怪的黑疙瘩。他一拱一拱地将九章推了上去，自己也猴急猴急地向船上爬。哼哼唧唧地爬了半个身子，海骡子就觉得黑疙瘩像海鬼似的朝他扑来。轰！扑！一声脆响和一声肉质的暗响过后，海骡子眼一黑，就啥也不知道了。

"骡子，骡子哥——"

菜叶拼命拽上海骡子，他浑身血糊糊的了。她就慌口慌心地跪在他身边哭唤着。盖九章歪着头吐出一摊绿水之后，就慢慢苏醒。他睁开眼睛率先看见的是对面的黑疙瘩。那是一艘找不到航线乱跳乱钻的船。那船忽忽地打着斜慢慢和九章的船并拢了。那船舱里探出黑脑袋："喂，伤着人没有？"菜叶带着哭腔应："伤人哩，伤人哩！"盖九章惶惶地扑向海骡子千呼万唤。一个渔人晃悠着瘦高的身子凑过来，惊讶了："海骡子，海骡子……"海骡子死了一样，身上咕嘟嘟翻着血泡儿。过了一会儿，他忽然撩开涩涩的眼皮子，认出眼前的渔人大麻杆，骂："大麻杆，×你娘！咋驶的船！"大麻杆怯了声说："黑灯瞎火的，俺看不见哪！"海骡子伸手摸一下右腿根黏答答的血，又吼："大麻杆，你狗×的，快拿铁丝给俺腿缠上！"大麻杆慌了。盖九章找来铁丝给他缠上了，铁丝勒进肉里的声音叫人心颤。海骡子眼一眨不眨，强撑着要站起来，"别起来。快回去上医院！"菜叶说。海骡子挺一下又噗嗒嗒地栽倒了。盖九章说："快回吧！"海骡子蛮横地舞着大掌："大麻杆，你带九章去泥岬岛。"大麻杆支吾着："这，黑天黑海的……"海骡子火了："你狗×的不去，俺去！"他咬得腮帮吱吱响，要站起来。大麻杆说："俺去，俺去！"海骡子仰天哈哈狂笑，如旱天雷在风雨交加的夜海里沉闷闷地滚着，荡得远远的……

海骡子的一条壮美的右腿锯掉了。

一夜之间一条壮汉说残就残了。从手术台上，海骡子就昏昏沉沉地连连做着好梦。一回一回他梦见自己发了大财，有钱有势，连喘气都比别人粗。当他笑模笑样地醒来的时候，正是挂满雨后彩虹的黎明。他摸了摸空荡荡的裤管，呆呆地瞧，分明是惊颤了一下，跟着目光就蒙眬迟缓了。他的大喉结跳了跳，心里就酸出泪来。菜叶和盖九章守护在他身边。菜叶嘤嘤嘤嘤地哭了，盖九章口口声声呼唤他。海骡子瞥了他们一眼，就伸了个劲道十足的懒腰，浑身骨骨节节仍旧一阵咯咯轻响。他苦笑了。他又摆出一副信马由缰无忧无虑力大无穷的赖样子。他越笑，菜叶越哭得狠。海骡子说："菜叶，俺怎么啦？惹你这番哭。"

"天神神哩。太不公平啦！"菜叶说。

盖九章一脸悲戚："该断腿的，应该是俺哩。"

海骡子大声武气地说："咳，世上啥事都是天撮地合的！"

菜叶仰起泪珠点缀的脸，说："往后日子，太屈了你啦！"

"不屈，俺命有八升不求一斗。"

"你呀，还是那赖样子。"

海骡子舒筋展骨般地拍拍胸脯说："短个零件，照样一条好汉！"

盖九章辛酸地点点头。

八

过午的日头白惨惨的又懒又丑，高高地烧在天际，又将一束一束的懒光插在海滩上，灼一片焦黑，滩上疏疏生出青烟。缓缓烈烈舒舒畅畅的气息一层一层裹人。海骡子眯着眼呼吸着曾经那么熟悉的气息，如喝了烈酒似的拐搭拐搭地挪到海滩上。哩哩啦啦翻飞的鸟呱呱鸣叫着嘀嘀嗒嗒落满老滩。涛声稀薄下来，唯有不远处的老河口依旧哇啦哇啦浅唱，海骡子挣脱了搀扶他的菜叶和盖九章，拄拐杖朝大海好一阵张望。菜叶和盖九章都默默地看着他。日影在他捂白些的脸上贴了光，红亮红亮了，如涂一层紫褐色的油光。他宽宽的额头上的血管和筋络一根一根清晰无比，又有一种征服大海的欲望在血管里汩汩泛滥。他兀自嘿嘿嘿笑了。菜叶算计着已有三个月没听他这样笑了。海骡子扑扑跌跌朝一条灰不溜秋的舢板船走去。船空空的，两杆大橹斜斜地躺着，他勾下头，嗅到的湿渍渍的汗息和腥涩涩的臭鱼烂虾味儿。他长呼一口气又长吸一口气，就拿拐杖"砰砰"地敲打一阵舢板，心里就十分美气。他又将拐杖扔进舢板，身板子压得船舷嘎嘎响。他拿短棒似的残腿根儿卡住船舷，身子一点一点挪蹭。他的短棒腿痛出他一身汗，脸色变青了。菜叶和盖九章急匆匆地奔过来要帮他。他喝住他们。"咚"一声，他全身就东倒西歪地跌进舱里去了。他躺着没动，呼嗒呼嗒喘息着，脸色就一点一点变回来，双颊又润了紫红，额头也青筋暴突了。他咬了咬牙，大掌攥紧拐杖，左腿一支，骨头绞着肉响。他左膀子压住拐杖，身子一扭一拱，像个玩鹞子翻身的高跷艺人，轻轻巧巧地站了起来。菜叶和盖九章都笑了。海骡子又听见海上荡来圆润而清凉的咪咪声。他的目光落在晒得荒荒的海堤上，海虫们吱吱吱叫得很清亮。空寂寂的大海滩上的脉脉络络全看

得清楚。他的喉头痒了一下。就在这个时候,他想像先前那样野野地吼上几嗓子,
要让狗×的海鬼知道,他海骡子还硬生生地活着。他"噢噢嗬嗬"地吼了一通。
他又感觉自己顶天立地高大无比了。他扭头冲菜叶喊:"去,给俺找张网来!"
菜叶会意地朝不远处的锚地跑了。少顷,当一张银网唰唰作响地抖在海骡子手
里的时候,他喜兴得扭歪了脸相。他拿拐杖快捷地挑起缆绳,又顶了一下泥滩,
小舢板咿咿呀呀溜进浅泓里。他缓缓蹲下身,蛮有劲势地摇着大橹,小舢板让
他揉得驯服了,在寥廓碧天下远去。日头好像也随潮水退去老远,光亮弱浅起
来,一群彩色海鸟纷乱地拍打着翅膀鸣着嘹亮的哨音追逐着小舢板。小舢板载
着海骡子走向大海走向遥远走向辉煌。一甩一甩的水声在船头卷着,渐渐平息
时,海骡子就拄着拐杖硬挺挺地站起来。他脚一蹭,甩了鞋,粗糙的大脚片子
的指头叉得很开,牢牢稳稳地抓着船板。"砰"的一声,拐杖扔在船板上蹦着。
海骡子单腿立在船头。低低的海风,催得小船尽在颤抖中,海骡子依然纹丝不
动。目光白灼灼的,将他强悍壮美的身影涂在船板上,如一只浴在阳光下的独
脚鹤。过了好长一阵儿,他才弯腰拽起渔网。远远地,他扭头瞟了一眼惊叹的
菜叶和盖九章,心里十分得意。他的胳膊呈弧状,铁块一样坚硬的肩胛凸出来,
在皮下一耸一跳的,好像随时破皮而出。他重重地"嗨"了声,就有一团银网
从他手里飞出,飕飕生风,慢慢在空中拓展成一扇光环,圆圆的亮亮的。光环
轻轻向上一悠,就很迅捷优美地下坠,哗沙沙地扣进水里。他沉吟片刻,就一
点一点拽网绳。"哗"一声,银网水涝涝地爬上来。没有鱼,他是试网呢。没
有鱼他同样欢心。他的额头汗球肥硕晶莹,单腿身子日照烂漫,额头生光,残
缺不全的身上物件都活了。他不停地撒网,网网溜圆优美,目光在他舞动的银
网下破破碎碎闪闪跳跳欢欢唱唱。

　　"骡子——"菜叶亲昵兴奋地喊。

　　"菜叶——"海骡子自豪地应着。

　　海骡子哼着渔歌子逛逛荡荡地回来了。菜叶听出那渔歌子极古老,似一个
单调的音符串成。她爹吟唱的那支。她扶海骡子气势势地走下舢板。海骡子嘴
里嚷嚷地嚼着他亲手打上来的海带,嚼成筋丝丝,品咂出无穷海味来。菜叶赞
叹地说:"骡子,你真行!还跟前日一样壮!"盖九章默默地没有说话。海骡

子笑道:"俺说过的,短个物件不算什么。"菜叶拍手拍腿地骂道:"要不有人骂你歪腚葫芦邪路种,倒是邪命长呢! 咯咯咯咯……"海骒子的大掌指指戳戳,说得有声有色:"就是,狗 × 的这世界也太容易啦,啥号人都能混饭吃!"菜叶乜斜他一眼:"你又较邪劲儿啦。"海骒子憨憨乐了。盖九章拿一种复杂的目光看着他们,听着他们来来往往有滋有味的斗嘴儿,心里一片空落,身子也好像缩至无形。他越来越感到自己站在那里很无聊很没劲儿了。他悻悻地垂着两条酸乏的手臂,弄出一些细微的软弱的声响。别再胡思乱想了,别再巴望什么了,不会再有新的情变了。俺与菜叶之间自从海骒子断腿,俺的一切机会便消失了。盖九章想。

海滩愈加空寂。铺铺排排的老船午睡正酣,四野一片茫白。菜叶身穿白衣裙楚楚动人地站在两个男人之间,脸上润了红晕,心在哐咚哐咚跳着。她恍惚间觉得该是静下心来驱散糊涂的时候了。豆干饭,总焖着,就会烂的。她想。菜叶鼓了鼓勇气,缓缓走到盖九章跟前,拿咄咄逼人的俏丽目光压着他,一字一句地说:"九章哥,你说,日后俺咋办哩?"

盖九章缩了缩肩胛,脸苦楚地扭皱着。

"你说话呀,九章哥。"

盖九章的恋恋的目光在菜叶身上轻滑了一下,就很空洞地盯着远处,支吾说:"菜叶,日后俺们还是好朋友……"

"朋友?"

"是朋友。"

"俺问你,俺咋办?"

"你是他的人。"

菜叶心尖颤了一下。

"为啥呢?"

盖九章蔫头耷脑地说:"为俺……"

菜叶死盯着盖九章的惨白脸:"为你?"

"是为俺。"

"那俺是啥?"

盖九章如断了骨的伞蹲在地上。

菜叶很沉地叹了口气，一副伤感的样子。

海骡子没有用心听他们的谈话，他淡淡漠漠又毫无顾忌，一副无所谓的神态。他垂着头，斜着肩膀子，拿拐杖一下一下砸滩上的蚂蚁，贮满了十分好听的声音。菜叶像团热雾一样移到海骡子跟前，又大又圆的腚在白裙里鼓鼓荡荡地柔韧着。"骡子，俺问你话呢！"她轻声慢语地说。海骡子挺挺直立，甩过头来，目光很倔地射向她。菜叶的目光里飘动着多年的纯情，热辣辣的。她说："骡子，你说俺日后咋办哩？"

海骡子倔倔地说："还用问嘛，你是俺的人。"

"你不怕俺飞喽？"

"你飞不了！"

"你不怕俺变心？"

"你变不了！"

"你不怕俺嫌弃你？"

"俺又怎么啦？"

四只眼睛醉在一起。

"骡子哥——"

菜叶忘情地扑进海骡子怀里。

她亲吻他一下，说："俺就怕你说个不字。"

海骡子很自信地嘿嘿笑着说："你择个吉日，咱们热闹一回。"

菜叶的心绪幸福地辽阔起来。

九

日月总是从东醒起西头入睡。菜叶拿定了10月2日双秋吉日举行大婚礼。海骡子还算满意。他梦见自己走进像秋天一样富有色彩的梦幻里去了。只是难熬了些，满打满算还有两个月呢。醒醒睡睡的日子里他就舌头尖上吊着心盼，乏味的日子仍不禁要叹一声日月的悠长。他待不住，就单腿驾着大修过的老船出海了。菜叶放心不下，就雇了一个小工给海骡子打下手。海骡子在疯疯癫癫的大海里，十分稳健地撒网收鱼，身不摇心不怯，令众多渔人惊叹咋舌，说他和原先一模一样。如果有了异样的话，就是他多了心眼多了情分。散不去磨不光的海上孤寂，很强地燃起他思恋的焦躁。他就不出远海，隔三岔五能回来看看菜叶。同时他还从银行里支出自己挣来的两万元票子，粉刷房屋购置七七八八的现代化家具。三间红砖瓦房被粉刷一新，七七八八也已置齐，积攒也如流水般耗去了。他不怕花钱。钱是王八蛋，花去再赚，俺最不穷的就是换金换银的力气。只要菜叶高兴就够了。他想。来来往往忙忙活活的月把光景，海骡子就不再出海了。歇船的最后一个黄昏，老天还赏给他一次发天时节闯鬼浪滩的机会。癫癫狂狂荡荡涌涌的浪头子在掉了腿的海骡子身上依然软弱无力。一股浑血鼓荡着他，镇鬼号子吼得大海滩耀耀烨烨颠颤，吼得人心壁发震。他灵巧地在水里钻来钻去，黑不溜秋的葫芦头从水里扎出来的时候，大海滩欢声雷动了。菜叶疯了一样奔过去，紧紧抱住单腿挺立在泥滩上的海骡子，哭了。海骡子憋得通红的眼睛里透出一股悠远的神往。人们喊："海骡子，好汉子！"

"噢——噢——"

"海骡子，活人精！"

"噢——噢——"

海骡子闷嘴笑，似乎找到了自信的依据。他又感到了一股灼心灼肺的热力。世界是他的，女人是他的。他活得很畅快很体面很有滋味，实实在在地搂定了心爱的女人，搂定了日月的甜美。有了依据的自信竟使海骡子对他久久敬仰的十三咳有所忽略。那天早上醒来，有一种狂欢后的疲乏和梦醒过后怅然若失情绪袭来，竟使他少了些自信，心里鼓鼓涌涌如爬满螃蟹。他拍了半天脑门儿，才忆起自己还没找十三咳看看他与菜叶的命相。该死的，连这个竟忘了。他风风火火地起了床，跑到菜叶住的小酒店里，死乞百赖地向菜叶讨要生辰属相。菜叶气哼哼不说，终究耐不住他的缠磨还是说了。海骡子担心菜叶诓言痴语地哄他，就又向菜叶干娘探询，丁丁卯卯吻合了，他方颠着独脚拧着拐杖摇摇晃晃地去找十三咳了。其实，他心里是有根的，瞅一眼十三咳心里就能落个踏实。

为了显示自己的心诚，他竟拐搭拐搭摇着走了四里路来到大蟹铺。大蟹铺同样是渔村，却终日有一缕一缕的清气款款升腾。大蟹铺出神仙呢。海骡子又找到了依据。遗憾的是十三咳竟那么不解人意，偏偏犯了哮喘病去城里住院了。海骡子又无奈蹶跶蹶跶回来了。一见到俊眉俊眼水水灵灵的菜叶，他便生出一个旺旺的贪梦。俺跟菜叶就是天撮地合的一对,十三咳肯定会这样卜算的。他想。他也不敢往歪里想，不敢!

海骡子大喜日子终于盼来了。

天一截比一截亮，秋晨的天空黑蓝蓝的。月亮嵌在西天的黑蓝里，冷冷柔柔的。海骡子翻来覆去睡不安生，一夜里探了九次头数天幕上的星星。傍天亮时，星星悄悄钻了，他仅能瞧见迷迷蒙蒙的月影。他一骨碌爬起来，穿上板板挺挺的毛料西装，配一条猩红色拉链领带，胸前别一朵火烈的大红花。他倚在床边探身在明光光的大衣柜镜里照了照。他没细瞧自己，倒是花花绿绿明明亮亮的新房拥在他的顾盼里。新式组合家具、酒橱书柜、五色吊灯、名牌彩电冰箱和千姿百态的盆景在彩灯下显得柔和恬静，舒展明朗。菜叶还没有过门儿这里就流动了渔家惬意的温暖气息。海骡子呆呆地望了好长一阵儿，才拄着拐杖摇出新房。四野灰黑，凉津津的露水悄悄落着。雾气很重，很快将他鼠灰色西装打湿。他一扭一摇地进了不远处的林子，在一排渔人墓庐里穿行。他先后找到了爹娘和师傅老漂子的坟，跪下，一五一十地将今日里的喜事诉说一遍，让他们分享吧。海骡子从墓庐那里回到家，天已明明白白了。老六海、大秧歌和村长村支书都叽叽喳喳地围满院子，操持拿喜船迎亲的事了。“海骡子，黑灯瞎火的你荡啥野魂去啦？”大秧歌没轻没重地说。海骡子说：“俺去林子里，告诉爹、娘和师傅一声。”往下没人接话茬，个个眼睛里汪了一圈酸泪。老六海泪珠子甩一袖，说：“走，都去老河口！”人们就簇拥着海骡子来到老河口。

海滩蒙在晨雾里。老河口河堤上高高低低的房舍冒起白烟，弥散出热热的鱼饭香。湿润的海风吹来吹去，海面只有一片灰亮的微光，微光罩住灰青色卧牛似的老船。船底荡着十分细小的汩汩声。灰青色老船披红戴花，那就是海骡子的喜船。海骡子被一群人簇拥着满脸喜气地站在船下，不错眼珠地望着青光流溢的河堤。他身边的锣鼓队、鞭炮手和陪新娘的女人也都瞄着河堤上老六海的手势。过了一袋烟工夫，最先映入海骡子眼眶里的是一片红盖头，新鲜的红色像在燃烧。菜叶干娘拧着小脚扶着蒙了盖头的菜叶一点一点朝喜船走来。老六海的大掌一摇，鲜鲜亮亮的锣鼓和噼啪噼啪的鞭炮声就在滩上轰轰烈烈地炸响了。海骡子咧着瓢儿似的大嘴笑了。他风光成熊了，仿佛天籁地籁一齐鸣响，他耳朵灌满火爆爆的声音。老六海比比画画将菜叶他们引到老船，举行填箱谢娘仪式。老六海知道海骡子对每一节都很当回事儿，也就十分细心。陪嫁的大箱子抬来了，菜叶干娘和菜叶在箱子两头站着。老六海喊："填箱喽——"有新亲往箱里填东西，菜叶干娘轻轻拍手唱："妞啦，你总要生日头寄生天，你转换门风学好伊。妞啦，投着伊亲娘十只指头一板生，俺肚里格脂油一块生，投着伊刁爷伊吃闷烟末孵灶沿，又勿有啥三声四句出人前。妞啦……"干娘唱得嘴角泛白沫了。菜叶很忸怩地摇一下身子，就夜莺般地唱起"谢娘"歌："好娘啦，你养俺小小女妞啥用头，养俺小小女妞黄杨梭子勿替娘，伊亲娘小海里厢横抱三年哪肯长……"来来去去唱几个回合才登船了。海骡子手攥红绸布拉着菜叶上船。喜船哐哐哐沿泥岬岛绕了一圈儿东天就泛红了。老六海指挥着紧溜下船去新房。新娘出喜船时忌见日头忌着地，怕惹怒天神地神。娘家人背着菜叶朝村里走，后边哩哩啦啦一溜儿迎亲长队。到村口大路上，遭遇一辆披红戴花接新娘的面包车。海骡子愤愤骂了一句："狗×的，丧气！"老六海立马悟出什么。雪莲湾风俗里有出嫁者忌遇出嫁者一条，这叫"喜冲喜"，会损及新娘的寿命，此时双方应以"换花"禳除。老六海喝一声派人截了那辆喜车。海骡子摘下菜叶胸前的红花，扑扑摇摇地奔过去，将花往车窗一塞："喜冲喜啦，换花！"车里新娘说："俺不信这个。"海骡子的脸顽固坚硬如岩石："你不信，俺信！"新娘一噘嘴巴："就不换！"海骡子的拐杖插进车胎缝隙里："不换就别走！"新娘瞪红了眼："土鳖虫，赖人啦！"车里陪新娘的人赶紧好言相劝："大喜日子，讨个吉利吧！"新娘不情愿地递出红绸花来。海骡子抓过花就扭身回来，庄庄重重地给菜叶戴上，他心里就熨帖了许多。一方世界一方天，各有其民俗，各有其运道。海骡子的大婚礼诸事井井然，完完全全丁丁卯卯合了海骡子的意愿。拜天地后的合卺酒中的六荤六素十二道菜也没有鸭和葱。因为"鸭"与"押"同音，吃葱怕吃掉好运。吃喜酒时还忌空盘相叠，以免重婚，红烧鱼条条鱼骨完好。海骒子喜不自禁，再也不忧以外的事了。晚上闹夜还有几桌。盖九章前来祝贺。菜叶和海骒子对他格外热情，点烟敬酒。盖九章憨态可掬地笑着。海骒子在忙乱中竟看见了十三咳。十三咳迈着轻轻飘飘的步子，精瘦花白的脑袋无力地在肩上晃荡，看见海骒子就眯起一双小米黄眼，在彩灯中亮闪闪骨碌碌转动。十三咳双手抱拳："恭喜恭喜哩！"海骒子脸上铺满笑意亲亲热热地将十三咳让进里屋。十三咳一边吸着喜烟一边摇头兴叹："俺来晚啦！昨天刚出院，听说你找过俺。俺赶个尾声，不卜算，委实是道喜呀！"海骒子欣欣地凑近十三咳甩上一沓票子，死乞百赖地笑道："哎，既然来了，就卜上一卦，也给俺助助兴呢。"十三咳见了钱眼里绿幽幽闪光，晕晕乎乎连连咳了十三声，表明他有一番更妙的神功已运筹好了。海骒子一一告之他和菜叶的生辰属相。十三咳眯上眼，嘴里嘤嘤嗡嗡地念叨着："生生肖肖相相克，白马畏青牛，猪猴不到头，龙虎两相斗……"他脸上的瘦皮惊跳了一下。海骒子久久盯着十三咳板板呆呆扭来拐去地摇头，心里咚咚咚咚跳着。他巴心巴肝地等着。十三咳哀哀唏唏地叹着气，睁眼在海骒子强悍的身上搜刮一遍，看出陌生来，脸像落一层霜，挂着紫青的悔悟，讷讷道："俺不该卜这卦……"海骒子拿惊骇的目光抠他："俺不怕，你给俺实说！"十三咳战战兢兢地说："你，你们………相克……相克呢！"

"谁克谁？"海骒子问。

"她克你。"

海骒子沉了一下，又问："几年？"

"多则五年少则三年。"

海骒子一动不动，脸发青表情恍若隔世。过了一会儿，他才狠狠舒出一口辣气，自顾自说："三年就三年，五年就五年，俺认啦！"他扭头砸着拐杖走了。走至门口他正矮身往外钻，身后又荡起十三咳漏风跑气的哑嗓儿："哎，错啦错啦，你回来。"海骒子又一蹩一蹩地踱回来。十三咳笑了嘴，精精明明地说："不，不是她克你，是，是你克她！"海骒子猛吸一口凉气，身架塌了。十三咳深不可测地笑笑，嘴片片咂得很响："海骒子，你是刚强不倒汉，人好心好命好，结天缘人缘地缘。你只能克她。走着桃花运呢！"
海骡子胸口窝像有一团沉重的东西死死压着，半世悲酸俱到眼底来。他旋风
般地扑过去，抓住十三咳的脖领，恶狠狠地摇着，像是要将他精明了一世的
骨架抖碎："你说，你狗×的再说一遍！"十三咳疑疑惑惑地支吾："你这
是咋啦，俺没说别的，是你克她！"海骡子野野地吼："你再给俺算一遍！"
十三咳惊塌塌地软在那里，战战兢兢地说了些囫囵连篇的话，如念一道收魂
咒。没变了，还是他克她。海骡子怪怪异异地扭歪了脸，脚底如踩高跷似的
连连退缩，源源击来的是些亘古不见的东西。他像失去什么，不由得少了自信，
他撑了几十年强悍壮美的身架竟空空的。他轰轰然旋转着身子搅乱倾斜的一
瓦屋顶很沉重地扑倒下来。

　　"海骡子，你怎么啦？"

　　"海骡子，你醒醒！"

　　十三咳惶惶凄凄地抱住他呼唤着。过了许久，海骡子终于撩开干涩沉重的
眼皮："哎，俺再往后错一个时辰，再算算怎样。"十三咳沉吟片刻说："哎呀，
这回行啦！原来你刚才哄俺呢！"海骡子愣了许久，趴在地上没动，呆呆地看，
似乎昔日看不见的一切全都裸进眼里。他说自己啥都完了，完了。她和盖九章
的生辰八字怪配的怪配的。他孩子般地哭了，大滴大滴的泪水顺着他脖子胸沟
爬着。他过一会儿，强撑着站起来，一句话也没说，甚至也没看十三咳一眼，
晃悠着走了。他沉着脸穿过闹闹笑笑的人群，从饭桌上拽来了满脸疑惑的盖九
章。他喊来了菜叶，菜叶不知道发生了什么，她感到海骡子的脸有些怪。海骡
子从怀里摸出那张属于自己的结婚证书，撕下自己的照片。然后拿大掌蛮横地
掰开盖九章的手指擦了一下印色，往结婚证书上一按。他将自己名字轻轻画掉，
就抬头说："盖九章，菜叶是你的人啦！菜叶是个好姑娘，跟你了，是你狗×
的福气！这房子，这家当，也都归你啦！日后你要好生待她！你答应俺，答应
俺！"海骡子眼眶子湿湿地亮起来。盖九章慌了。菜叶骂一句："骡子，你真
是噘嘴骡子只配卖个驴钱！"她支撑不住了，拿手捂住脸蛋，身子慢慢蜷下去，
喉咙里挤出一串凄凄的呜咽。海骡子甩下胸前的红花，身子像得了红痨疯一样
胡抖了。他扭头朝新房和菜叶好一阵张望，甩了一串串泪珠子，鼻根处涌一股

热辣辣的酸涩味儿。他倔倔地一拧身，砸着拐杖，扑扑跌跌地栽进暮色里。他的身子越来越小，末了变成一粒豆点，连一个金秋时节的难忘背影都没留下来。黑黑的豆点跌落又跃起，跃起又跌落，和夜的颜色融为一体，无声无息简简单单地消失了……

海骡子走了，惨惨烈烈地走了。

他永远逃开了雪莲湾。

没有谁知道他去了哪里。

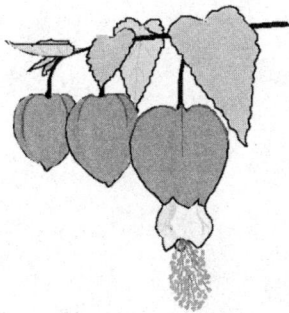